A OUTRA FACE DO DESEJO

LUIS EDUARDO MATTA

A OUTRA FACE DO DESEJO

LUIS EDUARDO MATTA

PRIMAVERA
EDITORIAL

Para Denise, a face única do meu amor

SUMÁRIO

PARTE I

VIÚVA AOS 36 ANOS

CAPÍTULO 1

Viúva aos 36 anos.

Essa constatação torturava Fernanda Soares de Lima Figueroa naquele entardecer nublado do final de março, enquanto ela seguia o cortejo com o caixão do marido pelas aleias plácidas do Cemitério de São João Batista, na zona sul do Rio de Janeiro, em direção à sepultura. Acabara de ficar viúva aos 36 anos e, à medida que as horas daquele dia dramático avançavam, sentia uma mistura desesperadora de angústia e remorso apossar-se dela, quase a ponto de sufocá-la.

Estava afogada nos próprios pensamentos e temores e tão absorvida por eles que, por alguns instantes, um silêncio pesado a envolveu e ela sentiu uma solidão opressiva. Como se não houvesse ninguém ali, como se nenhum ruído estivesse sendo produzido, como se tudo à volta, subitamente, tivesse parado, tal qual a imagem congelada de um vídeo.

De braços dados com a irmã Natália e segurando um pequeno saco com pétalas de rosas, Fernanda caminhava com o olhar murcho e perdido, enquanto contemplava, desolada, o caixão de madeira brilhosa com o corpo de Guilherme Figueroa sendo empurrado sobre um carrinho, logo à sua frente. Três vistosas coroas de flores estavam depositadas sobre ele, impregnando o ar com o cheiro acre de crisântemos. Para Fernanda, os crisântemos tinham o aroma de morte, um aroma sempre associado a velórios, embalados pelo pranto dos parentes que ficavam e pela atmosfera carregada de tristeza e abandono.

Fora assim nos velórios de seus pais, há alguns anos, mortos num espaço de pouco menos de 11 meses; o pai num acidente de carro e a mãe, devido a um linfoma descoberto em estado adiantado, que Fernanda acreditava ter sido causado pelo desgosto pela perda súbita do companheiro de mais de quarenta anos. Foram tempos difíceis e, agora, Fernanda aterrorizava-se ao perceber que estava vivendo aquele tormento novamente.

Tudo acontecera muito depressa. Fernanda ainda não conseguia acreditar totalmente que Guilherme se fora. De vez em quando sentia que, em instantes, iria acordar daquele pesadelo, virar-se na cama e ver Guilherme dormindo serenamente ao seu lado, o torso subindo e descendo ritmado sob o lençol, no compasso da respiração quase silenciosa, indicando que continuava vivo. Eram devaneios que não duravam mais do que um par de segundos antes de Fernanda tornar a visualizar a calmaria mórbida do cemitério, as lápides de mármore enfeitadas com epitáfios, frases de despedida e lindas esculturas de santos, anjos e crucifixos.

Estava casada com Guilherme havia 14 anos. Durante boa parte desse tempo ele fora, acima de tudo, um grande amigo, seu principal confidente e aliado. O homem que a apoiara em momentos mais do que decisivos em sua vida. O homem que lhe oferecera um amor incondicional e um carinho quase paternal, que lhe dava a sensação de estar permanentemente segura e protegida. Guilherme era o seu porto seguro, um homem sábio, 15 anos mais velho, experiente, e que se tornara a sua família, sobretudo depois da morte dos pais. Fernanda gostava muito do marido, mas reconhecia que nunca fora verdadeiramente apaixonada por ele. Seu casamento fora morno. Confortável, estável, com muito diálogo e companheirismo, mas, mesmo assim, morno. Talvez por isso ele tivesse entrado em crise há cerca de sete meses e, desde então, se encontrasse numa rota acelerada de deterioração.

Sem nenhuma razão aparente, Guilherme começou, aos poucos, a mudar seu comportamento. Antes carinhoso, bem-humorado e atencioso, tornou-se sisudo e ensimesmado e passou a se esquivar dela, a conversar menos, a procurá-la menos na cama. Intrigada, Fernanda dedicou os últimos meses a entender o que estava provocando aquilo. Uma amante? Problemas no trabalho? Uma depressão? Ela nunca descobrira. De vez em quando, observava com atenção os olhos do marido e tudo o que via neles era tristeza. Tentou ajudá-lo, estimulá-lo a desabafar, mas ele sempre optava pelo silêncio. Nas semanas que antecederam o último Natal, começaram as brigas. Esporádicas a princípio, mas que foram se tornando quase diárias com o passar dos meses. O casamento tornou-se um inferno. A separação seria uma questão de muito pouco tempo.

Mesmo assim, Fernanda não se conformava. Como era possível que um ataque cardíaco houvesse tirado a vida de Guilherme de maneira tão repentina e fulminante? Ele parecia incrivelmente saudável e bem-disposto nos seus 52 anos. O rosto corado que ele exibia naquela manhã ao sair para o escritório – de onde, apenas duas horas mais tarde, Fernanda recebeu o telefonema com a notícia de que ele estava morto – era a antítese da aparência desbotada que se espera de alguém no limiar de uma traição súbita das funções vitais.

Depois do primeiro infarto que tivera cerca de oito anos antes e que, felizmente, fora detectado a tempo de ser revertido, mas que lhe custara uma ponte de safena,

Guilherme – então um homem sedentário, sempre apressado, e de hábitos alimentares condenáveis – modificou drasticamente o seu estilo de vida. Suavizou o ritmo de trabalho, começou a caminhar quase diariamente pela orla e adotou uma dieta balanceada, reduzindo a ingestão de gorduras e sal e substituindo-as por frutas, vegetais, fibras e carnes magras. Também passou a tomar suplementos vitamínicos prescritos por um nutrólogo, que ajudaram, e muito, a normalizar os seus níveis sanguíneos de colesterol e triglicerídeos, estabilizando-os em valores excelentes. Os últimos *check-ups* indicavam que seu organismo estava numa fase excepcional e que os riscos de uma nova complicação cardíaca eram mínimos.

Fernanda sentia-se perdida. Como viveria dali em diante? Seus pais estavam mortos e, agora, não tinha mais o marido. Toda a sua família, à exceção da irmã, se fora. Estava praticamente sozinha no mundo. Ao término do sepultamento, todas aquelas pessoas presentes no cemitério lhe dirigiriam condolências polidas, algumas talvez um pouco mais emocionadas, e voltariam para suas casas a fim de retomar suas rotinas e seus afazeres. Uma sensação de desamparo a envolveu. Suas pernas fraquejaram e, na mesma hora, Natália segurou-a, passando o braço por seus ombros e sussurrando piedosamente em seu ouvido:

— Aguente firme, minha irmã. Estou aqui com você.

— Está tudo bem — balbuciou Fernanda, de volta. Ela comprimiu mais o braço da irmã contra o seu corpo, num gesto afetivo e, passados alguns segundos, complementou, com a voz rouca e um esboço de sorriso: — Obrigada.

Natália era mais velha do que ela e viera às pressas da Paraíba para o enterro. Ela morava havia três anos em Campina Grande com os dois filhos e o segundo marido, que fora contratado para dirigir uma empresa de software na cidade. O carrinho com o caixão foi conduzido até uma aleia paralela, mais estreita, onde ficava o imponente jazigo perpétuo da família Figueroa, todo de mármore italiano.

Através das lentes dos óculos escuros e com os olhos turvos pelas lágrimas, Fernanda avistou dona Adelina Figueroa, a mãe de Guilherme, a pouca distância, abrindo caminho lentamente na multidão de pessoas presentes e segurando nas mãos um pequeno ramo de flores amarelas. Era uma senhora altiva de 75 anos, alta, magra, sempre muito bem-vestida e de cabelos alourados impecavelmente arrumados.

Durante todo o velório, Adelina manteve-se séria, o semblante impassível e poucas palavras dirigiu aos que lhe vieram prestar condolências. Em nenhum momento olhou ou falou com Fernanda e, na capela, procurou se manter distante dela, deixando bem claro que estava ali unicamente para despedir-se do filho. Fernanda olhou demoradamente para a sogra. Sua dor, por trás daquela fachada pétrea, devia ser imensa, afinal Guilherme era seu único filho e Fernanda sabia que ela o adorava. Por um instante, sentiu um impulso de correr para abraçá-la e chorar sobre o seu ombro, mas não teve coragem. Adelina, sem a menor dúvida, a repeliria. Elas nunca se deram bem.

A sepultura foi aberta. Fernanda ergueu rapidamente os olhos para o alto. Nuvens cinzentas pareciam brigar por espaço no céu, deixando o sol se insinuar tímido e pálido por instantes muito breves, antes de desaparecer novamente. Desde o final da manhã o tempo começou a mudar na cidade, um alívio após várias semanas de sol escaldante. Uma brisa fresca e constante soprava no local e tudo indicava que à noite cairia um temporal. Pequenas caixas com as ossadas dos parentes de Guilherme enterrados ali foram retiradas a fim de permitir a entrada do caixão. Tão logo ele desceu à sepultura, Adelina aproximou-se e, depois de fazer o sinal da cruz, sussurrou alguma coisa que parecia ser uma oração breve, e lançou as flores na cova, indo embora em seguida, sem olhar para trás.

Fernanda esperou a sogra distanciar-se e abriu o saquinho que trazia consigo. Com as mãos, foi atirando as pétalas de rosas, vermelhas e brancas, sobre o caixão. A sensação de fazer aquilo era a pior possível. Nunca mais veria o marido. Ela começou a tremer.

— Adeus, meu querido — disse, emocionada, num murmúrio inaudível para quem estava ao redor. Sentiu uma enorme saudade do marido e, a essa altura, já não conseguia conter alguns filetes de lágrimas, que escorriam quentes pelo seu rosto. — Que pena... — a voz saía cada vez mais trêmula. — Que pena que não pudemos conversar um pouco mais e nos entender. Fomos tão felizes um dia... Por que tínhamos de terminar assim? Sem ao menos um abraço...

Fernanda deu dois passos para trás e, cabisbaixa, retirou-se dali. Não teve coragem de olhar à volta. Com certeza, todo mundo a observava com compaixão e indulgência, e Fernanda não sabia se lhes agradecia o carinho ou se isso a fazia se sentir ainda mais derrotada e diminuída. Sempre lhe incomodara ser alvo de piedade. Talvez por ser uma mulher intimamente frágil, que procurava disfarçar essa fraqueza, enfurnando-se numa armadura emocional que exibia, permanentemente, uma imagem forjada de pessoa bem- resolvida. Agora, protagonizando um momento trágico de perda, onde a dor era indisfarçável, ela sentia suas emoções nuas. Sem máscaras, sem escudos, sem nenhum tipo de defesa contra o olhar e o julgamento alheio, Fernanda estava incomodamente exposta na sua real condição de mulher solitária, ansiosa, insatisfeita e insegura. A viuvez precoce serviria para acentuar ainda mais essas características. Fernanda se segurava. Não queria chorar em público. Faria isso quando estivesse a sós, em casa.

O esforço, no entanto, não durou muito. Enquanto se afastava da sepultura, ela notou uma mulher apressada, pedindo passagem às pessoas aglomeradas no local. Miriam Ortiz era sua melhor amiga, além de advogada no escritório de Guilherme.

Ela trazia os vistosos cabelos louros compridos presos num comportado rabo de cavalo e seu rosto estava recoberto pelas lágrimas quando ela correu para abraçar Fernanda. Seu rosto estava desfigurado pela dor e ela chorava como uma criança. Nesse momento, as comportas se abriram e Fernanda, enfim, extravasou toda a dor represada. Chorou com força, sonoramente, como se nunca mais fosse conseguir parar. Seu peito chegou a doer. Era tudo muito triste.

— Pensei que você não viesse mais — disse Fernanda, olhando para Miriam e abraçando-a novamente. — Que bom que você está aqui. Que bom que você existe — e recomeçou a chorar.

— Desculpe não ter chegado antes. O escritório hoje está uma loucura, com metade dos funcionários aqui. Mas eu não podia deixar de me despedir do Guilherme. Você sabe o quanto ele representou para mim. Não consigo me conformar, Fernanda. Foi tudo tão de repente...

Fernanda enxugou as lágrimas do rosto e recuperou o fôlego.

— O que vai ser de mim agora, Miriam? O que vai ser de mim sem o Guilherme? — o timbre de sua voz diminuía à medida que ela falava. — Estou sozinha.

— Não. Não está. Você tem o seu trabalho, tem a sua irmã, tem os seus amigos, tem a mim. Eu te adoro, amiga, você sabe disso. Vou estar do seu lado. Conte comigo. Você vai vencer isso. Confie em Deus.

Fernanda segurou as mãos de Miriam e ficou assim por alguns segundos, com a boca comprimida. Abraçou-a novamente. Já não conseguia raciocinar direito. Queria ir embora para casa. Era só no que conseguia pensar.

Depois de receber os cumprimentos das pessoas, a maioria amigos e colegas de Guilherme, ela foi caminhando pelo cemitério, amparada por Miriam e Natália. Alcançaram o estacionamento no momento em que um Peugeot azul fazia a última manobra para entrar numa vaga. Breno Vergueiro desceu apressado e ao ver Fernanda andando quase carregada pelas duas, como se estivesse embriagada, correu na direção delas. Aos 34 anos, ele era um jovem bonito e gentil, que trabalhava havia pouco mais de um ano na empresa de Fernanda.

Breno enlaçou Fernanda afetuosamente, sem dizer nada. Numa situação como aquela, realmente havia pouco a dizer e Fernanda compreendeu perfeitamente.

— Vim o mais rápido que pude — ele disse, afinal. — Fiquei sabendo lá na firma.

— Obrigada.

— Eu sinto muito, Fernanda. Se eu puder fazer alguma coisa...

Fernanda não respondeu. Comovida, passou a mão delicadamente pelo rosto dele, em sinal de gratidão, tentando sorrir.

Foi quando ela esticou os olhos por trás de Breno e avistou a sogra. Adelina Figueroa olhava fixamente para eles com um sombrio ar de desaprovação, enquanto o motorista permanecia de pé, com a porta traseira do Mercedes Benz aberta, esperando que ela entrasse.

— Parece que sua sogra não gostou muito de me ver aqui... — disse Breno, embaraçado.

— Como, se ela nem te conhece? — respondeu Fernanda.

Ela voltou o olhar novamente para Adelina, mas a sogra já havia se acomodado no carro. Quando o motorista deu a partida e o Mercedes deixou o cemitério, a brisa fresca começou a soprar mais forte, transformando-se em vendaval, e Fernanda teve um mau presságio. Alguma coisa na expressão e na atitude de Adelina a amedrontara, mas ela não sabia explicar exatamente o que era.

Despediu-se de Breno e, ladeada por Miriam e Natália, completou o percurso até o seu carro. Recostou-se no banco do carona enquanto Natália tomava lugar na direção, e cerrou os olhos, num misto de medo e tristeza.

Durante muitos dias teria pesadelos com aquele olhar de Adelina. Era um olhar frio, quase maligno, repleto de um ódio destrutivo. Fernanda sempre soubera que a sogra a detestava, mas, naquela tarde, pela primeira vez na vida, isso a assustou.

CAPÍTULO 2

As semanas que se seguiram à morte de Guilherme Figueroa foram difíceis, porém, menos angustiantes do que Fernanda previra inicialmente.

Após a missa de sétimo dia do marido, celebrada na igreja de Santa Luzia, vizinha ao escritório de Guilherme, a vida de Fernanda começou a voltar à normalidade. Ela retomou suas atividades na agência de publicidade da qual era sócia minoritária, a Capro – Companhia Atlântica de Propaganda – e, aos poucos, o trabalho foi ocupando seus dias. Não seria fácil deixar para trás os 14 anos de casamento, mas a vida seguia seu curso.

Algo incômodo, porém, estava se passando. Apesar da tristeza e da pena por tudo o que acontecera, uma parte de Fernanda sentia um alívio por não precisar mais conviver com Guilherme. O distanciamento e o rancor vivenciados por eles nos últimos meses continuavam vívidos na memória dela. De marido carinhoso, Guilherme se transformara num estranho, e tudo indicava que logo viraria seu inimigo. O amor havia acabado, o respeito estava de desintegrando e nas últimas semanas Fernanda só pensava em abandonar aquele casamento falido.

Era uma sensação terrível. Como estar aliviada com a morte – veja bem: com a *morte* – de um homem com quem fora casada por tanto tempo? Fernanda horrorizava-se com essa situação, mas não conseguia impedir. E não ousava confidenciá-la a ninguém. Afinal, Guilherme lhe dera segurança, conforto, carinho, e ajudou-a a se transformar na mulher autônoma que era hoje. Sem ele, Fernanda jamais teria chegado aonde chegou.

Formada em Comunicação Social com habilitação em Publicidade e Propaganda e especialização em Comunicação Integrada, Fernanda Soares de Lima Figueroa nasceu e cresceu em Resende, município do interior do estado do Rio de Janeiro, de onde saiu aos 17 anos, para morar na cidade do Rio com a única irmã, Natália, oito anos mais velha. Na época, Natália estava no começo do seu primeiro casamento e trabalhava como advogada. A chegada ao Rio aconteceu no final de um mês de julho e foi um choque para uma moça que poucas vezes havia saído da tranquilidade de Resende. Fernanda pretendia entrar para uma boa universidade e, auxiliada pela irmã, conseguiu transferência da escola em que cursava o último ano do ensino médio, em Resende, para um conceituado colégio católico no Rio de Janeiro, onde entrou no meio do ano, a fim de se preparar para o vestibular.

Foi nesse colégio que Fernanda, conhecendo rapazes e garotas tão diferentes daqueles com os quais convivera durante a infância e a adolescência no interior, começou a despertar de fato para a vida e a perceber como a realidade era muito mais complexa do que aquele pacato mundo no qual vivera até então. E foi também lá, em plena sala de aula, que ela se apaixonou pela primeira vez.

Primeira e, talvez, única vez.

Ricardo era o nome dele. Um rapaz magro, simpático e muito inteligente. Pelo que soube, estudava lá desde o jardim de infância. Era sério, reservado e tinha olhos negros tão penetrantes, que só de olhá-los Fernanda sentia seu coração se descontrolar. Ela o achava lindo e meio misterioso e, lutando contra uma timidez quase paralisante, forçou-se a se aproximar dele e fazer com que ele percebesse o seu interesse. Era uma atração irresistível. Numa tarde, durante um trabalho em grupo do qual os dois participavam com duas outras colegas, Fernanda aproveitou um momento em que eles estavam a sós e tentou se declarar, mas as palavras não saíram. Naquele momento, Fernanda suspeitou que ele também sentia alguma coisa por ela. Ele a olhava de uma maneira diferente, parecia ser ainda mais tímido do que ela e se comportava como se nunca tivesse entendido direito as investidas que Fernanda fizera. Quando o ano letivo acabou e a turma se separou, Fernanda se angustiou ao se dar conta de que o convívio com Ricardo acabara e que, por timidez, sequer lhe pedira um número de telefone.

Foi uma paixão que calou fundo. Fernanda, até hoje, sonhava frequentemente com Ricardo, seu corpo franzino e delicado, como que suplicando por carinho, seu jeitinho tímido e seus olhos grandes e escuros. Perguntava-se como estaria ele hoje; se teria se casado, se também se lembraria dela da mesma forma... Ela nunca mais o vira e nem soubera notícias dele. De vez em quando, tentava localizá-lo em *sites* de buscas ou e nas redes sociais da internet, mas a busca nunca dava em nada.

Hoje, olhando para trás, Fernanda arrependia-se de não ter tido a coragem necessária para se declarar a ele naqueles maravilhosos quatro meses nos quais conviveram, mas era fácil para uma mulher vivida, como ela era agora, tentar reescrever mentalmente o passado, ignorando todos os conflitos e inseguranças que a afligiam naquela época. Fernanda nunca se conformou e, intimamente, sentia que aquela paixão não consumada jamais acabara de verdade.

Naquele verão, após a conclusão dos estudos escolares, Fernanda foi aprovada no vestibular e entrou logo para a universidade. Os anos passaram e a faculdade representou uma nova etapa de vida para ela. Lá, Fernanda fizera várias amizades – a maioria das quais acabou se perdendo depois da formatura, quando cada qual seguiu sua vida e os contatos foram se diluindo gradativamente até se perderem por completo. Uma das amigas mais próximas na ocasião – e com quem hoje Fernanda tinha contatos apenas esporádicos – era uma moça da mesma idade, alegre e muito desembaraçada chamada Mônica, filha de Salvador Saldanha, sócio fundador de um grande escritório de advocacia. O mesmo escritório do qual Guilherme Figueroa também era sócio.

Foi na festa do vigésimo aniversário de Mônica, comemorada com pompa nos salões da Villa Riso, em São Conrado, que Fernanda, na ocasião também com vinte anos, e Guilherme, então com 36, se conheceram. Ela compareceu à celebração como amiga de Mônica e ele, por consideração a Salvador Saldanha, que havia convidado todos os amigos e os colegas mais próximos do escritório. Encontraram-se pela primeira vez casualmente nos jardins da Villa e, meses mais tarde, Guilherme lhe confessaria que se apaixonou por ela no exato momento em que a viu. E que, ao conversar com ela naquela noite, percebeu, de imediato, que não estava apenas diante de uma jovem bonita e graciosa, mas também de uma mulher inteligente, espirituosa e bastante amadurecida. Fernanda sempre fora dona de uma beleza discreta, daquelas que chamam a atenção sutilmente. Uma beleza que, se não causa furor imediato, seduz os homens lentamente, como um cântico sereno e melodioso que vai se infiltrando de mansinho na alma das pessoas, até dominar o coração de forma arrebatadora.

Apesar da idade e das vivências, Fernanda era ainda, naquela época, uma moça um tanto ingênua que, por algum motivo – talvez ainda as saudades de Ricardo –, não conseguia se relacionar com ninguém. Ela atravessava um dilema perturbador. Nenhum rapaz do seu círculo de amizades era interessante o suficiente para atraí-la a ponto de fazê-la pensar num relacionamento mais duradouro, mas a solidão em que vivia, ainda que fosse voluntária, incomodava-a imensamente. Sentia falta de um namorado, de ter um homem ao lado, alguém para ir ao cinema assistir a um filme romântico de mãos dadas, um homem com um ombro aconchegante e um olhar cativante, que lhe sugerisse coisas silenciosamente, enquanto sussurrava em seu ouvido palavras carinhosas e docemente picantes. Era como se a lembrança de Ricardo e de tudo o que não viveram a assombrasse, congelando-lhe o coração sempre que um homem se aproximava com alguma intenção amorosa. Isso era terrível.

Na ocasião em que conheceu Guilherme e começou a sair com ele, Fernanda vivia permanentemente ansiosa. Volta e meia era atormentada por sonhos intensos, em que rolava na areia de uma praia nublada e deserta, abraçada a um homem viril e carinhoso.

Enquanto as ondas investiam contra a areia, produzindo rugidos ritmados, o homem apertava-se contra o seu corpo e acariciava-lhe os braços e o pescoço, enquanto ela suplicava em êxtase: "Não, não..."; para, logo depois, acordar incendiada por sensações inconfessáveis, que a ausência de autocensura do sono liberara. Um psicólogo experiente poderia fazer as mais variadas interpretações desses sonhos, mas Fernanda sabia que era a carência protestando dentro de si. O corpo estava lhe cobrando um preço pela abstinência amorosa. A angústia era consequência da solidão e, caso não revertesse isso, sua vida, em pouco tempo, se transformaria num martírio sufocante.

O problema maior era a rígida educação que Fernanda recebera. Ela estava de tal maneira armazenada no seu inconsciente, que mesmo o convívio com uma sociedade mais liberal desde a sua chegada ao Rio de Janeiro não foi capaz de reverter. Sua mãe era uma mulher excessivamente religiosa e casmurra, e criou as filhas dentro de ensinamentos morais antiquados, que classificavam o impulso sexual feminino como uma aberração, uma imundície. Segundo ela, a mulher que sentisse ou, pior ainda, demonstrasse desejo sexual por alguém, estava condenada a viver na sarjeta como uma prostituta incapaz de formar uma família e construir um lar digno. Essas ideias, conjugadas com uma sensualidade inata e crescente, levaram Fernanda a uma timidez aflitiva e, em dado momento, ela esteve em vias de surtar. Talvez devesse ter feito uma terapia, mas também as suas impressões sobre os psicanalistas, mais uma vez incutidas pela mãe – sempre por ela –, não eram as mais lisonjeiras. Afinal, "psicanalistas são para os loucos e não há, nem nunca houve um louco em nossa família" – ela declarava com o seu jeito altivo, que não dava margem a argumentações. Por muito tempo, Fernanda acreditou nisso até, um dia, concluir que sua mãe, sim, era louca.

Mas a chegada de Guilherme mudou tudo. Nada como um homem inteligente e experiente para oferecer a segurança e a compreensão de que uma mulher necessita para se descobrir e se aceitar, sem pressa, sem atropelos. Guilherme percebeu, imediatamente, que tipo de moça era Fernanda e como ela pensava e optou por aproximar-se devagar, a fim de não assustar aquela jovem arisca e arredia. Naquela noite, conversaram formalmente, mas com desenvoltura o bastante para constatarem que tinham muitas afinidades. Ambos detestavam esportes, adoravam jazz, artes plásticas e balé e costumavam acordar cedo para sentir o frescor da aurora. Guilherme falou-lhe do último balé que assistira – *Coppélia*, no Theatro Municipal –, e Fernanda não conseguiu disfarçar seu encantamento. Guilherme notou e, passados alguns minutos, sugeriu, casualmente, que poderia acompanhá-la ao teatro qualquer dia, já que o balé continuaria em cartaz até o final do mês. Perturbada e sem graça, Fernanda respondeu com evasivas, sem aceitar ou recusar. Guilherme não tocou mais no assunto e, pouco depois, despediu-se dela, alegando que precisava voltar para casa, pois teria uma reunião de trabalho na manhã seguinte.

Fernanda sentira uma pontada de decepção com aquela despedida repentina e, por uma semana, pensou em Guilherme, sentindo sua ausência, tentando relembrar cada detalhe da conversa que tiveram. Achou que não mais o veria, pois ele não lhe pedira seu telefone e ela não teria coragem de procurá-lo, mesmo sabendo onde encontrá-lo. Ainda mais porque nem sabia se ele era solteiro ou se tinha namorada (Fernanda reparara, apenas, que ele não usava aliança). Pensou que um homem daqueles, bonitão, bem-sucedido e, ainda por cima, culto, devia ter uma fila de mulheres loucas para fisgá-lo, e Fernanda considerava-se tão desajeitada e sem atrativos que, passados alguns dias, acabou se conformando com a sua condição de mulher solitária e procurou esquecê-lo.

Guilherme, no entanto, estava apenas ganhando tempo e, dez dias depois da festa, num final de manhã parcialmente ensolarado, esbarrou com Fernanda na saída da universidade onde ela estudava. Fernanda tremeu por dentro. Guilherme estava lindo, dentro de um alinhado terno cinza-grafite e com uma gravata vermelha e usava um perfume suave de fragrância amadeirada, que exalava charme e virilidade. Quando ele retirou do bolso os dois ingressos para *Coppélia*, Fernanda concluiu que aquele encontro não fora coincidência.

Na verdade, Guilherme tinha conversado com Salvador Saldanha e lhe perguntado sobre os progressos nos estudos da filha. Orgulhoso, Salvador acabou contando tudo o que sabia sobre a faculdade de Mônica, inclusive seus horários. Como Fernanda comentara, na festa, que ela e Mônica eram colegas na universidade, Guilherme concluiu que lá seria o melhor lugar para encontrá-la.

Fernanda ficou feliz ao vê-lo e sentiu um arrepio gostoso no estômago. Tudo estava acontecendo naturalmente. Parecia que Guilherme estava mesmo interessado por ela, que não queria apenas uma aventura. E ela, com um sorriso embaraçado, aceitou o convite para o balé,. Foi uma noite maravilhosa. Depois do teatro, Guilherme levou-a para jantar num restaurante fino, no Leblon, e depois, deixou-a em frente ao prédio da irmã, junto ao parque da Catacumba, não sem antes pedir seu telefone.

Na tarde seguinte, mandou-lhe uma dúzia de rosas vermelhas, para "agradecer a companhia maravilhosa de ontem". Fernanda derreteu-se. À noite, ele ligou, perguntando se ela não gostaria de ver uma exposição de gravuras de Goya, que acabara de ser inaugurada no Museu de Arte Moderna. E foi lá, nos jardins do museu, depois de saírem da mostra, que eles deram as mãos inadvertidamente e, enquanto passeavam acariciados pela brisa fresca da noite, abraçaram-se e trocaram o primeiro beijo.

O romance dos dois começou a partir daí. Namoraram durante quase um ano, até que, durante um jantar no Dia dos Namorados, Guilherme deu a Fernanda um solitário de brilhante e pediu-a em casamento. Guilherme estava com 38 anos e Fernanda com 22 quando formalizaram a união, 11 meses depois, numa agradável tarde de maio, durante uma cerimônia simples numa graciosa igreja no Alto da Boa Vista, para poucos convidados. Passaram a lua de mel na Serra Gaúcha e alguns meses mais tarde, durante as férias de Guilherme na firma, partiram para uma viagem de três semanas pela França, a tempo de voltarem para a formatura de Fernanda, em janeiro.

Instalaram-se num belo e arejado apartamento de 280 metros quadrados de frente para a praia de Ipanema, que foi o presente de casamento de dona Adelina Figueroa, a mãe de Guilherme, uma milionária seca e nada afetiva, que morava praticamente sozinha numa mansão no Cosme Velho. A relação de Fernanda com a sogra fora distante desde o primeiro dia em que Guilherme levara a noiva para conhecer a mãe, durante um almoço excessivamente protocolar e cerimonioso. Fernanda lembrava-se de Adelina ter-lhe feito perguntas bastante invasivas sobre a sua infância e sua família e de ter se decepcionado com as respostas. De todo modo, ela não tinha como vetar o casamento de um homem independente de quase 40 anos, mesmo sendo ele seu filho único. E apesar de ter dado o apartamento a eles, ela pouquíssimas vezes estivera lá para visitar Guilherme; menos de dez em 14 anos. Era Guilherme quem ia vê-la, na casa dela, todas as semanas, e Fernanda percebeu desde logo que a sogra preferia que o filho fizesse essas visitas desacompanhado.

Com o casamento, Fernanda conheceu uma vida de luxo, conforto e viagens, e passou a desfrutar de uma segurança emocional e material que nunca tivera. Para muitas mulheres, isso bastaria para deixá-las realizadas, mas Fernanda não tinha a menor intenção de se tornar uma dondoca, do tipo que gasta as tardes perambulando por lojas caras e tomando drinques com amigas, enquanto o marido dá expediente no escritório. Até porque ela era realista o bastante para saber que esse conto de fadas poderia ser transitório e que, nos tempos atuais, os casamentos eram frágeis e, muitas vezes, terminavam por motivos banais. Fernanda queria trabalhar, ganhar seu dinheiro e, dessa maneira, sentir-se dona do próprio destino. Tinha verdadeiro pavor de terminar como sua mãe, que passara a vida à sombra do marido, aprisionada numa rotina espartana e sem graça e totalmente dependente do dinheiro dele. Tão logo voltou da França e apanhou seu diploma, saiu à cata de um emprego na sua área.

Não foi fácil. Durante meses, ela enviou o currículo a diversas agências de propaganda, sem obter resposta. Angustiada e desanimada, estava quase a ponto de desistir quando, mais de um ano depois, acompanhou Guilherme a um jantar num hotel de luxo da orla de Copacabana. Lá, conheceu Noé Kaufman, dono da agência de propaganda Capro, que havia contratado o escritório de Guilherme para defendê-lo num processo aberto por um compositor obscuro, que acusara a agência de usar a versão instrumental de uma música supostamente de sua autoria no comercial para a televisão da nova linha de pratos congelados de uma famosa indústria alimentícia. Como a autoria não foi comprovada, a agência acabou vencendo o processo e, naquela noite, Kaufman convidara os advogados que o representaram para celebrar a vitória.

Até hoje Fernanda não sabia se foi por cortesia a Guilherme ou por genuíno interesse no seu trabalho, mas o fato é que, ao saber que Fernanda era formada em publicidade, Kaufman sugeriu que ela lhe encaminhasse o seu currículo e um portfólio para uma avaliação. Fernanda fez isso já no dia seguinte e uma semana mais tarde, Kaufman lhe telefonou pessoalmente e ofereceu um estágio no departamento de criação da firma, a título de experiência.

A Capro ocupava todo um andar do Quartier Ipanema, um imponente edifício de escritórios envidraçado em frente à praça Nossa Senhora da Paz, a pouco mais de três quarteirões do seu prédio, e Fernanda entusiasmou-se com a possibilidade de ir a pé todos os dias para o trabalho. Ela percebeu, acima de tudo, que esse estágio era uma preciosa porta que se abria; uma oportunidade única numa época adversa em que a concorrência por emprego era acirrada mesmo entre profissionais qualificados, e ela estava firmemente disposta a investir todo o seu talento e competência a fim de persuadir Kaufman a efetivá-la na agência.

Na ocasião, a Capro estava desenvolvendo uma campanha para o lançamento no mercado de uma marca de sabonetes. A dupla de criação escalada pela agência para realizar a tarefa havia optado por peças que realçavam o perfume dos sabonetes e faziam alusão a brisas soprando em jardins floridos e discretamente ensolarados. A intenção era transmitir a ideia de que quem usasse os sabonetes automaticamente transformaria o ambiente à volta num colorido e agradável jardim perfumado. A campanha estava quase aprovada, quando Fernanda interferiu, afirmando que essa era uma estratégia que já havia sido utilizada em inúmeros anúncios com o mesmo perfil e que, portanto, nada tinha de original. E sugeriu que, em vez dos jardins, as atrizes que protagonizariam as peças fossem transportadas para ambientes sofisticados, tais como grandes transatlânticos, hotéis cinco estrelas, restaurantes de luxo e idílicos deques à beira-mar, acompanhadas do *slogan* "requinte à flor da pele". Noé Kaufman amou a ideia e acatou-a na hora.

Como o prazo que tinham acertado com o cliente estava quase se esgotando, a agência precisou reformular a campanha em tempo recorde. Em uma semana, foram feitas fotografias e filmagens nos salões do Copacabana Palace, num *resort* em Angra dos Reis, no *foyer* do Theatro Municipal do Rio de Janeiro, no modernista Instituto Moreira Salles, na rua Oscar Freire, em São Paulo, e até à beira da piscina de um transatlântico que havia chegado naqueles dias ao porto do Rio. O resultado foi surpreendente e a campanha, um sucesso. Fernanda foi contratada pela agência e viu seu prestígio lá dentro decolar rapidamente. Em cerca de três anos, sua criatividade, aliada a um preciso senso de oportunidade e a uma dedicação quase canina ao trabalho, conquistaram a admiração e a confiança de Noé Kaufman, levando-o a promovê-la ao cargo de diretora de criação.

Cerca de cinco anos mais tarde, as mortes dos pais de Fernanda, ocorridas num intervalo de meses, coincidiram com o falecimento do sócio minoritário de Kaufman, Vicente Medeiros, vitimado por um câncer no pâncreas. A família de Medeiros, em nada familiarizada com o ambiente publicitário, resolveu desfazer-se da participação dele na firma. Nessa época, Fernanda e sua irmã Natália haviam recebido a herança dos pais, resultantes da venda do sítio e dos poucos imóveis que eles possuíam nas regiões de Resende e Barra Mansa, com exceção de uma graciosa casa em Itatiaia, que Fernanda reformou e para onde ia de vez em quando, com Guilherme ou mesmo sozinha, respirar o ar puro da serra. O dinheiro deixado pelos pais era mais do que suficiente para adquirir as ações de Medeiros e, como Noé Kaufman não se mostrara muito interessado nelas, Fernanda procurou os herdeiros e fechou a compra, tornando-se, daquele dia em diante, sócia da Capro, onde passou a acumular os cargos de diretora de criação e vice-presidente.

Fernanda lembrava-se, com saudades, de quando chegara em casa no final daquele dia e fora surpreendida por Guilherme e vários dos seus amigos. Guilherme havia, sem ela saber, organizado uma festa para comemorar a compra das ações. Ele era o seu maior incentivador e vibrava com cada vitória profissional dela. Foi uma pena que um casamento tão bom tivesse tido um fim tão melancólico – primeiro, com a crise, e depois, com a morte de Guilherme.

Passava um pouco do meio-dia de uma quarta-feira ensolarada e fria de meados de maio, quando Fernanda encontrou-se com a amiga Miriam Ortiz para um almoço no sofisticado restaurante Bazzar, na rua Barão da Torre, em Ipanema, a pouco mais de dois quarteirões da sede da Capro. Miriam trabalhava no escritório de Guilherme, no Centro da cidade, mas naquele dia, havia conseguido uma folga matinal por causa de uma mamografia de rotina e aproveitou a oportunidade para encontrar Fernanda, com quem não se sentava para conversar a sós desde a semana do enterro. O dia não era dos mais apropriados para passar tanto tempo fora do escritório, já que havia montanhas de trabalho acumulado e, para complicar, um dos *office boys* da empresa tinha adoecido e estava se recuperando num hospital na Tijuca. Miriam pretendia visitá-lo até o fim da semana.

Fernanda estava menos abatida, mas seu rosto ainda não havia recobrado a aparência saudável de antes. Suas olheiras eram disfarçadas por uma maquiagem muito bem-aplicada e o cabelo andava precisando de um trato. Ela havia emagrecido um pouco, seus olhos ostentavam uma total ausência de brilho, mas ela continuava a se vestir com elegância, porém sem pompa, como era o seu estilo. Naquele início de tarde, usava um conjunto de calça comprida de lã azul-marinho e casaco marfim, abotoado na frente. Sob o cabelo castanho liso, entrevia-se um discreto par de brincos de platina e brilhante.

As duas sentaram-se numa mesa do primeiro andar do restaurante e pediram as entradas. Fernanda escolheu um *carpaccio* de pato com queijo de cabra e rúcula, enquanto Miriam optou por uma salada verde com nozes, peras *brûlée* e molho de gorgonzola com Porto. Para beber, sucos de frutas.

— Como você está passando esses dias? — perguntou Miriam assim que a garçonete serviu os pratos e afastou-se. — Faz tempo que a gente não conversa assim, cara a cara.

Fernanda terminou de mastigar uma fatia do *carpaccio* e respondeu, desanimada:

— Eu sinto como se tivesse ligado o piloto automático. — Era meio duro para Fernanda ficar falando de si. Isso a fazia se sentir uma coitada. — Como se a vida estivesse me levando por aí, sem me perguntar para onde. Ando sem nenhum entusiasmo para as coisas. Tudo parece meio sem graça. Estou me sentindo meio que um trapo.

— Imagino que esteja sendo duro para você. Foi tudo tão de repente — Miriam assumiu um ar distante e pronunciava cada palavra com grande intensidade. — O Guilherme era um cara maravilhoso. Lá no escritório o pessoal não se conformou até agora.

Miriam era uma moça extraordinariamente bela, uns dois anos mais moça do que Fernanda, mas aparentando ainda menos. Em comum com Fernanda tinha o casamento com um homem mais velho – Jorge, dono de uma farmácia de manipulação – com quem tivera seu único filho, Márcio, hoje com oito anos. Mas o temperamento das duas era completamente diferente e era incrível que uma amizade sólida houvesse florescido nessas condições.

Naquele dia, Miriam usava um terninho risca de giz, o traje austero de uma advogada em dia de expediente. Era o tipo de roupa bem-comportada que atenuava sua aparência atrevida e sensual e servia para criar uma barreira entre ela e os engraçadinhos que eventualmente se aproximavam com cantadas inconvenientes. Ela dizia não admitir esse tipo de situação no horário de trabalho. Nem tanto por ser casada, mas porque não gostava de misturar as coisas. Odiava não ser levada a sério por homens chauvinistas que, muitas vezes até no fórum, preferiam esquecer que era uma advogada inteligente para enxergá-la apenas como uma mulher interessante e disponível para as investidas mais ridículas.

Quando não estava trabalhando, porém, Miriam vestia-se com a maior simplicidade e não eram raras as ocasiões em que aparecia para jantar num restaurante fino sem qualquer maquiagem no rosto, com o cabelo displicentemente preso num rabo de cavalo e usando a básica combinação de camiseta, jeans e tênis. Para Fernanda, essa aparente ausência de vaidade fora do ambiente profissional talvez fosse um sinal de autoconfiança. Miriam era tão bonita, com seus cabelos louros naturais e vistosos e um rosto provocante, combinando traços angelicais com uma expressão maliciosa, que qualquer adereço mais caprichado parecia dispensável.

Fernanda terminou de comer o *carpaccio* e deu um suspiro melancólico.

— O pior de tudo é voltar todos os dias para casa e encontrar o apartamento escuro e vazio, sabendo que Guilherme não chegará dali a instantes e sentará comigo na sala para jantarmos, como fazíamos todas as noites — Fernanda torceu os lábios, meio sem graça. Miriam sabia de toda a sua vida e não adiantava mentir para ela, fingindo que ainda vivia um casamento perfeito quando Guilherme morreu. — Bem... mesmo nos últimos tempos, quando entramos em crise e a nossa vida se transformou num inferno, às vezes ainda jantávamos juntos. Cada vez menos, é verdade.

Miriam preferiu não fazer comentários. De que adiantava discutir aquilo agora?

— Acredita que até hoje não tive coragem de abrir o armário dele? — disse Fernanda.

— Jura? — Miriam pareceu realmente estarrecida. — E se tiver algum documento importante lá dentro? Você já começou a cuidar do inventário?

— Acho que a minha sogra está se encarregando disso. Sinceramente, não estou muito preocupada. Como eu e Guilherme não tivemos filhos, a herança vai ser repartida entre mim e a dona Adelina.

Sem querer, Fernanda tocara num ponto sensível da sua vida e Miriam, de repente, deixou escapulir uma pergunta da qual se arrependeu um segundo depois.

— Por que vocês nunca quiseram ter um filho?

Fernanda contraiu-se. Aquele assunto a incomodava além da conta.

— Desculpe ter falado nisso — disse Miriam, com um sorriso meio encabulado. — Sei que é desagradável para você...

— Não é desagradável — reagiu Fernanda. — Simplesmente, é um assunto tolo. Não acho que um casal tenha obrigação de ter filhos. Acontece que, no princípio, eu tinha uma carreira com que me ocupar. Não conseguiria conciliá-la com a criação de uma criança. Ter filhos é uma coisa muito séria e exige renúncias. Eu não podia renunciar à minha carreira.

— Tudo bem — disse Miriam. — Mas a sua carreira está consolidada há muitos anos. Você podia ter tido um filho depois disso. Ou até *vários* filhos.

A garçonete aproximou-se para recolher os pratos e as duas voltaram a ler o cardápio, a fim de escolher o prato seguinte. Fernanda pediu um risoto de Grana Padano com presunto cru e folhas de mostarda. Miriam demorou um pouco mais a se decidir e acabou optando por um frango grelhado ao azeite e alecrim. Elas pediram, também, duas taças de um vinho tinto português e água mineral sem gás para acompanhar.

— Ou será que você não quis ter filhos porque não amava o Guilherme de verdade? — continuou Miriam.

Fernanda sentiu-se indignada até o fundo da alma. Como ela tivera coragem de insinuar uma coisa tão absurda?

— O que deu em você para falar uma barbaridade dessas? É claro que eu amava o Guilherme. Um casamento de 14 anos não duraria se...

— Não duraria se vocês alimentassem alguma hostilidade séria ou se não houvesse nenhuma amizade. Ai, Fernanda, eu te conheço tão bem... Você não precisa mentir para mim, né? Você gostava muito do Guilherme, mas nunca foi apaixonada por ele. O Guilherme era, para você, mais do que tudo, um amigão. E ele era um homem interessante, carinhoso e muito fácil de conviver. Até começar essa crise entre vocês, ele nunca atrapalhou a sua vida. Você sempre fez o que quis, porque o Guilherme tinha uma cabeça boa e sabia respeitar o seu espaço. Você era livre dentro de um casamento estável, tranquilo e sem conflitos.

Fernanda não queria concordar com ela, mas sentia que tudo o que Miriam lhe dizia era a mais pura realidade. Ela tentou forjar uma expressão de fastio, quando retorquiu:

— Eu também respeitava o espaço dele. Havia amor entre nós. Eu o amava.

— O que eu quis dizer é que você nunca foi *apaixonada* por ele. Estou falando de paixão, entendeu? *Paixão*! Daquelas que fazem a gente perder o juízo, que deixam a gente sem ar. Com sinceridade, me diga: alguma vez você sentiu suas pernas tremerem, sua voz gaguejar ou seu coração disparar quando esteve com o Guilherme?

Fernanda começava a ficar angustiada com aquela conversa.

— Seja sincera, Fernanda. Eu não estou te julgando.

A garçonete trouxe os pratos e Fernanda tratou de colocar imediatamente uma garfada de risoto na boca, a fim de retardar ao máximo a resposta. Miriam olhou demoradamente para o lado e depois voltou-se novamente para Fernanda:

— Está vendo aquele rapaz ali?

Fernanda terminou de mastigar o risoto enquanto corria os olhos pelo salão.

— Que rapaz?

Miriam fez um gesto sutil com a cabeça para a direita.

— Aquele gatinho que está sentado ali. A duas mesas da nossa. Disfarça e dá uma olhada.

Fernanda girou o rosto devagar para o lado. Era um rapaz bonito, de cabelos pretos, muito bem-escovados e um rosto marcante, quadrado, bem viril. Ele era jovem, devia ter em torno de 25 anos e vestia um suéter verde-escuro. Olhava sem o menor pudor para a mesa delas e quando Fernanda o encarou, ele imediatamente entreabriu um sorrisinho malicioso.

— Parece que ele gostou de você — provocou Miriam, depois de engolir um pedaço do frango. — Está te encarando direto. Aí, hein?

Constrangida e nervosa, Fernanda virou o rosto na mesma hora e apanhou outra garfada do risoto.

— Que atrevimento... — resmungou, enquanto mastigava.

Miriam quase riu.

— "Atrevimento" por quê?

— Acabei de ficar viúva e esse garoto fica me encarando como se eu estivesse à mostra numa vitrine.

— Ai, Fernanda... ! Você, às vezes, é tão sem noção, sabia? Para início de conversa, ele não é um garoto. É mais jovem do que você, mas já é um homem. E que homem... Nossa...! E, além do mais, ele não te conhece. Como pode adivinhar que você ficou viúva?

— Ele pode não saber, mas você sabe. E não entendo por que resolveu dar uma de alcoviteira agora. Só falta você se levantar e chamar o garoto para se sentar aqui com a gente.

— Olha que, com quatro taças de vinho, eu chamo mesmo — Miriam riu, tomando mais um gole da bebida. — Bem, eu queria mexer um pouco com as suas sensações e acho que consegui. Se o gatinho ali te incomodou a ponto de deixá-la irritada é porque, lá no fundo, ele fez você sentir alguma coisa. Do contrário, você não teria dado a mínima.

Fernanda bebeu o vinho. A ação do álcool aliviou um pouco a sua censura e ela quis olhar novamente para o rapaz, mas ainda não tinha coragem.

Miriam comentou:

— Isso poderia, veja bem, *poderia* ser o comecinho de uma paixão louca se você e o gato estivessem dispostos a se aproximar um do outro, conversar e marcar de sair. Era isso o que eu estava querendo dizer antes. Que você nunca teve essas emoções violentas com o Guilherme. Foi tudo sempre muito tranquilo entre vocês dois. Tranquilo até demais. Olha, eu não aguentaria nem seis meses um casamento assim, sem graça. Que dirá 14 anos.

Fernanda tomou outro gole do vinho e, sentindo-se ainda mais solta, voltou a olhar para o lado, desta vez mais demoradamente. O rapaz estava todo concentrado no prato que comia. Fernanda esperou alguns segundos e olhou novamente. Ele continuava a comer e não olhou de volta. Parecia muito seguro e tranquilo e Fernanda odiou-o por isso. Por que ele a ignorava agora, se antes a havia encarado de maneira tão sugestiva? No fundo, ela adoraria que ele a cortejasse, ainda que fosse só com os olhos. Ele era mesmo interessante e atraente. Naturalmente, ela se faria de desentendida caso ele se aproximasse, e não cederia facilmente a uma cantada. Mas a sua autoestima iria lá para o alto, em vez de desmoronar como estava acontecendo.

— Não quero mais falar sobre isso — declarou ela, secamente, tentando se recompor. — Que diferença faz, agora, se eu era ou não era apaixonada por Guilherme? Mesmo porque, por mais que eu repita que era, você não vai acreditar mesmo, né?

Miriam terminou de comer, ajeitando os talheres sobre o prato.

— Não me leve a mal, amiga — disse ela, num tom de voz apaziguador. — Eu só quero que você seja feliz. Você ainda é jovem e tem muita vida pela frente.

O pior de tudo era que Miriam estava coberta de razão e Fernanda envergonhava-se por admitir aquela verdade. Era como uma traição póstuma a Guilherme. Eles viveram juntos momentos lindos, inesquecíveis. A convivência fez com que Fernanda, ao longo dos anos, aprendesse a amá-lo e a admirá-lo. Mas paixão, dessas que tiram totalmente a paz interior e deixam o corpo num permanente estado de ansiedade e ebulição, de fato, ela nunca teve por ele.

Fernanda franziu o cenho quando viu um casal entrar no restaurante e ser conduzido à mesa exatamente ao lado em que elas estavam. A mulher era alta e ao se sentar bloqueou a visão que Fernanda tinha do rapaz bonitão. Fernanda ainda se perguntou uma última vez o que teria acontecido para ele, sem mais nem menos, passar a ignorá-la deliberadamente, e começou a fazer mil especulações sobre a sua aparência, que devia estar horrível. O rapaz era bem jovem, e Fernanda, de repente, sentiu-se uma matrona desengonçada.

Ela teve os pensamentos interrompidos pela garçonete, que viera recolher os pratos. As duas, então, pediram *sorbet* de figo com nozes de sobremesa e duas taças de vinho do porto. Miriam perguntou:

— O que você pretende fazer daqui pra frente?

Fernanda alteou uma sobrancelha.

— Nada de muito original — ela soltou o ar das narinas, num gesto de desânimo. — Vou continuar na agência e estou com vontade de fazer alguma outra coisa; talvez um curso noturno, sei lá... Não gosto de ficar naquele apartamento sozinha. Minha irmã me fez companhia lá nas primeiras semanas depois que Guilherme morreu, mas já voltou para a Paraíba, onde está a vida dela. Natália tem marido e filhos. Não podia ficar mais.

Além disso, as duas não eram muito próximas. Fernanda, por alguma razão, tinha vergonha de falar sobre isso abertamente. Ela e Natália se afastaram bastante nos últimos anos, sobretudo depois da morte dos pais. Não que se detestassem, mas talvez a vida adulta tivesse mostrado que elas não tinham quase nada em comum. Eram irmãs e estranhas ao mesmo tempo.

— A verdade, Miriam — Fernanda suspirou —, é que preciso me acostumar à ideia de que, agora, sou uma mulher sozinha.

— E pretende ficar sozinha para sempre?

Fernanda contraiu os lábios.

— Por enquanto, vou ficar sim — ela quis parecer decidida, mas percebeu que Miriam não estava acreditando muito. — O corpo de Guilherme nem esfriou. Não tenho ainda o direito de pensar em ter alguém.

A garçonete trouxe as sobremesas e o vinho do Porto. Miriam ergueu a pequena taça com a bebida para Fernanda e disse, em sinal de rendição:

— Está certo. Você é que sabe — ela tomou um gole e, após uma pausa, comentou: — Só espero que você também não tenha desistido da sua vida social. Já escolheu com que roupa vai à festa na casa do Salvador?

Salvador Saldanha, sócio, junto com Guilherme, do Saldanha & Figueroa Advogados, escritório onde Miriam trabalhava, estava desde janeiro – antes, portanto, da morte de Guilherme – organizando uma grande recepção na casa dele, em São Conrado, para comemorar os 25 anos da empresa.

A festa, que aconteceria dali a dez dias, no sábado, dia 24, quase foi cancelada por causa da morte de Guilherme. Mas Salvador resolveu mantê-la em homenagem a Guilherme, que tinha sido um dos maiores entusiastas da celebração.

— Ainda não — disse Fernanda. — Nem sei se eu vou. Não estou no clima de festa.

— Você e a dona Adelina herdaram a parte do Guilherme na sociedade com o Salvador. A presença das duas vai ser muito importante. É a festa do escritório, poxa...

Fernanda terminou de comer a sobremesa, relutando sobre o que iria dizer a seguir. Mais uma vez, o vinho afrouxou sua censura.

— Dona Adelina... Esse é outro problema na minha vida.

Miriam arregalou os olhos, surpresa.

— Por quê?

— Ela me detesta. Sempre me detestou. Eu sei disso. Ela nunca disfarçou. Agora, com a morte de Guilherme, deve estar me odiando ainda mais. Com certeza, está me acusando de ter sido uma esposa relapsa ou algo assim — Fernanda sentiu um aperto de tristeza no peito. — Lamento tanto que as coisas tenham de ser desse jeito. Por incrível que pareça, tenho o maior carinho pela dona Adelina. Procurei me aproximar dela de todas as maneiras desde que fiquei noiva do Guilherme, mas ela sempre se esquivou. Até hoje, desde o enterro, não tive coragem de falar com ela, nem pelo telefone. Se bem que ela também não me procurou.

— Que situação, hein?

Fernanda fez um gesto para a garçonete e complementou:

— Sei que isso é horrível de se pensar, mas eu, sinceramente, não gostaria nem um pouco de encontrar a dona Adelina na festa do Salvador. Vai ser muito constrangedor.

A garçonete se aproximou. Fernanda pediu duas xícaras de café e a conta.

Miriam disse:

— Se é assim, vou verificar no escritório se a dona Adelina confirmou presença. Mas mesmo se ela for, você não pode deixar de ir. Pelas conversas que tenho ouvido lá no escritório, vai ser uma festa e tanto.

— Vou pensar.

— Deixe de ser medrosa, Fernanda. Vai ser bom pra você quebrar um pouco essa rotina, ver gente diferente e curtir um ambiente animado. Se a dona Adelina aparecer, você dá boa noite para ela e depois, se quiser, vai embora. O importante é você marcar presença na festa. Nem que fique só uma hora. Eu vou estar lá e você pode se apoiar em mim, se quiser.

Fernanda sorriu, agradecida. A garçonete trouxe os cafés e as duas pagaram a conta. Ao saírem do restaurante, elas foram caminhando devagar pela tranquila e arborizada rua Barão da Torre. Uma forte corrente de ar frio soprava por entre a fileira de prédios baixos, e elas entraram em desespero ao perceber os cabelos fora de controle. Dobraram, em seguida, à direita na rua Maria Quitéria e despediram-se com um abraço diante da entrada lateral da galeria comercial sobre a qual se erguia o edifício onde funcionava a agência, na esquina com a Visconde de Pirajá.

— Eu te ligo mais tarde. Ou amanhã. — disse Miriam, dirigindo um último aceno com a mão para Fernanda, antes de fazer sinal para um táxi que acabara de parar no semáforo vermelho.

Fernanda esperou Miriam se sentar no táxi e entrou no prédio, subindo, melancólica, a escada rolante até a sobreloja, onde ficava o *hall* dos elevadores. Ao chegar à agência, deixou a bolsa sobre a sua mesa e, munida de uma escova, foi direto ao banheiro disposta a consertar o estrago que o vento havia feito no cabelo.

Ela apoiou os dois braços na bancada de mármore da pia e mirou-se demoradamente no espelho. Rememorou toda a conversa que acabara de ter com Miriam, e concluiu que a amiga estava inteiramente certa a respeito dos seus sentimentos em relação a Guilherme. Nunca o amara plenamente. Talvez ele tivesse percebido isso recentemente e, por essa razão, resolvido se afastar dela.

Fernanda sentia-se a última das criaturas por reconhecer isso, mas a verdade é que, naquele momento, sozinha no silêncio do banheiro feminino da agência, ela deu-se conta de que sua vida nos últimos 15 anos havia sido um equívoco. De alguma maneira seu inconsciente registrou isso, induzindo-a silenciosamente a não querer ter filhos com Guilherme. Nunca houvera paixão entre ela e o marido, apenas uma amizade e um carinho mútuos. Mas isso era muito pouco para preencher um casamento. Se não fosse pelo seu trabalho na agência, que era algo que a estimulava e movimentava positivamente o seu cotidiano, com certeza eles já teriam se separado há muito tempo, antes que ela enlouquecesse de tédio e frustração.

Passando devagar a escova pelos cabelos, Fernanda se culpou por ter feito Guilherme e ela própria viverem uma mentira por tantos anos. Ela não devia ter aceitado se casar com ele. Talvez se não fosse tão tímida quando adolescente, principalmente aos mágicos e decisivos 17 anos, as coisas tivessem acontecido de uma maneira muito diferente.

Fernanda, então, lembrou-se, novamente da época em que veio para o Rio, e conheceu, na sua nova escola, aquele que fora a sua única paixão.

Onde estaria Ricardo, agora? Por que nunca mais o vira?

Como estaria a sua vida agora, caso ela tivesse tido coragem e confessado sua paixão por Ricardo? Será que seria, hoje, uma mulher mais realizada e feliz? Namorando um rapaz por quem era loucamente apaixonada, Fernanda, com certeza, não chegaria tão insegura aos vinte e poucos anos. Poderia ter escolhido melhor a vida que iria levar, sem precisar se casar com o primeiro homem que demonstrasse interesse por ela. Poderia, inclusive, ter se casado com Ricardo e estar com ele até hoje. A paixão que sentira por ele fora tanta, que ela era capaz de apostar que ainda hoje o amaria com a mesma intensidade.

Fernanda soltou um longo suspiro, sentindo um arrepio de nostalgia. Arrependia-se do seu passado, dos desejos nunca concretizados, daquilo que a sua insegurança de adolescente não lhe permitiu fazer. Terminou de escovar o cabelo e, depois, lavou as mãos. Olhou-se mais uma vez no espelho. Reparou nas suas roupas. Eram roupas fechadas, conservadoras, de uma mulher que se trancara num uniforme asséptico de esposa séria. O cabelo, escorrido, bem-comportado e um tanto sem graça, conservava sua cor castanha natural, imprimindo um ar de jovialidade, mas o comprimento e penteado eram os mesmos desde que se casara. Sua sensualidade minguara e, agora, era um quase nada. Seus olhos estavam totalmente sem brilho e isso não era apenas por causa da viuvez. Havia anos que estavam assim. Fernanda deixara de ser mulher e acomodou-se ao papel de publicitária bem-sucedida. Nem se lembrava mais da última vez em que ela e Guilherme fizeram sexo. O sexo com ele tornara-se tão rotineiro que ela nem deu pela falta quando a relação esfriou de vez.

Devagar, Fernanda desabotoou o comprido casaco marfim e suspendeu a blusa que vestia por baixo. Apalpou sua barriga e sua cintura. Sentiu-se envelhecida, fora de forma e repulsiva. Percebeu, com terror, que não tinha mais 17 anos. Havia enterrado os melhores momentos da sua juventude num casamento enfadonho e acabou por não sentir a passagem acelerada do tempo. A paixão lhe estivera ausente durante todos esses anos e, agora que estava só, essa sensação de tempo perdido berrava dentro dela. Olhava para o futuro e não conseguia vislumbrar um único sinal de que alguma mudança positiva seria possível. E tinha medo de que a carência reprimida ao longo de todo esse tempo viesse à tona a qualquer momento de uma forma caudalosa e ela perdesse o controle dos seus sentimentos, tornando-se refém do próprio desejo. Um desejo quase selvagem de amar e ser amada.

CAPÍTULO 3

Num dos salões da luxuosa mansão dos Figueroa, encravada na aristocrática parte mais alta da rua Cosme Velho, havia um piano de cauda Steinway, que durante anos pareceu esquecido, servindo mais como uma peça decorativa que costumava encher os olhos dos visitantes. Desde a morte de Guilherme, no entanto, Adelina Figueroa, que estudara piano quando moça, voltou a se sentar diante dele com regularidade e, não raro, gastava horas seguidas dedilhando as teclas, fazendo com que a casa fosse envolvida pelos acordes comoventes de Mozart, Bach, Beethoven, Schubert ou de algum tango antigo. Adelina havia guardado muitas das suas antigas partituras, que estavam todas em excelente estado, e, em menos de uma semana, já conduzia o piano com espantosa habilidade, como se sua última aula tivesse acontecido poucos dias antes.

O piano para ela era uma forma de se distrair e de colorir um pouco os dias, que pareciam ter escurecido de vez, desde que seu único filho morrera repentinamente. Desde então, uma tristeza pesada e corrosiva se apoderara da velha senhora, dando-lhe a funesta sensação de que a vida perdera totalmente o sentido. A única coisa que parecia mantê-la de pé era um sentimento de revolta, quase tão pungente quanto a própria tristeza.

Sentada ao piano, Adelina executava pela terceira vez consecutiva o Momento Musical *opus* 94 nº 3, de Schubert, uma das suas músicas favoritas, quando Thiago apareceu no salão. Compenetrada no teclado, Adelina não o notou imediatamente.

Thiago tinha 28 anos e era neto de sua única irmã, que sofrera um AVE hemorrágico fulminante cinco anos antes, logo depois de perder a filha e o genro num desastre na estrada que ligava o Rio a Petrópolis. Condoída com o sobrinho que havia perdido todos os parentes mais próximos e em honra da irmã morta, Adelina o acolheu em casa e, com o tempo, acabou se acostumando com a sua presença. Embora os dois não tivessem muitas afinidades, pelo menos ele era alguém da família a lhe fazer companhia.

Thiago esperou pacientemente Adelina terminar de executar a música e bateu palmas discretamente, dissimulando um sorriso.

— Bravo! — disse ele. — Bravíssimo, tia. Se continuar assim, vai acabar sendo contratada pela Orquestra Sinfônica.

Adelina ergueu, pesarosa, os olhos para ele. Estava, como desde o dia em que Guilherme morrera, inteiramente vestida de negro, sem joias e sem um único traço de maquiagem no rosto. Apenas os cabelos louros continuavam impecavelmente tingidos, atenuando o peso das olheiras sob os olhos cansados.

— Ninguém chamaria uma velha decrépita como eu para coisa alguma, Thiago — respondeu Adelina com a sua habitual voz baixa e taciturna.

— Um senhor acaba de chegar. Ele disse que quer falar com a senhora.

— É o doutor Erasmo Porto, o advogado?

— Ele mesmo.

Adelina baixou a tampa do teclado do piano e levantou-se.

— Diga a ele para me encontrar na biblioteca. E peça para que nos levem café e água mineral.

A biblioteca era um recinto escuro, revestido de estantes de jacarandá forradas de livros, bibelôs e esculturas. Adelina já estava sentada na poltrona de couro atrás da escrivaninha quando o advogado apareceu, vestindo um terno preto e segurando uma pasta executiva.

— Entre, dr. Erasmo — pediu Adelina, fazendo um gesto com as mãos. — E feche a porta.

Ele obedeceu. Erasmo Porto era um homem magro, de seus sessenta e tantos anos, com uma careca lustrosa emoldurada por um faixa de cabelos muito brancos. Usava bigode e tinha um olhar austero, porém solícito. Adelina indicou-lhe uma cadeira e, antes mesmo que ele pudesse se sentar, ela perguntou:

— Trouxe o material?

O doutor Erasmo assentiu.

— Sim, senhora. Não sei se ele prova alguma coisa, mas...

— Mostre-me — interrompeu Adelina, com secura na voz baixa, estendendo a mão na direção dele. O advogado abriu sua maleta e apanhou um envelope pardo, que entregou a ela.

Adelina colocou seus óculos de leitura e abriu o envelope. Retirou fotografias e várias folhas impressas: o resultado da investigação sobre a vida de Breno Vergueiro, o jovem e atraente colega de Fernanda na agência de publicidade. Adelina vira quando ele e a nora se abraçaram de maneira um tanto sugestiva à saída do enterro de Guilherme e, já no dia seguinte, incumbira o doutor Erasmo de investigar tudo a respeito do rapaz e, sobretudo, se ele e Fernanda mantinham um caso, como Adelina suspeitava.

Adelina observou primeiro as fotografias. Havia somente duas de Breno e Fernanda juntos, em que eles conversavam amigavelmente na entrada do edifício onde funcionava a agência, em Ipanema. As demais retratavam Breno sozinho, em situações aparentemente prosaicas. Adelina retirou os óculos, fixou seus olhos nos do doutor Erasmo e cruzou as mãos sobre a mesa.

— É só isso o que o senhor tem para me mostrar?

— Foi o que eu pude descobrir. Lamento muito se a senhora esperava mais. Coloquei homens seguindo o rapaz dia e noite nos últimos quarenta dias. Ele não teve nenhum encontro amoroso com a sua nora.

— *Ex-nora* — disse Adelina, com veemência. — Com a minha *ex-nora*. Guilherme está morto, já esqueceu?

Erasmo aquiesceu de leve com a cabeça e comentou:

— Seja como for, as suas suspeitas parecem infundadas, dona Adelina.

Adelina mordeu os lábios até estes se tornarem uma linha fina no seu rosto pálido e contraído. Ela esquadrinhou com os olhos os papéis que descreviam todo o cotidiano de Breno, dia após dia, no último mês e, após um longo silêncio, declarou:

— Isso não prova nada — ela retirou os óculos. A voz mantinha-se baixa e melancólica. — Fernanda é muito esperta. Uma mulher que conseguiu enganar um homem brilhante como meu filho, por 15 anos, é capaz de tudo. É lógico que ela não iria se expor publicamente logo depois de ter ficado viúva. Não podemos nos esquecer de que ela e esse Breno são colegas de trabalho. Passam o dia inteiro juntos. É muito fácil planejar encontros amorosos nessas circunstâncias. Ainda mais sendo ela sócia da empresa.

O advogado limitou-se a sorrir diplomaticamente.

— Diga, doutor Erasmo: o senhor, por um acaso, se preocupou em investigar o rapaz dentro da agência de publicidade?

— Nem teria como. A única maneira de fazer isso no prazo que a senhora tinha exigido seria aliciando alguém lá dentro. E isso seria muito arriscado, pois essa pessoa poderia contar tudo a Breno ou à própria Fernanda e, aí sim, a investigação estaria arruinada.

— Então, o senhor não sabe o que se passa lá dentro, certo?

— O que eles fazem lá dentro não tem a menor importância, dona Adelina. Já investiguei a vida de outras pessoas antes e posso lhe assegurar que é muito difícil não descobrir se um casal está se encontrando às escondidas. As pessoas, em geral, nunca acham que estão sendo seguidas e confiam no próprio anonimato. Se Fernanda e Breno estivessem tendo um caso como a senhora sustenta, nós teríamos descoberto nos primeiros dias. Mas a verdade é que nada no dia a dia de Breno nos leva a acreditar nessa hipótese. Grampeamos seus telefones, rastreamos seu automóvel graças a um dispositivo GPS, o seguimos dia e noite, ficamos de vigília na porta do prédio onde ele mora... A verdade é que não houve nenhum contato particular entre ele e Fernanda nesse período. E, principalmente, um contato que desse a entender que eles têm um caso.

— Está certo. Mas, pelo que vi neste relatório, ele não se encontrou com mais ninguém. O rapaz não tem uma namorada?

— Pelo visto, não.

— Não teve um encontro com nenhuma mulher? Nem com uma prostituta?

— Tudo indica que não. Pelo menos, não recentemente.

Pela primeira vez, Adelina abandonou o olhar cabisbaixo para assumir uma expressão de ligeiro deboche:

— Então, estamos diante de um rapaz casto. Como é que o senhor me explica, doutor Erasmo, o fato de um jovem bonito, simpático, extrovertido, bem-empregado, inteligente, elegante, independente financeiramente, que mora sozinho e que não parece ser portador de nenhum desequilíbrio mental, não ter, durante um mês inteiro, se encontrado uma única vez com nenhuma mulher? Ou mesmo com outro homem, caso ele fosse homossexual?

— Ele não é homossexual, pelo que apuramos.

— E então? Como é que o senhor me explica isso? Eu conheço os homens muito bem. Sou uma mulher vivida. Criei um filho, vivo com um sobrinho aqui em casa... Os homens não aguentam ficar muito tempo sem relações sexuais. Se o senhor, com esses relatórios, tivesse me provado que ele tem uma namorada, ou mesmo que é um mulherengo que se encontra com várias vagabundas numa mesma semana, eu poderia aceitar o seu argumento de que ele e Fernanda são apenas colegas de trabalho. Mas o rapaz não tem *ninguém*. Para mim, isso é muito suspeito.

— A senhora está sugerindo o quê, dona Adelina?

— O que o senhor já está farto de saber, mas que se recusa a acreditar. Que essa vigaristazinha da minha ex-nora e esse rapazinho são amantes. Com certeza, eles pararam de se encontrar depois que Guilherme morreu, para não chamar a atenção de ninguém. Devem estar... como é que se diz hoje em dia?... Ah sim!... Devem estar "dando um tempo". Pelo menos, até as coisas esfriarem e eles poderem voltar a se encontrar como antes. Com o diferencial de que Fernanda agora está livre.

Doutor Erasmo respirou fundo e criou coragem para fazer uma pergunta que há dias zunia na sua cabeça:

— Por que a senhora tem tanta certeza de que eles são amantes?

— O senhor devia ter visto a maneira como eles se abraçaram no dia do enterro do meu filho. Era um abraço apaixonado.

— Um abraço apaixonado pode não ser exatamente um abraço de quem tem um caso amoroso. Breno talvez seja apaixonado por Fernanda e ela não saiba disso. Ou não corresponda.

— Ela traiu meu filho.

Adelina lutava contra as próprias sensações. A lembrança das últimas conversas que tivera com Guilherme, dos tensos desabafos que ele lhe fizera e a visão devastadora do filho inerte no caixão apertaram ainda mais seu coração e antes que a angústia lhe subisse pela garganta de forma caudalosa, levando-a ao descontrole total, ela apanhou um calmante na gaveta e colocou-o sob a língua. Fechou os olhos e respirou fundo. A dor era horrível. Viver tornara-se, para ela, um sacrifício diário. Levantar-se todas as manhãs, tomar banho, ter qualquer atividade, enfim: todas as ocupações triviais do dia a dia, de uma hora para outra, passaram a lhe exigir um esforço além das suas capacidades. A saudade que sentia era intensa, sufocante, e Adelina sabia que seria para sempre. Ela nunca se recuperaria da morte do filho.

Naquele momento, a governanta deu duas batidinhas na porta, antes de entrar carregando uma bandeja de prata com duas xícaras de café fumegante, duas garrafinhas de água mineral Perrier e dois cálices de cristal. O doutor Erasmo ajudou-a a acomodar a bandeja sobre a escrivaninha e, assim que a governanta saiu, ele mesmo abriu uma das garrafas de água e serviu um cálice para Adelina. Ela o apanhou com as mãos trêmulas, tomou um gole longo e, já mais calma, retomou a conversa.

— Fernanda não presta, doutor Erasmo — Adelina enxugou os olhos injetados com um lenço. Por pouco não chorara. — Meu filho jamais poderia ter se casado com ela. Guilherme toda semana, mais de uma vez, me visitava aqui, e conversávamos bastante. Nos últimos meses, ele vinha se queixando muito de Fernanda. Dizia que ela tinha se afastado dele, que chegava tarde do trabalho todas as noites e, por conta disso, já quase não se falavam e discutiam com frequência — Adelina contraiu os lábios e baixou ainda mais o tom de voz. — Parece que... parece que nem mais tinham uma vida íntima de marido e mulher, se é que o senhor me entende.

O advogado balançou a cabeça em concordância, tomando o cuidado para manter o semblante neutro e inalterado. Ele aproveitou e apanhou uma xícara de café, oferecendo a outra a Adelina, que a recusou com um gesto. O café só colaboraria para lhe atiçar ainda mais os nervos, e ela precisava recobrar a calma.

— Desde o final do ano passado Guilherme me dizia que estava pensando seriamente em se separar, caso as coisas continuassem do jeito que estavam. Ele prometeu a si mesmo esperar até o aniversário da empresa para, somente então, falar com ela — Adelina tomou um último gole de água e depositou o cálice de volta à bandeja. — Mas a morte o levou antes disso.

— Então, o casamento deles ia mesmo mal... Se bem que isso não é uma coisa propriamente incomum. Hoje em dia os casamentos duram tão pouco, e eles já estavam juntos há 15 anos.

— Mas isso não dava a Fernanda motivos para procurar um amante fora de casa.

— Desculpe, mas a senhora não tem provas disso, dona Adelina. Volto a dizer.

Adelina começava a ficar impaciente com aquela conversa. Ela estendeu os braços para os lados em sinal de exasperação.

— Provas, provas... Quem precisa de provas, se temos tantas evidências? E, além do mais, ainda que não tenha tido um amante, essa mulher destruiu a vida do meu filho. Isso já é motivo suficiente para uma vingança.

O doutor Erasmo esbugalhou os olhos:

— Vingança?

Adelina voltara a assumir seu ar enfastiado, e replicou vagarosamente:

— O senhor não espera que eu permita que essa mulher saia impune depois de tudo o que fez, não é?

O advogado olhava-a com perplexidade. Adelina realmente acreditava na culpa de Fernanda e nada do que dissesse a faria mudar de opinião.

— Mas que tipo de vingança, dona Adelina? — ele tentou soar apaziguador. — A senhora não está pensando em manchar as suas mãos de sangue, não é?

Adelina ponderou por instantes intermináveis. Ela levantou-se da cadeira e pôs-se a andar em círculos pelo recinto atapetado, olhando para o vazio.

— Essa mulher não pode ser livre e feliz pelo resto da vida depois de toda a desgraça que causou numa família. O mal não pode triunfar sobre a justiça. Isso não está certo. Fernanda foi um câncer na vida do meu Guilherme desde o início. Aproveitou-se dele e do nosso dinheiro o quanto pôde. E, quando Guilherme já não lhe servia mais, ela o jogou fora. Se ela hoje é sócia daquela agência de propaganda, foi graças ao meu filho.

— Pelo que sei, ela comprou a participação acionária na agência com o dinheiro recebido da herança dos pais.

Adelina inclinou-se para o advogado, apoiando as mãos no espaldar da poltrona.

— Acontece, doutor Erasmo, que se Fernanda não fosse casada com Guilherme, que se meu filho não tivesse lhe dado todo o sustento na forma de uma casa confortável, roupas e todo tipo de mimos, ela jamais teria condições de, sozinha, entrar como sócia nem numa barraquinha de camelô. Fernanda recebeu a herança e aplicou tudo na agência. Ela simplesmente não precisava do dinheiro para comprar um apartamento, ou garantir o próprio sustento, porque isso ela já recebia de Guilherme. Meu filho dava tudo para ela. Tudo! E o que recebeu em troca? O desgosto de saber que estava sendo traído.

— Ele revelou isso à senhora?

Adelina voltou a sentar-se e deu um suspiro.

— Para lhe ser franca, não. Guilherme era orgulhoso demais para confessar uma coisa terrível dessas. Mas ele sentia o afastamento dela e devia desconfiar que algo errado estava acontecendo. Eu via nos olhos dele. Eram os olhos revoltados de um homem ferido na alma.

Ela tomou um último gole de água, enquanto o café esfriava intocado na xícara à sua frente.

— Pela sua experiência, doutor Erasmo, quais as chances que temos para que essa mulher não receba um mísero centavo da herança de meu filho?

— Nenhuma chance, dona Adelina — respondeu o advogado. — De acordo com o artigo 1.837 do Código Civil, uma vez que Fernanda e Guilherme não tinham filhos, a herança de Guilherme será repartida, meio a meio, entre o cônjuge, no caso Fernanda e o ascendente em primeiro grau sobrevivente que, no caso, é a senhora.

— Existe alguma maneira de ela não receber nada?

— Só se provarmos que Fernanda assassinou intencionalmente o marido. Mas Guilherme morreu comprovadamente de um enfarte. Todos os laudos médicos atestam. Fernanda estava trabalhando na agência de publicidade quando isso aconteceu, o que constitui um álibi incontestável. Além do mais, seu filho já tinha tido outro enfarte alguns anos atrás, quando colocou uma ponte de safena, e possuía histórico cardíaco por parte da família do pai dele. A senhora mesma me disse que seu marido também morreu por causa de um problema no coração — o dr. Erasmo pigarreou e lançou um olhar indulgente para Adelina. — Lamento, mas a senhora não vai conseguir convencer nenhum tribunal de que Fernanda matou seu filho. Se quer um conselho meu, nem cogite fazer isso.

Um misto de tristeza e revolta avolumou-se dentro de Adelina, mas ela manteve a voz controlada e baixa:

— Fernanda pode não ter assassinado meu filho diretamente. Mas foi ela quem o matou, sim. De tristeza. Fui casada durante mais de quarenta anos e sempre me esforcei para dar ao meu marido uma vida feliz, um lar aconchegante. E, graças a Deus, consegui. Fernanda não soube dar valor a Guilherme, não soube cuidar dele. Nem ao menos um filho ela deu a ele. Que espécie de esposa é essa? É claro que Guilherme morreu por causa dela. Se existe uma causa para o enfarte que levou meu filho, essa causa chama-se Fernanda Soares de Lima.

O advogado abriu a segunda garrafinha de água Perrier e despejou o líquido no seu cálice, bebendo, em seguida. Era uma água saborosa.

— Apresente esse testemunho num tribunal, e o júri vai rir da senhora.

Adelina sorriu pesarosamente.

— O senhor me conhece há vinte anos. Sabe que quando quero algo, não desisto até conseguir. E, agora, eu quero justiça. Já que não podemos deserdar essa mulher dentro da lei, terei de pensar num outro meio para acabar com ela.

Adelina cruzou as mãos diante do rosto. Ela sabia que Fernanda tinha verdadeira adoração pelo seu cargo e sua posição na agência de publicidade de Noé Kaufman. Adelina concluiu, então, que o caminho mais fácil e certeiro para atingi-la seria ferindo de morte o seu lado profissional. Talvez até levando junto a própria reputação de toda a agência, se preciso fosse. Adelina não sabia ainda como faria isso, mas estava confiante de que Deus lhe mostraria um caminho.

Ela lacrou o envelope pardo que o advogado trouxera contendo as informações sobre Breno Vergueiro e o trancou numa das gavetas da escrivaninha.

— Espero contar com o senhor para o meu plano, doutor Erasmo.

O advogado sorriu por sob os bigodes brancos, grossos:

— A senhora sabe que eu sou um servidor leal e um amigo fiel.

— Ninguém deve saber de nada até segunda ordem. Mantenha sigilo. Eu volto a procurá-lo daqui a alguns dias quando tiver tido alguma ideia.

Despediram-se com um aperto de mãos e o advogado deixou a mansão. Enquanto subia a escadaria acarpetada até o segundo andar, Adelina esbarrou com Thiago que, vestindo uma roupa esportiva, descia os degraus animadamente. Adelina notou que ele carregava a chave de seu carro numa das mãos e, na outra, uma pequena sacola de couro.

— Vai sair? — ela perguntou ao sobrinho.

— Vou ao clube. Volto antes do jantar — ele fez uma cruz com os dois indicadores e beijou-os. — Prometo.

Adelina olhou disfarçadamente para baixo e entreviu um objeto preto enfiado num dos compartimentos da sacola. O cabo de um revólver. Thiago praticava tiro no clube. Era uma modalidade um tanto bizarra de esporte, mas Adelina preferiu acreditar que o sobrinho sabia o que estava fazendo.

— Feche essa sacola antes de sair para a rua — ela limitou-se a dizer. — Pode ser perigoso.

Thiago pareceu captar as entrelinhas da recomendação da tia e puxou o zíper da sacola, antes de se despedir dela com um beijo no rosto. Adelina esperou-o sair e completou os lances que faltavam na escada, percorrendo, em seguida, o corredor do segundo andar, finamente decorado com pinturas e cômodas antigas e entrando no seu quarto.

O quarto era um recinto solene, de móveis pesados e paredes revestidas com um papel de parede clássico, em tons suavemente rosados. Uma comprida estante, repleta de livros, revistas antigas e objetos de prata e porcelana ocupava os fundos da suíte, próximo à cama e junto à porta que levava ao *closet* e ao luxuoso banheiro de mármore italiano. Adelina trancou a porta e caminhou devagar até a janela. Dali avistava-se o jardim, de onde brotavam acácias, *flamboyants* e amendoeiras frondosas, cujas folhas coloridas pelo outono derramavam-se sobre o gramado de um verde uniforme e brilhoso. Era uma visão bonita e o jardim ficava ainda mais deslumbrante no verão, quando as acácias enchiam-se de cachos amarelos, contrastando com o vermelho vivo das copas largas dos *flamboyants*.

Adelina soltou um suspiro amargurado. A saudade de Guilherme, a revolta por sua morte injustificável, o ódio pela nora que nada fizera por ele... Adelina sentia como se tivesse envelhecido dez anos nos últimos quarenta dias. Nada do que lhe acontecera ao longo dos seus 75 anos a preparara para aqueles momentos brutais.

Desde jovem, ela ouvia que não havia dor pior do que a de perder um filho e agora sabia que isso era verdade. A morte de um filho fazia a vida, de repente, perder o sentido. Era uma dor cruel. Muito pior do que se lhe tivessem amputado os dois braços. Perder um filho tão prematuramente e de maneira tão súbita era ver o chão sumir sob si. Era ver ir embora todo um amor incondicional dado àquela criança tão querida, que nasceu, cresceu e se tornou parte indissociável da existência de uma mãe, quase uma extensão dela mesma. Toda uma vida dedicada a uma criança e essa criança, agora, não existia mais.

Adelina não conseguia se conformar. Por que Deus não levou a mim em vez de a ele? Por que, na minha idade, tenho de passar por isso, conviver com essa dor terrível, que me mata aos poucos e obscurece os meus dias e minhas noites de uma maneira sombria e devastadora? Nada substitui um filho. Nada!

Se ao menos Guilherme tivesse lhe dado um neto, seu sofrimento, ainda que não acabasse, poderia ser atenuado. Mas Fernanda optara por não ter filhos. O próprio Guilherme lhe confessara isso. Era revoltante. Adelina enxugou as lágrimas e sentou-se na larga poltrona junto à janela. Uma claridade diáfana, produzida por um sol turvo refletido no céu cinzento, entrava no quarto frio e derramava-se sobre o tapete. Adelina sempre sonhara com um netinho. De preferência um neto homem, um menino levado e alegre, de quem ela pudesse cuidar e que a chamasse de "vovó" e se jogasse sobre o seu colo, numa demonstração de amor sincero, aquele amor que só uma criança sabe demonstrar. Ela cuidaria desse menino com carinho, brincaria com ele, faria suas vontades e leria histórias para ele. Aquela casa, com certeza, seria menos sombria com a vozinha alegre de uma criança correndo pelos cômodos. Adelina fechou os olhos com amargura e imaginou essa criança que nunca viria. De todo modo, era tarde para sonhar. Sua vida chegou ao fim no dia em que Guilherme morreu.

Ela precisava pensar bastante. Pensar numa forma de punir Fernanda pelo seu egoísmo, pelo atraso que significou na vida de seu filho, por toda a desgraça da qual fora a causadora. Adelina tinha um senso de justiça muito forte e não permitiria o triunfo da mulher que, aos poucos, envenenou o filho com desprezo e falta de amor. Ela era jovem e não demoraria a encontrar outro homem, se é que já não o encontrara. E viveria feliz com ele, usufruindo descaradamente e sem nenhuma culpa do patrimônio de Guilherme. Isso estava errado. Nem que fosse o seu último gesto em vida, Adelina iria destruir Fernanda e, assim, se vingar em nome da honra do filho.

Ao lado da poltrona, havia uma mesinha redonda, com um notebook conectado à internet, sobre a qual a governanta colocava os jornais todas as manhãs para Adelina ler depois de tomar o café. As edições daquele dia permaneciam ali, intocadas. Adelina apanhou desanimada o primeiro exemplar da pilha e passou os olhos pela primeira página.

Uma das manchetes falava da prisão, em São Paulo, na tarde anterior, de membros de uma suposta quadrilha de ladrões de arte e antiguidades que agia nas regiões Nordeste, Sul e Sudeste. A prisão era resultado de uma operação apelidada de "Monalisa", conduzida pela Polícia Federal nos últimos dez meses, e que vinha investigando a ação de quadrilhas internacionais em igrejas, museus, galerias e coleções particulares.

Ela abriu o jornal na página 6, onde estava a reportagem completa. Havia fotos dos bandidos presos e ela reconheceu um, de imediato. Era um coreano chamado Seung Chun que, de acordo com a matéria, era diretamente ligado ao líder do bando, Wang Xiaosu, um chinês radicado no Brasil, mais conhecido como Shaolin.

Os lábios de Adelina, aos poucos, foram se abrindo, até tomarem a forma de um sorriso amargo, um sorriso que mesclava ódio e um ar de vitória. Um turbilhão de ideias percorreu sua mente. Ela estreitou os olhos, pensativa, e, quando baixou o jornal sobre o colo, já sabia exatamente o que iria fazer.

CAPÍTULO 4

As manhãs de maio permaneciam belas e límpidas, ao menos vistas pela janela envidraçada da sala de Fernanda, na agência de publicidade. Dali descortinava-se, por cima dos prédios de Ipanema, a paisagem inebriante da Lagoa Rodrigo de Freitas, do Morro do Sumaré e do Cristo Redentor. De pé, com os braços para trás, Fernanda identificou, a uma grande distância, um pássaro voando sob o céu fortemente azul e achou que era uma gaivota. Ela acompanhou com atenção as acrobacias daquela ave graciosa, que parecia totalmente despreocupada de tudo e sentiu uma paz reconfortante. Por um instante, teve esperanças de que, em pouco tempo, sua vida encontraria um rumo e ela seria feliz.

Foi, é claro, uma sensação passageira, e Fernanda, já de volta à realidade, deu as costas à janela e tornou a se sentar na sua cadeira. Olhou o relógio. Aproximava-se do meio-dia. Não tinha fome, mas como o café da manhã limitara-se a uma xícara pequena de café e à metade de uma maçã, achou que deveria se forçar a ir a um restaurante, coisa que não fazia desde o almoço com Miriam, dias atrás. Ela se debruçou mais uma vez sobre a escrivaninha onde estavam os *layouts*, o "monstro" de *spot* de rádio e o *story board* da nova campanha da Meridional Aerolinhas, cujo mote era "Há quarenta anos voando alto pelo mundo". A campanha teria seis peças diferentes e a ideia era veiculá-la nos grandes jornais e revistas de circulação nacional e também na televisão, em algumas poucas estações de rádio, em *outdoors* e nos principais portais nacionais da internet, por meio de *banners* animados.

Fernanda chegou a rir ao se lembrar de como ela e um dos diretores de arte haviam discutido exaustivamente a respeito do *layout* da campanha, até que acabaram optando por mostrar a imagem de uma moderna aeronave sobrevoando as principais cidades brasileiras ao anoitecer. Sob um céu já parcialmente escurecido, as cidades, lá embaixo, apareceriam bem-definidas como um agrupamento de pontinhos luminosos, o que passaria uma impressão de modernidade. No entanto, o que mais agradou a Fernanda foi o texto da campanha, a começar pela frase-mote, ideia daquele que era, hoje, um dos mais destacados redatores da agência: Breno Vergueiro.

Quando Breno começou a trabalhar na agência um ano e meio atrás, Fernanda não tinha noção do seu talento. Seus textos para as campanhas eram de uma criatividade e uma precisão incríveis e ele parecia se superar a cada trabalho. Sua contratação fora, sem nenhuma dúvida, uma decisão acertadíssima.

Fernanda ouviu baterem à porta. Antes que pudesse falar qualquer coisa, a porta se entreabriu e a cabeça de Breno – o próprio – se insinuou pela fresta.

— Oi, estou atrapalhando?

Fernanda fez que não com a cabeça. Breno abriu um sorriso tímido:

— Acho que eu devia ter esperado você dizer que eu podia entrar.

— Pode entrar, Breno — Fernanda achou graça. Ela fez um gesto com a mão para ele se aproximar. — Eu ia mesmo te chamar.

Breno fechou a porta e caminhou até a mesa de Fernanda.

— Sei que já te disse isso várias vezes nos últimos dias e talvez eu esteja sendo repetitiva, mas você fez um belo trabalho na campanha da Meridional. O pessoal da companhia vai vir aqui hoje à tarde para se reunir comigo. Com certeza, vão aprovar a campanha. A Meridional, como você sabe, é uma das nossas contas mais importantes.

Fernanda percebeu que Breno enrubesceu. Ele parecia ficar pouco à vontade com elogios.

— Obrigado — ele sorriu. — Que bom que você gosta do meu trabalho. A que horas é a reunião com o pessoal da Meridional?

— Às três.

— Por acaso você pretende almoçar antes?

Desde que Guilherme morrera, Fernanda praticamente deixara de ir a restaurantes, preferindo comer um sanduíche de queijo de minas e tomate que ela mesmo preparava de manhã cedo antes de sair para trabalhar, ou então pedir alguma coisa pelo telefone. Embora morasse perto, não gostava de almoçar em casa. Chegou a fazer isso no começo, mas o cotidiano louco da agência perturbava os seus horários de tal maneira que, muitas vezes, reuniões ou trabalhos matinais avançavam tarde adentro. E Fernanda, simplesmente, não podia pedir à empregada que cozinhasse alguma coisa, quando não tinha nenhuma garantia de que chegaria em casa a tempo de almoçar. E, na maioria das vezes, não chegava.

Mas a pergunta de Breno teve um impacto desconcertante nela. Fernanda imaginou se ele não teria percebido que ela estava abatida e que esse abatimento poderia estar sendo provocado justamente pelo estômago vazio. Sua aparência devia estar horrível, senão Breno não teria perguntado se ela "por acaso, pretendia almoçar".

— Não sei se vou ter tempo — respondeu ela, bem menos entusiasmada. Seu princípio de ânimo minguara. — Talvez eu coma alguma coisa rápida aqui mesmo.

— Aquele sanduíche sem gosto que você traz todos os dias?

Fernanda olhou-o com certa surpresa.

— Como você sabe que ele não tem gosto? — ela perguntou, com uma indignação bem-humorada. — Por acaso, você já provou o meu sanduíche?

Foi a sua vez de dizer "por acaso". Fernanda não sabia se Breno tinha percebido isso, mas o fato foi que ele riu com uma naturalidade cativante.

— É claro que não. Você nunca me ofereceu. Mas basta olhar para o sanduíche que qualquer um vê que ele é sem graça — ele fez uma pausa, olhou para baixo, parecendo apreensivo, e, após alguns segundos que deixaram Fernanda intrigada, mirou-a com um olhar encabulado. — Bem, eu... Eu, na verdade, pensei que nós dois podíamos almoçar juntos hoje.

Havia uma certa cerimônia em Breno quando ele pronunciou a última frase e Fernanda percebeu, no ato, que ele estava cheio de expectativa pela resposta.

— Almoçar juntos? Eu e você? — Fernanda o encarou com um misto de espanto e hesitação. Breno a pegara de surpresa e ela não sabia o que responder. Recusar seria uma imensa descortesia diante do convite educado de uma pessoa de quem ela gostava, um colega cujo trabalho ela havia acabado de elogiar. Por outro lado, não se sentia à vontade para aceitar. O abraço carinhoso e envolvente que ele lhe dera à saída do enterro de Guilherme permanecia vívido na sua memória e ela não podia e nem queria se envolver com ninguém naquele momento. Precisava inventar uma desculpa que soasse convincente e não decepcionasse o rapaz.

Seria ótimo, Breno. Mas hoje acho que... Bem, acho que eu não vou ser uma companhia boa para você.

— Você é sempre uma companhia boa.

A tensão de Fernanda elevou-se um pouco mais.

— Não sou não. É que eu disfarço. Às vezes eu sou insuportável. Podemos deixar o almoço para um outro dia, se você não se importar... — ela pensou que, adiando um pouco o compromisso, ganharia tempo para, futuramente, estar mais preparada para aquele tipo de abordagem. — Um outro dia em que eu esteja me sentindo melhor do que hoje.

Breno sorriu e, somente então, sentou-se numa das cadeiras em frente à escrivaninha de Fernanda, cruzando as pernas calmamente, demonstrando total segurança de si, o que deixou Fernanda ainda mais tensa.

— É só um almoço, Fernanda. Não estou te convidando para um cruzeiro marítimo, nem para... sei lá, um jantar romântico. Que mal há em dois colegas de trabalho almoçarem juntos? Quantas vezes você já almoçou com Noé Kaufman?

Uma coisa Fernanda tinha de admitir. O cara era insistente e sabia ser convincente.

Ela iria argumentar que Kaufman era seu sócio, seu chefe, e a relação entre eles sempre foi estritamente profissional. Breno era diferente. Por alguma razão, Fernanda o via como alguém que poderia lhe despertar sensações inconvenientes. Era um rapaz atraente, bonito, com boa conversa, um olhar terno, voz aveludada, modos viris e ao mesmo tempo doces. E era solteiro. Solteiro e descompromissado. A maneira como ele se comportava com Fernanda sugeria que ele, ainda que disfarçadamente, nutria um algo a mais por ela. Um convite para almoçar, pronunciado da forma como ele pronunciara, denotava outras intenções, que iam além de amizade e boas relações profissionais.

Fernanda sentiu um calor indesejado e, ao mesmo tempo, inevitavelmente excitante subindo pela pele. Havia anos que não sentia atração por ninguém. Não achava certo que isso acontecesse justamente agora, quando o corpo do marido mal esfriara no túmulo. Mas o que poderia fazer? Era uma mulher livre novamente e, ademais, a mente não tinha nenhum controle sobre o instinto. Por mais que tentasse, ela simplesmente não conseguiria ignorar o homem charmoso sentado à sua frente que, muito sutilmente, começava a cortejá-la.

Breno esperava por uma resposta. Fernanda ia recusar o convite, desta vez com mais contundência, quando um pensamento a freou. Afinal, que mal haveria em sair para almoçar com ele? O horário de almoço nunca superava duas horas e, se aceitasse ir, Fernanda não passaria a imagem de mulher difícil, que espicaçava o apetite dos homens mais atrevidos. Agindo com Breno naturalmente e tratando-o com alguma afabilidade e um distanciamento estratégico, não tardaria para que ele perdesse o interesse por ela e voltasse sua atenção para outra mulher; uma moça mais jovem e com o coração totalmente disponível. Havia muitas assim pela cidade e um homem como Breno só ficaria solteiro se quisesse.

— Tudo bem — ela encolheu os ombros e abriu os braços em sinal de rendição. — Vamos almoçar e aproveitamos para fazer um brinde pela campanha da Meridional — ela teve um arrepio gostoso ao vê-lo abrir um sorriso franco de intensa felicidade. Guilherme nunca lhe sorrira assim. Ou, pelo menos, não até onde ela podia lembrar. — Vou me preparar e em dez minutos te encontro na recepção.

* * *

Eles tomaram o elevador, saltando na sobreloja da galeria sobre a qual se erguia o prédio. Desceram a escada rolante e saíram para a tarde ensolarada e fresca da praça Nossa Senhora da Paz. Havia diversos restaurantes nas redondezas, para os quais poderiam ir a pé, mas, para a surpresa de Fernanda, Breno fez sinal para um táxi que vinha pela Rua Maria Quitéria.

— Para que um táxi? — ela perguntou, confusa.

— Vamos a um lugar especial — respondeu Breno, abrindo a porta de trás para ela entrar.

— Lugar especial? — Fernanda, aturdida, começava a se arrepender de ter aceitado o convite. Mas era tarde. Quando deu por si, já estava sentada no táxi ao lado de Breno, enquanto ele dava um endereço anotado num pedaço de papel para o motorista e começavam a avançar em direção à praia.

— Breno, para onde estamos indo? — Fernanda perguntou, procurando manter a calma. Ela olhou para fora, enquanto o táxi fazia a curva e ganhava a orla marítima, seguindo na direção do Leblon. — Nós temos só duas horas antes de voltar para o escritório. A reunião com o pessoal da Meridional...

— Eu sei, é às três — disse Breno. — Não se preocupe. Voltaremos a tempo.

— Para onde você está me levando?

— Estou vendo que, apesar do sucesso da campanha da Meridional, você está triste hoje e quero fazê-la mudar um pouco de ambiente.

Fernanda se viu, de repente, assaltada por um turbilhão de dúvidas. Estaria ela tão abatida assim, a ponto de Breno tomar a iniciativa de "tentar alegrá-la"? Minutos atrás, chegou a pensar que ele pudesse estar interessado nela, mas agora pressentia que tudo não passava de um devaneio ridículo. Um homem como Breno não se apaixonaria por uma mulher devastada e apática como ela, com o corpo já em princípio de decadência, enquanto centenas de jovens lindas e disponíveis, no frescor dos vinte e poucos anos, dariam tudo para ficar com ele. Se bem que ela não queria se envolver com ninguém, então, não deveria estar angustiada com isso.

Meu Deus, como minha cabeça está confusa... Por que não consigo mais raciocinar como antes?

Fernanda manteve a calma e perguntou, tentando não deixar transparecer o que sentia:

— Não estou entendendo... Do que você está falando?

— Do seu casamento. Hoje é 19 de maio. Não vá me dizer que você se esqueceu que dia é hoje, Fernanda.

Fernanda gelou por dentro. Logo ela, que sempre se lembrava de todas as datas, das mais às menos relevantes, havia se esquecido completamente que hoje era seu aniversário de casamento. Caso Guilherme estivesse vivo, eles estariam celebrando 15 anos de união. Fernanda olhou para Breno, com embaraço. Embaraço por ter se esquecido e por ter sido ele a lembrá-la. Aquilo soara como uma reprimenda. Como se ela fosse uma menina mal-educada que fizera uma travessura gravíssima e agora estivesse sendo chamada a atenção no meio de toda a família.

Fernanda, de repente, sentiu-se muito mais derrotada do que antes.

— Por que falar nisso agora? — ao sair, sua voz denotava revolta. — Guilherme não está mais aqui. Eu não quero me lembrar que dia é hoje. Estou tentando reconstruir a minha vida, será que você não percebe?

Breno mordeu os lábios. Fernanda observou-o de soslaio. Parecia arrependido.

— Desculpe. Eu não quis magoar você...

— Quem você pensa que é para me lembrar do aniversário do meu casamento? — prosseguiu Fernanda. — Nos conhecemos há menos de dois anos. E apenas como colegas de trabalho. Não temos intimidade nenhuma. Não somos sequer amigos. Você não tem o direito de falar da minha vida pessoal e, muito menos, de se intrometer nela.

Breno parecia completamente desconcertado e, ao argumentar, atrapalhou-se nas palavras:

— Mas eu não estou me intrometendo. Juro. Eu... Bem, eu imaginei que você estivesse triste pelo dia de hoje e achei que trazê-la para um lugar diferente lhe faria bem...

— Será que você não é capaz de perceber que tudo que se refere ao meu casamento me machuca? Estou viúva há menos de dois meses, droga! Se você sabia que hoje é meu aniversário de casamento, você devia me levar para um passeio, um evento ou mesmo um almoço justamente para me fazer esquecer a data e não para me lembrar dela. Não devia ter tocado no assunto.

— Está aborrecida comigo?

Fernanda virou o rosto para o outro lado, para a janela, de onde se avistava os últimos prédios da orla do Leblon em movimento, antes da subida da avenida Niemeyer.

— Quero voltar para o escritório — ela murmurou, após um breve silêncio. — Perdi o apetite.

— Eu só queria alegrá-la um pouco. Não falei por mal. Aliás, eu nem devia ter falado nada. Foi uma trapalhada da minha parte. Por favor, me desculpe.

Fernanda voltou o rosto para fitá-lo. Breno estava sinceramente constrangido. Seu olhar, sempre fulgurante, tornara-se fosco e tristonho. Ela percebeu que fora dura com ele além da conta. Breno tentara ser delicado, só que de uma forma desastrada, e isso não era motivo para uma briga séria.

— Tudo bem — ela assentiu, forçando um sorriso. — Mas quero voltar para o escritório. Não é por você, mas por mim. Estou triste hoje e sem ânimo para almoçar fora ou qualquer outra coisa que me faça relaxar. Eu não posso relaxar, senão os pensamentos vêm, as lembranças também, e aí eu desabo. Preciso me manter ocupada, você entende?

O táxi fez uma curva e estacionou em frente à imponente fachada do hotel Sheraton, debruçado sobre o costão de onde se tinha uma visão privilegiada do mar e da orla do Leblon e de Ipanema.

— Se você for embora agora, eu vou ficar ofendido — disse Breno. — Planejei esse dia com muito carinho, acredite.

Fernanda fechou os olhos e respirou fundo. Não sabia mais o que dizer.

— Prometo que não levará mais do que uma hora — insistiu Breno, quase numa súplica.

Ela ponderou por alguns instantes. Havia um ponto de táxi na porta do hotel e ela poderia voltar para o escritório na hora que quisesse. Caso fosse embora agora, isso talvez gerasse um mal-estar entre ela e Breno, que poderia repercutir negativamente no bom entendimento que eles tinham na agência.

Sem dizer nada, Fernanda abriu a porta do carro, enquanto Breno pagava o motorista. Eles passaram pelo lobby de mármore do hotel e tomaram um elevador. Em todos esses anos que morava no Rio de Janeiro, Fernanda nunca tinha estado ali. E foi uma comovente e agradável surpresa quando o elevador desceu alguns andares e eles chegaram a uma ampla área descoberta na base do edifício, onde ficavam as piscinas e vários pequenos restaurantes instalados em românticos bangalôs, com mesas ao ar livre e uma vista deslumbrante para o mar.

Fernanda apaixonou-se na hora por aquele lugar. Havia algumas poucas pessoas nos restaurantes ou sentadas ao redor da piscina, pois o dia estava friozinho e o vento úmido do litoral não parecia animar ninguém a dar um mergulho. Breno conduziu-a até uma elevação, cercada por uma mata tropical exuberante, onde várias mesas estavam dispostas sob as árvores. Sentaram-se, olharam o cardápio e fizeram os pedidos. Ambos escolheram massa e suco de laranja para acompanhar. Depois que os pratos chegaram, Fernanda comeu uma primeira garfada e, enquanto mastigava, olhou embevecida para a paisagem ao redor, ouviu o barulho das ondas arrebentando na praia logo abaixo, sorveu, nas narinas, o perfume da maresia e declarou, sentindo um bem-estar maravilhoso:

— Parece que você adivinhou que eu adoraria vir aqui. Foi por isso que insistiu tanto neste almoço?

Breno limpou a boca com o guardanapo de tecido.

— Fico incomodado de ver você trancada no escritório todos os dias, almoçando aqueles sanduíches sem graça. Achei que um lugar como esse, ao ar livre e com boa comida, te faria bem num dia... — ele ia falar "num dia como o de hoje", mas se segurou para não criar outro atrito com Fernanda. — Você pode não acreditar, mas eu realmente estava preocupado com você.

— Por que eu não acreditaria?

— Não sei. Você mesma disse há pouco que nós não temos intimidade, que não somos amigos...

Fernanda retesou-se na cadeira. O leve tom de mágoa nas palavras de Breno fez com que ela se sentisse culpada. Não devia ter perdido a cabeça com ele daquele jeito.

Se havia uma coisa que ela detestava era magoar os outros, pois sabia que logo se arrependeria e ficaria remoendo aquela culpa na cabeça indefinidamente.

— Eu fiquei nervosa — disse ela, num quase murmúrio. — É a minha vez de pedir desculpas.

— Você não tem do que se desculpar. Na verdade, você está certa. Não somos mesmo grandes amigos e eu quero corrigir isso.

Fernanda observou-o mastigar um pouco de *penne* antes de perguntar, intrigada:

— Corrigir? Como assim?

— Eu adoraria se nos tornássemos amigos. Gosto muito de você. Sempre te admirei como pessoa e como profissional desde o primeiro dia em que fui trabalhar na agência. Você tem uma forma muito elegante e particular de viver, e eu acho isso lindo.

Fernanda admirou-se com aquela declaração.

— Ninguém nunca tinha me dito nada parecido antes. Uma forma elegante de viver? Você acha realmente isso?

— Se não achasse, não teria dito.

O sorriso dele agora era generoso e até um pouco inocente. Por um momento, Fernanda imaginou-se diante de um garotão de não mais que vinte anos.

— Breno, você sabe que uma amizade não se constrói da noite para o dia. É preciso tempo. Amizade é uma soma de afinidades e confiança. Eu gosto de você, mas não podemos forçar uma amizade. Precisamos deixar que ela venha naturalmente. E nos envolva.

— Isso significa que eu posso ter esperanças?

Fernanda riu. Ele falava de uma maneira tão meiga que era impossível não se sensibilizar.

— Claro que pode. Eu gosto de você, mas não devemos precipitar as coisas.

Eles terminaram de comer, pagaram a conta e Breno levou Fernanda para um passeio por aquela parte do hotel. Caminharam até uma mureta debruçada sobre uma faixa de areia alva, acariciada pelo movimento ritmado de ondas tão fortemente azuis e límpidas, que Fernanda poderia jurar ser capaz de enxergar peixes nadando sob a água. Ela respirou fundo, aspirando com gosto o ar frio e perfumado que soprava do oceano.

— Fale um pouco da sua vida.

A pergunta escapuliu. Fernanda, de repente, estava curiosa em saber um pouco mais sobre ele. Ela olhou para o lado e reparou que Breno também olhava para frente, parecendo concentrar-se na distante linha do horizonte.

— Acho que você ficaria entediada... — ele respondeu, sem desviar os olhos. — Minha vida é sem graça.

— Duvido. Você parece tudo, menos ter uma vida sem graça.

— Bem, por onde posso começar? — ele pigarreou. — Nasci na Tijuca, me mudei para o Flamengo com seis anos de idade, não fui um estudante lá muito aplicado. Tive poucas namoradas...

Fernanda soltou uma gargalhada.

— Poucas namoradas? Você? Ah, conta outra...

— É verdade... Foram quatro até hoje. Namoros longos, é claro. Nunca gostei de namorar só por namorar. Precisava estar apaixonado pela garota e, quando começava a namorar, sabia que a relação duraria muito tempo.

— Isso é bastante revelador da sua personalidade — Fernanda não nascera ontem e percebia nitidamente que Breno estava sugerindo a ela que não era um aventureiro e, sim, um homem romântico e responsável; ou seja: o homem perfeito para uma mulher desejosa de um compromisso sério. Ele era esperto e experiente o bastante para saber que muitas mulheres se derreteriam com aquele discurso. Se Breno estava sendo sincero, era outra história, mas não havia como negar que ele sabia ser sedutor e se insinuar na medida certa. Mesmo que o discurso fosse calculado, não deixava de ser encantador.

O vento aumentara e Fernanda passou as mãos pelos cabelos, numa tentativa frustrada de mantê-los no lugar.

— Você é um cara legal, Breno — ela disse, com uma voz condescendente, freando as próprias sensações. — Logo, vai encontrar uma mulher interessante que te adore.

— Talvez eu já a tenha encontrado.

Fernanda sentiu a indireta lhe alvejar como uma flecha, mas não se alterou. Embora seu coração já estivesse se recuperando da morte de Guilherme — o que, para ela, era fonte de uma culpa asfixiante —, ela achava que era moral e socialmente desaconselhável iniciar um novo relacionamento menos de dois meses depois de ficar viúva.

— Está ficando tarde — ela desconversou, olhando o relógio de pulso, sem registrar que horário marcava. — Acho que é hora de irmos embora.

Breno assentiu. Fernanda olhou-o de soslaio, tentando entrever algum traço de decepção na sua expressão, mas ele parecia tranquilo. Ele evitou tocar Fernanda, ainda que apenas amigavelmente, enquanto caminhavam de volta ao prédio do hotel e entravam no elevador.

Eles tomaram um táxi especial, que estava parado junto à entrada, e voltaram à Ipanema. O trânsito estava excelente e a corrida foi rápida. Fernanda olhou novamente o relógio de pulso e percebeu que ainda teria tempo antes da reunião com o pessoal da Meridional Aerolinhas. Pediu ao motorista para parar na Aníbal de Mendonça, esquina com Visconde de Pirajá. O local ficava a dois quarteirões do escritório e Fernanda decidiu aproveitar a folga para comprar o vestido para a festa de Salvador Saldanha, no sábado.

— Aonde você vai? — Breno pareceu confuso. — E a reunião?

— Faltam quarenta minutos. Vai indo para a agência, que daqui a pouco estarei lá. Preciso resolver uma coisa rápida.

Breno deu de ombros e Fernanda despediu-se dele com dois beijinhos na bochecha, antes de descer. Foram dois beijinhos sem qualquer intenção de malícia, mas ela sentiu seu rosto ferver por alguns segundos, enquanto uma comichão gostosa a fustigava por dentro.

Ela esperou o táxi dobrar à direita e afastar-se pela Visconde de Pirajá, bastante movimentada naquele meio de tarde, para retirar o celular da bolsa e ligar para Miriam. Precisava lhe contar o que acabara de acontecer, precisava conversar com alguém e lhe pedir alguns conselhos, e a amiga era a pessoa mais indicada para isso. Sentia-se excitada e insegura. No último almoço que tiveram na semana passada, as duas haviam conversado bastante sobre relacionamentos.

Fernanda telefonou para o escritório, mas foi informada de que Miriam não estava. Tentou, então, o celular, mas ele estava desligado ou fora de área. Em seguida, ligou para a casa dela. A faxineira que trabalhava lá uma vez por semana, atendeu e disse que Miriam saíra cedo. Como última tentativa, ligou para a farmácia de manipulação de Jorge Ortiz, o marido de Miriam, que ficava na rua Vinicius de Moraes. A farmácia chamava-se Montenegro, uma alusão ao antigo nome da rua, rebatizada em homenagem ao poeta e compositor Vinicius de Moraes, após a morte dele, em 1980.

Foi o próprio Jorge quem atendeu a ligação com a sua inconfundível voz de barítono:

— Montenegro Farmácia de Manipulação, boa-tarde!

Jorge era dez anos mais velho que Miriam e, tempos atrás, deixara um emprego num banco de investimentos para abrir um negócio próprio. Economista, ele afirmava que a rotina numa mesa de operações num banco era insuportável e adorava contar a quem estivesse por perto para escutar que teria tido um colapso caso não tivesse saído de lá. Administrar uma farmácia pequena era bem mais tranquilo e Jorge tinha a vantagem adicional de determinar seu próprio horário. O fato de o estabelecimento ficar relativamente próximo de sua casa também ajudava e ele ia e voltava do trabalho a pé.

Era Jorge que se incumbia de levar o filho, Márcio, à escola de manhã cedo e de ajudá-lo nas lições de casa, já que o expediente de Miriam costumava ser muito mais longo e tumultuado. Talvez por causa disso, ele, uma vez por semana, tirasse uma tarde para trabalhar em casa – em geral uma segunda ou terça-feira –, em que aproveitava para escrever uma coluna que mantinha numa revista semanal sobre saúde e bem-estar. Nessas ocasiões, contava com a assessoria de Cleber, um jovem funcionário da farmácia que, ao término do expediente, ia até o apartamento levar-lhe o relatório sobre a movimentação do dia, além da chave da loja.

Fernanda sempre simpatizara com Jorge. Em público, ele era um homem risonho, gentil e prestativo. Miriam, em certas ocasiões, deixou escapar que em casa as coisas não eram bem assim, e, recentemente, vinha se queixando de que o marido andava saindo sozinho com mais frequência, sobretudo à noite. Ela duvidava que Jorge tivesse competência para manter uma amante, mas não se surpreenderia caso descobrisse que ele andava frequentando as camas de moças profissionais de má reputação, alta rotatividade e cachê.

— Oi, Jorge. Tudo bem? — saudou Fernanda ao telefone, tapando a outra orelha com as mãos por causa do ruído dos motores e buzinas na rua. — É a Fernanda.

— Oi, Fernanda. Como é que vai? — respondeu Jorge, calorosamente. — Miriam me contou que vocês almoçaram na semana passada e quase acabaram com o estoque de comida no restaurante.

Fernanda riu.

— Não foi bem assim, mas foi quase. Ela está por aí?

— Não — Jorge pareceu menos efusivo. — Já tentou o celular dela?

— Tentei, mas ele está desligado. Liguei para o escritório e para a casa de vocês e ela não estava.

— Olha, ela passou por aqui de manhã. Mas não sei para onde foi depois.

Fernanda foi caminhando em direção à esquina. O semáforo estava aberto para os carros na Visconde de Pirajá e, misturando-se aos pedestres, ela ficou de pé na calçada, esperando-o fechar.

— E ela está bem? — perguntou.

— Espero que sim — ele agora estava claramente confuso. — Bem, você é amiga dela há tantos anos, acho que posso te contar.

— Contar o quê?

— Miriam tem andado meio esquisita. Desde sexta-feira. Ela passou o fim de semana praticamente sem trocar uma palavra comigo. Talvez seja algum problema no trabalho.

— Será?

— Só pode ser. Estou desconfiado que ela perdeu uma causa importante, ou, então, se desentendeu com algum colega... Foi até bom você ter ligado para cá. Já que vocês são tão amigas, será que você pode conversar com ela e tentar descobrir o que está acontecendo? Porque para mim ela não fala nada.

Fernanda percebeu que o entusiasmo que sentia até momentos atrás tinha se esvaído.

— Mas ela está, assim, *muito* estranha?

— Está. Para ser bem franco, eu nunca a vi desse jeito. Aconteceu alguma coisa, ela não quer me contar e isso está me agoniando.

O semáforo abriu para os pedestres e Fernanda atravessou a avenida.

— Você disse que Miriam esteve aí de manhã. Ela não te falou nada?

— Eu não estava aqui na hora que ela veio. Tinha ido ao clube e só cheguei às 11h. Foram os meus funcionários que me contaram.

Na mesma hora, Fernanda pensou na mamografia que Miriam fizera na semana passada. Será que o resultado já havia saído e acusara a presença de um tumor em algum dos seios? Talvez ela estivesse arrasada e receosa de contar a verdade ao marido. Fernanda mortificou-se só em cogitar essa hipótese.

— Não se preocupe, Jorge. Eu vou conversar com ela e tentar convencê-la a se abrir com você. Não deve ser nada demais.

— Fico mais aliviado, Fernanda. Obrigado mesmo.

Eles se despediram. O encontro com Breno, naquela tarde, lhe proporcionara os primeiros momentos de bem-estar e de alguma alegria e excitação desde que Guilherme morrera. Ela estava ansiosa para contar as novas a Miriam, mas a conversa com Jorge apagara totalmente o seu ânimo. O que teria acontecido com ela?

Fernanda preferiu deixar para pensar nisso depois. Precisava se apressar. Ela alcançou o outro lado da Visconde de Pirajá e entrou logo galeria comercial na esquina. Subiu a escada rolante até a sobreloja, onde ficava a butique da amiga Lygia Farah. Lá, entre araras repletas de belíssimos vestidos de noite, Fernanda escolheu um mais discreto, de musselina de seda, com detalhes em cetim de seda pura. Ele era azul-marinho, comportado, bem apropriado para uma noite em que encontraria a cúpula do escritório do marido. Fernanda achava que não ficaria bem se aparecesse com um traje mais alegre ou sensual, pois as fofoqueiras de plantão logo começariam a comentar maldosamente que a viúva de Guilherme Figueroa havia se recuperado "depressa demais" e, agora, circulava despudoradamente pelas festas, como se a viuvez tivesse chegado em boa hora.

Fernanda deixou o vestido na loja para alguns ajustes, que ficariam prontos até sexta-feira à tarde, e foi embora a pé em direção à Capro.

CAPÍTULO 5

Adelina Figueroa estava sentada no terraço do segundo andar da mansão do Cosme Velho, quando Erasmo Porto chegou às 16h, conforme haviam combinado. O jardim vibrante, de cores vivas e cambiantes que iam do verde ao vermelho, servia como um apropriado e elegante pano de fundo. Adelina, no entanto, exibia o mesmo semblante apático, sombrio e desprovido de emoção da semana anterior, quando o advogado a visitara pela última vez. Seu rosto não ostentava qualquer vestígio de maquiagem e ela continuava se recusando a usar joias. Desta vez, porém, em vez do preto fechado, ela vestia um conjunto de calça marrom e blusa de seda cor de tijolo, abotoada nos punhos. O cabelo louro, rigorosamente penteado e domado por uma camada de laquê, parecia imune à brisa que agitava as árvores, fazendo-as lançar, a intervalos, folhas desbotadas sobre o piso de mosaico em pastilhas resinadas do terraço.

Erasmo cumprimentou Adelina com a cerimônia de costume. Assim que ele se juntou a ela em torno da mesa redonda de ferro pintada de branco com tampo de vidro, duas empregadas apareceram trazendo bandejas com xícaras, um bule de chá, copos, uma torta de damasco, uma cesta com torradas e *croissants*, manteiga, geleia de maracujá, queijo Camembert, peito de peru e uma jarra com suco de melão.

Foi a própria Adelina quem serviu o chá, antes de lhe dizer, com a voz gélida e enfastiada:

— Cheguei a pensar que, também hoje, o senhor teria um compromisso e não poderia vir.

Adelina referia-se aos dois últimos dias da semana anterior, quando Erasmo não teve como visitá-la por conta de audiências e reuniões com outros clientes.

O advogado respondeu serenamente:

— Tenho estado ocupado. Não foi minha intenção ofendê-la...

Ela cortou um pedaço de torta e colocou-a num prato para Erasmo. Seus olhos mantinham-se murchos e sua voz, de tão baixa, parecia que ia sumir ao final de cada frase.

— Não me interessam as suas intenções. Se eu o chamei aqui na quinta-feira, era porque tinha um motivo importante. O senhor foi indelicado. Mas eu não estou aborrecida.

Erasmo aceitou o prato de torta, mas preferiu começar o chá passando manteiga e geleia em uma torrada e tomando um gole de suco. Ele sempre ficava tenso na presença de Adelina, como um réu amedrontado diante de uma juíza altiva e implacável.

— Como anda o inventário de Guilherme? — emendou Adelina.

Era Erasmo quem estava cuidando do inventário. Ele comeu um pedaço da torta e surpreendeu-se positivamente com o seu sabor ao mesmo tempo ácido e adocicado.

— Está avançando. Como não há litígio entre a senhora e a sua nora...

— Ex-nora — corrigiu Adelina, com secura.

— Sim — Erasmo pigarreou, constrangido, e continuou: — Como não há litígio entre vocês, acredito que em menos de um ano tudo vai estar concluído. Além disso, não são muitos os bens. Um apartamento na praia de Ipanema, uma casa em Búzios, um automóvel e a participação de Guilherme no escritório de advocacia, além das aplicações financeiras.

— É revoltante saber que aquela mulher vai herdar 50% do patrimônio que o meu filho construiu sem nenhuma ajuda dela. O apartamento, por exemplo, foi um presente meu e ela agora ficará com a metade — Adelina não se conformava, embora soubesse que nada havia a ser feito. — Mas são as leis, não é? Não se pode ir contra elas.

Erasmo Porto passou manteiga e geleia em outra torrada e declarou:

— A senhora disse que tem um assunto urgente para tratar comigo. Será que eu devo perguntar o que é?

Ela tomou calmamente um gole de chá.

— Está ansioso para saber? Pensei que não estivesse dando a mínima...

Erasmo nada disse. Adelina continuou:

— O senhor ficou sabendo de uma operação da Polícia Federal, chamada "Monalisa", que prendeu membros de uma quadrilha internacional de ladrões de obras de arte e antiguidades, liderada por um chinês de apelido Shaolin?

O advogado assentiu:

— Li qualquer coisa a respeito nos jornais. Foi na semana passada.

Adelina inclinou-se para a cadeira vazia ao seu lado e apanhou um jornal dobrado. Ela colocou os óculos de leitura e esquadrinhou a reportagem:

— Um dos homens presos é um sul-coreano que se chama Seung Chun. Ele vive no Brasil há muitos anos. É dono de uma pequena loja de quinquilharias eletrônicas no Centro de São Paulo. Naturalmente, é uma fachada para acobertar a sua verdadeira atividade.

— Isso é muito comum no mundo do crime — assinalou o doutor Erasmo, sem saber aonde Adelina estava querendo chegar.

— Seung Chun é um elemento poderoso dentro da quadrilha. Provavelmente, não ficará detido por muito tempo. Shaolin arranjará uma maneira de tirá-lo da prisão.

Adelina falava com muita familiaridade sobre Shaolin e, de fato, ela tinha motivos para isso.

— Portanto, precisamos agir depressa — ela retirou os óculos. — O senhor vai me fazer o favor de, até o fim desta semana, entrar em contato com Seung Chun. Eu tenho uma proposta para fazer a ele e o senhor será o portador.

Erasmo Porto engasgou com o chá.

— Proposta? — a voz dele saiu alterada. — Mas ele é um bandido, dona Adelina.

Pela primeira vez, naquela tarde, Adelina olhou nos olhos do advogado.

— O senhor vai oferecer a ele uma soma em dinheiro. Uns cem mil dólares, talvez. E convencê-lo a acusar formalmente Fernanda Soares de Lima de ter sido receptadora de objetos roubados pela quadrilha.

Erasmo arregalou os olhos para fitar Adelina, aterrorizado:

— A senhora não pode estar falando sério. A senhora quer incriminar a sua própria nora com uma mentira?

— *Ex-nora*. E quem disse que é uma mentira?

O advogado largou a colher com um pedaço de torta sobre o prato. Estava desnorteado.

— Se eu não confiar no senhor, vou confiar em quem? No meu sobrinho desmiolado? — Adelina recostou-se na cadeira. — Amanhã mesmo o senhor irá a São Paulo por minha conta. Quero que visite a loja de Seung Chun na Galeria Pagé e fale com o gerente de lá, que também é membro da organização de Shaolin — dona Adelina retirou um pedaço de papel do bolso. — O nome dele é... — ela tornou a por os óculos para esquadrinhar o papel: — O nome dele é Choi. O senhor vai reconhecê-lo logo. É um coreano gordo, de boca miúda e que tem a voz fina como a de uma mocinha. O senhor fará a proposta e Choi se encarregará de levá-la, em segurança, até Seung Chun, na prisão.

— Essa proposta é muito vaga. Para poder incriminar Fernanda Soares de Lima de alguma coisa, esse Seung Chun vai precisar de evidências para apresentar. Não basta ele afirmar que Fernanda foi "receptadora de objetos roubados pela quadrilha".

Adelina abriu um sorriso gélido.

— Ele não precisará entrar em muitos detalhes. Só o fato de aquela mulherzinha ser acusada publicamente de envolvimento com bandidos já será suficiente para desmoralizá-la perante toda a sociedade e arrastá-la para a lama, levando junto a reputação da agência de publicidade onde ela trabalha. Os clientes irão debandar, pois nenhum anunciante de nível vai querer ver a sua marca associada a uma agência que tem uma fora da lei como sócia.

Adelina respirou fundo. O ódio que sentia era tão intenso, que o peito chegava a arder. A aparente hesitação de Erasmo também a revoltava. Era como se, silenciosamente, ele a recriminasse. Mas com que direito? Ele nunca perdera um filho. Não podia avaliar a dimensão daquela dor que a matava aos poucos.

— De qualquer modo, haverá uma evidência — ela disse, forçando-se a comer um pedaço de torta. — Há cerca de cinco anos, a casa do empresário Olavo de Queirós Machado, no Jardim Botânico, foi assaltada durante uma das temporadas que ele e a mulher costumam passar na Europa todos os anos.

Erasmo fez um gesto com a cabeça, indicando que se lembrava do assalto. Ele tinha sido manchete em vários jornais na ocasião e ganhara destaque até na televisão.

Adelina continuou:

— Vários objetos da coleção de antiguidades de Olavo foram levados, inclusive uma estatueta suméria da deusa Ishtar; uma estatueta de alabastro do século III antes de Cristo, cujo valor é inestimável. Essa estatueta foi roubada pelo grupo de Shaolin e está em poder de Fernanda.

— A senhora tem certeza disso? De que a estatueta está com Fernanda?

— Absoluta. Sei, inclusive, onde Fernanda mantém a estatueta guardada. Tudo o que o senhor precisa fazer é convencer Seung Chun a confessar o roubo na casa dos Queirós Machado e dizer que a estatueta foi uma encomenda de Fernanda — Adelina anotou num pedaço de papel todas as especificações da estatueta e o nome e o endereço de Olavo, e estendeu-o para Erasmo. — Caso ele ache cem mil uma quantia baixa, podemos negociar. Pague quanto ele quiser, desde que ele concorde em atender ao meu pedido.

Adelina terminou de comer a sua fatia de torta e ajeitou os talheres sobre o prato. Enxugou a boca com o guardanapo.

— Naturalmente, o meu nome não será mencionado. O senhor deverá se apresentar como emissário de Clóvis Louzada. Seung Chun saberá imediatamente que poderá fazer negócio com o senhor.

Clóvis Louzada trabalhara durante quase duas décadas para Adelina, até morrer dois anos atrás, vítima de um enfisema pulmonar. O escritório de Louzada era, agora, tocado por seu filho, Pedro, ainda mais inescrupuloso do que o pai e a quem Adelina só recorria em último caso, pois não confiava tanto nele.

Era Clóvis quem representava Adelina nos negócios obscuros nos quais ela se envolvia, como a receptação de obras de arte e antiguidades roubadas de acervos públicos ou particulares por quadrilhas como a de Shaolin.

Esse era o seu grande segredo. Um segredo que era só dela e do qual ninguém mais tinha conhecimento; nem os bandidos de Shaolin e nem mesmo o falecido marido de Adelina, que jamais demonstrara a mais leve suspeita: a paixão por objetos antigos, cultivada por décadas e que levou Adelina a constituir, pouco a pouco, um acervo, se não portentoso, ao menos considerável.

Ao nomear Erasmo Porto para representá-la agora, pela primeira vez ela faria negócios com Shaolin por intermédio de outra pessoa que não fosse Clóvis Louzada. Havia uma dose de risco, mas ela não tinha medo. Depois que o filho se fora, poucas coisas pareciam realmente lhe importar, a não ser o desejo de destruir a vida de Fernanda. Caso Erasmo falhasse em sua tarefa, Adelina tentaria outro meio. Sua única certeza era a de que não deixaria Fernanda impune. Ela pagaria à altura por toda a ruína que impingira a Guilherme. Ali, em silêncio, sentada de frente para o doutor Erasmo, enquanto a empregada recolhia a louça do chá, jurou para si mesma que levaria sua missão até o fim, nem que isso lhe tomasse todo o tempo de vida que ainda lhe restava. Estava com 75 anos. Sabia que seus dias se aproximavam do fim. Teoricamente, poderia viver mais cinco, dez, até mesmo vinte anos, embora ela não acreditasse muito nisso. Sentia o corpo cada vez mais cansado, como se houvesse se curvado ao peso dos anos. Acordar todas as manhãs e atravessar os dias era um permanente desafio.

Uma hora depois de chegar, Erasmo Porto despediu-se e foi embora. Adelina fechou a porta do terraço por dentro e dirigiu-se para o seu quarto. Lembrou-se, então, de que ainda não tinha visto Thiago hoje. O quarto dele ficava no meio do corredor e Adelina notou que a porta estava entreaberta. Ela empurrou-a um pouco mais, e espiou o interior do cômodo. Viu Thiago esparramado na cama, de barriga para baixo, os braços estendidos para o lado e a boca entreaberta sobre o travesseiro amarrotado. Dormia profundamente.

Adelina olhou-o com desaprovação. Achava seus hábitos muito errados. Thiago passava as manhãs no clube, depois saía para almoçar com amigos, sempre em restaurantes caros, e dormia a maior parte das tardes, antes de sair para noitadas que varavam as madrugadas. Só uma ou duas vezes por semana jantava em casa. Um homem adulto se comportando como um adolescente desregrado. Mas Adelina não iria repreendê-lo. Não queria criar um atrito dentro de casa. Contanto que o sobrinho fosse discreto, ela não se intrometeria na vida dele.

Adelina continuou pelo corredor até a sua suíte. Entrou e trancou logo a porta, tomando o cuidado de dar duas voltas na chave. Ela fechou uma a uma as cortinas das janelas e aproximou-se da comprida estante de livros que ocupava toda uma parede da suíte, ao lado da cama.

Na base da estante, havia uma fileira horizontal de pequenos armários, cujas portas, quadradas, eram ricamente trabalhadas. Adelina abriu a que ficava exatamente no meio. Retirou duas pilhas de tecidos dobrados e, assim, pôde erguer a prateleira inferior, que revelava um fundo falso. Adelina removeu a prateleira e colocou seus óculos, inclinando-se um pouco mais a fim de localizar a pesada tranca redonda de ferro. A quantidade de poeira acumulada ali denunciava que o local não era visitado havia um bom tempo. Adelina grudou suas duas mãos na tranca e fez força para girá-la. Cada vez que fazia isso, parecia mais difícil. Após algum esforço, a tranca cedeu e ela ouviu duas sequências de ruídos: o som das compridas e grossas travas de aço que atravessavam a estante de uma extremidade à outra, se movendo. Adelina levantou-se com dificuldade, enxugando o suor da testa. A passagem estava aberta.

Ela enfiou uma das mãos na extremidade direita da estante e puxou-a. A estante girou na sua direção com a leveza de uma porta comum. Tateou a parede do outro lado em busca do interruptor e, ao acender a luz, descobriu o recinto de cerca de dez metros quadrados, todo revestido com prateleiras envidraçadas que guardavam uma coleção notável de antiguidades. Eram estatuetas, ânforas, bustos, jarros, urnas, coroas de santas, e outros objetos, feitos de materiais variados que iam do marfim e alabastro ao ouro, prata e pedras preciosas.

Além disso, havia uma fileira de gavetas, onde Adelina colocou boa parte de suas joias – a maioria das quais não usava havia anos – e cerca de duzentos mil reais em espécie, para uma emergência ou para o caso de precisar fazer certos pagamentos sem deixar um rastro nos registros bancários.

Adelina vestiu um par de luvas finas de silicone – item indispensável quando entrava naquela câmara secreta – e encontrou numa das prateleiras da esquerda o que procurava: a estatueta suméria de alabastro da deusa Ishtar, que mencionara a Erasmo Porto. A mesma estatueta do século III a.C. que fora levada, cinco anos atrás, da residência dos Queirós Machado. Adelina a guardara por todo esse tempo ali, desde que os agentes de Shaolin a entregaram, em troca de um pagamento alto. Não fosse pelos préstimos desses homens corajosos que sacrificavam suas vidas e suas liberdades para satisfazer os caprichos de ricaços excêntricos como ela, Adelina jamais teria conseguido reunir uma coleção tão valiosa. Mas agora era hora de Ishtar, a Vênus da Babilônia, conhecer um novo destino.

Sem retirar as luvas, Adelina embrulhou cuidadosamente a estatueta num saco de veludo preto, apagou a luz da câmara e tornou a fechar a estante, girando novamente a pesada tranca com suas mãos frágeis e envelhecidas. Depois, sentou-se na beirada da cama e, após recuperar o fôlego, fez uma ligação telefônica para o antigo escritório de Clóvis Louzada. A voz conhecida do filho dele, Pedro, atendeu e Adelina pediu-lhe que reunisse um dos seus melhores homens. Ela tinha um serviço importantíssimo para ele e era urgente.

CAPÍTULO 6

Fernanda estava apreensiva. Tinha passado a semana telefonando para Miriam, procurando-a em toda parte e deixando recados para que ela lhe retornasse. Isso, porém, não aconteceu, e naquela manhã de quinta-feira, da sua mesa na Capro, Fernanda fez nova tentativa, mais uma vez em vão. O celular de Miriam estava desligado e, no escritório, a jovem secretária de voz delicada, porém artificial, que a atendera dissera apenas que ela ainda não tinha chegado, perguntando, de forma protocolar, se Fernanda gostaria de deixar algum recado. Fernanda concluiu que não adiantaria, já que deixara vários sem sucesso e limitou-se a agradecer para desligar em seguida, pensativa.

Miriam costumava chegar cedo ao escritório e já passava das 11h. Isso era preocupante. Lembrou-se da conversa que tivera com Jorge ao telefone e das suspeitas dele de que alguma coisa estava acontecendo com Miriam. A julgar pelo comportamento anômalo dela – Miriam nunca deixara de responder a um recado seu e muito menos costumava sumir daquela maneira – tudo levava a crer que se tratava de algum problema muito sério.

Fernanda decidiu agir. Miriam talvez ainda estivesse em casa e se não fora trabalhar era porque podia ter passado mal e, com Jorge dando expediente na farmácia, provavelmente não havia ninguém por perto para lhe prestar socorro. Ela apanhou sua bolsa e, ao sair da sua sala, pediu a Maíra, sua secretária, para avisar a Noé Kaufman que tinha um compromisso pessoal urgente e talvez demorasse um pouco na rua.

Ela saiu do prédio e tomou o primeiro táxi que passou na Visconde de Pirajá. Desceu em frente ao edifício onde Miriam morava, na rua Caning, uma alameda tranquila e charmosa, situada quase na divisa com Copacabana. Tocou a campainha e, vários minutos depois, um zelador uniformizado apareceu.

Fernanda disfarçou a ansiedade e perguntou, tentando soar natural:

— Sou amiga da Miriam Ortiz, do 801. Sabe se ela já saiu?

O porteiro pareceu reconhecê-la. Ele fez um gesto para Fernanda entrar e respondeu com boa vontade:

— Meu turno começou às 11h. Se ela saiu, foi mais cedo. A senhora quer que eu interfone para o apartamento dela?

— Quero sim, por favor.

O porteiro fez a ligação. Esperou cerca de um minuto, antes de desligar, com um sorriso educado.

— Ninguém atende. Não tem ninguém lá.

— Ela pode estar no banho ou algo assim...

O rosto do porteiro se iluminou:

— Deixa eu ver se o carro dela está na garagem — o porteiro indicou o sofá em frente à mesa dele e complementou, levantando-se: — Volto já.

Ele sumiu por uma portinha lateral e demorou menos de cinco minutos para voltar.

— O carro dela não está aí. E é só a dona Miriam que dirige ele. Então, ela saiu mesmo, madame. Deve ter ido para o trabalho.

Mais aliviada, Fernanda agradeceu. Deixou a portaria e foi caminhando até o cruzamento com a Visconde de Pirajá. Espiou o relógio: pouco mais de 11h30. A agência estava relativamente tranquila naquele dia. Caso se apressasse, Fernanda alcançaria Miriam no escritório antes que ela saísse para almoçar. É claro que poderia esperar até a noite para visitá-la em casa, mas desconfiava que o problema da amiga talvez fosse com o marido e seria constrangedor pedir a ela para desabafar estando Jorge por perto. Miriam não costumava se inquietar com questões de trabalho. Não, ao menos, a ponto de deixá-la tão transtornada. E, nos últimos meses, ela se queixara bastante de Jorge e da tensão e do tédio que estavam vivendo no casamento.

Fernanda tomou um segundo táxi, desta vez para o Centro da cidade. O trânsito estava bom e ela aproveitou para comer seu sanduíche no caminho. O escritório do Saldanha & Figueroa Advogados ocupava todo um andar de um moderno arranha-céu envidraçado vizinho à Academia Brasileira de Letras. Em pouco mais de vinte minutos, Fernanda descia em frente ao edifício.

Ela se identificou na recepção e, munida de um crachá de visitante, passou por uma das catracas que levava ao *hall* dos elevadores. Estar ali não era uma experiência das mais agradáveis. Tudo naquele prédio lembrava Guilherme nos seus bons tempos, e Fernanda, de repente, sentiu o peito apertar por uma saudade forte. Ela lembrou-se da alegria do marido no dia da inauguração do escritório e de como ele se sentia feliz em trabalhar numa sala com vista para a Baía da Guanabara. Lembrou-se das inúmeras vezes em que fora encontrá-lo ali para almoçarem juntos, quando saíam alegres do elevador de mãos dadas, passando pelo mesmo *hall* onde ela se encontrava agora, sozinha. Lembrou-se de alguns finais de expediente, quando ela aparecia por lá de surpresa e eles aproveitavam que a maioria dos funcionários havia ido embora para namorarem um pouquinho, sentindo o gosto do proibido por trocarem carícias num respeitável local de trabalho. Lembrou-se até da festa que ela organizara em segredo com colegas de Guilherme há alguns anos, para comemorar o aniversário dele. Fora Fernanda quem providenciara e levara o bolo – na verdade, uma vistosa torta de chocolate –, e ela, por pouco, não pôs tudo a perder, quando perdeu o equilíbrio ao subir os degraus que ligavam a calçada à entrada do edifício, e quase desabou no chão.

A porta de um dos elevadores se abriu, trazendo Fernanda de volta à realidade. O escritório ficava num dos últimos andares. Na entrada, Fernanda foi imediatamente reconhecida por uma das jovens recepcionistas de *tailleur*, sentadas atrás de um balcão. A moça não escondeu certa surpresa por ver a viúva de Guilherme Figueroa ali.

— Bom-dia — disse Fernanda. — A doutora Miriam Ortiz pode me atender?

— A senhora marcou hora com ela, dona Fernanda? — perguntou a moça. Pelo seu tom de voz, Fernanda concluiu que fora a mesma com quem falara pelo telefone cerca de uma hora atrás.

— Não, mas é um assunto muito importante. Se você puder avisá-la que eu estou aqui, vou te agradecer muito.

— Está bem. É só aguardar — a moça indicou um conjunto de poltronas de couro escuro. Fernanda viu quando a recepcionista apanhou o telefone e falou qualquer coisa. Com certeza estava chamando Miriam. Instantes depois, ela foi até Fernanda e disse:

— A doutora Miriam já está vindo. A senhora aceita um café ou uma água?

— Os dois, por favor — Fernanda forçou-se a sorrir, tentando domar a expectativa que formigava dentro dela. Finalmente veria Miriam.

E ela apareceu no local no momento em que Fernanda terminava de tomar o café. Vestia um dos seus muitos terninhos escuros e o cabelo louro estava solto. Seu abatimento, no entanto, era impressionante. Os olhos, sempre reluzentes e atrevidos, pareciam hesitantes e tristes. Olheiras largas projetavam-se abaixo deles, e Fernanda calculou que Miriam emagrecera uns dois quilos desde que a vira pela última vez na semana passada.

Fernanda levantou-se e abraçou-a. Miriam retribuiu, mas sem o mesmo entusiasmo. Parecia fraca e desmotivada.

— Que surpresa boa, Fernanda — Miriam esboçou um sorriso tristonho que logo desapareceu. — Você nunca aparece aqui sem avisar...

— Estou te ligando desde o começo da semana. Você tem recebido os meus recados?

As duas se sentaram. Miriam juntou as pernas e pousou sobre elas as mãos cruzadas, numa atitude retraída que não combinava com os seus modos, sempre arrojados e desembaraçados.

— Recebi sim. Desculpe se eu não liguei. Essa foi uma semana cheia. Nem tive tempo para ir ao cabeleireiro — ela esticou uma mecha de fios, exibindo-os a Fernanda. — Vê como está o meu cabelo? Uma palha sem brilho.

— Está com muito trabalho essa semana? É por isso que está tão abatida?

Miriam expeliu o ar dos pulmões e falou num tom formal, totalmente dispensável numa conversa com uma amiga íntima.

— Estou sobrecarregada de trabalho. Por isso não te liguei. Desculpe. Como você disse que não era nada urgente, achei que não teria problema caso eu falasse com você no fim de semana.

Sobrecarga de trabalho nunca fora empecilho para Miriam telefonar ou mesmo sair com as amigas. Fernanda tinha certeza de que não era esse o problema e preocupava-se ainda mais por conhecer Miriam e saber que ela não era de guardar segredos. Durante anos trocaram confidências e nunca, nem nos piores momentos que Miriam atravessara, Fernanda a vira naquele estado.

— Você não precisa ser tão cerimoniosa comigo. — Fernanda, então, aproximou-se para segurar as mãos de Miriam. Estavam geladas. — Você pode enganar a muita gente, mas a mim não. Se alguma coisa grave está acontecendo, se abra comigo. Quem sabe eu não posso te ajudar?

— Não está acontecendo nada. Eu já disse que é só excesso de trabalho.

— Está tudo bem entre você e o Jorge?

— O de sempre — Miriam deu de ombros.

— A mamografia que você fez na semana passada... Qual foi o resultado?

— Se é isso que está te preocupando, fique sossegada. Minha saúde está ótima.

— Não é o que a sua aparência está dizendo — Fernanda foi forçada a revelar. — Você está péssima.

Miriam baixou o rosto e, com as mãos cruzadas entre os joelhos, respirou fundo diversas vezes, enquanto mirava fixamente o tapete. Fernanda notou que ela estava querendo contar alguma coisa, mas não encontrava coragem.

— No nosso último almoço, na semana passada, você estava tão bem... — Fernanda comentou, enquanto afagava o cabelo da amiga, de um modo quase maternal. — O que quer que tenha te abalado, aconteceu nesses últimos dias. Foi ou não foi?

— Olha, Fernanda, eu... Bem, eu não posso conversar com você agora. Estou cheia de trabalho lá dentro.

— Então é esse o problema? Alguma coisa no trabalho? Você perdeu algum processo importante? Algum cliente abandonou o escritório por sua causa? Conta pra mim, Miriam, pelo amor de Deus. O que é que está havendo?

— Não é nada disso — Miriam enfiou a cabeça entre as mãos, em sinal de exasperação. — Desculpe, Fernanda, mas é que... É que eu não tenho certeza de nada ainda.

Fernanda retesou-se.

— Não tem certeza... do quê?

Miriam respirou fundo.

— Não posso falar ainda. Não quero cometer uma injustiça.

Fernanda lançou um olhar apreensivo à amiga:

— Do que é que você está falando?

— Agora não, Fernanda. Por favor, me dá uns dias. Eu prometo que conto a você, se for o caso. Tenho que checar umas coisinhas antes.

Fernanda engoliu em seco. Não havia um espelho por perto, mas ela desconfiava que estava, agora, quase tão pálida quanto Miriam. Percebeu que fora uma péssima ideia ter vindo. Miriam não só não esclarecera nada como ainda a deixara mais angustiada.

— Você vai à festa do escritório, no sábado? — Fernanda mudou de assunto. Miriam adorava festas, mas no estado em que ela se encontrava, Fernanda não se surpreenderia caso ela não comparecesse.

— Claro. Jorge vai comigo. A festa parece que vai ser um arraso. Ouvi dizer que vai ter até orquestra.

Fernanda notou que o abatimento dela havia diminuído um pouco. A conversa devia estar lhe fazendo bem.

Miriam acrescentou:

— Salvador ficaria triste se eu não fosse. E ele também faz questão da sua presença. Você sabe disso, não é?

Fernanda esboçou um sorriso.

— Sei, sim. Até comprei um vestido. Vou passar na loja amanhã para pegá-lo. Não estou muito animada, mas... não deixa de ser uma forma de homenagear o Guilherme.

A voz de Fernanda ficou subitamente tensa e ela perguntou, com receio das próprias palavras: — Você sabe se a dona Adelina irá?

— À festa? Bem, Salvador a convidou. Não sei se ela confirmou.

Fernanda mordeu os lábios. E se a sogra fosse à festa? Como a encararia? O que diria a ela? Desde o enterro de Guilherme, Fernanda não via Adelina. Sabia que devia, ao menos, ter dado um telefonema de cortesia para a sogra, mas não encontrou coragem. Adelina a odiava, e essa era uma sensação muito angustiante, uma sensação de rejeição. Talvez porque visse na sogra uma figura maternal. No fundo, Fernanda queria que Adelina a amasse como a uma filha. Ela sentia pela sogra quase a mesma ternura que sentira pela sua própria mãe. Depois que ela se fora, Fernanda alimentou, intimamente, a expectativa de que Adelina a acolhesse em seus braços e assumisse carinhosamente o papel de mãe, ou mesmo de avó, mas aconteceu o oposto. A frieza com a qual a sogra sempre a tratara levou Fernanda, depois de muitas tentativas de aproximação, a se afastar.

Fernanda olhou o relógio e, vendo que nada mais tinha a fazer ali, levantou-se e despediu-se de Miriam com um abraço demorado.

— Se você mudar de ideia e resolver me contar o que está acontecendo, pode me ligar a qualquer hora.

Miriam apenas sorriu. Um sorriso triste, de dor.

— Você pode sempre se abrir comigo — complementou Fernanda, pendurando a alça da bolsa no ombro. — Nunca se esqueça disso.

— Dê um alô meu ao pessoal da agência — disse Miriam. Elas se abraçaram uma última vez e Fernanda foi embora.

Na volta a Ipanema, enquanto o táxi encostava na calçada em frente à entrada lateral do edifício da Capro, Fernanda admitiu que a festa de sábado a estava deixando ansiosa demais. Além de detestar essas badalações, haveria muitas pessoas conhecidas lá, que, fatalmente, a observariam o tempo todo. Seria uma verdadeira prova de fogo para os seus nervos e não estava minimamente disposta a enfrentá-la sozinha.

Era em momentos assim que um homem fazia falta. Durante o casamento com Guilherme, ela nunca tivera essas preocupações. Para qualquer evento que fosse, tinha sempre a companhia dele. Mas agora a realidade era outra, e Fernanda precisava encontrar alguém para ir com ela àquela festa, nem que fosse para ter uma pessoa ao lado para conversar amenidades quando todos os demais convidados estivessem fechados nas suas próprias rodinhas de amigos e conhecidos. Era horrível ficar deslocada numa festa, fingindo distrair-se com a decoração e com os quitutes. Ainda mais sabendo que ela poderia estar sendo um dos assuntos principais da noite.

A companhia mais óbvia seria Miriam, mas ela iria com o marido e, por ser uma das advogadas do escritório, teria de dar atenção a muitos convidados. Outra possibilidade era sua irmã, Natália, mas Fernanda não tinha a menor intenção de pedir a ela que viesse da Paraíba somente para lhe acompanhar a uma festa chata. Restava Breno, mas se aparecesse com ele, os convidados poderiam achar que eles estavam tendo um caso, o que seria o pior dos mundos. Fernanda não tirava da memória a forma como Adelina olhara para o abraço deles no dia do enterro de Guilherme. Se ela os visse juntos na festa, tiraria as piores conclusões e tudo o que Fernanda menos queria era suscitar especulações maldosas a seu respeito, principalmente por parte da sogra.

Ao passar pela sala da secretária, Fernanda perguntou casualmente:

— Alguém telefonou para mim, Maíra?

Tinha ficado pouco mais de uma hora fora do escritório e, como esperava, não havia nenhum recado importante. Quando Fernanda pousou a mão na maçaneta e empurrou a porta, Maíra disse, subitamente:

— O Breno esteve aqui procurando pela senhora. Ele trouxe um pacote. Coloquei na sua mesa.

Fernanda avistou, imediatamente, o embrulho listrado em azul-escuro e prateado bem no centro da sua escrivaninha e fechou a porta. Sabia que não devia estar ansiosa para ver o que havia ali dentro, que Breno era apenas um rapaz simpático que trabalhava na agência, que ela estava viúva havia pouco tempo, e que não era correto se sentir daquele jeito. Mas a verdade era que um calor gostoso tinha subido pelo seu corpo, fazendo-a até se esquecer por um momento da preocupação com Miriam.

Ela segurou o pacote com as duas mãos e sentiu o peso. Era leve. Com todo cuidado, foi destacando as bordas do embrulho, tomando cuidado para não rasgá-lo. Era um costume que conservava desde a infância, herdado da mãe que, criada no campo onde o comércio era escasso, guardava os papéis dos presentes que recebia para, na eventualidade de um aniversário ou uma data comemorativa qualquer, não encontrar uma loja à mão e ter de improvisar um embrulho bonito. Quando, finalmente, removeu o papel e viu o que ele guardava, seus olhos estremeceram, extasiados. Era um dos arranjos de orquídeas mais lindos que ela já vira. As flores estavam dispostas dentro de uma caixa ornamentada e elegante e pareciam feitas de seda, de tão perfeitas. Preso à caixa havia um pequeno envelope azul, com uma mensagem escrita à mão:

Fernanda,

Nada que eu ofereça a você, nem o presente mais rico, nem o poema mais arrebatado, será suficiente para retribuir o maior presente que eu posso ter, que é a sua companhia. Por onde você passa, ilumina o ambiente, torna o ar mais leve e faz com que eu acredite na beleza da vida. Obrigado pelo almoço.

Beijo,

Breno

Fernanda ficou aturdida por alguns minutos, sem saber o que fazer. Nunca um homem se dirigira a ela com aquela ternura, com aquela delicadeza. Não estava ainda preparada para um novo relacionamento, não queria se envolver, não queria se apaixonar. Mas Breno era doce e sedutor e, de algum modo, conseguira despertar nela necessidades que estavam adormecidas havia anos – desde os 17 anos, quando ela conhecera Ricardo na escola, sua única grande paixão.

Era inevitável recordar aqueles meses mágicos, numa idade em que tudo parecia um sonho. Às vezes, Fernanda achava que era capaz de dar tudo o que tinha para reviver aquela época. Quase vinte anos depois de ver Ricardo pela última vez, ela ainda suspirava ao se lembrar dele. A vida poderia ter sido bem melhor caso ela e Ricardo tivessem namorado. Quem sabe não estariam juntos até hoje? Pela paixão que sentira por ele, Fernanda era capaz de jurar que sim.

Ela guardou o envelope na bolsa. Estava num dilema: mesmo não querendo se envolver com Breno agora, também não queria perdê-lo. Estaria mentindo para si mesma se afirmasse que ele não a atraía. Ela só precisava de mais um tempo. Para pensar melhor, para se envolver um pouco mais, para sentir quais eram as reais intenções dele. Homens cafajestes havia aos montes por aí e Breno bem poderia ser um deles, um lobo em pele de cordeiro, prestes a abocanhar mais uma vítima e seduzi-la, para depois jogá-la fora, contabilizando-a como mais uma conquista numa longa lista de corações despedaçados. Ou talvez ele fosse um homem romântico – sim, eles ainda existiam –, que, de fato, estava interessado nela e disposto a investir num relacionamento. De qualquer modo, Fernanda pretendia mantê-lo por perto, e o tempo e as circunstâncias se encarregariam de aproximá-los ou afastá-los de vez.

Ela pegou o telefone para falar com a secretária. Acabara de ter uma ideia.

— Maíra, você pode pedir ao Breno para vir à minha sala, por favor? Ah, e quando ele chegar, entre aqui com ele. Quero falar com os dois.

Ela imaginou que a secretária não estava entendendo nada e achou graça naquilo. Não se passaram nem cinco minutos e os dois entraram. Breno estava com as mãos para trás e o rosto visivelmente contraído em expectativa. Ele havia dado um passo mais ousado e, era óbvio, esperava uma reação de Fernanda.

— Quero fazer um convite aos dois — ela disse, fazendo sinal para eles se sentarem nas cadeiras em frente à escrivaninha. — Depois de amanhã, vai haver uma festa do sócio do meu marid... do meu falecido marido, e eu gostaria de saber se vocês podem ir comigo.

Breno e Maíra se entreolharam, surpresos.

— Nós... dois? — indagou Maíra, apontando com o indicador para ela e para Breno alternadamente.

Breno parecia ainda mais desconcertado. Fernanda sorriu e disse com toda a delicadeza que conseguiu reunir:

— Isso. Vai ser uma festa bem bacana, com boa comida, boa música, bom ambiente... O traje é passeio completo, ou seja, paletó e gravata para os homens e um vestido de noite alinhado para as mulheres — ela fez uma pausa demorada, percebendo que estava prestes a cometer uma gafe terrível: — Suponho que você tenha um bom vestido, não é, Maíra?

Para alívio de Fernanda, Maíra pareceu mais animada:

— Bem... acho que sim. Vou ver no meu guarda-roupa, mas se não tiver, eu arranjo um — agora, ela estava exultante. — Desculpe a pergunta, mas é uma festa chique? Chique mesmo? Daquelas cheias de gente bonita, como se vê nos filmes?

Breno continuava sério. Devia estar achando que Fernanda não dera a mínima para as flores e o bilhete.

— Não sei se será como nos filmes, mas... sim. A festa é chique. Pode se arrumar, mas tome cuidado para não exagerar nos acessórios, no perfume e na maquiagem. Seja discreta e você fará bonito.

Maíra estava, nitidamente, vibrando por dentro. Fernanda concluiu que, sem saber, dera a ela um presentão.

— Vamos marcar um ponto de encontro — ela disse, cruzando as mãos sobre a mesa. — Que tal lá em casa, no sábado, às oito da noite? Vocês podem ir de táxi, que eu pago a corrida. De lá, vamos juntos para a festa e voltamos também juntos. Está bem assim?

Breno e Maíra trocaram olhares interrogativos e, por fim, concordaram com a cabeça.

— Então, está combinado. Pode ir agora, Maíra. Breno, fique um pouco mais que quero conversar uma coisa com você. Maíra, feche a porta quando sair.

A secretária se retirou e Fernanda levantou-se, tocando, meio desajeitada o braço direito de Breno.

— Eu queria te agradecer pelas flores. Fiquei encantada com a sua delicadeza.

Pela primeira vez, desde que entrou na sala, ele sorriu.

— Quer dizer que você gostou?

Fernanda o encarou demoradamente. Ele tinha olhos lindos, acinzentados e muito insinuantes. Ela percebeu que, por trás daquela aparência de cavalheiro, havia um coração bravio, que batia ao ritmo de uma infatigável sensualidade.

Ela queria muito lhe dizer que amara aquilo tudo e como ele era encantador, mas se controlou. Lembrou-se, mais uma vez, de que era uma viúva recente. Uma palavra inadequada e Breno poderia interpretar como uma abertura para avançar sobre ela. Fernanda não queria isso ainda.

— Você tem muito gosto para dar presentes e sabe como comover uma mulher Você é mesmo muito especial — ela disse, deixando Breno com as bochechas coradas. — Nunca vou me esquecer dessas flores.

— Por isso me convidou para a festa?

Fernanda foi pega de surpresa com aquela pergunta.

— Se eu não tivesse gostado, não teria convidado.

Foi uma resposta ao mesmo tempo elegante e sugestiva, que pareceu satisfazê-lo; algo como um "sim" indireto, misterioso. Fernanda olhou para aquele homem lindo e delicado à sua frente, sem conseguir acreditar que ele pudesse estar interessado nela. Mas tudo indicava que estava mesmo. Essa possibilidade concreta encheu-a de excitação e uma pitada de temor. Com tantas moças mais bonitas, jovens e disponíveis pela cidade, por que Breno fora escolher justamente ela? Fernanda começou a se perguntar se era mesmo uma mulher assim tão sem graça e sem charme. Sua combalida autoestima agradeceu.

— Obrigado. — Breno disse após um breve silêncio. — Vai ser um prazer ir com você.

— Pensei que você não fosse aceitar. Ficou tão sério, não disse nada... Tudo bem que foi meio em cima da hora, mas...

— *Meio* em cima da hora? — ele riu a valer. — Foi *totalmente* em cima da hora. E se eu não tivesse roupa?

E ainda por cima ele tem senso de humor, pensou Fernanda. Achava-o cada vez irresistível.

— Você compraria uma. Tem uma porção de lojas boas aqui nas redondezas — ela arriscou um olhar maroto. — Mas não foi por isso que você ficou calado quando eu falei do convite. Você estava esperando que eu comentasse a respeito das flores — subitamente, a intimidade entre ambos pareceu aumentar além do que deveria e Fernanda achou por bem parar por ali. — Bem, eu já falei delas e você já aceitou o convite, então, acho que por enquanto é só.

Breno entendeu o recado.

— Se precisar de mim, sabe onde me encontrar.

Ele beijou-a suavemente na bochecha e saiu. Fernanda sentou-se, sentindo a excitação dar lugar à culpa por ter se rendido tão facilmente às próprias necessidades. Estaria tão carente assim? Não era uma coisa animadora de se pensar.

Ela acariciou a bochecha onde Breno havia lhe beijado e esperou que o toque dos lábios dele desaparecesse, para então voltar ao trabalho.

Noé Kaufman lhe encaminhara os *sketches* da campanha das Casas Voga, a nova cadeia de lojas de departamentos, para ela analisar, mas Fernanda não conseguiu se concentrar. Sorriu ao se lembrar do olhar felino de Breno e do calor úmido dos seus lábios, mas logo sua cabeça desviou-se para Miriam, e toda a alegria desapareceu.

Fernanda continuava preocupada com a amiga. Que fato novo tão terrível teria acontecido para deixá-la naquele estado?

* * *

O sedã prateado trafegava, sem atrair atenção, pela BR-485, em Itatiaia, a mais de 150 quilômetros da cidade do Rio de Janeiro. A estrada estreita e sinuosa estava, naquele início de madrugada, imersa por uma escuridão assustadora, reforçada por uma tênue neblina que impedia a visão além de alguns poucos metros.

Fazia frio. O motorista macilento e de cabelos crespos cortados à máquina identificou o chalé rodeado de pinheiros e árvores esguias e parou o carro a uma pequena distância. Ele voltou a conferir o papel com as coordenadas que havia recebido. Aquele era mesmo o chalé de Fernanda Soares de Lima, não havia dúvidas.

Sem demonstrar ansiedade ou hesitação, o homem desligou o carro, vestiu uma jaqueta de couro, cobriu a cabeça com um gorro de lã, enfiou luvas nas mãos e desceu para a madrugada gelada, carregando uma pequena sacola a tiracolo. Uma cerca baixa rodeava a propriedade. O homem tomou o cuidado de olhar em torno para se certificar de que realmente estava sozinho ali, antes de se encaminhar para o pequeno portão de madeira e transpô-lo sem dificuldade, passando rapidamente para o outro lado. Um caminho de terra batida, rodeada de pinheiros e arbustos floridos, conduzia à entrada principal do chalé.

Era uma construção em estilo normando, com dois andares, e de aparência delicada e discreta. A julgar pela grama alta no terreno e pela quantidade de folhas e gravetos espalhados por toda parte, inclusive na entrada da casa, o local não era visitado pela proprietária havia um bom tempo – impressão confirmada assim que o homem entrou na sala e defrontou-se com a poeira acumulada nos móveis e no piso e com o cheiro sufocante de mofo que parecia vir de todos os lados.

Abrir a porta da casa não fora tarefa complexa. Bastara uma pequena gazua e as duas fechaduras cederam sem resistência. Era impressionante a confiança que as pessoas depositavam numa chave, pensou o homem. Sem acender nenhuma luz, ele acendeu uma pequena lanterna que carregava no bolso, localizou a escada e subiu até o segundo andar, onde ficavam os quartos.

A ordem era clara: o embrulho deveria ser colocado numa gaveta de um armário ou de uma cômoda no quarto de Fernanda. Encontrá-lo seria fácil. Havia apenas três cômodos no segundo andar, além de um banheiro. Todo o piso era de tábuas corridas, enquanto os batentes e alizares das portas eram de madeira escura. O homem examinou um a um os quartos com a lanterna, até chegar ao que ficava no final do pequeno corredor. Abriu a porta e perscrutou o ambiente. O maior móvel era uma cama de casal, forrada com um edredom e protegida por uma enorme folha de plástico recoberta pela poeira. Havia, ainda, duas mesinhas de cabeceira, uma penteadeira, uma poltrona de couro e uma pequena porta que levava a um banheiro estreito. Uma suíte. Se a dona da casa dormia em algum lugar na casa, só podia ser naquele quarto. Na parede em frente à cama ficava um armário de madeira maciça de quatro portas, decoradas com almofadas e pequenos círculos de treliça.

O homem pousou a lanterna sobre a cama, deixando-a apontada para o armário, e abriu as portas. Metade do armário estava apenas parcialmente ocupado por travesseiros e cobertores enrolados em sacos, sendo que a outra metade guardava, penduradas em cabides, calças e agasalhos femininos, tudo protegido por plásticos, a fim de resguardar as peças da ação corrosiva do mofo. Na parte inferior, havia duas fileiras de gavetas. Uma delas guardava camisetas e ceroulas dobradas e algumas roupas íntimas. O homem sorriu. Era o local perfeito.

Ele abriu a sacola a tiracolo e retirou o objeto embrulhado em veludo preto, colocando-o na gaveta e cobrindo-o com algumas calcinhas e sutiãs, mas não o bastante para escondê-lo totalmente. Afinal, haviam sido essas as instruções. O homem puxou um pedaço de papel e uma caneta do bolso da jaqueta e tomou nota de tudo o que vira, descrevendo com detalhes o quarto e assinalando o local exato em que guardara o objeto: no lado direito da segunda gaveta, de baixo para cima, da penúltima porta do armário da suíte que ficava fundo do corredor do segundo andar.

Ele mal sabia que tivera nas mãos uma estatueta suméria da deusa Ishtar, um objeto valiosíssimo que poderia fazer dele um homem rico, caso se dispusesse a ir embora dali com ela e vendê-la a algum colecionador abonado.

Ao todo, o homem permaneceu menos de 15 minutos dentro da casa. Ele fechou o armário, saiu do quarto, desceu ao térreo, tornou a trancar a porta com a gazua e retornou tranquilamente para o carro. Deu a partida e retornou pela mesma estrada, alcançando logo a Via Dutra, de onde tomou a direção de volta ao Rio de Janeiro.

A missão fora bem-sucedida, mas o homem não contava com a presença inconveniente de um vulto que caminhava pelo acostamento no instante em que ele pulava o portão do chalé de Fernanda. Era um rapaz franzino de 25 anos que morava com a mãe cerca de cem metros adiante e, naquele momento, retornava de Volta Redonda, onde passara o dia tentando, mais uma vez, arrumar um emprego.

Ele achou aquilo muito estranho, mas não quis se intrometer, pois podia ser perigoso, e tratou de sair rapidamente dali. Não sem antes, porém, sacar seu velho e gasto telefone celular do bolso e usar a câmera embutida nele para fotografar o carro. No mesmo instante, teve dúvidas se uma foto tirada àquela hora da noite ficaria nítida o bastante, e, como garantia, tomou nota da placa do carro no verso do cupom fiscal de uma lanchonete em Volta Redonda, onde comprara um cachorro-quente na hora do almoço para enganar o estômago.

Na manhã seguinte, começaria a pesquisar sobre aquele carro e a quem pertencia. Só por curiosidade.

CAPÍTULO 7

Adelina Figueroa estendeu sobre a cama o vestido longo preto, um Saint-Laurent, que comprara numa viagem a Paris anos atrás – a última em companhia do marido, que faleceria poucos meses depois. Adelina usara o traje uma única vez, durante uma apresentação de *Turandot* na Ópera Garnier. Fora um agradável e ensolarado outono na França. O céu azul-turquesa irradiava uma luminosidade elegante e as árvores que flanqueavam as avenidas e os bulevares enchiam-se de um colorido exuberante, enquanto as primeiras folhas começavam a cair. O frio suave assemelhava-se bastante à temperatura que vinha fazendo no Rio naquele final de maio. O vestido era, portanto, ideal, ainda mais pela cor preta e pelo corte conservador, mais do que adequados para uma senhora que faria sua primeira aparição social desde que o filho morrera.

Era final de tarde da sexta-feira e aproximava-se das 18 horas, horário da novela favorita de Adelina. Ela examinou demoradamente o vestido, a fim de se certificar de que ele não continha nenhuma ruga ou mancha e, satisfeita, pendurou-o num cabide.

Ouviu duas batidinhas na porta.

— Entre! — falou ela.

A porta se abriu e Thiago surgiu cautelosamente. Ela notou os olhos inchados e o cabelo mal penteado do sobrinho, sinal de que ele havia acabado de levantar de seu cochilo vespertino.

— Queria falar comigo?

Adelina tinha deixado um recado por escrito no quarto dele, pedindo que viesse procurá-la assim que acordasse.

Ela perguntou com sua voz baixa e monocórdia:

— Você não dormiu em casa na noite de ontem. Onde esteve?

Ela falava num tom de aparente indiferença, que deixava Thiago sempre apavorado.

— Tia, por favor — ele murmurou, meio embaraçado. — Eu tenho minha vida.

Adelina balançou a cabeça num sinal de desdém. Ela levou o cabide com o vestido para o *closet* e, voltando ao quarto, sentou-se na beira da cama, indicando uma cadeira para Thiago.

— Eu te chamei aqui por outra razão: quero que vá comigo ao jantar de Salvador Saldanha.

Thiago franziu a testa e mirou a tia, interrogativamente.

— Festa... de quem?!

— Do sócio do Guilherme no escritório — complementou Adelina, ainda reparando nos olhos avermelhados do sobrinho e se perguntando se convidá-lo era mesmo uma boa ideia. — A festa será amanhã à noite.

— Legal — disse Thiago, meio que dando de ombros. — É aniversário desse Salvador?

Adelina suspirou com impaciência. O jeito desligado de Thiago cada vez a irritava mais.

— É a comemoração ao jubileu de prata do escritório dele e de Guilherme — ela explicou mais uma vez.

Thiago fez uma careta:

— Jubileu...?

Sem muita disposição para prolongar aquela conversa, Adelina levantou-se e voltou a examinar o vestido pendurado no cabide.

— O aniversário de 25 anos do escritório. Separe um bom terno. Escuro, de preferência, e com uma gravata sóbria. — Adelina parou um instante e perguntou: — Espero que você tenha um bom terno para vestir.

— Tenho, claro — Thiago cruzou os braços, numa atitude que Adelina interpretou como defensiva. — Se não tivesse, poderia comprar um hoje, quando for sair.

Fez-se um silêncio pesado no quarto.

— Você vai sair hoje? De novo?

— Qual o problema?

Adelina meneou a cabeça.

— Nenhum. Não tenho nada com a sua vida. Mas estou curiosa e, se não se importar em me dizer, gostaria de saber o que você tanto tem feito todos esses dias em que quase não para em casa.

Adelina notou-o repentinamente tenso, mas baixou os olhos e fingiu examinar o vestido pendurado, a fim de não pressioná-lo demais. Naturalmente, ele fora pego de surpresa.

— Nada demais. Só tenho andado meio ocupado.

— *Com o quê*?! Você não trabalha... — essa última frase pareceu atingir o orgulho de Thiago em cheio, mas ele logo se recompôs.

— Passei a ir mais vezes ao clube e... — ele hesitou antes de continuar.

— E...? — Adelina continuava voltada para o vestido. Era evidente que Thiago estava pensando às pressas numa resposta que não soasse muito estapafúrdia.

— Estou fazendo um curso noturno.

Adelina virou-se para ele. Teria ficado surpreendida, se já não soubesse, antes mesmo de Thiago prosseguir, que ele estava mentindo.

— Um curso noturno... — ela repetiu, soletrando cada sílaba meticulosamente.

— É. De filosofia. Na Casa do Saber, na Lagoa.

Adelina pensou em perguntar sobre que ramo da filosofia era o curso, já que o termo "filosofia" era um tanto genérico, mas achou melhor fingir que acreditava nele, só para não precisar prolongar aquela conversa. A vida mundana de Thiago lhe causava repulsa. Ela enxergava nisso uma demonstração de falha de caráter. Se não estivesse tão alquebrada com a perda de Guilherme, Adelina já teria confrontado Thiago, obrigado-o a conseguir um emprego decente, se quisesse permanecer naquela casa, e advertido que, uma vez morando com ela, deveria seguir o ritmo da casa.

— É só isso? — indagou Thiago, fazendo menção de se levantar.

— Esteja pronto amanhã às 20h. A festa começa às 21h. Pode ir agora.

Parecendo ansioso para sair dali, Thiago deixou o quarto rapidamente e sem se despedir. Adelina esperou-o fechar a porta, para trancá-la por dentro. Ela sentou-se na larga poltrona perto da janela que se abria para o jardim e ligou o notebook instalado na mesa ao lado.

Entrou na internet, e foi diretamente a um monitor de buscas, onde encontrou o site da Casa do Saber. Conforme previra, não havia nenhum curso de filosofia na programação daquele mês de maio na filial do Rio. Thiago realmente devia achar que ela era trouxa.

Ouviu seu celular tocar. Procurou-o por intermináveis segundos, até localizá-lo sobre a cama.

— Alô?

— Dona Adelina?

Era Erasmo Porto. Adelina sentiu seu coração acelerar de ansiedade.

— Conseguiu? — ela perguntou.

— Tudo indica que sim.

Erasmo relatou brevemente a visita que fizera à loja de Seung Chun, na Galeria Pagé, em São Paulo, e o encontro com o gerente de lá, Choi Young Ha.

— A loja deles é o paraíso dos produtos piratas contrabandeados. Um lugar abjeto. Como é que a senhora descobriu essa gente?

Adelina ignorou a curiosidade do advogado.

— Seung Chun aceitou a nossa proposta? — ela perguntou.

— Aceitou. Choi ligou para ele na cadeia. O cara está preso, mas, com certeza, está cheio de mordomias, incluindo o celular que ele usou para nos dizer que, já na semana que vem, fará a acusação contra Fernanda à polícia e à imprensa.

Adelina alegrou-se ante a ideia de que aquele seria o último fim de semana de tranquilidade de Fernanda para, em seguida, se encher de apreensão quanto ao sucesso do plano, que, não negava, era audacioso. Ela receava que alguma coisa não desse certo, mas agora era tarde para voltar atrás, mesmo que quisesse. Esperava que Shaolin soubesse manter segredo.

— O senhor tem certeza de que não foi seguido?

— Tomei todas as precauções possíveis.

— Volte a me procurar quando chegar ao Rio. Boa viagem de volta.

Adelina desligou o telefone apreensiva. Algo a incomodava. Talvez o temor de que o plano não saísse como o esperado. Ou, ainda, o comportamento de Thiago. Havia qualquer coisa nele que a deixava inquieta.

Ela desceu as escadas para jantar e, ao se sentar à mesa, contemplou o lugar de Thiago vazio. A governanta informou que ele saíra há dez minutos, sem dizer para onde ia e a que horas voltaria.

* * *

Fernanda fechou a porta corrediça envidraçada que se abria para a varanda. Dali se tinha uma visão espetacular da paisagem noturna da praia e do mar de Ipanema. O ruído dos veículos que trafegavam pela orla sumiu e a sala mergulhou no silêncio.

Ela espiou o relógio de pulso. Quase meia-noite.

Lembrou-se da infância em Resende, a quilômetros de distância do litoral, e de como alimentara por anos o sonho de morar de frente para o mar. Foram muitas as vezes em que, no meio da noite, ela se levantara da cama para contemplar, pela janela do quarto, o descampado gramado e pontilhado por árvores, banhado pela luminosidade mortiça e pálida do luar, e, de repente, flagrava-se suspirando e contemplando um idílico mar azul imaginário. O canto dos grilos, por breves instantes, era substituído pelo barulho das ondas na praia, enquanto o perfume da maresia tomava o lugar dos aromas da fazenda, o cheiro úmido da terra combinado com o perfume das goiabas maduras e da relva cortada.

Hoje, olhando o mar da sua sala, percebia como tudo aquilo perdera importância. Aquela paisagem já não lhe dizia muita coisa. Continuava bonita, mas Fernanda não sentiria sua falta, caso tivesse de viver longe dela novamente.

Sem Guilherme, o apartamento havia se tornado opressivo; grande e silencioso demais para uma pessoa que odiava a solidão. Desde março, Fernanda praticamente só usava o quarto e o banheiro da suíte, e a copa e a cozinha, para preparar alguma refeição rápida. Ela cada vez mais se dava conta de que, apesar do luxo, que a princípio fora atraente e encantador, jamais estivera à vontade naquele apartamento. Tudo o que ela mais desejava agora era um pouco de paz. E de um rumo para aquela nova vida que começava a tatear, desconfiada e assustada. Ela iria embora dali.

Fernanda atravessou os dois salões de visitas e percorreu o corredor comprido de paredes revestidas de mogno e obras de arte até o seu quarto. Acendeu o abajur na mesinha de cabeceira e, vestindo um pijama de flanela, enfiou-se sob os cobertores. Abriu o romance que estava lendo e, mal virou uma página, o telefone junto ao abajur tocou.

Tornou a olhar as horas antes de atender. Meia-noite e quinze. Quem seria naquele horário?

— Alô?

Passaram-se alguns segundos, até que uma voz hesitante respondesse do outro lado:

— Fernanda...?

Fernanda sentiu um calafrio.

— Miriam?! — ela respondeu, surpresa. Ajeitou-se na cama, levantando o travesseiro e empertigando as costas junto à cabeceira. — Está tudo bem?

Miriam respondeu, num murmúrio:

— Não.

Fernanda torcia para que ela, finalmente, tivesse resolvido se abrir.

— Aconteceu alguma coisa?

— Estou incomodando?

— Não... Claro que não, eu... Bem, eu perguntei porque você me parece... amargurada. E, também, porque você quase nunca me liga tão tarde.

— Estava esperando o Jorge dormir. Ele costuma se deitar cedo, mas hoje, sei lá por que, custou um pouco a pegar no sono. Não quero que ele ouça a nossa conversa.

Miriam falava com uma lentidão anormal. Parecia estar sob efeito de tranquilizantes. Fernanda viu a preocupação que sentira ontem, ao visitá-la no escritório, voltar com força redobrada.

— Miriam, me conta, por favor: o que está havendo? Você está tão diferente...

O silêncio que se seguiu, embora breve, foi enervante.

— É péssimo, amiga. Péssimo. Eu não quis te contar ontem porque não tinha certeza ainda. Mas hoje descobri tudo. Tudo mesmo.

— Do que você está falando?

— De uma trama horrível. Uma trama que está sendo armada contra você.

Fernanda gelou, horrorizada com a revelação.

— Contra mim?

Miriam nada disse. Fernanda pôde ouvir sua respiração descompassada do outro lado.

— Mas quem pode estar querendo agir contra mim? — Fernanda não queria acreditar naquilo. — E por quê?

— A história é comprida. E você vai ter que se preparar. O jogo é duro.

— Eu estou correndo perigo?

— Está.

Fernanda passou a mão pelo cabelo sucessivas vezes. Se, no último encontro com Miriam, ela ficara preocupada, agora estava apavorada.

— Vamos, me conte o que você sabe.

— Eu não queria fazer isso hoje — Fernanda notou que a amiga estava se recriminando. — Mas, sei lá por que, senti necessidade de te ligar. Não estou aguentando mais segurar essa barra sozinha. Me desculpe.

— Miriam... Você está me deixando assustada. Você precisa me dizer logo o que está acontecendo.

— A gente vai ter que marcar de se encontrar. Não dá para falar sobre isso pelo telefone.

— Por que não vem tomar o café amanhã comigo aqui em casa?

— Acho melhor deixarmos para domingo. Amanhã à noite tem a festa e você precisa estar bem para encontrar com toda aquela gente. Se eu te contar agora, você vai ficar muito transtornada.

— Eu *já estou* transtornada, Miriam — Fernanda respondeu com irritação. — Neste caso, era melhor você não ter me ligado.

— A situação é séria, mas não é urgente. Não é um complô para matar você amanhã. É algo que pode ser resolvido. Felizmente, descobri a tempo. Vamos marcar no domingo. Eu passo de manhã aí na sua casa.

Miriam fez uma pausa e complementou:

— Você é capaz de esperar até lá?

Fernanda soltou o ar dos pulmões, tensa:

— Sinceramente? Não. Se é uma coisa assim, tão grave, você tem que me contar agora.

— Fernanda, eu já disse: isso não é assunto para falar pelo telefone.

— Eu não vou suportar esperar todo esse tempo. Sou eu que estou correndo o perigo — Fernanda começava a se descontrolar. — Que droga, Miriam. Custa você pelo menos me adiantar um pouco do assunto?

— Não, Fernanda. Jorge está deitado lá no quarto. Parece que ele dormiu, mas não tenho certeza. Ele não pode ouvir a nossa conversa.

Fernanda não disse nada. Estava muito irritada com Miriam. Sua vontade era ir até a casa dela agora mesmo e obrigá-la a falar.

— Não se preocupe — disse Miriam, tentando soar tranquilizadora. — A gente vai conseguir resolver. Mas é importante que você não comente sobre isso com ninguém, entendeu? *Ninguém*. Nem com meu marido, nem com sua irmã, nem com o pessoal do seu trabalho. Ninguém deve saber.

Contrariando o pânico que revolvia as suas entranhas, Fernanda não viu alternativa senão se conformar de que teria mesmo de esperar até a manhã de domingo. Era inútil insistir com Miriam. Ela nunca se dobrava a ninguém. E essa não seria a primeira vez.

— A que horas você pode passar aqui em casa no domingo de manhã? — Fernanda perguntou, mais calma.

— Que tal 8h30?

— Combinado. Vou providenciar um bom café da manhã.

— Mas, de qualquer maneira, a gente se vê amanhã na festa, não é?

— Estarei lá — disse Fernanda, com secura, antes de se despedir e desligar, revoltada, o telefone.

Ela tornou a pegar o livro, mas não conseguiu se concentrar na leitura. Então, deixou-o de lado, desligou o abajur e resolveu tentar dormir. Não seria fácil, depois daquela ligação.

Mal sabia ela a diferença que aquelas próximas 24 horas fariam na sua vida. E como tudo teria sido diferente, caso Miriam não tivesse decidido adiar a conversa.

CAPÍTULO 8

A casa de Salvador Saldanha era imponente e acolhedora. Ficava numa área residencial sossegada de São Conrado, a poucos metros da autoestrada Lagoa-Barra. O jardim que a rodeava era grande o suficiente para acomodar as muitas mesas cobertas com toalhas de musselina e decoradas por luxuriantes arranjos florais que flertavam com o *kitsch* e, por pouco, não comprometiam o bom gosto do resto do ambiente.

A primeira coisa que Fernanda notou ao cruzar o portão de entrada, no entanto, foi a orquestra, acomodada sobre um amplo tablado montado nos fundos do terreno. Homens trajando casacas e mulheres com vestidos escuros executavam composições de Glenn Miller e Pixinguinha, enquanto um exército de garçons serpenteava por entre as mesas, servindo os convidados, que não paravam de chegar.

Fernanda não previra que se sentiria tão desconfortável. Quando Maíra lhe telefonara, no início da noite, para avisar que não poderia ir à festa, por causa de um imprevisto, era tarde demais para cancelar sua presença. Seria uma gafe terrível com Salvador, um homem emotivo, ainda traumatizado com a perda do sócio, e amigo Guilherme Figueroa e que, na certa, ficaria magoado com a ausência da viúva dele, além de uma injustiça com Breno. Afinal, partira dela a iniciativa de convidá-lo para a festa.

Ao seu lado, ele vestia um terno escuro e elegante, com uma gravata em tons de um azul igualmente discreto. Fernanda notou que seus olhos transpareciam um entusiasmo inocente, como o de uma criança a poucos minutos de chegar à sua festa de aniversário, e isso a encheu de ternura.

Fernanda estava quase certa de que Maíra inventara aquele imprevisto a pedido de Breno. Ele estava visivelmente interessado nela e não perderia a oportunidade de acompanhá-la a uma festa, nem que fosse apenas para fingir para si mesmo que eles estavam tendo um relacionamento. Fernanda sentia-se dividida. Por um lado, gostava cada vez mais da presença e das investidas dele. Por outro, receava o que os outros convidados poderiam pensar: a viúva de Guilherme Figueroa, apenas dois meses depois da morte do marido, já estava acompanhada novamente, e de um belo e charmoso rapaz. Se tentasse explicar que Breno era apenas um colega de trabalho, que eles não estavam saindo juntos e que ela apenas o chamara para a festa porque detestava comparecer a esses eventos sociais desacompanhada, sua culpa poderia ficar ainda mais evidente e, aí sim, o falatório tomaria rumos impensáveis.

Salvador Saldanha e a mulher, Rosângela, estavam de pé a poucos metros da entrada, recebendo as pessoas, como um casal de embaixadores recebe seus convidados durante uma recepção diplomática. Fernanda sentiu um frio na barriga ao vê-lo e, seus pés, por alguns instantes, grudaram no chão. O que Salvador pensaria se a visse ali com Breno?

Abstraída nos próprios pensamentos, ela não percebeu uma voz falando ao seu lado.

— Hein? — ela perguntou, com a voz descompassada.

— Perguntei se você está bem — repetiu Breno. — Sua mão ficou gelada de repente.

Ela percebeu, então, que estava de mãos dadas com Breno e tratou de separá-las na hora.

— Por que você pegou na minha mão?

— Porque pensei que você fosse desmaiar — ele disse, com naturalidade. — Você ficou tão pálida quando chegamos que...

— Eu estou pálida? — ela sabia que aquilo podia ser verdade, já que todas as sensações do seu corpo sugeriam isso. — Está tão evidente assim?

— Não — Breno tentou contemporizar, mas não conseguiu ser convincente. — Você ficou quando chegou, mas já está melhor. Ou então, foi impressão minha. Talvez tenha sido a luz da rua no seu rosto que...

— Tudo bem — Fernanda fez um sinal com a mão, interrompendo-o. — É melhor mesmo que eu esteja pálida. É uma aparência mais adequada para uma viúva.

Ela respirou fundo e, um pouco mais confiante, deu os passos restantes em direção a Salvador e à mulher. Salvador era um homem alto, com os cabelos grisalhos cada vez mais brancos e um bigode meticulosamente aparado. Usava óculos de armação muito fina, que realçavam ainda mais o seu rosto simpático de homem feliz e bem-sucedido. Rosângela, que devia ter uns dois anos a menos do que o marido, parecia mais velha do que ele. Essa impressão era reforçada pelo excesso de maquiagem no seu rosto, cuja intenção, na certa, era a de disfarçar, na medida do possível, os sinais indesejáveis da idade, mas que acabaram produzindo o efeito inverso. Fernanda intuiu que Salvador devia ter tido algumas amantes e isso, por alguma razão, a deixou mais relaxada.

Salvador não escondeu a alegria ao vê-la e abraçou-a com vontade, sem nada dizer. Fernanda percebeu, pela respiração dele, que ele estava emocionado.

Depois, ele beijou-lhe a mão e disse:

— Que bom que você veio. Guilherme deve estar feliz. E nós também estamos.

Ela sorriu, agradecida pela acolhida, e estendeu a mão para cumprimentar Rosângela, antes de responder:

— Foi um sacrifício para mim. Não por causa de vocês — ela apressou-se em se justificar. — Mas porque eu ainda não estou com espírito para encarar festas. Ainda mais sem Guilherme. Eu quase nunca saía sem ele.

— Entendo você — disse Rosângela.

— Foi por isso que eu convidei um amigo para vir comigo — ela fez um gesto para Breno. — Deixe-me apresentá-lo a vocês. Esse é Breno Vergueiro. Trabalha lá na agência. É um dos nossos redatores mais competentes.

Salvador estendeu a mão para cumprimentá-lo, sorridente.

— Seja bem-vindo, Breno. Se Fernanda está dizendo que você é um dos redatores mais competentes, você deve ser um ás da publicidade, porque Guilherme sempre me dizia que na Capro só trabalhavam gênios.

Salvador riu. Um riso sincero. Naquele momento, Fernanda sentiu-se mais leve, como se uma espada tivesse sido arrancada da sua consciência.

— Que nada, doutor Salvador — Breno respondeu, minimalista. — Estou aprendendo ainda. Espero um dia chegar lá.

— E o moço ainda é modesto — Salvador deu dois tapinhas amigáveis no ombro de Breno. — Esse aí vai longe. Você sabia, Breno, que o pior inimigo de um profissional é a arrogância?

Salvador era um homem normalmente caloroso, mas o desembaraço dele naquela noite estava um pouco além da conta, sinal de que ele havia se adiantado aos convidados e bebericado alguma coisa, antes que o portão da casa se abrisse. Oportunidades, aliás, não lhe faltaram, a julgar pelos muitos garçons que circulavam com bandejas contendo garrafas de uísque, vinho e champanhe. Mas que mal havia? – pensou Fernanda. Era uma noite de festa. E, no apagar das luzes, certamente muitos convidados respeitáveis estariam atirados sobre a grama, derrotados pela embriaguez.

Ela observou Rosângela cochichar ao marido, fazendo um gesto discreto com a cabeça para as pessoas que aguardavam para serem recebidas, e percebeu a fila que se formara atrás dela.

— Fiquem à vontade — Salvador cumprimentou-os mais uma vez. — Daqui a pouco a gente se fala. Quero saber das campanhas publicitárias...

Fernanda e Breno caminharam para o centro do jardim, onde estavam dispostas as mesas. Ela correu os olhos pela área, tentando identificar Adelina, mas ela não havia chegado. Ou não viria.

De qualquer modo, o local ainda estava longe de ficar cheio. Ela conferiu o relógio e comentou:

— Já passa de oito e meia. Era para ter chegado mais gente, você não acha?

— E desde quando o povo dessa cidade chega na hora em algum compromisso? — Breno conteve uma risada. — Se bem que hoje tem aquele show da Mastervibe Paradise lá na Barra. Vai ver uma parte dos convidados preferiu passar a noite dançando *psy trance* a vestir passeio completo para ouvir Glenn Miller num coquetel comportado.

A Mastervibe Paradise era uma banda canadense especializada numa modalidade da música eletrônica conhecida como *trance psicodélico* — ou *psy trance* —, muito popular nas festas de perfil alternativo, como as *raves*. A Capro detinha a conta da empresa promotora de eventos que trouxera a banda ao Brasil e fora a responsável pela divulgação da turnê, que percorreria algumas capitais brasileiras e outras da América do Sul.

Fernanda, embora tivesse participado do projeto de divulgação, achava o tal *psy trance* um horror e se recusava a chamar o que eles tocavam de música, afirmando que não passava de uma barulheira alucinada com um ritmo histérico.

— É mesmo — Fernanda deixou escapar um suspiro de repulsa, e imaginou que fizera uma careta horrível. — Eu tinha me esquecido que *aquilo* iria tocar hoje. Não duvido mesmo que algumas das pessoas que Salvador chamou tenham se desabalado para o show. O que mais tem por aí é gente doida.

— Cuidado com o que diz — falou Breno, sarcasticamente. — Sua secretária deve estar lá. Você está insinuando que ela é doida?

Fernanda olhou para ele, espantada:

— A Maíra está lá? Então foi esse o imprevisto que ela disse que teve?

— Foi — Breno sorriu com malícia. — Eu descobri que ela é a maior fã da Martervibe Paradise e estava doida para ir ao show. Isso partiu meu coração, sabe? Aí, pedi ao Kaufman para arrumar um ingresso para ela. Espero que você não tenha ficado chateada.

— Seu bandido! — mas Fernanda não ficou com raiva. Estava admirada e até um tanto seduzida pela audácia dele.

— Vou pegar champanhe para nós. Já volto — dito isso, Breno se dirigiu ao garçom mais próximo. Foi quando Fernanda avistou Miriam e Jorge acabando de cumprimentar Salvador e a mulher e vindo na direção dela. Eles não tinham trazido o filho, Márcio, que, provavelmente, fora dormir na casa dos pais de Miriam.

Miriam estava deslumbrante num vestido em cetim verde-musgo com uma argola em *strass* incrustada na altura dos seios e usava, por cima dos ombros, uma echarpe comprida de lã preta. Sua fisionomia também parecia bem melhor. Fernanda, mais uma vez, pensou no que ela tinha de tão importante para lhe contar, mas se conteve. Tocar no assunto poderia arruinar uma noite que mal começara.

As duas se abraçaram e trocaram beijos nas faces.

— Muito chique, você — Miriam sorriu, fazendo Fernanda dar uma voltinha. — Sabe que eu jurava que você não viria?

Fernanda não sabia se Miriam fizera aquela afirmação casualmente, mas o fato é que aquilo quase acontecera.

— Não vou mentir para vocês. Não estou com o menor espírito para festas. Minha intenção é ficar uma hora ou duas e, depois, voltar para casa — ela virou-se para Jorge, estendendo-lhe a mão. — Finalmente, você decidiu sair daquela farmácia.

Miriam complementou, com um mal disfarçado amargor:

— Se não é a farmácia, é o futebol, ou o clube, ou o Márcio... Nem me lembro mais da última vez que nós saímos para jantar fora.

— Ah, mas eu me lembro — disse Jorge, com um sorriso confiante. — Foi na festa de despedida da Carlinha.

— A Carlinha está morando na Holanda há quase dois anos — resmungou Miriam, com azedume.

O diálogo tinha tudo para ser cômico, se a insatisfação de Miriam não estivesse estampada em cada traço do seu rosto. O clima ali ficara, repentinamente, pesado. Felizmente, Breno voltou com as taças de champanhe e quebrou o gelo.

— Vocês vieram juntos? — Miriam perguntou, quando Breno entregou a taça a Fernanda.

Fernanda fez que sim:

— Eu o convidei. Não queria vir sozinha.

Num gesto brusco, Miriam tomou a taça das mãos de Fernanda, colocando-a sobre a mesa mais próxima e arrastou a amiga para uma distância segura dos dois.

— Você ficou louca? — Miriam perguntou, enérgica.

— Como assim?

— A dona Adelina vai vir à festa. O que ela vai pensar se te vir com o Breno?

Fernanda mortificou-se ao perceber que Miriam estava certa.

— Foi uma burrada minha, não foi?

— Foi. Acho melhor vocês irem embora. Ou, então, mandá-lo embora. Eu e Jorge já estamos aqui, você não vai ficar desacompanhada.

Fernanda reagiu:

— De jeito nenhum. Não posso fazer isso. Eu o chamei para vir e mandá-lo embora agora seria uma grosseria.

— Você prefere enfrentar a dona Adelina? Você mesma disse que ela te detesta. Se ela te vir acompanhada de outro homem agora, vai ser horrível.

— E se nós ficarmos os quatro num grupo, como quatro amigos? Ela pode pensar, que... que o Breno veio com vocês e que eu vim sozinha.

— Se ela ficar com a pulga atrás da orelha, bastará checar com Salvador e ele vai confirmar que vocês dois chegaram juntos.

O tom aflito na voz de Miriam deixou Fernanda cismada.

— No dia daquele nosso último almoço, você não parecia tão preocupada com a dona Adelina como agora. Aconteceu alguma coisa nesse meio-tempo?

— Isso não importa, agora — Miriam parecia mesmo tensa. — Amanhã a gente vai conversar e você vai entender o que está havendo. Agora é que não dá para explicar mesmo.

— Fernanda!

A voz viera da direita. Fernanda virou-se e viu uma mulher se aproximando, com uma garrafinha de água mineral na mão. A pele estava bronzeada e os cabelos de um preto lustroso derramavam-se generosos sobre os ombros. Ela tinha ganhado alguns quilos, a pele não exibia o mesmo viço do passado, mas Fernanda reconheceu-a de imediato:

— Mônica!

As duas se abraçaram longamente, enquanto Miriam, vendo que tinha sobrado, voltava para a companhia de Jorge e Breno. Mônica era filha de Salvador. Ela e Fernanda tinham estudado juntas na faculdade. Fora, inclusive, numa festa de aniversário dela, que Fernanda conhecera Guilherme. Elas perderam muito do contato com os anos, mas Fernanda sabia que ela tinha se casado, tido dois filhos e se separado há mais de um ano, depois de descobrir que o marido a traía havia dois anos com a mulher de um dos zeladores do edifício onde moravam, na Barra. Uma garota de, no máximo, vinte anos, cujo vocabulário, segundo Mônica, não devia conter mais do que trinta palavras, embora possuísse um par bastante generoso de seios e uma bunda firme e arrebitada, que pareciam compensar qualquer deficiência cultural.

A descoberta do adultério foi um escândalo e quase terminou em tragédia. Ao saber de tudo, o zelador tentou se suicidar e acabou preso depois de, por muito pouco, quase matar a mulher com uma tesoura de costura. O marido de Mônica, então, fugiu com a garota para o interior e nunca mais procurou nem a ela e nem aos filhos, limitando-se a depositar o dinheiro da pensão na conta de Mônica todos os meses, por meio de um advogado. Até hoje, Mônica não se recuperara do baque. Ela voltou a morar com os pais e agarrou-se com todas as forças à criação dos filhos, enquanto lutava para purgar suas angústias no divã de um psicanalista.

— O pior de tudo — Mônica disse, depois de relembrar sua sina para Fernanda — é que eu ainda amo aquele cafajeste. Se ele me ligar agora e pedir para voltarmos, sei que vou dizer sim — ela fez uma careta sem graça. — Acho que dá para sentir que a minha autoestima não anda numa fase muito boa.

Fernanda não sabia o que dizer, mas, para seu alívio, Mônica continuou desabafando:

— Papai diz que eu preciso reagir. Que preciso sentir ódio daquele homem, para poder superar tudo. Ele vive falando que quando um amor acaba desse jeito, é preciso odiar, porque o ódio purifica e nos faz renascer melhores. Mas eu não sinto ódio dele. Só tristeza e muita saudade. Eu adoro aquele homem... Quero tanto que ele volte. Minha vida está um inferno.

Duas crianças correram na direção de Mônica, trazendo as mãos cheias de doces:

— Para você, mamãe! — disse a menina, mais novinha, que parecia uma bonequinha, com um vestido rosa, combinando com o sapato. Ela devia ter uns seis anos, no máximo.

Mônica apanhou os doces e colocou-os sobre a mesa, antes de abraçar os dois carinhosamente. As crianças pareciam adorá-la e Fernanda sentiu uma ternura imensa ardendo no seu peito.

— Vocês conhecem a tia Fernanda? Ela estudou comigo na faculdade — Mônica tinha os olhos marejados quando fez as apresentações. — Fernanda, essa princesinha toda de rosa é a Taís. Tem seis anos e já está lendo e escrevendo direitinho.

— É. E eu só comecei a aprender no começo do ano — Taís respondeu, com um sorriso todo orgulhoso que deixou Fernanda tocada. Que sonho seria ter uma filhinha linda e simpática como aquela.

— É mesmo? — Fernanda tentou parecer impressionada. — Em três meses de aula, você já sabe ler e escrever?

— Sei. Posso escrever seu nome?

— Pode, é claro — Fernanda abriu a bolsa e tirou uma caneta. — Oh, meu Deus, eu não trouxe papel.

— Eu vou pegar lá dentro — e Taís saiu em disparada em direção à casa, sob o olhar embevecido de Fernanda.

— E o mocinho lindo aqui — continuou Mônica, desta vez abraçando-se ao filho — é o Lucas. O amigão da mamãe e dos avós. Nosso companheirão. Aquele que topa tudo.

Era um menino também adorável. Mais calado do que Taís, de gestos mais contidos e um olhar melancólico. Comportava-se como um rapazinho responsável, embora Fernanda suspeitasse que aquela timidez se devesse a algum ressentimento em relação ao pai, já que Mônica dissera que ele nunca mais os procurara. O garoto já tinha idade suficiente para perceber as coisas. E, na certa, ele via o sofrimento da mãe e guardava seus próprios sentimentos, para não transtorná-la ainda mais.

Fernanda deu dois beijinhos em Lucas e disse:

— Adorei conhecer você. Você deve ser um garoto de ouro.

— Ele é, sim — disse Mônica, passando a mão no cabelo dele. — Só precisa praticar mais esportes. Já o coloquei numa aula de natação e em outra de vôlei, mas ele não ficou nem dois dias em nenhuma.

— Cada criança tem seu tempo. Não o pressione — Fernanda suspeitou que Mônica devia fazer cobranças descabidas ao filho, a fim de mantê-lo o máximo possível ligado a ela. Talvez, em breve, ele precisasse fazer uma terapia. Prometeu a si mesma que falaria com Salvador a respeito.

Taís voltou na mesma velocidade que foi, trazendo um guardanapo, que pegara na cozinha. Fernanda deu-lhe a caneta e a menina, concentradíssima, desenhou o nome dela, em letras de forma, no papel. Em cima, adicionou um sol e uma nuvem.

Ela entregou o guardanapo a Fernanda, que o apanhou, emocionada. Ali estava seu nome escrito com a grafia ainda trôpega de uma criança em processo de alfabetização, mas havia um sincero carinho em cada traço gravado naquele papel. Era uma das coisas mais lindas que já tinha visto. Subitamente, sentiu seu peito apertar. A expressão inocente e franca de Taís, sorrindo para ela já sem alguns dentes de leite, era encantadora, e levou Fernanda, pela primeira vez na vida, a desejar ter um filhinho, ao mesmo tempo em que a enchia de arrependimento por não ter feito isso antes. Naquele momento, ela teve a certeza de que o sorriso de Taís nunca mais lhe sairia da cabeça.

Ela abraçou a menina:

— Vou guardar este desenho num lugar muito especial, viu? Vai ficar comigo para sempre.

A menina, agradecida, enlaçou Fernanda pelo pescoço, quase se pendurando nele e beijou-lhe ternamente a bochecha. Fernanda sentiu uma vontade incontrolável de chorar.

— Será que eu posso usar o banheiro? — ela perguntou a Mônica.

— Acho melhor você me perguntar *qual* dos banheiros — Mônica respondeu, bem-humorada. — Está vendo esse portal lateral? Entre e siga em frente. Tem um lavabo logo adiante. Se precisar de mais espaço, atravesse a sala até o outro lado, que tem um banheiro maior, em frente ao gabinete do papai. Ou, então, se quiser, pode subir a escada e usar um dos banheiros do segundo andar. Fique à vontade.

— Eu já volto.

Fernanda foi caminhando em direção à casa. Olhou para os lados e não viu Miriam, Jorge e Breno. Com certeza estavam dando uma volta pelo jardim. A orquestra tocava agora "Moonlight serenade", enquanto nova leva de convidados chegava, agora em maior quantidade. Logo, a festa estaria lotada.

Fernanda apressou o passo e entrou na casa. Identificou a porta do lavabo, no corredor, mas ele estava trancado. Ela, então, seguindo a orientação de Mônica, passou pela sala, que na verdade eram três salões contíguos, e encontrou a porta do banheiro que se abria de uma pequena reentrância em frente ao escritório privado de Salvador. Esta, felizmente, estava aberta e Fernanda, rapidamente, trancou-a depois de entrar.

Suspendeu o vestido, baixou a calcinha e, enquanto urinava, começou a chorar com força, enquanto cobria o rosto com as mãos. Que crianças lindas as de Mônica. Que benção ela recebera. Como seria bom se ela também tivesse tido os seus. Um bebezinho para cuidar, pegar no colo. Uma criança que lhe sorrisse como Taís e lhe amasse incondicionalmente. Aquele amor verdadeiro de cuja falta ela tanto se ressentia.

Depois de se limpar e apertar a descarga, Fernanda mirou o próprio reflexo no espelho por um tempo. Observou longamente os detalhes do seu rosto. O rosto de uma mulher de 36 anos. Estava mais próxima dos quarenta do que dos trinta. Repreendeu-se silenciosamente. Durante os melhores anos de sua vida, teve todas as oportunidades para engravidar e não conseguiu. Ou *não quis*, como Miriam sempre gostava de frisar e, talvez, ela estivesse certa. Neste caso, seu corpo obedientemente apenas cumpriu as ordens emitidas pelo seu subconsciente.

Nada disso aliviava o fato de que estava com 36 anos, quase saindo do período considerado fértil. Como poderia querer ser mãe aos 36 anos, ainda mais sem um marido?

Fernanda abriu a torneira e lavou o rosto, a fim de apagar qualquer vestígio de que estivera chorando. Felizmente, pusera pouca maquiagem e não se importou nem um pouco de ficar sem nenhuma agora. Quem notaria, afinal?

Saiu do banheiro e dobrou à direita para fazer o caminho de volta para o jardim. Ao se aproximar da escada, suas pernas, subitamente enrijeceram e se recusaram a seguir adiante. Um tremor infantil percorreu sua espinha ao ver dona Adelina terminar de descer os degraus e erguer os olhos murchos e gelados para fitá-la com uma expressão vazia.

O temido momento, enfim, havia chegado.

A voz baixa e controlada da sogra reverberou na sala como um trovão quando ela acenou com a cabeça para cumprimentá-la:

— Como vai, Fernanda?

CAPÍTULO 9

Fernanda ia responder, quando uma voz masculina, atrás dela, se adiantou:

— Pensei que a senhora fosse passar a noite lá dentro...

Fernanda reconheceu Thiago, o sobrinho de Adelina, refestelado numa das poltronas da sala, segurando uma taça de champanhe vazia numa das mãos. A bebida, pelo visto, já tinha surtido efeito.

Adelina ignorou-o.

— O que a senhora estava fazendo lá em cima? — Fernanda fez a pergunta e, na mesma hora, arrependeu-se, com medo de ela ter soado impertinente. Mas Adelina, aparentemente, não se incomodou:

— É que os banheiros aqui embaixo estavam ocupados. Um empregado da casa me sugeriu usar um que fica no segundo andar.

Adelina observava Fernanda demoradamente, parecendo analisá-la.

— Está tudo bem? Você parece abatida.

Não havia nenhum traço de preocupação na voz dela, que soou tão distante como se ela tivesse perguntado sobre a previsão do tempo.

Fernanda comentou, simplesmente:

— Tenho estado assim desde que Guilherme morreu.

Adelina não disse nada em resposta, mantendo a expressão inalterada. Fernanda viu-se obrigada a continuar:

— Não teria vindo a esta festa, se Salvador não tivesse insistido tanto.

— Eu também não.

Fernanda reparou na roupa de sogra: um vestido preto, nenhuma joia e nenhuma maquiagem no rosto, à exceção de um leve batom nos lábios finos. O cabelo, em compensação, estava impecavelmente tingido e arrumado. Adelina *realmente* estava de luto e aquela constatação atingiu Fernanda em cheio, fazendo-a sentir-se uma rameira sendo silenciosamente repreendida pela madre-superiora.

— O doutor Erasmo Porto, meu advogado, irá procurá-la em alguns dias para falar do inventário. Está quase tudo pronto — comentou Adelina, enquanto lançava um olhar desaprovador para Thiago, que agora estava com uma perna displicentemente jogada sobre um dos braços da poltrona.

— Vou me mudar daquele apartamento — disse Fernanda, esperando um gesto de aprovação da sogra, que, obviamente, não veio. — Quero ver se faço isso o mais rápido possível.

Adelina sacudiu os ombros.

— Faça como achar melhor — ela afastou-se de Fernanda e marchou, enérgica, na direção de Thiago. — Você parece um marginal se comportando desse jeito. Vou mandá-lo de volta para casa agora!

Thiago soltou uma gargalhada desafinada, que de tão repugnante chegou a agredir os nervos de Fernanda:

— Não vai mesmo... A festa nem começou, titia.

Fernanda considerou que jamais se casaria com um tipinho como Thiago. Fútil, mal-educado, irresponsável e metido, ele personificava tudo o que ela julgava mais detestável.

— Levante-se daí! — pela primeira vez Adelina ergueu o tom de voz.

— Como é que foi lá no banheiro? Você demorou tanto... Fez tudo direitinho?

Adelina sacudiu a cabeça, em sinal de desistência.

— Se quiser varar a noite aqui, entupindo seu fígado de álcool e se exibindo para as pessoas dessa maneira deplorável, faça como bem entender. Eu nem sei por que ainda tento me preocupar com você. Estou indo embora.

Ela tomou o caminho do corredor. Fernanda, instintivamente e sem saber ao certo a razão, foi atrás dela:

— Espere, dona Adelina!

Adelina parou e virou-se para ela, séria.

Fernanda fez menção de falar, mas as palavras não saíram. Estava tensa.

— Sim? — indagou Adelina.

— Eu... Eu só queria perguntar se está tudo bem com a senhora. Desde o enterro não nos falamos. Olha, eu... eu pensei em procurar a senhora. Se não fiz isso...

Adelina fez um gesto com a mão, interrompendo-a:

— Não precisa se justificar. Está tudo bem comigo, na medida do possível. Você não teve filhos e, por mais que se esforce, não será capaz de saber a intensidade da dor de uma mãe que perde um filho. Ainda mais quando era o único.

Adelina, sempre que tinha oportunidade, acusava Fernanda, direta ou indiretamente, de não ter dado filhos a Guilherme e, consequentemente, netos a ela. Agora que Guilherme morrera, essa possibilidade acabara de vez e ela sabia que Adelina jamais a perdoaria por isso.

Fernanda viu-se obrigada a engolir as palavras dela.

— Está certo. Bem... se a senhora precisar de alguma coisa, pode me procurar.

Adelina baixou os olhos, num evidente gesto de repulsa contida, deixando o silêncio entre as duas pairar no ar por um momento. Aplausos fizeram-se ouvir do lado de fora. Aparentemente, a orquestra havia encerrado uma parte da apresentação e iria fazer um intervalo.

O coração de Fernanda batia descontrolado. Ela podia, sim, compreender a dimensão do sofrimento da sogra. Perdera pessoas queridas, perdera os pais, acabara de perder o marido. E queria poder ajudar a consolar aquela senhora amargurada à sua frente, a quem sempre prezara, apesar do distanciamento. O carinho que nutria por Adelina era genuíno e permaneceria assim, embora tivesse plena consciência de que seus sentimentos não eram correspondidos. Fernanda sabia que choraria sobre o caixão da sogra quando ela se fosse. Ainda que pela tristeza de nunca haver sido aceita por ela.

Quando levantou os olhos, Adelina fez um gesto quase imperceptível de assentimento com a cabeça e despediu-se de Fernanda num tom suave e implacável:

— Até qualquer dia!

Fernanda viu Adelina percorrer o corredor e sair para o jardim. Recostou-se, então, na parede, respirando fundo seguidas vezes até recobrar a calma. Olhou para trás, para a sala, e viu Thiago adormecido sobre a poltrona. Era uma imagem desencorajadora, mas, mesmo assim, Fernanda decidiu que precisava beber alguma coisa.

Ela voltou ao jardim, no momento que Salvador Saldanha, sempre acompanhado da mulher, subia no tablado e, com um microfone na mão, começava um discurso:

— Agora que os convidados já estão todos aqui, acho que é uma boa hora para dizer algumas breves palavras sobre o motivo deste evento, que todos vocês já sabem, mas que não custa rememorar: a celebração do jubileu de prata do escritório. Resolvi fazer o discurso agora porque a bebida esta noite está farta e liberada. Se deixasse para depois, ninguém iria mais me ouvir. Por mais bem-sucedido que seja o Saldanha & Figueroa Advogados, não temos como competir com o poder do champanhe e do uísque.

A gargalhada foi geral, muito embora muitos tivessem rido apenas por educação ou bajulação, já que a piada não era tão engraçada. Um garçom passou ao lado de Fernanda e ela apanhou uma taça de champanhe. Tomou a bebida com avidez, aflita para aplacar a ansiedade que se debatia dentro dela. Um segundo garçom passou por ela, entornando mais champanhe na taça quase vazia. Fernanda bebeu. Já se sentia mais leve. Olhou para os lados, sem encontrar Adelina. Era provável que ela tivesse cumprido a promessa feita a Thiago e ido embora. Pelo menos, ela não a vira com

Breno, pensou. Ou, se vira, desta vez foi numa circunstância não comprometedora, já que eles praticamente não ficaram sozinhos durante a festa.

Fernanda foi caminhando, devagar para os fundos do terreno, alheia à animação do discurso de Salvador. A orquestra estava fazendo um intervalo e alguns músicos tinham se retirado para ir ao banheiro ou comer alguma coisa. Fernanda correu os olhos para as fileiras de convidados. Viu Mônica e os dois filhinhos sentados numa das mesas mais próximas do tablado, mas não encontrou Miriam, Jorge ou Breno. Miriam, pelo menos, deveria estar ali, já que estava sendo celebrado o jubileu de prata da firma, da qual ela era uma das advogadas. Ou será que eram os seus olhos, já ligeiramente turvos por conta do efeito relaxante do champanhe que a estavam traindo?

Ela andava sem saber direito para onde ou com que objetivo. Observava a grama cortada, as árvores e arbustos distribuídos pelo terreno, lindos canteiros de bromélias e palmeirinhas de jardim distribuídas em torno da piscina. O local estava silencioso e parcialmente iluminado por lampadários antigos. Fernanda caminhou até a beira da piscina e a visão da água parada, cristalina, refletindo a lua, trouxe uma sensação de paz. Ela sentou-se numa das cadeiras do deque e ficou ali por um tempo longo que não soube calcular.

Terminou de beber o champanhe e teve vontade de apanhar uma terceira taça, mas não havia nenhum garçom circulando naquela parte do terreno. Olhou para os lados e foi, então, que viu alguém sentado em outra cadeira no deque, com um copo de uísque pela metade sobre a mesa ao seu lado. Estava a pouca distância, com um objeto grande e dourado sobre o colo, que parecia uma corneta. Não, é claro que não era uma corneta. Fernanda fixou a vista. Era um trombone. Um músico da orquestra tinha se retirado para aquela parte mais sossegada do terreno, a fim de relaxar um pouco.

Ele percebeu que era observado e, ao se virar para Fernanda e encará-la, o coração dela pareceu que iria parar.

Fernanda não estava bêbada, não tinha perdido a noção da realidade. Ao contrário, estava perfeitamente lúcida, mas aquele músico tinha os olhos negros penetrantes que ela vinha buscando havia quase vinte anos.

Era ele.

Ricardo.

CAPÍTULO 10

Fernanda não conseguia parar de olhar para ele. Custava a acreditar no que via e queria ter certeza de que não estava enganada. O músico começou a parecer inquieto. Ele deixou o trombone sobre a cadeira, levantou-se e foi até ela.

Quando ele chegou mais perto, Fernanda não teve mais nenhuma dúvida. O rosto, quase imberbe na época em que se conheceram no colégio, havia se ajustado à idade e exibia, agora, uma barba preta cerrada, recobrindo a pele alva com uma tênue sombra azulada. A magreza dos 17 anos dera lugar a um corpo mais firme, definido, viril. Os olhos, porém, permaneciam os mesmos. Aqueles olhos de um negro reluzente e magnético, que transmitiam toda uma gama de sentimentos e que foram responsáveis por seduzi-la 19 anos atrás. Quantas vezes Fernanda sonhara com eles, quantas vezes se embrenhara em reencontrá-los, consumindo-se de culpa por conta do marido?

E, agora, ele estava ali, diante dela, numa maquinação maravilhosa engendrada pelo acaso.

— Tudo bem?

Fernanda, num gesto defensivo, baixou os olhos, para reerguê-los em seguida. A pergunta dele soou protocolar. Ele, com certeza, não a havia reconhecido e devia achar que ela não estava se sentindo bem. E, de fato, aquela constatação – a de que o homem com quem ela sonhara durante tantos anos e que sonhara reencontrar não a reconhecera – a fez se sentir momentaneamente mal.

— Mais ou menos — foi o que ela respondeu.

O rapaz puxou uma cadeira e sentou-se ao lado dela.

— Por que não está lá, junto com os outros? — ele perguntou, fazendo um gesto na direção dos convidados, que continuavam a escutar o discurso de Salvador.

A voz dele engrossara desde os 17 anos, mas permanecia terna e melodiosa.

— E por que *você* não está lá? — ela devolveu a pergunta. — Não é um dos músicos da orquestra?

— Toco trombone e as duas últimas músicas não precisavam de trombone. Então, aproveitei para comer alguma coisa e vim para cá. Eu sabia que depois o doutor Salvador iria fazer um discurso — ele fez uma careta marota, antes de completar: — Que, pelo visto, deve estar um saco, você não acha?

Aquelas palavras ficaram suspensas no ar por alguns segundos, enquanto ele a encarava. Fernanda caiu na risada. O discurso devia mesmo estar chato. Discursos, em geral, eram muito chatos. Mas o que a fez rir foi o senso de humor dele. Não conhecera esse seu lado quando estudaram juntos. Ele era, então, tímido e ensimesmado, e parecia ter se transformado num homem charmoso e espirituoso.

— Você entende, então, por que eu vim para cá — Fernanda declarou, abrindo um sorriso.

Ricardo mordeu os lábios e, depois umedeceu-os com a língua, desviando o rosto dela por um instante. Será que estava criando coragem para lhe dizer alguma coisa? Ou apenas sentia-se entediado?

— Agora é a minha vez de perguntar — ela tomou a iniciativa, com o coração aos pulos. Felizmente o champanhe lhe havia baixado um pouco a autocensura. — Está tudo bem?

Ele fez um gesto afirmativo com a cabeça, antes de fazer a pergunta que ela estava louca para escutar:

— Nós já nos conhecemos ou é impressão minha?

O coração dela saiu do controle. Ela precisou reunir fôlego para responder:

— Já — fez uma pausa estratégica. — Você não se lembra?

O olhar dele parecia dizer que sim, mas ela não esperou pela resposta e arrematou:

— Nós tínhamos 17 anos. Estudamos juntos no último semestre do segundo grau.

E eu fui apaixonada por você, ela quis dizer, mas não teve coragem. Exatamente como há quase vinte anos. De repente, ela viu todas aquelas sensações deliciosas e perturbadoras aflorarem novamente, como se um compartimento fechado e esquecido dentro de si durante todo esse tempo houvesse sido escancarado de repente.

— Fernanda?

Ouvi-lo pronunciar seu nome produziu nela uma onda de êxtase como havia muito tempo não experimentava. Mas ela se esforçou para não deixar transparecer. Não podia entregar seus sentimentos de bandeja. Afinal, aquilo era tudo uma loucura. Como era possível a paixão por alguém que ela nunca mais encontrara sobreviver por quase vinte anos? Ele a acharia uma tonta se soubesse disso, pois, muito provavelmente, seu coração, desde então, havia sido ocupado por muitas outras mulheres. Era o que normalmente acontecia. Ele era o padrão e, ela, a exceção.

— Quando te vi chegar aqui, te reconheci na hora — a voz dele soou gentil. — Mas não sabia se você se lembraria de mim. Se eu não tivesse tomado uns goles de uísque, juro que... — ele soltou o ar dos pulmões, enquanto um sorriso iluminava ainda mais seu rosto — Juro que não teria tido coragem de vir aqui falar com você.

Ricardo estava com as duas mãos pousadas nos braços da cadeira e ela aproveitou para reparar que ele não usava aliança.

— Você não mudou nada — ele disse.

Fernanda sabia que não era verdade, mas lutou para acreditar. Seu ego andava em baixa ultimamente.

— Mas você mudou bastante — ela buscou os olhos dele e ousou fitá-los demoradamente, como se os degustasse. — E para melhor.

Uma tensão gostosa pairou entre eles. A placidez daquele lugar, com a piscina emoldurada pelo jardim e o céu noturno estrelado, não podia oferecer cenário mais romântico para aquele reencontro. Fernanda estava, ao mesmo tempo, nervosa e maravilhada. Ricardo fora a única paixão da sua vida. Uma paixão não consumada. Ela o perdera de vista uma vez. Jurou, naquele momento, que não o perderia novamente.

— Você continua morando no Rio? — ela perguntou, já se preparando para pegar seu telefone ou e-mail, embora quisesse saber muito mais: se ele se casara, se tivera filhos, se estava com alguém naquele momento. Mas precisaria ir com calma. Nada afugentava mais um homem do que uma mulher carente e ansiosa.

— Sim. Moro em Botafogo. E você?

Ela fez que sim.

— Virei publicitária. Sou diretora de criação de uma agência chamada Capro, que fica na praça Nossa Senhora da Paz...

Aplausos ecoaram do outro lado do terreno. Aparentemente, Salvador, enfim, concluíra o discurso. Os convidados estavam livres para a festa.

— Já ouvi falar dessa agência — Ricardo franziu a testa, parecendo forçar a memória. — Não são vocês que fizeram o marketing dessa banda de trance que está se apresentando hoje?

Ele estava bem-informado e Fernanda ficou verdadeiramente surpresa.

— A Mastervibe Paradise? É mais ou menos isso. Na verdade, a agência tem a conta da empresa que trouxe a banda para o Brasil.

— Ah...

Embora o discurso tivesse terminado, um burburinho de vozes persistia no local. Do mesmo modo, a orquestra não voltara a tocar. Alguma coisa na intuição de Fernanda lhe dizia que havia algo errado.

— Não me diga que você gosta de trance? — ela perguntou, apontando para a casaca dele.

— Por que a surpresa? Um tocador de trombone não pode gostar de trance?

O encanto da conversa foi quebrado subitamente quando ouviram passos apressados sobre a grama.

— Deus do céu, Fernanda — era Breno, que parecia transtornado. — Estava procurando por você na casa toda. Pensei que tivesse ido embora.

Ela pôs-se de pé na hora.

— Oi, Breno. Deixa eu apresentar vocês dois: Breno, esse é um antigo colega de escola, Ricardo. Ricardo, esse é o Breno, meu colega lá na agência. É meu amigo — ela fez questão de deixar bem claro, antes que Ricardo tirasse conclusões apressadas.

Breno apertou a mão de Ricardo de qualquer maneira, sem sequer olhar direito para ele.

Fernanda percebeu que, realmente, havia alguma coisa fora do lugar naquela festa.

— O que está havendo? — indagou a Breno. — Por que você está desse jeito?

Breno tinha a testa suada apesar da friagem. Muito nervoso, ele custou a articular as palavras.

— Aconteceu um crime durante a festa.

Fernanda e Ricardo trocaram um olhar alarmado.

— Um crime? — ela não sabia o que pensar.

Breno a tomou pelo braço e a conduziu de volta à cadeira.

— É melhor você se sentar.

Fernanda começava a ficar assustada

— Você pode me explicar que diabos...

— Sua amiga, Miriam.

Fernanda sentiu o sangue lhe fugir do rosto. Breno completou:

— Acabaram de encontrá-la num dos cômodos da casa. Parece que foi baleada.

Breno acrescentou com a voz claudicante:

— Está morta.

Uma sensação vertiginosa de horror e incredulidade se apoderou de Fernanda, enquanto o chão começava a lhe faltar. Em choque, não percebeu quando se debruçou no espaldar da cadeira e desabou em prantos.

PARTE II

O CRIME

CAPÍTULO 11

Uma aglomeração havia se formado em torno da porta do banheiro do segundo andar. Fernanda terminou de subir a escada e cumpriu os poucos metros que levavam até o local onde estava Miriam. Foi com um enorme esforço que ela se obrigou a ir adiante e, abrindo caminho entre as pessoas, chegou, desarvorada, ao limiar da porta, e inclinou a cabeça para dentro.

Num primeiro instante, seus olhos detiveram-se numa garrafa plástica azulada de água mineral, vazia e esgarçada numa das extremidades, jogada no chão perto da porta. Por mais dramática que fosse a situação, Fernanda não pôde deixar de pensar, ainda que por uma fração de segundo, que aquela garrafa nada tinha a ver com o resto do ambiente e que, claramente, constituía um elemento estranho ali.

Seu olhar avançou um pouco mais e Fernanda suspirou, sentindo um choque violento atingi-la como a lâmina afiada de uma espada perfurando suas vísceras. As pernas bambearam e ela, instintivamente, recuou dois ou três passos, apoiando-se no ombro da pessoa que estava mais próxima, nem se preocupando em ver quem era.

Nada na sua vida a havia preparado para aquela cena.

Miriam estava estirada de barriga para cima sobre o piso de mármore acinzentado num canto do outro lado do banheiro, junto ao vaso sanitário, como se houvesse sido arremessada. Uma poça escura de sangue se formara sob a cabeça, manchando os fios delicadamente louros de um vermelho enegrecido. Os olhos, injetados e esbugalhados e a boca entreaberta pareciam transmitir um pedido de socorro.

Miriam morrera apavorada.

A larga mancha negra sobre o cetim verde-musgo do vestido, na altura da barriga, não deixava dúvidas sobre para onde os tiros haviam sido disparados. Embaixo do corpo, a echarpe preta com a qual Miriam cobria os ombros estava atirada, com as pontas projetando-se para os lados, como se acompanhassem a posição dos braços, abertos sobre o chão, jazendo junto a ela numa composição sinistra.

Fernanda desviou os olhos do cadáver da amiga e, cobrindo o rosto com as mãos, tentou sair depressa dali, correndo entre as pessoas, cujo vozerio só serviram para deixá-la ainda mais nervosa. A polícia chegou naquele momento e, imediatamente, isolou o local do crime, expulsando os curiosos. Uma pequena equipe de peritos entrou no banheiro e ali permaneceu por um tempo, tirando fotos, colhendo todo tipo de amostras e tomando anotações, enquanto examinavam com minúcia cada centímetro quadrado do banheiro.

Envolvida por uma tristeza que chegava a doer no peito, Fernanda desceu a escada. Miriam era quase como uma irmã. Fora sua grande confidente, a única pessoa com quem ela se sentira à vontade para partilhar os seus segredos mais íntimos. Acompanhara, desde sempre, a deterioração do casamento com Guilherme e, por causa disso, era a pessoa mais capacitada para lhe aconselhar e ajudá-la a encontrar um novo rumo na vida – coisa que, aliás, ela vinha fazendo desde março.

Miriam era a segunda pessoa querida que ia embora de forma dramática num espaço de dois meses. Quem seria a próxima? Que outras surpresas nefastas aquele ano sombrio que sequer chegara à metade ainda lhe reservava?

De repente, pensou em Jorge e sentiu-se egoísta. Se ela estava sofrendo, o que estaria se passando com ele, que era o marido? Ela correu os olhos à volta, sem localizá-lo. Teve a impressão de tê-lo visto entrando no banheiro junto com os policiais, mas preferiu ficar com a dúvida a ter de voltar lá.

Breno estava sentado na sala, num conjunto de sofás e poltronas mais afastado, ao lado de Rosângela. Passado o choque inicial, ele parecia calmo. Fernanda caminhou até ele e teve vontade de abraçá-lo, em busca de um pouco de amparo, mas não fez isso. Dona Adelina poderia estar por perto. Ou, o que era pior, poderia ter deixado alguém devidamente pago e instruído por ela para vigiar todos os seus movimentos.

De repente, Fernanda, no meio daquela crise, teve uma percepção estranha e inédita, que, miraculosamente, serviu para acalmá-la um pouco: ainda que ela e Breno, de fato, estivessem juntos, que importância tinha a opinião de dona Adelina? Logo ela, que a tratava com um distanciamento glacial? O que a sogra poderia fazer contra ela? Deserdá-la seria impossível e, ainda que não o fosse, Fernanda não dava maior importância à herança de Guilherme, confiante de que tinha todos os meios para manter seu padrão de vida e sua autonomia.

Ali, caminhando por aquela sala, com a amiga morta no andar de cima, Fernanda chegou à conclusão a que já deveria ter chegado há muito tempo: a de que Adelina Figueroa nada tinha com a sua vida. Ela, Fernanda, era uma mulher livre, sobretudo agora. Com a viuvez, essa liberdade se exacerbara e Fernanda, no plano pessoal, só tinha de prestar contas a si mesma.

— O marido da sua amiga e o doutor Salvador Saldanha foram fazer o reconhecimento do corpo junto com a polícia — disse Breno quando Fernanda sentou-se em frente a ele. — Daqui a pouco devem estar aqui, e aí vamos saber direito o que aconteceu.

Fernanda ainda não conseguia acreditar: Miriam fora assassinada. Meu Deus, *assassinada*! Há menos de uma hora estavam conversando no jardim e, agora, a amiga jazia gelada e banhada de sangue no andar de cima.

Ainda vestindo a casaca de músico e segurando o estojo com o trombone, Ricardo irrompeu na sala, vindo do jardim. Estava acompanhado de uma jovem alta, de cabelos claros e compridos, presos numa charmosa trança embutida lateral jogada sobre o ombro direito. Devia ser uns dez anos mais moça do que ele, tinha o corpo bem-definido, sem nenhum vestígio de barriga, e um rosto lindo de boneca. A namorada dele, com certeza. Mais atrás vinha um segundo casal, cada qual com seus quarenta e tantos anos. Os pais dela, talvez. Será que já estavam de casamento marcado? Fernanda ficou ainda mais arrasada.

— Sinto muito pelo que aconteceu — Ricardo disse a Fernanda, tomando-lhe uma das mãos. — Ela era sua amiga, não é?

— Era... — foi com dor que Fernanda pronunciou aquele verbo no passado.

— Se tiver alguma coisa que eu possa fazer...

Ela balançou a cabeça, enfática.

— Não, tudo bem. Obrigada.

— Lamento que a gente tenha se reencontrado numa circunstância tão... desagradável.

— Dramática — corrigiu Breno, com um tom agressivo de repreensão na voz.

Fernanda percebeu que Ricardo ficara constrangido e lhe estendeu a mão.

— Obrigada por tudo.

Ela procurou ser gentil. Não queria que Ricardo e, menos ainda, a moça que o acompanhava notassem o quão balançada ela ficara ao reencontrá-lo. Se bem que, pensando melhor, isso não tinha a mínima importância agora.

Assim que eles se afastaram, Breno perguntou:

— De onde vocês se conhecem?

— Estudamos juntos — Fernanda falou da forma mais indiferente possível.

— Mas isso tem bastante tempo, não tem?

— Tem. Fomos muito amigos naquela época — ela nem sabia por que estava dando satisfações a ele.

Uma copeira apareceu com uma bandeja com copos de suco de maracujá. Salvador veio em seguida e deixou-se cair ao lado da mulher, no sofá de dois lugares onde ela estava sentada.

— Uma ambulância está a caminho — informou ele, abatido. — Jorge passou mal.

— E você o deixou sozinho? — repreendeu-o Rosângela.

— O Sinésio está cuidando dele — Salvador olhou para Breno e Fernanda e explicou: — É o meu médico particular. Veio à festa como convidado e acabou tendo que trabalhar. Ainda bem que ele nunca sai de casa sem a sua maleta de médico.

Havia uma insinuação de bom humor naquela frase. Fernanda levantou-se:

— Eu vou vê-lo. Onde ele está?

— Num dos quartos de hóspedes, lá em cima. Mas acho melhor você não ir. Jorge pode ficar ainda mais nervoso — Salvador coçou a testa. — É uma situação... terrível. Ele teve que fazer o reconhecimento do corpo dela. Vocês devem imaginar o que é um homem encontrar a própria esposa morta coberta de sangue.

— E o enterro? — perguntou Breno. — Como vai ser?

Salvador ia responder quando um homem, vestindo uma jaqueta de couro marrom desceu a escada e veio ao encontro deles:

— Terminamos, doutor Salvador. O corpo já vai ser removido.

Salvador fez um sinal na direção do homem:

— Esse é o inspetor Mauro Fontes. Veio acompanhar a polícia técnica.

Fernanda, Breno e Rosângela lhe dirigiram um aceno com a cabeça.

— Descobriram alguma coisa? — perguntou Fernanda.

— Nada de muito importante, ainda. Deixamos dois peritos aqui — Fontes olhou interrogativamente para Salvador, aguardando um gesto de concordância, que não veio. Prosseguiu mesmo assim: — Eles devem ficar mais uma hora para terminar de coletar os indícios na cena do crime. Mas já recolhemos um bom material. Havia fios de cabelo e outros sinais espalhados pelo banheiro, mas acho que eles não terão muita serventia. Afinal, o senhor disse que muitos convidados passaram por lá, não é?

— É — respondeu Salvador. — Eu tinha reservado o lavabo da entrada lateral e o banheiro do térreo para os convidados, mas houve um vazamento no lavabo hoje cedo e não deu tempo para consertar. Então resolvi liberar o uso desse banheiro de cima, que fica perto da escada.

— Além disso, muita gente entrou no banheiro para ver o corpo — acrescentou Rosângela. — É incrível essa curiosidade mórbida das pessoas diante da tragédia dos outros. Salvador e eu mandamos os empregados tirarem elas de lá, mas já era tarde.

O inspetor deu de ombros.

— Bem, o corpo vai ser levado agora para autópsia — ele disse. — Mas já dá para afirmar que a moça foi morta com três tiros disparados contra a barriga.

— E a poça de sangue ao lado da cabeça? — perguntou Salvador.

O estômago de Fernanda deu voltas. Ela desejou com urgência acordar daquele pesadelo e descobrir que nada daquilo estava acontecendo.

— Tudo indica que ela bateu com a cabeça no vaso sanitário, enquanto caía, depois de levar os tiros. Não houve luta.

Fernanda observou atentamente a expressão do inspetor. Não gostou nem um pouco da forma como ele deslizou os olhos desconfiados e astutos sobre cada um deles.

— Eu conversei com os seus empregados — ele falou, continuando a dirigir-se a Salvador — e todos disseram não terem visto nenhuma movimentação suspeita no segundo andar. Naturalmente, eles não incriminariam nenhum dos convidados da festa — sua voz tornou-se um pouco mais rascante. — E, menos ainda, um morador desta casa.

— Inspetor — Salvador captou perfeitamente a maldosa indireta —, sou advogado há três décadas. O senhor não vai conseguir me fazer cair em nenhuma armadilha. Não matei Miriam, se é o que o senhor deseja saber.

— Não era a minha intenção insinuar...

— Nem minha mulher matou. Ou minha filha. Talvez o senhor queira interrogar os meus dois netinhos, a começar pela menina, que tem seis anos e ainda nem sabe escrever direito a palavra "assassinato".

— Seria uma ideia — a resposta do inspetor era um claro sinal de que ele se irritara com a reação de Salvador. — O senhor mesmo disse que foi ela que encontrou o corpo. E que correu para avisar ao senhor.

— Correu, é verdade. E correu chorando. Desesperada. Imagine o que é para uma criança ver uma cena como aquela?

— Ou seja: o senhor foi o primeiro adulto a ver o corpo — complementou o inspetor.

— Eu sou, hoje, o mais próximo de uma figura paterna que a minha neta tem. O pai dela abandonou minha filha e sumiu. Essa casa é minha. Não acha natural que ela viesse avisar a mim em primeiro lugar?

O inspetor fez um gesto de rendição com os dois braços.

— E como ela está agora?

— Mal. Chorando muito. Mas não precisa fingir que se importa com ela.

O inspetor expeliu o ar pelas narinas.

— Tudo bem — ele franziu o rosto. — E o senhor tem algum suspeito? Sabe de alguém que teria interesse em matar a moça?

— Não.

— Lembra-se de ter visto algum movimento anormal aqui dentro que pudesse estar relacionado ao crime?

— Não — Salvador pareceu subitamente mais irritado. — E nem acho que este seja o momento apropriado para conversar sobre isso. Por que o senhor não marca uma hora comigo no meu escritório? Lá poderemos conversar melhor.

— Poderia ser, também, na minha delegacia, se o senhor não se incomodar.

— Não me incomodo. Só peço para esperar o enterro — Salvador esfregou o rosto nervosamente com as mãos. — Aliás, sou eu que vou cuidar do enterro. O marido dela não está em condições. Ele teve uma síncope nervosa.

— Compreendo — anuiu o inspetor. — Bem, o corpo vai ser levado agora para o IML. A autópsia não deve demorar. Até o começo da manhã, deve estar tudo concluído.

Fernanda sentiu um aperto gelado no peito, quando viu um saco mortuário negro, comprido, contendo o que devia ser o cadáver de Miriam, sendo carregado por dois policiais escada abaixo e levado para fora. Fernanda abraçou-se a Breno e recomeçou a chorar.

Salvador fez um sinal para ele:

— Vou pedir ao meu motorista para levar vocês para casa.

— Obrigado — disse Breno —, mas meu carro está logo aí em frente.

— Então ele leva vocês no seu carro e volta, depois, de táxi. Nenhum dos dois está em condições de dirigir. Amanhã eu telefono para dizer onde vai ser o enterro e a que horas. Pode me dar seu telefone?

Breno pegou um cartão do bolso e anotou o número do seu celular no verso, entregando-o a Salvador.

— É melhor vocês irem agora. Amanhã vai ser um dia difícil — Salvador comprimiu o rosto, numa careta aflita. — Aliás, as próximas semanas vão ser muito duras. Houve um crime na minha casa e a polícia vai passar a fazer parte do nosso dia a dia até identificar o assassino.

Havia um assassino na festa, entre os convidados, pensou Fernanda, com um arrepio. Alguém a quem não interessava que Miriam vivesse. Ela, com certeza, descobrira algo sério e foi oportunamente silenciada, antes que tivesse a chance de falar.

Fernanda sentiu uma revolta crescente, a tristeza se misturando ao ódio e a uma chuva de interrogações. O que teria provocado aquele crime?

CAPÍTULO 12

Sentada no terraço do segundo andar de casa, Adelina lia o jornal e tomava calmamente o café da manhã, quando Thiago apareceu, vestindo uma bermuda e uma camiseta. Era, no guarda-roupa dele, o que mais se aproximava de um pijama decente.

Adelina não se mexeu e manteve os olhos fixos nas páginas impressas, a fim de dar ao sobrinho a impressão de que não notara a sua presença e, desse modo, quem sabe estimulá-lo a se retirar dali espontaneamente.

Thiago deteve-se na amurada, apreciando o jardim banhado pela tênue luminosidade da manhã. O ar era perfumado de tão puro. Ele ficou ali por longos minutos, em silêncio e sem fazer qualquer menção de ir embora. Incomodada com o que considerava uma invasão do espaço dela, Adelina perguntou:

— Está de ressaca pelo vexame da festa de ontem?

Thiago respondeu com azedume:

— Bom-dia, titia.

— Bom-dia uma ova! — ela reagiu, quase rasgando as páginas do jornal com os dedos crispados de raiva.

— Eu nunca tenho ressaca.

— Não me admira. As suas veias já devem ter mais álcool do que sangue, depois de tantos anos saindo para beber todas as noites.

— Todo mundo precisa de um vício para descarregar suas tensões...

— Principalmente se forem pessoas vulgares e irresponsáveis. Você quase pôs tudo a perder.

Thiago virou-se para Adelina, mas não respondeu.

— Havia muita gente importante naquela festa — ela fuzilou-o com os olhos. — Você tinha que ter sido mais discreto.

— Alguma coisa deu errado para a senhora, por acaso?

Adelina soltou um grunhido, voltando a baixar os olhos para o jornal.

— Não. Mas porque fui embora logo. Eu não iria continuar naquela festa dos infernos depois de ter encontrado a Fernanda e ela vir atrás de mim com aquele olhar insuportável de noviça carente.

Thiago apoiou as palmas das mãos na mesa e curvou-se para ela.

— Sabe que eu nunca entendi por que a senhora a odeia tanto?

A pergunta retumbou nos ouvidos de Adelina como uma agressão.

— Acha que não tenho motivos?

— E que motivos são esses?

Adelina fechou o jornal bruscamente e, tomada por aquela cada vez mais comum torrente de ódio que a deixava à beira da asfixia, quase o atirou no chão. Ela detestava retornar àquele assunto. Por que aquele maldito sempre tinha de trazê-lo à tona?

— Você, por um acaso, acha bonito uma mulher circular para cima e para baixo de braços dados com um rapagão bonito e solteiro apenas dois meses depois de ter ficado viúva de um marido exemplar com quem foi casada por quase 15 anos?

— Tia, você não tem nenhuma prova de que os dois...

— Acha bonito? — ela elevou a voz, as veias quase pegando fogo. — Responda!

Thiago mordeu os lábios e sentou-se, encolhido numa das cadeiras ao redor da mesa.

— Eu vi muito bem os dois juntos naquela festa — prosseguiu Adelina. — Fernanda e aquele moço chamado Breno. Ela pensa que me engana com aquele jeitinho falso de menina meiga. Meiga coisa nenhuma! Fernanda é uma cobra. E burra, ainda por cima. Burra por se expor para a sociedade daquela forma descarada e despudorada.

— Guilherme era esperto, tia. Ele não ia ficar casado com uma mulher sabendo que ela era uma cobra.

— Você é que pensa. Um homem quando está apaixonado vira um adolescente imbecil. Você não entende nada da vida, menino. — ela fez um sinal com a cabeça em direção à mesa e forçou uma mudança de assunto: — Já tomou seu café?

— Não e estou sem apetite. A noite foi pesada.

— Você ainda não viu nada... — Adelina murmurou, mentalizando o dia de amanhã e sorrindo por dentro ao prever a reação de Fernanda quando Seung Chun revelasse *quem* havia encomendado o roubo da estatueta suméria de alabastro da coleção dos Queirós Machado. Ela torcia para que as horas passassem rápido.

Mas havia qualquer coisa errada ali. Adelina estreitou os olhos e notou, então, algo de que não havia se dado conta até aquele instante: uma perceptível tensão no semblante e na voz de Thiago. Uma tensão anormal, já que ele nunca parecia se perturbar com coisa alguma.

— Você está preocupado ou é impressão minha? — ela procurou imprimir à pergunta um tom casual.

Thiago encolheu os ombros na sua maneira habitual.

— Impressão sua.

— Não vai ao clube hoje?

Adelina percebeu que Thiago se enrijeceu um pouco mais.

— Acho que não. Não estou a fim de sair — ele se espreguiçou. — Acho que vou dormir um pouco mais.

Thiago entrou na casa e Adelina ficou se perguntando por que não acreditava nele. E, sobretudo, por que aquilo a incomodava, já que Thiago não era alguém com quem se importasse verdadeiramente.

Talvez fosse porque ela soubesse que só uma motivação séria era capaz de levar uma pessoa a mudar de comportamento tão bruscamente.

Lutando contra aquela curiosidade, Adelina retornou a leitura do jornal, mas foi novamente interrompida, desta vez pelo toque do telefone, que estava ao seu lado.

— Alô?

— Bom-dia, dona Adelina — era Erasmo Porto. — Desculpe incomodá-la tão cedo. Não sei se a senhora soube, mas houve um crime na noite passada durante a festa da empresa de seu filho...

Enquanto o advogado falava da morte de Miriam, Adelina, em silêncio, apenas olhou para a porta por onde Thiago havia acabado de sumir. Mordeu os lábios. Estava inquieta.

* * *

No fim daquela tarde de domingo, alguns empregados ainda trabalhavam na casa de Salvador Saldanha, removendo os últimos vestígios da festa da noite anterior. As mesas, as cadeiras e o tablado sobre o qual fora acomodada a orquestra já haviam sido retirados e, agora, a preocupação era recuperar os pequenos estragos nos jardins, sobretudo na grama, danificada em alguns pontos, e em canteiros e arbustos, situados na área onde houve maior concentração de convidados.

Um dos mais empenhados na tarefa era Toninho, o jardineiro dos Saldanha, que trabalhava na casa havia mais de dez anos. Ele era particularmente cuidadoso com os canteiros floridos com petúnias, gardênias e azaleias, não só porque os achava muito bonitos mas, sobretudo, porque sabia que dona Rosângela tinha por eles um carinho especial. Havia também as sebes, podadas regularmente a fim de manter seu formato retangular, e os arbustos floridos, que apenas ocasionalmente tinham galhos e ramos cortados. Na maior parte das vezes, Toninho removia as folhas secas que se acumulavam sob as copas ou removia algum broto de capim ou erva daninha que calhava de aparecer ali por alguma ação rebelde da natureza.

Toninho começava a trabalhar num desses arbustos, recoberto de folhas claras e sulcadas e pontilhado por cachos repletos de pequenas flores vermelhas em forma de corneta, quando notou alguma coisa diferente, caída junto à base do tronco. Ele ajoelhou-se na grama e firmou os olhos para ver melhor. Uma parte do objeto parecia reluzir. Era algo vagamente familiar. Toninho aproximou um pouco mais o rosto e levou um susto.

Ele soubera, ao chegar para trabalhar pela manhã, que uma moça tinha sido morta na festa da noite anterior. Se aquilo sob o arbusto era mesmo um revólver, era quase certo de que se tratava da arma do crime.

Toninho correu até a cozinha. Ele tinha um primo que trabalhara muitos anos como segurança numa fazenda e sempre lhe ensinara que, quando fosse apanhar uma arma, usasse luvas ou um pano qualquer, a fim de não deixar impressões digitais gravadas. Ao voltar para o jardim, com um pano de prato seco nas mãos, Toninho viu o carro trazendo Salvador e Rosângela entrar no terreno e avançar em direção à garagem. Eles haviam acabado de chegar do enterro de Miriam.

O carro parou na garagem no momento em que Toninho retirava o revólver de baixo do arbusto. Ele embrulhou a arma no pano, sem perder tempo em examiná-la. Salvador, abatido, havia acabado de saltar do carro e bater a porta quando o jardineiro apareceu e lhe entregou o que havia encontrado.

Ao ver do que se tratava, Salvador perguntou, demonstrando perplexidade:

— Onde estava?

— Debaixo daquele arbusto de pentas do lado de lá do jardim — Toninho fez um sinal com a mão para a direita.

Muita gente estivera ali ontem. Era passagem quase obrigatória para os fundos do terreno, onde acontecia a festa.

Salvador deu dois tapinhas nas costas de Toninho, e entreabriu um sorriso não mais do que cordial:

— Bom trabalho. Vou avisar a polícia agora mesmo.

E entrou na casa.

CAPÍTULO 13

Fernanda olhou mais uma vez para o seu reflexo no espelho. Não podia aparecer na reunião com aqueles olhos inchados e a respiração congestionada de tanto chorar, mas por mais que lavasse o rosto, jogasse água nos olhos e assoasse o nariz, sua aparência não melhorava. A água só ajudou a fazer os seus olhos ficarem ainda mais vermelhos e a levar embora toda a maquiagem, deixando-a inacreditavelmente pálida.

Debruçada na pia do banheiro feminino da Capro, Fernanda sentia-se cada vez mais aflita. Pela tristeza crescente por Miriam e por não conseguir se pôr minimamente apresentável para uma reunião importantíssima para a agência quando, enfim, a nova campanha da popular rede de cantinas Il Duomo – que completaria dez anos de funcionamento no segundo semestre e preparava uma expansão – seria apresentada a executivos da empresa. A imagem de Miriam morta estendida naquele banheiro não lhe saía da cabeça. A tristeza do enterro, ocorrido no dia anterior, também não.

De repente, Fernanda lembrou-se do enterro de Guilherme, do momento em que Miriam chegara ao cemitério depois que o caixão fora baixado para a sepultura, e a abraçara. Um abraço afetuoso, fraterno, generoso, que a fez, por alguns instantes, sentir-se menos desamparada. Como gostaria de receber aquele abraço novamente agora. Fernanda tornou a chorar. Torcia para que ninguém entrasse no banheiro. Não podia ser vista daquele jeito.

Deu-se conta de que estava muito exposta ali, junto à pia, e fechou-se num dos reservados. Olhou o relógio: faltavam 15 minutos para as 10h30 manhã e para o início da reunião. Sentada no vaso sanitário, ela recobrou a calma, enquanto aproveitava para urinar uma última vez.

Quando, já refeita, ela se levantou e acionou a descarga, alguma coisa a fez parar de repente. Seu coração acelerou e ela, momentaneamente estonteada, apoiou-se na parede com uma das mãos.

Um fragmento de diálogo tinha vindo à tona com impetuosidade, reverberando na sua cabeça, quase como se alguém estivesse ao seu lado, sussurrando-o no ouvido:

— *Hoje descobri tudo. Não tenho mais nenhuma dúvida.*

— *Do que você está falando?*

— *De uma trama horrível. Uma trama que está sendo armada contra você.*

Fernanda rememorou a conversa com Miriam ao telefone um dia antes de a amiga morrer. Foi na sexta-feira. Fernanda havia notado uma mudança acentuada no comportamento de Miriam e esta, então, lhe confessara textualmente que tinha descoberto um plano contra ela.

[...] uma trama horrível. Uma trama que está sendo armada contra você.

Fernanda saiu do reservado e abriu novamente a torneira da pia, lavando as mãos e o rosto. Nesse ritmo, gastaria toda a água da cidade. Olhou-se pela enésima vez no espelho. Seus olhos já não estavam tão vermelhos, mas sua expressão transbordava de inquietação.

Será que Miriam foi morta por ter descoberto essa tal trama horrível? Mas quem, pensou Fernanda, tramaria contra ela? Sua cabeça dava voltas. Aquilo não fazia sentido. Talvez Miriam estivesse se referindo aos planos de alguma agência concorrente e enunciou isso de forma meio dramática. De qualquer modo, não havia conexão possível que unisse Miriam a qualquer um desses potenciais adversários.

Pensou também em Ricardo e de como fora maravilhoso reencontrá-lo. Seu coração ardia e se contorcia de um jeito gostoso quando se lembrava dele se aproximando dela e do momento em que ela pôde, após quase vinte anos, vê-lo novamente. Ela permitiu-se sorrir, mas, logo, lembrou-se de que não havia pedido a ele um número de telefone ou um endereço de e-mail para que retomassem contato e nem dado os seus a ele.

Mas isso talvez não fosse difícil, já que fora Salvador quem contratara a orquestra e ele devia ter como conseguir para ela a relação dos músicos. Para disfarçar, Fernanda poderia dar a justificativa de que uma amiga pretendia dar uma grande festa e lhe pedira dicas de uma boa orquestra. Ou melhor: que ela própria, Fernanda, reencontrara um velho amigo de infância em meio aos músicos e, na confusão que se seguiu à morte de Miriam, não teve tempo de lhe pedir o telefone. Para que mentir para uma pessoa como Salvador, afinal?

Fernanda retocou o batom recriminando-se por pensar em Ricardo num momento tão dramático e sentiu-se tola e egoísta. Ela saiu do banheiro e, quando se dirigia para a sala de reuniões, Maíra passou por ela e apenas disse:

— Kaufman está te procurando. Pediu para você ir à sala dele.

— E a reunião?

Mas Maíra já havia se afastado. Fernanda deu de ombros e alterou o itinerário. Ao entrar na sala de Noé Kaufman, surpreendeu-se ao vê-lo com a televisão ligada e o controle-remoto nas mãos.

— Kaufman, eu estou em cima da hora para uma reunião com o pessoal do Il Duomo...

— Sente-se, Fernanda.

A voz dele saiu seca e murcha. Por alguma razão, Fernanda não gostou daquilo.

— Aconteceu alguma coisa?

Kaufman apenas fez um sinal com o queixo para a televisão. Uma repórter falava, segurando um microfone com o logotipo da emissora:

> *O depoimento de Seung Chun já dura uma hora na Superintendência da Polícia Federal aqui em São Paulo. O coreano foi preso pela Operação Monalisa da Polícia Federal na tarde de 13 de maio em Barueri, na Grande São Paulo. A Operação Monalisa foi deflagrada em vários estados com o objetivo de desarticular quadrilhas internacionais especializadas no roubo de obras de arte e antiguidades. Seung Chun teria ligações com o chinês naturalizado brasileiro Wang Xiaosu, conhecido como Chaolin, e apontado como o chefe de uma dessas quadrilhas...*

Fernanda sentou-se numa das cadeiras em frente à mesa e manteve silêncio, enquanto assistia à reportagem, sem compreender por que Kaufman estava tão interessado nela. Provavelmente havia uma explicação.

A repórter prosseguia:

> *Confirmando o que dissemos há pouco, foi a própria defesa de Seung Chun que autorizou o acesso de repórteres às dependências do prédio da superintendência onde, neste momento, está sendo dado o depoimento...*

Fernanda espiou, aflita, o relógio: menos de cinco minutos para as 10h30. Começava a ficar preocupada com a hora, mas Kaufman permanecia com os olhos colados na TV. Sequer piscava.

— Kaufman, o pessoal do Il Duomo está me esperando para a reunião. Já estou atrasada. O que de tão importante tem na televisão para...

— Agora! — Kaufman interrompeu-a, apontando para o aparelho.

> *...no depoimento, ele forneceu vários nomes de receptadores de obras, cujos roubos teriam sido encomendados. Entre eles estaria o da carioca Fernanda Soares de Lima Figueroa, sócia da agência de propaganda Capro, que teria contratado a quadrilha de Chaolin*

para roubar uma estatueta suméria de uma coleção particular no Rio de Janeiro. Seung Chun afirma não ter gravações das conversas com a publicitária, já que o contato teria sido todo feito pessoalmente e que a publicitária teria pago em dinheiro vivo. Ele afirma ainda...

Fernanda olhou perplexa para Kaufman e sua primeira reação foi rir:

— Que brincadeira é essa? Como você conseguiu armar esse vídeo?

Kaufman fitou-a sério. Seus olhos, de um azul quase translúcido que costumavam seduzir as pessoas, agora tinham um aspecto sombrio.

— Por que está fazendo isso? — prosseguiu Fernanda, sentindo um calafrio. — Você está me deixando assustada. Que vídeo é esse?

— Não é vídeo. É o telejornal. Está sendo transmitido. Ao vivo.

A voz da repórter continuava saindo pelas caixas de som, mas nem Fernanda, nem Kaufman prestavam mais atenção.

— Escute, Fernanda — Kaufman inclinou-se sobre a mesa, na direção dela, numa postura paternal. — Você sabe que pode confiar em mim.

— Você enlouqueceu?

— Pode se abrir comigo. Por que você fez isso? Por que se meteu com essa gente?

Uma massa fria formou-se no estômago de Fernanda.

— Não sei do que você está falando — ela tentava articular as palavras, a fim de soar o mais convincente que pudesse. Kaufman *tinha* que acreditar nela. — Não me meti com gente nenhuma. Nunca vi esse chinês em toda a minha vida — ela indicou o rosto de Seung Chun na televisão.

— Ele é coreano — Kaufman corrigiu placidamente.

— Chinês, coreano, tibetano... — Fernanda sentia-se perdendo o pouco controle que lhe restava. — Seja o que for, nunca vi esse homem, nunca fiz qualquer tipo de transação com ele. O que é que há? Você me conhece há anos. Sabe que eu jamais faria isso que ele está dizendo. Jamais encomendaria o roubo do que quer que fosse. Ele deve estar se referindo a uma outra Fernanda Soares de Lima. Com certeza, existem outras mulheres com esse nome por aí...

— É possível. Mas "Fernanda Soares de Lima Figueroa", carioca e diretora de criação da agência de publicidade Capro, eu só conheço uma.

Por que Kaufman tinha de encará-la com aquele olhar duro, misto de repreensão e piedade? A fala mansa dele só realçava o tom acusatório da sua postura. Fernanda, de repente, sentiu-se uma menina de seis anos, sendo interpelada pelo pai por uma travessura que não cometera.

— Estou passada — ela declarou, num murmúrio de desabafo. — Você prefere acreditar num bandido, numa pessoa que você nem conhece, do que em mim, que convivo com você aqui dentro todos os dias há anos. Francamente, Kaufman...

Kaufman pareceu sensibilizado. Ele levantou-se e foi até Fernanda, segurando-lhe carinhosamente os ombros.

— Tudo bem. Talvez eu tenha me precipitado. Me desculpe. Ainda não tive tempo de raciocinar direito. Eu gosto de você. É natural que eu fique nervoso numa situação como essa, concorda?

Fernanda fez que sim com a cabeça.

— Você assistiu à reportagem toda? — ela perguntou. — O que foi que o coreano falou de mim? Quem é ele?

— Membro de uma quadrilha de ladrões de relíquias e obras de arte. Foi preso há uns 15 dias, em São Paulo. A quadrilha é comandada por um chinês de apelido Chaolin. No depoimento, ele disse que você encomendou a ele o roubo de uma estatueta que pertencia à coleção do Olavo de Queirós Machado.

Fernanda levou alguns segundos para registrar o que acabara de ouvir. Uma sensação que mesclava fúria, medo e revolta apossou-se dela.

— É mentira!

— Suponhamos que seja. O que eu me pergunto é: por que ele iria acusar você? Como ele sabia a seu respeito?

— Não sei e não me interessa! — Fernanda afastou-se até a porta. — Eu tenho a consciência limpa e isso me basta!

— A polícia vai investigar, Fernanda. Aliás, não dou meia hora para ela estar aqui à sua procura.

— Que venha. Ela só vai perder tempo. Pois não vai encontrar nada. Nenhum telefonema, nenhum sinal de contato que eu pudesse ter tido com essa gente. E, principalmente, não encontrará nenhuma obra de arte roubada comigo. Se a polícia quiser, abro o meu apartamento para ser revistado, ponho minhas contas bancárias à disposição, peço eu mesma a quebra do meu sigilo telefônico...

— A agência, Fernanda.

Fernanda fitou Kaufman demoradamente:

— O que tem a agência?

— Você está só preocupada com você. Mas o nome da agência foi citado. A Capro não pode ser envolvida num escândalo desse tamanho. Sim, pois isso será um escândalo. Podemos perder clientes importantes. Podemos perder nossa reputação.

— Por causa de uma calúnia? Isso não irá longe, Kaufman. A acusação desse bandido não tem sustentação. Ela logo vai ser desmascarada.

— Por que você tem tanta certeza disso?

— Porque eu sou inocente.

— Não passou pela sua cabeça que isso pode ser armação de alguém? Alguém pode estar querendo prejudicar a agência e usando você para isso. Algum concorrente nosso.

Fernanda sentiu os pelos da nuca se eriçarem. Essa hipótese, de fato, não tinha lhe ocorrido.

— É um golpe muito baixo. Ninguém se atreveria a ir tão longe — a última frase foi dita sem muita convicção.

Kaufman tornou a sentar-se e Fernanda pôde ver, agora, a intensidade da tensão estampada no seu rosto.

— Vivemos uma época selvagem, minha querida. Uma época em que uma pessoa é capaz de matar por causa de um biscoito. A competição no mundo da propaganda nunca esteve tão acirrada. Conquistamos clientes importantes nos últimos anos graças, principalmente, aos *seus* esforços. Muitas contas milionárias migraram de outras agências para a nossa. Essas empresas não se arrependeram, porque fizemos um bom trabalho.

— E daí?

— E daí que é natural que isso atraia inveja, ressentimento, ódio... Quantos funcionários graduados dessas outras agências não perderam seus empregos ou foram rebaixados de posto por terem sido pessoalmente responsabilizados pela perda da conta de uma multinacional para a Capro? Quando isso acontece, o rancor é forte. Você, com certeza, fez muitos inimigos sem saber. Não duvido que algum publicitário frustrado tenha uma foto sua na parede de casa servindo como alvo para dardos.

Pensativa, Fernanda caminhou até a janela, ficando de costas para Kaufman. Dali se avistava o mar azul de Ipanema por trás das fileiras de edifícios.

— Estou entendendo aonde você quer chegar — ela disse, tornando a ficar preocupada. — A acusação do coreano é parte de um plano corporativo. Um plano bem-armado.

— Exato.

— E, neste caso, alguém pode ter plantado provas para me incriminar? Talvez a própria estatueta?

— *Principalmente* a estatueta. Ela pode, inclusive, estar no seu apartamento. Um criminoso experiente não teria dificuldades de entrar lá e escondê-la em algum lugar estratégico, insuspeito. Um lugar que você não use com frequência. No meio das coisas do seu marido, por exemplo.

Fernanda voltou-se para encarar Kaufman e, naquele momento, sentiu alguma coisa estranha operando dentro de si. Era como se uma sensação adormecida de força estivesse brotando dentro dela e pairando acima do medo e da tristeza que, até então, a dominavam. O desafio imposto por aquela calúnia pareceu sacudir as suas entranhas e obrigá-la a ser mais firme diante dos obstáculos, a tomar atitudes. Isso a deixou surpreendentemente revigorada, como um oficial relutante que, de repente, ao chegar ao *front* passa a ansiar pelo começo da guerra.

— E, neste caso, eu faço o quê? Se a estatueta estiver mesmo comigo, posso ser presa, não posso? Como eu faço para provar para a polícia que eu sou inocente? Que fui vítima de uma armação?

— Antes de tudo, você precisa de um bom advogado.

— Você sabe que isso não é problema. Um telefonema para Salvador Saldanha e em dez minutos, o escritório inteiro estará aqui.

— Da minha parte, posso contratar um bom detetive particular para saber quem está por trás dessa denúncia. Afinal, se for mesmo coisa de uma concorrente nossa, eu serei o primeiro interessado em esclarecer a verdade.

— Você conhece algum?

— Sim. Você deve se lembrar dele. Já trabalhou para nós há uns anos, naquele problema que tivemos com a vinícola em Petrolina.

Kaufman se referia a uma campanha que Fernanda havia comandado para promover o premiado vinho Castelo de Juazeiro, uma das estrelas das vinícolas que prosperavam nas margens do rio São Francisco, entre Pernambuco e Bahia. Duas semanas antes dos primeiros anúncios serem veiculados, uma vinícola do Sul iniciou uma campanha muito parecida, quase idêntica.

Fernanda jamais se esqueceria daquela tarde horrível de verão, com um aguaceiro desabando na cidade, quando os executivos pernambucanos, furiosos e cheios de razão, invadiram o escritório da Capro trazendo uma pilha de revistas com a propaganda da concorrente sulista e cobrando explicações. A cena foi quase cômica, mas como a situação era grave, ela e Kaufman decidiram agir rápido e, por intermédio de Guilherme, entraram, na mesma hora, em contato com um detetive gabaritado que, volta e meia, era convocado por Guilherme e Salvador no escritório para investigar determinada pessoa ou obter provas que pudessem ser decisivas num tribunal.

O nome dele era Adilson Varela e uma das suas especialidades era a espionagem empresarial. Em questão de dias, ele descobriu todo o esquema. Uma agência de publicidade concorrente mantinha, nos quadros da Capro, um espião, que lhe repassava aquilo que achava mais interessante entre as campanhas que estavam sendo desenvolvidas e, com isso, a outra se antecipava. Felizmente, o esquema estava no começo, mas foi o suficiente para que a Capro demitisse e abrisse processo contra o funcionário traiçoeiro e também contra a agência que, enfraquecida pelo escândalo, acabou encerrando as atividades menos de um ano depois.

Por um momento, Fernanda se perguntou se não seria essa agência a mentora da denúncia de Seung Chun, num ato de vingança contra a humilhação sofrida anos atrás, mas preferiu não fazer especulações.

Ela viu Kaufman apanhar sua agenda e folheá-la. Ele disse:

— Vou ligar agora mesmo para o Varela e perguntar se ele tem como me encontrar ainda hoje. Você, Fernanda, pode ir agora para a reunião do Il Duomo. Eu tinha mandado avisar que você só poderia aparecer às 11h. Já devem estar à sua espera.

— E se a polícia vier?

Kaufman franziu os lábios, contrafeito:

— Ela vai vir, Fernanda. Não tenha dúvidas.

Ela deu de ombros.

— Se quiserem revistar a minha sala, pode permitir. Diga que eu falo com eles quando terminar a reunião.

— Não vai querer que um advogado te acompanhe?

Ela não queria se mostrar ansiosa, embora estivesse. Queria passar a impressão de que tudo não passava de um engano e que não estava desesperada.

— Não precisa — respondeu. — Eu ligo para o Salvador depois.

Fernanda fechou a porta no momento que Kaufman teclava os números de Adilson Varela. Ela não ficou para ouvir o princípio da conversa. Enquanto seguia para a reunião, um pensamento lhe golpeou a cabeça.

Será que era sobre isso que Miriam pretendia avisá-la? Sobre essa denúncia do coreano? Seria essa a tal "trama horrível" que estava sendo armada contra ela? Fernanda apertou o passo e entrou na sala de reuniões. Breno já estava lá e tentava parecer natural diante da tristeza dela. Fernanda cumprimentou com simpatia um a um os executivos do Il Duomo e, em seguida, Breno. E especulou se alguma das pessoas presentes ali já teria tomado conhecimento das denúncias.

CAPÍTULO 14

Naquele final da manhã de segunda-feira, Salvador Saldanha desceu ansioso de um táxi e entrou depressa no prédio da 15ª delegacia policial, na rua Major Rubens Vaz, na Gávea. Achou melhor não contar a ninguém no escritório sobre o revólver e, por conta disso, assim que recebera o telefonema do delegado anunciando que tinha novidades, foi sozinho, cancelando a sua agenda até o meio da tarde.

Ele foi conduzido por uma funcionária até a sala do delegado, um homem calvo, de pele flácida e precocemente envelhecido, que já o aguardava. O delegado vestia camisa social e gravata. O paletó estava pendurado no espaldar da cadeira.

— O senhor não precisava ter vindo — o delegado disse, apontando uma cadeira para Salvador. — Eu poderia lhe passar esses dados por telefone.

— O senhor sabe que nenhuma linha hoje é segura.

O delegado apenas deu de ombros.

— Aceita um café ou uma água, doutor Salvador?

Salvador sentiu que precisava reprimir sua ansiedade.

— Uma água, por favor.

— Para mim, um café — o delegado pediu à funcionária que continuava de pé. Ela saiu e voltou em seguida com uma bandeja, deixando-a sobre a mesa e se retirando novamente com a mesma presteza.

— As notícias não são muito boas, doutor — disse o delegado, lentamente. — Para ser bem franco, elas são péssimas.

Salvador contraiu-se.

— O senhor não descobriu nada sobre a arma?

— Pelo contrário — o delegado mexeu o café demoradamente. — E é esse o problema. Antes não tivéssemos descoberto nada.

Salvador tomou um gole da água e analisou a expressão do policial por sobre a borda do copo.

— A arma tinha registro?

O delegado fez um gesto de assentimento com a cabeça.

— Tinha. É um revólver Taurus 827s. Calibre 38, o mesmo das balas que foram encontradas no cadáver na sua casa.

Salvador não entendia quase nada de armas e manteve-se em silêncio.

— Ele tem capacidade para sete balas. Miriam Ortiz foi morta com três e restavam quatro no tambor. Três mais quatro... Faça as contas.

— Então essa é mesmo a arma do crime?

— Tudo indica que sim — o delegado terminou de tomar o café, depositando a xícara de volta na bandeja. — Estou esperando o laudo da polícia técnica confirmar. As digitais encontradas no revólver também estão sendo analisadas. O senhor tem mesmo certeza de que ninguém tocou com os dedos na arma desde que ela foi encontrada no terreno da sua casa?

— Tenho.

Salvador fez uma pausa e, perguntou, sem reprimir a expectativa:

— Em nome de quem ela está registrada?

O delegado reclinou-se pesadamente na cadeira, cruzando as mãos sobre o colo.

— De Thiago Barroso Martins — respondeu. — Ele esteve na sua festa, pois não?

Salvador limitou-se a assentir com a cabeça, compenetrado.

Thiago Martins era o sobrinho-neto de dona Adelina Figueroa, mãe do seu finado sócio e amigo Guilherme.

Não seria, realmente, uma boa notícia. Para ela.

* * *

Foi difícil para Fernanda acompanhar o ritmo da reunião, mas ela se esforçou, embora sua cabeça, volta e meia, voasse para longe daquela sala: para o cadáver de Miriam no banheiro de Salvador, para a conversa com Ricardo e, principalmente, para a encrenca que começava a se delinear na sua frente, com a acusação infundada daquele coreano alucinado.

Foi só no meio da reunião, enquanto Breno, ao seu lado, mostrava aos executivos do Il Duomo os *layouts* da primeira fase da campanha, que Fernanda se deu conta da gravidade da denúncia e da dimensão do estrago que ela poderia criar. Como se não bastasse a morte de Guilherme e de Miriam e o clima pesado com Adelina, ela ainda teria mais esse problema. Fernanda especulou qual seria a próxima desgraça. Nunca estivera tão pessimista em toda a sua vida.

Ela sentia que o reencontro com Ricardo, por mais mágico que tivesse sido, não renderia muitos frutos. Vira muito bem a moça que estava ao lado dele na casa de

Salvador: uma garota muito mais jovem, muito mais magra e muito mais charmosa do que ela. Fernanda sabia que não lhe seria páreo. Um desânimo avassalador lhe esfriou o corpo, mas ela procurou se recompor logo. Estavam prestes a fechar um grande negócio naquela mesa e alguém ali poderia interpretar seu estado de espírito como desinteresse ou falta de confiança na campanha, o que pegaria mal para a profissional que havia sido a mentora e articuladora de todo o projeto.

Além do mais, àquela altura, a polícia provavelmente, já estaria a caminho da Capro – se é que já não se encontrava à sua espera – e ela precisaria manter o sangue frio no momento de enfrentá-la e mostrar que nada tinha a esconder. A inocência teria de estar evidente em cada gesto feito, em cada sílaba pronunciada, na firmeza das respostas e, sobretudo, no olhar sereno e seguro. Fernanda sabia ser firme quando a ocasião exigia.

Uma das executivas do Il Duomo, de nome complicado e brega que contrariava sua silhueta esbelta e a austeridade clássica do terninho que vestia, deu algumas poucas sugestões para os anúncios e ficou acertado que eles voltariam na sexta-feira para uma nova reunião na qual, esperava-se, a campanha seria formalmente aprovada. A moça cumprimentou Fernanda com um olhar entusiasmado, como que lhe dando um parabéns silencioso e Breno acompanhou o grupo até a saída.

Fernanda foi a única a permanecer na sala e, sem saber se ficava feliz com o aparente êxito com o Il Duomo, sentiu uma combinação estranha de alívio por a reunião ter acabado e expectativa para saber o que havia acontecido do lado de fora enquanto estivera isolada ali. Olhou as horas: 13h30. Se Kaufman não tivesse nenhuma notícia que viesse a prendê-la no escritório, ela pretendia sair para almoçar uma refeição decente, embora, devido à tensão daquelas horas, já não estivesse com um pingo de fome. Mais do que nunca, no entanto, precisava manter sua rotina. Continuar levando sua vida normalmente era o que se esperava de uma pessoa que nada tinha a temer da lei.

Ela juntou os papéis que se achavam distribuídos sobre a mesa, quando Maíra deu duas batidinhas na porta e entrou:

— Kaufman pediu para você ir até a sala dele.

— Tem alguém lá com ele? — Fernanda perguntou, já sabendo a resposta.

— Um homem. Chegou faz vinte minutos.

A polícia foi rápida, Fernanda pensou, exasperada. Ela, na mesma hora, desistiu do almoço. Não teria tempo.

— Você pode mandar alguém ao Polis Sucos pegar um sanduíche de filé mignon com queijo palmira e um copo grande de suco de melão para mim?

Maíra sorriu, solidária.

— O dia vai ser cheio, não é?

— Já está sendo. Sair para almoçar, numa hora dessas, é um luxo, e eu não trouxe meu sanduíche — ela terminou de ajeitar os papéis e enfiou-os numa pasta. — Vou ver lá o que Kaufman quer. Pede, por favor, para deixarem o lanche na minha sala?

Fernanda saiu e, ao dobrar à esquerda no *hall* que levava à sala de Kaufman, avistou, pela divisória de vidro decorada por mosaicos de jatos de areia, uma figura familiar sentado meio desajeitado numa das poltronas da sala interna de espera, que precedia as salas dela e de Kaufman.

Custou a acreditar que ele estivesse ali. Ela foi andando devagar, rente à divisória, enquanto não desgrudava os olhos dele e, então, não teve mais dúvidas.

Como Ricardo descobrira que ela trabalhava ali? Mil ideias misturaram-se ao mesmo tempo na cabeça entorpecida de Fernanda. Ela estava eufórica. Seja lá o que o tivesse trazido até ali, o que importava era que aquilo com que ela tanto sonhara por anos a fio – uma forma de restabelecer um contato duradouro, de ter Ricardo ao seu alcance – estava, enfim, prestes a se realizar. Desta vez ela não o deixaria ir embora sem antes tomar nota dos números de todos os seus telefones, do seu e-mail, do seu endereço de casa e tudo o mais que pudesse conseguir. Nunca mais o perderia de vista.

Fernanda respirou fundo, tentando parecer natural, a fim de que Ricardo não percebesse a sua excitação. Até porque ele era um homem comprometido com uma moça bonita e atraente e seria um vexame se ele percebesse que, depois de quase vinte anos, ela ainda sentia alguma coisa por ele. Pareceria uma tola, uma idiota, uma pateta incapaz de conseguir um novo amor depois que eles se desencontraram, enquanto Ricardo, com certeza, havia desfrutado de uma vida amorosa e sexual movimentada, com apenas uma vaga lembrança daqueles 17 anos que, para Fernanda, representaram o momento mais maravilhoso de toda a sua vida.

Ela contornou a divisória e, embora sua vontade fosse correr até Ricardo, aproximou-se dele devagar. Ao vê-la, ele levantou-se e, com aquele olhar de menor abandonado que deixava qualquer mulher louca, enlaçou-a num abraço que, a Fernanda, pareceu um pouco mais do que apenas amigável. Ela sentiu o perfume que usava e adorou. Um Davidoff ou algo parecido, uma fragrância bem masculina. Se pudesse, ficaria o resto do dia ali, agarrada àquele homem que ainda via como o garotão de quase vinte anos atrás.

— Como me descobriu aqui? — Fernanda indagou, desvencilhando-se dele e tentando não fazer com que o palpitar acelerado do coração interferisse na sua fala e na clareza dos pensamentos.

— Você me falou lá na festa, lembra? — Ricardo respondeu, com um sorriso natural, que parecia corresponder à alegria dela. — Que trabalhava na Capro. Pesquisei o endereço e vim. Você não me deu seu telefone e, nem eu dei o meu...

— Foi a confusão por causa do assassinato da minha amiga — justificou-se ela. — Eu ia te dar meu telefone, mas aconteceu tanta coisa e... Bem, você entende, né?

Fernanda teve uma vontade irresistível de perguntar quem era a moça que estava com ele na festa, mas se segurou. Não era a hora. E, em algum momento, Ricardo deixaria escapar.

— Você estava esperando há muito tempo?

— Cheguei não faz dez minutos. A recepcionista disse que você estava numa reunião e resolvi esperar.

Ele tomou as mãos dela e ela sentiu um arrepio, enquanto sua respiração se inquietava. As mãos dele eram quentes, firmes, másculas, e tinham dedos delicados que, se bem manejados, poderiam proporcionar prazeres inimagináveis ao corpo de uma mulher.

— Eu já soube.

Fernanda não entendeu a princípio. Esperou-o continuar.

— A denúncia daquela quadrilha contra você.

Ela endureceu na mesma hora e soltou delicadamente suas mãos das dele.

— Eu sou inocente, Ricardo. Aquele homem está mentindo. Aqui na agência estão achando que é alguma armação de uma concorrente para nos ferrar.

— Não precisa se explicar para mim. Acredito em você. Do contrário, por que eu teria vindo?

Ouvir aquilo foi lindo. Fernanda o teria abraçado, se tivessem um pouco – um pouquinho só – de intimidade.

— Posso fazer alguma coisa por você? — ele perguntou

Ela baixou os olhos, subitamente tímida.

— Já está fazendo.

— Como assim?

— Você veio me ver. Não sabe como isso está me fazendo bem.

Ela o viu corar e deliciou-se com isso.

— Essa denúncia vai ser um escândalo para mim e para a agência — ela continuou. — Até eu provar à polícia que sou inocente, muitas coisas ruins podem acontecer.

— Que tipo de coisas?

— Clientes nossos não quererem ter os nomes de suas empresas ligados ao da agência e caírem fora, por exemplo. Sem contar a minha reputação. Com que cara eu vou olhar para as pessoas a partir de agora? — sua voz ia murchando à medida que falava. — Todos vão apontar para mim e cochichar: "olha lá a mulher que compra arte roubada". Vai ser horrível.

— Você fala como se as pessoas aqui no Brasil fossem um poço de honestidade... Ninguém nesta terra tem moral para te acusar de nada.

— Mas acusam. Até para desviar a atenção dos seus próprios delitos e fazer uma espécie de expiação interior.

— E o que você pretende fazer?

Fernanda passou a mão na testa, exasperada.

— Ainda não tive tempo para raciocinar direito. Talvez eu devesse chamar uns jornalistas e dar uma coletiva. Alguma coisa assim. Vou conversar com o Kaufman antes. Kaufman é o presidente da agência.

— Noé Kaufman. Eu sei quem é. Já li sobre ele nos jornais.

Por alguma razão, aquilo a deixou lisonjeada.

— Isso me faz lembrar que ele está me esperando na sala dele — ela disse, com um suspiro para, em seguida, perguntar, com uma coragem que não sabia que possuía: — Por que não nos encontramos numa outra hora? Você se importa?

Ele abriu um sorriso.

— Eu ia justamente propor isso. Precisamos falar dos velhos tempos. Você deve ter muita coisa para contar e eu também.

Fernanda duvidava se tinha tanta coisa assim para contar. Sua vida fora, na maior parte do tempo, um grande marasmo.

— Que tal um almoço depois de amanhã? — a vontade de Fernanda era propor um jantar hoje mesmo ou um almoço no dia seguinte, mas ela calculou que ele poderia ter compromissos agendados. Além disso, havia a mulher que estava com ele na festa e que seria motivo suficiente para ele declinar. E ela não sabia se estaria preparada para suportar aquilo. — A menos que vá te atrapalhar.

— Por mim, tudo bem. E é claro que não vai me atrapalhar. Eu trabalho aqui perto.

Fernanda ficou se perguntando qual seria esse trabalho. Alguma coisa a ver com a orquestra?

— Então me encontra na galeria aqui embaixo, depois de amanhã ao meio-dia. No térreo, em frente à escada rolante. Aí, a gente decide para onde vai. Pode ser?

— Marcado — ele se afastou para pedir um pedaço de papel à recepcionista e voltou, anotando qualquer coisa nele. — Este é o número do meu celular. Se você tiver algum imprevisto, me liga.

Fernanda aproveitou a oportunidade e puxou de um dos bolsos um cartão seu, anotando seu celular e e-mail particular no verso. Entregou a ele, que sorriu antes de guardá-lo.

— Então, até quarta! — ele disse, abraçando-a de novo. Ela pôde, então, sentir novamente seu perfume e os nervos dela se eriçaram numa vibração de calor e necessidade. Ele beijou-lhe a face delicadamente e ela percebeu, não sem algum constrangimento, uma deliciosa umidade quente insinuar-se abaixo do ventre.

Depois que Ricardo foi embora, Fernanda ainda ficou ali, parada no mesmo lugar, completamente fora do ar, embevecida. Ele mostrara-se interessado nela, ou era a sua imaginação que queria crer naquilo a qualquer custo?

O fato era que, naquele momento, todo o resto parecia ter perdido a importância. Até a denúncia contra ela.

Foi despertada subitamente por uma mão que lhe tocou o braço e quase a fez dar um pinote de susto.

— Fernanda — disse uma voz masculina aveludada conhecida. — Kaufman está te esperando na sala dele. O que você ainda está fazendo aí?

Fernanda virou-se para enxergar Breno atrás de si e custou a articular as palavras.

— Eu... Quer dizer, eu... — ela não queria que Breno sequer suspeitasse da presença de Ricardo e que, o que era mais grave, ele viera procurá-la. — É que um amigo veio me ver para me prestar solidariedade. Você já soube da denúncia na TV?

— Isso vai ser resolvido — Breno respondeu calmamente. Ele não vira Ricardo, pensou Fernanda, aliviada. — Salvador Saldanha está com Kaufman na sala dele.

Fernanda arregalou os olhos:

— Salvador está aí? E a polícia?

— O que tem a polícia?

— Ela não apareceu?

— Para te prender? — Breno não conteve uma risada que teve o efeito de tranquilizá-la. — As coisas não são assim. Além do mais, não se esqueça que o cara é um bandido. A polícia vai investigar antes de te acusar formalmente de qualquer coisa.

Breno abriu a porta e, ao ver Fernanda, Kaufman suspendeu os braços.

— Que milagre — ele falou num mau humor bem-humorado. — Você demorou tanto, que pensei que só viesse amanhã.

Fernanda olhou para Salvador, acomodado, sério, em frente à escrivaninha de Kaufman. Fernanda cumprimentou-o e sentou-se na cadeira ao lado dele, enquanto Breno perfilava-se, com as mãos enfiadas no bolso da calça, ao lado da mesa. Fernanda notou que ele ficava bonito naquela posição.

Kaufman disse:

— Falei com o Varela e ele nos convidou para tomar um drinque às 18h no apartamento dele, no Humaitá. Salvador já disse que vai.

Fernanda olhou para Salvador, que confirmou com um gesto na cabeça.

— Quer dizer que você vai ser meu advogado?

— Já sou.

Agradecida e comovida, Fernanda teve vontade de abraçá-lo ali mesmo. Ela percebeu que o rosto dele estava franzido e angustiado.

— Aconteceu mais alguma coisa? — Fernanda olhou para Salvador e para Kaufman alternadamente.

— O revólver que matou Miriam foi encontrado — disse o advogado. — Acabo de chegar da polícia.

— Foi encontrado onde? — Fernanda temeu pela resposta.

— No jardim lá de casa. Embaixo de um arbusto. Alguém o largou lá — Salvador passou a mão pelo rosto, demonstrando exaustão. — Segundo a polícia, ele pertence ao Thiago, sobrinho da dona Adelina.

— Thiago? — Fernanda retesou-se, enquanto lembrava-se daquele momento da festa em que estivera num dos banheiros do térreo e, ao sair, encontrara dona Adelina descendo a escada e Thiago aguardando-a na sala.

Dona Adelina dissera ter estado no banheiro do segundo andar. Seria ela a assassina de Miriam? Não, isso não fazia sentido, Fernanda pensou, tratando de afastar logo aquela ideia louca da cabeça. Adelina podia ser uma mulher seca, mas não mataria uma pessoa.

A menos que ela tivesse algum interesse forte...

No entanto, ela e Miriam mal se conheciam, embora esta trabalhasse no escritório de Guilherme havia anos. Pelo menos, Miriam nunca mencionara ter algum tipo de contato maior com Adelina ou Thiago.

Fernanda perguntou a Salvador:

— Você sabe se Thiago e Miriam tinham algum tipo de relacionamento? Ela comentou alguma coisa com você ou com alguém na firma?

— Até onde eu sei, eles nem se conheciam...

— E dona Adelina?

— Dá para contar nos dedos as vezes em que deu as caras lá no escritório. A última deve ter sido há uns cinco anos ou mais.

— Então, se eles nem se conheciam — Breno tentou ser objetivo —, que interesse Thiago poderia ter em matar Miriam?

Kaufman franziu os lábios numa careta:

— Se você tiver a resposta, o caso está resolvido — ele falou com ironia, mas Breno, aparentemente, não levou para o lado pessoal.

— Tudo o que sabemos é que o revólver do crime está em nome de Thiago — arrematou Salvador. — Agora, caberá a ele se explicar.

— A arma pode ter sido roubada ou alguém pode ter montado uma farsa para incriminá-lo — insistiu Breno.

— Não diga — foi a vez de Salvador ser irônico. — E como essa pessoa teria acesso ao revólver de Thiago?

— Já disse: a arma pode ter sido roubada...

— Pode apostar que, se tivesse, Thiago teria dado queixa à polícia — asseverou Salvador. — Ele teve pelo menos dois dias para isso desde a noite do crime. Não se esqueça que Thiago é, indiretamente, um Figueroa. Conviveu muito com Guilherme e com a dona Adelina. Pode ser um *playboy*. Mas, de trouxa, o rapaz não tem nada.

Fernanda pensou se deveria mencionar que vira Adelina e Thiago na sala mais ou menos na hora – um pouco antes, talvez; ou depois – em que Miriam fora morta, mas ficou uma eternidade se perguntando se deveria fazer aquilo ou esperar que Thiago prestasse esclarecimentos à delegacia.

Ouviram duas batidinhas na porta, que logo se abriu, revelando o rosto assustado da secretária de Kaufman.

— Desculpe, Fernanda. Mas um cara da Polícia Federal acabou de chegar acompanhado de um oficial de justiça. Eles querem falar com você.

"Começou". Foi tudo o que Fernanda pensou antes de se levantar e, com um sorriso cordial que contrariava a vertigem que sentia no estômago, pedir licença para sair da sala. Salvador foi junto.

CAPÍTULO 15

Pela janela do quarto, Adelina espiou o movimento anormal de carros na rua em frente da sua casa e algo dentro dela avisou que havia qualquer coisa errada. Ela desceu até a sala no instante em que a governanta entrava, esbaforida, lívida e suarenta, como se tivesse acabado de escapar de um assalto à mão armada.

— O que está acontecendo? — Adelina perguntou com a voz mansa. — Esses carros aí fora...

— É a polícia, dona Adelina. Vieram falar com o Thiago.

Adelina não conteve o susto.

— Só pode ser algum engano — ela disse, atordoada. — O que a polícia iria querer com Thiago?

— Ele está em casa?

Adelina atrapalhou-se.

— Não sei... — Adelina olhou para o antigo relógio de parede da sala. — Duas e dez. A essa hora ele está ou na rua ou dormindo...

— O que eu digo para a polícia?

Adelina sacudiu os ombros, num sinal de resignação.

— Diga para entrar — ela se dirigiu de volta à escada. — Se querem falar com Thiago, não sou eu que vou impedir. Vou ver se ele está no quarto dele.

Não foi preciso. Adelina havia subido três degraus, quando viu o sobrinho aparecer no alto. Estava vestido despojadamente, com uma calça jeans surrada e uma camiseta que, de tão amarrotada, parecia nunca ter conhecido um ferro de passar.

— Quem quer falar comigo? — ele perguntou, com um bocejo. O inspetor Mauro Fontes tinha acabado de entrar na sala, seguido por um policial fardado.

— Senhor Thiago Barroso Martins? — perguntou Fontes. Ressabiado, Thiago desceu a escada e perfilou-se ao lado da tia.

— Eu.

— O senhor se importa em responder a algumas perguntas?

— Sobre o quê?

— O senhor é proprietário de um revólver Taurus 827s, calibre 38?

Adelina tomou o braço de Thiago, num inusitado gesto maternal.

— Acho que meu sobrinho tem direito a um advogado.

Thiago tocou a mão da tia.

— Não precisa. Eu posso responder. Não tenho nada a esconder — ele olhou para o inspetor. — Sim, eu tenho um revólver com essas descrições.

— E por que o senhor precisa de um revólver? Sei que a pergunta pode parecer idiota. Muita gente anda armada para se defender de bandidos. Mas mesmo assim eu gostaria que o senhor respondesse. Por acaso o senhor sofreu alguma ameaça nos últimos tempos que o fez comprar uma arma?

— Não. Eu uso esse revólver como esporte.

Adelina percebeu que o inspetor ficou entre surpreso e confuso.

— Esporte...?

— Eu pratico tiro esportivo num clube no Leblon. Tenho porte de arma.

— O senhor é associado a esse clube?

— Sou, e o clube é filiado à Federação de Tiro do Estado.

— Ótimo. O senhor vai sempre a esse clube?

— Pelo menos uma ou duas vezes por semana.

— E o senhor poderia explicar como esse revólver foi parar na casa do doutor Salvador Saldanha?

Adelina continuava segurando o braço de Thiago e sentiu que a pele dele gelara de repente.

— Como assim? — ele sentiu o baque. — O meu revólver estava... na casa de Salvador Saldanha?

O inspetor apenas assentiu com a cabeça.

— Thiago, não responda a mais nada — Adelina foi enérgica. — Você vai precisar de um advogado. Vou ligar para o doutor Erasmo e pedir para ele vir agora mesmo.

Mas Thiago parecia não estar mais ali. O olhar dele, distante e perdido, sugeria que seu pensamento dava voltas. Era como se ele tentasse reconstituir mentalmente o que se passara naquela festa – e nos dias anteriores a ela.

— É um direito dele — o inspetor retirou um envelope do bolso e o estendeu a Thiago, mas quem apanhou foi Adelina. — Senhor Thiago, o senhor está intimado a comparecer à delegacia da Gávea amanhã pela manhã para prestar um depoimento.

Com a cabeça ereta e o olhar firme, Adelina aproximou-se do inspetor e encarou-o de uma forma quase desafiadora:

— Seria demais perguntar por que ele está sendo intimado a depor? O que o revólver dele estava fazendo na casa de Salvador?

— Isso a senhora deveria perguntar ao seu sobrinho, dona Adelina. O que eu posso adiantar é que foi com essa arma que Miriam Ortiz foi assassinada — ele fez uma mesura com a cabeça e começou a se afastar para ir embora. — Agora, se me dão licença...

* * *

Ladeada por Salvador e Breno, Fernanda conduziu o policial e o oficial de justiça até a sua sala. Viu, sobre a escrivaninha, o lanche que tinha encomendado, e descobriu que não estava mais com fome.

Fernanda indicou uma cadeira ao policial. Salvador sentou-se ao lado dele. O oficial de justiça ficou em pé.

— Se importa se eles acompanharem a nossa conversa? — ela apontou para Salvador e Breno. — São meu advogado e um colega aqui da agência.

O policial fez que não. Fernanda deixou-se cair na sua cadeira, enquanto Breno permanecia perfilado junto dela, com os braços para trás.

— Os senhores vieram me prender? — Fernanda perguntou, olhando alternadamente para o policial e para o oficial de justiça. — Seja lá o que aquele cara tiver dito, eu sou inocente. A polícia não pode acreditar mais na palavra de um bandido do que na de uma cidadã honesta.

Salvador, sentado ao lado do policial, fez um sinal tranquilo com a mão para Fernanda, que, de repente, se sentiu um pouco mais segura. Tinha esperanças de que o bom Salvador Saldanha viesse a ser, de fato, o seu salvador.

— Minha cliente não tem nada a declarar sobre esse assunto. Trata-se da denúncia de um meliante com vasto histórico de passagens pela polícia e com uma ficha imunda. A polícia não pode fundamentar a acusação com base nas palavras dele.

O policial parecia calmo e ouviu Salvador pacientemente e com um ar de compreensão e quase de cumplicidade.

— É preciso, antes de mais nada — prosseguiu o advogado. —, saber em que circunstâncias essa denúncia foi feita. Quem garante que o meliante não foi subornado por alguém? Enquanto isso não for apurado, a minha cliente não tem nada a declarar. E acionaremos judicialmente o Estado por permitir que uma denúncia caluniosa dessa gravidade tenha sido veiculada na televisão. A reputação da minha cliente como pessoa e profissional corre o risco de ser seriamente abalada por causa dessa atitude irresponsável.

— E a reputação desta firma, também — acrescentou Breno, de repente.

— Eu entendo — o policial falou, afinal. — De qualquer maneira, trouxemos um mandado de busca e apreensão. Seung Chun afirmou que a estatueta furtada foi entregue à senhora e vamos precisar averiguar isso — ele retraiu-se, parecendo incomodado de estar dizendo tudo aquilo a uma pessoa que lhe parecia inocente. — São as regras, me desculpe.

Fernanda não se abalou.

— Tudo bem. Estou às ordens — ela olhou para o papel na mão do oficial de justiça e, embora estivesse curiosa, não pediu para lê-lo. — A polícia pode vasculhar o meu apartamento e o meu escritório. Podem checar, também, os bancos para ver se eu tenho algum cofre em meu nome.

— E tem? — perguntou o policial, encarando-a.

Fernanda recebeu o olhar dele com firmeza:

— Não. Mas verifiquem assim mesmo. Para não haver nenhuma dúvida.

— No depoimento, Seung Chun disse que a senhora teria contado a ele que esconderia a estatueta numa casa em Itatiaia...

— Eu nunca conversei com esse homem — por alguma razão, Fernanda não gostou de ouvir aquilo.

— Mas a senhora tem uma casa em Itatiaia?

— Tenho. Mas já faz bastante tempo que não ponho os pés lá.

— Quanto tempo?

Fernanda forçou a memória:

— Mais de um ano. A última vez foi no verão do ano passado, durante o carnaval. Em fevereiro.

— No fim das contas, isso não faz muita diferença — o policial franziu as sobrancelhas. — A estatueta que Seung Chun afirma ter roubado a mando da senhora sumiu da casa de Olavo de Queirós Machado há uns cinco anos.

Fernanda ia repetir mais uma vez que não tinha mandado roubar nada, mas, vendo que não adiantaria, apenas reclinou-se na sua cadeira, sem saber se ficava indignada ou se achava graça na maneira como o policial conduzia aquele interrogatório bizarro. Ele falava como se o que aquele bandido dissera fosse um fato incontestável.

— A casa está à disposição da polícia — Fernanda sacudiu os ombros. — Quando quiserem ir, é só falar.

— A senhora se importaria em nos acompanhar?

Fernanda trocou um olhar rápido com Breno.

— Quando? — Breno perguntou.

— Agora mesmo.

Aquele era um policial eficiente, Fernanda teve de admitir. Falava manso, de uma forma quase amigável e condescendente, e, justamente por isso, conseguia fazer com que as pessoas concordassem em agir conforme o que ele planejava.

Ela não queria ir. Não queria encarar duas horas de estrada na ida e mais duas na volta e, ainda mais, escoltada pela polícia. Ficaria vulnerável naquele lugar afastado e isso poderia aumentar a sensação de ameaça.

Por outro lado, não era o momento de fraquejar. Seu objetivo era fazer a polícia entender o mais rápido possível que aquele coreano pilantra mentira e, com isso, se livrar do peso da acusação, esquecer que aquele dia existira. Se recuasse agora, daria mais motivos para a polícia desconfiar dela.

Ela lançou um olhar interrogativo para Salvador, que apenas acenou com a cabeça em concordância, indicando que sim, ele iria junto. Breno fez o mesmo. Fernanda ficou comovida e agradecida por saber que podia contar com os dois. Não estaria sozinha, afinal.

Seja como for, não voltariam a tempo de se reunirem com Adilson Varela. Pelo telefone, ela fez uma chamada interna para Kaufman, dizendo que ele teria de ir sozinho ao encontro. Foi uma troca de palavras rápida e sucinta. Do outro lado da linha, Kaufman havia entendido as razões e despediu-se sem emitir comentários.

Ao desligar, Fernanda acrescentou ao policial:

— Estou pronta. Mas vou logo avisando que vocês vão perder a viagem.

CAPÍTULO 16

Somente no fim da tarde Erasmo Porto chegou à casa de Adelina Figueroa. Thiago estava no quarto e Adelina preferiu não chamá-lo ainda, fechando-se com o advogado na biblioteca.

Sentaram-se lado a lado num sofá de couro vermelho, sob um quadro de Anita Malfati. Erasmo foi logo dizendo:

— Não sei ainda dos detalhes do caso. Mas pelo pouco que a senhora adiantou pelo telefone, a situação do seu sobrinho é meio complicada. Mas não chega a ser gravíssima.

— Depois falamos disso. Eu quero saber, antes de mais nada, sobre a repercussão da denúncia.

Erasmo Porto alteou uma sobrancelha, a expressão perdida:

— Denúncia...?

Adelina estava ansiosa por novidades.

— Contra Fernanda. O coreano deu o depoimento. Passou na televisão. Quais foram as repercussões? O senhor soube de alguma coisa?

O advogado pareceu perturbado. O sobrinho envolvido numa suspeita de homicídio e a única preocupação dela era o plano contra a nora?

— Dona Adelina, eu... Sinceramente...

— A polícia foi atrás dela? Já encontraram a estatueta?

O advogado expeliu o ar dos pulmões e falou num tom calculadamente controlado:

— A denúncia foi feita há poucas horas. Ainda é cedo para saber o que aconteceu. Vou me informar e amanhã devo ter alguma notícia para trazer para a senhora.

Adelina torceu os lábios e recostou-se, sem esconder uma ponta de frustração.

— Pensei que a senhora estivesse aflita com a situação do seu sobrinho.

— E estou. Quer dizer... Eu não deveria estar. Ele é um irresponsável. Mas uma acusação de homicídio é uma coisa muito séria.

— Não houve ainda acusação. Há apenas suspeitas.

— Mesmo assim. Isso pode manchar o nome da família.

— É só o nome da família que importa para a senhora?

— O senhor vai fazer o seu trabalho, que é defender o Thiago. Eu vou pagar. Acho que isso é suficiente. O que eu sinto ou deixo de sentir não vai interferir no caso. Então, para que pensar nisso?

Adelina pressentia, pelo olhar hesitante de Erasmo, que o advogado desaprovava a sua forma de pensar. Mas tinha certeza de que ele, como profissional experiente, já devia estar mais do que versado na arte de separar a opinião pessoal do pragmatismo exigido pelo ofício.

— Vou chamar o Thiago — disse ela, levantando-se, e saiu da biblioteca. O sobrinho estava descendo a escada, com o cabelo ainda úmido do banho que tinha acabado de tomar.

— O *seu* advogado está te esperando na biblioteca — ela falou, com azedume. — Vá conversar a sós com ele e tente consertar a besteira que você fez.

— Que besteira? — Thiago parecia nervoso. — A senhora acha mesmo que eu seria idiota de matar uma mulher com uma arma registrada no meu nome e deixá-la largada lá na casa do Salvador para ser encontrada?

— Não se esqueça de que você estava bêbado...

— Olha, tia. Eu não pretendia que...

— Você não precisa me explicar nada — Adelina o interrompeu. — Graças a Deus, eu tive o bom senso de sair daquela festa maldita antes de você. Eu só não quero escândalos. Não quero o nosso nome estampado nos jornais, com você sendo acusado de assassinato. Já tive muitos aborrecimentos esse ano. Portanto, trate de resolver esse problema *rápido*, antes que eu me arrependa de estar te ajudando.

Thiago ainda fez menção de dizer alguma coisa em resposta, mas Adelina virou-lhe as costas e saiu da sala. Engolindo o orgulho, ele passou as mãos no rosto abatido, antes de abrir a porta da biblioteca e dar de cara com o doutor Erasmo, calmamente sentado à sua espera.

— Desculpe se eu demorei — Thiago estendeu a mão para o advogado.

— Não demorou — sorriu Erasmo, apertando-lhe a mão.

Fecharam a porta. Thiago sentou-se ao lado de Erasmo, no lugar onde Adelina estivera até instantes atrás.

— Tem alguma coisa que você gostaria de me dizer antes de começarmos a tratar do seu caso? — indagou Erasmo.

— Sim. Na verdade, é mais uma pergunta: o senhor acha que eu seria estúpido em matar uma pessoa com uma arma registrada em meu nome e deixá-la no local do crime?

Erasmo fitou demoradamente o rapaz transtornado à sua frente, antes de dizer:

— Sua tia disse que você bebeu demais na festa. Um homem alcoolizado pode fazer coisas que o juízo desaprova.

— Eu estava lúcido, doutor Erasmo.

— Ou, então, você talvez tenha confiado demais na própria esperteza. Você sabia que matar alguém e abandonar estrategicamente a arma na cena do crime é um artifício que criminosos amadores usam para alegar inocência? Eles usam a própria arma, deixam-na à vista e, quando são interrogados, fazem ao delegado exatamente essa pergunta que você me fez: "o senhor acha que eu seria tão idiota a esse ponto?".

— Costuma funcionar?

— Se o delegado e a equipe dele forem incompetentes e não houver nenhuma evidência a mais que incrimine o suspeito, pode ser. Mas eu não contaria com essa possibilidade no seu caso.

Thiago engoliu em seco. Com as mãos cruzadas, enfiou-as entre as coxas, numa atitude defensiva.

— Como aquele revólver foi parar lá, Thiago?

Ele meneou a cabeça numa negativa persistente.

— Não sei.

— Se você tinha dado pela falta da arma, deveria ter avisado à polícia imediatamente. É assim que se age em casos assim.

— Aí é que está. Eu... eu não tinha dado pela falta da arma.

Erasmo endureceu o tom sem, contudo, soar agressivo:

— Thiago, eu vou ser seu advogado daqui para frente. E a sua situação não é muito fácil. Então, você precisa ser franco comigo. Dizer tudo o que sabe. Tem que confiar em mim. Mesmo que você tenha matado aquela moça...

— Eu não matei... — Thiago quase gritou de aflição.

Erasmo respirou fundo e, de forma mais branda, prosseguiu:

— Eu acredito. Mas o que estou querendo te dizer é que você deve se abrir comigo. Contar tudo. Só assim eu vou poder te defender. Então, vou repetir a pergunta e quero que me responda a verdade: como aquele revólver foi parar no jardim da casa do Salvador Saldanha?

— Já disse que não sei. O senhor é surdo?

Erasmo ignorou a grosseria.

— Vai ser complicado defender você com essas suas explicações que não explicam nada. Nenhum juiz vai acreditar em nós.

Thiago encolheu-se no canto do sofá. Ouviram duas batidinhas na porta, antes de ela se abrir e uma empregada aparecer com uma bandeja com café e água.

Quando ficaram a sós novamente, Erasmo falou:

— Você está nervoso e é natural — ele apanhou uma das xícaras e mexeu o café com a colherzinha. — Vamos fazer de outro modo: você se lembra quando viu o revólver pela última vez?

Thiago permaneceu mudo e imóvel. Parecia estranhamente embaraçado.

— Faça um esforço — insistiu o advogado, tomando um gole do café.

Thiago respirava sonoramente. Sua feição contraída indicava, de alguma maneira, que ele estava vasculhando a memória.

— Eu uso aquele revólver num clube de tiro. É esporte.

— Já sei disso.

— Lá no clube tem uns armários onde os sócios podem guardar as armas. São de aço, ficam numa sala fechada.

— Você acha que alguém entrou nessa sala e apanhou o seu revólver?

— Não. O que eu quero dizer é que, embora eu tenha direito a um armário desses, nunca o usei. Prefiro guardar o revólver comigo. Eu vou com ele até o clube e depois o trago para casa. Ele fica guardado na gaveta da minha mesa de cabeceira.

— O que é bastante arriscado. Qualquer pessoa que entre no seu quarto pode apanhar a arma quando você não estiver lá.

— A gaveta é trancada.

— Mesmo assim.

Fez-se silêncio. Erasmo voltou a perguntar:

— Quando você viu o revólver pela última vez, Thiago?

— Acho que foi na quarta-feira passada.

— Você *acha* que foi?

Thiago mordeu os lábios e falou quase num murmúrio:

— Por favor, doutor Erasmo. Não conte nada do que eu vou falar agora para a minha tia. Senão ela acaba comigo.

— Ela só ficará sabendo se for indispensável para a sua defesa.

Thiago pigarreou e, mantendo a voz baixa, como se Adelina estivesse escutando atrás da porta, ele continuou:

— Eu tinha ido ao clube, como faço quase todos os dias. Saí de lá no meio da tarde. Estava me sentindo meio sozinho. Meio... Bem, o senhor é homem, o senhor sabe. Eu precisava dar uma trepada.

Erasmo ouvia atento.

— Eu não tenho namorada. Sei lá... não consigo me prender a um relacionamento. Acho as mulheres muito exigentes. Elas grudam na gente e acabam com a nossa individualidade, com a nossa privacidade. Passam a se sentir nossas donas... Eu gosto de ser livre. Não quero me prender a ninguém, pelo menos por enquanto. Mas gosto das mulheres. E gosto de sexo.

Erasmo apanhou calmamente um copo com água na bandeja e bebeu. O café e a água de Thiago permaneciam intocados.

— Então, o que eu faço? Uso o serviço de profissionais. Sou cliente regular de umas cinco agências. Quando me dá vontade, ligo para uma delas e marco hora com uma das primas.

Erasmo alteou uma sobrancelha, intrigado.

— Primas?

— É como a gente chama as putas. Eu e uma galera que está habituada a sair com elas — Thiago respondeu, com um olhar engraçado. — Olha, são garotas sensacionais. Lindas, gostosas, fazem de tudo, não têm frescura... E o melhor é que depois que pago pelo serviço, a gente se despede e... acabou. Se eu saísse à noite para procurar garotas em boates ou em barzinhos, eu teria mais trabalho, talvez gastasse mais do que gasto com uma puta e ainda teria que acordar com a garota do lado, pedindo meu número de telefone e perguntando quando a gente ia se ver de novo. Por mais que elas neguem, as mulheres querem relacionamento e...

— Você não precisa se justificar comigo — interrompeu Erasmo, compreensivo. — Então você saiu com uma prostituta naquela tarde?

— Na verdade, foram quatro.

Pela primeira vez, Erasmo demonstrou espanto:

— Quatro tardes?

— Não. Quatro garotas. Duas para cada um. Um colega meu no clube, que também gosta de sair com essas garotas, foi comigo.

— Vocês foram para onde?

— Para um motel no Centro. Reservamos duas suítes. Uma para mim e outra para o meu amigo. Por um período de oito horas. E revezamos as garotas. Cada um ficou com uma dupla por quatro horas.

— Em que horário foi isso?

— Marcamos com elas às seis da tarde. Chegamos uns vinte minutos antes para aguardá-las já nos quartos.

— E a que horas terminou tudo?

— Sinceramente, não me lembro.

Uma ruga surgiu na testa de Erasmo:

— Não se lembra? — ele indagou, confuso. — Como assim, "não se lembra"?

— Bem... As garotas foram contratadas para ficar oito horas com a gente, a partir das seis da tarde. Então, imagino que elas tenham ido embora às duas da manhã. Acontece que eu me empolguei e pedi seis garrafas de champanhe no quarto. Enchi a cara e capotei antes que o "serviço" estivesse finalizado.

— Champanhe? — Erasmo permitiu-se rir. — Para quem não gosta de gastar dinheiro paquerando moças nas boates, até que você foi bem generoso.

Thiago não sabia se aquilo era uma ironia ou um elogio. Resolveu continuar:

— Meu amigo disse que, depois que as putas foram embora, ele entrou no meu quarto e me encontrou desmaiado. Chegou até a pensar em me levar para um hospital, mas logo viu que eu só estava bêbado. Então me levou embora sozinho.

Erasmo puxou um caderninho da pasta e tomou algumas notas.

— Com certeza o motel tem câmeras que devem ter registrado o momento que você saiu do quarto amparado pelo seu amigo e toda a movimentação nos corredores. Isso ajudará a convencer a polícia. Vá em frente.

— Bem... Como eu estava fora do ar, o meu amigo pagou a conta do motel e me levou para a casa dele. Dormi no quarto de hóspedes.

— E o revólver?

— Esteve comigo o tempo todo, guardado na minha bolsa. Na bolsa que eu levo para o clube. Quando acordei, estava zonzo, sem raciocinar direito. Passei uma água no rosto e saí. Simplesmente me esqueci de procurar a bolsa. Ela tinha ficado lá. Sei disso porque falei com o meu amigo no fim do dia e ele me contou. Ficamos de nos encontrar hoje para ele me devolver.

— Seu amigo não estava em casa quando você acordou?

— Não. Devia ser 11h da manhã, ou mais. Ele e a mulher dele tinham saído para trabalhar. Não tinha ninguém.

— Mulher? Então ele é casado?

Thiago baixou os olhos.

— Na verdade, ele *era* casado.

Erasmo franziu a testa.

— Era?

— Esse meu amigo é o Jorge Ortiz. Marido da Miriam Ortiz. Que foi assassinada com o meu revólver na festa do sábado.

CAPÍTULO 17

Partiram no meio da tarde, no carro de Salvador. Fernanda ocupando o banco do carona e Breno acomodado no assento traseiro. Salvador dirigia bem. Sem correr demais e com segurança e tranquilidade. Desde que saíram de Ipanema até tomarem a Via Dutra, ficaram quase o tempo todo num silêncio tenso. O tempo parcialmente encoberto no litoral, foi se fechando num cortinado cinza espesso e a temperatura caía gradualmente à medida que subiam a Serra das Araras.

Fernanda vestiu o casaco que trouxera, enquanto Salvador abria parcialmente as janelas do carro a fim de permitir a entrada do ar puro e perfumado da paisagem rural que circundava a autoestrada. Ela avistou uma ou outra casa perdida em meio às árvores, algumas com telhados vermelhos, a maioria iluminada. Seus moradores pareciam ter uma vida simples, harmoniosa e pacata. Fernanda sentiu uma pontada de inveja e, por alguns instantes, cogitou seriamente jogar sua vida para o alto, abandonar tudo no Rio e se mudar para a sua casa na montanha. Teria, então, um pequeno jardim para cuidar, iria dia sim, dia não ao armazém mais próximo para abastecer a despensa, faria amizade com os comerciantes locais e com os vizinhos, que frequentariam a sua casa para jantar carne vinda de alguma fazenda próxima e verduras frescas colhidas na sua horta. Não enfrentaria mais o trânsito pesado, nem a correria das calçadas, nem os compromissos acumulados na agência. Pela janela, avistaria o contorno das copas das árvores projetando-se contra um céu limpo, sem poluição, e o dia avançaria sempre preguiçosamente e em silêncio.

Devaneios...

Olhou pelo retrovisor e viu o veículo da polícia seguindo-os tão de perto, que os dois carros pareciam encostados um no outro. A quietude da viagem a fez processar mentalmente o que estava acontecendo. Por que um homem que ela nunca vira antes a acusara de ter encomendado o furto de uma antiguidade? Um desconhecido, aliás, muito bem-informado. Ele sabia que ela tinha uma casa em Itatiaia. E devia saber, também, que ela não punha os pés lá havia um bom tempo. Uma casa vazia, num lugar meio ermo... Um ladrão profissional não teria dificuldades de entrar nela.

Fernanda teve um calafrio. Estava caindo numa armadilha.

Ela olhou para Salvador, que se mantinha concentrado na direção.

— Salvador, eu...

Ele olhou de soslaio para ela rapidamente.

— Está sentindo alguma coisa?

Fernanda devia ter empalidecido para ele perguntar tal coisa:

— Será que nós temos como adiar essa visita a Itatiaia?

— Por quê?

Fernanda falou, constrangida:

— É que, talvez, a estatueta esteja mesmo lá na casa.

— Como é que é? — Salvador indagou, estarrecido.

Breno inclinou-se para frente e perguntou:

— Por que está dizendo isso, Fernanda?

— Porque eu não vou lá há muitos meses. E o coreano contou à polícia que eu comentei com ele que esconderia a estatueta lá. Alguém pode ter entrado na casa e a colocado em algum lugar.

— Então, é melhor a gente voltar para o Rio... Podemos fazer isso, doutor Salvador?

— É o que eu gostaria, mas não aconselho. Mesmo que seja uma armadilha, recuar agora pode te incriminar mais. Temos que ser transparentes. Você, Fernanda, não tem nada a esconder.

Fernanda começava a ficar realmente assustada.

— Eu sei que não tenho nada a esconder, mas a polícia não sabe.

— O que você sugere, então? — Salvador falou com firmeza, a voz num tom paternal. — A polícia tem um mandado de busca e apreensão expedido pela Justiça. Eles vão entrar na casa de qualquer jeito. Não temos como impedir.

— Mas eu preciso me proteger de alguma maneira — Fernanda passou as mãos geladas sobre a testa recoberta de suor, um suor nervoso. — Alguém armou esse plano para mim e calculou tudo muito bem. Alguém deve ter entrado na minha casa para deixar a estatueta.

— Acontece que se a estatueta estiver lá, alguém vai encontrá-la. Mesmo que conseguíssemos adiar por alguns dias essa busca, se descobríssemos a estatueta, teríamos de entregá-la à polícia. Daria no mesmo. E, aí sim, você poderia se complicar.

— Por quê?

— Porque a polícia interpretaria a sua atitude como a de uma pessoa culpada que está tentando atrapalhar a investigação. Você precisa agir com naturalidade. A Justiça e os procuradores federais não são tolos. Eles vão descobrir a verdade.

Fernanda tentou se agarrar àquela certeza, mas era difícil.

— Eu não contei a vocês ainda, mas... — Fernanda pigarreou. — Miriam me ligou muito nervosa na sexta-feira. Disse que um plano terrível estava sendo montado contra mim e que tinha descoberto tudo.

Salvador chegou a perder o controle da direção por um instante.

— Ela te disse isso? Na véspera de ser assassinada?

— Isso mesmo. Será que ela descobriu essa armação e, por isso, foi morta antes de me contar tudo?

— Mas como Miriam poderia saber? — Salvador perguntou.

— Imagino que ela tivesse alguma explicação.

— O que exatamente ela disse a você? — indagou Breno. — Tente se lembrar.

— Nada de muito esclarecedor.

Fernanda mordeu os lábios, rememorando as palavras da amiga.

— Miriam me ligou tarde da noite para avisar que eu estava correndo perigo, que havia um plano horrível armado contra mim, mas que não era uma tentativa de me matar. Parece que era algo que podia ser resolvido a tempo. E me pediu que não comentasse sobre a conversa que teríamos com ninguém. Nem com o marido dela. E nem com minha irmã.

Breno mexeu os lábios, pensativo.

— Pelo que você está dizendo, ela realmente sabia de alguma coisa grave. Pode ser mesmo esse negócio da estatueta. Ela pode descoberto lá mesmo no escritório dela...

— Impossível — interrompeu Salvador. — Se fosse no escritório, eu teria sabido.

— Mas pode ser que fosse alguma coisa que não tivesse a ver com o trabalho — insistiu Breno.

— No escritório não foi — Salvador foi ainda mais enérgico. — Eu sei de tudo o que acontece lá dentro e afirmo com 100% de segurança que, seja lá o que Miriam descobriu contra Fernanda, ela *não descobriu* no escritório.

Foi uma declaração tão taxativa, que Fernanda e Breno trocaram um olhar cúmplice pelo retrovisor, e optaram por voltar ao silêncio. Por alguns segundos, Fernanda deixou-se reparar em Breno. Ele realmente era muito charmoso. Mesmo depois de reencontrar Ricardo, Fernanda continuava atraída por Breno. Ainda mais com toda a atenção que ele vinha lhe dedicando naqueles dias difíceis, toda a preocupação que demonstrava com ela, sua companhia, sua disposição em conversar sempre que ela precisava desabafar. Breno a fazia sentir-se segura, cuidada, amada... Além disso, a sua maneira de falar, de olhar e de gesticular sugeria que ele era um amante sensacional.

Fernanda via a paisagem familiar da sua juventude ganhar forma pelo vidro do carro. Passaram primeiro por Resende, com suas torres de edifícios precipitando-se para o carregado céu acinzentado e o verde das margens refletidas nas águas escuras do rio Paraíba do Sul.

Ela ficou pensando em como estaria o sítio em que vivera até os 17 anos, mas não tinha coragem de voltar lá. Com certeza a região havia mudado bastante desde aquela época. O sítio talvez nem existisse mais. Já poderia ter sido loteado em várias casas ou transformado num condomínio. Não que Fernanda tivesse sido muito feliz lá. Mas cada vez mais ela se dava conta de que a vida era um mosaico de fragmentos de experiências em permanente mutação, muitos dos quais iam se perdendo à medida que os anos avançavam. Alguns valiam a pena ser resgatados. A maioria, contudo, devia ser deixada para trás. Sepultada junto com a memória de um tempo que se esvaíra em definitivo.

Mais à frente, Fernanda orientou Salvador a virar à direita na BR-485, estrada que levava ao Parque Nacional de Itatiaia. Avançaram por quarteirões modestos de casas e lojas, entraram logo na zona rural e Fernanda foi envolvida pelo perfume da mata e da terra orvalhada, que entravam pelas narinas como suaves ferroadas, proporcionando uma sensação de paz e leveza.

A casa permanecia a mesma. Um tanto abandonada, era verdade. A grama estava alta em torno do chalé e uma quantidade inacreditável de folhas e galhos espalhava-se como um tapete pelo terreno. Fernanda saltou para o ar frio exterior e usou seu molho de chaves para abrir o portão baixo de ripas de madeira. Os dois carros entraram. O policial que liderava a operação vestiu luvas e pediu que ninguém se aproximasse da varanda que precedia a entrada do chalé, enquanto ele e sua equipe faziam uma análise na porta a fim de confirmar se houvera algum tipo de arrombamento e colher eventuais impressões digitais ou outros sinais. Salvador fez questão de acompanhá-los.

Foram dez minutos angustiantes de espera, até que o policial fez um sinal para que Fernanda e Breno se aproximassem.

— Não há nenhum sinal de arrombamento na porta — ele disse. — Podemos depois examinar as janelas, caso a senhora deseje. A casa tem alguma outra entrada?

— Tem. Do outro lado, pela cozinha.

— Positivo. Bem, a senhora está com a chave, não é? Pode abrir a porta agora.

Fernanda custou a identificar, no molho, a chave certa. Assim que a porta foi aberta, foram golpeados por um cheiro pesado de mofo, como se tivessem acabado de abrir um sarcófago. Havia poeira por toda parte e Fernanda começou a espirrar.

— Onde vocês vão procurar primeiro? — ela perguntou.

Mas os policiais já estavam subindo a escada.

— Ei... — Breno gritou. — Não acham melhor começar as buscas aqui embaixo?

Salvador mordeu os lábios, ressabiado.

— Isso está esquisito. Venham comigo.

Eles subiram as escadas. Fernanda notou que Salvador retirara seu telefone celular do bolso e começara a apertar algumas teclas insistentemente. Estava consultando sua agenda. Por alguma razão, ela pressentiu que não era um bom sinal.

Ao completarem o último degrau, avistaram um feixe de luz projetado de uma porta aberta no fim do corredor.

— É o meu quarto — sussurrou Fernanda. — Como eles descobriram que ali é o meu quarto?

— Foi o que eu disse — falou Salvador, guardando o celular. — Isso está esquisito.

Fernanda sentiu Breno passar carinhosamente um dos braços pelas suas costas, enquanto eles caminhavam pelo corredor. Uma atitude protetora, como que antevendo a cena que se seguiria. Ao alcançarem a porta do quarto, viram os policiais abrindo as gavetas de duas das portas do armário de Fernanda. Quando eles entraram, o chefe da operação havia acabado de retirar um embrulho de veludo preto da gaveta onde ela guardava roupas íntimas.

O policial abriu o embrulho e, vitorioso, exibiu a estatueta a todos, fixando-se, ao final, em Fernanda:

— O que a senhora tem a me dizer sobre isso?

Fernanda estava atordoada.

— Eu é que pergunto — Breno tomou à frente, falando quase com fúria. — Como vocês sabiam que a estatueta estava exatamente aí?

— Isso não vem ao caso.

— É claro que vem ao caso! — Breno agora gritava. — Não tem nem cinco minutos que nós entramos. Vocês nem se preocuparam em olhar o andar de baixo e vieram diretamente para cá. A Polícia Federal tem poderes de clarividência, por acaso?

O policial fechou a cara.

— Você vê como fala comigo, seu bostinha. A estatueta está aqui. Era o que a gente procurava. Não tenho que te explicar nada.

— A ele, talvez não — Salvador argumentou, controlado. — Mas a mim, tem. O que o Breno quer saber é o que eu também quero saber. Como vocês sabiam que a estatueta estava guardada exatamente nessa gaveta e não num outro lugar qualquer da casa?

— Se é essa a sua dúvida, a resposta é simples: Seung Chun entregou o jogo.

— Ah, é? — Breno reagiu, sarcástico. — E como *ele* ficou sabendo? Será que Fernanda tinha tanta intimidade com ele para contar que não só traria a estatueta para este chalé como a esconderia na gaveta onde ela guarda suas calcinhas?

Pego desprevenido, o policial não respondeu de imediato, o que deu tempo de Fernanda dizer com uma calma desconcertante:

— O senhor não percebe que esse coreano está fazendo a Polícia Federal de trouxa?

— Não sei o que ele ganharia com isso.

— Por que não perguntam a ele? Investiguem. Não é isso o que a polícia faz?

Salvador interrompeu-a, sem dizer palavra, apenas com um olhar severo de advertência para ela parar de falar.

Os policiais ficaram em silêncio e trocaram olhares vacilantes. Fernanda percebeu que eles também estavam achando aquela história mal contada, mas constatou que aquilo pouco adiantara, quando um deles aproximou-se e declarou com voz assustadoramente branda:

— Dona Fernanda, a senhora está presa em flagrante. Terá de nos acompanhar à Superintendência da Polícia Federal, no Rio.

As pernas dela fraquejaram.

— Não se preocupe, Fernanda — Salvador adiantou-se, passando o braço pelos seus ombros. — Essas são as normas. Artigo 180 do Código Penal. Mas serão só algumas horas, acredite — ele conferiu o relógio. — Até meia-noite, você estará livre. Prometo!

CAPÍTULO 18

Adelina acompanhou pela internet as denúncias de Seung Chun. Vários sites de notícias deram destaque ao depoimento, inclusive com matérias em vídeo. O bandido fizera exatamente o combinado. Adelina desligou o computador satisfeita, sentindo-se vitoriosa.

Conhecendo Fernanda como ela conhecia, a golpista com cara de santa devia estar apavorada, sabendo que seria presa por causa do flagrante. Isso sem contar a desmoralização pública, em cadeia nacional. Adelina imaginou os clientes em debandada da agência dela.

Ela saiu do quarto e desceu até a sala. Já era noite. Thiago e Erasmo ainda estariam conversando? Adelina aproximou-se devagar da biblioteca e encostou a orelha na porta. Não conseguiu ouvir nada. Resolveu dar duas batidinhas antes de entrar. E não encontrou ninguém.

O que teria acontecido? Será que Thiago havia confessado alguma coisa?

Ela apertou o passo até a cozinha. A governanta e uma das copeiras estavam selecionando a louça e os talheres para o jantar. Um aroma de carne sendo assada pairava no ar.

— Alguém sabe onde Thiago está? — Adelina perguntou a ninguém em particular.

— Ele e o advogado saíram faz uma meia-hora. Não disseram para onde iam.

— Thiago falou se volta?

— Não. Mas deve voltar, né, dona Adelina?

Por alguma razão, Adelina sentiu-se apreensiva. Não sabia se era por causa de Thiago. Mas algo, dentro do plano que ela meticulosamente arquitetara, parecia ter saído dos eixos.

— Sirvam o jantar às 20h — ela disse. — Não esperem por Thiago. Se ele aparecer depois, haverá comida de sobra para ele esquentar — e ao sair da cozinha, começou a recear ter ido longe demais.

* * *

A volta de Itatiaia foi angustiante. Salvador não só convencera a polícia a não algemar Fernanda como conseguiu que a deixassem viajar ao Rio no seu carro, desde que um dos agentes fosse junto.

Salvador pediu ao policial que dirigisse. No banco de trás, Fernanda abraçara-se a Breno e chorava baixinho com o rosto sobre o ombro dele, enquanto ele lhe acariciava os cabelos, no primeiro contato mais íntimo desde que se conheceram. Era uma ironia que estivesse acontecendo num momento tão difícil. De vez em quando, Fernanda erguia o rosto para olhá-lo e percebia em seus olhos vidrados e no rosto contrito uma angústia quase tão grande quanto a dela. O coração dele, Fernanda sentia, batia acelerado. Ele estava realmente preocupado, o que a deixou mais confortada, se é que isso era possível num momento como aquele.

Ela apreciava a firmeza dos seus pulsos e o contorno dos seus braços fortes insinuando-se por baixo da manga arregaçada da camisa. O calor do seu corpo dava a ela uma mescla inexplicável de paz e excitação. Estaria seu coração dividido entre ele e Ricardo? Breno era tão encantador... Talvez se ele lhe desse mais um tempo e Ricardo demonstrasse só querer ser um bom amigo, ela permitisse se apaixonar por ele. Ou apenas desfrutar da sua companhia de uma forma mais íntima. Que mal havia, afinal? Era uma mulher livre agora. Cheia de problemas, acossada por uma acusação infundada, enlutada pela perda de duas pessoas muito queridas num espaço de tempo de dois meses. Era um pouco careta também, ela reconhecia. Não achava isso bom. Mas Breno poderia ser o homem que a conduziria para uma vida mais desinibida e a um prazer físico e emocional mais intenso, algo que ela acreditava cada vez mais nunca ter experimentado de verdade.

O tempo anoitecia à medida que avançavam pela estrada. Sentando no banco do carona, Salvador não perdeu tempo. Ele, primeiro, entrou em contato com a Sétima Vara Federal Criminal no Rio de Janeiro, responsável pelo inquérito, e pediu para falar com o juiz titular. Salvador não o conhecia tão bem como a outros magistrados, o que não era propriamente animador.

Foram duas tentativas e o juiz não o atendera em nenhuma. Salvador imaginou que era por causa do horário de fim de expediente, mas como não queria tratar com o plantonista, o que atrasaria e muito a liberação de Fernanda, resolveu usar sua influência como dono de um dos mais importantes escritórios de advocacia do Rio e telefonou para um amigo que era desembargador do Tribunal Regional Federal da 2ª Região. Foi prontamente atendido. Salvador explicou o problema sem delongas e o desembargador se prontificou a falar imediatamente com o juiz. Em menos de 15 minutos o celular de Salvador tocou e ele ouviu a voz grave do desembargador avisando que o juiz, naquele momento, aguardava uma nova ligação dele e que só não o atendera antes porque estava, de fato, muito ocupado. Salvador fingiu que acreditou.

Na chegada à Superintendência da Polícia Federal do Rio de Janeiro, uma imensa construção incrustada na zona portuária, Salvador valeu-se de uma boa argumentação para persuadir os policiais a não levar Fernanda para uma cela. Ela ficou num pequeno sofá ao lado de Breno numa espécie de antessala, enquanto Salvador, assessorado por uma equipe do escritório que, àquela altura, já havia desembarcado em peso na superintendência, entrava com um Pedido de Liberdade Provisória no vizinho prédio da Justiça Federal. Diante da alegação de que Fernanda tinha residência e emprego fixos na cidade e bons antecedentes, o juiz deferiu o pedido e, depois de cumpridos os incontáveis trâmites burocráticos, um oficial de justiça entregou o alvará de soltura de Fernanda na Polícia Federal. Ela foi liberada quando faltavam dez minutos para às três da manhã.

Em estado de choque pela velocidade com que as coisas tinham acontecido, começando num fim de semana em que perdera sua melhor amiga e terminando numa madrugada fria a um passo de ser trancafiada numa cela por um crime do qual era inocente, Fernanda deixou o prédio da Polícia Federal, amparada em Breno. Salvador tinha ido na frente para apanhar o carro.

Ventava forte, indicando que o tempo estava mudando. Quando os dois puseram os pés na calçada, depararam com uma profusão de jornalistas e fotógrafos, que surgiam sem parar das sombras da avenida escura diante da entrada principal. Fernanda nem se preocupou em cobrir o rosto, enquanto os flashes espocavam, iluminando a noite, e os repórteres gritavam perguntas que ela não registrava. Não adiantaria. O escândalo, ela sabia, agora era inevitável.

Enquanto caminhava para o carro, ao lado de Breno, Fernanda percebeu que toda a excitação pelo reencontro com Ricardo e a ansiedade pelo almoço que teria com ele na quarta-feira haviam sido relegadas a um terceiro plano. Ela só conseguia pensar em tudo de ruim que estava acontecendo.

Que rumo era aquele que sua vida tomara de repente? E para onde tudo aquilo a conduziria? Fernanda preferiu não imaginar a resposta.

PARTE III

O CERCO SE FECHA CONTRA FERNANDA

CAPÍTULO 19

A dor era forte. A cabeça pesava uma tonelada e a impressão era a de que algum osso ou vaso sanguíneo se partiria ante o mínimo movimento. Por isso, Fernanda virou-a devagar a fim de enxergar as cortinas brancas de gaze de linho agitando-se como fantasmas, impelidas pela ação do vento.

Ela firmou os olhos. Pela janela entreaberta, avistou o céu cinzento descarregando uma chuva torrencial. O esforço fez a dor na cabeça se acentuar, provocando uma espécie de zumbido no ouvido. Estonteada, Fernanda esticou o braço para apanhar uma aspirina na gaveta da mesa de cabeceira e espiou o relógio. Faltavam 15 minutos para as 8h. Não dormira nem cinco horas. O zumbido voltou, rápido como um apito. Ela tomou a aspirina e, quando ia tornar a se deitar, percebeu de que o zumbido não passara. Aliás, aquilo nem parecia um zumbido. Era um som familiar de... campainha. Era a campainha da sua casa que estava tocando.

Por que a empregada não abria a porta? Fernanda levantou mal-humorada, cambaleando, até encontrar os chinelos e vestir um roupão grosso. A temperatura havia despencado desde a madrugada e agora fazia um frio inacreditável. A campainha tocou novamente. Era claro que a empregada não podia abrir a porta, pois Fernanda lhe dera a terça e a quarta-feira de folga como compensação por ela ter trabalhado no fim de semana.

Ela atravessou o corredor o mais depressa que pôde, apoiando-se nas paredes. A cabeça já doía menos. Fernanda não via a hora de ir embora daquele apartamento.

A campainha tornou a tocar e ela gritou, finalmente:

— Já vai!

A voz saiu rouca pelo sono recente e ela pigarreou numa tentativa de deixá-la mais firme. Tratou, também, de passar a mão pelo cabelo. Na pressa, nem se olhara no espelho.

Ela abriu a porta e deu de cara com Noé Kaufman.

— Bom-dia — ele falou amigavelmente. — Desculpe ter aparecido sem avisar.

Ele segurava sua inseparável maleta e a olhava com comiseração. Fernanda suspeitou que sua aparência devia estar lastimável.

— Eu já ia levantar mesmo — ela mentiu, na tentativa de se justificar. Num dia normal, naquele horário, já estaria de pé, vestida, perfumada e prestes a sair para a agência. — Entra.

Kaufman avançou cauteloso pela sala, olhando para os lados, como um corretor de imóveis avaliando um apartamento que teria de vender. Fernanda fechou a porta e eles se sentaram no conjunto de sofás e poltronas que ficava perto das portas de vidro que davam para a varanda.

— Já sei. Você veio me buscar à força para ir trabalhar — ela tentou soar brincalhona, e Kaufman sorriu educadamente. — Estou meio atrasada mesmo. Mas eu ia te ligar para avisar que chegaria um pouco mais tarde hoje. Tive uma noite horrível.

— Eu sei.

Fernanda silenciou por instantes, tomada pela surpresa. A dor de cabeça, agora, havia passado totalmente.

— Sabe?

Ele assentiu com a cabeça.

— Sei que você foi presa pela Polícia Federal e solta algumas horas depois, no meio da madrugada. Não saiu nada ainda nos jornais, mas vários sites já deram a notícia. Você nem se preocupou em esconder o rosto dos fotógrafos, Fernanda.

Kaufman sacou seu iPad de dentro da maleta, digitou qualquer coisa na tela do aparelho e entregou-o a Fernanda. Ela sentiu um arrepio na boca do estômago ao ver do que se tratava. Pelo menos cinco portais na internet noticiavam sua prisão, dando amplo destaque à acusação de Seung Chun e ao fato de a estatueta ter sido encontrada. Sua foto, saindo da sede da Polícia Federal abraçada a Breno, aparecia nitidamente em todos eles.

As mãos de Fernanda tremiam quando devolveu o *tablet* a Kaufman.

— Eu sou inocente, Kaufman — ela disse, secamente. — Alguém armou essa sujeira para acabar comigo

— Sei disso — Kaufman mirou-a com os olhos vacilantes. Certamente estava sendo duro para ele ter aquela conversa. Ele agia como um pai que precisava tomar medidas drásticas para manter a segurança e o conforto da família. Fernanda esperava que ele, de certo modo, a considerasse parte da família Capro. — Olha, Fernanda — ele falou com a voz mais controlada e baixa, como se medisse cada sílaba do que iria dizer. — É claro que eu acredito em você. Você acha que eu não confiaria numa pessoa que trabalha comigo há tanto tempo? Que se fez naquela agência, que a ajudou a crescer e fazer com que ela se tornasse a potência que é hoje? Mas nós temos que ser práticos nesse momento. A Capro não pode ser afetada por esse escândalo. Você é uma das partes mais interessadas nisso, já que é sócia da empresa.

— Eu não vou me desfazer da minha participação na Capro por causa dessas calúnias, se é o que você deseja saber.

— Nem eu te pediria uma coisa dessas. Mas você vai, sim, ter de se afastar fisicamente da agência.

Fernanda fechou os olhos, absorvendo o impacto daquela frase. O golpe era duro, mas ela já esperava alguma coisa assim.

— Quero que você entregue os cargos de vice-presidente e de diretora de criação — complementou Kaufman. — Pelo menos por um tempo. Pelo menos até que esse caso seja esclarecido e sua inocência provada.

Fernanda abriu os olhos. Retorceu os lábios, certa de que nada do que pudesse dizer revogaria aquela decisão. Até porque Kaufman estava agindo corretamente, ela era obrigada a admitir.

— Eu sinto muito, Fernanda.

— Tudo bem — ela sentiu as lágrimas quentes e molhadas se acumulando sob as pálpebras. Respirou fundo. Não iria chorar agora. — No seu lugar, eu faria a mesma coisa. A Capro precisa ser protegida — ela tentou parecer sensata e objetiva, embora sua vontade fosse gritar com Kaufman que aquilo era profundamente injusto e desumano. — Se eu ficar, isso poderá dar mais munição ao inimigo. Principalmente se o plano tiver sido mesmo bolado por uma agência concorrente.

— Tudo indica que não foi.

Fernanda fitou-o, intrigada.

Você descobriu alguma coisa?

— Ainda não — Kaufman cruzou as mãos na altura do queixo. — Mas estive com o Varela ontem. O apartamento dele estava sossegado e pudemos conversar bastante. Ele ficou desconfiado com a denúncia. Disse que não acreditava que o coreano estivesse dizendo a verdade. Mas depois que eu contei que você foi presa...

— O coreano *não* disse a verdade — Fernanda jamais se cansaria de ressaltar aquilo.

— Eu sei — Kaufman tocou-se que havia se expressado mal. — O que o Varela quis dizer era que ele não acreditava que nenhuma estatueta roubada estivesse com você. Mas estava. De qualquer modo, está na cara que é uma armação. Só que, na opinião dele, isso, provavelmente, não foi obra de nenhuma concorrente nossa, embora algumas delas possam estar adorando o escândalo.

— Se não foi nenhuma concorrente, quem foi então?

— Alguém que tem o objetivo deliberado de te prejudicar pessoalmente.

Fernanda refletiu por instantes. Quem poderia ser? Foi quando, de repente, uma cena lhe veio à memória. O olhar de ódio que Adelina lhe dirigiu ao vê-la com Breno na saída do enterro de Guilherme. Lembrou-se de ter ficado aterrorizada com aquilo. Chegara mesmo a imaginar que a sogra tentaria algo contra ela, mas depois descartou essa ideia, atribuindo-a ao desgaste emocional do momento. Na verdade, por mais assustador que aquele olhar houvesse sido, ele estava totalmente de acordo com o comportamento que Adelina sempre tivera com ela.

Mas não... Aquilo era impossível. Dona Adelina, aquela senhorinha septuagenária e emocionalmente arrasada com a morte do filho único definitivamente não se aliaria a um bandido como Seung Chun para destruí-la. A hipótese da agência concorrente fazia muito mais sentido.

— Por que o Varela acha que não foi uma concorrente nossa? — indagou Fernanda, esquecendo-se de Adelina.

— Basicamente, por duas razões. A primeira delas é porque se, de fato, quisessem atingir alguém dentro da agência, o alvo seria eu, que sou o presidente e sócio majoritário, e não você. Embora você seja sócia, o mercado a enxerga, acima de tudo, como diretora de criação, ou seja: como uma funcionária.

— E a segunda razão?

— A segunda razão é que armar uma denúncia e plantar um flagrante, ainda mais usando uma antiguidade, não é o método, digamos, mais inteligente e seguro para acabar conosco. Há outras formas menos trabalhosas e mais eficazes, como, por exemplo, plantar um espião no nosso escritório com a missão de repassar tudo o que acontece para uma concorrente, de maneira que ela antecipe os nossos passos. Roubar uma estatueta suméria e escondê-la na sua casa em Itatiaia para que você seja publicamente acusada não combina nem mesmo com os expedientes mais sujos do mundo corporativo. A pessoa que fez isso, Fernanda, estava querendo acabar com você e só com você. Acredite em mim.

— Mas existe algum risco de a agência ser afetada?

— Existe. Mas se nós agirmos rápido, acho que conseguimos nos safar. Por isso estou aqui. Não podemos perder tempo — Kaufman tornou a abrir a maleta, retirando, desta vez, uma folha de papel. Fernanda percebeu que ele estava ainda mais aflito do que ela. — Escrevi ontem à noite uma declaração que você deverá distribuir para a imprensa e para todos os nossos clientes e contatos, dizendo que está se desligando da Capro por tempo indeterminado, que a empresa nada tem a ver com as denúncias etc. Mandei para o seu e-mail particular, mas trouxe uma cópia impressa aqui.

Fernanda sentiu o coração apertar. Ela apanhou o papel com relutância e passou os olhos por ele.

— Se quiser, faça algumas modificações, mas mantenha, por favor, o teor do que está escrito. Quero que você distribua o texto até, no máximo, o final desta manhã.

Ela dobrou o papel.

— Pode deixar.

— Seus salários, tanto de vice-presidente como de diretora de criação, vão continuar sendo pagos normalmente. Quanto às suas coisas que estão no escritório, talvez você queira apanhá-las. Mas fique à vontade.

— Só algumas — Fernanda pensara nisso, tão logo eles iniciaram aquela conversa. — Posso passar lá à noite, quando não tiver mais ninguém? A essa hora já não deve haver mais nenhum repórter ou fotógrafo de plantão na calçada.

Kaufman baixou os olhos. Parecia comovido.

— Você é uma pessoa adorável, Fernanda. Obrigado por ser tão compreensiva.

Fernanda sabia que isso era errado, mas naquele momento dispensava os elogios de Kaufman. Estava magoada com ele, mas tinha certeza de que isso logo passaria.

— Apareça na agência à tardinha. Às 18h30. Farei com que não tenha mais ninguém lá nesse horário.

— Combinado — e complementou com secura: — Pode ficar tranquilo, que antes do meio-dia eu mando a declaração para todo mundo aqui de casa mesmo, usando o e-mail da agência.

Despediram-se polidamente. Quando Kaufman saiu, Fernanda deixou-se cair na primeira poltrona. Com o comunicado de afastamento na mão, ficou parada, fitando o nada. De repente, sua cabeça retrocedeu no tempo e ela se viu novamente no seu primeiro dia na Capro, mais de dez anos atrás. Era incrível como o tempo havia voado. Insegura, retraída e intimidada ante o ritmo de trabalho que encontrara, um dos seus primeiros atos na agência fora esbarrar numa das copeiras que passava por ela carregando uma bandeja com xícaras, um bule de café e copos com água. A eterna sina dos atrapalhados. Antes que Fernanda pensasse em fugir, a copeira, uma senhora em vias de se aposentar, lhe deu uma piscadela cúmplice, fazendo um sinal silencioso com a cabeça para que ela saísse de cena, enquanto Kaufman e o alto *staff* da agência, atraídos pelo barulho, saíam de suas salas para saber o que causara aquele estrondo.

Agora, Fernanda estava fora. Se seu primeiro dia de trabalho fora quase circense – e, olhando em retrospecto, salvaguardada pela distância dos anos, até engraçada –, o último estava sendo funesto. O que, aliás, combinava bastante com aquele ano, em que todas as bruxas pareciam estar soltas à sua volta.

Fernanda contemplou o apartamento ao redor, os salões contíguos, os muitos móveis e tapeçarias, toda aquela grandiosidade desnecessária para uma pessoa sozinha. Sentiu como se sua própria presença fizesse eco naquele espaço e decidiu que ainda naquela tarde, mesmo com a chuva persistente que entristecia a cidade, sairia para procurar um novo lugar para morar.

CAPÍTULO 20

Recostada na poltrona, junto à janela do quarto, Adelina abriu, ansiosa, o notebook na mesinha ao lado e acessou todos os sites de notícias de que se lembrava. Em todos eles a prisão de Fernanda fora divulgada com algum destaque, mas não com o estardalhaço que Adelina desejava. Embora fosse uma publicitária bem-sucedida, Fernanda não era uma personalidade conhecida. Nem mesmo na alta-sociedade, cujos eventos sempre evitara frequentar. Além disso, outras manchetes de mais apelo, principalmente nas seções de política, economia e esportes, contribuíram para ofuscar o ocorrido.

Mas o choque só veio de verdade quando Adelina, ao abrir o quinto ou sexto site, deparou com uma fotografia, mostrando Fernanda saindo da sede da Polícia Federal abraçada a Breno Vergueiro. Uma sensação incontrolável de ódio lhe subiu pelo corpo.

Vagabunda!

Será que, depois de ver essa foto, Erasmo Porto continuaria discordando dela, quando afirmava que aqueles dois mantinham um caso? Ela adicionou a página aos favoritos e, em seguida, gravou-a no computador. Só aquele flagrante já valera o esforço de gastar quatro horas da noite anterior avisando aos jornalistas de que Fernanda havia sido presa.

Os jornais, empilhados ao lado do computador, não tinham tido tempo de noticiar uma linha, já que a prisão ocorrera à noite e Fernanda fora liberada de madrugada, depois do fechamento das edições. Talvez amanhã saísse algo, embora 24 horas num país como o Brasil fosse tempo demais. Nesse período, o impacto da notícia corria o risco de arrefecer, além de ter de concorrer com as dezenas, as centenas de fatos que surgiriam ao longo daquela terça-feira e que seriam prioridade nas manchetes.

Mesmo assim, Adelina estava satisfeita. Ou quase. Imaginou Fernanda e seus coleguinhas na agência desesperados, sem saberem o que fazer, enquanto os clientes vinham lhes bater à porta para cobrar satisfações e cancelar suas contas. Com a desmoralização, a Capro poderia, quem sabe, até fechar as portas. Sem o dinheiro de Guilherme e sem a agência, Adelina queria ver como aquela vagabundazinha iria se sustentar. Fora muito fácil viver à custa de um marido dedicado, mas agora ela seria obrigada a abandonar a confortável posição de dondoca que brinca de publicitária para encarar a dureza de uma vida de verdade.

Mas esse castigo não seria o bastante. Afinal, tudo no Brasil era rapidamente esquecido. Adelina sentiu que Fernanda precisaria de mais um golpe para que sua queda fosse dolorosa e irreversível. Mas o quê?

Ela olhou para trás. Chovia sem parar. O céu estava escuro como se já fosse quase noite. Ela levantou-se para fechar a janela de vidro que dava para o jardim e ouviu alguém bater à porta.

— Pode entrar!

Thiago apareceu segurando uma bandeja com um copo d'água e um pires com dois comprimidos. Normalmente, era a governanta quem trazia os remédios que Adelina tomava pela amanhã. Ela olhou para o sobrinho, estarrecida, enquanto ele pousava a bandeja delicadamente sobre a cômoda.

Ele apanhou o copo e o pires e, com o rosto contraído, levou-os até Adelina. Seus gestos humildes eram surpreendentes para quem convivia com ele.

— O que deu em você? — Adelina perguntou.

— Como assim?

— De pé a essa hora da manhã e, ainda por cima, me trazendo os remédios. Se eu bem te conheço, ou você está precisando de alguma coisa ou tem alguma notícia ruim para me dar.

Ela engoliu os comprimidos e, em vez de devolver o copo a Thiago, o depositou na mesa ao lado da poltrona.

— Por onde você andou esse tempo todo? — ela perguntou — Onde está o doutor Erasmo?

— Acho que ainda não chegou no escritório. Talvez o celular dele esteja ligado...

— Não quero falar com ele. Quero saber o que vocês dois fizeram depois que saíram juntos ontem aqui de casa?

— Fomos para o escritório dele e de lá para a delegacia.

Adelina alteou as sobrancelhas.

— Você foi interrogado?

— Fui... — ele pigarreou, hesitante. — E contei... o que aconteceu com a arma.

Adelina estreitou os olhos para fitá-lo. Thiago parecia angustiado e inseguro.

— Toda a verdade?

Ele balançou a cabeça.

— Acho que não.

— Explique-se.

— Não fui que coloquei a arma embaixo daquele arbusto no jardim do doutor Salvador.

— Quem foi, então?

Ele deu de ombros.

— Não sei. Contei minha história à polícia e ela chegou a algumas conclusões.

— O doutor Erasmo o orientou direito?

Thiago assentiu.

— Foi por isso que passamos antes no escritório dele.

— Vocês disseram ao delegado que a imprensa não pode ficar sabendo dessa história de jeito nenhum?

— O dr. Erasmo se encarregou disso.

Adelina sentou-se na poltrona e enfiou os braços entre os joelhos, mordendo os lábios, apreensiva.

— Menos mal. Foi bastante inoportuna a morte dessa moça, dessa Miriam. Não havia a necessidade disso.

Thiago contornou a poltrona e apoiou-se no topo do espaldar, Adelina de costas para ele.

— Ela trabalhava com o Guilherme há algum tempo, não é? Devia saber de muita coisa naquele escritório.

Adelina virou-se para encará-lo.

— Você está insinuando o quê?

Thiago suspendeu os braços, num gesto brincalhão de rendição.

— Nada... Não precisa ficar nervosa desse jeito.

— E você acha que eu não tenho motivo nenhum para ficar nervosa, não é? Um sobrinho irresponsável vivendo sob o mesmo teto que eu e...

— A Miriam trabalhava para o Guilherme — Thiago interrompeu-a, sem levantar a voz. — Fernanda era a melhor amiga dela. Vai querer descobrir o que aconteceu, por que a Miriam foi morta. No escritório deve haver documentos, e-mails, gravações telefônicas, testemunhas... Além disso, Salvador virou advogado de defesa de Fernanda desde a acusação de ontem. Ele é dono do escritório, tem acesso a tudo lá dentro.

Adelina angustiou-se ao constatar que Thiago tinha razão. Ela não havia pensado nisso.

— Você sabe muito bem, Thiago, que eu não conhecia aquela moça, embora ela trabalhasse com Guilherme. Se eu a vi quatro vezes na minha vida, foi muito.

— Mesmo assim, a polícia talvez trabalhe com a possibilidade de queima de arquivo...

Adelina deu de ombros.

— Se alguém tem que se preocupar aqui, meu querido, esse alguém é você. Afinal, foi com a *sua* arma que a moça foi assassinada. Seja lá qual tenha sido a história que você contou à polícia, espero que ela seja muito convincente.

— Eu não menti à polícia.

— Se mentiu ou não, é problema seu. Não vou negar nada a você. Até o advogado que vai defendê-lo trabalha para mim.

Adelina levantou-se e aproximou-se de Thiago, sibilando junto ao seu ouvido:

— A única coisa que eu quero... que eu *exijo*, é que o meu nome não seja mencionado. A menos que a polícia pergunte. E mesmo assim, seja breve, muito breve. Evasivo, se possível. Pois, se eu souber que você andou falando de mim à polícia, principalmente sobre os meus sentimentos em relação à Fernanda, juro que eu acabo com você — ela fez uma pausa breve e arrematou, sentindo que o sobrinho enrijecera. — Você entendeu bem ou quer que eu explique melhor?

Thiago respirou fundo e abaixou a cabeça.

— Entendi. Pode ficar tranquila.

A voz dele saíra claudicante. Ciente de que havia, afinal, vencido o diálogo, Adelina afastou-se e inclinou-se sobre a mesa para fechar o notebook.

— Melhor assim. E já que chegamos a um acordo, você não precisa se dar o trabalho de me contar mais nada sobre o inquérito. O assassinato dessa infeliz não me interessa mais. O que está feito, está feito.

Mas não era bem isso o que Adelina pensava. Assim que Thiago saiu do quarto, ela ficou matutando por vários minutos. Algo que o sobrinho dissera ressonava na sua cabeça:

A Miriam trabalhava para o Guilherme. Fernanda era a melhor amiga dela.

Adelina precisava tirar proveito daquilo de alguma maneira. A questão era como fazer isso.

O fato de Fernanda ser amiga de Miriam Ortiz parecia conter uma resposta nas entrelinhas. Mas qual?

Adelina apanhou o telefone e fez uma ligação:

— Doutor Erasmo? Precisamos conversar. O senhor tem como conseguir acesso ao inquérito do assassinato de Miriam Ortiz? Podemos marcar um jantar para ainda esta noite?

CAPÍTULO 21

Depois de almoçar em casa, Fernanda gastou um par de horas mandando e-mails para os seus contatos profissionais anunciando sua saída da Capro e atendeu a um telefonema aflito de Natália. Ela soubera das acusações, refutou-as imediatamente e ofereceu-se para ir ao Rio se Fernanda precisasse dela. Mas Fernanda não queria dar trabalho à irmã, que tinha muitos compromissos em Campina Grande, a começar pelos filhos que ela educava com um cuidado extremado. Disse que conseguiria se virar sozinha por enquanto e que, se a situação apertasse muito, a chamaria sim.

Assim que se despediu da irmã, Fernanda saiu de casa e tomou um táxi em frente ao seu prédio. Saltou numa esquina da avenida Nossa Senhora de Copacabana, passou rapidamente numa livraria e, em seguida, caminhou alguns quarteirões a pé até a paralela, a rua Pompeu Loureiro, logo dobrando numa das transversais – na verdade, numa das aprazíveis ruelas sem saídas que começavam naquela artéria de Copacabana e iam terminar no sopé de rocha recoberta de verde do Morro dos Cabritos. Ali, bem ao fundo, de costas para o morro, erguia-se a imponente fachada clara do Hospital São Lucas.

Mais cedo, ela telefonara para falar com Jorge Ortiz, e ele lhe dissera que receberia alta até o fim da tarde. Jorge havia sido internado por recomendação do médico de Salvador Saldanha ainda na noite do crime. Márcio, o filho dele, estava desde sábado na casa dos pais de Miriam e ficaria por lá por um tempo indeterminado, até Jorge conseguir reorganizar sua vida.

Por algum motivo que não sabia definir, Fernanda se sentia numa espécie de dever moral de visitar Jorge antes que fosse para casa. Talvez por ele ser o viúvo de Miriam e ela enxergar nele um vínculo qualquer com a memória de sua melhor amiga. Talvez por temer que a ausência dela no hospital fosse magoá-lo num momento tão difícil quanto aquele, quando as emoções estavam desencapadas e, por isso mesmo, à mercê do desatino. Talvez por pena. Fosse o que fosse, Fernanda sentiu-se aliviada quando, depois de se identificar na recepção, a moça que a atendeu informou que Jorge ainda estava no quarto.

Ela recebeu uma etiqueta de visitante que afixou na blusa e tomou logo um dos elevadores até o quinto andar. Desceu em frente a um corredor iluminado, comprido, de paredes assépticas, prestando atenção à numeração dos quartos. Apesar da visita de última hora, talvez ainda desse tempo de ela conversar com Jorge e lhe levar algumas palavras de apoio. Ele agora era viúvo. Ela também enviuvara havia apenas dois meses. Mas as circunstâncias da morte de Miriam tinham sido bem mais dramáticas do que as de Guilherme e, provavelmente, o sofrimento de Jorge estava sendo ainda maior do que fora o dela.

Fernanda deu duas batidinhas na porta e, ao entreabri-la, ouviu o barulho da televisão ligada. Encontrou Jorge recostado na cama, já vestido com uma camisa social azul-clara e uma calça bege, quase branca. O rosto estava voltado para o aparelho, que exibia um filme qualquer. Mas ele parecia não prestar maior atenção. Tinha o olhar perdido, distante. Seu abatimento, apesar da barba feita e do cabelo penteado e cheiroso, que acusavam um banho recente, era flagrante. Jorge tinha se transformado em outra pessoa depois do sábado. Ela fechou a porta com cuidado e avançou devagar pelo quarto para não assustá-lo.

— Oi — ela apenas disse. Quando Jorge virou-se para vê-la, Fernanda acenou com a mão.

— Fernanda... — ele entreabriu algo que parecia ser um sorriso. — Que bom que você veio!

Fernanda aproximou-se da cama e, num gesto inesperado até para ela própria, beijou a testa de Jorge, que, instantaneamente, cobriu o rosto com as mãos e começou a soluçar. Ela nada disse, apenas ficou segurando uma das suas mãos. O que havia para se dizer num momento como aquele? A morte de Miriam também a corroía por dentro, mas Jorge era o marido. O sofrimento dele, é lógico, era muito mais intenso.

Fernanda esperou Jorge se recompor. Ele enxugou as lágrimas com a barra do lençol e permaneceu inerte por mais alguns instantes. Era triste ver um homem sempre tão bem-disposto e alegre sucumbir àquele sofrimento. Fernanda nunca o vira chorar antes.

Ela abriu sua bolsa, retirando um embrulho prateado.

— Trouxe para você.

Jorge apanhou o presente e abriu-o. Era um livro de Tess Gerritsen, uma escritora de *thrillers* médicos, que, Fernanda sabia, Jorge apreciava.

— Obrigado.

— Passei numa livraria antes de vir para cá. Espero que ainda não tenha lido este.

Jorge examinou a capa e a lombada.

— Realmente, não li. O lançamento deve ser recente.

Ela sentou-se numa poltrona ao lado da cama.

— Como está se sentindo?

— O que você acha? — ele disse, meio ofegante.

— Os médicos disseram alguma coisa sobre o que te aconteceu?

— Disseram que eu tive uma crise nervosa e que a minha pressão subiu tanto que quase alcançou a Lua. A máxima parece que raspou nos vinte.

Fernanda assustou-se.

— Minha nossa!

— Vou receber alta daqui a pouco. Mas, se pudesse, eu ficaria mais alguns dias aqui. Não quero voltar para casa e encontrar todas as coisas de Miriam... sem Miriam.

— Você não tem nenhum parente com quem possa ficar por uns tempos? Se quiser, pode ir lá para casa. Falo sério.

Jorge sorriu brevemente.

— Obrigado, Fernanda, mas não vai dar. Miriam tinha bens e preciso procurar todos os documentos dela para dar entrada no inventário. Além disso, tenho que ficar a postos para o caso de a polícia querer fazer uma busca lá. Miriam deve ter deixado alguma coisa, uma anotação, um registro qualquer, que leve ao assassino. A resposta para o crime pode estar no nosso apartamento.

Fernanda torceu os lábios. Sabia que aquele não era o momento mais apropriado para tocar no assunto, mas não resistiu:

— Jorge, você se lembra de ter me contado pelo telefone que Miriam andava esquisita ultimamente?

— Lembro, é claro. Ela não estava apenas esquisita; ela estava *muito* esquisita. E, nos últimos dias, parecia completamente transtornada. Eu nunca a tinha visto daquela maneira.

— Você sabe o motivo?

Jorge fez uma negativa com a cabeça.

— Perguntei diversas vezes, mas ela não quis me dizer.

— Você tem alguma suspeita do que podia ser?

— Não. Aconteceu muito de repente. Miriam estava ótima, daquele jeitão dela, alegre, descontraída... — a voz dele falseou e ele parou um instante, antes de complementar: — Aí, de um dia para o outro, ela virou outra pessoa. Eu me lembro bem quando começou.

— Quando?

— Foi na sexta-feira retrasada, à noite. Dez dias atrás, para ser bem exato. Miriam chegou em casa antes de mim, muito pálida e totalmente desnorteada. Se eu não a conhecesse bem, acharia que ela estava sob efeito de alguma droga.

— Então, seja lá o que tenha deixado Miriam transtornada, aconteceu na sexta-feira retrasada...?

— Com certeza.

Fernanda ficou em silêncio, tentando imaginar o que poderia ser. Ela teria que investigar.

— Tivemos um fim de semana terrível. Miriam mal me dirigiu a palavra. Se entupiu de calmantes e passou quase o domingo inteiro dormindo, dopada. Na segunda, eu fui ao clube de manhã e, quando cheguei à farmácia, soube que ela tinha estado lá.

— Fazendo o quê?

— Não sei. Meus funcionários disseram que ela foi apanhar um catálogo com os nossos produtos e serviços para mostrar a uma amiga que estaria interessada em se tornar nossa cliente. Mas, sinceramente... não sei se acredito.

— Por que não?

— Porque se fosse só isso, ela me contaria. Miriam gostava de recomendar clientes para mim e sempre fazia questão de me dizer, como se estivesse jogando na minha cara que ela estava colaborando comigo. Era uma forma de se impor no casamento. De provar que, se a farmácia estava prosperando, ela era parcialmente responsável.

Aquela revelação produziu um choque em Fernanda.

— Não sabia que vocês viviam esse tipo de atrito.

— Nosso casamento não andava bem há um tempo.

Fernanda já suspeitava. Miriam tinha lhe feito uma ou outra queixa, mas nada que sugerisse um casamento em crise. Ela levantou-se e caminhou até a janela. A chuva caía incessante sobre a selva de edifícios de Copacabana.

— Estou preocupada, Jorge. Miriam me telefonou na sexta-feira. Disse que tinha uma coisa grave para me contar. Parece que ela descobriu algum plano contra mim. Pretendia me encontrar ontem para contar. Você tem assistido ao noticiário na TV?

— Não. Passei a maior parte do tempo dormindo ou olhando para o teto — ele fitou-a em expectativa. — Por quê?

Então ele não sabia nada das denúncias contra ela, nem da prisão. Mas era só uma questão de tempo. De que adiantava tocar no assunto agora?

— Por nada.

Jorge parecia alarmado.

— Você acha que a morte de Miriam pode ter alguma coisa a ver com isso que ela pretendia te falar? — ele indagou, cauteloso.

— Tenho a impressão que sim. Por isso que lhe perguntei sobre ela estar estranha nos últimos dias. Vocês viviam juntos, se viam todos os dias... Imaginei que talvez você pudesse saber o que estava acontecendo.

Os olhos murchos de Jorge reluziram, como que acometidos de uma súbita disposição.

— Não sei. Aliás, para te ser franco, eu ainda nem tinha pensado nisso; que o estado de ânimo de Miriam pode ter alguma ligação com o assassinato. Mas vou tentar descobrir. Assim que eu voltar à farmácia, vou conversar com os funcionários e algum deles vai ter que me contar o que Miriam foi fazer lá na segunda passada.

Fernanda perguntou cautelosamente:

— Você tem ideia de quem pode ter cometido o crime? Miriam tinha algum inimigo, alguém de quem ela não gostasse?

Jorge balançou a cabeça, meditativo. Os olhos perderam-se novamente.

— Não sei de nada, nem desconfio de ninguém. Se o crime tivesse acontecido há uns meses, eu até poderia ter algumas suspeitas... Mas agora...

Fernanda alteou uma sobrancelha, entre perplexa e intrigada.

— Como assim? Miriam tinha algum inimigo até uns meses atrás?

— Não é nada importante. Mas a história dá pano para manga. Um dia eu te conto.

Foram interrompidos por um médico jovem que entrou no quarto escoltado por uma enfermeira mais jovem ainda. Ambos não deviam ter trinta anos e Fernanda, subitamente, sentiu-se uma velha. Desejou retroceder alguns anos e começar sua vida de novo. O médico era bonito, bronzeado, tinha mãos firmes e dedos compridos. Seu olhar era levemente malicioso. Com certeza, ele devia ter um séquito de fãs apaixonadas e Fernanda desviou estrategicamente o olhar para não se tornar mais uma delas e, depois de cumprimentá-los, voltou à janela.

O médico falou, descontraído:

— E aí, meu amigo? As férias terminaram. Pronto para voltar ao batente?

Muitos médicos apelavam para o bom humor quando se dirigiam aos pacientes. Era uma forma de animá-los e minimizar, assim, o impacto emocional de uma doença, de uma cirurgia ou do trauma de uma crise súbita como a que Jorge sofrera.

Jorge, porém, não retribuiu o sorriso e apenas respondeu:

— Perdi minha mulher, doutor. Assassinada. Acha mesmo que estou pronto para alguma coisa?

Fernanda ouviu o médico dizer:

— Eu sei. Mas, a partir de agora, o senhor deve pensar na sua saúde. E na sua vida. Posso estar parecendo insensível, mas a verdade é que sua mulher morreu e o senhor, não. E vai precisar se cuidar de agora em diante, para evitar outro piripaque como esse.

— Vou fazer isso.

O médico examinou Jorge uma última vez, medindo-lhe a pressão e auscultando-lhe o batimento cardíaco com um estetoscópio. Depois, escreveu num papel e entregou-o a Jorge. Uma receita médica.

— Tome esse remédio duas vezes ao dia. O senhor tem um bom cardiologista?

Jorge dobrou a receita e guardou-a no bolso da camisa.

— Posso ter a partir de hoje, se o senhor aceitar me tratar.

O médico sorriu. Jorge se comprometeu a marcar uma consulta para dali a 15 dias no consultório particular dele, na rua Siqueira Campos, e foi liberado. Fernanda apanhou a mochila com os poucos pertences de Jorge e saíram do quarto. Estranharam quando o médico, em vez de se despedir deles, acompanhou-os pelo corredor e acharam ainda mais estranho quando ele entrou com eles no elevador.

Fernanda ficou sem graça de perguntar se era um procedimento do hospital que os médicos fossem com os pacientes até a saída. Mas quando a porta do elevador se abriu no térreo, ela entendeu tudo.

Dois policiais estavam de pé do lado de fora, bem em frente à entrada da recepção e, ao verem Jorge, adiantaram-se na direção dele.

— Senhor Jorge Ortiz?

Fernanda percebeu que Jorge não reagira bem àquela surpresa. O médico, evidentemente, já sabia que a polícia estava ali embaixo e tomara a iniciativa de estar por perto por precaução, já que ele poderia sofrer uma nova crise.

Ela notou, ainda, a presença de uma viatura policial do lado de fora.

— Sou eu — Jorge respondeu.

— Estamos investigando o assassinato da sua mulher. O senhor se importa de ir até a delegacia para responder a algumas perguntas? Tem direito a um advogado, se quiser.

Jorge parecia tranquilo.

— Não é necessário advogado. Estou às ordens.

— Pode nos acompanhar agora, então?

Jorge limitou-se a sacudir os ombros, num gesto de concordância. Fernanda não estava gostando daquilo. Havia alguma coisa na postura dos policiais que a incomodara.

— Jorge — ela disse —, posso ligar para o Salvador e pedir que ele mande alguém do escritório. Você não deve...

— Não precisa — Jorge objetou, com a voz calma. Parecia confiante. — Com certeza a polícia só quer saber detalhes do dia a dia de Miriam. Ninguém melhor do que eu para falar sobre isso.

— A polícia é traiçoeira, Jorge. Eu acharia melhor...

— Fernanda, esses caras só querem saber da vida da Miriam, o que ela fazia, se eu notei alguma coisa estranha nos últimos dias... Não precisa se preocupar. Vá para casa e assim que eu sair da delegacia te ligo para contar como foi. Talvez a polícia até já tenha um suspeito forte e, nesse caso, vamos receber a notícia fresquinha.

CAPÍTULO 22

Se a tranquilidade de Jorge não era fingimento, ela não durou muito. No momento em que pôs os pés na delegacia da Gávea, ele percebeu que sua chegada era aguardada com certa expectativa. Mesmo sem ninguém lhe ter dito nada, isso era evidente nos olhares curiosos dos funcionários e, sobretudo, na maneira como seu nome completo fora mencionado algumas vezes.

Ainda assim, ele teve de esperar mais de uma hora para ser atendido, pois um restaurante nas redondezas havia sido assaltado uma hora antes e a delegacia estava um pandemônio. Só às 19h30 ele conseguiu, enfim, se sentar diante do delegado, que o recebeu de uma maneira estranha. Por alguma razão, Jorge pressentiu que a conversa não seria tão tranquila como ele imaginava.

— Senhor Jorge Ortiz, recebi, de fontes seguras, informações de que duas noites antes do assassinato da sua mulher o senhor esteve num motel no Centro da cidade, acompanhado por quatro prostitutas. O senhor confirma isso?

Jorge engoliu em seco, incomodado por ter sua vida íntima escancarada na frieza de um distrito policial.

— Quem lhe contou?

— Quem faz as perguntas aqui sou eu. Responda apenas se confirma ou não a informação.

Ele pigarreou, constrangido, e acabou respondendo:

— Confirmo.

— O senhor usava os serviços de prostitutas com frequência?

— Não com tanta frequência. Mas com regularidade.

— Seu casamento com dona Miriam Ortiz, então, não ia bem...

Jorge fez menção de rir.

— Uma coisa não tem nada a ver com a outra, delegado. Muito homem casado por aí pula a cerca. Isso não quer dizer que eles deixaram de amar as suas mulheres.

— Pode ser... O mais comum é que um homem, quando não ama mais a mulher, ou que não se sente mais amado por ela, arrume uma amante. Uma relação mais fixa, em que, além do sexo, haja também carinho, cumplicidade, afeto...

— Tem razão — Jorge tratou de concordar prontamente.

— Por outro lado, um homem casado que sai com garotas de programa está à procura só de sexo. E, no seu caso, como essas saídas não eram esporádicas, de sexo regular. Pela minha experiência, isso costuma significar que está faltando sexo no casamento. Sua mulher era uma jovem bonita, inteligente, independente e em idade sexualmente ativa. Não tinha, vamos dizer assim, o perfil de uma mulher que pudesse ser desprezada em casa.

Jorge irritou-se pela primeira vez:

— O senhor está insinuando o quê?

— Não estou insinuando. Estou querendo entender o que levou um homem bem- casado com uma linda mulher a precisar pagar prostitutas para ter sexo. E prostitutas que não cobravam barato, segundo eu apurei.

— Não é que eu não tivesse sexo em casa. É que...

Jorge parou de repente. O delegado instigou-o a finalizar a frase:

— "É que..."?

— Todo casamento tem fases. Eu e Miriam não estávamos vivendo uma fase boa. Ele andava estressada, cheia de trabalho.... A gente se via pouco ultimamente.

— Nem nos fins de semana?

— Nos fins de semana, em geral, a gente estava exausto depois de uma semana de trabalho. Sem contar que eu sou dono de uma farmácia de manipulação que abre aos sábados até as duas da tarde.

— *Sua mulher* talvez estivesse cansada — assinalou o delegado. — Porque o senhor, pelo visto, tinha energia de sobra para gastar com garotas de programa.

Jorge sentiu um arrepio. Estava sendo descuidado nas respostas.

— Onde o senhor está querendo chegar?

— Que a sua mulher não estava mais disposta a ter sexo com o senhor e por isso o senhor recorreu ao serviço de profissionais.

Jorge mordeu os lábios, meio apreensivo, meio envergonhado.

— Não sei se foi isso...

— Compreendo — o delegado forçou um sorriso rápido. — Considerando a hipótese de que dona Miriam não estivesse mais disposta a manter relações com o senhor, e tendo em conta que se tratava de uma mulher bonita, jovem e atraente, o senhor nunca levantou a suspeita de que ela pudesse ter um caso extraconjugal?

Jorge ficou subitamente pálido. Seu rosto petrificou-se.

— Não precisa responder, se não quiser. Sei que é uma questão delicada — adiantou-se o delegado, como que percebendo a previsível reação embaraçada do homem à sua frente. Jorge fitou o delegado, com aflição. Sua respiração tornara-se mais sonora. O delegado começava a recear que ele tivesse outra crise nervosa, como a da noite do crime.

Ele perguntou, então, num tom mais casual.

— O senhor e sua mulher tinham alguma vida social? Costumavam receber pessoas em casa?

— Ultimamente não muito. Quase nunca.

— Mais alguém morava com vocês dois?

— Só o nosso filho Márcio.

— Tinham empregados?

— Só uma faxineira e uma diarista, para passar a roupa e cozinhar. Elas vão uma vez por semana.

— Em quais dias?

— A diarista na segunda-feira e a faxineira na terça.

— Dias em que vocês estão fora de casa, trabalhando... Nem o senhor, nem sua mulher têm medo de deixar pessoas estranhas em casa?

— Não. Elas são de confiança. Estão conosco há muito tempo. Além disso, eu sempre apareço em casa durante o dia, porque trabalho perto.

— E na semana passada elas, como de hábito, trabalharam na sua casa na segunda e na terça?

— Isso mesmo — confirmou Jorge.

— Além delas, mais alguém esteve na sua casa?

Hesitante, Jorge puxou pela memória.

— Só um funcionário meu da farmácia que vai lá uma vez por semana, nos dias em que eu trabalho em casa. Mas ele costuma ficar pouco tempo.

O delegado balançou a cabeça, meditativo, dando a entender que aquelas respostas bastavam. Com as mãos cruzadas, ele inclinou-se sobre a mesa, na direção de Jorge e, num tom mais duro, declarou:

— Muito bem. Vamos voltar, então, à noite de quarta-feira passada: o senhor saiu com um grupo de quatro prostitutas e passou a noite com elas num motel no Centro da cidade. Fechou a conta às 2h30 da manhã e foi para casa. O senhor estava acompanhado de um amigo?

Jorge acenou com a cabeça.

— Sim, estava.

— Que também passou a noite na companhia das prostitutas...

Jorge fez que sim com a cabeça.

— Como ele se chama?

— Thiago.

— Thiago Barroso Martins?

Jorge soltou um suspiro desanimado. Se o cara já sabia de tudo, para que ficar perguntando?

— Ele mesmo.

— Vocês são colegas num estande de tiro num clube no Leblon, não é isso?

— Isso!

— E o senhor Thiago bebeu demais à noite e, quando vocês saíram do motel, estava trôpego, praticamente desmaiado. Então, o senhor, num gesto solidário, o levou para a sua casa, não foi?

— Foi.

— E o instalou num quarto de hóspedes?

— Sim.

— Sua mulher não percebeu nada?

— Percebeu que eu não tinha dormido em casa. Mas acho que não notou a presença do Thiago. Pelo menos ela não comentou nada comigo.

— Ela não se importou que o senhor tivesse passado metade da madrugada toda fora de casa?

Jorge mordeu os lábios e falou a dura verdade:

— Não.

— Afinal, não era a primeira vez, não é? — o delegado deu uma piscadela maliciosa. — Acho que isso responde àquela minha pergunta anterior sobre como andava o casamento de vocês.

Jorge preferiu não falar nada.

— Pelo que apuramos, o senhor e Thiago Barroso Martins saíram do clube na tarde de quarta-feira, levando suas respectivas armas de tiro, e foram direto encontrar as prostitutas. As armas estavam guardadas em sacolas de ginástica. O senhor não tem medo de sair armado pela cidade, do jeito que as coisas andam?

— Foi o Thiago quem contou tudo isso ao senhor?

— Não interessa quem contou. Eu quero saber se o senhor não acha perigoso ficar andando por aí com um revólver.

— Acho mais perigoso deixá-lo no clube. Lá cada atirador tem direito a um armário onde pode deixar o revólver guardado. Eu prefiro levar o meu para casa. Pelo menos, se ele for roubado, fico sabendo na hora e posso dar queixa à polícia.

— Então, o senhor confirma que estava de posse da sua arma quando encontrou as prostitutas?

— Confirmo. Eu tenho porte de armas e quando saio com meu revólver, levo junto uma guia do Exército.

— E Thiago Martins também prefere guardar a arma em casa, em vez de deixá-la no clube?

— Também.

— O que nos leva a concluir que Thiago também estava com o revólver dele quando vocês estiveram no motel?

— Sim.

— E como, no final da noitada, o senhor o levou desmaiado para a sua casa, a bolsa dele com a arma foi junto?

Jorge balançou a cabeça exasperado, sem tempo hábil para registrar o bombardeio de perguntas.

— Sim, foi.

— Tem certeza disso? De que a arma foi com vocês para o apartamento?

— Tenho. Absoluta. Eu a vi.

O delegado reclinou-se na cadeira, esfregando as mãos lentamente, com um ar de vitória.

— Isso é muito interessante, senhor Jorge. Porque, não sei se o senhor sabe, foi justamente do revólver de Thiago Barroso Martins, um Taurus 827s, calibre 38, que partiram os tiros que mataram a sua mulher.

Os olhos de Jorge arregalaram-se. Seu rosto se tornou sombrio.

— Não é possível... Deve haver algum engano. Eu nem tive a oportunidade de devolver a bolsa de Thiago. Eu ia fazer isso ontem, mas eu estava internado e...

— A arma foi encontrada debaixo de um arbusto, na casa do doutor Salvador Saldanha, no domingo — interrompeu o delegado, com mais ênfase do que pretendia. — E, antes disso, o último lugar onde ela comprovadamente esteve foi na sua casa, na manhã de quinta-feira, dois dias antes do crime. E tem mais.

Jorge, aflito, examinou a sala rapidamente, tentando instintivamente fugir do que, pressentia, viria em seguida. Seu coração batia acelerado de expectativa.

— O revólver foi periciado — o delegado declarou, solene, erguendo uma folha de papel. — E neste laudo consta que foram encontradas apenas as *suas* impressões digitais. Como o senhor me explica isso?

Jorge olhou aterrorizado para o laudo. O chão lhe faltou por um momento.

— Acho melhor eu chamar um advogado — respondeu ele.

— Eu ia mesmo sugerir isso — concordou o delegado, estendendo-lhe o telefone com uma gentileza que, em outras circunstâncias, soaria comovente.

CAPÍTULO 23

A noite caíra sobre o Rio de Janeiro com uma pressa quase desesperada. Fernanda tinha saído do hospital pouco antes das seis da tarde – o que, naquela época do ano, já significava noite fechada. Passou correndo em casa para mudar de roupa e, em seguida, saiu novamente. Para seu desalento, constatou as luzes precocemente acesas nas ruas já escuras de Ipanema. Enquanto caminhava pela calçada deserta rente aos prédios da Vieira Souto, e era açoitada pelo vento frio constante, foi momentaneamente dominada por um vazio interior aflitivo. Era como se a paisagem cinzenta e fantasmagórica acentuasse a melancolia que a todo o momento a rondava e que ela tentava afastar imediatamente. Aos poucos, porém, sentia sua resistência sendo minada pelas circunstâncias. Pelo menos, parara de chover.

Dobrou a esquina e continuou pela rua Joana Angélica. Ouviu o murmúrio das copas das árvores agitando-se com o vento, misturando-se ao ruído das ondas arrebentando com violência na praia vazia. Pairava no ar um aroma de umidade, de chuva, de maresia, que fazia arder as narinas. Os passos ecoavam da calçada e Fernanda, depois de escorregar por duas vezes, quase caindo numa delas, resolveu andar mais devagar. Não estava com pressa, afinal. As pedras portuguesas tornavam-se escorregadias quando molhadas e Fernanda havia calçado um par de sapatos ao acaso, sem perceber que tinham os solados muito lisos.

Mesmo a roupa ela escolhera sem pensar muito. Uma calça de veludo preta, uma blusa de seda clara, um colete de tricô e, por cima de tudo, uma grossa capa de chuva cáqui. Não sabia se estava elegante ou não. Provavelmente não. Mas não se preocupava com isso. Queria passar invisível pelas pessoas, perder-se nas sombras da noite, evitar ao máximo ser reconhecida. Mantivera o telefone de casa na secretária eletrônica por toda a tarde, sem se preocupar em checar se havia alguma mensagem. O celular permanecera desligado o dia todo. Precisava de uns dias para se recompor e refletir. As pessoas que gostavam dela a entenderiam, ela tinha certeza.

No entanto, por mais que lutasse para provar para si mesma que estava errada, Fernanda aos poucos se entregava a uma sensação de derrota. Era como se tivesse passado os últimos anos sem registrar a passagem do tempo, ligada no automático, agarrando-se a uma mentira como sua razão de existência, enquanto tudo ao seu redor se desintegrava lentamente, de uma maneira quase imperceptível, como um câncer que se alastra pelo corpo silenciosa e implacavelmente. Sentia-se velha, fora de forma, cansada, abatida, humilhada e sozinha. Sentia-se superada, como se não tivesse mais lugar naquele mundo, dominado pelo desprezo a qualquer mulher que não fosse uma jovem recém-saída da adolescência, esbelta, sensual e atrevida.

Avistou a lateral da igreja Nossa Senhora da Paz, onde seria realizada a missa de sétimo dia de Miriam, na sexta-feira. Fora a mãe dela quem marcara. Ela e Fernanda haviam conversado ontem pela manhã, antes que aquele coreano nojento aparecesse na televisão. Se não estivesse novamente presa até sexta, iria à missa com certeza. Lembrou-se, de repente, que não avisara Jorge. Mas a mãe de Miriam já devia ter se encarregado disso. De qualquer maneira, Fernanda ligaria amanhã para ele.

Ela diminuiu o passo, desviando o olhar da igreja e pousando-o numa multidão ruidosa reunida em frente ao prédio de uma universidade particular situada ao lado. Parou para observá-los. Jovens. Todos muito jovens: garotas e rapazes que, em sua maioria, deviam ter em torno de vinte anos. Eram bonitos, bem-nascidos, cheios de vida e aparentemente dotados de uma autoconfiança ofensiva. Eles conversavam alto e riam com desenvoltura, parecendo não se preocupar com o amanhã, como se este fosse apenas uma bela e distante paisagem que a eles estivesse desde sempre garantida. Alguns fumavam, talvez sem muita noção da agressão que estavam cometendo contra o próprio corpo, mas faziam isso com sensualidade, como se fosse parte fundamental de algum ritual de sedução.

Fernanda ficou parada na calçada, hipnotizada pela visão daquele alegre burburinho. Identificou, um pouco afastados do restante do grupo, um casal de namorados, que se beijava e se abraçava sem constrangimento, encostados na grade que circundava a lateral da igreja. Entre um beijo e outro, trocavam sussurros com os lábios ainda muito próximos. Com certeza, doces bobagens românticas, os rostos sorridentes irradiando felicidade e excitação, antes que as bocas se colassem novamente, num beijo ainda mais sôfrego, quase cinematográfico.

O coração de Fernanda bateu acelerado e um calor gostoso lhe subiu pelo corpo. Há quanto tempo não se sentia assim? Dez anos? Doze? Dezenove? Nem se lembrava mais. De repente, sensações adolescentes que estavam adormecidas afloraram com fúria, como se estivessem sendo libertadas de uma jaula onde estiveram por décadas arbitrariamente aprisionadas e esquecidas. Quando o casal se beijou uma terceira vez com a mesma urgência e as mãos espertas do rapaz, até então firmes nas costas da namorada (ou ficante? Como saber?), desceram sutil e sugestivamente para a cintura dela, insinuando-se para as nádegas redondas, cujo contorno era realçado por uma justíssima calça jeans, Fernanda notou uma umidade quente e inconveniente alastrando-se por entre as pernas. Tentou manter o controle, mas simplesmente não conseguiu. Estava fascinada pela cena. O rapaz parecia hábil e experiente, apesar de tão jovem. Fernanda desejou estar no lugar da garota e se deliciar com as sensações maravilhosas que ela, com certeza, experimentava naquele momento.

Fernanda viu-se, de súbito, assaltada por uma necessidade premente. Precisava viver aquilo, com aquela intensidade, com toda aquela magia. Precisava sentir um corpo viril sobre o dela. Sentir, novamente, o gosto e o cheiro de um homem, o roçar de um rosto barbado contra a sua pele, mãos fortes e carinhosas, com dedos brincalhões, divertindo-se por todo o seu corpo. Tudo isso embalado por uma paixão mútua e intensa. Seus mamilos endureceram. A calcinha parecia, agora, inundada. Estava tensa e incomodamente excitada.

Isso era bom? Sim... Não. Pelo menos não *agora*.

Fernanda fez força para se recompor, respirando fundo, e obrigou-se a desviar os olhos da entrada da faculdade e seguir seu caminho. Alcançou a Visconde de Pirajá no momento em que o sinal abria para os pedestres, atravessou a avenida, tomada pelos carros e ônibus do horário do *rush* vespertino, e entrou, ofegante, numa galeria comercial do outro lado, subindo de escada rolante até a sobreloja, onde ficava o escritório de uma renomada imobiliária. Não demorou muito tempo lá. O suficiente para conversar com uma corretora e dizer-lhe que tipo de apartamento estava procurando para comprar. Ele deveria ter dois ou três quartos, e ficar numa rua sossegada de Ipanema, de preferência na área compreendida pela Lagoa, pelo Jardim de Alá e pelas ruas Joana Angélica e Barão da Torre. Não fazia questão de que vista haveria, e uma vaga na garagem bastava. A corretora tomou nota dos telefones de Fernanda e ficou de entrar em contato nos próximos dias, assim que tivesse feito um levantamento completo de todos os imóveis disponíveis que correspondessem àqueles requisitos.

À saída da galeria, Fernanda espiou o relógio. Faltavam cinco minutos para as 18h30, horário combinado com Kaufman para passar na Capro. Mas ela pretendia chegar um pouco depois, só por garantia, e resolveu gastar o tempo andando sem rumo pela Visconde de Pirajá, olhando as vitrines sem prestar atenção no que estava exposto. Sua cabeça rodopiava e sempre voltava ao mesmo ponto: a lembrança dos dois jovens se beijando. Fernanda tentava se desvencilhar daqueles pensamentos, mas eles se impunham com uma impertinência assustadora. Uma fera havia sido libertada dentro dela. Era inútil lutar contra. Tão inútil quanto combater uma enxaqueca tentando se convencer de que a dor era puro faz de conta.

Havia homens altos, bonitos e charmosos nas calçadas. Alguns andavam em dupla, e Fernanda sabia que uma parte deles, apesar de toda a masculinidade aparente –

uma masculinidade, em alguns casos, até excessiva –, se relacionavam entre si e sequer cogitavam a possibilidade de desejar uma mulher. Mesmo assim, ela não se inibiu e observou-os enquanto andavam, na esperança de atrair a atenção de algum. Não porque pretendesse sair com eles ou alimentasse a esperança que, de uma troca de olhares entre desconhecidos na rua, surgisse um relacionamento. Fernanda simplesmente queria ser olhada e se sentir admirada, sentir que ainda era capaz de despertar o interesse dos homens.

O tempo frio, contudo, não ajudava. As pessoas, todas elas, pareciam ficar mais nervosas, encolhidas e apressadas, ansiosas para chegar logo em casa. E a roupa pesada e fechada que usava acentuava sua sobriedade e não permitia que as curvas do seu corpo fossem notadas. Se bem que isso talvez não fosse propriamente ruim. Estava tão fora de forma que era até melhor ninguém ver o que havia por baixo da roupa. Jamais seria páreo para uma garota de vinte anos, como as que estavam em frente à universidade. Corria até o risco de ser ridicularizada como uma matrona patética, com o corpo deformado por celulites e pneuzinhos e iludida pela crença descabida de que era atraente numa cidade repleta de mocinhas lindas disputando os homens a tapa.

Mas não estava tudo perdido. Breno parecia sinceramente interessado nela. E Ricardo fora procurá-la ontem na agência e combinaram de almoçar juntos amanhã. Mas ele estava namorando. Ou, pelo menos, parecia que estava. *Não*, Fernanda gritou silenciosamente para si mesma. Era óbvio que ele estava.

Pare de tentar se enganar!

Por que ele largaria uma garota jovem e com pinta de modelo fotográfico para ficar com uma mulher sem graça e, ainda por cima, acusada publicamente de criminosa?

Será que Ricardo tinha lido os jornais? Será que ele já sabia de tudo?

Eram 18h36. Fernanda foi caminhando em direção ao prédio da Capro, que estava a pouco mais de um quarteirão de onde se encontrava. As calçadas de Ipanema resplandeciam à luz dos postes, dos faróis dos veículos em movimento e das vitrines luxuosas e coloridas, exibindo manequins, sapatos, joias... Cruzou sem pressa a praça Nossa Senhora da Paz, onde as copas generosas das árvores, muito próximas, formavam uma espessa cobertura de ponta a ponta e ao alcançar a esquina com a Maria Quitéria ergueu o rosto para observar o andar da agência, quase no topo do arranha-céu envidraçado. Quase todas as janelas visíveis daquela parte da rua estavam apagadas. Fernanda, contudo, não tinha como avistar a janela do seu escritório, que ficava do outro lado, voltada para a Lagoa. Mas confiava que Kaufman dispensara todo mundo mais cedo, conforme lhe prometera.

O sinal fechou para os carros e Fernanda atravessou a rua, entrando na galeria comercial. Subiu a escada rolante e, caminhou pela sobreloja até o *hall* dos elevadores. Muita gente deixava o prédio naquele horário e ela temia esbarrar com algum colega retardatário saindo do escritório. Um dos elevadores se abriu e Fernanda esperou um grupo de pessoas apressadas sair, para entrar sozinha.

A agência parecia mesmo vazia. Por trás da porta dupla de vidro com o logotipo da Capro estava tudo imerso numa escuridão melancólica. Uma visão triste, já que o trabalho no escritório costumava avançar pela noite. Fernanda perdera a conta das vezes que fora para casa e, ao deixar o prédio, encontrava uma Ipanema adormecida, vazia e silenciosa. Ela abriu a porta com sua chave e acendeu a luz da recepção. Andou a passos acelerados pelo corredor. Queria acabar logo com aquilo.

Por que isto tinha de estar acontecendo?

Ela entrou na sua sala e acendeu o abajur sobre a escrivaninha. Enquanto se despia do casaco, observou a vista pela janela. A estátua do Cristo, no alto do Corcovado, estava encoberta pelas nuvens misturadas ao breu da noite. A superfície da lagoa, por sua vez, cintilava, refletindo o mosaico de luzes da cidade ao redor. Fernanda sentou-se na cadeira e abriu a primeira gaveta. Examinou-a sem muita minúcia, pois já sabia o que ela continha. Quando abriu a segunda, teve um sobressalto ao ouvir o telefone retinindo à sua frente.

Não reconheceu o número no identificador de chamadas e, por uns dez segundos, ficou se perguntando se deveria atender. Era sua linha particular, mas como estava oficialmente afastada do cargo, temia que a pessoa que estivesse do outro lado – um cliente? – não gostasse de ouvir a sua voz e, por conta disso, acabasse retirando sua conta da agência. O aparelho silenciou, mas logo tornou a tocar. O mesmo número apareceu no visor. Fernanda resolveu atender:

— Alô?

Ela sentiu uma hesitação do outro lado da linha, mas, por alguma razão, não temeu quem poderia ser e o que pretendia.

— Oi, Fernanda. Sou eu.

Breno...

Fernanda suspirou tranquila. Tranquila e, ao mesmo tempo, tomada novamente pelas sensações que seu corpo experimentara momentos atrás. A cena do casal se beijando não lhe saía da cabeça. Ela não sabia se a força que seu desejo poderia assumir dali para frente, lançando-a num ritmo desgovernado, que, fatalmente, a faria perder o controle da própria razão, a fazia se sentir revigorada ou assustada. Ela tinha medo de ver sua vida correta e equilibrada se transformar, de repente, numa busca constante por prazeres físicos; uma vida comandada pelo instinto que, depois de anos sufocado, vinha à tona reivindicar o espaço que ela lhe negara.

— Oi, Breno — Fernanda falou pausadamente para que a voz saísse bem natural. — Como soube que eu estava aqui?

— Liguei para a sua casa, mas ninguém atendeu. Como Kaufman dispensou todo mundo mais cedo hoje, imaginei que fosse por sua causa.

O cara era inteligente e tinha iniciativa. Fernanda gostou daquilo. Se ele era ágil nas atitudes, provavelmente também era na cama.

Fernanda sorriu, imaginando os dois num momento íntimo, enquanto continuava a abrir as gavetas e a retirar algumas coisas delas.

— Você é um fofo, Breno. Você não sabe como é bom ouvir sua voz. E sentir que você realmente se interessa por mim.

O breve silêncio que se seguiu na outra extremidade da linha era um indício de que Breno ou ficara momentaneamente tímido ou – o que era mais provável – estava escolhendo as palavras certas para responder, imaginando que o jogo entre eles começava, enfim, a emplacar.

— O que você vai fazer mais tarde? Tem alguma coisa marcada?

Fernanda não esperava por um "contra-ataque" tão rápido.

— Como assim? — ela viu seu desembaraço de segundos atrás esvair-se numa leve sensação de temor.

— Pensei que você pudesse tomar um drinque comigo.

Ela pensou rapidamente numa boa desculpa. Tinha se vestido de qualquer maneira ao sair de casa e não queria que Breno a visse assim. Nem maquiagem pusera.

— É que eu... er... Bem, eu não sei a que horas vou sair daqui. Tenho que esvaziar minhas gavetas. Só Deus sabe quanto tempo isso vai levar.

— Já a vi trabalhando. Você é rápida quando quer. Tenho certeza que em no máximo meia-hora você terminará tudo.

— Também não quero dormir tarde.

— Por quê? Já arrumou outro emprego para amanhã cedo?

Havia um tom sarcástico na voz dele e Fernanda achou graça. Era bom saber que ele não a via como uma coitada. Isso a deixou mais à vontade e ela resolveu entregar os pontos:

— Ok, senhor insistente. Eu aceito. Marcamos a que horas?

— Que tal às 19h30? Podemos nos encontrar em frente ao prédio, na saída da galeria que dá para a Visconde de Pirajá?

— Por mim, tudo bem. E dali vamos para onde?

Breno deixou escapar um risinho.

— Surpresa. Mas você vai gostar. Então, nos vemos daqui a pouco. Tchau!

Desligaram. Fernanda imediatamente vasculhou uma das gavetas, onde sabia que tinha guardado um pequeno estojo de maquiagem para reuniões de emergência, e correu até o banheiro. Lavou bem o rosto e aplicou uma base, seguida de pó compacto e blush. Depois, passou um batom suave nos lábios, um lápis nas sobrancelhas e uma escova no cabelo. Olhou-se no espelho e gostou do resultado. Estava outra pessoa. Menos abatida. Mais bonita. Sim, ela se achou bonita.

Voltou à sala e recostou-se na cadeira, girando-a para ficar de frente para a janela. O céu era um grosso tapete escuro, de nuvens carregadas, e uma névoa fria começava a recobrir a lagoa. Fernanda esperava que a "surpresa" de Breno não fosse um jantar numa das mesas ao ar livre dos vários quiosques que ficavam no entorno dela.

No fundo, ela tinha certeza de que não seria. Breno era determinado, mas também sensível e dedicado. Ela admirava isso nele. E não podia negar que ele era sedutor. Não estava apaixonada e não conseguia se ver, ainda, namorando com ele. Mas não negava que ele a atraía cada vez mais. Se Ricardo não tivesse reaparecido, o caminho para Breno estaria livre. Bastaria ele insistir mais um pouquinho, o que não seria nada difícil.

Apesar de tudo de ruim que estava acontecendo, Fernanda se sentia bem e olhava para o futuro. A vida continuava. E foi com essa certeza que ela voltou às gavetas e pôs-se a esvaziá-las com vontade. Nem parecia que estava deixando o trabalho que tanto amava. Chegou até a se esquecer de telefonar para Jorge a fim de saber sobre o depoimento na polícia.

CAPÍTULO 24

Miriam trabalhava para o Guilherme. *Fernanda era a melhor amiga dela.*

Aquela declaração de Thiago era óbvia, mas ecoava cada vez mais forte na mente de Adelina. Ela não entendia bem por que, mas sua intuição parecia lhe alertar sobre algo importante relacionado à amizade entre Fernanda e Miriam e que poderia servir aos seus interesses mais imediatos.

Imersa nesses pensamentos, Adelina sequer prestou atenção à saudação do *maître* ao pôr os pés no salão principal da Casa da Suíça. Ela correu rapidamente os olhos pelo ambiente e localizou Erasmo Porto acomodado numa das mesas junto à janela que dava para o jardim. Ele bebia algo que, de longe, parecia ser uísque.

Talvez ele já estivesse meio alto, pensou Adelina. Por alguma razão, ela achou que era melhor assim.

Conduzida pelo *maître*, ela foi até a mesa. Erasmo levantou-se para recebê-la, mas ela apenas lhe dirigiu um aceno com a cabeça, enquanto se sentava na cadeira em frente. Esperou que o cardápio fosse entregue e que o garçom se afastasse para dizer, em sua costumeira voz baixa:

— Acho que aqui teremos privacidade para conversar. Não queria que fosse lá em casa. Thiago poderia pensar que fosse sobre ele.

— E não é?

Adelina folheou o cardápio sem registrar muito bem o que lia.

— Em parte, sim — ela ergueu os olhos para fitar o advogado. — Conte tudo, doutor Erasmo. Meu sobrinho está encrencado?

— Ele jura que não matou Miriam Ortiz.

— Só um assassino imbecil confessaria a autoria de um crime no primeiro interrogatório.

Erasmo tomou mais um gole de uísque e disse:

— Acredito nele, dona Adelina.

— É o mínimo que se espera de um advogado — a voz de Adelina era puro sarcasmo. — Que acredite no seu cliente.

— Mas eu acredito de verdade. Não porque eu ache que seu sobrinho seja um homem de caráter, coisa que eu sei que ele não é. Mas porque ele não tem sangue frio e inteligência para armar um plano como esse. E nem saberia sustentar uma mentira tão bem.

— Que bom — Adelina murmurou, fechando o cardápio. — Se importa se comermos logo? Não quero demorar.

Erasmo acenou para o garçom. Ele tomou nota dos pedidos e afastou-se com a mesma presteza.

— O que eu quero saber, doutor Erasmo — disse Adelina, — é daquela arma. Se Thiago é inocente, como a arma dele foi parar no jardim?

— É uma história complicada, dona Adelina — Erasmo tomou o restante do uísque. — Se eu contá-la toda, vou expor a privacidade do meu cliente, e isso não é ético.

— Sua cliente sou *eu*, doutor Erasmo — declarou Adelina, rispidamente. — Sou *eu* que lhe pago, e não o inútil do Thiago. Pode começar a falar.

— A senhora está me colocando numa situação delicada — o desconforto do advogado era visível.

— Problema seu. Vamos, abra o jogo! O que Thiago lhe falou? Por que o revólver dele estava lá?

Erasmo hesitou, mas Adelina sabia que ele falaria. Ainda mais depois de todo aquele uísque. E foi o que aconteceu. Enquanto aguardavam a comida, Erasmo soltou tudo de forma pormenorizada. Falou da amizade de Thiago com o marido de Miriam, da noitada com as prostitutas e, por fim, revelou que Thiago pernoitara na casa de Jorge, onde o revólver teria estado pela última vez antes de reaparecer na casa de Salvador Saldanha.

Erasmo pensou que Adelina reagiria com repulsa à parte das prostitutas, mas ela não se abalou. Adelina tinha o sobrinho em baixíssima conta. Aquele relato não chegava nem perto de surpreendê-la.

O garçom trouxe os pratos. Um vistoso escalope Cordon-Bleu para Adelina e um frango ao molho de cogumelos para Erasmo. Adelina fez questão de pedir um caríssimo vinho Pinot Noir, ignorando se ele combinaria ou não com a comida.

— Então, pelo que eu entendi — ela comentou, após saborear um naco da batata suíça que acompanhava os escalopes —, não se tem certeza sobre quem portava o revólver de Thiago na noite do crime.

— Exatamente.

O vinho foi servido e Erasmo apressou-se em beber um gole. Parecia ansioso. Adelina especulou qual efeito a mistura do vinho com o uísque produziria no autocontrole do advogado. Será que ele revelaria algo que jamais seria dito caso estivesse inteiramente sóbrio?

— E a chave do mistério estaria no apartamento da morta?

— É o que parece.

Adelina comeu um pouco mais. Resolveu dar um tempo até Erasmo se deixar envolver um pouco mais pelos vapores do álcool. Uma ideia estava se insinuando na cabeça dela. Aliás, mais de uma. Combinadas com habilidade, teriam um efeito extraordinário para o que pretendia.

— O senhor disse que Thiago dormiu lá e que foi embora na manhã de quinta-feira, depois da ressaca da noite com as prostitutas?

— Foi.

A voz de Erasmo saiu menos firme do que de costume. Sinal de que sua censura havia se afrouxado bastante. Adelina sentiu-se mais segura para chegar ao ponto que pretendia desde o começo:

— De quinta-feira de manhã para sábado à noite, quando Miriam Ortiz foi morta, transcorreu quanto tempo? Quarenta e oito horas? Não, não... Mais do que isso — ela fez um cálculo mental ligeiro. — Mais ou menos umas sessenta horas. Dois dias e meio.

— Aonde a senhora quer chegar, dona Adelina?

— Fernanda era muito amiga de Miriam. Ela, com certeza, esteve no apartamento. E pode ter apanhado a arma. Para se proteger da polícia.

Erasmo quase engasgou com a comida.

— A senhora está insinuando que Fernanda matou Miriam? A troco de que ela faria isso com uma amiga?

— Eu também gostaria de saber. Alguma explicação deve haver, e ela dirá isso à polícia.

Os olhos de Erasmo demonstravam pavor. Indiferente, Adelina continuou comendo com uma calma monástica. A taça de vinho permanecia intocada à sua frente.

— A senhora não pode estar falando sério — Erasmo disse, afinal.

— O meu sobrinho pode ser acusado de ter cometido esse crime. Precisamos afastar as suspeitas dele. Eu não iria suportar mais esse escândalo na minha família. A única maneira de fazer isso é descobrir a verdade. O senhor sabe se no prédio de Miriam Ortiz trabalha algum porteiro?

Erasmo ficou imóvel por instantes. Adelina, então, experimentou o vinho e fitou o homem à sua frente de forma inquisidora, forçando-o, silenciosamente, a lhe dizer alguma coisa.

— Deve trabalhar. A senhora me desculpe a curiosidade, mas por que isso lhe interessa tanto?

Adelina se permitiu um sorriso, ainda que frio.

— Porque porteiros, em geral, são pessoas humildes. Precisam de dinheiro. E eu sou uma mulher generosa. Gosto de ajudar quem merece. Quero que o senhor investigue todos os porteiros do edifício de Miriam Ortiz. Os turnos em que trabalham, o caráter de cada um, se eles têm família, se têm dívidas... — ela se inclinou na direção dele, firmando ainda mais a voz, a fim de reforçar o que diria a seguir: — E, acima de tudo, se eles trabalharam lá na semana passada, particularmente entre quinta-feira e sábado. Descubra, também, se o prédio possui algum tipo de circuito interno de vigilância. Quero um relatório detalhado até amanhã cedo.

O tom de Adelina era tranquilo, como se ela estivesse consolando uma jovem que acabara de ser rejeitada pelo namorado. Era essa a intenção. Adelina aprendera, muitos anos atrás, que as coisas ditas em voz baixa e pausadamente eram muito melhor assimiladas por quem as ouvia. E levadas mais a sério.

Ela terminou de comer, saboreando cada garfada, e pediu a conta ao garçom. Não se preocupou em reparar no prato de Erasmo, que permanecia pela metade.

— Por que a pressa? — o advogado perguntou.

— Já disse o que tinha a dizer.

Adelina colocou os óculos de leitura para conferir o valor e pagou tudo em notas de cem. Não esperou pelo troco.

— A senhora não quer que eu a leve em casa?

Adelina levantou-se e ajeitou a alça da bolsa no ombro:

Meu chofer está me esperando aí fora. E, além do mais, o senhor bebeu um pouco demais. Melhor chamar um táxi e voltar amanhã para pegar seu carro. Espero o seu relatório. Seja rápido, por favor.

CAPÍTULO 25

Fernanda reuniu alguns dos seus pertences numa pequena sacola de lona. Não retirou muita coisa do escritório, somente o que achava mais importante. O resto ficaria, já que ela tinha esperanças de reassumir seu posto em breve. Kaufman provavelmente manteria aquela sala desocupada por um tempo – ou, pelo menos, ela esperava que ele fizesse isso.

Ela atravessou a agência deserta, apagou as luzes e trancou a porta. Um dos elevadores estava parado no andar, como se a esperasse. Enquanto descia, conferiu o relógio: 19h40. Breno já devia estar lá embaixo à sua espera e Fernanda achou bom atrasar uns minutos para não passar uma impressão de ansiedade. Não sabia o que ele tinha em mente para aquela noite, mas com certeza não era só um drinque. Horas antes, ela estava excitada depois de ter visto o casalzinho se beijando junto à igreja e, caso Breno a tivesse encontrado naquele momento, ela teria se entregado a ele sem dificuldade. Mas agora sentia-se cansada. Caso o drinque se prolongasse demais, Fernanda proporia um segundo encontro para a noite seguinte.

Ela desceu do elevador e caminhou pela sobreloja da galeria até a escada rolante que conduzia ao térreo. Olhou para os lados. Ninguém à vista. As lojas estavam fechadas e suas vitrines, apagadas. Isso reforçou nela uma melancólica sensação de solidão. Chegando ao térreo, dobrou à esquerda, em direção à saída principal da galeria, voltada para a Visconde de Pirajá. De longe, avistou, através da porta de vidro, Breno em pé, do lado de fora. Chovia e ele estava abrigado sob a marquise, vestindo uma jaqueta de couro escura, calça jeans, e segurando um guarda-chuva fechado numa das mãos.

Ela saiu para a calçada e foi envolvida pela densa friagem noturna. Breno abraçou-a e ela sentiu o cheiro já familiar do perfume amadeirado que ele usava, misturado ao do couro. O cabelo estava brilhoso e penteado.

— Oi — disse ele, com uma entonação carinhosa na voz. Os dois se olharam longamente e Fernanda começou a perder o controle dos próprios pensamentos.

— Oi...

O silêncio entre eles persistiu. Fernanda, subitamente, baixou os olhos, sem coragem de encará-lo mais. Já sabia no que aquilo iria resultar, caso topasse o jogo que ele, sutilmente, estava propondo. No fundo, por mais desejo que sentisse, tinha medo de não estar ainda totalmente preparada para um novo relacionamento.

Breno tomou gentilmente a sacola que Fernanda trazia e abriu o guarda-chuva, puxando-a para junto de si. Enquanto andavam para atravessar a rua, driblando as poças d'água, ela perguntou:

— Chegou há muito tempo?

— Tem uns cinco minutos.

— E para onde estamos indo? Você ainda não me contou.

— Já disse que é surpresa.

Ela riu:

— Você não vai me dar nem uma pista?

— Se eu der, deixa de ser surpresa.

Ele a abraçava forte pelas costas, a mão segurando-lhe o ombro. Quem os visse, pensaria que se tratava de um casal de namorados. Fernanda percebeu que não desgostava dessa ideia.

— Está triste? — ele falou, de repente. O sinal abriu para os pedestres e eles atravessaram a Visconde de Pirajá, prosseguindo reto pela Maria Quitéria.

Fernanda fingiu-se de desentendida.

— Por que está me perguntando isso?

— Você estava retirando suas coisas do escritório. Sei que está tudo nesta sacola.

— Estou menos triste do que eu imaginava que fosse ficar. Depois do que aconteceu com Miriam, tirar uma licença da agência não é nada.

"Tirar licença da agência". Um termo bem mais simpático do que "ser afastada da agência". Dava uma impressão de circunstância passageira.

Ficaram um instante em silêncio, enquanto continuavam andando, embalados pelo ruído dos sapatos sobre a calçada molhada. Com a cabeça recostada no ombro de Breno, Fernanda notou uma leve alteração no ritmo da respiração dele. Fingindo ajeitar-se, ela olhou-o de esguelha e viu os olhos dele marejados, a expressão contorcida, enquanto uma lágrima furtiva e solitária escorria pelo rosto.

— Não consigo acreditar que estou aqui com você — ele disse, afinal. — É tão bom... E eu sinto tanto pelo que está te acontecendo. Você não merece, Fernanda.

Fernanda comoveu-se com a emoção e as palavras dele. Sempre se comovia quando via um homem chorar, deixar se envolver pelos sentimentos. A sensibilidade a atraía.

— Tenho certeza de que isso vai se resolver — ela disse, sem a menor sinceridade.

Eles dobraram à esquerda na Prudente de Morais. Estavam agora a uma quadra da praia e o forte cheiro de maresia chegava carregada de umidade e misturada ao vento gelado.

— Como você está lidando com a morte da sua amiga? — Breno perguntou de repente, parecendo querer mudar estrategicamente de assunto.

Fernanda expeliu o ar dos pulmões.

— Na medida do possível, acho que até bem demais. Estou meio atordoada. Parece que a ficha ainda não caiu. Sei que Miriam morreu, mas é como se não tivesse morrido. Não sei se você me entende...

— Acho que sim.

— Foi tudo tão repentino... Outro dia eu estava na portaria do prédio dela, tentando localizá-la. Depois, fui ao escritório e conversamos lá. Nos falamos pelo telefone, nos encontramos na festa... Isso tudo foi há poucos dias — Fernanda sentiu a voz sumir, engolfada pela tristeza que, de repente, voltou com força total. — A sensação é a de que Miriam foi viajar e que vai voltar logo. É muito estranho pensar... que ela está morta.

— Sabe se já foi marcada a missa de sétimo dia?

— Vai ser na sexta, ali na Igreja Nossa Senhora da Paz. A mãe de Miriam foi quem marcou. Falei com ela ontem.

Fernanda lembrou-se, então, que ainda não havia telefonado para Jorge. Àquela hora ele já devia ter terminado de depor na delegacia e, com certeza, estaria em casa.

Estava pensando nisso quando se viu diante da entrada de um imponente apart-hotel e não disfarçou a surpresa.

— Por que estamos aqui? — ela perguntou, ressabiada.

— Eu moro aqui.

Fernanda lembrava-se de Breno ter lhe contado que morava num *apart*, mas não imaginava que fosse aquele.

Ele fechou o guarda-chuva. Estavam agora protegidos pela marquise, mas ainda na calçada. Fernanda afastou-se cautelosa dele.

— Por que me trouxe para cá?

— Não é o que você está pensando.

Fernanda baixou os olhos, desconcertada pela franqueza dele.

— Como sabe o que eu estou pensando?

— Talvez porque seja o pensamento mais natural que ocorra a qualquer pessoa nesta situação.

Fernanda não gostou daquela resposta. Era verdadeira e sincera, mas ela vivia um conflito interno terrível. Ela queria subir e se entregar a Breno e, ao mesmo tempo, não queria subir e se entregar a Breno. Era como se estivesse parada num cruzamento com os sinais verde e vermelho acesos à sua frente. Desejo, carência, medo, culpa, necessidade, tudo simultaneamente, um verdadeiro bombardeio de emoções diferentes.

Breno fez um gesto com a cabeça para a portaria:

— Vamos subir?

— Não sei se devo.

— Já disse que não vai acontecer nada. Não tenha medo. Eu não vou te agarrar à força.

Mas Fernanda queria que ele a agarrasse à força. Queria isso e muito mais. Tentou se lembrar de ter vivido uma situação minimamente parecida com aquela em algum momento da sua vida. Tinha noção de que se Breno faltasse com a palavra e a seduzisse e ela se entregasse, sairia daquele apartamento se sentindo culpada e suja. E sabia igualmente que se ele cumprisse o que prometera e a tratasse apenas amigavelmente, sairia frustrada e talvez ainda mais carente do que quando entrara.

O que fazer numa circunstância assim?

— Vamos? — Breno insistiu. — Lá tem uma varanda legal, de onde se vê até o prédio da agência. Vamos sentar lá e conversar. Preparei um queijos e vinhos.

Fernanda respirou fundo, forçando-se a se decidir. Havia topado sair com ele. Breno, apesar da tensão sensual entre eles, comportava-se como um *gentleman* e ela tinha certeza de que ele não a obrigaria a nada. Considerou que seria falta de educação ir embora àquela altura e, aferrando-se a essa desculpa que nem a ela própria soara convincente, acabou cedendo.

— Ok. Vamos lá — ela aquiesceu.

Subiram os poucos degraus da entrada e avançaram pelo lobby. Breno dirigiu um aceno simpático à recepção. Os elevadores ficavam no fundo e um estava oportunamente parado no térreo. Breno pressionou o botão do quinto andar.

Houve um clima de tensão entre eles dentro do elevador, e ambos procuraram olhar para todos os lados possíveis – chão, paredes, painel com botões e mostrador –, a fim de não ter de encarar um ao outro. Felizmente, a subida fora rápida. Quando Breno abriu a porta do apartamento e acendeu a luz, as pernas de Fernanda bambearam de emoção ao perceber o que ele havia lhe preparado.

CAPÍTULO 26

— **SURPRESA!!!!!!**

Todos gritaram em uníssono, assim que os dois pisaram no apartamento.

Fernanda custou a reagir. Ficou parada, olhando com cara de espanto para as pessoas à sua frente, enquanto elas batiam palmas e gritavam, animadas, o seu nome. Rapidamente, a perplexidade inicial se desfez num misto de emoção e excitação. Olhou um a um os rostos que ali estavam. Parecia que todo mundo da agência tinha vindo. Até Noé Kaufman que, de pé mais atrás, junto à janela, parecia um dos mais entusiasmados e sorria com uma comovente sinceridade.

Num dos cantos da sala, uma mesa retangular de jantar havia sido providencialmente encostada na parede e estava coberta com uma linda toalha de musselina, sobre a qual fileiras de travessas convidativas achavam-se distribuídas, exibindo uma variedade incrível de queijos, patês, salames, pastinhas, geleias, azeitonas, castanhas, pães e torradas. A secretária de Fernanda, Maíra, trouxera uma das suas célebres tortas de maracujá, sabendo que esta era uma das sobremesas favoritas da chefe.

Aquela manifestação de carinho era tudo do que a fragilizada Fernanda precisava para vencer a apatia em que se encontrava desde a morte de Miriam e as acusações de Seung Chun. Ela não se desmanchou em lágrimas, mas fez questão de externar sua alegria, sorrindo e abraçando a todos efusivamente.

Quando chegou a vez de Kaufman, Fernanda sentiu um nó na garganta. A fala não saiu. Ela fitou os olhos claros dele longamente, enquanto a mente embaçava. Kaufman deu-lhe um beijo paternal na testa e tomou a iniciativa de falar:

— Eu gosto muito de você, Fernanda.

A voz de Fernanda falseou:

— É bom saber disso.

— Você tinha alguma dúvida?

Ela meneou a cabeça negativamente, enquanto as lágrimas vazavam e escorriam pelo rosto. Ela tratou de enxugá-las depressa, antes que alguém notasse.

— Talvez eu tenha parecido frio e implacável com você quando comuniquei seu afastamento da agência. Mas eu precisei fazer isso. É pela saúde da empresa, que também é sua.

— Eu sei.

— Você ama a Capro tanto quanto eu e quer que ela fique de pé. Neste momento, a sua saída é um lance estratégico. Em nome de algo maior. Você sabe como o mercado é competitivo. Diante de uma acusação como essa, nossas concorrentes iriam fazer a festa. Cairiam sobre nós como abutres.

— Eu entendo tudo isso. O que não impede que eu fique triste por ter que me afastar de lá. Este ano está sendo horrível para mim, Kaufman. Perdi meu marido e minha melhor amiga, fui acusada de um crime que não cometi e ainda tenho que deixar o trabalho que eu adoro.

Kaufman contraiu os lábios, demonstrando compreensão.

— Pelo menos — Fernanda sorriu tristemente —, essa crise me deu a certeza que eu sou muito mais forte do que eu imaginava.

— As portas da Capro continuam abertas para você. Sei que você é inocente e assim que a poeira do escândalo baixar e tudo estiver esclarecido, você volta para o seu cargo. Sua sala vai continuar lá, vazia. Ninguém vai ocupá-la. Dou a minha palavra.

Fernanda passou a mão carinhosamente no cabelo ruivo, crespo e muito curto de Kaufman. Estava pensando em como era bom tê-lo como seu amigo e aliado. Ele não lhe viraria as costas. Era em momentos como esse que ela percebia que os obstáculos eram sempre muito menores do que os desenhados pela sua mente amedrontada.

Alguém ligou um aparelho de som e uma música gostosa – Marvin Gaye? – começou a tocar, misturando-se ao vozerio das pessoas na sala e criando um som ambiente cálido e acolhedor.

Sérgio, um dos jovens diretores de arte da Capro, abriu as garrafas de vinho e começou a encher as taças. Ele era um rapaz simpático, estiloso, que usava cavanhaque e um brinco atrevido numa das orelhas. As meninas na agência comentavam que ele era gay, mas nenhuma delas jamais conseguiu provar. Fernanda achava que tudo não passava de despeito por ele nunca ter convidado nenhuma delas para sair.

Ele ofereceu uma taça para Fernanda e outra para Kaufman. O vinho era um Malbec argentino escolhido pelo próprio Kaufman. Eles fizeram um brinde e, assim que Fernanda tomou o primeiro gole, Breno surgiu, carregando uma travessa e fazendo pose de mordomo:

— *Bonsoir, madame* — ele falou a Fernanda, caprichando num francês macarrônico. — Aceita um queijo *brie* com geleia de damasco?

Fernanda olhou o delicioso conteúdo da travessa, com vários cubinhos de queijo cobertos por generosas camadas de geleia e soltou uma gargalhada:

— Você quer que eu me transforme numa baleia, não é? Confesse!

Ela abocanhou um pedaço do queijo, que estava divino, e mastigou-o quase suspirando. Breno deixou a travessa sobre um aparador ao lado deles.

— Quer coisa melhor que um queijos e vinhos para aquecer uma noite fria de chuva? — ele deu uma paradinha e arrematou, agora mais malicioso. — Se bem que eu sei de uma coisa bem melhor.

Fernanda corou, sem saber como reagir a uma investida tão direta. Mas Breno foi hábil para se afastar naquele momento, a fim de não pressioná-la. Ela se deixou envolver por uma torrente de pensamentos sensuais, mas não conseguiu avançar neles, pois seus olhos instintivamente se desviaram para o arco que dividia a sala do corredor.

Num primeiro momento, ela não acreditou. No segundo, ficou tensa, sem saber o que fazer com as mãos.

O que Ricardo estava fazendo ali?

* * *

A chuva aumentara e, com ela, o vento, que açoitava o vidro da porta que dava para a sacada do flat. Fernanda viu-se completamente dividida. Breno era sedutor e ela se sentia atraída por ele, pelo seu atrevimento levemente cafajeste, com um toque gostoso de inconsequência.

Já Ricardo era diferente. Fazia acender dentro dela uma brasa que ia aumentando de intensidade até se tornar uma chama poderosa. Essa sensação, a cada encontro dos dois (e este já era o terceiro) ficava mais intensa. Uma paixão antiga, que, como um vulcão inativo, permaneceu adormecida durante quase duas décadas e agora entrava novamente em caudalosa erupção, a fim de compensar o período prolongado de repouso involuntário.

Ricardo tomou a iniciativa de se aproximar e o fez sem nenhum gesto ou olhar especial, nada que insinuasse algum plano de conquista. Ele carregava, numa das mãos, uma taça de vinho. Fernanda procurou pela jovem alta, de cabelos claros, que o acompanhara na festa de sábado. O fato de ela não estar à vista deixou-a quase eufórica.

— Tudo bem? — Ricardo perguntou, quando, enfim, ficaram frente a frente.

— Tudo — Fernanda sorriu. — Estou surpresa de ver você aqui. Aliás, toda esta festa está sendo uma grande surpresa.

Ele ergueu sua taça para ela e os dois fizeram um brinde, tomando um gole em seguida.

— Não quis perder essa chance de te lembrar que temos um almoço amanhã.

— Só que não precisamos mais nos encontrar na galeria, em frente à escada rolante. Como você já deve estar sabendo, estou afastada da Capro — ela disse essa última parte com um constrangimento que chegou a doer.

— Então, valeu mesmo a pena eu ter vindo. Assim podemos combinar um novo ponto de encontro. Alguma sugestão?

Fernanda foi pega de surpresa, mas Ricardo já parecia ter a resposta:

— Por que não marcamos naquele florista na praça Nossa Senhora da Paz? Pelo menos é um lugar bonito.

— No mesmo horário?

— Por mim, está perfeito.

Ela tomou mais um gole de vinho e, sentindo que sua censura começava a afrouxar, criou coragem para perguntar:

— Tem duas coisas que eu gostaria muito de saber de você.

A voz soara atrevida e, pela expressão de Ricardo, ele gostara.

— Pergunte.

— Como você chegou até aqui?

— Você quer saber como eu soube da festa e como consegui entrar? É simples. — Ricardo falou tranquilamente. — Tenho um amigo que namora uma das redatoras da Capro, a Luana. Descobri isso ontem, quando te visitei na agência. Ele comentou comigo sobre a festa e eu perguntei, na maior cara de pau, se poderia aparecer como penetra. Estou devendo esse favor a ele.

Fernanda riu, embalada pelo senso de humor dele. Os dois ficaram se olhando por longos, deliciosos e aflitivos instantes. O clima entre eles estava esquentando e Fernanda começava a perder o controle, em parte graças ao vinho.

— Qual a segunda pergunta? — Ricardo perguntou.

Fernanda respirou fundo, sentindo o coração acelerar. Tinha esperanças de que a resposta dele, de algum modo, esclarecesse a dúvida que desde sábado a atormentava.

— Aquela moça bonita, alta, de cabelos compridos, que estava com você na festa de sábado não vai ficar enciumada se sairmos para almoçar amanhã?

Ricardo deu de ombros.

— E por que ficaria?

Fernanda ia dizer alguma coisa relativa ao fato de Ricardo e a moça terem dado a impressão de serem namorados, quando ouviu o celular tocar. Ela o havia colocado num dos bolsos do casaco em vez de guardá-lo na bolsa como de hábito, com medo de perdê-lo em meio à arrumação do escritório. O mostrador indicava que a ligação partia de um número confidencial.

Fernanda pediu licença a Ricardo e foi até a sacada, onde não havia o burburinho das vozes dos convidados. Ela atendeu no momento em que abria a porta de vidro e recebia no rosto o vento pesado e gelado que vinha do mar.

— Alô?

— Fernanda? É Jorge.

Fernanda estava curiosa para ter notícias dele e suspirou, satisfeita por ele ter ligado.

— Oi, Jorge. Desculpa eu não ter ligado ainda. Quero saber de você. Como foi o depoimento?

Um suspiro exasperado do outro lado da linha fez Fernanda retesar-se.

— Fernanda, eu preciso da sua ajuda. A polícia está achando que fui eu que matei a Miriam.

Ela sentiu a pulsação aumentar:

— Como é que é? Estão achando que você... — ela interrompeu-se. — Mas isso é um absurdo. Quem foi o cretino que chegou a essa conclusão?

— Eu me atrapalhei no depoimento. Depois eu te explico. A única coisa que preciso, agora, urgente, é de um advogado. Você tem como me arrumar um depressa?

A voz de Jorge era de desespero e Fernanda solidarizou-se na hora. Há apenas 24 horas, estava numa situação parecida.

Ricardo deve ter percebido o nervosismo dela ao telefone, pois abandonou a festa na sala para se juntar a ela na calçada.

— Onde você está?

— Na delegacia da Major Rubens Vaz.

— Vou ligar para o Salvador e depois vou para aí. Fique calmo e me espere. Tchau!

Ricardo perguntou, sério:

— O que aconteceu?

— O marido da Miriam, aquela minha amiga que foi morta lá na festa. A polícia está achando que foi ele. O coitado está na delegacia e eu vou ajudá-lo.

Ricardo olhou, meio desolado, para as pessoas dentro do flat com uma expressão que sugeria: "e vai largar a festa que foi organizada para você?".

— Não posso abandonar o Jorge numa hora dessas. É meu amigo. Ele já está sofrendo do diabo com a morte da mulher e não pode ser acusado de um crime que não cometeu.

— Sem querer ser inconveniente, mas preciso perguntar: como pode ter certeza de que não foi ele?

— Eu sei que não foi. Jorge não faria isso. Eu o conheço bem demais.

— Mas o nosso almoço continua de pé?

Fernanda olhou para Ricardo e mirou fundo nos olhos dele, aqueles olhos escuros que a fizeram estremecer há quase vinte anos. Ela ficara feliz por ele ter reaparecido e, ao mesmo tempo, desejava que isso não tivesse acontecido num momento tão tumultuado.

— Amanhã ao meio-dia no florista da praça. Estarei lá.

Fernanda precisava sair depressa. Procurou por Breno e o encontrou na cozinha conversando e rindo com alguns colegas da Capro. Ela não queria ir embora sem se despedir dele, mas, por outro lado, se lhe contasse o que estava acontecendo, era bem possível que ele ficasse preocupado e se oferecesse para acompanhá-la.

Breno parecia estar se divertindo e ela achou que não seria justo ele abandonar seus convidados para se enfiar naquela noite chuvosa. Preferiu, então, pedir a Kaufman para explicar a situação a ele, deu um tchau para quem encontrou no caminho até a porta e foi embora discretamente.

CAPÍTULO 27

Ainda no lobby do flat de Breno, Fernanda telefonou do celular para Salvador Saldanha e ouviu dele que não poderia assumir a defesa de Jorge Ortiz, por já ser advogado dela e, também, por Miriam ter sido sua funcionária no escritório. No entanto, diante da aflição de Fernanda, Salvador disse que encontraria uma solução para Jorge e prometeu ligar de volta em 15 minutos.

Sem saber o que fazer – ela não queria aparecer na delegacia de mãos abanando –, Fernanda sentou-se num dos sofás do lobby e esperou, enquanto folheava a primeira revista que viu por perto. Espiou a rua através do vidro da portaria. A chuva havia cessado. Um ou outro carro passava de vez em quando, em alta velocidade. Pouco depois dos 15 minutos programados, Salvador ligou, informando que havia conversado com uma colega, Sueli Amaral, titular de um pequeno, porém conceituado, escritório especializado na área criminal.

A doutora Sueli afirmou que se comunicaria imediatamente com a delegacia e iria para lá em seguida. Mais aliviada, Fernanda agradeceu a Salvador e correu para tomar um táxi na rua. Por pouco, Fernanda não escorregou na calçada. As pedras portuguesas, quando molhadas, podiam ser fatais para os solados lisos. Só depois que o veículo arrancou é que ela se deu conta de que, na pressa de sair, havia esquecido, no flat, a sacola de lona com as coisas que retirara do escritório. No dia seguinte, combinaria com Breno de apanhá-la.

Ao chegar à delegacia, surpreendeu-se ao descobrir que a advogada já estava lá e conversava com Jorge numa saleta reservada. Fernanda identificou-se a um dos policiais que a levou ao encontro dos dois.

Ao ver Fernanda, Jorge, bastante abatido, lhe dirigiu um aceno com a cabeça, fazendo a doutora Sueli interromper o que estava falando. Ela dizia qualquer coisa sobre "não ir para nenhum presídio".

— Doutora — Jorge apontou para Fernanda —, essa é a amiga de que lhe falei. Viúva do Guilherme Figueroa.

A advogada era moça. Devia ter pouco mais de quarenta anos. Tinha o olhar vivo e uma expressão inteligente e decidida. Era elegante também. Fernanda simpatizou com ela.

As duas se cumprimentaram com um aperto de mão. Sueli disse:

— O delegado enviou uma petição ao juiz de 1ª Instância pedindo a prisão temporária do sr. Jorge Ortiz.

Fernanda gelou.

— Prisão temporária? Mas por quê?

— O objetivo é que ele fique, digamos assim, fora de circulação pelo tempo necessário para que haja a coleta de provas no apartamento onde ele e a esposa viviam.

— Isso quer dizer que ele vai...

Sueli deu uma risadinha:

— Para uma penitenciária? Não. Tive uma conversa amiga com o delegado e o convenci a mantê-lo aqui por mais algumas horas. É o tempo de eu ir ao Tribunal de Justiça conseguir um *habeas corpus*. Não devo demorar. A senhora pode ficar com ele aqui se quiser. Caso haja algum problema — Sueli lhe entregou um cartão de visitas —, ligue para mim imediatamente. Os números dos meus telefones estão aí.

Quando a advogada saiu, Fernanda sentou-se e tomou as mãos frias de Jorge. Um policial estava de prontidão na sala.

— Você está bem? — indagou Fernanda.

Jorge dirigiu-lhe um olhar derrotado.

— O que você acha?

— Eles acusaram você de ter matado Miriam?

— Insinuaram.

— Por quê?

— Dizem que há indícios fortes contra mim.

Fernanda alteou as sobrancelhas, ressabiada.

— Que indícios? — ela perguntou, após um breve silêncio.

— Eu meti os pés pelas mãos no depoimento... — Jorge gesticulava demonstrando desorientação e deixando transparecer uma ponta de culpa por ter feito Fernanda vir até ali. — Achei que a polícia só queria saber alguns detalhes sobre a vida da Miriam. Fui burro em não ter vindo com um advogado. Até os policiais sugeriram isso na porta do hospital, lembra?

— Bom, isso já foi resolvido. A doutora Sueli vai tirar você daqui. O que eu quero saber é que indícios são esses que a polícia diz ter contra você.

Jorge respirou fundo, encolhendo os ombros.

— Jura que quer mesmo saber?

Fernanda sentiu um arrepio.

— É algo tão sério assim?

— Encontraram as minhas digitais na arma do crime.

Fernanda não conteve a surpresa. Era um indício realmente comprometedor, quase incontestável. Ela sentiu um calafrio, perguntando-se até onde conhecia aquele homem sentado ao seu lado. Será que ele era mesmo inocente?

Olhou de soslaio para o guarda de prontidão na sala, chegou mais perto de Jorge e disse num sussurro:

— A arma que matou a Miriam é do Thiago, sobrinho da dona Adelina. Como as suas digitais foram parar nela?

Jorge franziu os lábios tensos e, medindo cada palavra, contou pormenorizadamente o depoimento dado ao delegado. Começou falando sobre o clube de tiro que frequentava com Thiago. Em seguida, visivelmente constrangido por confessar algo tão íntimo, falou da noitada com as prostitutas e de ter levado Thiago para dormir na casa dele, depois de encontrá-lo embebedado no motel.

Chocada por dentro, Fernanda lutou para não deixar transparecer nada. Um homem bem-casado como Jorge saindo com prostitutas?

— Eu e Thiago estávamos em quartos separados — prosseguiu Jorge, olhando para o chão. — As prostitutas eram quatro e combinamos de ficar com duas de cada vez, com direito a revezamento. Quando chegou a hora da troca, telefonei para a suíte de Thiago e ninguém atendeu. Fiquei preocupado, liguei para a recepção e pedi para um funcionário com uma chave mestra vir arrombar a porta. Quando entramos no quarto, encontramos Thiago estirado nu na cama e todas as coisas que estavam na sacola dele espalhadas pelo quarto. Uma garrafa de champanhe estava aberta com duas taças pela metade e uma vazia. Com certeza as garotas puseram alguma coisa na bebida dele para dopá-lo e depois fizeram uma limpa.

— O que elas levaram?

— Acho que só dinheiro vivo. Chequei a carteira dele, e os documentos e os cartões de crédito aparentemente continuavam todos lá.

— Elas com certeza só queriam faturar um pouco mais do que vocês haviam combinado — observou Fernanda.

— É o que eu acho. Seja como for, naquele momento, eu não confiava em mais ninguém. Enquanto isso, o recepcionista e as duas meninas que estavam comigo reanimavam Thiago, eu mesmo fui recolhendo uma a uma as coisas do chão e colocando de volta na sacola. Carteira, maço de cigarros, telefone celular... e o revólver.

Fernanda entendeu o que ele queria dizer:

— Você não foi prudente em segurar o cabo da arma com um pano.... Daí as digitais estarem lá.

— Nem pensei nisso. Além do mais, eu também tinha bebido bastante. Estava meio alto, sem condições de raciocinar direito.

A conversa havia tomado um rumo inesperado e embaraçoso. Fernanda detestava se intrometer assim na vida dos outros, mas ela tinha que fazer a pergunta tabu que não queria calar:

Jorge, por que você saía com essas prostitutas? O casamento com Miriam ia tão mal assim?

Jorge reagiu como se já esperasse por aquela interpelação.

— Você sabe que sim, Fernanda. Miriam era sua melhor amiga. E, com certeza, vocês eram confidentes uma da outra.

Sim, éramos – Fernanda admitiu, em silêncio. Mas ela não imaginava que a relação tivesse degringolado àquele ponto.

— Miriam comentava que vocês não estavam bem, mas eu pensava que fossem aquelas crises que todo casamento passa de vez em quando — Fernanda achou melhor ser sincera. — Ela nunca falou em se separar de você. Pelo menos, não comigo. Acho que ela jamais se recuperou do trauma do divórcio dos pais e tinha medo de acabar como eles. E tem também o filho de vocês...

— Não foi bem assim, Fernanda — o olhar de Jorge mudou perceptivelmente. Ele pareceu mais compenetrado. — De fato, Miriam ficou muito abalada quando os pais se separaram, mas ela fez terapia durante anos e superou isso. Márcio também não é uma preocupação. Muitas crianças hoje têm pais divorciados. O problema dela era outro.

— Qual?

— Ela tinha um amante.

Fernanda ficou paralisada diante daquela declaração.

— Por isso, eu passei também a ter uma vida fora de casa — concluiu Jorge. — Foi ela que começou tudo.

Miriam tinha um amante? — Fernanda custava a acreditar.

— Tinha. Um homem casado com a melhor amiga dela.

Silêncio.

Fernanda engoliu em seco, enquanto um bolo gelado se formava no seu estômago.

— Você está querendo me dizer que...

— Exatamente isso que você está pensando — Jorge foi taxativo. — Miriam era amante do Guilherme. Era amante do *seu* marido!

CAPÍTULO 28

Fernanda precisou de alguns minutos para processar aquela revelação.

— Fiquei sabendo de tudo no começo deste ano — completou Jorge, antes de, constrangido, baixar a cabeça. — Pouco antes de o Guilherme morrer.

Desnorteada, Fernanda tentou articular as palavras, mas elas não saíam. Não sabia nem o que pensar. Fora traída pelo marido e pela melhor amiga? Como era possível que nunca tivesse desconfiado de nada?

— Como você descobriu?

Jorge permanecia de cabeça baixa e isso só serviu para deixar Fernanda ainda mais nervosa.

— Eu tenho direito de saber. Fale!

Fernanda estava dominada por uma raiva selvagem e precisava descontar aquilo em alguém, já que os dois traidores estavam mortos. A julgar pela expressão de Jorge, parecia claro que ele nunca a vira tão alterada.

— Desde o ano passado, eu desconfiava que Miriam estava tendo um caso. Ela mudou de comportamento e de rotina, passou a sair com mais frequência, a chegar em casa mais tarde do que o normal. Um dia, resolvi segui-la e a vi entrando sozinha, de carro, num motel no Catete. Fiquei com um ódio desgraçado. Na hora, a minha vontade era de matar os dois. Mas depois esfriei a cabeça e decidi chutar o balde. Comecei a sair com várias garotas. Ela percebeu, porque fiz questão de deixar isso bem claro, mas não deu a mínima. Nosso casamento estava desgastado. A separação era uma questão de meses. Eu já tinha até começado a procurar um apartamento para me mudar.

A essa altura a fúria repentina de Fernanda havia arrefecido um pouco e ela prestava atenção a ele, estática e solidária.

— Aí, numa noite de março, eu estava fazendo uma arrumação no apartamento e encontrei uns cartões. Muitos cartões. Todos de amor. Estavam guardados num envelope com o nome de Miriam. Todos tinham a assinatura de Guilherme.

Fernanda levou as mãos ao rosto.

— Deus do céu!

— E junto dos cartões havia uma foto dele. Uma foto que devia ser mais ou menos recente. Atrás dela, estava escrito "do seu amor" ou alguma coisa assim.

Fernanda custava a acreditar naquilo.

— Você ainda tem esses cartões?

Jorge fez que sim com a cabeça. Fernanda levantou-se e passou a andar em círculos pela sala, enquanto passava nervosamente uma das mãos pelo cabelo. Estava em estado de choque.

— Isso é... nojento. Então aqueles dois me fizeram de idiota todo esse tempo?

— Miriam gostava muito de você, Fernanda. Ela, talvez...

Fernanda parou de andar, indignada e fuzilou Jorge com um olhar assassino.

— Eu também pensava isso. Mas ter um caso com o meu marido não foi uma atitude correta da parte dela. Com tantos homens dando sopa por aí, por que ela foi escolher justamente Guilherme?

— Pense por um outro ângulo. Guilherme é que pode tê-la escolhido.

— Não faz diferença. Ela não podia ter feito isso. Uma amiga de verdade não age assim!

— Ela gostava de você, Fernanda. Sou testemunha disso. A gente não manda no coração nem no desejo. Essa é que é a verdade. Se ela se interessou por Guilherme, não havia mais nada a fazer, a não ser proteger você. Você nunca desconfiou de nada porque ela não queria te magoar. Não deixa de ser um sinal de amizade.

Fernanda franziu a testa, abismada com aquela última frase.

— Você está me gozando?

Jorge caiu em si.

— Não. Desculpe, eu... acho que falei besteira. Não estou raciocinando bem hoje.

Jorge suspirou, tenso. Fazer aquela revelação parecia estar sendo mais duro para ele do que estava sendo para Fernanda ouvi-la.

Um pouco mais controlada, ela sentou-se novamente.

— Alguém mais conhece essa história? — indagou.

— Até onde eu sei, não.

Fernanda olhou demoradamente para Jorge, antes de reunir coragem para dizer:

— Então, é bom você ir se preparando. Se vier à tona que sua mulher teve um amante, isso vai complicar bastante a sua situação com a polícia.

— Sei que todas as evidências estão contra mim, Fernanda. Mas acredite quando eu lhe digo que não assassinei Miriam.

E arrematou, deixando Fernanda intrigada:

— Alguém deve ter armado para me incriminar. Não me lembro de ter inimigos. Se Guilherme estivesse vivo, juraria que era coisa dele.

— Guilherme não faria isso — ela respondeu automaticamente.

— Ele poderia te surpreender de novo. Assim como surpreendeu agora, quando eu te disse que ele era amante de Miriam. Você também o considerava um homem fiel, não é? Pense nisso.

* * *

Mais tarde, Fernanda foi para casa de táxi. Os termômetros em Ipanema marcavam 14 graus. Ela entrou no prédio, esgotada e arrasada. Miriam e Guilherme juntos? Talvez jamais conseguisse digerir aquilo. Estava tão absorvida pela própria melancolia, que nem prestou atenção ao cumprimento do porteiro da noite e tomou logo o elevador.

Ela tinha ficado na delegacia até a advogada de Jorge chegar com o *habeas corpus* e ele ser liberado. Fernanda ouviu o delegado comentar qualquer coisa sobre a polícia estar fazendo uma revista no apartamento dele, em busca de provas. Jorge agiu como se não se importasse e, num gesto de boa vontade para com a polícia, disse que dormiria àquela noite num hotel e que os investigadores teriam o apartamento à disposição o dia seguinte inteiro, sem que ele se intrometesse.

Fernanda entrou em casa e, de repente, um cansaço avassalador apoderou-se dela. As últimas 24 horas teriam sido pesadas. Prisão na Polícia Federal de madrugada, a visita de Kaufman ainda de manhã, avisando que ela teria de se afastar da Capro, a chegada à agência no início da noite, como uma clandestina para retirar seus pertences, a descoberta da traição de Guilherme e Miriam... Isso sem contar o turbilhão de emoções intensas e inquietantes que foram se apossando dela ao longo do dia, sobretudo após ver um casal se beijando perto da igreja.

Naquela noite, teve sonhos perturbadores. Bons e ruins. Sonhou com o marido e Miriam rindo dela, enquanto caminhava descalça e de pijamas por um corredor apinhado de gente bem-vestida. A imagem de Miriam entrando num motel de carro se repetiu diversas vezes, sendo que, em todas elas, Guilherme estava junto. Mas também sonhou com beijos cálidos, molhados e apaixonados percorrendo o seu corpo, enquanto um tórax forte roçava os mamilos duros dos seus seios excitados. Acordou diversas vezes. Na última, após um sonho particularmente erótico, delicioso, em que um homem sem rosto definido – que poderia se Breno ou Ricardo – a tomava nos braços e a levava para o sótão da casa da fazenda dos pais e a despia com a boca, enquanto a beijava apaixonadamente, ela despertou de repente. Horrorizada, constatou que sua calcinha estava encharcada. O coração batia acelerado.

Havia tido um orgasmo?

Sim, fora um orgasmo, ela tinha certeza. Embora tivesse acontecido enquanto dormia, os efeitos ainda se faziam presentes no corpo. Fernanda flagrou-se maravilhada e horrorizada ao mesmo tempo. Há quanto tempo tivera o último orgasmo?

Ou talvez a pergunta fosse outra: alguma vez na vida, tivera um orgasmo? Um orgasmo de verdade?

Ela achava que sim, mas não conseguia se lembrar.

Fernanda correu para o banheiro e se lavou, com a ajuda de um chuveirinho, vestindo, em seguida, uma calcinha limpa. Sentiu-se suja e culpada por estar experimentando aquelas sensações, que ameaçavam fazê-la desgarrar-se da linha segura e digna que traçara para a sua vida. Mas eram sensações tão gostosas que não podia ignorá-las. Sufocá-las só serviria para potencializá-las ainda mais. Fernanda sabia que era exagero, mas, naquele momento, sentia-se quase uma prostituta.

Ela voltou ao quarto e só então percebeu que a luz verde da secretária eletrônica piscava, indicando que havia recados. O relógio marcava 5h34. Ao chegar em casa, estava tão cansada, que nem se preocupou em conferir se alguém tinha ligado.

O recado fora deixado pouco depois das 22h. Ela pressionou o botão e ouviu a voz grave e aveludada de Ricardo, perguntando como ela estava, se tinha corrido tudo bem na delegacia, pedindo para ela ligar caso precisasse de alguma coisa e, por fim, confirmando o encontro no final daquela manhã.

Breno, por sua vez, não ligara. Nem para o celular, conforme ela conferiu. Não havia registro de nenhuma chamada desde o final da noite.

Mas só o fato de saber que Ricardo se preocupava com ela já foi o suficiente para fazê-la esquecer, por um momento, de todos os problemas. Ela não sabia no que ia dar aquele reencontro com a grande paixão da sua adolescência, mas pressentia que algo muito bom estava a caminho.

CAPÍTULO 29

A friagem somava-se à suave luminosidade de um sol lutando para aparecer entre as espessas nuvens cinzentas, quando, por volta das 11h30 da manhã, Adelina Figueroa desceu de um táxi na esquina da avenida Rainha Elizabeth com a rua Canning. Não chovia, embora uma brisa constante soprasse naquela parte de Ipanema, balançando os galhos das árvores, num farfalhar aconchegante. Com a cabeça coberta por um lenço estampado amarrado sob o queixo, vestida discretamente e usando óculos de sol, ela caminhou alguns metros pela calçada repleta de folhas recém-caídas, até encontrar o que procurava.

O relatório de Erasmo Porto sobre os funcionários do edifício de Miriam Ortiz chegara por e-mail pouco depois do café da manhã e Adelina leu-o minuciosamente, antes de chamar o táxi para sair de casa. Preferiu não usar o carro daquela vez. Quanto menos testemunhas do que pretendia fazer houvessem, melhor.

Pelo horário, Adelina deduziu que o turno do porteiro com quem pretendia falar já havia começado. Havia um homem uniformizado bem em frente ao prédio, varrendo as folhas na calçada. A portaria estava aberta. Adelina aproximou-se dele e perguntou, fazendo com que sua voz soasse a mais gentil possível:

— Bom-dia. Senhor Valdir?

O homem parou de varrer e respondeu, ressabiado:

— Pois não, senhora.

— O senhor trabalha como zelador nesse prédio? — Adelina apontou para a entrada.

Valdir acenou com a cabeça, soltando um grunhido de concordância, que Adelina achou intimamente reprovável.

— Então é com o senhor mesmo que eu quero falar. O senhor tem cinco minutos?

Valdir deu de ombros.

— Tenho, sim, senhora.

— Aqui não é um bom lugar para conversarmos. Tem uma cafeteria ali na esquina. Se o senhor pudesse me acompanhar até lá, eu...

— Desculpe, madame. Mas não posso deixar a portaria vazia.

— O senhor não tem alguém que possa substituí-lo por alguns minutos? Eu vim aqui para ajudá-lo. Soube por um amigo seu que o senhor está com problemas de dinheiro.

O homem agora estava seriamente desconfiado. Olhava Adelina com um malicioso ar de incredulidade.

— Amigo meu? Quem é a senhora?

Adelina suspirou, impaciente. Queria sair logo dali. Metera na cabeça que Fernanda ou alguém conhecido dela poderia aparecer a qualquer instante e, caso a vissem, seus planos naufragariam antes mesmo de ter início.

— Não precisa ficar com medo. Eu... — Adelina começou a dizer.

— Não tô com medo! — Valdir reagiu prontamente. Seu orgulho de "macho", pelo visto, havia sido fustigado. — Só quero saber que papo é esse.

— Venha comigo até o café e saberá. Não quero conversar aqui.

— Peraí um momento.

Valdir deixou a vassoura encostada numa árvore e entrou na portaria, onde um rapaz parecia limpar o piso ou algo assim. Demorou-se lá menos de dois minutos.

— O porteiro da manhã vai ficar no meu lugar até eu voltar. Mas eu prometi a ele que não ia demorar muito...

— A conversa vai ser rápida — Adelina indicou o caminho. — Vamos.

Andaram até a esquina com a Rainha Elizabeth, onde havia um simpático café-restaurante. Sentaram-se numa mesa no fundo do salão. Adelina pediu dois cafés e perguntou se Valdir queria mais alguma coisa. Ele disse que não.

— Vou direto ao ponto — Adelina retirou os óculos de sol, colocando-os sobre a mesa. — O senhor trabalha nesse prédio há muito tempo, não é? Cinco anos, pelo que eu soube.

— Vai fazer cinco anos em agosto...

— Tudo bem. Foi o tempo de fazer boas amizades. O senhor é muito estimado pelos moradores e também pelas pessoas que moram e trabalham nos prédios vizinhos.

— É verdade.

Tudo aquilo constava do levantamento feito por Erasmo. Adelina ainda estava surpresa pelo fato de o advogado ter conseguido tantas informações em tão poucas horas.

— Uma delas é muito minha amiga e conversou muito comigo. Ela me disse que o senhor está endividado e ameaçado de ser despejado da sua casa na Baixada.

— A senhora está querendo me emprestar dinheiro?

— Não sou uma agiota, se é o que o senhor está pensando.

Os cafés chegaram. Valdir, constrangido, contraiu os lábios e balbuciou:

— Foi mal.

Adelina detestava conversar com gente assim. Eram pessoas toscas, oriundas de um outro mundo, que ela, felizmente, jamais conhecera de perto. Por um momento, sentiu-se envergonhada por estar num café alinhado acompanhada daquele homem. O que as pessoas que os vissem pensariam?

— Ouça: é verdade que o senhor estava aumentando a sua casa com o salário que recebe como zelador?

— É verdade.

— Só que a sua mulher trabalhava como funcionária numa loja de eletrodomésticos no Centro de Duque de Caxias e foi demitida. Além disso, agora ela está grávida e não consegue outro emprego. Não é isso?

— Ela ficou grávida de gêmeos. A gente já tem três meninos. Agora vão ser cinco. Não sei como vou dar de comer pra toda essa garotada.

— O senhor devia ter pensado nisso antes de engravidar sua mulher.

— A senhora me trouxe aqui pra me dar lição de moral, dona?

— Não. Vim porque quero ajudá-lo. Sua mulher pagava as contas da família, enquanto o senhor usava o seu salário para aumentar a casa onde vocês moram. Só que ela foi demitida e o senhor passou a ter de arcar com os dois custos, já que a obra não podia parar. Para complicar, logo em seguida ela ficou grávida e sua despesa aumentou ainda mais. O resultado foi que o senhor contraiu uma dívida alta numa financeira. Uma dívida que só vem aumentando.

Valdir tomou um gole do café e assentiu com a cabeça. Aquilo parecia lhe ferir a dignidade.

— É ou não é verdade? — Adelina perguntou.

— É, sim, senhora.

— Levantei o valor da sua dívida: está em trinta mil reais. Para completar a sua casa o senhor precisaria de mais 15 mil. Temos, então, 45 mil reais. Eu posso lhe dar cinquenta mil. O senhor quita a dívida, termina de construir a casa e ainda lhe sobram cinco mil.

Os olhos do pobre homem se iluminaram. Ele parecia não acreditar no que estava ouvindo e agora olhava para Adelina como se ela fosse uma espécie de fada-madrinha.

— A senhora está querendo me dar esse dinheiro?

— Mas, em troca, quero um pequeno favor seu.

Valdir tornou-se novamente desconfiado.

— Que favor?

— Vou lhe dar dez mil hoje. E se fizer o que peço, receberá os outros quarenta mil quando tudo estiver resolvido. O que me diz?

— Tenho que saber primeiro que favor é esse. Não sei se vai dar para fazer o que a senhora quer de mim.

— Mas é claro que vai dar. É uma coisa muito simples — Adelina abriu uma bolsa e retirou uma fotografia de dentro dela. Uma fotografa recente do rosto de Fernanda. Das muitas que Guilherme lhe mandava, junto com outras fotos, dele ou dos dois juntos, e que ela tratava de esconder rapidamente no fundo de uma gaveta qualquer. Colocou-a sobre a mesa diante do zelador.

— Reconhece essa mulher?

Valdir fez que sim.

— É uma amiga da dona Miriam, que morava lá no prédio, no 801.

— Miriam Ortiz. A que foi assassinada no fim de semana...

— É.

— Essa moça se chama Fernanda. E eu tenho evidências bastante concretas de que foi ela que matou a Miriam.

O zelador esbugalhou os olhos.

— Que é isso, dona? Elas eram amigas...

— Isso é o que o senhor pensa. Conheço essa mulherzinha muito bem — Adelina bateu com o indicador na fotografia. — É uma fora da lei. O senhor sabia que essa semana, ela foi acusada de ser receptadora de obras de arte roubadas? Saiu em toda a imprensa. Um verdadeiro escândalo.

Valdir balançou a cabeça negativamente.

— O senhor se lembra que, na semana passada — prosseguiu Adelina —, Fernanda esteve neste mesmo horário procurando por Miriam no seu prédio?

— Lembro.

— E Miriam já tinha saído, pois não?

— Tinha.

— Sabe o que Fernanda queria com ela e que eu descobri depois? — mentiu Adelina. — A arma do crime. Que estava lá, no apartamento deles. Ela usou essa arma para matar a amiga e depois a jogou num lugar onde seria logo encontrada. A arma estava registrada em nome de outra pessoa. Fernanda sabia que, agindo assim, essa outra pessoa seria acusada e não ela. Uma atitude esperta, não acha?

— Mas como é que a senhora tem certeza de que foi a dona Fernanda que matou a dona Miriam?

Adelina não estava gostando da postura desconfiada daquele porteiro e resolveu endurecer o tom:

— O senhor quer ou não quer o dinheiro?

Era óbvio que ele queria. Tanto queria, que baixou os olhos na mesma hora, sem dizer palavra.

— Eu não posso lhe dizer como descobri, porque são informações confidenciais. Se eu disser, isso poderá atrapalhar as investigações.

— Tudo bem. Mas o que é que a senhora quer de mim?

— O senhor se recorda da manhã em que Fernanda foi procurar por Miriam e conversou com o senhor na portaria do prédio?

— Acho que sim.

— Conte como foi.

Valdir pensou por um instante. Parecia ordenar os fatos mentalmente.

— A dona Fernanda entrou no prédio e perguntou se a dona Miriam já tinha saído para o trabalho. Interfonei para o 801, mas ninguém atendeu. Aí tive a ideia de checar, na garagem, para ver se o carro da dona Miriam estava lá. Se não estivesse, era porque ela tinha saído mesmo. Aí eu fui para a garagem e dona Fernanda ficou me esperando na portaria.

Uma onda de excitação perpassou a espinha de Adelina. Ela era capaz de jurar que seus olhos estavam brilhando agora.

— E quanto tempo o senhor permaneceu na garagem?

O porteiro contraiu a testa, se esforçando para se lembrar com exatidão.

— Uns cinco minutos no máximo.

— Tempo suficiente para Fernanda tomar o elevador, subir ao 801, pegar a arma e descer de novo à portaria...

— Mas ela teria que ir muito depressa.

— Ouça: a arma do crime desapareceu do apartamento nesse dia. Alguém a pegou. E tenho certeza de que foi Fernanda. Ela era amiga de Miriam, como o senhor mesmo disse, ou seja, conhecia os hábitos dela. Sabia que Miriam saía para trabalhar muito cedo. Fernanda tinha como localizá-la. Bastava ligar para o trabalho ou para o celular dela. Mas, em vez disso, ela preferiu ir pessoalmente ao prédio onde Miriam morava num horário que ela sabia que não iria encontrá-la. Diga-me com sinceridade: não é muito suspeito?

O homenzinho pareceu intrigado. Seu olhar vacilou. Ele com certeza nunca pensara em processar as informações daquele modo. Adelina sentiu que ele começava a morder a isca.

— Mas em cinco minutos?

— Foram cinco minutos mesmo? O senhor cronometrou no relógio?

Ele sacudiu os ombros, indiferente.

— Quanto tempo, ao todo, Fernanda ficou na portaria?

— Uns dez minutos... Talvez um pouco mais...

— Que tal... 15 minutos ou um pouco mais?

Valdir apenas balançou a cabeça. Ele não sabia o que dizer. Estava esperando para ver aonde Adelina queria chegar.

— Para levar os cinquenta mil, o que o senhor vai dizer, de agora em diante, é o seguinte: que Fernanda chegou ao prédio, perguntou por Miriam, o senhor interfonou, e ninguém atendeu — a voz de Adelina ia se elevando a cada palavra pronunciada, até assumir uma firmeza aterradora. Seus olhos pareciam seguir a mesma cadência e, agora, encaravam o porteiro duramente, sem piscar. — Daí, Fernanda, preocupada com Miriam, achando que tinha acontecido alguma coisa, pediu para subir até o apartamento. Como elas eram amigas e o senhor a conhecia, o senhor deixou que ela subisse. Fernanda foi e, 15 minutos depois, voltou à portaria, dizendo que não devia ter mesmo ninguém em casa, e foi embora. O senhor entendeu?

Valdir mais uma vez assentiu com a cabeça, em silêncio. As gotículas de suor que se insinuavam na sua testa e acima da boca indicavam que ele estava mais do que nervoso. Estava amedrontado.

Adelina deu-se por satisfeita e retirou da bolsa um envelope pardo. Estendeu-o a Valdir por baixo da mesa. Ele abriu apenas para ver o que havia dentro.

— Cinco maços com vinte notas de cem em cada um. Dez mil reais. O restante só virá depois que o senhor cumprir o acordo.

A expressão do porteiro, de amedrontada, tornara-se subitamente suave. Um sorriso de entusiasmo parecia que se abriria a qualquer momento. Na certa, pensou Adelina, aquele coitado nunca vira tanto dinheiro junto na vida e alegrava-se ante a perspectiva de receber muito mais, apenas para adulterar ligeiramente uma lembrança. E se aquela senhora distinta à sua frente dizia mesmo que a amiga de dona Miriam era uma assassina, ele, de quebra, ainda prestaria um serviço à polícia. E à sociedade.

— Não falo nada de ter ido à garagem? — ele falou alguma coisa, finalmente.

Adelina percebeu que o que interessava mesmo àquele homem era o dinheiro. Mais nada.

— Não. Sei que o prédio não tem câmeras de vigilância — Erasmo assinalara esse detalhe no seu relatório. — Logo, não há nenhum risco de o senhor ser desmentido.

— Adelina deixou uma nota de vinte sobre a mesa para pagar os cafés e levantou-se, recolocando os óculos.

— Um policial irá esta tarde ao seu prédio, para interrogar moradores e funcionários. Eu saberei por fontes bastante seguras se o senhor disse a ele o que combinamos.

— Sim, senhora.

— E espero que não conte a ninguém sobre essa nossa conversa. Para o seu próprio bem.

Valdir assentiu com a cabeça, fitando Adelina com os olhos acuados.

Eles saíram do restaurante, que começava a encher. A garçonete que os serviu achou bastante estranha aquela dupla: uma senhora que parecia ser rica, apesar dos trajes simples, tomando café com um homem que, pelo uniforme, parecia ser o porteiro de algum edifício.

Talvez a senhora o tivesse chamado lá para discutir problemas do condomínio, longe dos vizinhos. Ela podia ser a síndica ou apenas uma moradora insatisfeita, em litígio com os demais condôminos. Isso era bastante comum para quem morava em apartamentos. Seja como for, o assunto parecia ser sério e, no final, ela entregou ao homem um envelope cheio de dinheiro.

A garçonete recolheu as xícaras e a nota de vinte — que pagaria, com folga, mais dois cafés, incluindo a gorjeta dobrada — e, em poucos minutos, com a chegada maciça da clientela para o almoço, já não pensava naquilo.

A cena, porém, ficou registrada na memória. E volta e meia lhe voltaria à cabeça.

CAPÍTULO 30

No momento em que Adelina tomava um segundo táxi em Ipanema para voltar para casa, Fernanda estava de pé a um quilômetro de distância, em frente à igreja Nossa Senhora da Paz, esperando o sinal da rua Visconde de Pirajá fechar para os carros. Os sinos da igreja repicavam, anunciando o meio-dia.

Ela esticou os olhos para o florista na praça, do outro lado da rua, mas não viu Ricardo. Estava ansiosa. A garganta inteiramente seca e os dedos frios começavam a incomodá-la. Quando cumprimentasse Ricardo com aquelas mãos de defunta, o que ele iria pensar? Que ela estava doente? E o que conversaria com ele? De repente, era como se as palavras houvessem desaparecido. Já tinha esquecido todo o diálogo que ensaiara mais cedo diante do espelho.

Havia quase vinte anos sonhava com aquele reencontro a dois. E os imaginara acontecendo nos mais variados lugares. Em geral, lugares que ela frequentara naquela época: cinemas, lanchonetes, numa reunião de antigos colegas, na própria escola onde eles estudaram... Muitos desses locais nem existiam mais. De repente, Fernanda sentiu um desejo irrefreável de voltar no tempo, de recuperar os vinte anos transcorridos. Quase não acreditava que estava prestes a realizar o maior sonho de sua adolescência. O problema é que tinha se passado tempo demais. Não estava mais com 17 anos, mas com 36. Dali a pouco teria quarenta. Horrorizou-se ao constatar que se encontrava mais próxima dos cinquenta do que dos vinte.

O bonequinho verde do semáforo se acendeu e Fernanda atravessou a Visconde de Pirajá misturada a outros pedestres, todos alheios à sua ansiedade, que aumentava a cada passo. Ricardo estava à sua espera, parecendo se distrair com as plantas expostas ao longo da calçada. Aquilo a alegrou. Ele chegara na hora – ou talvez até antes –, um indício de que aquele encontro também era importante para ele.

Fernanda sentiu-se mais confiante. Ela aproximou-se dele por trás e falou, num tom brincalhão:

— Boa-tarde!

Ricardo virou-se, parecendo surpreso com a abordagem.

— Boa! — ele respondeu, com entusiasmo. Um sorriso radioso se espalhou pela sua face. — Pontual, você, hein?

Trocaram dois beijinhos de amigos. Neste átimo, Fernanda sentiu o calor perfumado da pele dele.

Estava totalmente à vontade agora. Até suas mãos tinham esquentado. A realidade — muito menos ameaçadora do que a ilusão forjada por sua imaginação insegura —, expulsara a agonia da expectativa para longe.

— Você foi mais pontual do que eu — ela comentou, num tom de gracejo. — Há quanto tempo está aí?

— Acabei de chegar. Mas pensei que você só fosse aparecer daqui a uns vinte minutos. Mulheres costumam se atrasar.

— Se achava que eu iria atrasar, por que chegou na hora?

— Para garantir. Todas as regras têm suas exceções.

Os dois riram. Não que o comentário fosse engraçado, mas soou espirituoso e os dois precisavam de estímulos para se descontrair.

Havia algo no ar. Uma coisa boa suspensa entre eles, que prometia evoluir nas próximas horas. Quem sabe?

Ricardo vestia-se casualmente, com uma calça caramelo e uma camisa social azul-escura. As mangas estavam arregaçadas até um pouco abaixo do cotovelo, deixando a parte inferior dos braços, claros e recobertos de pelos, à mostra. O coração de Fernanda acelerou um bocadinho ao se deter neles por um instante.

Durou uma fração de momento. Alguns segundos, talvez. Mas, ali, olhando para Ricardo, Fernanda se viu transportada para uma tarde, quase vinte anos atrás. Uma tarde inesquecível. A tarde em que quase se declarara para ele.

Fernanda sentiu um arrepio. De repente, era como se o tempo não tivesse passado.

* * *

Uma tarde de céu encoberto do começo da primavera. Fernanda lembrava-se do dia exato: 30 de setembro.

Um mês e meio antes, a professora de português havia passado à turma um trabalho, cuja apresentação valeria como prova bimestral. Os alunos deveriam se reunir em grupos de quatro (eram 24 alunos na turma, totalizando seis grupos) e elaborar qualquer tipo de performance – uma dramatização, um debate, uma coreografia... – que fosse baseada num livro de literatura brasileira.

Por alguma razão, Ricardo, apesar da sua timidez, gostava da companhia das colegas e não se sentia intimidado por estar entre elas. A bem da verdade, a turma tinha muito mais garotas do que garotos, que eram sete, contando com ele. Foi Ricardo quem tomou a iniciativa de formar o grupo, com duas das colegas com quem ele mais se dava: Lavínia e Aline. Fernanda, recém-chegada de Resende e ainda se enturmando, acabou incorporada ao grupo, um pouco porque a maior parte da turma já estava naturalmente formada, em parte porque Ricardo a convidou.

Aquele convite só fez aumentar a simpatia de Fernanda por ele. Desde que ela chegara, Ricardo vinha se mostrando muito atencioso. Ele ajudou-a a esclarecer algumas dúvidas de história e português e, numa das vezes que Fernanda precisou ficar depois da aula, tomando explicações adicionais do professor de química, Ricardo apareceu inadvertidamente e ficou ali, na sala, fazendo-lhe companhia, de vez em quando ajudando-a a decodificar as complicadas explicações que ela custava um pouco a assimilar.

Fernanda sentia-se agradecida e gostava do jeitinho dele. Ricardo era meigo, educado, inteligente, tinha olhos bonitos, e um ar de menino meio desprotegido. Era muito diferente da maioria dos rapazes, todos parecidos demais. Em poucas semanas, aquele sentimento foi se transformando. De simpatia, passou a um carinho especial, um carinho de amigo. E, logo em seguida, descambou numa paixão fora de controle. O convívio diário com Ricardo serviu para aumentá-la cada vez mais. Fernanda praticamente não pensava em outra coisa. Ricardo era absoluto na sua mente e nos seus sentimentos. O ar lhe faltava quando o via, seu apetite diminuíra, seu coração estava sempre aos pulos. Ela nunca tinha se apaixonado ninguém.

Mas se Ricardo era tímido, Fernanda era muito mais. E, suspeitando que ele também estava a fim dela, embora sua insegurança a impedisse de ter certeza, ficou esperando que ele tomasse alguma iniciativa. Todas as manhãs quando ia para a escola, pensava que aquele seria "o dia". Mas nada acontecia. Era agoniante.

Em setembro, começaram as reuniões do grupo para a prova de português, e a convivência aumentou ainda mais, já que, além das aulas pela manhã, eles se viam, pelo menos, duas vezes por semana fora da escola. Os quatro tinham decidido que o trabalho seria feito com base num conto de Rubem Fonseca, "Feliz Ano Novo". O objetivo era situar o conto, que tratava de violência e no contraste entre pobres e ricos no Brasil, dentro do seu tempo – meados da década de 1970, quando ainda pouco se falava sobre violência urbana – e, em seguida, nos dias atuais, comparando as duas épocas. Ricardo demonstrou conhecer bastante a obra de Rubem Fonseca e de muitos outros escritores e isso fez aumentar ainda mais o encantamento de Fernanda.

O mês passou e Ricardo continuava sem tomar atitude. Fernanda sentia que seu autocontrole estava chegando ao limite. Ela queria muito namorar Ricardo. Era um suplício aquele convívio com ele, sem poder tocá-lo de forma diferente, de beijá-lo, de tê-lo só para ela. Ao mesmo tempo, tinha medo que uma declaração feita de qualquer maneira, estragasse a amizade entre eles e os afastasse.

No dia 30 de setembro, ocorreu a reunião final do grupo. A apresentação seria na quarta-feira seguinte. O encontro aconteceu no salão de festas do prédio de Lavínia, em Copacabana. Chovia bastante na cidade. Depois de fazerem mais uma leitura do conto e passarem uma hora debatendo, Fernanda olhou Ricardo demoradamente, até ele baixar os olhos, embaraçado. Lavínia e Aline notaram que ela parecia aflita e, suspeitando do que estava se passando, pediram, gentilmente, para Ricardo deixá-las a sós no salão de festas por alguns minutos. Ricardo saiu. Lavínia fechou a porta e Fernanda, na mesma hora, começou a chorar.

Lavínia e Aline se acercaram dela.

— Você tá a fim dele, né? — Lavínia perguntou.

Fernanda apenas fez que sim com a cabeça.

— Mas por que você tá triste? — Aline tentou animá-la. — O Ricardo não tem namorada...

— Eu sei... — balbuciou Fernanda.

— Então, vocês podem ficar juntos.

— Mas e se ele não gostar de mim como eu gosto dele? — Fernanda fungou, enxugando as lágrimas que desciam dos seus olhos. — Tenho medo. Eu estou muito a fim dele. Muito mesmo.

— Faz quanto tempo?

— Sei lá. Mais de um mês.

— Pode ser que ele também esteja a fim de você — Aline falou, sorrindo. — Ricardo é megatímido. E meio fechadão. Ele não vai tomar a iniciativa. É você que tem que fazer isso.

— Não sei se vou conseguir.

— Se você não fizer, ele não vai fazer. A gente conhece ele há um tempão.

— A gente te ajuda — encorajou Lavínia.

— É. A gente te ajuda. Vamos ser suas cúmplices. E se o Ricardo não quiser ficar com você hoje, a gente arma outros encontros, até ele ceder.

Fernanda apavorou-se.

— Tô nervosa. Não sei se vou aguentar.

— Vai sim — Lavínia se levantou. — Mas, antes de tudo, você tem que dar em cima dele. Dizer o que está sentindo. E vai ser agora. Posso chamá-lo?

Fernanda sentiu a espinha gelar.

— Calma, peraí... — ela passou a mão no cabelo. — Como é que eu tô? Muito feia?

— Claro que não, Fê.

— Sem medo, hein, Fê? — Aline fez coro.

— Vou lá chamar a "presa" — Lavínia correu em direção à porta, empolgadíssima. — Ai, que romântico. Vai ser lindo ajudar a formar um casalzinho tão legal.

Fernanda ainda tentou protestar, mas era tarde. Sentiu-se encurralada, mas, quando Ricardo entrou no salão de festas e Fernanda pousou os olhos nele, seu coração voltou a se incendiar. Uma coragem estranha se apossou dela. Ricardo perguntou se estava tudo bem, sem tirar os olhos de Fernanda. Ela fez que sim e, antes que ele pudesse se sentar de novo, ela se levantou e chamou-o a um canto, do outro lado do salão.

— Vem aqui. Quero te dizer uma coisa.

Fernanda deitou-se no chão, de barriga para baixo, apoiando o queixo nas mãos. Ricardo deitou-se em frente a ela, imitando o gesto. Ele mantinha a expressão séria, mas os olhos brilhavam em expectativa.

Seus rostos estavam muito próximos. Fernanda sentia que os segundos passavam. Ricardo a encarava.

— O que foi? — ele perguntou.

Fernanda ia dizer "Estou apaixonada por você". Ela quase disse. E hoje sentia que, caso tivesse dito, sua vida teria sido muito diferente.

Mas, em vez disso, ela virou o rosto para o lado e, sorrindo envergonhada, murmurou, mais para si mesma, embora ele tivesse ouvido muito bem:

— Tô sem coragem.

Para em seguida levantar-se:

— Deixa para lá.

Decepcionada, Fernanda voltou arrasada para casa. Chorou muito, sozinha no seu quarto. De vergonha, de decepção, de frustração, de amor... Tudo junto.

Ela não teve coragem de tentar mais uma vez, ciente de que Ricardo havia percebido perfeitamente suas intenções. Esperou que ele se manifestasse de alguma forma. Dois meses depois, as aulas acabaram. E Fernanda viu Ricardo pela última vez, acenando-lhe na porta da escola, parecendo tão mortificado quanto ela.

A timidez havia vencido.

* * *

Ricardo não fizera mistério sobre o restaurante para onde iriam, pois queria ter certeza de que a escolha seria do agrado de Fernanda. Eles foram caminhando devagar, lado a lado como dois bons amigos, até o Gula Gula, instalado numa magnífica mansão na avenida Henrique Dumont, no final de Ipanema. As ruas do bairro fervilhavam de gente e de veículos.

— É incrível que tenha se passado tanto tempo desde o colégio — disse Fernanda, impressionada com a facilidade com a qual as palavras saíam. — Quando eu era adolescente, minha mãe vivia dizendo que a vida era curta e ingrata. Na época, eu não dava a mínima. Olhava para o futuro e via muitos anos pela frente. Mas hoje compreendo exatamente o que ela queria dizer.

— Também sinto isso — disse Ricardo, antes de indagar subitamente: — Você poderia me responder uma coisa: você foi feliz durante esses anos todos?

A pergunta pegou Fernanda de surpresa.

— Acho que sim — ela disse, procurando ser bem sincera. — Casei com um homem maravilhoso, segui uma carreira que amo. Mas eu sinto que tudo isso não foi o bastante. Sou uma pessoa feliz, mas não me considero totalmente realizada.

— Por quê?

Fernanda não queria dizer – pelo menos, não ainda – que uma das causas era nunca ter namorado com ele e que nunca se apaixonara por mais ninguém. No fundo, ela sentia falta daquela emoção adolescente que a frustração pela súbita perda de contato com Ricardo a obrigou a sufocar dentro de si, com medo de se machucar de novo. Quantas não foram as vezes em que, ouvindo uma música marcante daquela época, se flagrava viajando no tempo e revivendo, por alguns instantes, a excitação e a insegurança gostosa da adolescência.

— Talvez porque não tenha tido filhos?

Fernanda virou-se para fitá-lo, com perplexidade.

— Como sabe que eu não tive filhos?

Ricardo deu de ombros. Eles tinham acabado de dobrar a esquina e encontravam-se agora a poucos passos do restaurante.

— Não me lembro se você mesma me contou ou se...

Fernanda parou de andar, de repente.

— Ou se...?

— Ou se li em algum dos sites que andei pesquisando.

Fernanda ficou embevecida. Eles entraram no Gula Gula e sentaram-se numa das mesas ao ar livre, para aproveitar o início de tarde ensolarado e agradável. Havia bastante gente no restaurante naquele horário. Um garçom trouxe os cardápios.

— Quer dizer que andou pesquisando sobre mim na internet? — Fernanda perguntou, com alguma malícia.

Ricardo sorriu sugestivamente.

— Sabia que há muitas entradas sobre você no Google?

Fernanda sentiu uma fisgada incômoda no peito. Seguiu-se um longo silêncio, até ela comentar, com amargura:

— Imagino que a maior parte tenha aparecido nessa semana. Depois das calúnias daquele marginal.

Ricardo teve a leve impressão de que acabara de cometer uma gafe.

— Não foi isso o que eu quis dizer.

— Eu sei que não. Mas é a verdade. Andam falando de mim por aí. É uma situação difícil. Não fiz nada e estou sendo acusada publicamente. Nunca pensei que fosse passar por algo assim.

Fizeram os pedidos. Fernanda escolheu uma salada italiana, acompanhada de quiche de queijo minas. Ricardo optou por um filé mignon com molho gorgonzola, salada caprese e batata rosti. Para beber, sucos. De melancia, para ela e de tangerina, para ele.

— Está achando que armaram para cima de você? — indagou Ricardo, parecendo intrigado, quando o garçom se retirou.

— Estou. E tenho certeza de que era isso o que Miriam queria me dizer antes de morrer.

— Será que ela foi morta por causa disso?

— Pode ser. Ainda não sei direito o que pensar. As coisas aconteceram tão depressa. Estou muito confusa.

Fernanda notou que algumas pessoas olhavam para ela das outras mesas. Certamente, a haviam reconhecido do noticiário. Ela baixou o rosto instintivamente e permaneceu um longo tempo silenciosa. Sentiu uma exaustão anormal. Como se estivesse carregando o mundo nas costas há meses e só tivesse se dado conta disso agora.

Ao levantar os olhos, surpreendeu Ricardo contemplando-a com um olhar carregado de ternura. Ele parecia compreender e respeitar as dificuldades que ela vinha atravessando, e isso fez a sua imaginação vaguear. Ela resolveu ignorar os olhares de reprovação à volta. Não adiantaria nada se aborrecer agora. O que estava feito, estava feito.

Os pratos chegaram, o que ajudou bastante a quebrar o clima de desânimo e forçar uma mudança de assunto.

— Tem uma coisa que me deixou curiosa — Fernanda disse, depois de mastigar um pedaço do quiche. — Por que você deixou um recado na minha secretária eletrônica e não tentou o celular?

— Não quis ser inconveniente. Vi como você saiu preocupada da festa e achei que poderia atrapalhar alguma coisa.

Que fofo! Ricardo parecia pensar em tudo. Para Fernanda, ainda parecia um sonho reencontrá-lo e constatar que ele personificava todas as características que ela valorizava num homem.

No mesmo instante, porém, ela se lembrou da moça alta que estava com Ricardo na festa de Salvador. Queria, desesperadamente, saber quem era ela e descobrir que não passava de alguma amiga lésbica de Ricardo, mas ainda não tinha coragem de perguntar. Se ao menos tivesse pedido, em vez do suco, uma taça de vinho... A timidez era mesmo uma maldição em sua vida. Seria possível que quase vinte anos depois ela ainda vivenciaria os mesmos temores e embaraços diante daquele homem?

— Correu tudo bem com o seu amigo?

Fernanda desertou de seu leve transe. Ele perguntava sobre Jorge. Ela retorceu os lábios, sem saber, ao certo, como responder.

— Não muito. Pelo que eu entendi, ele é suspeito de ter matado a própria mulher. Mas conseguimos uma advogada que o livrou da prisão temporária.

O pior de tudo, porém, foi a revelação de Jorge, de que Guilherme e Miriam eram amantes. Aquela lembrança continuava a atormentar Fernanda. Ela não conseguia aceitar. Jamais conseguiria.

— Você continua achando que ele é inocente? — Ricardo perguntou.

— Jorge? Claro que sim. Ele não tinha nenhuma razão para atirar na Miriam.

Ou tinha? A descoberta do adultério da mulher era um motivo e tanto. E o pior é que Fernanda estava convicta de que a polícia logo descobriria aquele fato.

O almoço transcorria morno. Não era exatamente o que Fernanda esperava e ela começava a se sentir frustrada. Tinha tantas perguntas a fazer a Ricardo, tantas coisas que queria saber dele. Como fora a sua vida nesses 19 anos... Se ele se apaixonara por alguém, o que fizera profissionalmente... Ela sabia que não era um pensamento dos mais corretos, mas torcia intimamente para que ele tivesse vivenciado uma experiência afetiva semelhante à dela. Um amor morno, seguro, sem grandes sobressaltos, e que sua única grande paixão na vida continuasse a ser ela. Isso, é claro, na hipótese de ele tê-la amado de fato, algo que Fernanda, ainda hoje, tinha dúvidas.

Ela respirou fundo e resolveu parar com os rodeios.

— Mas me diga: o que você fez depois que saiu da escola?

Era uma tentativa de mudar o rumo da conversa para a direção que Fernanda desejava.

— Foi tanta coisa...

Pelo visto, funcionara. Fernanda mirou-o bem fundo nos olhos.

— Vá em frente. Tenho tempo para ouvir.

Ricardo lançou a Fernanda um sorriso luminoso.

— Não sei se é uma narrativa muito estimulante.

— Só vou poder descobrir se é ou não se você contar.

Fernanda adotara um tom mais descontraído, a fim de estimulá-lo a falar, mas ela tinha a impressão de que ele não estava muito à vontade para se abrir sobre a própria vida.

Ricardo mastigou um pedaço de carne e tomou um gole de suco antes de recostar-se na cadeira e fazer uma careta pensativa.

— Hummm... Por onde começar?

Fernanda nada disse. O silêncio, muitas vezes, era uma boa arma para soltar a língua de um interlocutor.

— O problema é que minha vida não é muito interessante. Não me aconteceu nada de extraordinário nesses anos. Deixe-me ver: passei no vestibular de direito, cursei os dois primeiros anos, senti que não era aquilo que eu queria para a minha vida e abandonei o curso, mesmo com a pressão da família. Meu pai ficou uma fera comigo, o clima lá em casa fechou e, então, eu me mudei para o apartamento de um primo na Tijuca. Esse meu primo estava meio apertado de dinheiro e eu passei a dividir as despesas com ele. Consegui um emprego como *maître* no restaurante de um clube aqui na Zona Sul. Conheci muita gente neste clube, inclusive o pessoal de uma orquestra que se apresentava lá todo fim de semana. Namorei uma das integrantes. Ela era trombonista. Foi ela que me ensinou a tocar trombone.

— Namorou ela por quanto tempo?

— Uns quatro anos.

— Ela era bonita?

Ricardo mexeu os ombros, num gesto de pouco caso.

— Era, sim. Bonita, mas não linda. Mas era inteligente, tinha a cabeça aberta. Ela era dez anos mais velha e tinha uma empresa de auditoria contábil e empresarial. Tocava trombone por *hobby*. E não se importou em namorar um carinha mais novo e que ganhava menos do que ela.

Talvez porque ela soubesse que você era especial, pensou Fernanda. Mas é claro que ela não dissera isso a ele.

— E você se tornou trombonista profissional?

— Demorou um pouco. Eu fui estudar na Escola de Música da UFRJ e aprendi também a tocar piano e violino. Fiz a graduação e a pós-graduação e, assim, pude começar a dar aulas.

— E você fez as pazes com seu pai?

Pela reação de Ricardo, aquela era uma questão delicada.

— Juro que tentei. Mas o velho era turrão. Uma das razões de eu ter decidido sair de casa foi para não piorar ainda mais a nossa relação. Eu era o único filho e ele tinha uma concepção antiga e rígida do que era ser homem. Para ele, o homem tinha que ter uma profissão "respeitável" e que pagasse muito bem, o suficiente para sustentar uma esposa dona de casa e os filhos. É lógico que o critério que ele empregava para "respeitável" era bem discutível. Ele não admitia o divórcio e nem que uma mulher trabalhasse fora. Meu pai, em muitos aspectos, lembrava um homem do século XIX. Rígido, moralista, dono da verdade, patriarcal e, é claro, com uma vida amorosa movimentada fora de casa.

Fernanda meneou a cabeça, horrorizada. Isso explicava, em boa medida, a timidez de Ricardo aos 17 anos.

— Sair lá de casa aos vinte anos foi uma libertação para mim. Se tivesse continuado a viver com meu pai, eu enlouqueceria.

— Mas ele devia gostar de você... à maneira dele, é lógico.

A expressão de Ricardo murchou um pouco.

— Não acho que todos os pais e mães amem seus filhos. Às vezes, as pessoas têm filhos por uma obrigação social ou porque não souberam se prevenir. E aí tem que criá-los. Acho que meu pai não gostava profundamente de ninguém. Ele tinha um modelo de vida para mim que não era o meu. Se eu o seguisse, ele ficaria orgulhoso. Não de mim, mas dele mesmo. Porque criou um "varão de verdade", entende? Mas a partir do momento em que eu rasguei o roteiro de vida que ele escreveu para mim, passei a não prestar mais. Ele me disse duas coisas que me feriram muito. Uma foi que eu fui o grande fracasso da vida dele. E a outra, foi... foi...

A voz de Ricardo vacilou. Fernanda reparou que os olhos dele estavam injetados e levemente avermelhados.

Num gesto amigável, ela lhe tocou a mão sobre a mesa.

— Não precisa mais falar sobre isso.

— Mas eu quero.

— Eu não tinha a intenção de ser inconveniente — Fernanda estava comovida e um pouco envergonhada por induzi-lo a recordar o passado. — Talvez fosse melhor...

— Olha... Isso aconteceu há muito tempo. É claro que fico triste ao lembrar, mas é sempre bom poder desabafar. Isso me alivia, entende?

Fernanda, então, notou a sua mão sobre a dele e perdeu o fôlego ao perceber o significado que aquilo tinha. E que poderia vir a ter.

— Papai me disse coisas muito violentas — prosseguiu Ricardo. — Eu sempre soube que ele me desprezava. Então, um dia, eu descobri que ele me odiava. Foi quando ele me chamou no quarto dele e ficou dez minutos me gritando todo tipo de desaforos. Disse que investiu em mim a vida inteira para nada. Que eu era um vagabundo, um frouxo, um estorvo na vida dele. E me contou que... que quando minha mãe ficou grávida, ele quis que ela abortasse, mas ela se recusou. E, então... — Ricardo levou o guardanapo aos olhos, e enxugou-os, controlando a voz com a mesma dificuldade que um motorista controla um veículo numa estrada curva, íngreme, estreita em meio a uma tempestade. — E então ele falou que nunca se enganou sobre a necessidade desse aborto e que, agora, tinha a certeza de que ele devia mesmo ter sido feito. E me chamou de "feto maldito".

Fernanda levou as mãos ao rosto, chocada.

— Que horror! — ela balbuciou.

— Isso aconteceu numa tarde. Eu me tranquei no quarto, chorei durante não sei quanto tempo e resolvi ligar para esse meu primo. Contei tudo a ele e perguntei se podia ficar morando lá por uns tempos. Ele concordou e eu fiz minhas malas. Minha mãe ficou desesperada. Batia na minha porta o tempo todo, implorando para que eu abrisse, mas eu nem respondia. Sentia que se a visse iria recuar, e eu tinha que cair fora dali. De madrugada, quando me certifiquei de que estava todo mundo dormindo, fui embora, sem dizer para onde.

— E sua mãe?

— Liguei para ela algumas vezes, em horários que eu sabia que meu pai não estaria em casa. Fazia isso sempre de um telefone público num bairro que não fosse a Tijuca, para que eles não me rastreassem. Mandei algumas cartas e presentes para ela pelo correio, sempre com um endereço falso no remetente. Meu pai morreu há cinco anos. Não fui ao enterro e confesso que não senti nenhuma tristeza. Para ser franco, fiquei até aliviado. Por mim e por ele também, que não precisaria mais conviver com o seu "feto maldito".

Ele tomou o último gole do suco e cruzou os talheres no prato, que ficara pela metade.

— Só depois disso é que procurei minha mãe. Estávamos há mais de dez anos sem nos ver. Ela tinha envelhecido muito. E nosso reencontro não foi dos mais calorosos. A convivência com meu pai deixou-a dura. Era uma reação de defesa. Como eu era filho único, tinha direito a metade da herança. Por princípio, eu deveria abrir mão, mas por tudo o que passei nas mãos daquele homem, fiz questão de receber tudo a que tinha direito. Com esse dinheiro, comprei um apartamento em Botafogo e virei sócio da empresa de auditoria daquela minha ex-namorada, que hoje é uma das minhas melhores amigas. O trombone para mim virou um *hobby*.

Fernanda fitou-o com ar maroto.

— Você entende alguma coisa de contabilidade?

— Sou sócio, Fernanda. Tenho 35% da empresa. Graças a mim, ela pôde se expandir.

— E essa mulher continua sendo sua namorada?

— Acabei de dizer que ela é, atualmente, uma das minhas melhores amigas. Ela é casada com um cara muito legal. Não se preocupe

Fernanda corou.

"Não se preocupe?"

O que Ricardo quis dizer com aquilo? Será que ele sabia das suas intenções? Fernanda sentiu-se nua na frente dele. Não que a ideia lhe parecesse má, mas não imaginava que o seu interesse estivesse tão evidente.

Definitivamente, Fernanda não conhecia os pormenores da arte de sedução. Era o preço a se pagar por jamais tê-la praticado.

— Estou apenas curiosa — ela tentou disfarçar, embora soubesse que já não era possível. Olhou para Ricardo, que a encarava ostensivamente, não deixando nenhuma dúvida do que estava pensando.

Ele entreabriu um sorriso malandro.

— Acredito em você — mas estava na cara que não acreditava.

— Eu vi a sua namorada. Ela é mais jovem.

— Não tenho namorada.

Fernanda ficou maravilhada ao ouvir aquilo. Seus olhos, com certeza, brilharam, mas ela falou normalmente:

— Não era a sua namorada aquela moça que estava com você na festa do Salvador?

Pronto. Fernanda fizera, afinal, a pergunta que a atormentava havia dias.

Ricardo franziu o cenho, num sincero ar de dúvida.

— Que moça?

— Uma moça alta, bonita de cabelos compridos, castanhos. Tinha um casal mais velho com vocês.

Ricardo desatou numa risada quase escandalosa. Fernanda ficou ainda mais confusa.

— Qual é a graça? — ela perguntou.

— Aquele casal *mais velho*?

Fernanda não sabia o que dizer.

— Sabe que casal era esse? A minha ex-namorada e atual sócia na empresa e o marido dela. Salvador Saldanha os conhece. Pergunte a ele sobre o "Casal C".

Fernanda alteou uma sobrancelha.

— Casal C?

— Casal Contabilidade. Sabia que são eles que fazem a contabilidade do escritório de Salvador e do seu marido?

Fernanda estava assombrada com aquela revelação.

— Heitor Veiga e Telma Guimarães, da Relevo Auditoria? — indagou ela.

— Isso. Você os conhece?

— Só de nome. Então é a *sua* empresa que faz a contabilidade do escritório de Guilherme?

— É. Há quase dez anos.

Então durante todo esse tempo ela tivera um caminho simplíssimo para chegar até Ricardo e nunca sequer suspeitara? Aquele mundo era mesmo minúsculo.

— A moça que estava conosco é a filha da Telma e do Heitor. O nome dela é Camila.

— E ela é o que sua?

— Uma amiga. Acho que nem isso — Ricardo deu de ombros. — Quando eu a conheci, durante o namoro com a Telma, Camila era uma criança. Ela está de casamento marcado para o fim do ano. Mas o noivo viajou para ver a família. Ele é português e parece que fica por lá até julho. Daí a Telma me perguntou se eu me importava de acompanhar a filha dela na festa quando não estivesse tocando com a orquestra. Ela não queria circular entre os convidados como se estivesse solteira. Vai entender...

Exultante, Fernanda tinha medo em acreditar em tudo aquilo. Era bom demais, e se fosse tudo mentira, a decepção seria dolorosa.

— Muitas mulheres são inseguras socialmente — ela disse.

— Pode ser. Mas no caso da Camila, acho que a criação ajudou. Telma tinha 19 anos quando ela nasceu e criou a garota praticamente sozinha. Camila acabou sendo mimada e protegida de todo jeito. Se tornou uma adulta fresca e meio metidinha.

De alguma forma, Fernanda havia percebido isso ao vê-la.

— Você nunca se casou? — ela perguntou, subitamente.

Ricardo meneou a cabeça, enfático.

— Não.

— Mas você teve outras namoradas, além da Telma...

— Ah, sim... Claro. Mas nada muito sério. Duravam seis meses, um ano e pouco, no máximo. As garotas me conheciam e logo ficavam me pressionando para casar. Eu me sentia usado. É como se elas não gostassem de mim de verdade e apenas me enxergassem como um noivo adequado, que daria um bom marido, um bom pai... É engraçado. As mulheres chegam a uma determinada idade e ficam fissuradas na ideia de se casar. Não consigo entender.

— Nem todas são assim.

— Mas a maioria é, concorda?

— Acho que tem a ver com o desejo de ter filhos. A mulher tem que fazer isso até uma certa idade.

— Mas você se casou bem cedo. E não teve filhos, até onde eu sei.

Habilmente, Ricardo tinha virado o jogo. Agora era a vida de Fernanda que estava na berlinda.

— Eu até tive vontade. Mas não havia clima.

— Por quê?

Essa era uma boa pergunta: "por quê?".

— Se eu te contar que não sei bem, você acreditaria?

— Mais ou menos. Se você não teve é porque, de alguma maneira, você não quis ter. O que me leva a outra pergunta: você amava o seu marido?

Ricardo tinha ido direto ao ponto. Não se podia negar que ele conhecia bem as pessoas. Talvez tivesse sido forçado a isso, depois dos sentimentos extremos que experimentara na relação conflituosa com o pai.

— Amava. Mas não sei se a ponto de querer ter um filho com ele. Hoje, vejo que nunca fui apaixonada por Guilherme. E, além disso, ele nunca me cobrou um filho. Talvez se tivesse cobrado, nós tivéssemos tido. Para ele, eu era dedicada demais à carreira. Ele compreendia isso. Mas a verdade é que a carreira foi uma desculpa conveniente.

Ricardo alteou uma sobrancelha.

— Isso é interessante. Pois muitas mulheres, mesmo sem amar seus maridos, fazem questão de ter filhos. Às vezes se casam com um homem de quem não gostam tanto só para engravidar.

— Essas mulheres não têm integridade.

— O que é curioso é que, pelo que eu entendi, você gostava muito do seu marido. Só não era apaixonada por ele. Por muito menos do que isso, outras mulheres engravidam sem pensar duas vezes.

— Entendo aonde quer chegar. Você acha que eu devo ter tido uma razão mais forte para não ter engravidado do Guilherme.

Ricardo assentiu com a cabeça, meio constrangido.

— É isso mesmo.

Fernanda respirou fundo. A essa altura, o garçom havia recolhido os pratos e lhes mostrava as opções de sobremesa no cardápio. Fernanda pediu torta de limão e Ricardo, pudim de leite.

— Acho que eu precisaria fazer uns dois anos de análise para descobrir.

— Será que você não encarava o casamento com Guilherme como uma coisa provisória? Que a chegada de um filho poderia tornar definitiva?

Fernanda gelou, golpeada por um *insight* violento. Chegou a ficar tonta por uma fração de segundo. Ela jamais havia refletido por aquele ângulo e constatava, com assombro, que Ricardo estava absolutamente certo.

A compreensão daquela realidade, que ela ignorou durante os 14 anos de casamento, deixou-a desnorteada e bastante angustiada. Isso devia estar ostensivamente estampado na sua expressão; do contrário, Ricardo não a teria olhado com uma indulgência anormal e, apertando-lhe bem firme as mãos agora geladas, se inclinado na sua direção e sibilado:

— Você está bem?

Fernanda preferiu não mentir.

— Não.

— Acho que lhe devo desculpas. Não queria me intrometer na sua vida.

Fernanda sorriu tristemente.

— Você não fez nada. Quer dizer... Fez sim. Acabou de me fazer um bem. Você me ajudou a compreender uma verdade que eu nunca enxerguei, embora pressentisse a existência dela.

E completou, já se sentindo um pouco mais leve:

— Obrigada. O melhor analista não teria sido mais preciso no seu diagnóstico. Tem certeza que entre a Faculdade de Direito e a Escola de Música você não se formou em psicologia?

Ricardo achou graça.

— A vida me ensinou bastante. Quando se passa por provações como as que eu passei, a pessoa acaba sendo obrigada a se aprofundar nos próprios dilemas existenciais. Isso leva a uma espécie de autoentendimento. E ajuda a compreender os outros. As pessoas são muito mais parecidas do que elas imaginam.

— Então, você conhece bem as pessoas?

— Digamos que eu conheço razoavelmente a alma humana.

— Bem, se você conhece a alma humana, deve saber que um dos hobbies preferidos das pessoas é falar da vida dos outros. Isso não faz com que você se preocupe em ser visto almoçando num restaurante badalado com uma receptadora de relíquias roubadas?

Ricardo meneou a cabeça, firmemente.

— Você não é uma receptadora de obras roubadas.

— Como pode ter tanta certeza?

Ele inclinou-se na direção dela, baixando o tom de voz:

— Porque sei que não é. Os seus olhos são muito puros. Não são olhos de uma criminosa. São olhos de uma mulher honesta, doce e...

Ele parou de repente. Um clima de suspense apoderou-se da mesa:

— E...? — Fernanda ardia em expectativa.

Ricardo mordeu os lábios, relutante. Ele parecia levemente arrependido de ter falado além do que pretendia, e agora precisava ir até o fim.

— E carente de amor.

Ser taxada de carente por um sério candidato a namorado soaria como uma bofetada para a maioria das mulheres. Faria muitas delas se sentirem um trapo mendigando atenção e amparo masculino. Mesmo Fernanda, em outras circunstâncias, teria tido uma reação ríspida. Mas, naquele momento, aquela frase soou como uma música maravilhosa. Era como se Ricardo estivesse se oferecendo para suprir sua carência, que efetivamente existia e ele, com a sua sensibilidade, captara.

Uma tensão gostosa e ao mesmo tempo aflitiva surgiu entre os dois. Fernanda, imediatamente foi arremessada para aquela tarde de setembro, 19 anos atrás, quando quase se declarara para ele. A sensação era a mesma e revivê-la, ali, diante dele, era um sonho. Ela ansiara por aquele encontro por anos a fio. E ele, enfim, se concretizara na melhor conjuntura possível: Ricardo solteiro, ela também desimpedida, a conversa fluindo com naturalidade, num ambiente gostoso e o interesse dele se revelando aos poucos. Mesmo assim, Fernanda, naquele momento, travou. Estava com medo. Era como se tudo estivesse acontecendo rápido demais. Ela sentiu que Ricardo a acompanharia para onde ela quisesse ir. E caso o convidasse para ir à sua casa, ele iria e eles, fatalmente, acabariam na cama.

Percebeu que estava com um poder imenso nas mãos: o poder de decidir que rumos a relação dos dois tomaria. Aquilo a amedrontou. Sabia que essa sensação logo iria passar. Talvez em alguns dias. Até lá, se deliciaria recordando cada olhar, cada palavra, cada expressão de Ricardo naquele almoço e curtindo a própria euforia amorosa. Dormir com ele agora só atrapalharia tudo. Não queria sexo apenas. Queria, também e acima de tudo, cumplicidade, amizade, amor e muita, muita paixão.

Queria se perder nos próprios sentimentos, viver o êxtase perdido da adolescência, tentar recuperar momentos da juventude que nunca vivera de fato. Mas tudo a seu tempo e no seu momento.

Ela agradeceu silenciosamente quando o garçom apareceu para perguntar se eles queriam mais alguma coisa e Ricardo pediu a conta.

— Quando vamos nos ver de novo? — ele perguntou, levantando-se.

— Que tal no fim de semana? Podemos ir ao cinema...

A sugestão saíra de repente da boca de Fernanda e ela só foi se dar conta disso um segundo mais tarde.

Mas Ricardo estava sorrindo e respondeu, dando a entender que apreciara a ideia.

— Parece que vai estrear um filme bom. Eu te ligo e a gente combina? Podemos ir no domingo à tarde, se você quiser.

À tarde? Por que não um cinema seguido de um jantar? À noite?!

O tom de Ricardo voltara a ser amigável, quase fraternal. O medo que paralisou Fernanda instantes atrás evaporou na hora e, depois que eles se despediram e cada um tomou seu rumo, ela começou a se remoer e a se culpar por ter sido tão boba em cortar o papo dele justo no momento em que estava chegando ao clímax. Era incrível como 19 anos tinham se passado e ela continuava a mesma garota tola. Fernanda jurou a si mesma que iria mudar isso. A vida estava lhe dando uma segunda chance e ela não tinha o direito de desperdiçá-la.

CAPÍTULO 31

Às cinco horas daquela tarde, refestelada num dos sofás da sala e abraçada a uma almofada, Fernanda se consumia de expectativa e de receios. Ingenuamente, pensou que Ricardo fosse ligar logo, mas os telefones não tocaram desde que ela voltara para casa após o almoço.

Ela sabia que era cedo para se desesperar, afinal, só haviam se passado algumas horas. Mas temia que Ricardo tivesse interpretado o silêncio que ela fizera após a investida dele como uma indireta de que só o queria como um amigo. Nesse caso, ele talvez já estivesse remexendo sua agenda em busca dos telefones de amigas solteiras mais jovens e mais interessantes do que ela. Fernanda ficava louca só de imaginar essa possibilidade.

Ao menos ela dera a dica do cinema. Era um bom pretexto para tomar a iniciativa de ligar para ele. Não aguentaria ficar esperando passivamente que ele a procurasse, se é que ele a procuraria.

Aquela decisão bastou para enchê-la de determinação e de algum alívio por ter encontrado uma forma de tomar as rédeas da situação. Mas ela não telefonaria imediatamente, a fim de não transparecer ansiedade. Faria isso no sábado. Esperaria a missa de sétimo dia de Miriam, que seria celebrada dali a dois dias.

Ela apertou um pouco mais a almofada contra o peito e sorriu, enquanto procurava recordar os detalhes mais importantes do almoço. Estava quase cochilando, quando o celular tocou, rompendo inconvenientemente o silêncio do apartamento. Fernanda levantou-se num pulo e correu para apanhá-lo na bolsa, antes que a pessoa desistisse da chamada. Torceu para que fosse Ricardo, mas o número que apareceu no visor era da Capro.

— Alô? — ela atendeu, meio frustrada.

— Fernanda? Sou eu, Breno.

Fernanda sentou-se. Tinha se esquecido completamente dele. Saíra do flat na noite anterior às pressas, sem se despedir e, agora, sentia-se incrivelmente mal por isso.

— Oi, Breno. Tudo bem? Eu ia mesmo te ligar.

— Então foi transmissão de pensamento — ele comentou, parecendo bem-humorado.

— Fui muito mal-educada ontem. Me desculpe. Você preparou aquela surpresa linda para mim, foi me pegar na saída da Capro e eu fui embora correndo sem falar com você. Nem tive tempo de agradecer.

— Tudo bem. Não precisa agradecer nem se desculpar. Só fiquei preocupado. Aconteceu alguma coisa para você ir embora daquele jeito?

Fernanda soltou o ar dos pulmões. Contava ou não contava?

— É uma história meio comprida. O marido da Miriam quase foi preso ontem. Estão achando que é ele o assassino.

Breno pareceu surpreso:

— E você acreditou nisso?

— Para ser franca, não.

— É uma solução meio óbvia para um crime, não acha? O próprio marido matar a mulher...

— E o Jorge é um cara totalmente do bem. Por isso, quis ajudá-lo. Tive medo que ele fosse levado para um presídio. Acredita que a polícia pediu a prisão temporária dele?

— Acredito. Você podia ter falado comigo e eu iria com você até lá.

— Mas você estava com os seus convidados...

— Nossos convidados. A festa era para você, lembra? Mas tenho certeza de que eles não se importariam. Afinal, seria por uma boa causa.

Fernanda sentiu-se ainda mais culpada. O tom de voz de Breno deixava evidente que ele ficara, sim, chateado por ela ter abandonado a festa. E também por não tê-lo deixado participar do problema, o que reforçaria ainda mais a cumplicidade que eles estavam desenvolvendo naquela semana, desde que ela quase fora presa depois do episódio da estatueta.

De qualquer modo, tinha sido uma grosseria tremenda ela ter saído sem se despedir. Às vezes, Fernanda se sentia tão delicada quanto um rinoceronte numa loja de cristais.

— Estou com a sacola onde você guardou as coisas do seu escritório — disse Breno, aparentemente deixando o assunto para lá. — Como é que eu faço para te entregar?

— Deixa na portaria do seu flat, que eu passo lá para apanhar — Fernanda respondeu, aliviada pela mudança na conversa.

— Ela está comigo agora, aqui na Capro. Posso levar até a sua portaria hoje ainda.

— Não quero que você tenha trabalho...

— Não é trabalho nenhum. Para mim tanto faz ir para o flat ou para o seu prédio. A distância de lá até aí é de um quarteirão.

Fernanda rendeu-se.

— Tudo bem. Mas não vai deixar nada na portaria. Sobe aqui no apartamento e a gente come alguma coisa e conversa um pouco. A que horas você pode vir?

— Daqui a pouco. Terminei o que tinha para fazer hoje e Kaufman me liberou para sair mais cedo.

— Então já estou te aguardando.

Despediram-se. Fernanda foi até a cozinha para ver se havia na geladeira e na despensa algo decente para servir. Encontrou chá, café, suco, leite, queijos e pães congelados. Estendeu uma toalha na mesa da copa e colocou pratos, xícaras, copos e talheres. Depois pôs água para ferver no fogão e acendeu o forno para descongelar os pães. Ela tinha acabado de colocar os queijos na mesa, quando o interfone tocou. Breno estava subindo.

Fernanda abriu a porta e ficou sinceramente feliz ao vê-lo. Ele trazia a sua sacola e tinha um sorriso agradável no rosto. Fernanda mirou em seus olhos. Ela os achava lindos. Eram de um verde translúcido, quase angelical, que contrastava com os cabelos escuros e o rosto anguloso, másculo, viril. Um calor cresceu em seu ventre. Minutos atrás, estava pensando em Ricardo e, agora, não conseguia disfarçar para si mesma que Breno a excitava. Estava dividida e, além de tudo, aquela enxurrada de desejos e sensações apenas dois meses depois de ter perdido o marido com quem vivera por quase 15 anos, a fazia sentir-se baixa e vulgar, além de tola e infantil. Era o preço por ter reprimido suas necessidades durante tantos anos. Agora elas vinham lhe cobrar a dívida e com juros altíssimos.

Eles se abraçaram como bons amigos, e caminharam até o conjunto de sofás que ficava mais perto da janela. O sol estava terminando de submergir na linha do horizonte e, com exceção dos últimos raios refletidos no céu sem nuvens, já era noite no Rio. Fernanda fechou uma das bandas da janela a fim de abrandar um pouco o barulho do trânsito do *rush* na orla de Ipanema.

— Obrigada por trazer minhas coisas — disse Fernanda.

— Juro que não bisbilhotei nada — Breno levantou as duas mãos, fazendo uma careta engraçada de santinho.

Fernanda riu.

— Que pena. Pois se tivesse bisbilhotado...

Ela percebeu que os olhos dele brilharam de repente e tratou de apressar a resposta:

— Se tivesse bisbilhotado, não encontraria nada demais.

Breno lançou um olhar matreiro.

— Nenhum segredo íntimo?

Fernanda sentiu-se ruborizar.

— A Capro não é exatamente o lugar mais apropriado para guardar "segredos íntimos".

— Mas o seu apartamento é — ela fez um gesto com as mãos para a sala. — E já que estou aqui, posso tentar descobrir.

— Não é mais fácil você me perguntar?

— Se são segredos, você não me contaria.

Fernanda adorava o senso de humor dele. E também a rapidez em dar respostas quase sempre espirituosas.

— Preparei um lanche para a gente. Está com fome?

— Um pouco. Costumo jantar lá pelas 19h.

— Então vamos comer e, aí, você aproveita e me conta como estão as coisas na empresa.

— Posso adiantar que está tudo na mesma. Tirando o fato de que, sem você lá, o escritório perdeu um pouco do brilho.

— Exagerado você, hein?

Mas ela gostou do comentário. Queria mesmo que sentissem falta dela. Muita falta. Mais do que isso: desejava, intimamente, que Kaufman se desse conta da injustiça que tinha cometido e a readmitisse logo. Fernanda entendia as razões dele, o que não significava que as houvesse digerido.

Eles mal tinham se sentado na copa e começado a se servir, quando o interfone tocou novamente. Fernanda atendeu e o porteiro informou que o doutor Salvador Saldanha estava subindo.

— Salvador? — ela balbuciou para si mesma ao desligar. — O que será que ele quer?

Breno deu de ombros.

— Deve ser alguma coisa importante. Para ele vir pessoalmente. Talvez uma boa notícia.

Fernanda tinha certeza de que não era. Salvador não apareceria sem avisar antes, se não tivesse um motivo forte. E, em geral, "motivos fortes" costumavam ser sinônimos de péssimas notícias.

Quando Salvador entrou no apartamento, enfiado num terno alinhadíssimo, e juntou-se a eles na copa, os temores de Fernanda aumentaram. A expressão dele era grave. Ela o convidou para acompanhá-los no lanche, mas Salvador recusou, de uma forma até meio brusca. Ele parecia extremamente tenso.

Fernanda indicou-lhe uma cadeira ao lado da sua e perguntou, já se preparando para o que ouviria.

— O que aconteceu?

— Acabo de chegar da delegacia da Gávea. Um dos porteiros do prédio da Miriam prestou um depoimento.

— E daí?

— Tem a ver com você.

Fernanda esbugalhou os olhos, intrigada.

— Comigo?

— Gostaria de saber uma coisa: você, por acaso, esteve naquele prédio na manhã de quinta-feira passada procurando pela Miriam?

Fernanda forçou a memória. Sim, ela estivera. E, sim, foi na quinta passada. Disse isso a Salvador, que emendou:

— O que você foi fazer lá?

Fernanda não entendia aonde ele queria chegar, mas não estava gostando nem um pouco dos rumos daquela conversa.

— Miriam andava estranha naqueles dias. Não conseguia falar com ela pelo telefone e resolvi encontrá-la pessoalmente. Passei primeiro no prédio, o porteiro falou que ela já tinha saído, e de lá fui direto para o escritório de vocês.

— Ele *falou* que ela tinha saído? Quer dizer: ele *viu* quando ela saiu?

— Não. Ninguém atendia o interfone e ele foi até a garagem ver se o carro dela estava lá. Se estivesse, era porque ela ainda estava em casa. Mas ele não estava.

— E por que você subiu até o apartamento dela?

Fernanda cada vez entendia menos. Ela trocou um olhar de estranheza com Breno, que permanecia respeitosamente calado.

— Eu não subi até o apartamento. Fiquei na portaria, esperando o porteiro voltar da garagem.

Ela percebeu que Salvador ficara instantaneamente confuso.

— Não subiu?

— Não — ela respondeu, convicta. — Foi o que acabei de dizer: ninguém atendia o interfone. Miriam tinha saído de carro. Eu ia subir para quê?

Salvador mordeu os lábios, dando a entender que estava diante de um problema.

— Por que você está me perguntando tudo isso? — Fernanda indagou.

— Porque esse zelador, chamado Valdir, contou à polícia que você subiu ao apartamento da Miriam naquela manhã. E que ficou lá por cerca de 15 minutos.

Ela não conteve a perplexidade. Buscou os olhos de Breno, que parecia ainda mais estarrecido do que ela.

— Ele deve ter se enganado, Salvador.

— Ou, então, está mentindo descaradamente — declarou Breno.

Salvador virou-se para ele:

— E por que ele mentiria? É só um funcionário do prédio. E, até onde eu sei, a informação de que a arma do crime desapareceu do apartamento naquela manhã não vazou. Logo, ele não deve saber de nada.

Então era esse o problema, pensou Fernanda desconsolada, compreendendo, afinal, a preocupação de Salvador. A arma.

— A menos que alguém tenha contado para ele — observou Breno. — E lhe dado dinheiro para mentir. O assassino, por exemplo.

— Mas por que tentar incriminar justo a mim? — protestou Fernanda.

Breno levantou-se e deu uma volta na mesa da copa, com a mão no queixo, pensativo. Ele parou e falou, olhando para Fernanda e Salvador alternadamente:

— Sabem o que eu acho?

Ninguém respondeu nada, dando-lhe a deixa para continuar:

— Que a pessoa que subornou o porteiro é a mesma que articulou o depoimento daquele coreano contra Fernanda. Duas denúncias caluniosas num intervalo de dois dias... Dá o que pensar, concordam?

— Você acha que essa pessoa pode ser o assassino da Miriam? — Fernanda perguntou.

— Não necessariamente. Mas ela pode ter visto no assassinato uma boa maneira de incriminar você ainda mais.

Fernanda estava horrorizada.

— Mas quem faria isso?

Breno sorriu, indulgente.

— Com certeza, alguém que não te acha lá muito simpática.

— Ele tem razão, Fernanda — interveio Salvador. — Faz todo o sentido. Se o porteiro levou dinheiro, descubro rapidinho. Vou mandar fazer um levantamento completo da vida dele. No mais tardar, na semana que vem, terei todas as informações na minha mesa. Precisamos desqualificar essa testemunha.

— Mas o senhor acha isso mesmo necessário, doutor Salvador? — Breno indagou. — Pois, mesmo se a Fernanda tivesse subido ao apartamento da Miriam, isso não quer dizer que ela tenha ido para pegar a arma.

— Sim. Mas se Miriam já estava no escritório naquele horário, a polícia vai querer saber por que Fernanda demorou 15 minutos lá em cima. Ninguém fica 15 minutos parado diante da porta fechada de um apartamento vazio tocando a campainha. A polícia pode deduzir que Fernanda, por ser muito amiga da Miriam, tinha uma cópia da chave e aproveitou para entrar lá e apanhar o revólver que usaria para matar a amiga. Fernanda sabia que Jorge atirava e que guardava seu revólver em casa, mas acabou encontrando o de Thiago, e o levou por engano. Quinze minutos é tempo suficiente para fazer isso.

Fernanda juntou as mãos na altura dos lábios, meditativa.

— E não é só isso...

Um pensamento desagradável a fisgara. Salvador e Breno miraram-na, em suspense.

— Não é só isso o quê? — Breno perguntou.

Ela não sabia como revelar aquilo.

— As suspeitas da polícia contra mim vão aumentar quando descobrirem que Miriam e Guilherme tinham um caso.

Um silêncio constrangedor apossou-se da copa. Fernanda percebeu que Salvador a encarava com os olhos vidrados. A cor tinha desaparecido do seu rosto.

— O quê?! — ele perguntou, quase gritando.

— Foi isso mesmo que você ouviu.

— Guilherme e Miriam nunca tiveram um caso — Salvador estava exaltado. — De onde você tirou esse absurdo?!

— Jorge me contou. Parece que ele encontrou umas cartas de amor de Guilherme nas coisas de Miriam... Tinha uma foto dele também. E atrás estava escrito "do seu amor".

Salvador meneou a cabeça nervosamente.

— Isso é impossível. Guilherme era meu amigo. E ele e Miriam trabalhavam comigo lá no escritório. Eles nunca tiveram um caso. Garanto a você.

Fernanda tentou argumentar.

— Mas os cartões e a foto que Jorge encontrou...

— Você *viu* esses cartões? — Breno interrompeu-a.

Ela teve de reconhecer que não. Salvador levantou os braços, abrindo um sorriso revoltado.

— Está vendo? Você não viu os cartões. Jorge pode muito bem ter inventado essa história.

— Acho que ele não iria tão longe...

Salvador deu dois passos adiante e tomou os ombros de Fernanda com as mãos.

— Seja como for, minha querida — ele falou, num tom de voz paternal —, acredite em mim: Guilherme e Miriam nunca foram amantes. Eram pessoas muito decentes e se tivesse havido qualquer coisa entre eles, eu teria sido o primeiro a saber.

Fernanda olhou para Breno que, pela fisionomia, se deixara convencer pelo tom veemente de Salvador. Ou quase.

— Essas cartas provavelmente não existem — declarou Salvador. — E, se existirem, podem muito bem ter sido escritas pelo próprio Jorge.

— Imitando a letra do Guilherme?

Salvador sacudiu os ombros.

— Só posso tirar uma conclusão tendo elas na minha frente.

Breno segurou uma das mãos de Fernanda e disse, tentando confortá-la:

— Você é inocente, Fernanda. Não cometeu crime nenhum. Não vê que estão tentando armar contra você? E que até essas cartas podem fazer parte do esquema?

Fernanda sentia-se desanimada e desorientada. Estava sendo encurralada por alguma razão que desconhecia, o que tornava a situação ainda mais aflitiva.

— De que vale ser inocente se a polícia não vai acreditar em mim...?

— Vai acreditar — asseverou Salvador, batendo com a mão no peito. — Porque nós vamos provar.

— Vamos mesmo — Breno fez coro. — Você não está sozinha. Nós vamos descobrir quem está tentando te prejudicar. E livraremos a sua cara. Vocês podem contar com a minha ajuda.

E, então, Fernanda lembrou-se da última conversa com Miriam ao telefone e do aviso aflito que ela lhe dera:

> *Uma trama horrível está sendo armada contra você. A história é comprida. E você vai ter que se preparar. O jogo é duro. Você está correndo perigo. Não estou aguentando mais segurar essa barra sozinha. Você vai ficar muito transtornada.*

O que será que ela sabia?

Naquele momento, Fernanda resolveu que iria começar a investigar aquele mistério pessoalmente e que não sossegaria enquanto não descobrisse o que estava acontecendo. Se havia mesmo uma "trama horrível" montada contra ela – e tudo indicava que havia –, não poderia simplesmente ficar de braços cruzados enquanto um maníaco lutava para destruir sua vida. Aquilo estava ficando perigoso demais e ela tremeu ao se dar conta de que corria o risco de se tornar a próxima a ser encontrada num banheiro com um tiro no peito.

Ela precisava agir. E iria agir.

PARTE IV

A GRANDE CILADA

CAPÍTULO 32

— **A alegria do Senhor** seja a vossa força; ide em paz, irmãos, e que o senhor vos acompanhe.

Todos fizeram o sinal da cruz, após as palavras finais do padre e foram, aos poucos, deixando seus lugares na igreja Nossa Senhora da Paz. A missa de sétimo dia de Miriam havia terminado.

Fernanda avistou o irmão, os pais e o filho pequeno de Miriam enfileirando-se junto ao púlpito para receber os cumprimentos. Eram a imagem da desolação. Pareciam ainda mais abatidos e dilacerados do que no dia do enterro. Fernanda tomou seu lugar na fila. Reconheceu algumas pessoas do escritório de advocacia. Salvador não pudera ir e foi representado pela mulher, Rosângela. Mas Gláucia, a jovem assistente de Miriam no escritório, estava lá.

Ao chegar, cerca de uma hora atrás, Fernanda vira Telma Guimarães e a filha dela, Camila, sentadas discretamente na ponta de um dos bancos, mas agora elas não estavam à vista. Telma era a sócia de Ricardo na empresa que fazia a contabilidade do escritório de Guilherme e Salvador.

Abraçada ao neto, a mãe de Miriam estava pálida, com os olhos inchados de quem chorara muito e o rosto recoberto por sulcos brilhantes de lágrimas. Fernanda abraçou-a longamente, cativada pela dor pavorosa que aquela mulher devia estar experimentando. Elas se conheciam há algum tempo e Fernanda sentia muita pena dela, somada a um sentimento de impotência por não poder fazer nada para ajudá-la. Nem mesmo sabia o que dizer. O demorado abraço, plenamente retribuído, pareceu transmitir toda a sua solidariedade.

A mãe de Miriam, então, perguntou, com amabilidade:

— E você? Como está?

Fernanda sentiu uma pontada de vergonha.

— A senhora já deve ter sabido de tudo, não é?

A mulher assentiu com a cabeça, demonstrando compreender a situação. Olhava Fernanda como vítima e não como uma vilã.

— É um equívoco. Mas vou provar que sou inocente.

— Miriam sempre me dizia que você era a pessoa mais correta que ela conhecia.

— Eu também penso o mesmo dela — retrucou Fernanda, agradecida por aquelas palavras, mas ainda sem saber muito bem o que pensar da amiga morta. A negativa veemente de Salvador não fora suficiente para dissipar as suspeitas sobre o suposto romance de Miriam e Guilherme. Fernanda precisava de uma prova incontestável e ansiava encontrá-la logo.

Ela deu dois beijinhos em Márcio, que não parava de chorar, e, depois, cumprimentou o pai de Miriam, cuja fisionomia era ainda pior do que a da esposa. Trocaram rápidas palavras e Fernanda ouviu alguém chorando alto atrás de si. Uma mulher magra, vestida humildemente com uma calça jeans desbotada e um casaco de tricô bastante puído, que parecia um número abaixo do que seria o ideal. Ela falava com a mãe de Miriam, enquanto, descontrolada, tentava abafar o choro com um lenço.

— Ela era uma menina muito boa, senhora. Vou rezar para ela o resto da minha vida. Ela está do lado de Deus...!

A mãe de Miriam passou a mão carinhosamente pela testa da mulher, que devia ter uns quarenta e poucos anos, embora aparentasse bem mais. Os cabelos maltratados estavam grisalhos em alguns pontos e escapavam do arremedo de penteado que ela improvisara numa tentativa fracassada de domá-los.

— Ele já está recuperado? — a mãe de Miriam perguntou, docemente.

— Está quase. O médico falou que ele vai sair do hospital daqui a uns dias. Graças a Deus. Se não fosse pela dona Miriam, nem sei o que ia acontecer. Ela era uma menina muito boa — a voz fraquejou. — Ela salvou meu filho...! Estou rezando muito para ela — e tornou a chorar.

A mãe de Miriam estava visivelmente constrangida e sem ação. A mulher à frente dela parecia maluca, embora estivesse claro que as duas se conheciam. Fernanda tinha ouvido a conversa toda e decidiu ajudar:

— A senhora está se sentindo bem?

As mãos da mulher estavam frias demais. Como ela não respondeu, Fernanda a afastou da fila de condolências e levou-a até um dos bancos da igreja.

— Quer um copo d'água?

— Não precisa.

— Está tudo bem?

— Acho que fiquei muito emocionada. A dona Miriam foi muito boa com meu filho. Salvou a vida dele. Estou muito triste com a morte dela. Tadinha...

Ela deu a impressão de que iria cair em prantos novamente, mas isso não aconteceu.

— Meu filho trabalhava como *office boy* da dona Miriam no escritório dela. Ele passou mal faz umas duas semanas no escritório... Foi no dia 13. Levaram ele para um hospital público. Mas a dona Miriam conseguiu fazer com que ele fosse para um particular. Ela cuidou para que o escritório pagasse tudo...

— O que ele teve?

— Comeu uma coisa estragada. Disseram que foi no café da manhã. Ele deve ter saído tarde de casa e parado em algum boteco para engolir uma comida rápida antes de chegar no serviço. Meu filho vivia se atrasando.

Agora Fernanda se lembrava. Miriam tinha comentado sobre isso no almoço que tiveram duas semanas antes, em Ipanema. Um rapaz que trabalhava com ela estava doente num hospital e ela pretendia visitá-lo até o fim daquela semana.

— E como ele está agora?

— Ah, bem melhor. Parece que na segunda ou na terça ele vai sair do hospital.

Fernanda sorriu solidária. De repente, sentiu vontade de ajudar aquela mulher. Tanto ela quanto o filho deviam ser muito pobres. Fernanda retirou um cartão seu da bolsa e anotou seu número de casa no verso.

— Fui a melhor amiga da Miriam — ela entregou o cartão à mulher. — Se precisar de alguma coisa, pode me procurar.

A mulher sorriu, agradecida. Enquanto ela guardava o cartão na bolsa, Fernanda perguntou:

— Como a senhora se chama?

— Teresa.

— E o seu filho?

— Igor. Igor da Costa.

Fernanda sentiu o telefone vibrando dentro da bolsa. No visor apareceu o número do celular de Salvador. Pediu licença para atender:

— Oi, Salvador — ela falou em voz baixa.

A voz do advogado retumbou do fone, no silêncio da igreja:

— Estou aqui no apartamento da Miriam e do Jorge. Não importa o que você esteja fazendo. Largue tudo e venha para cá agora. É importantíssimo.

Fernanda desligou assustada. Olhou para o lado. Teresa tinha ido embora.

CAPÍTULO 33

Nenhuma notícia na imprensa. Sequer uma nota ou comentário. Nada.

Adelina passara a manhã navegando por todos os sites de notícias que conhecia, incluindo as edições eletrônicas de diversos jornais, para checar se algum deles havia comentado a denúncia do porteiro Valdir contra Fernanda. O silêncio era total.

Ela própria havia se incumbido ontem de contatar, por meio de um dos estagiários do escritório de Erasmo Porto, as redações e os *webmasters*. Valdir contara tudo à polícia na quarta à tarde – cerca de duas horas depois de eles terem conversado. Agora era sexta de manhã. Houvera tempo de sobra para a notícia ser estampada nas edições impressas. Mas, ainda que não tivesse havido, nada impedia que ela fosse publicada em alguma página na internet, nem que fosse um blog minguado. Mas era como se nada tivesse acontecido, como se nenhuma denúncia tivesse sido feita.

Adelina ficou pensando. Será que Fernanda ficara sabendo de tudo e tomara providências a tempo de abafar o escândalo? Salvador Saldanha era uma raposa. Com certeza fora ele que agira. Fernanda era lerda demais para isso.

Além do mais, o delegado encarregado da investigação do assassinato de Miriam Ortiz, podia ter, por princípios ou por força da lei, simplesmente decidido ocultar a informação da opinião pública, pelo menos até averiguar a denúncia de Valdir. Ele, afinal, era só um zelador de prédio. Testemunhas como ele muitas vezes não eram levadas em total consideração num sistema judicial ainda bastante elitista.

Adelina desligou o notebook e ficou andando em círculos pela sala. Aquele havia sido o segundo golpe contra Fernanda, em menos de uma semana. O primeiro, na segunda-feira, com a denúncia de Seung Chun e a acusação de furto da estatueta, aparentemente havia cumprido o seu papel. A vigaristazinha tinha tido o nome exposto na mídia e fora afastada do seu cargo na Capro.

Isso, no entanto, tivera um efeito menos devastador na vida de Fernanda do que Adelina esperava. Ela continuava amiga dos funcionários da agência, incluindo o presidente, Noé Kaufman, e era bem provável que, uma vez o escândalo tendo perdido força na mídia, ela fosse reconduzida sem alarde ao seu cargo. Aliás, a imprensa nem mais comentava o caso. A fotografia do rosto de Fernanda tinha sido publicada em apenas três ou quatro veículos, apesar de Adelina, usando um endereço anônimo no Hotmail, haver encaminhado umas cinco ou seis a uma infinidade de jornalistas.

Nem Olavo de Queirós Machado, de cuja coleção a estatueta havia sido subtraída, demonstrou qualquer vestígio de revolta contra Fernanda. Ele se limitou a afirmar que ficara satisfeito com o fato de a peça ter sido localizada, que já a tinha dado como perdida e declarou que toda pessoa era inocente até prova em contrário e que aguardaria o fim das investigações para se pronunciar. Adelina chegou a telefonar para ele no dia anterior a fim de prestar solidariedade e, ao perguntar sobre o que pensava de Fernanda ter sido a receptadora da peça, Olavo respondeu calmamente que não acreditava naquilo, que Fernanda era uma jovem honesta e encantadora, e ainda ofereceu apoio a Adelina, supondo, naturalmente, que ela estava preocupadíssima com a situação da nora e que lhe telefonara com o objetivo de pedir que ele perdoasse Fernanda, em nome da antiga amizade entre as duas famílias. "Não há o que perdoar. Diga à querida Fernanda que não se preocupe", foi o que ele declarou com a voz mais doce do mundo, antes de Adelina se despedir polidamente e desligar, com raiva, o telefone.

Era uma reação previsível, partindo de um homem de quase noventa anos, que no passado ganhara muito dinheiro com falcatruas e negociatas. Ele tinha uma moral nada sólida e, desta maneira, não se impressionava tanto com golpes, mesmo aqueles de que era vítima. Talvez até se solidarizasse intimamente.

Além disso, Olavo havia perdido tragicamente, num intervalo de uma década, dois filhos e um neto. Muito por conta disso, se entregara à religião e à caridade. Ele dizia que era uma forma de não enlouquecer, de não se deixar dominar pelo rancor e de canalizar o amor que tinha pelos filhos e pelo neto para algo positivo.

Adelina, no entanto, desconfiava que a razão maior era expiar o seu passado de corrupção, que desde a morte dos filhos devia massacrá-lo com um sentimento de culpa feroz. Olavo tinha perdoado o caminhoneiro sonolento que, acidentalmente, batera no carro de sua filha 15 anos atrás, a ponto de pagar um advogado para defendê-lo. Por que não perdoaria a "jovem encantadora" que "apenas furtara" uma estatueta caríssima da sua coleção, certamente induzida por algum cafajeste ou cedendo a um impulso de fraqueza comum a todos?

Se o caso da estatueta, que produzira algum alarido no início, já começava a cair no esquecimento, tudo indicava que a denúncia de Valdir, que nenhum comentário público havia suscitado, teria um resultado ainda mais inócuo. Felizmente, o plano de Adelina em relação a ele não se limitava a isso, do contrário teria sido um grande fiasco. Havia a segunda parte. A mais importante. E ela decidiu que tinha chegado a hora de colocá-la em prática.

A ideia, inicialmente, era só fazer isso na semana que vem, mas, diante das circunstâncias, seria arriscado esperar. Ainda mais porque havia uma segunda questão, que também a preocupava: Thiago. Fora a arma dele que matara Miriam. Isso não estava previsto. Se a culpa de Thiago fosse comprovada, seria péssimo para ela. Era preciso afastar de uma vez por todas esse risco.

Adelina queria resolver todos os problemas de uma só vez, com uma única providência.

Ela sentia-se frustrada. E febril. Não se lembrava de ter sentido tanto ódio na vida. Nem nos dias que sucederam a morte de Guilherme. Estava com 75 anos. Sabia que seu tempo na Terra não era dos mais longos. Ainda que morresse aos cem anos, não tinha mais do que 25 anos pela frente. Era muito pouco. Fernanda, por sua vez, ainda estava na flor da idade. Não tinha nem quarenta anos. Era bonita. Possuía uma pequena fortuna herdada de Guilherme, e, logo, reconstruiria sua vida ao lado de outro homem, provavelmente do jovem funcionário da Capro com quem ela andava saindo. Adelina não suportaria assistir à ascensão de Fernanda ao auge de uma nova vida, enquanto ela própria definhava em seus últimos dias.

Mas isso não iria acontecer. Fernanda sofreria um golpe tão devastador, que não conseguiria mais se reerguer. Adelina tinha certeza de que, quando tudo estivesse terminado, a sociedade viraria as costas para Fernanda. Ela se veria completamente humilhada e sozinha.

Desta vez, não recorreria à intermediação de Erasmo Porto. Inclusive porque ele, ultimamente, vinha se mostrando escrupuloso demais e Adelina sentia que, no íntimo, ele reprovava suas atitudes. "Espere só até um filho seu cair nas mãos de uma vadia, doutor Erasmo. Espere que ele morra e ela herde tudo, depois de acabar com a vida dele. Experimente na pele o que eu estou passando e depois veja onde todos os seus escrúpulos foram parar".

Adelina não confiava em telefones. Ela abriu o armário, pegou uma antiga bolsa de tecido bem larga e enfiou nela uma muda antiga de roupas, uma echarpe de seda e um óculos escuros de aros redondos que iam do meio das bochechas até a metade da testa. Depois, sem falar com ninguém, desceu as escadas e saiu da casa, descendo a pé a rua Cosme Velho até encontrar um táxi vazio.

Saltou na avenida Rio Branco e entrou numa lanchonete. Pediu um hambúrguer e uma Coca-Cola e acomodou-se numa das mesas do segundo andar. Depois de se sentar e de dar duas mordidas no sanduíche, foi até o banheiro e trancou-se na cabine.

Ficou lá por mais de meia hora. Saiu já vestindo a outra roupa, com os óculos e a echarpe envolvendo e cobrindo o cabelo. Ninguém pareceu notá-la.

Adelina saiu da lanchonete, comprou um cartão telefônico, caminhou até um orelhão e fez uma ligação rápida. Satisfeita, tomou um segundo táxi e deu ao motorista um endereço no Meier.

CAPÍTULO 34

A voz de Salvador no celular denotava urgência. Fernanda deixou a igreja apressada. Pensou em pegar um táxi, mas todos os que passavam estavam cheios. O semáforo fechou para os carros e um ônibus parou bem à sua frente. Ela fez um sinal para o motorista, ele abriu a porta e ela entrou, pagando a passagem e sentando-se no fundo, perto da saída.

Apenas cinco quarteirões separavam a igreja de Nossa Senhora da Paz e o ponto mais próximo da esquina com a rua Canning. Fernanda saltou do ônibus e só precisou caminhar alguns poucos metros até o prédio de Miriam e Jorge. Ao entrar na portaria, ela não reconheceu o zelador. Não era o tal do Valdir que a atendera outro dia e agora tentava incriminá-la. Esse era mais jovem. Ele anunciou Fernanda pelo interfone a alguém lá em cima e ela tomou o elevador.

Era doloroso voltar ao apartamento de Miriam sem que a amiga estivesse lá para recebê-la, e Fernanda sentiu o coração apertar quando a porta foi aberta por um homem que ela nunca vira antes. Tudo ali dentro – os móveis, os quadros, os porta-retratos – estavam como ela recordava. Por uma fração de segundo, teve a sensação de que Miriam apenas viajara e que logo regressaria.

Vestindo os inseparáveis terno e gravata, Salvador estava sentado num sofá na outra extremidade da sala, perto da janela. Ele ergueu a cabeça quando Fernanda entrou e não se moveu, limitando-se a gesticular para que ela se aproximasse.

— Onde está Jorge? — Fernanda perguntou.

— Na farmácia. Foi ele que me deu a chave do apartamento. O inspetor Antunes da Polícia Civil — Salvador apontou para o homem que tinha aberto a porta — está me acompanhando.

Fernanda e o inspetor trocaram um cumprimento protocolar à distância. Ela tornou a olhar para Salvador:

— Aconteceu alguma coisa? — indagou. — Você parecia aflito no telefone...

— Dê uma olhada nisso aqui.

O advogado apontou para as duas fileiras de cartões na mesa baixa em frente ao sofá. Só então Fernanda percebeu que ele usava luvas de borracha. O policial lhe ofereceu um par e ela as calçou.

Fernanda sentiu sua ansiedade crescer.

— São os cartões que Guilherme enviou para Miriam?

— Veja você mesma.

Fernanda mordeu o lábio inferior, enquanto se sentava ao lado de Salvador e, contrariada, fixava os olhos nos cartões. A prova da traição do marido. Ficou em dúvida sobre qual pegar primeiro.

Como que lendo seus pensamentos, Salvador pegou dois e entregou-os a ela. Eram cartões coloridos de amor, do tipo comercializado em papelarias, com um coração perfurado por uma flecha e flores gravadas em revelo na capa. Fernanda abriu o primeiro deles. No interior, havia apenas uma mensagem impressa em letras douradas seguida da assinatura de Guilherme embaixo. A mensagem, bem breguinha, dizia:

> *Para amar você, bastou um olhar.*
> *Agora, para esquecer você, só mesmo se eu morrer.*
> *Te amo demais!*

Fernanda fechou o cartão, sentindo-se afrontada.

— Não deixa de ser profético... — resmungou, enquanto abria o segundo cartão.

— O que quer dizer?

Fernanda sacudiu os ombros.

— Deixa para lá.

Salvador abanou a cabeça, exasperado.

— Você não entende.

Mas Fernanda não estava ouvindo. Sua atenção achava-se totalmente focada na mensagem do segundo cartão, também gravada em dourado:

> *Gostaria que soubesse que eu te amo!*
> *E te amo muito mais do que o próprio amor!*

Ela fechou o cartão bruscamente e jogou-os sobre a mesa.

— Não sabia que Guilherme podia ser tão cafona... — mas Fernanda, no fundo, lamentava nunca ter recebido nada parecido em 15 anos de relacionamento.

Ela esperou algum comentário de Salvador, mas ele não veio. Diante do silêncio, Fernanda virou-se para ele, que disse, simplesmente:

— Acabou?

A expressão dele era divertida, e Fernanda ficou desconcertada.

— Como você esperava que eu reagisse? Meu marido e minha melhor amiga me traem, ele manda a ela esses cartões ridículos e...

— Fernanda — Salvador interrompeu-a. — Você não percebeu ainda?

Ela o encarou, confusa, esperando que ele prosseguisse.

— Olhe os cartões com atenção — ele pediu.

Fernanda tornou a apanhar um dos cartões que havia atirado sobre a mesa e o abriu.

— Você conviveu com Guilherme tantos anos... Não é possível que não consiga perceber que há algo errado.

Fernanda foi baixando os olhos até chegar à assinatura. Ali estava escrito: "Guilherme".

E, então, ela entendeu o que Salvador queria dizer.

Aquela não era a letra de Guilherme. Definitivamente não era.

Ansiosa para ter certeza disso, ela foi abrindo um a um todos os cartões que estavam na mesa. Em todos eles se repetia o modelo do primeiro: mensagens impressas de fábrica e, abaixo, uma tentativa de assinatura que variava entre "Guilherme" e "do seu Guilherme".

Havia, ainda, uma foto do marido, tirada poucos anos antes. Ele estava de terno e com ares de galã. No verso, havia uma anotação: "Te amo para sempre. Guilherme".

Mais uma vez a letra não era dele.

Mais calma, Fernanda largou a foto sobre os cartões, agora totalmente desordenados sobre a mesa, e retirou as luvas. Recostou-se no sofá e ficou meditando por alguns instantes, tentando encontrar alguma lógica em tudo aquilo.

— Uma farsa — disse Salvador. — Estamos diante de uma farsa. Guilherme não mandou cartão nenhum para Miriam.

Fernanda permanecia em silêncio, fitando o vazio. Sua cabeça estava a mil.

— Eu disse a você que eles nunca foram amantes — completou Salvador. — Será que agora você acredita?

Fernanda fez um gesto mal-humorado com o queixo para os cartões.

— Isso não prova nada.

— Não? — Salvador alteou uma sobrancelha. — Como não, se você só passou a suspeitar que Guilherme e Miriam tinham um caso depois de saber da existência desses cartões? Agora nós temos a comprovação de que não foi Guilherme que os mandou. E se você ainda duvida, posso requerer uma perícia grafotécnica para atestar definitivamente que essa letra não é dele.

— Não precisa. Eu sei que não é.

Salvador cruzou os braços e a interpelou com o olhar:

— E então? O que me diz?

— O que quer que eu diga?

— Esses cartões estavam guardados dentro de um envelope no armário de Miriam. Exatamente como Jorge disse. A polícia vai levar tudo para fazer uma perícia. Descobrir impressões digitais, tentar precisar a época exata em que foram assinados... Hoje em dia existem técnicas que permitem fazer isso. Mas eu duvido que elas nos deem as respostas que queremos.

Fernanda acompanhava o raciocínio de Salvador e percebeu, imediatamente, aonde ele queria chegar.

— Estou entendendo — ela disse, sentindo-se mais relaxada pela primeira vez desde que atendera o celular na igreja. — Guilherme não mandou esses cartões, mas alguém mandou...

— Sim. A dúvida é: quem? E por quê?

— Jorge me disse que, há alguns meses, seguiu Miriam até um motel no Catete. Ela entrou sozinha. Ele já desconfiava que ela tinha um caso.

— Certo. E ao encontrar esses cartões, ela achou que o amante fosse Guilherme. Mas ele nunca disse que *viu* Guilherme com ela. Apenas ligou os dois fatos.

Fernanda forçou a memória.

— Não tenho certeza. Podemos perguntar a ele depois. Mas acho que... que, não, ele não chegou a ver Miriam com Guilherme.

Fernanda viu a expressão de Salvador endurecer um pouco.

— Talvez você não deva perguntar nada ainda.

— Por que não?

— Porque esses cartões podem ter sido plantados aqui pelo próprio Jorge.

— Por que ele faria isso?

— Para tumultuar as investigações. Miriam era muito sua amiga, não era? Amigas assim fazem confidências uma à outra, não fazem? Me responda com toda a sinceridade: alguma vez Miriam contou a você que estava tendo um caso com outro homem? Não quero que você me fale da intimidade dela. Apenas me responda: sim ou não?

Fernanda retesou-se. Percebeu que a linha de raciocínio de Salvador estava correta.

— Não.

— Você chegou a desconfiar alguma vez que ela pudesse ter um amante?

— Realmente, não.

— Pois é. A polícia checou o histórico de ligações de todos os números que Miriam usava, sabia disso? Os de casa, do escritório e o celular. Sabia que ela usava pouquíssimo o telefone para assuntos que não tinham a ver com o trabalho? Incrível. E não havia, entre os números para os quais ela ligou nos seis meses anteriores ao assassinato, nenhum particularmente suspeito. Se ela se comunicava com o amante, usava outro meio.

— E-mails, talvez.

— É possível. A polícia vai checar isso também. Mesmo assim é estranho, não acha? *Nenhum* telefonema? Que pulada de cerca mais comportada... E precavida, não é verdade?

— Você acha, então, que Jorge pode ter inventado tudo isso?

— Não acho nada ainda — Salvador levantou-se e caminhou até a janela com as mãos enfiadas nos bolsos da calça. — Mas todas as informações que temos sobre o suposto adultério de Miriam partiram dele. O relato sobre Miriam ter entrado sozinha num motel no Catete e a existência desses cartões. Que estavam aqui dentro. Quantas pessoas têm acesso a este apartamento?

— Os porteiros podem te informar melhor.

— Se nenhum informou, talvez seja porque ou não entrou ninguém ou, numa hipótese mais improvável, alguém molhou a mão de algum deles com muito dinheiro.

Fernanda sentiu um arrepio na espinha.

O porteiro que a denunciara.

Ele havia dado um depoimento mentiroso dizendo que ela subira ao apartamento naquela manhã da semana passada, quando o revólver que matara Miriam teria desaparecido.

Salvador olhava para ela, parecendo captar exatamente o que ela estava pensando.

— Alguém subornou aquele porteiro para me incriminar... O tal do Valdir. Essa mesma pessoa pode ter subido ao apartamento e plantado esses cartões para Jorge encontrar.

— Mas o próprio Jorge disse que encontrou os cartões em março. Dois meses atrás. Se acreditarmos na versão dele, estamos diante de um crime premeditado, planejado há meses.

Fernanda levantou-se e caminhou até Salvador.

— Então, na sua opinião, estamos diante de um dilema? Ou o assassino é Jorge ou se tratou de um crime premeditado por outra pessoa?

— Sim. E isso me intriga. Miriam era uma pessoa de bem. Tinha seus defeitos como todo mundo, mas era honesta e generosa. Eu me pergunto quem teria interesse em planejar a morte dela de uma maneira assim, tão calculada.

Fernanda tinha a resposta na ponta da língua; uma resposta baseada numa certeza crescente e que, agora, se consolidava de uma vez.

— Porque ela descobriu alguma coisa muito grave. E foi silenciada antes que pudesse contar a alguém. No caso, *a mim*.

CAPÍTULO 35

Adelina parou diante da porta do quarto de Thiago e ficou olhando para ela por um tempo enorme. Às vezes, aquele cômodo lhe passava a impressão de ser um elemento estranho dentro de sua própria casa. Como se não lhe pertencesse de verdade e, mais do que isso, fosse um território hostil, habitado por intrusos que um dia o ocuparam, sem que ela jamais houvesse conseguido expulsá-los.

Ela, de certa maneira, gostava de Thiago. Não tanto quanto deveria, mas sentia, sim, alguma afeição por ele. Não tolerava, contudo, a vida desregrada que ele levava. Adelina odiava a vulgaridade. Para ela, a juventude era um terreno fértil para essa vulgaridade fincar raízes e poucos eram os jovens hoje em dia que escapavam.

Thiago não fugia à regra.

Adelina chegou a levantar a mão para bater na porta, quando, numa atitude impensada, agarrou a maçaneta e abriu-a com brusquidão. Thiago estava ajoelhado do outro lado da cama e pareceu se assustar com aquela entrada repentina. Pela sua expressão ansiosa e afogueada, parecia ter sido surpreendido fazendo algo errado. Desconfiada, Adelina correu os olhos pelo quarto, mas não viu nada de anormal. Ficou tentando adivinhar o que o sobrinho estaria escondendo — ou aprontando.

— O jantar está servido — Adelina disse num tom de voz pesado, procurando deixar bem claro seu ressabiamento.

Thiago pôs-se de pé na mesma hora.

— Por que a senhora entrou no meu quarto sem bater?

Adelina poderia dizer que aquela casa era dela, que fazia o que bem entendia ali. Mas não queria confrontá-lo tão abertamente. Em vez disso, respondeu:

— Desculpe. Não foi de propósito — ela fez um gesto com a cabeça para o corredor — Vamos?

Eles saíram do quarto, andando lado a lado. Thiago tentava parecer à vontade, mas não conseguia. Adelina perguntou:

— Como anda a investigação do assassinado da advogada? Doutor Erasmo deu mais alguma notícia?

— Não — Thiago respondeu.

— Não acha que deveria ligar para ele hoje e perguntar?

Thiago deu de ombros.

— É um inquérito no qual você é considerado suspeito — Adelina completou, enfática. — Pensei que estivesse preocupado.

Eles desceram a escada devagar. Adelina apoiava uma das mãos no corrimão.

— Não estou mais. Não tenho nada a temer.

— Não mesmo?

Thiago não respondeu. A tensão no seu semblante se avolumou. Adelina achou aquilo revoltante.

Ouviram o telefone tocar, quando cruzavam o portal que levava à sala de refeições. A mesa estava posta com vistosas travessas de prata. Havia lombo de porco assado com batatas cozidas numa delas.

— Olha, Thiago, não sei realmente o que você pensa da vida — Adelina endureceu o tom —, mas a sua irresponsabilidade precisa de limites. Eu não vou permitir que o seu comportamento de adolescente transviado *me* prejudique.

Alguém atendeu o telefone. Adelina continuou falando:

— Existem interesses em jogo. Se você não está interessado no processo, saiba que eu estou. Por mim, você pode mofar numa prisão. Desde que eu não esteja publicamente envolvida nessa lama.

Thiago olhou-a com ironia nos lábios.

— Pensei que a senhora gostasse um pouquinho de mim... Um pouquinho só.

Adelina ia responder, quando a governanta se aproximou com o telefone.

— É para a senhora, dona Adelina.

— Diga que estou ocupada.

— Parece que é urgente.

Adelina olhou para a mesa posta e pensou em pedir para que ligassem numa outra hora, mas algo na voz da governanta levou-a a mudar de ideia.

— Tudo bem. Eu atendo.

Ela atravessou a sala até a biblioteca, fechando-se nela. Sentou-se na escrivaninha e apanhou o telefone.

— Alô. Aqui é Adelina Figueroa.

— Boa-tarde, dona Adelina. A senhora estava jantando?

Era uma voz masculina. Levemente rude, e ainda jovem.

— Quem está falando?

— Sou seu amigo, dona Adelina. Pode ficar calma.

Adelina sentiu um calafrio. O tom de voz do homem, meio debochado, e as palavras que ele empregava fizeram disparar um alerta na sua cabeça.

— Quem é você?

— Sou o Braga.

Ela esticou os olhos para o identificador de chamadas e tomou nota, num papel, do número que aparecia no visor.

— Isso é algum trote?

— Pô, assim a senhora me ofende. Eu não passo trote. Sou um cara sério.

— Não me lembro de nenhum amigo chamado "Braga".

— Mas eu sou muito seu amigo. A senhora pode confiar em mim. É por isso eu estou ligando. Não esquece o meu nome, hein? Braga. É só Braga. Esse é o nosso código de comunicação.

Adelina ficou intrigada.

— Código de comunicação? Que códig...

— Vou voltar a ligar — Braga interrompeu-a. — Pode me esperar. E presta atenção: eu sei que a senhora é rica, que pode chamar a polícia, contratar investigador particular e sei lá mais o quê. Mas nem pense em fazer nada disso. *Nem pense em fazer* — a voz dele tinha se tornado agressiva. — Porque vai ser pior para a senhora. *Vai ser pior para a senhora*. Um depoimento meu e sua vida vai para o buraco. Então aguarde bem calminha o meu próximo telefonema, tá? E para o seu bem, sempre para o *seu* bem, não comente com ninguém sobre mim. Quanto menos gente souber, melhor vai ser para a senhora, ouviu bem? *Vai ser melhor para a senhora!*

Adelina engoliu em seco, apavorada. Olhou para as mãos. Estavam tremendo.

— Eu sei de tudo — Braga disse, antes de a ligação ser interrompida.

Adelina ficou estática, processando tudo o que o homem dissera. Teve o impulso de acionar seus contatos, tentar rastrear a ligação, localizar aquele homem o mais rápido possível. Mas não faria nada disso. Pelo menos por enquanto.

Eu sei de tudo.

Algo dentro de si lhe recomendava a levar aquela conversa a sério. Fosse quem fosse esse "Braga", ele não estava blefando. Ela não tinha por que duvidar.

CAPÍTULO 36

O sábado amanheceu glorioso no Rio. O céu brilhava num azul forte, uniforme, quase aveludado, sem nuvem alguma. Um céu de cartão-postal. O ar estava leve, fresco, perfumado. A temperatura era agradável, não menos do que 18 graus e não mais do que 22. Talvez esquentasse um pouco ao longo do dia.

Às 8h30, Fernanda saiu de casa, e foi fazer algo que adorava: tomar o café da manhã na padaria. Nada incrementado, apenas o básico: uma xícara de leite com café fresco e um pão quente recém-saído do forno recheado por uma manteiga cremosa. Ela se dirigiu à tradicional confeitaria na esquina de Visconde de Pirajá com Joana Angélica, misturando-se nas calçadas a casais com ou sem filhos, pessoas sozinhas, nativos e turistas. Todos alegres, falantes e sem pressa, aparentemente curtindo o sábado de tempo bom de modo descompromissado.

Fernanda, contudo, operava em outra frequência. Apesar de a manhã convidar ao lazer, ela se preparava para começar a investigar o plano que havia sido preparado contra ela e descobrir quem estava por trás dele.

Ela vasculhou mentalmente cada ano da sua vida em busca de algum mísero episódio que pudesse ter despertado a mágoa de alguém a ponto de alimentar uma vingança por tanto tempo. A menos que estivesse lidando com algum psicótico calculista – alguém que podia ter interpretado um gesto casual seu como uma ofensa mortal. Concluiu que nada havia de grave na sua biografia que justificasse todo aquele ódio, a ponto de provocar um assassinato.

Um funcionário da confeitaria tinha acabado de colocar a xícara de café com leite e o prato com pão com manteiga diante de Fernanda, quando ela sentiu uma mão sobre o ombro.

— Uma média com pão e manteiga? Boa pedida.

A voz de Breno. Fernanda virou-se para encará-lo.

— Bem típico — Breno parecia estar se divertindo.

— Vai me dizer que você também não gosta?

— Acha que eu estaria aqui se não gostasse?

Breno fez o mesmo pedido ao funcionário. Ele e Fernanda ficaram comendo em silêncio por um tempo. Breno vestia uma camisa social listrada com as mangas dobradas até um pouco abaixo do cotovelo e uma calça escura. O cabelo bem penteado, a barba feita e o perfume indicavam que ele havia acabado de tomar um banho caprichado. Bem-vestido demais para um sábado. Antes que pudesse pensar se seria apropriado se meter na vida dele, a pergunta escapuliu:

— Por que está tão arrumado? Algum encontro?

Ele sorriu com malícia. Talvez adivinhando o que se passava pela cabeça dela.

— Isso te preocupa?

Fernanda ficou morta de vergonha. Eles não tinham nada um com o outro. Breno não lhe devia explicações.

— Kaufman convocou uma reunião para as 9h — ele se apressou em esclarecer.

Fernanda sentiu um alívio quase anestésico fluir pelas artérias.

— Reunião hoje? Mas é sábado...

— Você conhece Kaufman melhor do que eu. Para ele não existe sábado, domingo, feriado... Só existe a Capro.

Ela terminou de mastigar o último pedaço de pão e tomou um gole grande de café com leite.

— Sobre o que é a reunião?

Ela sentiu que Breno ficou subitamente sério.

— Se o motivo for confidencial, não precisa falar — ela disse.

— Não é — ele engasgou com as palavras. Parecia embaraçado. — É sobre a campanha do Il Duomo. Ela foi aprovada ontem.

Fernanda torceu os lábios, sem esconder a frustração.

O golpe fora duro. Afinal, era a *sua* campanha, pela qual batalhou varando noites mergulhada em ideias e gastando manhãs e tardes em *brainstormings* intermináveis e exaustivos com os colegas da Capro. Cada pedacinho da campanha do Il Duomo tinha o seu toque e isso era devastador.

Ela sentiu pela expressão de Breno que ele se mortificava com o seu desconforto. Mas ela já havia tomado a decisão de enfrentar a situação. Em silêncio, jurou para si mesma, naquele momento, que estaria de volta à Capro antes que a campanha do Il Duomo ganhasse a mídia e as ruas.

— Desculpe, Fernanda — Breno gaguejou. — Eu não queria tocar nesse assunto...

— Você não tem que se desculpar — interrompeu ela, numa voz surpreendentemente suave. — Foi até bom você ter me contado. E é ótimo que você esteja aqui agora.

Breno olhou-a intrigado:

— Como assim?

— Tomei uma decisão. Eu mesma vou me empenhar para descobrir a verdade sobre todas essas coisas que têm acontecido. Vou provar que sou inocente no caso do roubo da estatueta e que a acusação do porteiro do prédio da Miriam é infundada.

— Você não confia na polícia, não é?

— Você confia?

Breno fez uma careta, rendendo-se.

— Você me ajuda? — pediu Fernanda.

— A investigar? Descobrir a verdade?

Fernanda aquiesceu.

— Vou até o fim nisso com você, Fernanda. Pode contar comigo. Começamos quando?

Ela tomou o último gole de café com leite e pousou, resoluta, a xícara no pires.

— Pode me ligar quando acabar a reunião com Kaufman. Vou estar no celular. Tem a tarde livre?

Breno parecia empolgado.

— Agora, não mais — ele abriu um sorriso enorme. Parecia um adolescente que acabara de ser convidado para ir ao cinema pela garota mais popular da turma. — Combinei com uma linda publicitária de ajudá-la a resolver um enigma.

Fernanda não pôde deixar de rir.

Nenhum dos dois notou um homem que também tomava calmamente o seu café da manhã no balcão, sentado a uma distância estratégica. Ele possuía um bigode escuro e grosso, no estilo de atores pornôs da década de 1970 e ficou observando Fernanda e Breno disfarçadamente, em intervalos calculados, embora não tivesse chegado a ouvir o que eles conversavam.

O bigodudo seguiu os dois quando eles saíram da padaria até a entrada do prédio da Capro, um quarteirão adiante, onde se despediram. Sua intenção era manter a vigilância a pé, mas ele não esperava que Fernanda imediatamente tomasse um táxi na Visconde de Pirajá.

Desconcertado, ele ainda tentou ir atrás, mas levou dois minutos para encontrar outro táxi, o que arruinou o plano. Por ser sábado de manhã, o trânsito fluía muito bem e Fernanda logo desapareceu de vista. Para onde ela estaria indo?

CAPÍTULO 37

Adelina tinha terminado o café da manhã, quando o telefone tocou. Um zumbido sinistro rasgando o silêncio da casa.

Ela já pressentia quem era. Depois de um fim de noite angustiante, assombrado por perguntas e temores, ela conseguiu recobrar a calma ao se deitar. Seja lá o que fosse, o homem queria um acordo. Quando atendeu à chamada, sentada na poltrona junto à janela de seu quarto, sua voz saiu no tom habitual: monocórdio, gélido, uma perfeita tradução da sua capacidade de autocontrole conjugada com o desprezo que sentia por aquele homem sem nível e que, agora, ousava confrontá-la, como se ambos pertencessem ao mesmo mundo.

— Alô.

— Bom-dia, dona Adelina. É o seu amigo Braga. Liguei numa hora ruim?

Adelina não respondeu.

— Mantive a minha palavra, a senhora vê? Disse que ia voltar a ligar e liguei. Não queria que a senhora ficasse esperando.

Adelina esticou o braço para apanhar sua agenda de telefones e uma caneta e checou o identificador de chamadas, anotando o número que aparecia nele.

— Eu não estava esperando — ela replicou.

— Puxa... Que pena — ele deu um muxoxo. — Uma coisa tão importante para a senhora... E eu aqui, fazendo tudo para ajudar.

Adelina começava a perder a paciência:

— Por que, em vez de ficar fazendo esse teatrinho imbecil, você não diz logo o que quer? Quanto antes resolvermos isso, melhor, não acha?

— Se a senhora prefere assim... Eu só estava tentando ser gentil.

— O que você quer comigo?

— Eu sei de tudo, dona Adelina.

Aquela frase outra vez. Adelina sentiu como se uma névoa gelada a envolvesse.

— Que "tudo"?

— Do seu plano. Da estatueta. Do coreano preso. Da chantagem.

Adelina arrepiou-se e levou um segundo além do que seria normal para perguntar, sem conseguir disfarçar a hesitação:

— O que mais?

— A senhora ainda quer mais? — o homem pareceu surpreso. — Acha pouco?

O deboche daquela voz era repugnante. Uma raiva intensa cresceu dentro de Adelina.

— Não faço a menor ideia do que você está falando.

— A senhora mandou colocar a estatueta na casa da sua nora em Itatiaia.

— Que estatueta?

A voz do homem tornou-se mais agressiva.

— A senhora sabe muito bem que estatueta.

Adelina não podia entregar os pontos agora. Seu interlocutor parecia nervoso. Um sinal de que, talvez, não estivesse tão a par do que acontecera. Havia a chance de que se tratasse de um oportunista barato. De todo modo, ela não levara a estatueta pessoalmente ao chalé de Fernanda. Aquelas acusações eram, portanto, meramente retóricas e nenhum policial ou magistrado sério as levaria em conta sem uma prova concreta que as corroborasse.

— Se eu quisesse dar uma estatueta de presente à minha ex-nora, faria isso pessoalmente. Não mandaria ninguém colocá-la na casa dela. O que você diz não faz sentido.

— Não brinque comigo, dona Adelina.

Adelina sentia-se bem mais segura, percebendo o gradual descontrole do homem.

— Já disse que não sei do que você está falando.

— A senhora prefere ser denunciada à polícia?

— E como você embasará essa denúncia? Com base numa mentira? Ou você tem alguma prova dessa acusação ridícula?

— Tenho fotos.

Adelina riu.

— Que fotos? Fotos minhas na casa da minha ex-nora em Itatiaia? Eu nunca pus os pés lá, rapazinho.

— É claro que a senhora não faria isso pessoalmente. Mas o homem que a senhora contratou para fazer o serviço é muito descuidado. Ele trabalhava para quem mesmo...? Ah, sim. Para um tal de Clóvis Louzada. Ele foi seu advogado, não foi?

Adelina sentiu como se o mundo tivesse começado a desabar sobre a sua cabeça. O homem parecia saber mesmo de alguma coisa e estava conseguindo encostá-la contra a parede.

— Clóvis Louzada morreu há dois anos — ela retrucou, secamente.

— Mas o escritório dele continua funcionando.

— Meu contato sempre foi só com o Clóvis. Depois que ele morreu, deixei de trabalhar com o escritório dele. Nem sabia que ainda estava funcionando.

Uma série de mentiras deslavadas. De todo modo, Adelina percebeu que estava dando explicações demais.

— Então por que a senhora mandou um funcionário de lá colocar a estatueta no chalé da dona Fernanda?

Adelina estava prestes a perder o controle:

— Já disse que não sei do que você está falando — ela disse, entre dentes.

— Então vou refrescar a sua memória.

Adelina ouviu uns estalidos e ruídos na linha, enquanto era dominada por uma angústia crescente.

Logo, os ruídos cessaram e deram lugar a uma voz conhecida:

Essa proposta é muito vaga, dona Adelina. Para poder incriminar Fernanda Soares de Lima de alguma coisa, esse Seung Chun vai precisar de evidências para apresentar. Não basta ele afirmar que Fernanda foi receptadora de objetos roubados pela quadrilha.

Era a voz do doutor Erasmo Porto.

Ele não precisará entrar em muitos detalhes. Só o fato de aquela mulherzinha ser acusada publicamente de envolvimento com bandidos já será suficiente para desmoralizá-la perante toda a sociedade e arrastá-la para a lama, levando junto a reputação da agência de publicidade onde ela trabalha. Os clientes irão debandar, pois nenhum anunciante de nível vai querer ver a sua marca associada a uma agência que tem uma fora da lei como sócia.

Agora era a sua própria voz. Uma gravação. "Braga" havia gravado uma conversa entre ela e seu advogado. Adelina entrou em pânico.

Vários objetos da coleção de antiguidades de Olavo foram roubados, inclusive uma estatueta suméria da deusa Ishtar; uma estatueta de alabastro do século III antes de Cristo, cujo valor é inestimável. Essa estatueta foi roubada pelo grupo de Shaolin e está em poder de Fernanda.

Era sua voz novamente. "Braga" interrompeu a reprodução da conversa gravada e retornou à linha:

— Como é que a senhora ficou sabendo que a estatueta estava lá? Foi algum passarinho que contou?

Adelina não soube o que responder.

— Você grampeou os telefones da minha casa?

— Mais ou menos.

— Com que direito?

— Com o mesmo que a senhora teve de plantar um objeto roubado na casa de uma mulher inocente para ela ser incriminada. Que golpe baixo, hein, dona Adelina?

Adelina era lúcida o bastante para constatar que não tinha saída. Estava nas mãos daquele homem.

— O que você quer?

— Já falei o que eu quero. Ajudar a senhora.

— Além disso?

— Bem... Eu não queria contar nada para a polícia. Ia pegar mal para a senhora, né?

— Quanto?

— Olha, dona Adelina. Eu não sou mau. Sou um cara do bem. Mas ando necessitado. Estou vivendo com dificuldade e...

— Vamos rapaz. Deixe de enrolação. Diga logo quanto você quer para não me perturbar mais.

— Quinhentos mil.

Adelina esperava um valor até maior.

— Muito caro. Dou-lhe trezentos.

Fez-se silêncio.

— Em dinheiro vivo — ela complementou.

— Quatrocentos — retrucou "Braga". Toda a pompa na voz do homem tinha se esvaído, agora que falavam objetivamente.

Adelina soltou um suspiro exasperado. Queria encerrar aquela ligação logo.

— Hoje é sábado. Os bancos só voltam a abrir na segunda e posso conseguir o dinheiro na terça, pois preciso avisar o banco com um dia de antecedência. Volte a me telefonar amanhã à tarde e combinamos uma forma de eu te entregar.

— Combinado.

— Mais alguma coisa?

— A senhora não vai me agradecer pela ajuda que eu estou dando?

Adelina não respondeu e desligou o telefone com raiva. Ficou por alguns minutos parada, com os olhos fixos no papel onde escrevera o número exibido pelo identificador de chamadas, enquanto lutava para se acalmar. Depois, caminhou até a mesinha de cabeceira, abriu a gaveta e retirou outro papel, com o número que aparecera no identificador do telefone da biblioteca, onde ela atendera, ontem, à ligação anterior de "Braga".

Eram números diferentes.

Precisava tomar uma providência. E depressa. Aquele homem talvez soubesse de mais coisas. Há quanto tempo ele a estaria espionando?

Ele poderia destruí-la, se quisesse.

Adelina voltou à poltrona e, em vez de usar a linha fixa, que até segunda ordem estava grampeada, fez uma chamada pelo celular.

— Doutor Erasmo? Sou eu — ela disse num murmúrio, temendo ser ouvida pelas paredes. — Precisamos nos encontrar com urgência. De preferência num lugar fora desta casa. Pode ser agora?

CAPÍTULO 38

O táxi ainda estava a caminho do Centro da cidade, quando Fernanda fez uma ligação do celular para o escritório de Salvador. Ela sabia que ele funcionava parcialmente aos sábados, sem que a maioria dos advogados estivesse presente. Muitos dos seus assistentes, contudo, davam expediente.

Era o caso de Gláucia, que trabalhava com Miriam, mas que, desde a morte dela, passou a integrar a assessoria do próprio Salvador. Ela, de fato, estava lá e levou o maior susto quando Fernanda lhe disse que precisavam conversar e que já estava a caminho.

Quando Fernanda entrou no escritório, encontrou Gláucia à sua espera ao lado da recepcionista de plantão. Parecia nervosa e consciente de que se tratava de algo muito sério, pois Fernanda jamais aparecera no escritório num fim de semana.

— Podemos conversar lá dentro? — pediu Fernanda. — Num local reservado, de preferência.

Gláucia reagiu como se tivesse despertado de algum transe.

— Ah, sim, claro... Por aqui, por favor.

Elas se dirigiram até uma das salas de reunião, talvez a menor delas, que ficava perto da entrada. Gláucia fechou a porta. Era quase um cubículo. Sua mobília consistia numa mesa redonda e quatro ou cinco cadeiras ao seu redor. Fernanda observou rapidamente as paredes e o teto, em busca de alguma câmera ou equipamento de escuta. Queria que a conversa fosse realmente confidencial.

— A senhora aceita um café? — Gláucia ofereceu.

As duas se sentaram.

— Não, obrigada. — Fernanda foi direto ao assunto: — Desculpe ter vindo assim, de repente. É que eu preciso muito da sua ajuda.

Gláucia parecia mais calma, agora. Miriam comentara algumas vezes sobre ela com Fernanda, elogiando seu trabalho como assistente e sempre afirmando que confiava muito nela. A decisão de Fernanda de procurá-la num sábado, portanto, não ocorreu por acaso. Neste dia, o volume de trabalho no escritório era sabidamente bem menor do que nos dias úteis, o que daria a elas melhores condições para conversar, já que Gláucia não seria interrompida de dez em dez minutos para cumprir alguma tarefa. Além disso, Salvador não costumava aparecer nos fins de semana, salvo quando havia alguma emergência (pelo menos era o que Guilherme dizia). E, por alguma razão que nem Fernanda entendia direito, ela preferiu fazer aquela visita sem que ele estivesse por perto.

— Você deve estar sabendo de tudo o que aconteceu comigo nesta semana — Fernanda abriu o jogo. — Desde que Miriam morreu, meu mundo está vindo abaixo.

Gláucia apenas fez um gesto afirmativo com a cabeça.

— E eu tenho fortes suspeitas de que o assassinato de Miriam tem a ver com essas denúncias que estão sendo feitas contra mim. Na véspera do crime, Miriam e eu conversamos pelo telefone.

Fernanda, então, contou tudo a Gláucia. Falou, entre outras coisas, do comportamento estranho de Miriam nos dias que precederam a sua morte e do aviso que ela queria lhe dar. Só omitiu a parte do suposto romance que ela teria tido com Guilherme. Tinha vergonha de tocar no assunto e achava desnecessário para aquela conversa em especial.

Gláucia pareceu surpresa.

— No que eu posso ajudar a senhora?

— Você era assistente de Miriam. Convivia com ela todos os dias aqui no escritório. Você se lembra de alguma coisa estranha, qualquer coisa, que estivesse acontecendo com ela?

Gláucia contraiu a testa, num esforço de memória.

— Bem... A doutora Miriam parecia muito abatida nos últimos dias. Foi como a senhora disse. Ela estava diferente.

— Você não tem nenhuma ideia do que possa ter provocado isso?

— O doutor Salvador me fez a mesma pergunta. Cheguei a pesquisar as agendas e o computador dela. Posso afirmar com certeza que não era nada relacionado ao trabalho.

— Ela ficou diferente durante o expediente? Ou já chegou ao escritório assim?

Gláucia pensou um pouco.

— Ela já apareceu aqui assim. Foi até um dia em que ela chegou mais tarde.

Aquela informação era nova. Fernanda ergueu as sobrancelhas, interessada.

— Que dia foi isso?

— Assim, de cabeça, não dá para lembrar. Mas posso ver na agenda dela. A senhora me aguarda um minuto aqui?

Gláucia saiu, voltando em seguida com uma agenda grossa de couro. Ela folheou-a rapidamente, até encontrar o que queria:

— Aqui está: sexta-feira, 16 de maio — Gláucia apontou para o topo da página, onde ficavam os primeiros horários. — Ela tinha avisado que só viria à tarde, então, como dá para ver aqui, não havia nenhum compromisso marcado pela manhã. O primeiro era às 13h.

Portanto, isso aconteceu dois dias depois do almoço em Ipanema. Fernanda virou uma página e encontrou no dia 14 anotado ao meio-dia: "almoço com Fernanda Figueroa".

— Você tem ideia do que ela fez de manhã? — Fernanda perguntou.

— Acho que... sim. Talvez.

Gláucia claramente tentava se lembrar de alguma coisa. Ela encarou o tampo da mesa, parecendo fazer uma varredura na cabeça em busca de uma informação específica.

— Acho que foi neste dia que ela foi ao hospital.

Fernanda arqueou os olhos, surpresa.

— Hospital?

— Sim. Um dos *office boys* daqui teve um treco e precisou ser internado. Quase morreu, coitado. É um garoto. Tem, sei lá... 18 anos. Ele trabalhava direto com a doutora Miriam e ela pagou todo o tratamento dele.

No final da missa de Miriam, ontem, Fernanda tinha se encontrado com a mãe do rapaz. Como ele se chamava mesmo? Ah, sim: Igor. E a mãe era Teresa. Uma mulher humilde, que seria eternamente grata a Miriam por ter tratado o filho dela num hospital particular.

— O que ele teve?

— O pessoal aqui no escritório diz que ele comeu uma alguma coisa estragada. Mas quem sabia mesmo era a doutora Miriam. Ela é que esteve no hospital e conversou com os médicos. Não disse nada para ninguém.

— E você tem certeza que Miriam esteve no hospital na sexta-feira, 16?

— Tenho sim e vou explicar por quê — Gláucia folheou a agenda. — O menino passou mal na terça, dia 13 — Gláucia mostrou, então, a anotação no final do dia, indicando que Miriam iria ao hospital às 18 horas. — No dia 14, ela foi almoçar com a senhora e no dia 15, ela tinha reuniões marcadas durante toda a manhã, que não foram canceladas.

Fernanda ficou ressabiada. Será que Miriam tinha ficado transtornada daquele jeito por preocupação com seu *office boy*? Mas que ligação isso poderia ter com o tal plano que estava sendo armado contra ela? Aquilo não fazia o menor sentido. Miriam naturalmente passara no hospital para ver o rapaz, mas deve ter tido um segundo compromisso naquela mesma manhã em que ficara sabendo do plano para destruir Fernanda.

Era isso que precisava ser descoberto. O que Miriam fizera antes ou depois de ir ao hospital.

Fernanda abriu a agenda, então, na segunda, 19, o primeiro dia útil depois do 16. Ela tinha esse dia bem gravado na memória, pois era o seu aniversário de casamento. Foi quando Breno a levara para almoçar no Sheraton e, ao se despedir dele, tentou localizar Miriam sem sucesso e acabou ligando para Jorge, na farmácia.

No dia 19, Miriam também tinha chegado à tarde no escritório, mas com uma diferença: havia dois compromissos agendados para a manhã, mas que foram cancelados e remanejados para terça e quarta. Fernanda se lembrava de Jorge ter comentado, no telefonema, que Miriam parecia estranha e que ela havia passado na farmácia naquela manhã, numa hora em que ele não estava.

Intrigada, Fernanda perguntou:

— Será que Miriam esteve no hospital no dia 19?

Gláucia fez um não categórico com a cabeça.

— Ela ligou para o meu celular de manhã bem cedo para pedir que remarcasse todos os compromissos. Eu estava em casa ainda.

— E você não tem a menor ideia do que aconteceu?

— Não. A doutora Miriam nunca falava da vida dela aqui no escritório.

Fernanda ficou tentada a perguntar se Gláucia alguma vez suspeitara da existência de um caso entre Miriam e Guilherme, mas não foi adiante. Miriam, discreta como era, jamais deixaria uma coisa dessas transparecer dentro do escritório. Além do mais, a própria Fernanda não acreditava muito naquela história.

Seu grande desafio agora seria descobrir o que Miriam fizera naquelas duas manhãs — de sexta, 16, e de segunda, 19. As respostas para todo o mistério pareciam estar ali. Fernanda sentia que elas poderiam levá-la ao assassino da amiga. E esclarecer de uma vez por todas quem estava por trás daquela campanha para destruí-la.

* * *

Fernanda deixou o escritório e partiu para segunda missão do dia. Conferiu no celular e viu que Breno não havia ligado. Decerto, a reunião na Capro seguia a toda. Melhor assim, pois não queria companhia para o que faria a seguir.

Ela foi caminhando em direção à estação da Cinelândia pelas calçadas semidesertas do Centro, que sem o trânsito, o barulho e o movimento intenso de pedestres dos dias de semana parecia um lugar abandonado. Mas era bacana poder andar devagar, sem nenhum apressadinho atrás forçando passagem, e, assim, ter a oportunidade de apreciar com calma as portarias requintadas dos antigos edifícios, os mosaicos de pedras portuguesas nas calçadas, as praças ajardinadas e as fachadas de construções históricas, como a Academia Brasileira de Letras, o Centro Cultural da Justiça Federal, a Biblioteca Nacional e o Teatro Municipal, que se erguia majestoso numa das extremidades da Cinelândia, como uma coroa posicionada no alto de um trono.

Fernanda andava sozinha, mas estava longe de se sentir solitária. Acompanhada pela brisa do mar que soprava constante por entre os prédios e brincava com seus cabelos soltos, ela experimentava uma sensação de paz um tanto surpreendente para quem atravessava tantas dificuldades. Não era só a calmaria ao redor. Era, sobretudo, a certeza de que, pela primeira vez desde que a crise começara, ela assumira uma posição ativa diante dos fatos e estava, agora, engajada na busca pela verdade. Nada mais a deteria nesse caminho e nem havia razão para isso. Tinha a consciência absolutamente limpa. É claro que errara algumas vezes na sua relação com Guilherme e com outras pessoas. Ninguém agia certo o tempo todo e ela tinha também seus defeitos, como qualquer pessoa. Mas não era uma criminosa. Se alguém tentasse censurá-la por estar investigando a morte de Miriam por conta própria, ela reagiria com naturalidade. Nada tinha a temer, nem a esconder. E não devia explicações a quem quer que fosse.

Talvez por isso tivesse optado por voltar para Ipanema de metrô em vez de se recolher à privacidade de um táxi. Decidira que não ficaria se escondendo. Não era certo. Haveria pessoas à sua volta na estação e no vagão. Algumas delas talvez a reconhecessem das imagens veiculadas na mídia. Na pior das hipóteses, uma ou outra faria algum comentário maledicente. Instantes depois, cada qual tomaria seu caminho e, provavelmente, Fernanda nunca mais cruzaria com elas. Que grande constrangimento haveria nisso?

Fernanda desceu à estação, comprou o bilhete num guichê e desceu à plataforma. A composição para a Zona Sul logo chegou. Havia tempos que não andava de metrô e estava achando a experiência emocionante, libertadora. Vários bancos estavam livres e Fernanda escolheu um junto a uma janela. Quando a composição começou a se mover, ela observou seus companheiros de viagem. Uma senhora humilde, de cara amarrada, com um lenço na cabeça e carregada de sacolas; um rapaz esguio, vestindo jeans e um suéter dois números mais largo, que ouvia músicas compenetrado pelos fones de ouvido plugados a um celular; um casal de namorados que conversava bem juntinho, trocando beijos e sorrisos meigos; um homem careca, de barriga proeminente, que lia a página de esportes de um jornal...

Ninguém reparara nela. Para eles, Fernanda era apenas mais uma passageira do metrô, um rosto sem nome. O metrô foi parando nas estações, desembarcando e recebendo passageiros. Eventualmente, um homem olhava para ela, provavelmente interessado em paquerá-la ou, apenas, numa troca de olhares acidental. Ninguém ali sabia que ela era Fernanda Soares de Lima Figueroa, uma mulher investigada pela polícia, que por pouco fora presa e que estava sendo perseguida por alguém disposto a destruí-la. Essa certeza de anonimato lhe encheu de alívio. Como era bom ser anônima. Como era bom se perder em meio à multidão.

Ela desceu na estação da praça General Osório, em Ipanema, e andou menos de dois quarteirões até o edifício de Miriam e Jorge, na rua Canning. Tocou a campainha da portaria e um zelador jovem que Fernanda nunca vira antes veio recebê-la:

— Eu gostaria de falar com o síndico — disse Fernanda. — Ele pode me atender?

— Qual o seu nome?

— Fernanda. Sou amiga da Mir... do Jorge do 801.

— Vou ver se ele está em casa.

O zelador abriu passagem para Fernanda entrar na portaria. Seus modos eram amistosos. Ele, obviamente, não fazia a menor ideia de quem era Fernanda e de que ela estava sendo acusada por outro porteiro daquele mesmo edifício.

Ela acompanhou, imóvel, o diálogo entre zelador e síndico pelo interfone. O zelador falava enrolado e baixo, com o sotaque pesado do interior de algum estado distante, e não dava para entender quase nada. Mas o síndico devia ter entendido, pois logo o zelador estendeu o interfone para Fernanda, anunciando:

— Seu Durval quer falar com a senhora.

Fernanda apanhou o aparelho e foi logo dizendo:

— Boa-tarde, seu Durval. O senhor não me conhece. Meu nome é Fernanda Figueroa e...

— Eu sei muito bem quem você é — o síndico respondeu num tom arrogante e grosseiro. — Não estou interessado no que você tem a me dizer. Só quero que vá embora do prédio agora, senão vou chamar a polícia.

Fernanda não esperava toda aquela fúria e ficou momentaneamente sem saber o que responder.

— É uma pena, porque o que eu tenho a lhe dizer pode ser do seu interesse.

— Vá embora!

Ela resolveu partir para o ataque. Nada tinha a perder àquela altura.

— O senhor deve confiar muito no seu porteiro Valdir, para agir dessa maneira. Ou, então, é cúmplice dele em toda essa sujeira.

— Escute aqui, mocinha...

— Escute aqui o senhor, seu cavalo idiota! Eu vim aqui na maior educação e boa vontade para conversar sobre o seu porteiro vigarista e mentiroso, mas o senhor, pelo visto, é cúmplice dele nessa armação. Pois ele vai ser desmascarado e preso por falso testemunho. E quando a polícia vier me perguntar se tem alguém agindo com ele, vou ter o maior prazer em dizer que o síndico do prédio acobertou tudo.

Fez-se um silêncio pesado do outro lado da linha. Fernanda imaginou que a crista do homem tinha acabado de cair.

— Tenha um bom dia! — ela não esperou por uma reação dele e entregou o interfone ao zelador, que a olhava com espanto. Sentia um ódio tão, mas tão intenso, que, num intervalo de poucos segundos, imaginou umas dez maneiras diferentes de matar aquele síndico.

Foi despertada pela voz preocupada do zelador:

— A senhora está bem?

Pela expressão assustada dele, Fernanda imaginou que a raiva devia estar estampada no seu rosto como um letreiro de neon vermelho.

— Vai passar — ela virou-se, então, para o zelador e lhe falou com gentileza: — Muito obrigada, viu? E desculpe o incômodo.

Ela sentiu que sua voz fraquejara ao pronunciar a última palavra. A agressividade gratuita do síndico a magoara.

O rosto do zelador estava insondável. Ele ia abrir a porta para Fernanda sair, quando parou, de repente.

— A senhora desculpe eu me meter... — ele falou, hesitante.

Fernanda levantou uma sobrancelha, em expectativa.

— Sim?

— Eu ouvi a senhora falando com o seu Durval... É que ele é meio grosso assim mesmo. Berra com todo mundo, não respeita ninguém. Não liga não.

Os gritos do síndico ao interfone estavam tão altos, que mesmo quem estava à volta era capaz de ter entendido tudo o que ele disse.

De todo modo, Fernanda se comoveu com a delicadeza do zelador, que devia saber exatamente o que ela estava sentindo.

— Obrigada.

— Olha, dona... Eu não tenho nada a ver com o assunto, mas ouvi aí a senhora falando do Valdir. É a senhora a moça que ele disse que subiu na semana passada no 801 para pegar uma arma que estava lá...

— Eu não subi e nem peguei arma nenhuma! — Fernanda reagiu, com firmeza. — É tudo mentira dele.

— Eu acredito na senhora.

Fernanda olhou-o em expectativa.

— Como assim?

— Desde que a dona Miriam morreu, o pessoal aqui no prédio não fala em outra coisa. Afinal, ela morava aqui, tratava bem os empregados, dava presente de Natal para todo mundo... Era muito boa gente a dona Miriam. E era eu quem mais encontrava com ela, porque eu fico na portaria de manhã, que era quando a dona Miriam saía para ir para o trabalho.

Fernanda não disse nada, esperando que ele concluísse.

— O Valdir comentou comigo que a senhora veio aqui na quinta passada e que a dona Miriam já tinha ido para o trabalho. Eu é que estava na portaria quando ela saiu. Ele só começou a contar que a senhora tinha subido até o apartamento de uns dias para cá. Depois que uma mulher veio aqui falar com ele.

Fernanda digeriu a informação.

— Uma mulher?

— Foi na quarta de manhã.

Mesmo dia em que Valdir a denunciara à polícia, lembrou-se Fernanda.

— Como ela era?

— Não deu para ver direito. Eu estava aqui dentro da portaria. O Valdir estava varrendo a calçada. Eles conversaram um pouco e depois foram para outro lugar, que eu não sei qual foi. Devem ter ficado lá uns vinte minutos no máximo. A mulher estava bem-vestida. Usava um lenço na cabeça e óculos escuros.

Fernanda tentou imaginar quem poderia ter sido.

— Você reparou se ela era jovem, velha, de meia idade...?

— Não era mocinha não. Mas não sei dizer que idade ela tinha.

Fernanda sentiu um calafrio lhe percorrer o corpo. A única pessoa que lhe vinha à cabeça naquele momento era dona Adelina. Aliás, era a segunda vez que isso acontecia. A outra fora naquela manhã em que Kaufman estivera em sua casa para anunciar o seu afastamento da Capro.

Mas pelo que conhecia da sogra, ela jamais se deslocaria até Ipanema para falar com um porteiro de prédio. Adelina era fria, rancorosa, fechada, pedante e antipática, mas Fernanda sequer cogitava a possibilidade de que ela pudesse estar por trás daquele plano. A ideia, aliás, soava tão absurda, que tratou de afastá-la imediatamente.

— Desculpe, eu não perguntei o seu nome — ela falou ao zelador.

— Edson.

— Edson, eu estou sendo vítima de uma injustiça. Tenho certeza de que o Valdir foi subornado por essa mulher ou por outra pessoa para depor contra mim. Preciso conversar com ele para tentar fazer com que ele enxergue a gravidade da situação. Você sabe como eu posso localizá-lo?

— Eu tenho o celular dele aqui. Vou dar o número para a senhora. Mas não conta nada para o seu Durval que fui eu que dei, senão eu vou para a rua.

— Não se preocupe.

Edson abriu uma gaveta da mesa e retirou um caderninho. Procurou pelo nome de Valdir e copiou o telefone num papel, entregando-o depressa a Fernanda. Nesse momento, o celular tocou dentro da bolsa. Era Breno, avisando que a reunião na Capro terminara e que ele estava livre. Perguntou se ela queria almoçar, mas Fernanda já tinha planos melhores para aquela tarde. Além do mais, estava sem apetite.

— Pode me esperar aí na frente do prédio? — propôs ela. — Chego em dez minutos.

— Combinado!

Nisso, a porta do elevador foi escancarada com violência e um homem corpulento, de fartos cabelos grisalhos e aparentando uns cinquenta anos, saiu de dentro dele. Ele marchou na direção de Fernanda, com o dedo em riste:

— Quem você pensa que é para falar comigo daquela maneira?

Era o síndico desaforado. Fernanda sentiu, naquele momento, um desprezo tão forte por ele, que lhe virou as costas sem dizer nada em resposta e deixou calmamente o prédio. Iria a pé se encontrar com Breno.

CAPÍTULO 39

— **Vamos com calma**, dona Adelina — disse Erasmo Porto. — Uma coisa de cada vez: por que a senhora acha que esse "Braga" é o homem que levou a estatueta até o chalé da Fernanda?

Sentada na ampla sala de visitas do apartamento de Erasmo na rua Aires Saldanha, em Copacabana, Adelina retrucou:

— Porque é óbvio. A região em torno do chalé não é muito povoada. As pessoas não devem ficar circulando pela rua naquela hora da noite em que ele foi lá.

— Acho que é um pouco óbvio demais. Esse rapaz não iria se arriscar dessa maneira? Ele é um profissional. Sabe há quantos anos ele trabalha no escritório dos Louzada?

Adelina esperou. Já não parecia tão convicta.

— Eu levantei a informação — complementou o advogado. — Ele está lá há 12 anos. Com fidelidade total ao escritório. Nunca fez nenhuma bobagem. É um profissional.

— Isso não quer dizer nada. Ele pode estar endividado e, nessas horas, mesmo os mais fiéis...

— Não está — declarou Erasmo, bruscamente. — Também investiguei isso. A situação dele é muito boa. Definitivamente, trata-se de outro homem.

— E quanto aos números que apareceram no meu identificador de chamadas?

— Também já chequei. São de telefones públicos. A primeira ligação foi feita de um orelhão na avenida Amaral Peixoto, no centro de Volta Redonda. E a segunda, também de um orelhão, mas na rua Dias da Cruz, no Méier.

— Então ele já está no Rio — Adelina alteou uma sobrancelha.

— O que não surpreende, já que ele precisa estar perto para receber o dinheiro que está querendo da senhora.

Adelina estava impressionada com a rapidez de Erasmo em levantar todas aquelas informações em tão pouco tempo. Ela havia ligado para ele quatro horas atrás marcando aquele encontro e, sinceramente, não esperava que ao chegar à casa dele já fosse encontrar o serviço feito.

— A senhora tem algum suspeito de quem ele possa ser?

Adelina pensou longamente.

— Alguém ligado à Fernanda. Aquele amante dela, talvez.

— Fernanda não tem amantes — asseverou Erasmo.

Adelina irritava-se sempre que o advogado a contestava sobre aquele assunto. Ele falava num aparente tom de superioridade desdenhosa, como um professor explicando a uma garota pela milésima vez que o disco voador que ela jurava ter visto no céu era apenas um balão de festa junina.

— Não consigo pensar em outra pessoa — ela disse, com secura.

Erasmo soltou o ar dos pulmões e disse:

— Usar esse episódio para acusar a sua nora...

— Ex-nora — corrigiu Adelina.

Erasmo revirou os olhos.

— Ok... — ele soltou o ar dos pulmões. — Usar esse episódio para acusar a sua *ex-nora* é um equívoco. Se é isso o que a senhora está pensando em fazer, esqueça.

Adelina suspirou. No fundo, adoraria que Fernanda estivesse por trás daquela chantagem, pois seria mais uma forma de incriminá-la. Mas nem ela acreditava naquilo.

— Porque, neste caso, a senhora está exposta. Exposta a um homem perigoso que pode prejudicá-la gravemente. É a ele que precisamos deter. Independentemente de quem seja. Se nos concentrarmos em tentar forjar uma culpa para a sua ex-nora, o verdadeiro culpado acabará escapando.

— Já entendi — Adelina entregou os pontos, afinal. — O senhor tem razão.

Erasmo esboçou um sorriso.

— Então, vamos ao que interessa — ele disse. — Já que não temos um suspeito, o jeito é começar uma investigação para descobrir quem é esse chantagista. E a senhora vai ter que colaborar.

Adelina surpreendeu-se:

— Eu? Como assim?

— De várias maneiras: evitando tocar nesse assunto pelos seus telefones, que estão sob escuta, não comentando sobre isso com mais ninguém e, principalmente, fazendo com que esse "Braga" acredite que está com a faca e o queijo na mão. Vamos deixá-lo se sentir confiante. Os confiantes demais sempre baixam a guarda. Daí, o apanharemos.

Adelina estava totalmente incrédula:

— De que maneira?

Erasmo abriu um sorriso discreto.

— "Braga" tornará a ligar amanhã para combinar onde será entregue o dinheiro, não é? Dê a entender que está apavorada e deixe que ele conduza a situação — ele fez uma pausa e arrematou: — Eu cuido do resto.

* * *

Fernanda encontrou Breno no local combinado. Só que em vez de tomarem um táxi ou seguirem a pé pela calçada, Fernanda gesticulou para eles entrarem no prédio. Pela expressão confusa que assumiu, Breno pareceu não entender nada.

— Antes que você pense, não, nós não vamos subir até a Capro — adiantou-se Fernanda. — Preciso que você dê um telefonema para mim, pode ser?

Breno não sabia o que responder.

— Tem que ser do seu celular. Aqui dentro é melhor para falar, porque não tem o ruído da rua.

Eles caminharam até o final da galeria comercial situada sob o prédio da Capro e se sentaram num banco. Breno apanhou seu celular.

— Para quem quer que eu ligue?

Fernanda puxou da bolsa o número de Valdir e entregou-o a Breno.

— Para o porteiro canalha. Quero falar com ele, mas tenho medo que ele reconheça a minha voz.

Breno esbugalhou os olhos, desnorteado.

— Mas ligar assim, sem mais nem menos? O que eu vou dizer a ele?

— Andei pensando numas coisas enquanto vinha para cá. Preciso encontrar esse homem e fazer com que ele me conte para quem ele está trabalhando. E tem que ser hoje.

— Mas Fernanda... É claro que o cara vai desconfiar.

— Não se a gente fizer direito — a cabeça de Fernanda estava a mil por hora e ela teve uma ideia. — Acho que já sei. Vou te explicar o meu plano e vê se você concorda.

Breno ouviu atento. A certa distância, o homem de bigode farto, sentado em outro banco, folheava uma revista. Na verdade, fingia folhear. Toda a sua atenção estava fixada no casal que conversava dentro do seu ângulo de visão. Ele viu quando o rapaz fez uma chamada pelo celular.

* * *

Rosângela Saldanha, a mulher de Salvador, não gostava de se intrometer nos negócios do escritório. Tinha medo de que o marido achasse que ela estava desconfiando dele. Mas fazia isso constantemente. E as razões eram nobres.

Formada em administração, Rosângela queria se certificar de que Salvador não estava sendo passado para trás por ninguém. Ela admitia que se tratava de um trauma da juventude. Seu pai tivera um ataque cardíaco fatal quando descobriu que estava arruinado, depois de ter sido roubado silenciosamente durante anos pelo próprio irmão, sócio dele numa pequena rede de três drogarias na Zona Norte. O irmão sumiu do mapa e Rosângela, aos 14 anos, viu sua família, até então desfrutando de uma vida próspera e confortável, ser lançada à pobreza da noite para o dia.

Durante anos, ouvira sua mãe lhe alertar incansavelmente sobre o caráter das pessoas. Dizia ela que "até o caráter do homem mais correto pode rachar diante de uma oportunidade de enriquecer". "Não confie em ninguém", era o mantra daquela mulher que criara sozinha três filhas com enorme sacrifício, preocupando-se em matriculá-las em bons colégios e fazendo de tudo para que elas estivessem sempre bem-tratadas e bem-vestidas. Para isso, montara uma birosca próxima à Central do Brasil, onde vendia cachorro-quente, pastéis e bebidas. As filhas se formaram, fizeram bons casamentos e quando Rosângela – a mais jovem – casou-se com o jovem advogado Salvador Saldanha, filho de família rica e importante, ela, vendo sua missão cumprida, morreu tranquilamente durante o sono. Era como se o corpo dela houvesse simplesmente se desligado.

No fundo, Rosângela tinha pavor de reviver novamente aqueles anos e fazia de tudo para se assegurar de que Salvador não teria o mesmo destino do pai. Era muito mais uma preocupação com ela mesma do que com o marido. Por isso, pagava há anos uma funcionária do escritório para lhe repassar, mensalmente, toda – absolutamente toda – a papelada contábil e administrativa do escritório. E dedicava algumas das suas tardes lendo tudo com uma minúcia obsessiva. Esquadrinhava cada número, cada vírgula, cada espaço em branco como uma cientista tentando desvendar o genoma de uma nova bactéria mortal.

Naquela tarde de sábado, Rosângela estava justamente mergulhada numa dessas leituras quando, pela primeira vez em anos, algo lhe chamou a atenção. Havia cálculos que não batiam. Num primeiro momento, pensou ter se enganado e refez toda a análise. Somente então, num misto de horror e surpresa, descobriu que as contas adulteradas eram em muito maior número do que imaginara a princípio.

De repente, ela reviveu todo o terror da sua adolescência. Alguém estava promovendo um desfalque no Saldanha & Figueroa Advogados. Precisava avisar o marido. Lembrou-se, então, de que ele tinha saído.

CAPÍTULO 40

Breno digitou os números no celular, diante de uma Fernanda tomada de expectativa, com o coração aos pulos. Na primeira vez, a ligação caiu numa caixa-postal. Breno não esperou o fim da mensagem e fez uma segunda tentativa. O telefone chamou normalmente. Mistérios da telefonia brasileira.

Uma voz feminina meio impaciente atendeu após vários toques.

— Alô!

— Boa-tarde — disse Breno, engrossando um pouco mais a voz e falando em tom formal. — O senhor Valdir, por favor?

— Quem é que quer falar com ele?

Breno olhou interrogativo para Fernanda que, percebendo que rumo a conversa estava tomando, apenas lhe dirigiu um aceno encorajador com a cabeça.

— Estou com um dinheiro para entregar a ele — Breno fez uma pausa. — Por um trabalho. Ele pode atender, por favor?

— Peraí, vou ver se ele está.

Ela largou o telefone. Breno escutou, do outro lado, a mulher gritando pelo marido ("Ô, Valdiiiiiir!"), enquanto, ao fundo, um vozerio de crianças brincando se misturava ao som de uma televisão ligada e ao canto de um passarinho. O homem custou a atender, mas quando o fez, falou com agressividade.

— Aqui é o Valdir. O senhor quer falar comigo?

— Boa-tarde, senhor Valdir. Meu nome é... Antônio — Breno soltou o primeiro nome que lhe viera à cabeça. — Estou com um dinheiro aqui para lhe entregar...

— Que dinheiro? — Valdir retrucou, parecendo desconfiado.

— O senhor sabe.

Silêncio. Fernanda assistia a tudo com atenção máxima.

— Quanto é? — Valdir perguntou, afinal.

Bingo! Ele tinha mordido a isca preparada por Fernanda.

— Não sei — Breno respondeu, dando uma piscadela para Fernanda. — Está num pacote lacrado. Que *ela* passou para mim e pediu para te entregar.

Breno se referia à mulher misteriosa de lenço na cabeça e óculos escuros que o outro porteiro do prédio de Miriam descrevera para Fernanda.

— Como é que é esse pacote? — Valdir quis saber. — Ele é fino ou grosso?

— É médio. Mais para grosso. Tenho instruções para levar o pacote até a sua casa.

— Não. Ordens são ordens. O pacote é para ser entregue ao senhor na sua casa.

— E se eu não quiser, aquela dona vai fazer o quê? Acabar com o trato?

— Não, mas o senhor vai levar mais tempo para receber o dinheiro. Posso passar aí hoje à tarde, se o senhor quiser. Mas se não quiser, tudo bem. Problema seu. O dinheiro vai em outra hora. Talvez depois que o inquérito do assassinato da dona Miriam estiver concluído.

Breno sentiu que Valdir estremeceu.

— E quando é que ele vai estar concluído?

Valdir falara com ansiedade. Breno percebeu, naquele momento, que tinha o controle da situação e que poderia conduzir a conversa como bem entendesse dali para frente.

— Não sei — ele respondeu. — O senhor sabe como é a Justiça brasileira. Tem processos que levam anos. Às vezes cinco, dez anos. O senhor é que sabe.

— Não posso esperar dez anos. Não foi esse o combinado.

— Também acho. Mas se o senhor ficar fazendo doce toda vez que for receber seu dinheiro, não vamos ter outra solução. O senhor tem que aceitar as nossas condições. Foi o combinado.

— Não combinei nada disso com aquela dona.

— Não interessa — Breno endureceu o tom. — É o que está sendo combinado agora.

Fez-se mais silêncio. Valdir parecia desconfiado. Por um lado, tinha medo de receber um estranho em casa e, por outro, queria desesperadamente aquele dinheiro.

— Pense numa coisa, seu Valdir. Mesmo se eu fosse um bandido, o senhor está muito mais protegido na sua casa do que se o nosso encontro fosse marcado num lugar isolado.

Aquele argumento pareceu convencer Valdir, que, enfim, se rendeu:

— Tudo bem. Anota aí o meu endereço. O senhor vem agora?

— Vou sim — Breno gesticulou para Fernanda apanhar papel e caneta na bolsa, o que ela fez prontamente. — Onde o senhor mora?

— Em Queimados.

Breno tomou nota da rua e marcou o encontro para dali a uma hora e meia.

Assim que desligaram, Fernanda olhou o endereço anotado e perguntou:

— Você sabe chegar nesse lugar?

— Não. Mas o meu GPS vai saber.

* * *

Aflita, Rosângela ligou várias vezes para o celular de Salvador, que estava fora de área de cobertura ou desligado e, também para o escritório, onde ele não aparecera. Ela tinha urgência. Muita urgência. Não sossegaria enquanto não apurasse aquele desfalque. Precisava comunicar aquilo a alguém para que as providências começassem a ser tomadas o quanto antes.

O escritório costumava funcionar aos sábados e, com efeito, vários funcionários estavam lá naquele momento. Rosângela escaneou os papéis onde ela detectara a fraude e imprimiu uma cópia de cada, guardando-as numa pasta. Em seguida, mudou de roupa depressa e deixou a residência de São Conrado em seu carro.

O percurso de sua casa até o Centro do Rio levou cerca de meia hora. Rosângela guardou o carro na garagem do prédio e tomou o elevador até o escritório. Quando ela entrou, a recepcionista se assustou. Rosângela não deu importância e foi logo dizendo:

— Eu já sei que Salvador não está aqui, mas será que um dos advogados pode me atender?

— Não tem nenhum aqui hoje, dona Rosângela.

Rosângela mordeu os lábios, entre tensa e decepcionada.

— É alguma coisa muito urgente?

Rosângela reagiu com irritação.

— Você acha que eu me despencaria da minha casa até aqui numa tarde de sábado se não fosse?

Foi uma resposta grosseira. A recepcionista sentiu o baque e Rosângela se arrependeu na mesma hora.

— Por favor, me desculpe. Eu não quis ser grossa. Você não tem culpa. Mas é que eu estou muito nervosa. Preciso falar com alguém de confiança. Qual o funcionário mais, digamos, graduado que está trabalhando hoje aqui?

A recepcionista consultou o computador.

— Tem a Gláucia, que era assistente da finada doutora Miriam e que hoje trabalha com doutor Salvador. A senhora quer falar com ela?

Rosângela torceu o nariz, mas acabou concordando. Não era a pessoa ideal, mas... Tinha alternativa, por acaso?

Gláucia imediatamente apareceu na recepção e Rosângela percebeu que ela fizera a mesma expressão de surpresa da recepcionista ao vê-la ali. Havia um clima estranho no ar.

Gláucia levou Rosângela até a mesma pequena sala de reuniões onde, horas antes, recebera Fernanda. Rosângela, naturalmente, não sabia disso, mas Gláucia estava intrigada pelo fato de as mulheres dos dois sócios majoritários da firma, e que muito raramente davam as caras no escritório, terem decidido aparecer lá no mesmo dia, num intervalo de poucas horas.

— Você é de confiança? — Rosângela disparou, assim que as duas se sentaram em torno da mesa.

Gláucia, claramente, se desconcertou com a indagação. Não sem razão. Era uma pergunta, no mínimo, exótica.

— É o que todos aqui dizem. O doutor Salvador pode dar uma resposta melhor. Trabalho aqui há mais de cinco anos.

— Não consegui falar com Salvador hoje. Ele saiu cedo e não me disse para onde ia. O celular dele não atende.

Gláucia não disse nada.

— Mas acredito em você — arrematou Rosângela, tentando parecer afável. — Você, pelo menos, tem cara de pessoa séria.

Gláucia apenas esboçou um sorriso, mas via-se que estava tensa demais para ir além disso.

Rosângela apanhou o envelope dobrado que trouxera dentro da bolsa e retirou dele os papéis que copiara. Deslizou-os sobre a mesa na direção de Gláucia.

— Eu estava examinando os papéis da empresa hoje — ela falou, com a voz grave. — Parece que tem alguém nos roubando.

Num primeiro momento, Gláucia ficou olhando alternadamente para Rosângela e os papéis, sem saber direito o que fazer.

Alguns segundos aflitivos transcorreram, até ela, finalmente, dizer alguma coisa:

— A senhora tem certeza disso?

Rosângela sorveu aquela pergunta, detendo-se em cada sílaba. Depois comparou-a com a expressão de Gláucia, que mesclava surpresa e perplexidade. Rosângela conhecia as pessoas muito bem - ou acreditava que as conhecia - e concluiu que a reação de Gláucia indicava que ela, muito provavelmente, nada sabia sobre aquilo.

— Os papéis dizem tudo. Desde janeiro, alguém está desviando dinheiro de uma das contas bancárias da firma. Não é muito dinheiro se considerarmos os saques isoladamente. Mas somando tudo, o prejuízo é significativo.

Gláucia leu-os e releu-os com atenção máxima, linha por linha, planilha por planilha. Tinha a testa franzida, o rosto contrito. Ao fundo ouvia-se um telefone tocando insistentemente, sem que ninguém atendesse. Rosângela ficou calada, esperando que Gláucia se manifestasse. Por fim, ela pareceu convencida de que, de fato, aqueles papéis revelavam um esquema de corrupção no escritório. As justificativas apresentadas para essas despesas extras apareciam nas planilhas como se um mesmo pagamento houvesse sido feito duas ou três vezes. Até os códigos se repetiam.

— Desculpe, perguntar — Gláucia falou com hesitação. — Mas o doutor Salvador sabe disso?

— Não tenho ideia. Por quê?

Rosângela percebeu que Gláucia ficara ainda mais desconcertada. Seu rosto, já tenso, agora exibia uma palidez quase fantasmagórica.

— Por nada... — ela balbuciou. — Perguntei por perguntar.

CAPÍTULO 41

Breno tinha deixado seu carro, um Peugeot, no estacionamento do prédio da Capro. Não era um carro vistoso, mas era bem-cuidado, confortável e limpo. Assim que ganharam a rua, Breno ligou o GPS sobre o painel e ele foi indicando a rota até o endereço dado por Valdir.

Seguiram pela Lagoa, tomando em seguida o Túnel Rebouças e, pouco depois, a Linha Vermelha e a Via Dutra. Na altura de Queimados, viraram à direita numa comprida estradinha em pista única, passaram por uma área comercial de aspecto degradado e, sempre seguindo o GPS, encontraram, mais adiante, a casa de Valdir. Ficava numa zona precária, porém decente, de ruas de paralelepípedos manchadas de resíduos de lama e calçadas com mato crescendo nas beiradas, em torno das quais casebres com antenas parabólicas e biroscas encardidas se misturavam a terrenos baldios e construções inacabadas de tijolos aparentes. O detalhe interessante ficava por conta do nome do lugar: Vila das Porteiras. Não deixava de ser gozado, considerando-se que Fernanda e Breno estavam ali para falar com um porteiro.

Breno parou o carro e Fernanda nem o esperou desligá-lo para saltar e marchar até a casa de Valdir, que era parcialmente cercada por um murinho baixo e não tinha portão. Sem entrar no terreno, embora nada a impedisse, Fernanda bateu palmas algumas vezes a fim de que Valdir ou algum outro morador da casa viesse atendê-la.

— Boa-tarde! Tem alguém em casa?

Neste momento, Breno já tinha trancado o carro e se juntava a ela. Ele a repreendeu suavemente:

— Você devia ter deixado que eu viesse. Se ele te reconhecer, é capaz de nem sair da casa.

Fernanda deu de ombros.

— Esse é um assunto meu, Breno. Sou eu que tenho que resolvê-lo. Quero olhar bem nos olhos desse homem e ouvir o que ele tem a me dizer.

Viram a porta da casa se abrir e uma mulher corpulenta apareceu e caminhou até eles. Ela devia ter a idade de Fernanda, mas aparentava uns dez anos a mais. Tinha a pele maltratada e o olhar pesado e melancólico de quem batalhava duramente para sobreviver. A barriga, mal coberta pela blusa larga que vestia, não deixava dúvidas de que ela se encontrava na reta final de uma gravidez.

— Vocês querem alguma coisa? — ela perguntou, com rudeza. Fernanda teve vontade de dizer um "boa-tarde para você também", mas se conteve para não piorar ainda mais um encontro que já não tinha começado bem.

— Viemos falar com o seu Valdir — foi Breno quem respondeu. Ele reconhecera a voz dela da conversa ao telefone. Era a mulher de Valdir. — Nos falamos pelo telefone agora há pouco e marcamos de nos encontrar aqui.

A mulher não desgrudava os olhos de Fernanda, examinando-a silenciosamente com um misto de desconfiança, despeito e, provavelmente, inveja.

— Ele falou que vinha um homem aqui, mas não disse que essa moça vinha também.

— Ela está me acompanhando.

— Ele só falou que um homem vinha.

— Eu não disse que viria sozinho.

— O Valdir não está em casa — a mulher declarou, subitamente, de um jeito que não convenceria nem a criança mais ingênua. — Ele teve que ir para Nova Iguaçu para procurar emprego.

Fernanda torceu os lábios, recriminando-se silenciosamente. Breno estava certo. Ela devia ter ficado dentro do carro, enquanto ele se apresentava a Valdir – que, era óbvio, estava entocado na casa –, e só então ter aparecido. Mas estava com tanta pressa de resolver aquela situação maldita, que a emoção acabou falando mais alto.

— É uma pena — Breno gesticulou, fazendo de conta que não se importava. — Porque eu trouxe uma encomenda para ele...

— Pode deixar comigo, que eu entrego.

— Só posso entregar direto para ele.

A mulher se irritou:

— Pode entregar para mim. Eu sou a esposa dele.

Breno se manteve sereno:

— Só para ele, minha senhora — reiterou ele. — São ordens.

O rosto da mulher se transfigurou numa carranca de ódio. Uma reação totalmente desproporcional à situação. Se Valdir não estava, o mais certo a se fazer era convidar Breno para entrar na casa e aguardar. Mas a mulher optara por confrontá-lo. E com uma postura de quem tinha algo a esconder. O próprio marido, talvez.

Fernanda estava convicta de que Valdir, se não estava dentro da casa, encontrava-se por perto e mandou a mulher atendê-los para não se expor. Ele não daria o seu endereço para um homem que tinha uma entrega importante a lhe fazer e sairia de casa justo no horário marcado para o encontro. Se ele queria bancar o esperto, ela devolveria na mesma moeda.

— Neste caso — Fernanda disse —, não há mais nada a fazer aqui. Perdemos a viagem. Diga ao seu Valdir que o dinheiro será dado a ele quando o processo tiver chegado ao fim — ela olhou para Breno: — Vamos embora.

Fernanda dissera "dinheiro" e isso fez os olhos da mulher se esbugalharem. Até aquele momento, Breno só havia falado em "encomenda". Breno percebeu a estratégia de Fernanda e despediu-se sorridente da mulher. Ele e Fernanda começaram a caminhar de volta para o carro, quando a mulher gritou:

— Esperem!

Os dois não pararam. Breno abriu a porta do carro.

— Não vão embora assim — havia desespero na voz dela. Eles, claramente, estavam muito necessitados de dinheiro. — Eu... posso tentar encontrar o Valdir.

— A senhora tem dois minutos para fazer isso — sentenciou Breno. — É o tempo de eu ligar o carro e sair da vaga.

Fernanda teve pena dela. Quando descobrisse que não havia dinheiro nenhum, isso poderia até prejudicar a gravidez. Fernanda remexeu na bolsa e começou a procurar todas as cédulas que tinha na carteira. Não era muito, mas seria melhor do que nada.

Breno abriu a porta do carro, sentou-se e ligou o motor. A mulher se aproximou de Fernanda, que ainda estava de pé do lado de fora e agarrou-lhe um dos braços.

— Não vão embora, pelo amor de Deus! Eu imploro.

Ela suplicava, com lágrimas nos olhos.

— Estamos passando necessidade. A gente não tem mais dinheiro para dar comida para as crianças. E quando nascerem os dois que estão na minha barriga, a coisa vai ficar ainda pior.

Fernanda recuou e olhou para ela com uma expressão de perplexidade. "Dois"? Então ela estava esperando gêmeos? Meu Deus, o que aquela gente tinha na cabeça? Vivendo na pobreza, mal podendo se sustentar nas condições atuais e ainda tinham arrumado mais bocas para alimentar?

Ela se compadecia da agonia da mulher, mas tinha de se manter firme. Não podia se esquecer de que o marido dela estava contribuindo para acabar com a sua vida e fora por causa disso que viera.

— Eu sei que o seu Valdir está em casa — Fernanda deixou escapar.

A mulher emudeceu, retornando à postura defensiva.

— É muito importante que encontremos com ele. Muito mesmo — Fernanda, falou num tom suave, quase maternal, a fim de conquistar a confiança dela. — Se o seu marido está dentro de casa, peça a ele para sair. Nós não queremos fazer nenhum mal a ele, nem a ninguém.

A mulher ficou parada, pensativa. Ela havia constatado que não tinha alternativa e estava claramente imaginando a melhor forma de agir.

Ela olhou mais uma vez para Fernanda, demorando-se desta vez. Fernanda daria um dia da sua vida para saber o que exatamente estava se passando na cabeça daquela mulher naquele momento. O olhar não foi agressivo. Embora sua autoestima não fosse das melhores, Fernanda sabia que tinha suas qualidades e uma delas era transmitir confiança e seriedade às pessoas. Talvez fosse nisso que a mulher estivesse se amparando para criar coragem de chamar o marido.

Ficaram assim, uma de frente para a outra, num silêncio quebrado apenas pelo ruído do motor do carro. De dentro dele, Breno acompanhava a cena atento. Enfim, a mulher pareceu se render e disse:

— Eu vou lá chamar ele.

Fernanda sentiu seus batimentos cardíacos acelerarem de expectativa, enquanto a mulher se afastava. Breno abriu a porta do carro, mas Fernanda o deteve:

— Fique aqui. Já te disse que esse é um assunto meu e essa moça está confiando em mim. Eu vou falar com ele e tentar descobrir o que está acontecendo.

Breno fez que não com a cabeça.

— Nem pensar. Eu vou lá te ajudar. O cara talvez precise de uma pressão para falar e aí sou eu que...

— Nada de pressão, Breno — interrompeu Fernanda. — Vou tratar disso à minha maneira, ok? Quero saber quem contratou ele para me incriminar e quanto dinheiro ofereceu. Posso cobrir a quantia.

— Não vai dar certo.

Fernanda se afastou em direção à casa. Ela percebeu que, intimamente, concordava com Breno. Se até instantes atrás sentia-se confiante quanto ao êxito daquela missão, agora, quando, enfim, estava prestes a ficar cara a cara com o porteiro, suas expectativas haviam baixado a níveis quase críticos.

Ela havia dado exatamente três passos dentro do terreno, quando viu o homem surgir na porta aberta. Era ele, sem nenhuma dúvida. Estivera tantas vezes no prédio de Miriam, que era difícil esquecer aquela fisionomia. Valdir usava uma bermuda jeans surrada, uma camiseta velha e um par de chinelos. Numa das mãos, trazia um cigarro aceso.

Ao dar de cara com Fernanda, ele esbugalhou os olhos, aterrorizado. Fernanda não perdeu tempo e foi andando devagar em direção à casa.

— Seu Valdir, por favor. Preciso falar com o senhor. Lembra-se de mim?

Mas o homem parecia não estar escutando. Ele deu uma última tragada no cigarro atirando-o em qualquer lugar e contornou a casa em disparada rumo aos fundos do terreno.

Fernanda se desesperou:

— Seu Valdir! — ela gritou, enquanto corria atrás dele. — Seu Valdir, espere!

Os fundos da casa consistiam num quintal malcuidado com um pequeno galinheiro que precedia um matagal que se espraiava até onde os olhos alcançavam. Foi por ali que Valdir sumiu. Fernanda estava tão aflita com toda a situação que foi atrás dele, ignorando os riscos de encontrar uma cobra ou cair em algum buraco, mas não adiantou. Quando já tinha vagado por cerca de cinco minutos em meio ao mato, com a roupa coberta de carrapichos e mosquitos circundando sua cabeça e tornozelos, Fernanda entregou os pontos e fez o caminho de volta. Valdir devia morar ali há anos e, obviamente, sabia muito bem onde se esconder quando preciso. Não seria ela que o encontraria.

De volta à frente da casa, encontrou a mulher grávida, fitando-a aflita. Ao seu lado, duas crianças descalças e vestindo roupas apertadas que deviam ter sido compradas ou recebidas de presente quando elas tinham um ano a menos e, provavelmente, continuavam a ser usadas por falta de dinheiro para comprar novas. Breno estava parado na entrada do terreno, olhando para Fernanda com uma expressão de curiosidade.

Fernanda enfiou a mão na bolsa, retirou o maço de notas que havia reunido e estendeu-o à mulher.

— Tome.

A mulher ficou olhando para o dinheiro e, relutantemente, apanhou-o, contando as notas uma a uma. Se para Fernanda era uma quantia pequena, para ela devia representar muito. Talvez um mês de despensa cheia. Ou roupinhas novas para aquelas crianças.

Fernanda tomou nota do seu celular numa folha de papel (ela preferiu não dar os números de casa) e passou-a à mulher.

— Peça, por favor, ao seu Valdir para entrar em contato comigo assim que ele puder. Não sei se a senhora sabe, mas alguém muito, mas muito mau, prometeu dinheiro a ele, se ele contasse uma mentira contra mim para a polícia. Ainda dá tempo de ele voltar atrás. Se a senhora for mesmo uma pessoa de bem como parece ser, faça isso por mim. Por favor.

Breno examinou-a de cima a baixo, provavelmente reparando nos carrapichos verdes que salpicavam sua roupa, e dirigiu-lhe um olhar interrogativo, que dizia tudo.

— Você tinha razão — disse Fernanda. — Não deu mesmo certo.

— Ele fugiu? Não deve estar longe. Ainda podemos...

— Não, nós não podemos — declarou Fernanda, sentindo-se subitamente esgotada e deprimida. — Vamos embora.

Eles caminharam até o carro em silêncio. Quando deixaram a rua, o homem bigodudo, que os seguira desde Ipanema, saltou de sua picape e entrou no terreno de Valdir.

Ele vira Fernanda conversando com a mulher de Valdir e, naquele momento, soube exatamente o que fazer.

CAPÍTULO 42

Adelina esperou ansiosa pela nova ligação de "Braga" durante toda a manhã e uma parte da tarde de domingo. Dormira pouco, tentando se preparar mentalmente para enfrentá-lo ao telefone. Não era boa para representações e gostava sempre de ir direto ao ponto, mas o plano de Erasmo Porto tinha tudo para funcionar – desde que, naturalmente, ela agisse conforme as instruções dele. Tudo milimetricamente calculado. Um único deslize poria tudo a perder. "Braga" precisava acreditar que estava no controle.

Ela e Thiago almoçaram em silêncio, como se fossem dois estranhos obrigados a partilhar a mesma mesa num refeitório por absoluta falta de opção. Ela não tocou no assunto da investigação sobre a arma. Não precisava. Já falara com Erasmo e, sempre que precisasse se informar sobre o caso, recorreria a ele que, além de tudo, era uma fonte bem mais confiável do que o sobrinho.

Depois que terminaram de comer, ela subiu ao seu quarto normalmente, como se estivesse indo escovar os dentes, e se fechou nele. Às 14h em ponto "Braga" ligou.

Engolindo sua raiva, ela simulou um tom de insegurança na voz, numa tentativa de mostrar ao seu interlocutor que estava nas mãos dele.

— Amanhã terei os quatrocentos mil para lhe entregar. Você só precisa marcar um lugar para nos encontrarmos — informou ela. — De preferência, na parte da tarde, pois preciso passar no banco pela manhã para apanhar o dinheiro.

— Não é bem assim, dona Adelina — ela sentiu que "Braga" falava com a arrogância de quem estava, de fato, com o domínio da situação. — Não é só marcar um encontro. Preciso ter garantias de que a senhora vai mesmo sozinha, que não vai levar ninguém da polícia junto.

— Não adianta eu dar a minha palavra?

— Não.

— Certo. Eu não tenho mesmo saída. Então, me diga: quais são as condições?

— É isso aí, madame. É assim que eu gosto. Mansinha. Já disse que estou aqui para ajudá-la. Sou seu amigo. Não quero que esse escândalo vá para a imprensa. Ia ser horrível para a senhora.

Adelina odiou aquela insolência.

— Só lamento que a sua "amizade" esteja saindo tão cara — disse ela.

— Não existe almoço grátis. Não é esse o ditado?

A irritação de Adelina crescia a cada instante e estava em vias de sair do controle. Ela precisava encerrar aquela conversa antes que a emoção falasse mais alto e ela explodisse.

— Você vai me dizer ou não quais são as condições do nosso encontro? Não tenho o dia todo.

— Anota aí o local.

Com as mãos ligeiramente trêmulas de ansiedade, Adelina apanhou um pedaço de papel e uma caneta e tomou nota de um endereço: rua Joaquim Palhares, na Cidade Nova.

— Amanhã às 15h. Nem um minuto a mais, nem a menos. A senhora vai encontrar um Gol vermelho estacionado junto do canteiro central na altura do número 153, na pista sentido Tijuca. O porta-malas vai estar destrancado. É só abrir, colocar o dinheiro lá dentro, fechar bem fechado e sumir. Eu vou estar na área, vou estar de olho. Se tiver alguém com a senhora, eu vou saber e não vai ser muito legal, tá entendido?

Adelina anotou tudo às pressas, em garranchos, tentando acompanhar a velocidade da explicação.

— É só isso? Colocar o dinheiro no porta-malas e ir embora?

— Bem fácil, né?

— E depois disso, o senhor vai me deixar em paz?

— Prometo, dona. Palavra do seu amigo aqui.

Amigo? Esse deboche era o que mais a tirava do sério. Adelina se sentia humilhada, mas se tudo desse certo, ela daria o troco.

— Então, está combinado — disse ela, polidamente, ansiosa para encerrar logo a ligação. — Farei o que me pede. Não precisa tornar a me ligar.

O deboche de "Braga" tornou-se nitidamente mais assustador, quando ele respondeu em voz baixa, com um inequívoco tom de ameaça:

— Só se a senhora tentar me passar a perna. Mas aí, não vou mais ser seu amigo.

E desligou. Sentindo um nó no estômago, Adelina recostou-se e respirou fundo, esperando o coração acelerado se aquietar. Vendo que isso pouco adiantou, ela foi até a gaveta onde guardava seus remédios e tomou um calmante.

Nem lhe ocorria que uma terceira pessoa havia ouvido aquela conversa. E que, agora, sorria com entusiasmo, antecipando o dinheiro fácil no qual colocaria as mãos na tarde seguinte.

* * *

Fernanda tivera um sono turbulento, dominado por sonhos de alta voltagem sensual, dos quais não se lembrava com nitidez. Ao acordar no meio da manhã de domingo, sentiu uma umidade incômoda fervendo sob a calcinha. Também seus seios estavam mais sensíveis. Ela pensou que uma ducha e o café da manhã bastariam para acalmá-la, mas isso não aconteceu.

Desde que Guilherme morrera, Fernanda tinha deixado de tomar a pílula. Poderia tê-la abandonado muito antes, já que os dois não transavam havia meses, mas o certo é que o retorno ao seu ciclo menstrual normal trouxera junto toda a instabilidade emocional que costumava acompanhá-lo. A excitação daquele dia logo seria substituída por dias tensos e depressivos até que o sangue descesse. Fernanda pensou se não seria o caso de retomar o uso da pílula só para ter alguma serenidade de volta.

Com o passar das horas, a inquietação foi aumentando. Fernanda sentia uma libido feroz se apoderar dela aos poucos. Uma urgência de amor. Era uma sensação inevitável e angustiante, agravada pela expectativa do telefonema de Ricardo. Eles iriam ao cinema naquele dia e ele ficou de ligar para combinarem tudo.

A que horas ele disse que telefonaria? Ou ele não marcara hora, dizendo, apenas, que ligaria? Fernanda não estava louca. Ela o ouvira prometer que telefonaria para combinar uma ida ao cinema no domingo. Ela jamais se esqueceria de algo assim. Estava rolando um clima entre eles e aquela ida ao cinema poderia significar um passo a mais. Poderia significar a realização do grande sonho da vida dela.

No entanto, a tarde avançava numa rapidez angustiante e todos os seus telefones insistiam em não tocar. Também não chegara nenhum e-mail, nenhum torpedo, nada... Será que Ricardo se esquecera? Ou estaria fazendo um joguinho para se valorizar perante ela, para deixá-la insegura e, consequentemente, mais vulnerável a uma investida?

Se era isso, ele estava perdendo tempo. Fernanda já estava entregue a ele muito antes de se reencontrarem. Ela o desejava, necessitava do seu amor. Já tinha feito a sua opção. Se Ricardo a quisesse, ela renunciaria a Breno sem pensar duas vezes, ainda que também se sentisse atraída por ele. Havia pensado muito nisso nas últimas horas. Os sentimentos, as emoções, o amor, nada disso tinha lógica. Ela não tinha como impedir a si mesma de amar um homem e sentir atração por outro. Mas entre as duas opções, ficaria com a primeira.

Ricardo precisava ligar. Ela tinha pressa em se entregar, em acabar com aquela espera de quase vinte anos. Ansiava pela companhia dele, por beijos, por carícias, por palavras doces ditas ao ouvido, pelas mãos dele explorando o seu corpo.

Mas nenhum telefone tocava. E a tarde se aproximava do final com celeridade. Logo estaria escuro. O silêncio naquele apartamento enorme era massacrante.

Fernanda se recriminava por se concentrar tanto em Ricardo num momento em que sua segurança e sua liberdade estavam em jogo. As acusações que vinha sofrendo, os compromissos misteriosos de Miriam entre os dias 16 e 19, a visita fracassada a Valdir... Eram essas as questões que deviam estar ocupando sua mente naquele momento. Fernanda sabia que estava se comportando como uma adolescente imatura, mas aquilo era mais forte do que ela. Ela sentia como se aquela paixão intensa e mágica que sentira aos 17 anos tivesse reaparecido depois de quase duas décadas hibernando em algum lugar do seu subconsciente. Pensar em Ricardo, pensar nessa paixão, pensar em como seria, finalmente, beijá-lo depois de toda aquela espera, era também uma forma de ela esquecer um pouco dos problemas que estava vivendo.

Apanhou um livro, mas não conseguiu se concentrar na leitura. O mesmo aconteceu com as revistas. Checou sua caixa de e-mails pela enésima vez. Navegou aleatoriamente pela internet, sem prestar atenção em nada. Sua libido tinha atingido um nível alarmante. Ansiava desesperadamente por sexo. Sua cabeça parecia a ponto de explodir. Nunca em toda a sua vida sentira nada parecido e menos ainda com aquela intensidade.

Angustiada, Fernanda levantou-se e respirou fundo. Precisava estancar aquela inquietação de alguma maneira, antes que perdesse de vez a sanidade. Foi então que decidiu fazer uma coisa que nunca fizera. Encheu um copo com vodca com gelo, e começou a beber. Nunca tinha experimentado vodca e o gosto não lhe pareceu bom, embora o efeito relaxante logo tenha se feito sentir. Aos poucos, a angústia foi cedendo. A libido abrandou. E ela teve, então, condições de raciocinar. O contato da vodca com o estômago vazio a fez se lembrar de que não havia almoçado. Mais do que isso: não sentira fome o dia inteiro.

Fernanda deixou o copo de lado e, ao se levantar, ficou tonta, tornando a se sentar. A vodca não tinha sido bem recebida pelo seu organismo e, agora, ela se sentia enjoada. Mesmo tropeçando, correu até o banheiro mais próximo e vomitou. Foi para o quarto e recostou-se na cabeceira da cama, respirando fundo até se sentir melhor.

Olhou para o relógio na mesinha de cabeceira: 17h32. Agora, sentia raiva de Ricardo e, principalmente, de si mesma por permitir que um homem a tratasse daquela maneira, reduzindo-a a um objeto sem valor. Por mais apaixonada que estivesse, não podia ficar trancada, sozinha, naquele apartamento por horas, ansiando sofregamente por um telefonema.

Pensou em ligar para ele, mas desistiu. Nessas horas, o silêncio era a melhor resposta. Se ele telefonasse, ela lhe diria que tinha estado fora durante o dia, ou que saíra com amigos, que tinha ido a um coquetel... Enfim: desculpas não faltariam. Tudo para mostrar que estivera muito bem sem ele. E que ele não era assim tão imprescindível como, talvez, ela o tivesse levado a crer.

A tontura passou e Fernanda decidiu tomar um banho. Depois, talvez ligasse para algum restaurante e pedisse uma comida leve. Tinha acabado de se despir, ficando só de calcinha e sutiã, quando, enfim, soou a campainha do celular, que ficara na sala. Ignorando todas as decisões que havia acabado de tomar, ela voou pelo corredor e procurou-o desesperadamente até encontrá-lo no aparador atrás de um dos sofás.

— Alô?

— Fernanda?

Ricardo. Finalmente! Ele não tinha se esquecido, afinal. E, pensando bem, nem era assim tão tarde. Cinco minutos para as 18h. A noite sequer havia começado.

— Ah... Oi, Ricardo — ela imprimiu um tom bem casual à voz, a fim de escamotear ao máximo a ansiedade. — Tudo bem?

— Tudo. Desculpa por ter demorado a te ligar.

Fernanda pensou em responder que nem se lembrava de que ele iria ligar hoje, mas concluiu que isso soaria falso demais e ele sacaria no ato tudo o que ela estava sentindo. Sem contar que seria falta de educação.

— Não tem problema. Imaginei que você pudesse estar ocupado e fui fazer outras coisas. Sem estresse, ok? — Fernanda sentiu-se orgulhosa da própria resposta e ainda arrematou numa demonstração altruísta de preocupação. — Está tudo bem?

— Mais ou menos.

Ele dissera aquilo com a voz carregada. Fernanda esqueceu toda a raiva que sentira dele. Alguma coisa séria tinha acontecido.

— O que houve?

— Tive um problema lá na empresa. Uma emergência. Juro que não deu para te ligar antes.

Alguma coisa que nem Fernanda soube identificar fez disparar um alerta no fundo da mente.

— Que tipo de problema?

Ricardo visivelmente se atrapalhou ao responder:

— Ih... Como posso dizer? Bem... Não dá para explicar agora, mas não é nada com que você deva se preocupar.

— Mas hoje é domingo, Ricardo.

— Eu sei. Só que essas coisas não marcam hora para acontecer. Olha, eu queria muito sair com você hoje. Muito mesmo. Mas realmente não vai dar. Acho que consigo resolver essa parada na empresa até o meio da semana. Posso te ligar esses dias e a gente remarca o cinema?

Por que não?, pensou Fernanda. Sentia-se frustrada, porém menos do que estaria se Ricardo tivesse cancelado de vez o encontro ou se tivesse esquecido de ligar. Ele estava apenas pedindo um adiamento. E por alguns poucos dias. Pela voz tensa dele, ela podia perceber que havia uma razão séria por trás.

— Claro — Fernanda disse. A mescla de tensão e decepção que a atormentava até instantes atrás se dissolvera numa torrente de alívio que fez amolecer todo o corpo. O tesão, felizmente, se dissipara. Fernanda havia voltado a ser ela mesma. Perscrutou a solidão do apartamento que antes lhe parecera melancólico e agora se tornara sereno e acolhedor. Mesmo assim, ela tornou a perguntar: — Está tudo bem?

O silêncio do outro lado da linha durou um ou dois segundos além do que seria o normal.

— Como assim?

— Quero saber se está tudo bem com você — Fernanda foi mais explícita desta vez. — Sua voz não parece boa.

— Já disse — Ricardo reagiu com ligeira irritação. — É um problema na firma.

— Não estou falando da firma. Estou falando de você — agora ela estava realmente preocupada. — Em como você está reagindo a isso. Você parece estar abalado demais com um problema profissional que você mesmo disse que pode resolver até o meio desta semana.

Ricardo amansou a voz para explicar:

— Eu sou assim mesmo, Fernanda. Perfeccionista no trabalho. Não gosto quando surge um problema ou alguma coisa sai errada. Sei que isso acontece nas melhores empresas, mas quando é na minha, saio do sério. Não se preocupe, está bem? Eu volto a ligar essa semana. E desculpe mais uma vez por furar com você em cima da hora.

Fernanda, de repente, encheu-se de uma coragem que não sabia que tinha e falou, sem medir as palavras:

— Eu só queria que você soubesse...

Parou de repente. A coragem durara pouco. Ela ia dizer "... que senti muito a sua falta hoje e que não vou aguentar muito tempo mais sem te ver", mas, em vez disso, ela completou, rezando para soar convincente:

— ...que se precisar de alguma coisa, pode contar comigo.

— Obrigado, Fernanda. Não vou me esquecer disso.

A resposta fora protocolar demais. Por que ele tinha de ser tão formal quando ela se mostrava tão atenciosa?

— Preciso ir agora — despediu-se Ricardo. — Te ligo esses dias, tá?

— Tudo bem — ela respondeu, num tom de indiferença. — Não esquenta. Boa semana. Tchau!

A ligação foi encerrada. Fernanda voltou para o quarto. Domingos costumavam ser melancólicos, mas aquele tinha sido deprimente. Mais do que isso: tinha sido dramático. Totalmente o oposto do que ela desejara e fantasiara.

Ela vestiu uma camisola e se atirou na cama, enfiando-se embaixo do edredom. Sentia-se mole por causa da bebida e do esgotamento causado pelas horas de tensão. Queria dormir o mais rápido possível, por muitas horas, e esquecer que aquele dia existiu.

Custou um pouco a pegar no sono. Acordou com o celular tocando. Olhou no relógio: quase meia-noite. Sonolenta, ela estendeu a mão para a mesinha de cabeceira e apanhou o aparelho, no momento em que parou de tocar. O identificador de chamadas mostrava um número de celular que ela não conhecia. Logo em seguida soou um alarme sonoro, indicando que havia uma mensagem.

Fernanda acessou o correio de voz e ouviu apenas um chiado, antes de a ligação ser encerrada abruptamente. Quem quer que tivesse telefonado, não quisera dizer nada.

Fernanda ficou olhando demoradamente para o aparelho, esperando que a pessoa tornasse a ligar. Mas isso não aconteceu.

Por algum tempo, ela especulou quem poderia ter sido. Por fim, concluiu que provavelmente fora um engano e, zonza de exaustão, desligou o celular e deixou para pensar nisso no dia seguinte.

CAPÍTULO 43

Meia hora depois do telefonema de "Braga", Adelina passara a limpo com letra legível as coordenadas que ele fornecera e, em seguida, enviara tudo para Erasmo por fax. Por questões de segurança, eles não tinham se falado mais desde a reunião no apartamento dele e, naquela tarde ensolarada de segunda-feira, Adelina seguia de táxi até o local combinado para a entrega do dinheiro.

O táxi deixou o Cosme Velho, mergulhando logo numa das galerias do túnel Rebouças e, em seguida, prosseguiu pela avenida Paulo de Frontin, sob o elevado, até chegar à Cidade Nova. Quando parou no sinal vermelho do cruzamento com a Joaquim Palhares, Adelina inclinou-se para frente e falou ao motorista.

— Vou ficar no número 153.

— Sim, senhora — respondeu ele, aparentemente despreocupado.

Adelina sentiu um frio desagradável na espinha quando o semáforo ficou verde e o carro dobrou à direita, parando logo adiante, próximo à igreja de São Joaquim. Adelina pagou ao motorista e desceu do táxi, carregando uma valise de lona. Vasculhou atentamente o local com os olhos. Era uma área ampla, muito arborizada, que misturava construções antigas ou decadentes a modernos prédios corporativos.

Ela espiou o relógio: faltavam quatro minutos para as 15h. Foi andando devagar e logo encontrou o prédio de número 153. Tinha três andares e abrigava, no térreo, uma oficina e um híbrido de restaurante e botequim, onde alguns homens comiam despreocupadamente. Esticou o olhar e avistou um Gol vermelho, estacionado do outro lado do canteiro central que cortava a rua. Não havia ninguém dentro dele.

O mais assustador daquilo tudo era constatar que o lugar achava-se absolutamente tranquilo, vivendo o que era, provavelmente, mais um dia do seu cotidiano habitual. O céu fortemente azul e as copas das árvores iluminadas pelo sol amistoso do outono reforçavam ainda mais essa impressão. Nada ali sugeria o que estava prestes a acontecer. Não era uma sensação propriamente agradável. Mantendo a valise firme numa das mãos, Adelina atravessou a rua e caminhou sem pressa até o Gol. Deu uma olhada rápida para os homens no restaurante, mas nenhum deles sequer notou a presença dela. O porta-malas estava destravado conforme "Braga" prometera. Ela o abriu, colocou a valise dentro dele e o fechou rapidamente.

Depois atravessou a segunda pista da rua. Do outro lado ficava uma estação do metrô, situada dentro de uma ampla praça gradeada. Adelina sumiu por uma transversal, como se estivesse se dirigindo para uma das entradas da praça. Nunca em toda sua vida ela estivera naquele lugar e se sentia assustada. Sua vontade era ir embora dali imediatamente, mas precisava esperar. Naquele momento, seu celular tocou no bolso do casaco. No visor, um número desconhecido. Ela atendeu:

— Alô?

— Parabéns, dona Adelina. Gostei de ver. A senhora foi pontual. E fez tudo direitinho.

A voz de "Braga" estava ainda mais debochada.

— Onde você está?

— Perto, mas isso não é da sua conta. Estou só esperando a senhora cair fora para eu sumir também. E ai da senhora se naquela sacola tiver um centavo a menos do que a gente combinou. Tá entendendo?

— Fique tranquilo. O dinheiro está todo lá.

— A senhora sabe que a maior prejudicada pode ser a senhora, não sabe? Essa grana não é tanto dinheiro assim para a senhora e não vai fazer falta. Então a senhora não perde nada se ficar calada, tá entendendo?

De repente, ela se deu conta de uma coisa.

Como "Braga" sabia o número do seu celular? Onde ele o tinha obtido? Pouquíssima gente conhecia aquele número. E praticamente só o doutor Erasmo ligava para ele.

Subitamente, ela parou de andar. Estava, agora, exatamente em frente à entrada da praça. Algumas pessoas corriam, apressadas, em direção à estação. Adelina resolveu jogar um blefe:

— Pode deixar, meu caro. Tudo o que eu quero é esquecer que você existe. Acabei de tomar um táxi. Já estou voltando para casa.

"Braga" com toda a certeza estava ansioso para pôr as mãos no dinheiro e sair dali. Ele se forçaria a acreditar nela, sobretudo porque achava que estava no controle da situação. Adelina mirou nisso e, pelo visto, acertou.

— É isso aí, dona. Vai com Deus — e desligou.

Adelina se escondeu atrás de um respiradouro do metrô. Dali conseguia ver, a certa distância, o Gol vermelho.

O doutor Erasmo garantiu que estaria por perto com dois homens. Na verdade, dois meganhas que trabalhavam como vigilantes de casas noturnas e que, fora do expediente, prestavam serviços não muito nobres para o escritório de Clóvis Louzada, como cobrar dívidas de agiotagem ou pressionar potenciais testemunhas de processos, sempre com o uso da força, quando não de armas de fogo. Erasmo não gostava dos Louzada, mas sempre apelava para eles quando a necessidade apertava.

Até aquele momento, Adelina confiara no advogado, mas aquela ligação para o seu celular a fez repensar tudo. Ela até aceitava ser extorquida, mas não admitia ser enganada daquela forma. Quando "Braga", fosse ele quem fosse, abrisse a valise e constatasse que ela guardava apenas alguns poucos maços de cédulas e que, por baixo deles, só havia jornais, dependendo de quem fosse ele e das circunstâncias em que isso ocorresse, Adelina teria problemas.

Erasmo não sabia que ela levara uma mala cheia de jornais. Ela não combinara essa parte do plano com ele. Então, se ele estava mancomunado com o bandido ou – pior ainda – se o bandido estava agindo a mando dele, ela teria o próprio advogado como seu inimigo. Adelina sentiu todo o seu corpo gelar. O que fazer numa situação daquelas?

Precisava pensar rápido. Ela não tinha ninguém mais a quem recorrer. Erasmo Porto era a única pessoa em quem ela confiava. Procurar a polícia estava fora de questão. De repente, ela sentiu uma solidão dilacerante e uma falta imensa do filho. Guilherme, provavelmente, a socorreria num momento como aquele. Se bem que, se ele não tivesse morrido, ela não estaria ali agora.

A vista de Adelina era cansada só para leitura. Para longas distâncias, ela continuava a enxergar com espantosa nitidez. E ela viu perfeitamente a movimentação de quatro homens em torno do Gol vermelho. Um deles, de terno e gravata, era Erasmo Porto. Havia outros dois que ela deduziu ser a dupla de brutamontes recrutada por ele. O quarto homem era uma figura indistinta. Um homem, provavelmente, mas era impossível determinar dali sua idade. Era magro e usava uma camisa vermelha e calça comprida – jeans, talvez. Os quatro entraram no carro, sendo que foi Erasmo quem assumiu a direção, o que só fez aumentar ainda mais as suspeitas de Adelina sobre ele. *Desgraçado!*

Nisso, ela viu um táxi vindo pela rua onde estava e deixou o seu esconderijo para fazer sinal para ele, de qualquer maneira. O táxi, felizmente, estava vazio. Adelina tomou lugar no banco traseiro e pediu ao motorista:

— Está vendo aquele carro vermelho ali na frente? — ela apontou para o Gol, que tinha acabado de sair da vaga e, agora, fazia o retorno no canteiro central, para tomar a outra pista da Joaquim Palhares. — Vá atrás dele, por favor! Mas sem que ele note a nossa presença. Não me peça para explicar. É uma emergência.

— Tudo bem — respondeu o motorista com naturalidade, aparentemente sem se importar com a situação.

O táxi dobrou à esquerda na Joaquim Palhares. O Gol estava logo à frente, a uma distância razoável. Nem tão perto a ponto de chamar a atenção, nem tão longe, que pudesse ser perdido de vista. Enquanto isso, Adelina raciocinava: numa circunstância normal, Erasmo teria entregado "Braga" aos seus dois capangas e tomado outro carro para levar a sacola de volta à casa de Adelina. E, em seguida, ligaria para o celular dela, a fim de comunicar que o problema estava resolvido.

Mas se ele estava de fato mancomunado com o bandido, era óbvio que iria querer conferir o butim antes de ordenar que ele fosse eliminado. Adelina ficou imaginando o que o advogado lhe diria para justificar ter se apoderado da valise. Ah, sim: ele a devolveria, afinal, só havia jornais ali dentro. E, é claro, elogiaria Adelina dissimuladamente, afirmando que ela fora esperta e corajosa ao não ceder à chantagem, já que ele, Erasmo, estaria a postos para capturar o bandido misterioso, assim que ele desse as caras.

A triste constatação de que Erasmo era um traidor levou a conjecturas ainda mais sombrias: há quanto tempo ele a estaria traindo? E o que mais ele poderia fazer contra ela, já que ele conhecia todo o plano contra Fernanda, com exceção de alguns pormenores, além de estar cuidando da defesa de Thiago? Erasmo tinha se tornado um perigoso arquivo vivo e poderia destruir a vida dela e a do sobrinho quando quisesse. Talvez aquela chantagem, inclusive, já fosse parte desse plano. Adelina não teve dúvidas. Teria de eliminá-lo.

Ela procurou na agenda do seu celular pelo número do escritório de seu antigo advogado, Clóvis Louzada. Era um homem sem caráter, mas confiável, e sempre a ajudara nos seus negócios mais escusos. Ao morrer, dois anos atrás, levou consigo todos os segredos. Mas o escritório dele continuava ativo sob o comando do filho, Pedro, e era a ele a quem Adelina recorria sempre que precisava de um serviço sujo bem-feito. Mesmo não confiando muito em Pedro Louzada, era ele que ela devia ter procurado para resolver aquela chantagem, em vez de confiar em Erasmo. Agora, amaldiçoava-se pelo erro.

O Gol continuou pela rua João Paulo I e, em seguida, pela avenida Paulo de Frontin no sentido Rebouças. Atravessaram as duas galerias do túnel e, ao chegar à Lagoa, tomou a direção do Jardim Botânico, prosseguindo pela avenida Borges de Medeiros, que margeava a lagoa com seus edifícios luxuosos e calçadas ajardinadas. Adelina começava a se perguntar para onde estavam indo, quando viu o Gol fazer um retorno pouco depois do Parque dos Patins e, já na outra pista, virar logo adiante, no acesso ao estacionamento do parque, situado junto à lagoa.

— É para entrar também, dona? — o motorista abriu a boca pela primeira vez desde que saíram da Cidade Nova.

— Por favor.

Havia alguns carros – não muitos – estacionados nas diversas vagas espalhadas pela área. A vista dali era deslumbrante. A brisa fresca que soprava, combinada com o sol ameno, era um convite a uma tarde de lazer e relaxamento – justamente o oposto do que estava acontecendo. O táxi parou a uma relativa distância do Gol, que tinha acabado de estacionar numa vaga, exatamente ao lado de um carro prateado. Adelina poderia perfeitamente continuar ali, sem ser notada, já que aparentemente ninguém no Gol percebera que estavam sendo seguidos. Mas num gesto impensado, ela saltou do carro e caminhou até lá. Sabia que sua atitude era arriscada, mas estava possessa e consumida por um ódio incontrolável. Sentia, lá no fundo, que precisava confrontar o advogado, mesmo que fosse a última coisa que fizesse na vida. Ele poderia até matá-la, mas não sem antes saber que não conseguira enganá-la.

No entanto, se ele não a matasse agora, ali, naquele estacionamento, ela própria encomendaria o fim dele ao escritório dos Louzada. Erasmo Porto não chegaria vivo à meia-noite.

Adelina foi andando devagar, mas com passos firmes, resolutos. Ela viu as portas do Gol se abrirem. Erasmo saltou primeiro, sua careca lustrosa reluzindo ao sol da tarde. Estava acompanhado de um dos capangas. Eles dirigiram-se ao carro prateado, parado ao lado.

Adelina estava mais próxima agora. Já era possível divisar os dois outros homens – o segundo brutamontes e o rapaz de camisa vermelha que, provavelmente, era "Braga" – sentados no banco de trás do Gol. Erasmo Porto batia freneticamente na porta do carro prateado, enquanto falava coisas que ela não conseguia escutar.

Então, o outro capanga e o rapaz de camisa vermelha saltaram também e se colocaram atrás do carro prateado. Provavelmente para bloquear a sua saída. Adelina não estava entendendo nada. O que eles tinham ido fazer ali? Por que estavam cercando aquele outro carro?

Ela começou a entender quando já estava a uns dez metros deles. Viu que a camisa vermelha que suposto "Braga" vestia era uma camisa polo e que estava de calça jeans. A oito metros, descobriu que seus pulsos estavam algemados atrás das costas. A seis metros, notou que seu rosto estava inchado e recoberto de equimoses e feridas. Ele com certeza tinha acabado de levar uma surra.

Quando já se encontrava a cinco metros deles, a porta do carro prateado se abriu e alguém saiu de lá com as mãos para o alto. Neste momento, Adelina parou e, subitamente, compreendeu tudo o que estava acontecendo.

Num primeiro momento, mortificou-se por ter julgado o seu advogado tão precipitadamente.

Em seguida, levou as mãos ao rosto, alarmada, ao descobrir quem tinha acabado de sair do carro. Ainda que faltasse conhecer os pormenores de toda a chantagem, estava muito claro quem ali estava envolvido nela e o que tinha acontecido.

— Thiago??!! — gritou ela!

* * *

Ao cabo de um dia sem graça – em que esperou em vão por alguma notícia de Breno, de Ricardo, de Salvador sobre a situação nos dois inquéritos em que estava sendo investigada e, sobretudo, de Valdir –, Fernanda resolveu dedicar a tarde à rotina de sua nova condição de dona de casa: primeiro, foi ao banco pagar algumas contas no caixa eletrônico. Elas venciam no final daquela semana, mas Fernanda ignorava se chegaria livre – ou mesmo viva – à sexta-feira, e decidiu antecipar tudo. Em seguida, passou na farmácia para comprar cartelas de analgésicos e uma caixa de tranquilizantes fitoterápicos à base de Passiflora, que eram mais suaves e dispensavam a apresentação de prescrição médica.

Dali, ela seguiu para o supermercado que ficava a um quarteirão da farmácia. Era o maior e mais completo de Ipanema e Fernanda ia lá pelo menos uma vez por semana. Depois de escolher calmamente o que precisava nas prateleiras e encher metade de um carrinho, ela se dirigia para um dos caixas, quando o celular tocou.

Ela chegou a pensar que, no identificador de chamadas, apareceria o mesmo número da ligação misteriosa da noite anterior, mas desta vez a chamada estava sendo feita de um número restrito. O que não impedia que fosse a mesma pessoa. Fernanda atendeu na mesma hora.

— Dona Fernanda? Aqui é o Valdir!

Fernanda agradeceu, silenciosamente, por ter deixado seus contatos com a mulher de Valdir na visita à casa deles.

— Olá, Valdir — ela procurou não demonstrar ansiedade. — Como vai?

Mas ele, sim, parecia ansioso. Para não dizer, nervoso mesmo.

— Preciso falar com a senhora.

Fernanda segurava o telefone com uma das mãos e, com a outra ia tirando as compras do carrinho e colocando-as na esteira do caixa.

— Pode falar.

— Não dá para falar pelo telefone. Tem que ser pessoalmente.

Fernanda teve vontade de perguntar se fora ele que ligara na noite anterior, mas achou melhor não.

— Tudo bem — ela terminou de esvaziar o carrinho e procurou por sua carteira na bolsa. — Pode vir até Ipanema?

— Não. Tenho um lugar melhor.

Fernanda não gostou daquilo.

— Por que quer se encontrar comigo? — ela perguntou, desconfiada. — O senhor mudou de ideia sobre a denúncia?

A funcionária do caixa terminou de registrar as compras e passou o valor a Fernanda, que puxou um cartão de crédito da carteira e o estendeu a ela.

— Foi — respondeu Valdir. — Quero contar para a senhora quem me procurou. Mas vou precisar de dinheiro para ir embora do Rio.

Fernanda teve vontade de dizer a ele que não, ele não poderia sair do Rio. Ele teria de ficar para confirmar aquele depoimento à polícia. Ela não lhe daria um tostão.

Mas havia alguma coisa errada naquela ligação. Valdir queria, sim, se encontrar com ela, mas havia outra razão. Ela não cairia naquela armadilha facilmente.

— Certo — disse Fernanda a Valdir, enquanto confirmava o endereço para a entrega das compras à moça do caixa e digitava a senha na máquina do cartão de crédito. — A que horas o senhor quer marcar o encontro?

— Pode ser às 19h?

Um horário bastante suspeito. Fernanda ficou ainda mais ressabiada. Ela guardou o cartão de crédito de volta na carteira e aproveitou para apanhar uma caneta na bolsa.

— Pode. E onde será?

— Rua Bela, 863.

Fernanda tomou nota do endereço no verso da nota das compras. Ficava em São Cristóvão.

— Estarei lá.

— Só tem uma coisa, dona Fernanda: vai sozinha desta vez. Se eu perceber que a senhora levou alguém junto, eu vou embora.

Era um pedido totalmente injustificado para quem queria ter uma conversa como aquela. O que ele achava? Que ela levaria a polícia junto?

Fernanda nunca fora idiota e tinha se tornado menos ainda nas últimas duas semanas. O homem era perigoso. Nem morta ela iria sozinha àquele encontro, mas ele não precisava saber.

— Pode deixar — ela disse, apenas. — Irei sozinha. Nos vemos às 19h.

CAPÍTULO 44

Todos se viraram para o lado ao ouvir o grito de Adelina. Thiago, que já parecia contrariado e assustado, ficou visivelmente aterrorizado. Ele fitava a tia, que se aproximava em passadas largas, com a expressão transtornada de quem havia acabado de se meter numa enrascada feia.

Erasmo também estava surpreso e, percebendo que uma grave crise familiar tinha acabado de se instalar, afastou-se de Thiago e adiantou-se para deter Adelina.

— Desculpe perguntar, mas... — ele estava totalmente confuso. — O que a senhora está fazendo aqui?

— Isso faz alguma diferença?

Adelina tinha se esquecido do remorso que sentia até instantes atrás em relação ao advogado. Agora a revolta pela traição do sobrinho dominava os seus pensamentos e ela queria ouvir dele uma explicação minimamente coerente que justificasse aquilo.

— Não é o momento de fazer escândalos — prosseguiu Erasmo, apaziguador.

Adelina respirou fundo:

— Diga-me doutor Erasmo: o que o senhor descobriu?

Erasmo mordeu os lábios, contrariado.

— Dona Adelina, não era para a senhora estar aqui — ele ainda tentou argumentar. — Nós tínhamos combinado que a senhora apenas levaria a mala até o carro vermelho na...

— Thiago tem alguma coisa a ver com isso? — ela, agora, olhava para o sobrinho. — Ele é cúmplice do vigarista que vem me chantageando?

— É uma história longa — Erasmo parecia ter se rendido. — Acho melhor conversarmos em outro lugar.

— Numa delegacia, presumo — bradou Adelina.

Erasmo aproximou-se um pouco mais e, com a voz baixa, disse quase num sussurro:

— Não acho que seja uma boa ideia.

— Por que não?

Erasmo perdeu a paciência e retrucou, irritado:

— Faça-me o favor, dona Adelina. A senhora já se esqueceu da chantagem? Eles sabem da estatueta. Têm provas de que a senhora mandou colocá-la no chalé de Fernanda. Se os levarmos para uma delegacia, eles vão abrir o bico. A senhora quer mesmo que isso aconteça?

Erasmo nunca tinha se dirigido a ela naquele tom. Longe de se sentir afrontada, Adelina preferiu dar razão ao advogado e, já mais controlada, perguntou:

— O que vamos fazer, então? Como resolveremos essa situação?

— O mais importante nessa operação era descobrir a identidade do chantagista. Já conseguimos isso. Agora entra a segunda parte, que é mais delicada. Vamos precisar ser diplomáticos, se não quisermos pôr tudo a perder a essa altura dos acontecimentos.

Adelina olhou uma última vez para o sobrinho. Ele continuava pálido e incomodado com a situação, mas já não tão assustado quanto antes. Devia estar ciente das cartas que guardava na manga.

Adelina não teve saída.

— Levem os dois para a minha casa — ela ordenou ao advogado. — Estamos muito expostos aqui. Conversamos lá.

E se afastou novamente para tomar um táxi na avenida Borges de Medeiros.

* * *

Depois de chegar em casa e guardar as compras na despensa, Fernanda sentou-se na sala e ficou pensando no que fazer. Ir sozinha ao encontro com Valdir estava fora de cogitação. Não havia nenhuma justificativa para ele querer marcar um encontro a sós com ela. Estava na cara que o homem estava tramando alguma coisa.

Por outro lado, Fernanda precisava falar com Valdir. Só ele podia lhe revelar quem era a pessoa que o aliciara para mentir contar ela na Justiça. Fernanda teria que tirar essa informação dele. Talvez ali estivesse a chave para o fim dos seus problemas. Se deixasse passar essa oportunidade, se arrependeria para o resto da vida.

Ela espiou o relógio: 16h30. Tinha menos de três horas para decidir o que fazer. Sentia que sua vida dependia do que aconteceria naquela noite. Ela tinha o próprio destino nas mãos e uma decisão errada a levaria à ruína.

Mas havia uma terceira opção. Sempre havia, aliás. Se ignorar Valdir parecia um erro e ir encontrá-lo sozinha, um suicídio, o jeito seria ir aparentemente sozinha, mas com pessoas de confiança acompanhando todos os seus passos e se colocando à espreita do local do encontro, sem que Valdir ou quem quer que estivesse com ele notasse. Não deixava de ser uma opção arriscada assim mesmo, pois Fernanda não estaria totalmente blindada, mas era a melhor solução que se apresentava. Aliás, a única.

Ela pensou imediatamente em Salvador, mas ao pegar o telefone para ligar para ele, lembrou-se de que a linha poderia estar sob escuta e desistiu no mesmo instante. O e-mail também não parecia seguro – além do risco de a mensagem não ser lida a tempo, podia haver algum programa espião instalado na sua máquina. Ir pessoalmente ao escritório de Salvador era, igualmente, uma péssima opção, pois alguém poderia segui-la.

Precisava pensar rápido.

O que fazer? O que fazer?

Foi então que ela teve uma ideia. Suas linhas podiam estar sendo monitoradas, mas não a dos vizinhos. Dona Liana era uma senhorinha simpática que morava no andar de baixo. Ela e Fernanda sempre tiveram uma relação cordial e amigável e Liana chegou a visitá-la poucos dias depois da morte de Guilherme, levando uma imagem de Nossa Senhora da Conceição e uma lata de suspiros deliciosos feitos em casa. Liana morava sozinha com uma empregada e uma dublê de enfermeira e acompanhante. Fernanda decidiu ir até lá.

Ela deixou as luzes do apartamento acesas para dar a impressão de que continuava normalmente no apartamento, caso alguém a estivesse observando da rua. Saiu pelos fundos, desceu dois lances de escada e tocou a campainha da porta de serviço de Liana. Uma mulher gorda – a empregada – veio atender e reconheceu Fernanda.

— Dona Liana está? — Fernanda perguntou.

A empregada apenas respondeu:

— Está tirando um cochilo. Deve acordar daqui a pouco.

Fernanda gostava de Liana, mas agradeceu por ela não estar acordada. Tinha pressa e sentia-se aflita demais para, como mandava a boa educação, se sentar na sala para conversar com ela sobre amenidades, forçando uma tranquilidade que não sentia havia semanas, antes de dizer ao que viera de fato.

— Você pode me fazer um favorzinho? — Fernanda perguntou, meio constrangida. Por um momento, achou que seria flagrada na sua mentira. — Meus telefones ficaram mudos. Posso fazer uma ligação daqui?

A empregada pareceu surpreendida.

— Seu celular também ficou mudo?

Não era uma reprimenda disfarçada, nem uma tentativa de mandar Fernanda embora. Era uma curiosidade genuína. Todo mundo, afinal de contas, tinha um celular. Fernanda sacou a primeira resposta que apareceu na cabeça:

— É que o... É que o lugar para onde preciso ligar não recebe chamadas de celular.

A empregada pareceu engolir a justificativa.

— Pode entrar. Eu levo a senhora lá.

O telefone de Liana era um daqueles modelos antigos com disco no lugar de botões, que Fernanda não via de perto havia anos. Ficava na sala e, para alívio dela, longe da janela. A empregada voltou para a cozinha e Fernanda ligou para o escritório de Salvador. Foi informada de que ele estava em reunião. Como essa era uma desculpa típica para as mais variadas situações, ia tentar o celular e a casa dele, quando levou um susto. O seu próprio celular estava vibrando no bolso da calça. Viu o número de Breno piscando no mostrador e atendeu:

— Oi, Breno.

— Tudo bem aí?

Salvador não estava ao alcance dela. Talvez Breno pudesse ajudá-la. De qualquer modo, não poderia falar com ele pelo celular.

— Te ligo em um minuto.

Encerrou a chamada, sem nem ao menos se despedir, e discou o número dele no aparelho de Liana. Breno logo atendeu.

— Onde você está? — ele perguntou, assim que atendeu. — Que número é esse que apareceu no meu celular?

Para que mentir?

— Estou na casa de uma vizinha. O Valdir me ligou. Quer que eu vá me encontrar com ele hoje às 19h. Sozinha.

— E você vai?

— Tenho que ir, mas não vou sozinha. Eu desconfio que ele está armando alguma coisa.

— Eu vou com você, então. Onde vai ser?

— Não é simples assim. Ele deixou bem claro que ninguém pode ir comigo. Senão, ele vai embora.

— Posso ir sem ele perceber. Já falou com o seu advogado? Ele podia ir junto.

— Eu tentei, mas não consegui. Sinceramente...? Estou começando a ficar apavorada.

— Fica calma, Fernanda. Quer que eu tente falar com ele? É só me dar os números.

— Pode ser, mas faça isso com discrição. Tenho certeza de que tem alguém nos seguindo e não confio mais nos meus telefones. Eles podem estar grampeados.

Fernanda então passou a Breno os números do celular e da casa de Salvador. Breno falou:

— Fique aí ao lado desse telefone. Te ligo de novo em dez minutos, no máximo.

Fernanda depositou o receptor no gancho do telefone, no momento em que a empregada aparecia com uma bandeja com café e uns biscoitinhos.

— Um cafezinho, dona Fernanda. Dona Liana já está acordando.

Fernanda sorriu para a moça e agradeceu. Aquela gentileza trivial parecia totalmente incompatível com o caos que estava vivendo. Era como se, no meio de um filme de guerra daqueles bem pesados, cheio de mortes e cenas repulsivas, aparecesse um coral de criancinhas fofas, entoando alguma cantiga de roda.

Ela nem tinha acabado de tomar o café, quando o telefone de Liana tocou. Fernanda atendeu, sem cerimônia e ouviu a voz grave de Salvador.

— O Breno acabou de me ligar e já estou sabendo de tudo. Quer dizer que o patife quer se encontrar com você? Ele disse o motivo?

— Falou que precisa de dinheiro. Em troca, ele me conta tudo.

— Não temos nenhuma garantia de que o sujeitinho vá fazer isso — Salvador foi dizendo. — E você pode estar mesmo correndo perigo. Bem, vamos fazer o seguinte: vá normalmente para o encontro com o Valdir. Quando você descer na sua portaria, o zelador vai te entregar um envelope com um localizador GPS. Tome um táxi normalmente e quando já estiver lá dentro e a caminho, enfie o localizador disfarçadamente numa meia ou sob o sutiã. Pode ficar tranquila, que eu e o Breno vamos estar na sua sombra, sem que aquele filho da puta perceba. Vamos combinar um sinal: você deixa o número do meu celular engatilhado no seu. Qualquer perigo é só apertar o botão para me ligar. Nós saberemos a sua localização exata e te encontramos na hora. Pode ser?

Fernanda chegou a ficar tonta com o tamanho e o ritmo das instruções.

— Não é arriscado?

— É, mas é o único jeito. Nosso contato termina agora. Não tornaremos a nos falar até o lugar do encontro. Me passe o endereço.

Fernanda falou e eles se despediram. Ao se levantar, viu Liana, amparada pela enfermeira, aparecer na sala. Era uma senhora de cabelos totalmente brancos, ligeiramente encurvada, mas com os olhos ainda astutos. Ela tinha 89 anos.

— Oi, querida — Liana abriu os braços para Fernanda. — Que bom ver você! Veio me visitar?

Fernanda sorriu e abraçou a vizinha. Queria ter uma avó como ela.

— Os telefones lá de casa estão mudos e eu precisei fazer uma ligação. Tudo bem com a senhora?

— Tudo. Por que não se senta? Quer jantar comigo hoje?

— Eu adoraria, mas tenho um compromisso daqui a pouco. Posso voltar aqui daqui a uns dias, se a senhora quiser.

Liana era um doce e Fernanda adoraria passar algumas horas sossegadas conversando com ela. Prometeu a si mesma que assim que sua vida voltasse ao normal, faria isso e com o maior prazer.

— Não precisa nem ligar — Liana disse, passando a mão maternalmente pelo rosto de Fernanda. — É só aparecer. Estou sempre em casa.

— Obrigada, dona Liana.

Fernanda deu dois beijinhos nela, agradeceu novamente à empregada e saiu. Enquanto voltava para o seu apartamento, começou a espirrar. Depois de tantos dias de tensão aguda e permanente, o corpo começava a cobrar a conta e ela desconfiou que um resfriado poderia estar a caminho.

Faltavam poucos minutos para as 17h. Dali a pouco teria de sair. Salvador conseguiria mandar o GPS a tempo?

CAPÍTULO 45

O local escolhido por Rosângela Saldanha para a reunião daquela tarde de segunda foi a suíte de um hotel cinco estrelas na avenida Atlântica. Ela chegou dez minutos antes, inspecionou o ambiente e pediu água, café e biscoitos na recepção. Logo, chegaram duas das três pessoas que ela esperava: Gláucia, a assistente de Miriam, e Nestor, um contador de sua confiança, que todos os anos fazia seu imposto de renda. Ela preferia manter suas finanças pessoais o máximo possível longe das vistas de Salvador. Era uma forma de evitar ser controlada por ele e de manter alguma individualidade e autonomia.

Já a terceira pessoa convocada para a reunião só chegaria uma hora mais tarde. Ela não sabia que as outras duas estariam lá, pois Rosângela nada dissera. Ela queria conversar com Nestor e Gláucia antes.

Os três tomaram seus lugares em torno da mesa redonda da sala da suíte. Nestor não perdeu tempo e sacou um maço de papéis da pasta, colocando-o à vista das duas.

— Aqui está. Não resta mais nenhuma dúvida, dona Rosângela.

Rosângela apanhou as folhas com hesitação, como se elas pudessem explodir a qualquer momento.

— Quando começou esse desfalque? — ela perguntou, enquanto esquadrinhava as planilhas e os relatórios impressos na papelada.

— Há exatos sete meses.

— E quanto já foi levado?

— Até o momento? Pouco mais de oitenta mil reais.

Rosângela olhou confusa para Gláucia e, em seguida, para ele:

— Isso é muito ou pouco?

— Dentro do montante que o escritório faturou neste período, é pouco. Mas é um bom dinheiro. O fato é que alguém está mesmo roubando a empresa.

Rosângela virou-se para Gláucia:

— Você trabalhou com Miriam Ortiz. Acha que ela podia estar envolvida nisso?

Gláucia fez uma negativa com a cabeça.

— De jeito nenhum. A doutora Miriam era muito honesta — disse Gláucia, quebrando o próprio silêncio. — Ela não daria esse desfalque.

— Você não tem certeza de que ela era honesta — rebateu Rosângela, com a voz cortante. — Apenas *supõe* que ela o fosse.

Gláucia ficou, subitamente, nervosa.

— Convivi com ela durante um tempo. Era sua assistente. Estava lá todos os dias.

— Isso não é suficiente, Gláucia. Você sabe bem que não é. Uma pessoa, por exemplo, pode ficar casada com outra por anos e anos a fio e jamais desconfiar que ela tem uma vida dupla. Ninguém é 100% confiável. E os corruptos mais competentes são aqueles que conseguem criar uma imagem positiva de si. Pode ter sido o caso dela.

— Não foi! — Gláucia quase gritou. Estava nervosa com a situação. Rosângela não se alterou.

— Não estou dizendo que foi, minha filha — ela retrucou, calmamente. — Apenas temos que considerar todas as possibilidades. Até encontrarmos o culpado disto aqui — ela bateu com o dedo no maço de papéis —, todo mundo é suspeito. Até eu mesma.

Nestor pigarreou, antes de dizer:

— Agora, o próximo passo é fazer uma investigação na firma. Checar telefonemas, e-mails, memorandos internos... Deve haver alguma coisa lá que leve às respostas de que precisamos. A senhora precisa avisar o seu marido. E chamar a polícia.

— Avisar meu marido? — Rosângela murmurou.

Nestor e Gláucia a encararam com alguma perplexidade.

— Acho melhor não — completou ela, tristemente. — Quem me garante que ele... que ele não está envolvido nisso?

Gláucia tentou argumentar:

— Mas dona Rosângela, o doutor Salvador é o...

— O que foi que eu acabei de dizer? — Rosângela levantou a voz. — Até sabermos quem é o autor deste desfalque, todos ali são suspeitos. Absolutamente todos! — fez uma pausa e arrematou, com a voz levemente mais fraca: — Inclusive o Salvador.

Nestor deu de ombros.

— Como a senhora quiser — ele recostou-se na cadeira e conferiu as horas no relógio de pulso. — A propósito, nossa convidada deve estar chegando, não?

E estava. Telma Guimarães, da Relevo Auditoria, apareceu 15 minutos mais tarde, na hora combinada com Rosângela. Era uma mulher de seus 45 anos, bonita e com um corpo curvilíneo, bem-tratado e ainda provocante, que deixava no chinelo muitas garotas de vinte e poucos anos.

Telma pareceu chocada ao ver Gláucia e Nestor e ficou, imediatamente, na defensiva.

— Precisamos ter uma conversa — Rosângela indicou-lhe a quarta cadeira ao redor da mesa. — Sente-se, por favor.

Rosângela sentiu que Telma, caso tivesse alguma possibilidade, teria saído correndo dali. Muito a contragosto, ela se acomodou e encarou os três.

A Relevo Auditoria cuidava de toda a contabilidade do escritório Saldanha & Figueroa. Telma Guimarães era uma das sócias da firma, com o seu marido Heitor Veiga. O outro sócio era Ricardo, que fora seu namorado no passado.

* * *

— Vamos, Thiago — disse Adelina, cruzando as mãos sobre a escrivaninha. — Estou esperando uma explicação.

Estavam na biblioteca da casa dela. Adelina de um lado da escrivaninha e, do outro, Thiago, Erasmo e "Braga", que Adelina descobrira, no caminho entre a Lagoa e o Cosme Velho, que se chamava William, tinha 25 anos e morava com a mãe viúva numa casa em Itatiaia, próxima ao chalé de Fernanda.

Adelina já tinha decidido o que fazer com ele. O ideal seria matá-lo, mas ela não queria se envolver em mais um crime. Preferiu lhe dar dinheiro e deixar bem claro que se aquela história transpirasse, independentemente de quem a soltasse, ela acabaria com ele.

Já com Thiago, a coisa seria mais complicada. Enquanto o outro era um pobre coitado que agira mais por necessidade do que por qualquer outra coisa, o sobrinho era um mau caráter convicto e traiçoeiro. Adelina sabia que precisava neutralizá-lo de alguma forma, mas estava com a cabeça quente demais para agir com objetividade.

— Eu gostaria que a senhora me perdoasse... — ele murmurou. Mantinha a cabeça baixa e os braços enfiados entre os joelhos. Parecia uma criança flagrada no meio de uma das suas piores travessuras. — Não sei onde eu estava com a cabeça.

— Sabe qual o nome que se dá a isso que você tentou fazer comigo? Extorsão — Adelina declarou, amargamente. — Quer outro nome? Crime.

— Todo mundo comete erros, tia. Eu acho que essa é uma oportunidade de eu me redimir. Eu realmente não podia ter feito o que eu fiz.

Adelina alteou uma sobrancelha.

— Está arrependido?

Thiago balançou a cabeça afirmativamente.

— Mentira! — vociferou ela. — Uma ova que você está arrependido. Se por acaso seu plano tivesse dado certo, você estaria feliz da vida neste momento. E pensar que eu confiei em você esses anos todos — ela levantou-se e caminhou até ele. — Acolhi você na minha casa. Nunca te cobrei nada. Você é um ingrato! Eu lhe estendi a mão e você me deu uma punhalada.

— Tia, também não exagera...

— Vagabundo!

— Essa grana não é nada para a senhora. Não faria falta. Eu estou completamente sem dinheiro, precisava pagar dívidas.

Adelina sentiu uma pontada forte na cabeça e vasculhou uma das gavetas até encontrar um frasco de analgésicos.

— Por que você não me pediu? — ela engoliu um comprimido e tomou um gole de água. — Ou, melhor: por que você não arruma um trabalho e vai ganhar seu próprio dinheiro?

Thiago não disse nada. Não havia o que dizer. Não existia explicação para o que ele fizera. Nada mudaria o estrago que ele acabara de fazer em sua própria vida.

Era uma história comprida. E sórdida. William voltava para casa na noite de quinta-feira, 22 de maio, depois de passar o dia em Volta Redonda procurando trabalho. Depois de tomar um ônibus e uma lotação, ele estava completando a pé o percurso que restava até a sua casa, quando presenciou algo suspeito. Um homem que ele nunca vira, usando jaqueta, gorro e luvas tinha acabado de deixar um dos chalés da vizinhança e entrado num carro. Havia meses que ninguém aparecia naquela casa e o homem saíra pulando o portão. William não tinha certeza se era um ladrão, mas, por via das dúvidas, resolveu tomar nota da placa do veículo. O homem não percebeu nada e foi embora.

No dia seguinte, William começou a investigar. Primeiro na vizinhança. Não foi difícil descobrir que o chalé invadido pertencia a uma tal Fernanda Soares de Lima Figueroa, que só raramente aparecia por lá. Depois, ele entrou em contato com um primo que trabalhava na sede do Detran no Rio como analista de sistemas. Foi esse primo que descobriu que o carro misterioso estava em nome de Flávio Braga. Flávio era funcionário do escritório de Erasmo Porto, advogado de Adelina Figueroa e, antes, tinha trabalhado com Clóvis Louzada, com quem Adelina tinha contatos escusos. Foi atendendo a um pedido do próprio Clóvis que Adelina recomendara Flávio para o escritório de Erasmo, já que Clóvis desconfiava que ele era "ético demais".

Quando Seung Chun deu seu depoimento acusando Fernanda Soares de Lima Figueroa de ter receptado uma estatueta roubada e que esta teria sido encontrada justamente no chalé dela em Itatiaia, William ligou os fatos e concluiu que o homem de jaqueta e gorro só podia ter entrado lá para plantar a prova do crime. William, então, telefonou para Flávio, pedindo-lhe vinte mil reais e afirmando que se não recebesse o dinheiro o entregaria à polícia. Flávio se apavorou, pois não tinha ideia de como aquele carro poderia estar em seu nome. Ele, naturalmente, não sabia que Clóvis Louzada era um escroque, que usava as identidades de seus funcionários mais humildes para forjar toda sorte de documentações frias. E que foi precisamente depois da compra daquele carro, utilizado para operações sujas tais como roubos e visitas a criminosos, que ele decidira tirar Flávio do seu escritório, mas deixá-lo ao alcance das suas vistas para qualquer eventualidade.

De todo modo, Flávio sentia que se fosse denunciado, acabaria preso, pois, no Brasil, a Justiça não funcionava tão bem para pessoas pobres como ele, a menos que contasse com um bom advogado. O único a quem poderia recorrer era Erasmo Porto, mas temia ser repreendido por ele, que poderia não acreditar na sua história. Desnorteado sobre o que fazer, Flávio acabou decidindo procurar a própria Adelina Figueroa, já que ela tinha prestígio suficiente junto a Erasmo para interceder por ele. Sem contar o fato de que fora ela quem indicara Flávio para trabalhar no escritório de Erasmo.

Ao ligar para a casa dela, quem atendeu foi Thiago, e Flávio acabou adiantando o assunto a ele. Thiago, na mesma hora, deu-se conta de que estava no meio de algo "grande" e que poderia se aproveitar da situação. Ele disse a Flávio que passasse a William o número do seu celular, que ele resolveria tudo. William ligou horas depois e Thiago lhe fez uma proposta: em vez de pedir vinte mil a Flávio Braga, um pobre diabo, ele deveria pedir quinhentos mil a Adelina Figueroa, que era a cabeça de toda a trama. O valor era negociável até quatrocentos, porém não menos do que isso.

Para provar que não estava blefando, Thiago passou a William as conversas que gravara entre Adelina e Erasmo. Havia meses, ele tinha instalado pequenos equipamentos de escuta no terraço, na biblioteca e nos telefones da casa para monitorar os movimentos de Adelina e saber de tudo o que ela fazia. Sua esperança era que ela acabasse soltando alguma informação sobre senhas bancárias ou o local onde guardava dinheiro vivo na casa. William concordou e foi então que se apropriou do sobrenome de Flávio Braga para iniciar a chantagem. As conversas com Adelina eram sempre feitas a partir de telefones públicos em Resende, Barra Mansa e Volta Redonda, a fim de dificultar sua localização. Só os dois últimos partiram da cidade do Rio. Quando Adelina entregasse o dinheiro, William teria direito a cem mil. Thiago ficaria com o resto.

Nenhum dos dois, porém, contava com a reação de Adelina. Thiago estava seguro de que ela não faria nada. Afinal, não havia nenhum registro de conversa dela com Erasmo ou com quem quer que fosse que sugerisse o contrário. Por isso – e também pelo fato de William estar longe de ser um bandido profissional –, a captura de "Braga" foi fácil. Thiago esperava chegar ao final daquele dia com mais trezentos mil reais no bolso e, agora, estava a um passo de ser escorraçado da casa.

— Você é um imbecil! — vociferou Adelina para Thiago, enquanto o fuzilava com olhos febris. A dor de cabeça dela começava a ceder ante a ação do analgésico.

— Eu dei tudo a você. TUDO! Aqui você tinha casa, tinha comida, tinha conforto. Nem precisava trabalhar. Eu não concordava com a sua vida de malandragem, mas nunca te obriguei a trabalhar. Você fazia o que queria. Saía e voltava para casa quando bem entendia. E eu ainda te dava um dinheiro todo mês. Você acabou de jogar tudo isso no lixo.

Thiago estava quase chorando.

— Tia, me perdoe.

— Não é questão de perdoar ou não. Você traiu a minha confiança. Não posso manter dentro da minha casa uma pessoa em quem eu não confio. Quem me garante que, na primeira oportunidade, você não vai fazer tudo de novo?

— Você está me expulsando de casa?

Adelina não queria fazer isso. Não por ele, mas pela memória da irmã morta, a avó de Thiago. Adelina jurou diante do caixão dela que cuidaria dele.

— Não quero você mais aqui. Sinto muito.

Thiago se desesperou:

— Não tenho para onde ir.

Ela reclinou-se na cadeira e alteou uma sobrancelha:

— Não vou jogá-lo no meio da rua com uma mão na frente e outra atrás. Vou lhe dar algum dinheiro. Isso é muito mais do que alguém no meu lugar faria. Na verdade, eu deveria era te denunciar à polícia por estelionato.

Eles se encararam por alguns instantes, até Adelina menear a cabeça e completar:

— Mas não farei isso. Não porque você mereça alguma consideração. Eu só não quero o nome da nossa família nos jornais. Já basta tudo o que tem acontecido.

Thiago desesperou-se:

— Eu não quero sair daqui!

— Já está decidido, Thiago. Pode subir e começar a fazer as suas malas. Você tem até depois de amanhã para ir embora! Quando eu acordar na quarta-feira, não quero mais te ver por aqui.

Vendo que não havia mais o que dizer, Thiago levantou-se transtornado e deixou a biblioteca num rompante.

Erasmo Porto, que até então se mantivera educadamente desconectado da conversa, pigarreou e, lançando um rápido olhar para "Braga", fez um gesto para Adelina:

— Podemos falar a sós um instante, dona Adelina?

Adelina aquiesceu. Os dois caminharam até um canto da biblioteca. Erasmo falou num sussurro:

— É melhor a senhora tomar cuidado. Thiago convive há anos com a senhora. Já ouviu e viu muita coisa aqui dentro. Providenciei uma varredura completa na casa. Todos os equipamentos de escuta telefônica que forem encontrados nos ambientes serão retirados até o fim desta noite. Mesmo assim, é como se estivéssemos colocando um cadeado na porta depois do assalto. O estrago está feito e não tem conserto.

Adelina mordeu os lábios, pensativa.

— Além disso, tem o crime. Miriam Ortiz. A arma... — o advogado baixou ainda mais o tom de voz: — Só Deus sabe que rumos esse caso ainda vai tomar.

Adelina sacudiu a cabeça, indicando que tinha entendido.

— Thiago sabe demais — completou Erasmo.

— Se ele me denunciar — Adelina declarou, enigmática —, eu o arrasto comigo.

* * *

Não era bem isso o que pensava Thiago. Completamente fora de si, ele entrou no seu quarto e ligou o netbook.

A tia podia querer revistar o quarto em busca de provas, mas mesmo que encontrasse alguma coisa, havia cópias muito bem guardadas em um sistema de armazenamento on-line de arquivos. Gravações, fotografias, documentos digitalizados... Estava tudo lá e podia ser acessado via internet de qualquer parte do mundo a qualquer hora do dia.

Humilhado e tomado por um ódio asfixiante, Thiago jurou que iria se vingar de Adelina. Ela não poderia jogá-lo fora assim, impunemente. Ainda que não ganhasse nada em revelar o que sabia, pelo menos lavaria a alma.

Ele enxugou os olhos úmidos com as costas das mãos e copiou, pelo netbook, todos os dados do site de armazenamento para um de compartilhamento. Registrou o link e a senha na pasta de rascunhos do seu webmail e aproveitou para conferir, na sua lista de contatos, os e-mails e os telefones fixos e móveis de Fernanda e Salvador Saldanha.

Por fim, rodou um programa que apagava todo o histórico de navegação, arquivos temporários e toda sorte de informações sobre as operações feitas na máquina.

Desligou o computador e começou a arrumar sua mala. Amanhã lançaria toda a podridão no ventilador. E, antes de deixar aquela casa, ainda daria seu golpe final.

CAPÍTULO 46

Parada na garagem, Fernanda observou o carro que fora de Guilherme com uma espécie de temor respeitoso. Havia anos que não dirigia. Era preciso coragem para enfrentar o trânsito alucinado do Rio depois de tanto tempo. Mas Valdir fora claro: ela deveria ir sozinha ao encontro. O que, automaticamente, descartava até um motorista de táxi.

Fernanda respirou fundo, entrou no carro e girou a chave na ignição. Não levava bolsa. Apenas um pacote fechado com dinheiro vivo para Valdir. Não queria que ele pensasse que estava armada ou coisa do tipo. Nos bolsos da calça jeans distribuiu o celular, algum dinheiro e um maço de lencinhos de papel, pois tudo levava a crer que estava mesmo ficando resfriada.

O mostrador no painel indicava que o tanque estava pela metade. Ela deixou o motor ligado por alguns minutos, para aquecer o carro, parado desde março, e dar tempo de todas as suas engrenagens voltarem a funcionar plenamente. Em seguida, saiu devagar da garagem, logo ganhando a praia de Ipanema e dobrando, em seguida, na rua Joana Angélica em direção à Lagoa.

A princípio cautelosa, Fernanda logo percebeu que não tinha perdido a familiaridade com a direção e foi se sentindo mais confiante à medida que avançava. Era hora do *rush* e o trânsito estava bastante congestionado a partir da altura do Corte do Cantagalo. Fernanda arrastou-se durante mais de meia hora pela Lagoa até um posto de gasolina na Fonte da Saudade, onde parou para abastecer. Aproveitou para calibrar os pneus, verificar o óleo e a água e fazer uma limpeza rápida nos para-brisas.

Disfarçadamente, apalpou a perna esquerda. O GPS estava guardado sob a meia, oculta pela calça jeans. Salvador o havia deixado na portaria, conforme o prometido. Fernanda arriscou uma olhada no retrovisor. Nenhum sinal de Salvador ou de Breno. Eles, naturalmente, a estavam seguindo, mas faziam isso de forma imperceptível.

Depois de pagar ao frentista, Fernanda retornou ao congestionamento e, pouco depois, alcançou o Túnel Rebouças. Dali em diante, o trânsito fluiu melhor e ela sentiu a expectativa crescer assustadoramente quando desembocou com o carro no elevado Paulo de Frontin. Seu destino era a rua Bela, que ligava o campo de São Cristóvão à avenida Brasil. Como não conhecia a numeração da via, resolveu percorrê-la desde o começo e, de lá, retornar a fim de localizar o número 863, onde se encontraria com Valdir.

Fernanda tinha acabado de fazer o retorno na avenida Brasil, a fim de pegar a pista sentido Centro quando ouviu o celular tocando no bolso da calça. Conferiu as horas: 15 minutos para as 19h. Ela parou o carro de qualquer maneira sobre a calçada em frente a uma oficina mecânica e apanhou o aparelho. O número que aparecia no mostrador não era de Valdir, nem de ninguém conhecido, mas Fernanda achou-o ligeiramente familiar.

Ela atendeu.

— Pronto?

— É a dona Fernanda?

Uma voz de mulher. Fernanda não soube dizer de quem.

— Ela mesma.

— Não sei se a senhora se lembra de mim — a mulher disse educadamente. Parecia nervosa e constrangida. — A gente se conheceu na sexta-feira. Na missa da dona Miriam.

Fernanda lembrava-se, vagamente, de, sim, ter conversado com uma pessoa lá. Uma mulher mais velha, humilde que era mãe de... De quem mesmo ela era mãe?

Caso não estivesse tão tensa com o encontro de dali a pouco, sua memória estaria bem mais ágil.

— Eu liguei para a senhora ontem — acrescentou a mulher. — Mas já tava muito tarde. Aí achei melhor ligar hoje.

Fernanda, então, lembrou-se de onde conhecia o número que aparecia no mostrador. Era o mesmo da ligação da noite anterior.

— Tudo bem — Fernanda ficou se perguntando o que a mulher queria. — Como é mesmo o nome da senhora?

— Teresa.

A ligação não poderia estar acontecendo num horário mais impróprio. Agora faltavam dez minutos para a hora fatídica. Fernanda temia que Valdir fosse embora, caso ela se atrasasse.

— Eu sou a mãe do Igor, que trabalha no escritório do finado seu marido, doutor Guilherme — prosseguiu Teresa. — Lembra que eu contei que ele estava no hospital? Graças a Deus, ele vai sair amanhã.

— Dona Teresa, estou meio ocupada agora. Será que eu posso telefonar amanhã para a senhora e...

— Não vou demorar, dona Fernanda — Teresa começou a falar mais depressa e a aflição dela ficou ainda mais patente. — É que eu preciso muito falar com a senhora. É muito importante.

Dinheiro emprestado? Interceder pelo filho junto a Salvador para ele ser readmitido no escritório? Arranjar um novo emprego para ele? O que será que aquela mulher queria? E por que ela fora ligar num horário como aquele, quando Fernanda estava prestes a ter um filho pela boca, de tão nervosa?

— Tudo bem — Fernanda expeliu o ar dos pulmões. Ao seu lado, os carros passavam a toda no trânsito pesado da avenida Brasil no horário do *rush*. — O que aconteceu?

— Será que a gente pode se encontrar agora?

O tom de voz dela sugeria urgência. A apreensão de Fernanda subiu um degrau.

— Agora, não dá. Estou indo para outro compromisso neste instante. Pode ser amanhã? — Fernanda teve vontade de acrescentar: "caso eu sobreviva ao encontro de daqui a pouco".

— Dá para ser amanhã cedo?

— Acho que sim... — agora era Fernanda quem estava aflita. — Por que toda essa urgência?

— Porque tem que ser antes do meu filho sair do hospital. A gente mora longe.

Fernanda entendia cada vez menos.

— A senhora pode me adiantar o assunto?

— Não. Desculpa. Não dá para falar pelo telefone. É uma coisa meio séria. A senhora precisa saber.

Fernanda ficou assustada. Imediatamente, lhe veio à lembrança a voz aflita de Miriam ao telefone, na véspera de ser assassinada, avisando:

Hoje descobri tudo (...). Uma trama horrível (...) que está sendo armada contra você.

— Por favor, é muito importante que a senhora venha amanhã — insistiu Teresa.

Fernanda já estava convencida.

— Eu vou. Por favor, me passa o endereço.

Teresa falou o nome de um hospital na rua Bom Pastor, na Tijuca, e elas combinaram às 10h da manhã no quarto onde estava Igor.

Fernanda tinha acabado de se despedir, quando ouviu batidas no vidro da porta ao seu lado. Olhou para fora e tudo o que viu foi um braço forte, segurando o que parecia ser uma barra de metal.

* * *

Telma sentou-se diante de Rosângela. Manteve a bolsa sobre o colo, numa postura defensiva. Estava claramente pouquíssimo à vontade.

— Toma alguma coisa? — Rosângela perguntou.

— Não, obrigada — disse Telma, o mais brevemente possível.

Gláucia e Nestor recuaram em seus lugares, como que abrindo espaço para que Rosângela tomasse a dianteira da conversa.

— Telma, eu te chamei aqui porque fiz um levantamento das contas do escritório e descobri que existem algumas despesas absurdas que foram registradas pela sua firma.

Rosângela fez deslizar os papéis sobre a mesa até Telma, que nem precisou pousar os olhos assustados neles para entender o que estava acontecendo.

— O que tem a me dizer sobre isso? — Rosângela completou.

Telma meneou a cabeça, em negativa.

— Não sei ainda. Preciso analisar tudo antes de...

— Fique à vontade — Rosângela interrompeu-a, recostando-se na cadeira e cruzando os braços, desafiadoramente. — Não estamos com pressa. Posso passar a madrugada em claro se for preciso.

— Mas eu não... — reagiu Telma, que agora parecia seriamente contrafeita.

— Você não "o quê", Telma? — Rosângela levantou uma sobrancelha. — Acho que você ainda não entendeu: Estes papéis — Rosângela bateu com o indicador sobre eles — indicam uma série de contas supostamente fraudulentas no escritório de meu marido e que foram avalizadas pela sua empresa de contabilidade nos últimos sete meses. No total, foram desviados dos cofres do escritório 82 mil reais e alguns quebrados; ou seja, quase 12 mil reais por mês. Só existem duas explicações para isso: ou se trata de um caso de incompetência, por vocês não terem percebido nada ao longo de tantos meses, ou de corrupção direta. Em qualquer uma das hipóteses, a Relevo Auditoria está a um passo de perder um cliente importante e ter sua reputação manchada diante de todo o mercado. Você não tem nenhum interesse em salvar o nome da sua firma?

Os lábios de Telma se comprimiram. Um olhar mais atento perceberia que eles estavam ligeiramente trêmulos.

— Preciso estudar essas contas com calma — ela disse. — Não sei o que aconteceu.

Mas Rosângela tinha analisado bem fundo os olhos de Telma. O olhar nunca mentia. E Rosângela era uma mulher perspicaz e intuitiva.

— Não mesmo?

Telma respirou fundo e baixou a cabeça para os papéis. Ou, talvez, tenha apenas entregue os pontos.

— O que eu posso garantir é que nem eu nem meu marido ficamos com nenhum centavo desse dinheiro.

Rosângela insinuou um sorriso. Agora sim, a conversa tomava algum rumo.

— Se a sua história for sincera e verdadeira, prometo que intercedo por vocês ao Salvador — ela disse. — Pelo menos, farei com que ele não os processe e nem comente sobre o que aconteceu com ninguém no mercado.

Telma sorriu tristemente.

— Obrigada.

— Se o dinheiro não ficou com vocês, ficou com alguém...

— Sim.

Rosângela aproximou-se de Telma, em expectativa.

— E você sabe quem?

Telma balançou a cabeça.

— Sei, sim.

Quando ela disse o nome e explicou como tudo aconteceu, os olhos de Rosângela quase saltaram de perplexidade. Era uma história sórdida. Ela se perguntou o que poderia haver por trás de tudo aquilo.

Assim que Telma, às lágrimas, terminou o relato, Rosângela, chocada, virou-se para Gláucia e Nestor e disse, em tom ameaçador:

— Vocês estão proibidos de comentar sobre isso até com a própria sombra, ouviram bem? Preciso pensar em como agir e até lá ninguém pode saber de nada.

Até porque não estavam mais diante de um simples desfalque. E, sim, de uma mente fria e diabólica que, Rosângela tinha certeza, seria capaz de acabar com todos eles se descobrisse que já sabiam de tudo.

CAPÍTULO 47

Enquanto olhava para a barra de metal na mão do homem do lado de fora, Fernanda sentia uma onda de medo e choque crescer dentro de si. Seu crânio estava prestes a explodir, mas depois das últimas semanas, ela parecia que já tinha se habituado a situações extremas, e conseguiu que o medo não se transformasse em pânico.

Lembrou-se das recomendações da polícia para quando houvesse uma situação de violência: "não reaja, não olhe para o bandido, não faça movimentos bruscos". Ela procurou a trava do cinto de segurança para soltá-lo e entregar o carro, quando ouviu o homem falar:

— A senhora pode sair da porta da oficina, que tem um carro querendo entrar?

Foi então que Fernanda olhou novamente para fora e viu que a barra na mão do homem era apenas uma chave de roda em "L" e que ele usava um uniforme surrado e manchado, com o logotipo da oficina. Não era um assalto. Em meio à pressa em atender o celular e a toda a angústia em que se encontrava, ela nem prestou atenção direito em onde tinha parado. Pelo retrovisor, viu um carro logo atrás, com a seta ligada, só esperando que o caminho fosse desbloqueado para poder entrar na oficina.

— Desculpe — ela gritou através do vidro e avisou: — Já estou saindo.

Deu partida no carro e mergulhou novamente no trânsito intenso da avenida Brasil. Alguns metros adiante, dobrou à direita na rua Bela. Outrora um endereço pitoresco, que datava dos tempos do Brasil imperial, a rua entrou em acelerada decadência ao ser coberta na década de 1990 por um dos trechos do viaduto da Linha Vermelha – via expressa que ligava o Centro do Rio aos municípios da Baixada Fluminense –, transformando-se rapidamente num lugar degradado, abafado e soturno.

Fernanda foi avançando com o carro, devagar, atenta à numeração. Ainda resistiam, ao longo da rua, sobrados e casarões neoclássicos sobreviventes dos seus tempos de esplendor, misturados a construções modernosas de fachadas maltratadas, a lojas caquéticas e, sobretudo, ao viaduto monstruoso e aterrorizante, erguido numa via que, visivelmente, não fora planejada para recebê-lo.

O número 863 ficava no quarto quarteirão à direita. Era um prédio baixo, de aparência inexpressiva e que parecia desocupado. Fernanda encontrou uma vaga do outro lado da rua, junto a uma loja de lubrificantes automotivos. Apanhou o pacote com o dinheiro de Valdir, desceu do carro e entregou a alma a Deus.

O relógio de pulso marcava 19h03.

Era noite fechada e o movimento de veículos na rua Bela era grande. Fernanda deu uma rápida espiada na fila de carros na rua, enquanto corria para o outro lado, e se perguntou se Salvador e Breno estariam em algum deles.

Ela parou em frente ao prédio e o examinou. Havia três portões de enrolar e, quase escondida numa das extremidades, uma portinhola estreita de aço. Os portões indicavam que ali funcionara algum estabelecimento comercial, hoje desativado. A portinhola certamente conduzia às demais dependências do prédio. O silêncio e a escuridão que o envolviam pareciam gritar para Fernanda não entrar. Ela sentiu as pernas vacilarem. Não queria ir adiante, mas Valdir estaria lá dentro. Se ele lhe contasse o que sabia, aquela noite representaria um ponto de virada decisivo. O momento em que ela poderia começar a reagir concretamente, pois saberia contra quem lutar.

Fernanda procurou alguma campainha e, ao se aproximar da portinhola, viu que estava apenas encostada. As dobradiças rangeram quando ela a empurrou. Ela deu um passo para dentro do prédio e perscrutou o seu interior, antes de seguir em frente. O lugar transmitia uma sensação opressiva. A escuridão imperava, com exceção de uma pequena área indistinta situada no que parecia ser o fundo da construção, onde reluzia uma suave e pálida luz branca. O ar ali era rançoso, uma mistura de odores guardados típica de um lugar que não era arejado havia um tempo.

Fernanda terminou de entrar e tornou a encostar a porta. De repente, sentiu um pavor agudo de ficar presa naquele lugar. E se alguém trancasse a porta? E se houvesse uma armadilha ali dentro e ela não tivesse por onde fugir? Precisava pensar depressa numa saída e a ideia lhe ocorreu na mesma hora. Ela procurou nos bolsos um dos lenços de papel que trouxera para a eventualidade de um espirro, rasgou-o ao meio e amassou uma das metades, até ela ficar do tamanho de uma azeitona. Depois, enfiou-o no batente da porta, revestindo todo o buraco do encaixe da lingueta da fechadura. Isso não impedia que a porta fosse fechada, mas pelo menos dificultava o trabalho.Ela prendeu a respiração e mergulhou no quase negrume. A luz mortiça ao fundo ajudava a dar a uma noção do tamanho do lugar. Fernanda calculou que todo o térreo formava um único recinto. Ela ouvia, através das portas fechadas, os carros em movimento na rua Bela e esse barulho era confortador, pois mostrava que a vida seguia normalmente lá fora. Fernanda se perguntava se alguém na rua a escutaria caso gritasse por socorro.

Ela deu mais alguns passos e, como nada ali dentro pareceu perceber a sua presença, criou coragem para chamar:

— Valdir?

Silêncio.

— Valdir, você está aí?

Mais silêncio.

Por que ninguém respondia? Ela tinha chegado praticamente na hora marcada. Alguns minutos a mais, a bem da verdade, mas era um atraso irrisório. Valdir não iria embora, ainda mais sabendo que receberia dinheiro.

Fernanda não se considerava uma pessoa covarde, mas todo mundo tinha seus limites. Ela sentiu que não aguentaria ficar mais um minuto naquele lugar hediondo. Seu instinto de sobrevivência implorava para que ela deixasse aquele lugar. O coração estava em disparada.

Precisava sair dali. E era o que teria feito naquele instante, se uma voz masculina não quebrasse o silêncio com a intensidade de uma trovoada:

— Dona Fernanda?

Fernanda estremeceu.

Um feixe fantasmagórico de luz surgiu ao seu lado. Ela reconheceu o rosto de Valdir, bem nítido na claridade.

Fernanda não soube se ficava aliviada ou ainda mais apavorada.

— Desculpe ter demorado a responder. Eu tinha que ter certeza de que era a senhora.

Fernanda percebeu que seu corpo tremia todo, inclusive os lábios.

— Tudo bem — ela respondeu, esforçando-se para não parecer tão nervosa.

— Trouxe a grana?

A imagem de Valdir pairava nítida, escancarada pelo clarão de luz. Numa fração de segundo, Fernanda percebeu que a luz que até instantes atrás reluzia fracamente os fundos do recinto tinha desaparecido. Ou ela se apagara ou era a mesma que agora estava bem ali, entre ela e Valdir.

— Antes, me diga o que sabe — Fernanda disse. — Quem mandou você mentir sobre mim para a polícia?

— A grana primeiro. Depois eu falo.

Fernanda expeliu o ar dos pulmões. Ela ia estender o pacote que trazia nas mãos para ele, quando percebeu algo. Na verdade, um detalhe. Um detalhe que poderia passar tranquilamente despercebido, pois dependia do ângulo a partir do qual era visto.

O feixe de luz estava diretamente voltado para rosto de Valdir. Pelo ângulo, via-se que provinha de uma lanterna.

Numa fração de segundo, esse feixe se moveu quase imperceptivelmente.

E os braços dele estavam para trás.

Eles não estavam sozinhos.

Fernanda teve um impulso de fugir dali. A súbita onda de pavor a assaltou era uma mescla caótica de inúmeros temores. Tinha caído numa armadilha e precisava sair dali.

Ela nem pensou nas consequências. Girou nos calcanhares e ia iniciar o caminho de volta para a porta do prédio, quando uma segunda voz se fez ouvir:

— Fique onde está! Eu tenho uma arma.

Fernanda gelou. Não conhecia o dono daquela voz, mas sentiu sua crueldade. Ela não sabia muito bem para onde olhar, por isso manteve-se imóvel.

— Não vai demorar nada — a voz masculina ribombou novamente. — Seja boazinha e você não vai se ferir.

Fernanda permaneceu calada e imóvel.

— Olhe para trás! — ordenou o homem, com impaciência. — Vamos! Olhe para o seu amigo Valdir!

Fernanda virou-se lentamente, até seus olhos se encontrarem com os do porteiro. Valdir estava apavorado. Só então ela percebeu que ele tinha as canelas unidas por uma corda. Os braços, insistentemente colocados atrás das costas, deviam estar na mesma situação.

— A senhora me perdoe, dona Fernanda — implorou Valdir, com lágrimas nos olhos. — Por tudo.

— Perdoe ele! — ordenou a voz masculina.

Fernanda sentiu uma pena imensa do zelador e, sim, ela o perdoara por dentro. Mas estava absolutamente paralisada para dizer o que quer que fosse.

— Vamos! — insistiu o homem, ainda mais possesso. — Perdoe ele!

Fernanda libertou-se do transe em que estava e conseguiu dizer:

— Eu perdoo. Mas não entendo o que isso...

— Já vai entender — o homem disse e, então, três estampidos abafados soaram tímidos na escuridão, seguidos de alguns longos gemidos de dor e o barulho de algo pesado caindo abruptamente sobre o chão. Quando Fernanda olhou, Valdir não estava mais ao alcance da luz da lanterna.

Foi o pior momento da vida de Fernanda. Ela jamais esqueceria o ruído dos sapatos de Valdir roçando o chão de cimento, enquanto o corpo dele estrebuchava na lenta e aflitiva chegada da morte. Foi uma agonia que durou alguns segundos, mas que pareceu levar uma eternidade.

Fernanda sentia um aperto de desespero no peito. Ela queria chorar e fugir, mas o ar lhe faltava e os pés pareciam chumbados no chão.

— Você vai para o céu, dona. O homem estava te pedindo perdão e você deu. Gostei de ver.

Fernanda comprimiu o pacote com o dinheiro contra o peito, como se fosse uma almofada. Um gesto instintivo de defesa.

— Mas mesmo que não tivesse dado, você poderia ter uma segunda chance — o homem chegou mais perto e Fernanda sentiu uma coisa fria, metálica, encostando na sua testa. A lanterna estava, agora, caída no chão e a luz iluminava apenas um dos pés inertes de Valdir. Era uma cena macabra, até pelo que ela não mostrava, porém insinuava.

— O que quer dizer com isso? — Fernanda conseguiu perguntar. Sua pele estava agora recoberta por uma fina camada de suor frio.

— Que você vai poder encontrar com ele daqui a pouco — o homem engatilhou a arma. — Lá, para onde ele foi agora.

Fernanda olhou-o de esguelha. Ele era corpulento e tinha um bigode grosso, escuro. Tinha certeza de que nunca o vira antes. Por que ele estava fazendo aquilo?

— Mas você tem uma chance de se safar — ele ordenou. E ergueu um revólver diante dela. Ele usava uma luva escura. O cano da outra arma, que ela não sabia qual era, continuava firme apontado para a sua testa. — Segure!

Fernanda não se moveu.

— Vamos, segure o revólver com suas mãozinhas! — a respiração dele agora estava muito próxima e alguns pelos do bigode farto chegaram a roçar o rosto de Fernanda. Ela sentia seu hálito acre de cerveja. — Assim todos vão saber *quem* matou o porteiro que tinha te denunciado. Isso se chama eliminação de testemunhas.

Então era esse o plano?

Fazer com que ela fosse incriminada como a assassina de Valdir?

Somente as suas digitais apareceriam no revólver. E ela, em tese, era a única pessoa que tinha motivos para querer matá-lo.

Se fizesse isso, seria presa. Era a alternativa a ser morta.

— Vamos logo! — o bigodudo começou a perder a paciência. — Não temos a noite toda. Se você não segurar bem firme esse revólver agora — ele pressionou ainda mais o cano da outra arma contra a cabeça de Fernanda —, eu te mato. O que você prefere?

Fernanda hesitou. Precisava ganhar tempo. Cada segundo era precioso. Onde estavam Breno e Salvador?

— Não pense que ninguém vai vir aqui te ajudar — o bigodudo falou como se tivesse lido os pensamentos dela. — As portas estão todas trancadas.

Fernanda ofegava, vendo o contorno do revólver sobre a mão enluvada do bandido.

— Eu fechei a porta depois que você entrou. Não dá para abri-la por fora.

— Não fechou — Fernanda deixou a frase escapulir. De repente, sentiu como se não tivesse mais nada a perder.

O homem parou.

— O que está querendo dizer?

— Eu sei que você não fechou. Porque eu travei a lingueta. A porta está só encostada.

O bigodudo pareceu desnorteado e descobriu que Fernanda dissera a verdade, quando viu a porta se abrir violentamente e um grupo de homens entrar no galpão ruidosamente. O truque de Fernanda havia funcionado. Graças a Deus ela trouxera os lencinhos. Nunca um princípio de resfriado viera em tão boa hora.

Assustado, o homem deu uma gravata em Fernanda e, mantendo a arma apontada para a cabeça dela, berrou para todos ouvirem:

— Ninguém chega perto ou ela morre!

— Acreditem nele, por favor — suplicou Fernanda. — Ele já matou um homem.

— A área está cercada — era a voz de Salvador. — Você não tem saída. É melhor se entregar!

— Já matei um. A pistola está carregada. Posso matar muito mais.

Pressionando mais ainda o braço em torno do pescoço de Fernanda, o bigodudo arrastou-a galpão adentro. Ele tinha a escuridão a seu favor, além de conhecer mais o local do que os demais. Fernanda não tinha como lutar contra ele e tentava se manter calma. Nessas horas a pior coisa era perder o controle. Mas não estava sendo fácil. Como não ficar em pânico quando estava sendo mantida refém por um maluco em fuga e com uma arma apontada para a cabeça?

— Sua vadia — rosnou o bigodudo. — Eu tinha mandado você vir sozinha e não avisar a ninguém.

— Foi o Valdir que me pediu isso e não você.

Ele sacudiu o corpo de Fernanda com violência para um lado, quase quebrando o pescoço dela.

— Vai ser pior para você.

Fernanda sentiu a dor no pescoço e ficou tonta por alguns segundos. Era uma atitude piegas, mas, naquele instante, sentindo a morte bem perto e tendo presenciado o assassinato frio de um homem, ela fechou os olhos e, por uns 15 ou 20 segundos viu os momentos mais marcantes da sua vida passar diante de si como num filme. As vezes que sentira raiva de alguém ou que se revoltara com algo que não saíra como o planejado, as tristezas e as frustrações, todos os supostos problemas que pareciam dramáticos ou irremediáveis e a fizeram gastar horas de preocupações e energia à toa foram subitamente reduzidos a uma coisa sem importância. Parecia receita de livro barato de autoajuda, mas era impressionante como algumas pessoas precisavam vivenciar situações extremas para dar valor ao que tinham.

Fernanda pediu perdão silenciosamente a Deus pelas injustiças que cometera e por ter reclamado várias vezes da vida boa que sempre levara, apesar dos percalços. E prometeu a si mesma que, se saísse viva daquele lugar, se tornaria uma pessoa melhor.

Ela nem sentia mais o corpo sendo arrastado furiosamente e os pés que tropeçavam em meio à fuga desabalada do seu algoz. Também não ouvia os gritos que se multiplicavam naquele ambiente escuro. Estava exaurida.

O homem parecia ter algum conhecimento do local, pois em nenhum momento alterou seu percurso ou se desviou. Ela correu o tempo todo numa só direção, o que significava que planejara uma rota de fuga. Sem afrouxar o braço em torno de Fernanda por um instante sequer, ele encontrou uma pequena porta de aço, escancarou-a e os dois saíram para a noite. Não havia nenhum viaduto à vista, o que significava que estavam em outra rua. Um carro azul achava-se parado a poucos passos e o homem destravou as portas à distância. Foi tudo muito rápido. Em questão de segundos, Fernanda tinha recebido uma coronhada na cabeça e estava desacordada no banco do carona e o bigodudo tinha tomado seu lugar na direção. Ele deu a partida e saiu em disparada pelas ruas de São Cristóvão.

O bigodudo olhou pelo retrovisor, triunfante. Ninguém contava com aquela saída. Todos deviam pensar que o galpão só tinha acesso pela rua Bela, mas, na verdade, ele era comprido e alcançava também a rua de trás.

Ele só lamentava que o plano principal tivesse fracassado. Mas o chefe talvez ficasse contente se soubesse que Fernanda Soares de Lima estava morta. Ele comentara que o mandante da operação a odiava. Ele faria o serviço bem-feito de modo a não deixar rastros. Afinal, com aquela escuridão ninguém o vira. Suas digitais não estavam em nenhuma parte e a placa daquele carro era fria.

O bigodudo fez o carro serpentear pelas ruas, passando pela sede do Vasco da Gama e ganhando, mais adiante, a avenida Brasil e misturando-se, rapidamente, aos milhares de faróis e lanternas em movimento no *rush* noturno. Ele receava se perder no labirinto de ruas de São Cristóvão. Nas vias expressas, ele contava com a camuflagem dos outros veículos.

O carro contornou o bairro de São Cristóvão e seguiu pela avenida Francisco Bicalho, rente ao canal do Mangue. Na altura da estação Leopoldina, o homem de bigode sorriu ao pressentir seu caminho livre. Ao seu lado, Fernanda dormia, indefesa. Seus perseguidores o haviam perdido de vista. Ele não tinha mais nenhuma dúvida.

Mais à frente, dobrou à direita para pegar a avenida Radial Oeste. Seu objetivo era chegar à avenida Vinte e Quatro de Maio e alcançar os bairros suburbanos, de cuja geografia era mais do que íntimo. Mas o inesperado aconteceu.

Duas viaturas da polícia, com homens armados, estavam de pé junto à agulha que dava acesso à Vila Isabel, no trecho da Radial Oeste entre o estádio do Maracanã e o campus da Universidade do Estado do Rio de Janeiro. Uma blitz. Na mesma hora, o trânsito, que fluía bem apesar do grande número de veículos, travou, e o bigodudo se viu imprensado entre vários carros, sem nenhuma possibilidade de fuga. Os policiais estavam posicionados exatamente onde a avenida se bifurcava, o que lhes dava acesso aos veículos em ambas as pistas.

Droga!

O bigodudo sequer imaginava que a blitz fosse para capturá-lo. Ele só entendeu o que estava acontecendo quando ouviu alguém bater com força no vidro da sua janela.

Apavorado e enraivecido, ele procurou a pistola na cintura. Foi então que se lembrou de que a tinha usado para nocautear Fernanda e que, na pressa da fuga do galpão da rua Bela, a jogara de qualquer maneira no piso do carro. Ao se apanhar para procurá-la, sentiu algo duro apertando sua nuca.

— Você não queria tanto que eu pegasse numa arma? Pois eu peguei. Satisfeito? — disse Fernanda, enquanto destravava o pino da porta do carona. — Da próxima vez, dê uma coronhada mais forte.

O homem ainda esboçou uma reação, mas Fernanda, sempre mantendo a pistola apontada para ele, desceu do carro com agilidade, enquanto, do outro lado, Breno, Salvador e três homens da polícia rendiam o bandido. Ao vê-lo algemado e sendo conduzido a uma viatura, Breno contornou o carro e abraçou Fernanda que, exaurida, nem teve forças para chorar.

— Alguém precisa avisar à mulher do Valdir — ela sussurrou.

— Faremos isso.

Breno, então, contou que ele, Salvador e a polícia tinham tomado um caminho mais curto, por Benfica, passando em frente ao Cadeg. Pelo localizador GPS que estava com Fernanda eles acompanharam a rota do carro e calcularam os prováveis rumos que ele tomaria, posicionando-se, então, num ponto estratégico pelo qual, quase que obrigatoriamente, ele teria que passar.

— Bendito GPS — Fernanda permitiu-se rir.

— Você vai ter que depor na delegacia — Breno disse e tentou animá-la. — Você foi muito corajosa, sabia?

Os olhos dela procuraram, aflitos, os dele:

— Breno... O que será que está havendo? Por que está acontecendo tudo isso?

— Não sei — ele afagou-lhe os cabelos e beijou-lhe a testa, antes de fazê-la deitar a cabeça em seu ombro. — Mas acho que estamos bem perto da resposta.

* * *

O homem de bigode se chamava Sandro. Depois de receber voz de prisão, ele foi levado para a delegacia, onde confirmou que teve os serviços contratados por um cara conhecido como Nildinho. O negócio foi combinado numa sala comercial na rua Dias da Cruz, no Méier.

Na mesma hora, com base no endereço, a polícia começou a investigar e levantou a ficha do homem. Seu nome era Ivanildo Araújo e a sala no Méier estava alugada em nome de uma empresa de contabilidade.

Na manhã seguinte, a polícia faria uma visita surpresa a Nildinho. Por ora, Sandro foi instruído a lhe mandar uma mensagem via celular dizendo: "Serviço feito. Tudo limpo. Amanhã te encontro para pegar o resto da grana".

Não se passaram nem cinco minutos e uma resposta de Nildinho apareceu no celular de Sandro: "Valeu. Espero você aqui às 10h".

PARTE V

QUEM MATOU MIRIAM ORTIZ?

CAPÍTULO 48

Fernanda estava com a cabeça distante, fixada nos últimos acontecimentos, quando desceu do táxi em frente à entrada do Hospital Evangélico, na Tijuca, onde o *office boy* Igor da Costa ficara internado nas últimas três semanas. Ela não tinha dormido o suficiente e estava um pouco abatida pelo resfriado que, embora houvesse diminuído de intensidade, ainda tentava derrubá-la.

Ela lembrava-se de, na noite anterior, depois de sair da delegacia levada por Breno, chegar em casa espirrando muito e, sem a menor cerimônia, se entupir de comprimidos de antitérmicos, antigripais e vitamina C, comprados numa farmácia 24 horas. O coquetel medicamentoso pareceu surtir algum efeito, pois não só a ajudou a cair logo no sono, como a fez acordar às 7h da manhã daquela terça-feira ensolarada sentindo-se bem melhor. Com certeza, a adrenalina que andava vivendo tinha contribuído. Era como se ela não permitisse que Fernanda ficasse doente.

Ela se identificou na recepção do hospital e, optou por subir de escada até o terceiro andar. Igor da Costa recebera alta e deixaria o hospital ainda naquele dia. Na chegada ao quarto onde ele estava, que tinha uma simpática sacada se abrindo para as copas de algumas das muitas árvores que rodeavam o complexo do hospital, surpreendeu-se ao encontrar, além do paciente, de Teresa – sua mãe, que conhecera na missa de Miriam –, e de um médico, um homem vestindo jaqueta marrom. Ele tinha a fisionomia vagamente familiar, mas a tensão da noite anterior conjugada com a noite maldormida haviam comprometido a memória de Fernanda temporariamente.

Teresa veio receber Fernanda:

— Que bom que a senhora veio. É muito importante a senhora estar aqui.

Fernanda sorriu e olhou para o rapaz, deitado na cama. Magro, com a expressão talvez ainda um pouco comprometida pela longa internação, porém saudável e visivelmente recuperado. Dois dias ao ar livre bastariam para ele recobrar seu aspecto de antes.

— Eu, sinceramente, não entendi o seu telefonema ontem — disse Fernanda. — A senhora me deixou assustada.

A mulher contraiu os lábios e encarou Fernanda. Seus olhos estavam úmidos. Ela devia estar emocionada com a recuperação do filho, mas havia algo mais. Fernanda viu bondade naqueles olhos. Bondade e muita piedade.

— Igor foi internado no dia 13 passado. Eu rezei tanto a Deus para ele viver e Deus ouviu minhas preces — e, então, Teresa começou a soluçar.

Fernanda não sabia o que fazer. Ela sequer entendia o que estava se passando ali.

O homem de jaqueta marrom adiantou-se:

— Dona Fernanda Soares de Lima Figueroa?

Fernanda fitou-o aturdida. Ele sabia o seu nome completo e pairou a impressão de que ele estava ali especialmente para falar com ela.

— Sim.

— Sou o inspetor Mauro Fontes — ele exibiu a carteira com sua identificação. — Não sei se a senhora está lembrada de mim.

Fernanda, então, lembrou. O policial que estivera na casa de Salvador quando Miriam fora assassinada.

— Claro — ela continuava sem entender.

— Esse jovem, Igor da Costa, trabalha como *office boy* no Saldanha & Figueroa Advogados. Seu falecido marido era um dos sócios do escritório, correto?

— Correto.

— O próprio Igor vai lhe contar a história toda — o inspetor gesticulou para ele. — Fala, garoto!

Quando Fernanda se virou para Igor, seu coração batia violentamente.

— Eu fiz uma besteira enorme, dona Fernanda — Igor disse. — Por isso vim parar aqui. Foi um milagre que me salvou.

— Foi mesmo — o médico, enfim, disse alguma coisa. — Mas pesou também o fato de você ser jovem e saudável.

— Mesmo assim, foi por pouco...

— Conte logo para ela, garoto. Não temos a manhã toda — pediu o inspetor com impaciência. — Deixe para se lamentar depois.

Fernanda engoliu em seco. E ouviu.

* * *

Mais ou menos no instante em que Fernanda chegava ao hospital, um grupo de três policiais à paisana entrava normalmente na portaria do número 193 da rua Dias da Cruz, no Méier, sem atrair nenhuma atenção dos muitos pedestres que circulavam pelo local.

Tomaram o elevador, fazendo de conta que não se conheciam e, seguindo as informações dadas por Sandro, subiram até o quarto andar.

Nildinho estava sozinho no escritório quando eles chegaram, e não ofereceu resistência. De posse de um mandado de busca e apreensão, os policiais revistaram a sala, recolheram algum material e levaram Nildinho até a delegacia para depor. Ele tinha direito a um advogado e este foi chamado: Pedro Louzada, filho de Clóvis Louzada, antigo advogado de Adelina Figueroa. Pedro estava, hoje, à frente do escritório que pertencera ao pai. Nildinho, é claro, alegou inocência. Os rumos que a investigação tomaria eram imprevisíveis e, dependendo da eficiência da defesa, poderia resultar até no arquivamento do caso.

Salvador estava na delegacia quando Nildinho e, uma hora depois, o advogado chegaram. Ele conhecia a ligação dos Louzada com Adelina e, no momento em que viu os dois juntos, compreendeu tudo. Nem precisava de provas. Já tinha emitido sua sentença e ela era certeira.

* * *

— Eu trabalhava mais para a dona Miriam — Igor falava com calma. — Na sala dela. Lá no escritório, as salas são divididas e os advogados têm cada um seu assistente, seu *boy*... A sala da doutora Miriam era colada à do doutor Guilherme. Ele era muito simpático e sempre me cumprimentava quando chegava para trabalhar.

Fernanda o escutava com atenção máxima.

— Doutor Guilherme já tinha mais de cinquenta anos — continuou Igor. — E era um homem forte, cheio de saúde. Eu juro para a senhora que queria chegar à idade dele assim.

Fernanda ainda não estava entendendo o propósito daquela conversa. Será que Igor descobrira que, de fato, Miriam e Guilherme tiveram um caso?

— Uma vez, a doutora Miriam me contou que ele tomava umas vitaminas e que eram elas que mantinham ele jovem, cheio de saúde.

— Ele tomava dois suplementos nutricionais — confirmou Fernanda — glutamina e niacina. A glutamina era para regular o funcionamento do intestino e a niacina, para elevar o colesterol bom e proteger o coração. Guilherme sofreu um infarto oito anos atrás, pôs uma ponte de safena e passou a se cuidar muito depois disso.

— Aí, um dia, durante uma faxina que foi feita na sala do doutor Guilherme para jogar coisas dele fora — disse Igor —, eu encontrei os frascos com esses comprimidos. E resolvi começar a tomar. Tomei dois de cada durante uns dias.

Fernanda sentiu um arrepio percorrer a sua espinha, aos poucos, envolver todo o seu corpo.

— Como assim? Você... tomou os medicamentos... E aí?

— Aí, no segundo dia, ele desmaiou e foi parar no hospital — respondeu o inspetor Fontes. — E a senhora sabe por quê?

Fernanda levantou-se devagar, em suspense. Ela olhava alternadamente para Igor e para o inspetor, assustada, e dentro de si se formava a pior sensação que já tivera em toda a sua vida.

— Esse rapaz foi internado — ela falava com o inspetor, mas olhava para Igor — porque tomou as cápsulas de Guilherme?

— Exatamente — foi a vez de o médico falar. — Porque, em vez de glutamina e niacina, as cápsulas continham cloreto de potássio em pó. A senhora acabou de dizer que seu marido teve um enfarte alguns anos atrás e era safenado. O cloreto de potássio pode paralisar o coração se ingerido em grande quantidade, ainda mais num homem com antecedentes cardíacos. Foi exatamente o que aconteceu.

— A substância é tão poderosa — complementou o inspetor —, que é usada nas injeções letais em países que adotam a pena de morte.

Fernanda levou as mãos ao rosto horrorizada. Os dedos estavam gelados. Ela só pensava numa coisa:

Os remédios foram manipulados na farmácia de Jorge. E Jorge desconfiava que Miriam e Guilherme estavam tendo um caso.

Meu Deus!!!

— Sinto muito, dona Fernanda — declarou o inspetor. — Mas tudo indica que o seu marido não morreu de enfarte. E sim de uma parada cardíaca em diástole, provocada por alguém que sabia muito bem o que estava fazendo ao trocar as cápsulas. Ele foi assassinado.

O inspetor ainda não tinha completado a frase, quando Fernanda sentiu a cabeça pesar e a visão se tornar turva. Subitamente indisposta e tomada por uma sensação angustiante de irrealidade, ela viu o piso claro do chão cada vez mais próximo dos olhos antes de tudo escurecer.

CAPÍTULO 49

Depois do café da manhã, Adelina trancou-se na biblioteca e ligou o notebook sobre a escrivaninha. A governanta tinha dito que Thiago levantara cedo e que estava no quarto arrumando as coisas para ir embora. Adelina não pretendia se despedir dele. O prazo dado por ela ia até a manhã do dia seguinte, mas se ele deixasse a casa antes, melhor ainda.

Ela visitou alguns sites de notícias e sentiu uma fisgada de apreensão ao constatar que todos comentavam o assassinato do porteiro Valdir, sem fazer qualquer menção a Fernanda. Aquilo, somado ao fato de que Nildinho não entrara ainda em contato para comunicar que o serviço tinha sido feito por completo, indicava que algo saíra errado na execução do plano.

Ela tomou o terceiro analgésico daquela manhã. Desde cedo, a cabeça latejava numa dor aguda e oscilante. De repente, viu-se dominada por um remorso terrível. Um homem tinha morrido. *Meu Deus, ela encomendara a morte de um homem inocente!* Tudo para satisfazer um desejo doentio de vingança contra uma mulher que odiava. Mas aquilo não lavaria a honra de seu filho e nem o traria de volta. Fernanda era uma pessoa tão desprezível, que sequer merecia que alguém perdesse seu tempo pensando nela.

Adelina percebeu que tinha ido longe demais. Mas agora era tarde. O estrago estava feito. Aos 75 anos, tinha se tornado uma assassina. Por que fizera aquilo?

Ela precisava localizar a família daquele pobre homem e tentar compensá-la de alguma maneira. Ele tinha filhos pequenos. Adelina sabia que isso era muito pouco para reparar o erro que cometera, mas pelo menos ninguém passaria fome.

Ela estava pensando em como fazer isso, quando seu celular tocou sobre a mesa. *Número não identificado*. Atendeu assim mesmo.

— Dona Adelina — disse a voz masculina do outro lado —, aqui é Pedro Louzada.

A voz dele era idêntica à do pai: fria e controlada. Não dava para saber o que estava se passando só pelo tom dela.

— Sim?

— Estou na delegacia. Não tenho boas notícias.

Ela não se abalou.

— Eu já esperava por isso.

— Faremos de tudo para que o seu nome não seja mencionado, fique tranquila. — ele garantiu. — O problema é que apareceu uma mulher aqui. Diz que é garçonete num café próximo ao prédio onde Valdir trabalhava e que o viu, há poucos dias, num encontro suspeito com uma "senhora".

Adelina não disse nada.

— Achei que talvez quisesse saber disso — Louzada comentou.

— Obrigada — ela agradeceu, secamente.

— De qualquer modo, a senhora deve falar com o seu advogado. Uma investigação minuciosa sempre acaba revelando o que não deve. A senhora precisa evitar qualquer risco.

Adelina achava Erasmo Porto um tanto escrupuloso demais e temia a reação dele.

— Não sei se é uma boa ideia — ela, na verdade, tinha certeza de que era uma péssima ideia. Erasmo não seria tolo e bastaria ligar alguns fatos para deduzir que ela estava envolvida naquilo até a raiz dos cabelos. Decidiu mudar estrategicamente de assunto e fazer a pergunta que estava inquieta na ponta da sua língua — E Fernanda?

— Livre e limpa. Seu plano de incriminá-la falhou. Sinto muito.

Adelina reagiu com serenidade à notícia. Percebeu, naquele momento, que tinha desistido de Fernanda.

Ouviu baterem à porta. Era a governanta anunciando que Erasmo Porto acabara de chegar. Adelina achou estranho. Não havia marcado nada com ele.

Ela despediu-se de Louzada e pediu à governanta que fizesse Erasmo entrar.

* * *

A garçonete do café da avenida Rainha Elizabeth chamava-se Heloísa. Ela apresentou-se na delegacia espontaneamente, após saber da morte de Valdir. Ela o conhecia – afinal, Valdir trabalhava num prédio próximo e ela o via com frequência. Além disso, Heloísa não se esquecera do estranho encontro que testemunhou na tarde da quarta-feira, 28 de maio, quase uma semana antes. Não que houvesse algum problema de uma senhora de idade fina tomar café com o zelador de um prédio. O que chamou a atenção de Heloísa foi a forma como tudo aconteceu. Havia uma tensão perceptível entre eles. O zelador estava visivelmente desconfortável e intimidado. E

Heloísa vira muito bem quando a senhora retirou um envelope da bolsa e entregou-o a Valdir por baixo da mesa. Ele o abriu rapidamente para conferir o conteúdo e Heloísa conseguiu ver que era dinheiro.

Ela não tinha como descrever a senhora fisicamente, pois, no dia, ela usava um lenço sobre a cabeça. Também não sabia o seu nome, pois ela pagou a conta em dinheiro. As únicas coisas que podia afirmar com segurança era que se tratava de uma mulher de idade e que ela não era frequentadora do café.

Já ciente da participação do escritório do finado Clóvis Louzada no caso, Salvador não tinha nenhuma dúvida de que Adelina Figueroa estava por trás de tudo, mas o depoimento da garçonete reforçou mais ainda suas suspeitas. Então, quer dizer que uma senhora de idade procurara Valdir e lhe dera um envelope com dinheiro? Quando Heloísa terminou seu depoimento, Salvador abordou-a discretamente na saída da delegacia e lhe mostrou uma foto de Adelina, que ficava num porta-retratos sobre a mesa de Guilherme. A garçonete olhou-a atentamente e disse que, sim, a mulher do café poderia ser ela, mas que não tinha como afirmar com certeza.

Aquela história precisava ser tirada a limpo, mas não era Salvador a pessoa mais indicada par a fazer isso.

Era Fernanda. Ele relataria a ela suas suspeitas.

Já no carro a caminho do escritório, Salvador recebeu um telefonema de Thiago Martins, o sobrinho de Adelina. Conversaram por cerca de quinze minutos, tempo suficiente para Thiago adiantar a Salvador toda a história envolvendo Seung Chun e o caso da estatueta furtada.

Com o celular no viva voz, Salvador quase bateu com o carro umas três vezes, de tão alarmado que ficou com todas aquelas revelações. Thiago ficou de lhe enviar, até o fim da noite, as gravações das conversas telefônicas de Adelina por meio de um *site* de compartilhamento de arquivos e Salvador lhe passou seu endereço pessoal para o envio dos links.

Ao desligar, ele temeu os desdobramentos que aquela história poderia ter. Se o que Thiago contara era verdade, dona Adelina tinha passado de todos os limites. Mas iria esperar e ouvir as gravações para tirar suas conclusões.

CAPÍTULO 50

Quando abriu os olhos, Fernanda levou alguns segundos para se situar no espaço e no tempo. A visão ainda estava embaçada, mas ela rapidamente reconheceu os rostos que pairavam logo acima, observando-a entre preocupados e perplexos. Lembrou-se, então, da visita ao *office boy* no hospital, da conversa com ele, com o inspetor, com o médico...

Guilherme tinha sido assassinado!

Fernanda não teve mais como se controlar. Ela sentou-se e, apoiando os cotovelos sobre as coxas e cobrindo o rosto com as duas mãos, desabou num choro convulsivo. Ela soluçava alto, sentindo-se estremecer toda. A angústia e a tensão acumuladas nas últimas semanas tinham se materializado naquele momento, como uma porção imensa de água que estivera durante anos represada numa barragem que se rompera e, agora, precipitava-se com fúria para todos os lados, destruindo tudo o que encontrava pela frente.

Fernanda se lembrou do marido, sentindo uma combinação aflitiva de pena, saudade e revolta. De repente, era como se todos os momentos ruins que passara ao lado dele nunca tivessem existido. Na sua memória, permanecia o Guilherme carinhoso, gentil, generoso e companheiro com o qual subira ao altar.

O choro foi diminuindo e, aos poucos, Fernanda recuperava o raciocínio. O médico a ajudou a se sentar na poltrona e lhe ofereceu uma caixa de lenços de papel. Fernanda enxugou o rosto e assoou o nariz. Apesar do choque, ela se sentia mais aliviada.

— Desculpem, eu... — a voz de Fernanda falseou e ela recuperou o fôlego antes de completar: — Eu me emocionei.

— Tudo bem — disse o inspetor Fontes. — A senhora está preparada para ouvir o resto da história ou prefere deixar para outra hora?

— Quero que seja agora — ela fungou e enxugou o rosto mais uma vez com outro lenço. — A polícia já sabe quem envenenou Guilherme?

— Ainda não. Mas a polícia está trabalhando num cenário mais amplo. Existe uma grande possibilidade de esse crime estar ligado ao assassinato de Miriam Ortiz.

Fernanda fitou-o com alarme.

— Como assim?

O inspetor fez que sim com a cabeça.

— Foi Miriam Ortiz quem socorreu Igor e providenciou este hospital para ele — o inspetor apontou para o *office boy*. — Exames foram feitos. No dia seguinte à internação, Miriam esteve aqui e conversou com a equipe médica.

Fernanda olhou para o médico ao seu lado e ele fez um gesto de assentimento com a cabeça, confirmando que era um dos que estiveram com Miriam naquele dia.

— Os primeiros exames apontavam níveis elevados de potássio no sangue de Igor — declarou ele. — Por muito pouco, o coração dele não parou.

— Miriam Ortiz pode ter saído daqui para tentar descobrir como Igor teve acesso a essa substância — disse o inspetor Fontes. — Ela, provavelmente, foi ao escritório e começou a fazer perguntas por lá. Alguém talvez estivesse com Igor quando ele ingeriu os comprimidos pela segunda vez e tenha comentado isso com ela. Miriam pode ter começado a investigar por conta própria, seguido pistas na surdina e descoberto o assassino. Por isso, foi morta. Antes que tivesse a chance de denunciá-lo.

Fernanda sentiu um calafrio.

— O senhor acha que foi isso mesmo?

— Tenho certeza.

Fernanda lembrou-se dos últimos dias de vida da amiga. Do quanto ela estava transtornada, abatida e diferente. Se o que provocou isso foi, de fato, a descoberta de que Guilherme tinha sido morto, Miriam, sem dúvida, sabia não só quem era o assassino mas também a motivação do crime. Do contrário, jamais teria dito as palavras que, a todo momento, voltavam à memória de Fernanda:

Hoje descobri tudo. Não tenho mais nenhuma dúvida.(...) Uma trama horrível. Uma trama que está sendo armada contra você.

Agora, a declaração ganhava um novo contorno. Tinha se tornado ainda mais concreta e ameaçadora. A morte de Miriam, até aquele momento inexplicável, agora tinha uma razão bastante factível. Trocando em miúdos: o que ela, talvez, tivesse para contar a Fernanda era algo como "a pessoa que planejou a morte do seu marido quer acabar com você também".

Fernanda não conseguia imaginar qualquer razão que levasse alguém a querer eliminar Guilherme e ela. O que não significava que ela duvidasse do aviso de Miriam. Muito pelo contrário. Ela não tinha nenhuma dúvida de que estava correndo perigo.

E agora, mais do que nunca, sabia que precisava ficar atenta, pois o assassino poderia se sentir encurralado pelo avanço das investigações e acabar agindo novamente, motivado pelo desespero.

— Dona Fernanda — disse o inspetor — eu não chamei a senhora aqui só para comunicar esse episódio terrível envolvendo o seu marido. Também porque preciso saber de algumas coisas.

Fernanda custou a registrar a pergunta. Sua cabeça estava longe. Ela olhou para o inspetor e esperou que ele continuasse:

— Antes de morrer, Guilherme Figueroa teve algum desentendimento com alguém ou fez algum comentário negativo sobre qualquer pessoa ou assunto?

Ela meneou a cabeça:

— Que eu me lembre, não.

O inspetor aproximou-se um pouco mais dela e perguntou:

— A senhora sabe de alguém que pudesse ter algum interesse em matá-lo?

— Não — Fernanda respondeu, taxativa.

Mas ela sabia. E iria tirar suas suspeitas a limpo imediatamente.

* * *

O táxi vindo da Tijuca freou bruscamente junto à calçada em frente à Montenegro Farmácia de Manipulação, na rua Vinicius de Moraes e Fernanda desceu pisando firme na calçada. Estava possessa, quase fora de si. Ela respirou fundo antes de se dirigir ao balcão e falar com uma das funcionárias de jaleco branco.

— Jorge está aí?

A funcionária ficou olhando para ela demoradamente, com uma expressão entre interrogativa e assustada. Fernanda concluiu que, por mais que tivesse tentado se controlar, sua raiva devia estar muito evidente.

— Diga, por favor, que Fernanda está aqui.

A funcionária apenas fez que sim com a cabeça e avisou Jorge pelo telefone interno. Só então Fernanda percebeu que toda a loja, incluindo os clientes, tinha parado para assistir a cena, mas não deu a mínima.

— A senhora pode entrar — a funcionária disse, após desligar o telefone. Fernanda agradeceu e contornou o balcão até a porta que dava acesso à área restrita da loja. Já estivera ali dezenas de vezes e conhecia o caminho.

O escritório de Jorge ficava num mezanino acima do laboratório, ligado ao térreo por uma escada de ferro em caracol. Jorge estava terminando de descer os degraus e ia dizer algumas palavras simpáticas de boas-vindas, quando Fernanda avançou sobre ele e, completamente transtornada, começou a lhe socar o peito com as duas mãos:

— Assassino!! Assassino!!

Jorge não conseguiu reagir. Estava chocado. Ou assustado. Não dava para saber direito. Foram os funcionários do laboratório que correram para segurar Fernanda, que parecia possuída. Até sua expressão estava desfigurada.

— Eu já sei de tudo! — ela gritou, enquanto lutava para se soltar. — Você envenenou Guilherme!

Jorge olhava para ela, alarmado:

— Eu... o quê?

— Não se faça de santo. Você mesmo me disse que suspeitava que Guilherme tinha um caso com Miriam, não foi? Você não aguentou isso e resolveu acabar com Guilherme, trocando os remédios dele por cápsulas com cloreto de potássio!

— Cloreto de potássio? — Jorge empalideceu. — Do que você está falando?

— Você sabe muito bem do que eu estou falando, seu crápula! — Fernanda ia cuspindo as palavras, sem qualquer controle sobre elas. — As cápsulas estavam nos frascos dos remédios que você manipulava para ele aqui nesta porcaria de laboratório. Eu me lembro que eles foram entregues lá em casa alguns dias antes de Guilherme morrer. Ninguém mais teve acesso àqueles remédios. Os frascos estavam lacrados. *Eles saíram daqui lacrados!* E você tinha motivos para matá-lo. Quando Miriam descobriu tudo e ameaçou denunciá-lo, você também acabou com ela, não foi? O revólver estava com as suas impressões digitais.

Jorge agora parecia confuso:

— Você está querendo dizer que... que Guilherme foi envenenado? Que não foi um infarto? Que ele foi assassinado?

Fernanda fez uma careta sarcástica:

— Não tente me fazer de idiota. Eu vou denunciá-lo à polícia. Vou contar tudo o que eu sei e você vai pagar pelos crimes. Essa cara de bonzinho não me convence mais, entendeu bem? Eu vou acabar com você, seu canalha assassino! ASSASSINO!!!

Jorge gritou para os dois homens que seguravam Fernanda:

— Soltem ela! Por favor.

Eles obedeceram. Fernanda não se moveu. Ficou parada no mesmo lugar, olhando fixamente para Jorge, como um animal acuado pronto para dar o bote.

Em seguida, Jorge dirigiu-se aos demais funcionários:

— E vocês todos, voltem ao trabalho agora!

Eles continuaram ali, em alerta, para o caso de Fernanda tornar a atacá-lo.

— Eu disse: agora! — repetiu Jorge, com firmeza.

Ele, então, se aproximou de Fernanda. Ela recuou, deixando claro que não permitiria que ele a tocasse.

— Podemos conversar? — Jorge perguntou, num sussurro.

— Não.

— Você precisa ouvir a minha versão antes de ir para a polícia.

— Não quero ouvir mais nada.

— Por favor.

A voz de Jorge saíra trêmula. Seus olhos estavam injetados. Fernanda não tinha nada a perder em ouvi-lo. Ele não a mataria tendo toda a loja como testemunha.

Ela fez que sim com a cabeça e Jorge indicou a escadinha em caracol.

— Vamos até o meu escritório.

Fernanda e Jorge subiram, enquanto todos os funcionários voltavam, relutantes, às suas funções.

Todos menos um.

Seu nome era Cleber. Ele se trancou no banheiro e amaldiçoou-se por ter sido tão trouxa. Felizmente nenhum dos seus colegas percebera a sua tensão.

De qualquer modo, seria loucura permanecer ali. A corda sempre arrebentava para o lado mais fraco. Além do mais, ele sabia que mentia muito mal. Precisava dar o fora antes que viessem lhe fazer perguntas.

CAPÍTULO 51

Erasmo Porto tinha a expressão grave quando passou pela porta. Adelina pensou em se levantar para recebê-lo, mas algo a fez permanecer onde estava. A governanta fechou a porta, e Adelina e Erasmo ficaram a sós na biblioteca.

— Não me lembro de termos marcado alguma coisa hoje — disse Adelina. — Aconteceu alguma coisa?

— Aconteceu.

Adelina apontou para uma cadeira em frente à escrivaninha, mas Erasmo não se moveu.

— A senhora foi longe demais, dona Adelina — ele disse. — Eu sei que não sou nenhum santo, mas tenho os meus limites.

Adelina não era tola e sabia muito bem do que ele estava falando.

— Incriminar uma mulher inocente no furto de uma obra de arte, subornar um bandido para depor contra ela, aliciar um porteiro para prestar falso testemunho... Nada disso é ético ou correto, mas mesmo assim concordei em colaborar com a senhora. Mas daí a matar um homem... Isso eu não posso aceitar.

Angustiada, Adelina tornou a indicar a cadeira em frente a ela:

— Sente-se, doutor Erasmo.

— Não adianta dizer que a morte do porteiro Valdir não tem dedo seu, porque eu sei que tem. Ainda mais depois de saber que o advogado do suposto mandante é filho do Clóvis Louzada. Fernanda foi atraída para aquele galpão em São Cristóvão. Era uma armadilha para ela ser incriminada pelo assassinato. O porteiro, afinal, era uma testemunha importante no inquérito da morte de Miriam Ortiz. Várias pessoas sabiam que Fernanda estava atrás de Valdir, a começar pela família dele, que ela visitou.

Adelina comprimiu os lábios e baixou os olhos.

— Como está tão bem-informado?

— Assim que eu soube do crime, corri para a delegacia e, em meia hora, levantei toda a história. Fernanda prestou depoimento no final da noite de ontem. — Erasmo debruçou-se sobre a mesa e baixou levemente o tom da voz para dizer, num tom ainda mais mordaz: — Mas Louzada está sendo eficiente. Ele não citou o seu nome. A senhora tem um aliado bastante leal. Ninguém vai acusá-la de estar envolvida no caso. Nem mesmo a garçonete do café em que a senhora esteve com o Valdir foi capaz de identificá-la.

Adelina fechou os olhos. Estava constrangida demais para argumentar.

— Se está esperando uma confissão minha, saiba que...

— É claro que não estou esperando — Erasmo deu um murro na mesa, fazendo alguns objetos sobre ela se mover. — Não me interessa mais a sua vida, dona Adelina. Nem a do Thiago. Vocês que façam o que bem entenderem. Só não quero estar envolvido. Sabe-se lá o que a senhora vai aprontar a seguir. Não posso correr o risco.

Adelina estava assustada. Nunca vira Erasmo, sempre tão educado e ponderado, falando com tanta virulência.

— Vim aqui para comunicar que, a partir deste momento, não sou mais seu advogado. Nem do seu sobrinho.

Adelina ergueu os olhos nesse momento. Arrogantes e indignados, fixaram-se no rosto do advogado.

— É tarde para tirar o corpo fora, doutor — ela forçou um sorriso maldoso. Estava com ódio dele e do mundo. — O senhor já se envolveu demais. *Já se sujou!* Se não queria se molhar devia ter pensado algumas vezes antes de entrar no mar.

— Sei que já me molhei — devolveu o advogado. — Só quero evitar que a senhora me afogue.

Adelina recostou-se na cadeira e encarou-o demoradamente. Quem ele estava pensando que era para abandoná-la daquela maneira?

— Posso afogar o senhor se eu quiser — ela disse, friamente. — Tenho provas suficientes para acabar com a sua carreira.

— Faça isso e eu a denuncio. Perco a minha carreira, mas a senhora vai passar o resto dos seus dias na cadeia. Se eu quiser, consigo, inclusive, ligá-la ao assassinato do porteiro.

— Não consegue.

— Será que não? Como seu advogado, eu reuni muitas informações. Tenho provas da sua ligação com ele. E posso testemunhar num tribunal, se for preciso.

Adelina não disse nada.

— A escolha é sua — arrematou Erasmo.

Adelina levantou-se e caminhou até ele.

— O que o senhor ganha fazendo isso? — ela colocou os braços para trás, numa posição evidentemente defensiva. — O porteiro não vai voltar a viver e nem o senhor vai se tornar um homem honrado.

— Ganho uma consciência um pouco mais tranquila — Erasmo, então, virou-lhe as costas e dirigiu-se até a porta. — Não adianta argumentar, dona Adelina. Minha decisão está tomada e não tem volta. Mas pode ficar descansada, que eu não tenho nenhuma intenção de prejudicá-la. Só quero me afastar e cortar qualquer vínculo com a senhora.

A raiva que Adelina estava lutando para conter saiu com força total naquele momento:

— Volte aqui. Eu não terminei!

Sem dizer mais nada, Erasmo foi embora. A cabeça de Adelina doía e um princípio de vertigem voltou a atormentá-la. O que não a impediu de apanhar dois ou três objetos sobre a mesa e atirá-los, num acesso de ira, contra a parede.

* * *

— Fernanda, acredite — Jorge respirou fundo. — Se as cápsulas com cloreto de potássio saíram desta loja, eu realmente não faço ideia do que aconteceu.

Fernanda o ouvia num silêncio ansioso, enquanto fazia um esforço incrível para não sair correndo daquela sala.

— Eu gostava do Guilherme — prosseguiu Jorge. — Jamais o mataria. Aliás, jamais mataria ninguém.

— Você disse que descobriu que ele e Miriam estavam tendo um caso...

— Sim. Eu pretendia me divorciar da Miriam. Mas nunca me passou pela cabeça matar o Guilherme. E nem a Miriam. Meu Deus, Fernanda... Você me conhece há tantos anos! Do fundo do seu coração, você acha mesmo que eu seria capaz de fazer uma coisa dessas?

— Será que eu te conheço mesmo? — Fernanda perguntou. — Ou conhecia apenas a fachada de boa pessoa que você mostrava?

Jorge ficou calado.

— Vamos supor que não tenha sido você — ela continuou. Estava um pouco mais calma. — Os remédios foram comprados aqui. Eu os recebi lá em casa, como sempre. Vieram nos frascos da sua farmácia. Guilherme os levou ainda lacrados para o escritório. Quem poderia ter trocado as cápsulas?

— Os frascos ficaram no escritório?

— Sim. Guilherme tomava os remédios lá ao longo do dia.

— Pode ter sido alguém dentro do escritório.

Fernanda fez uma careta. Guilherme era querido por todos no trabalho. Ninguém o mataria.

— Se fosse um veneno qualquer, eu até consideraria essa possibilidade. Mas só uma pessoa especializada saberia dos efeitos do excesso de potássio no organismo. Uma pessoa com conhecimentos de farmácia. Como você ou alguém aqui dentro.

Jorge não disse nada.

— Você, com certeza, trabalha com cloreto de potássio, não é? — completou Fernanda.

Ele suspirou, os lábios comprimidos, a testa franzida.

— Fernanda, se você me denunciar, vai cometer uma grande injustiça. Acredite em mim, pelo amor de Deus: eu sou inocente.

Mas Fernanda não parava:

— E ainda tem as suas digitais na arma que matou Miriam...

— Eu sou inocente! — Jorge repetiu, cruzando as mãos, como se fosse rezar. Fernanda reparou que algumas lágrimas começavam a correr pelo rosto dele. — Assim como eu sei que você é inocente naquela história do roubo da estatueta.

Fernanda contraiu-se. O golpe tinha sido certeiro. Se o objetivo de Jorge era balançá-la nas suas convicções, ele conseguira. Mesmo assim, ela ainda rebateu:

— Sabe mesmo? Como? Você tem provas? E se eu for mesmo uma receptadora de antiguidades roubadas?

Jorge fez uma careta:

— Pare de falar bobagem! — ralhou ele. — Eu sei que você não é nada disso. Te conheço há anos e confio mais em você do que em qualquer prova que a polícia apresente, por mais quente que seja.

Fernanda respirou fundo. Numa outra circunstância, teria ficado comovida. Ela queria muito acreditar em Jorge, mas as evidências contra ele eram muito fortes.

— Só preciso de mais uns dias — pediu ele. — Eu vou descobrir a verdade. Você vai ver que tudo isso tem uma explicação razoável.

— Mesmo que eu não te denuncie, a polícia já sabe de tudo — ela falou. — Foi o inspetor que está investigando o assassinato de Miriam que me contou sobre o envenenamento de Guilherme. Não duvido que ainda hoje a polícia apareça por aqui.

Jorge contraiu os lábios, numa expressão de derrota.

— Tudo bem.

Fernanda levantou-se. Sentia-se devastada. Ela tinha acabado de pendurar a alça da bolsa no ombro, quando Jorge virou-se para o computador e começou a digitar no teclado.

— O que está fazendo? — ela indagou, curiosa.

— Guilherme morreu no dia 26 de março. Estou vendo no computador a relação de entregas feitas naquele período. Os últimos remédios que Guilherme encomendou foram entregues na sua casa no dia 20 de março. Uma quinta-feira.

— Eu os recebi.

— Eu sei disso. Venha ver.

Fernanda abandonou temporariamente sua má-vontade com Jorge e caminhou até atrás da cadeira dele, observando o monitor por cima de seus ombros.

Ali estava, no monitor, uma espécie de planilha, que mostrava os medicamentos entregues (dois frascos de niacina 1g e outro de glutamina 1g), a data (20 de março), o valor pago, o endereço para a entrega (avenida Vieira Souto, 367 – 3º andar), o nome da pessoa que o recebeu (Fernanda Figueroa), e do entregador (Cleber José da Silva).

Aparentemente, era essa informação que Jorge buscava. Pois, na mesma hora, ele tirou o fone do gancho e interfonou lá para baixo.

— Você pode pedir para o Cleber subir aqui?

— Ele saiu faz uns dez minutos, doutor Jorge — informou a recepcionista.

— Foi fazer alguma entrega aqui por perto? Sabe a que horas ele deve estar de volta?

— Só um momento que eu vou verificar.

Uns dois minutos depois, a recepcionista reapareceu na linha:

— Todos os produtos embalados para entrega em domicílio continuam aqui. Ele deve ter ido almoçar.

Jorge sentiu um arrepio. Cleber nunca almoçava fora, pois a farmácia encomendava quentinhas de um restaurante nas imediações para todos os funcionários.

— Fernanda já tinha chegado quando ele saiu?

— Já. Foi logo depois daquela gritaria aí dentro.

— Obrigado.

Desligou. Coincidências existiam, mas quando ocorriam em circunstâncias graves, costumavam ser suspeitas.

Jorge parecia absolutamente convicto do que pensava, quando declarou a Fernanda:

— Acho que o Cleber acabou de fugir.

Fernanda ergueu uma sobrancelha:

— O rapaz que entregou os remédios de Guilherme na minha casa?

— Ele deve ter ouvido as suas acusações lá embaixo e foi embora assim que pôde — Jorge levantou-se, retirou o jaleco e indicou a porta. — Está na cara que ele sabe de alguma coisa. Precisamos encontrá-lo. E vamos fazer isso agora.

CAPÍTULO 52

Ricardo estava preocupado.

Ele não esperava que a situação tomasse aquele rumo. Era como se um projeto de anos tivesse desmoronado de repente. E, o que era pior, expondo-o a graves riscos.

Decidira não procurar mais Fernanda. Ela logo descobriria a verdade e não o perdoaria. Muito pelo contrário. Talvez fosse a primeira a querer jogá-lo atrás das grades. Afinal, Guilherme Figueroa fora seu marido. Fernanda era decente demais para aceitar aquilo. Aliás, quem, na situação dela, aceitaria?

Tantos anos e tanta energia gasta. Tudo em vão.

Sozinho na sala do seu apartamento, Ricardo começou a ler os relatórios no *tablet*. Instalara programas espiões em três computadores e, agora, sabia exatamente o que tinha acontecido. Nos mínimos detalhes.

Aquelas informações logo chegariam ao conhecimento da polícia. Ele precisava ter um álibi muito convincente. E uma argumentação que mostrasse a todos que tudo não passara de um engano. Que ele estava limpo.

Mas as horas passavam depressa demais. Já era mais de meio-dia e Ricardo sabia que tinha pouco tempo. Muito em breve – possivelmente até antes do fim da tarde – ele seria procurado para prestar esclarecimentos. Seu nome, é claro, seria citado, e ele não teria como fugir.

Fernanda o acusaria. Era isso o que mais lhe doía. Ele levou tantos anos para reencontrá-la e tentar resgatar aquele amor mal resolvido de um passado de timidez e baixa autoestima e agora estava prestes a ver tudo ir por água abaixo outra vez. E de uma maneira pior do que há 19 anos.

O programinha espião era novo e fora encomendado a um *cracker* profissional. Não era, ainda, detectado por nenhum antivírus e por isso foi tão fácil rodá-lo em segredo nas máquinas. Em pouco tempo, ele se espalharia e os antivírus desenvolveriam antídotos contra ele. Mas Ricardo já detinha todas as informações de que precisava. E, de posse delas, talvez tivesse como se proteger dos ataques que logo teriam início.

O celular tocou ao seu lado e ele atendeu.

— Oi, Ricardo — disse a ofegante e assustada voz masculina, do outro lado. — Sou eu. Você já soube?

— Já.

— Preciso de um lugar para ficar. Não posso simplesmente fugir por aí. A polícia vai me procurar e vou precisar de um advogado. A barra vai pesar muito.

— Onde você está?

— Ainda em Ipanema.

— Fica calmo, que nós vamos resolver isso. Pegue um táxi e venha até a minha casa. Tem o endereço? Rua Sorocaba, 301. Te espero aqui e conversamos.

Desligaram. Tenso, Ricardo esfregou as mãos e soprou entre elas, numa tentativa de esquentá-las. Elas não estavam geladas por causa do tempo, pois não fazia frio.

Estavam geladas de tensão.

* * *

Fernanda e Jorge saíram da farmácia. Eles foram perguntando sobre Cleber às pessoas nas redondezas – principalmente aos porteiros e funcionários das lojas vizinhas, a quem viam quase diariamente –, mas ninguém sabia de nada, com exceção da vendedora de uma joalheria quase ao lado da farmácia e que tinha ido para a calçada fumar um cigarro. Ela conhecia Cleber, pois era ele que levava sempre os remédios que o dono da joalheria tomava. Ela o viu sair da Montenegro Farma e andar em direção à rua Visconde de Pirajá. Uma informação não muito útil, pois, uma vez na principal artéria de Ipanema, Cleber poderia ter ido para qualquer lugar de ônibus, táxi, metrô ou até mesmo a pé.

Jorge pareceu desorientado.

— Onde será que ele se meteu?

Ainda em dúvida se acreditava nele ou se concluía de uma vez que tudo aquilo não passava de uma encenação movida pelo desespero de ter sido desmascarado, Fernanda decidiu esfriar a cabeça à força e tentar ser racional. De uma forma ou de outra, teriam de encontrar Cleber. Ainda que fosse para ele desmentir Jorge.

— Você não tem o endereço da casa dele ou um telefone?

Jorge olhava desolado para os carros e ônibus em movimento e as muitas pessoas nas calçadas. Seria impossível localizar Cleber ali.

— Isso explica muita coisa, Fernanda.

Ela olhou-o intrigada.

— O quê?

— Cleber é o funcionário da farmácia que mais frequenta a minha casa. Você deve saber que uma vez por semana eu trabalho em casa na parte da tarde. Cleber é quem vai lá para me ajudar com algumas coisas. Contas a pagar no banco, uma ou outra entrega ou compra a fazer... Ele é um bom funcionário e nunca me deu nenhum motivo para desconfiar dele.

Fernanda surpreendeu-se com aquela revelação.

— E ele... esteve na sua casa recentemente?

— Sim. Ontem mesmo chamei ele lá.

Uma moto passou zunindo por eles, entrando na rua Vinicius de Moraes e seguindo em alta velocidade em direção à Lagoa, antes de Fernanda perguntar:

— Você se lembra se esse rapaz ficou sozinho no apartamento nas últimas semanas?

— É isso o que está me atormentando. Sim, ele ficou. Várias vezes. Em algumas eu saí para esperar o ônibus escolar trazendo o Márcio. Em outras, fui ao banheiro. Se o Cleber de fato está envolvido na entrega das cápsulas para Guilherme, ele pode muito bem ter feito outras coisas — Jorge levou a mão à testa. — Eu jamais seria capaz de imaginar que o Cleber pudesse ter alguma ligação com o assassinato de Miriam, por Deus!

Ele parecia a ponto de chorar. Fernanda queria muito acreditar nele, mas não podia fazer isso ainda. Se ele fosse culpado e estivesse representando, ela jamais se perdoaria por ter bancado a otária.

— Eu vou encontrá-lo — Jorge afirmou resoluto. — E vou começar as buscas agora mesmo.

Fernanda chegou a fazer menção de acompanhá-lo, mas nesse momento seu celular tocou. No que ela enfiou a mão na bolsa para apanhá-lo, Jorge já tinha voltado para a farmácia, sem se despedir.

— Alô!

— Fernanda?

Era a voz de Salvador.

— Oi, Salvador. Eu...

— Preciso que me encontre amanhã cedo. É muito importante.

A voz dele era tensa e descompassada.

— O que aconteceu?

— Amanhã às 9h da manhã te apanho na portaria do seu prédio.

— Mas nós vamos aonde? — ela começava a ficar assustada.

— Nove da manhã, Fernanda. É muito importante. E não comente sobre isso com ninguém, ok? Até!

E desligou. Fernanda ficou parada em plena esquina de Visconde de Pirajá com Vinicius de Moraes olhando como uma idiota para o aparelho, enquanto levas de pedestres passavam por ela, ignorando-a totalmente. Em meio ao ruído das buzinas e motores dos veículos em movimento, ela ficou se perguntando se haveria alguma explicação minimamente lógica que esclarecesse tudo aquilo que estava acontecendo.

* * *

A casa estava aparentemente vazia, imersa num silêncio opressivo. A penumbra noturna, que antes trazia aconchego, agora era sombria. Nunca em sua vida Adelina se sentira tão sozinha. Tinha sido abandonada por todos. Era horrível não ter alguém a quem desejar boa-noite.

Ainda eram oito horas, mas ela resolveu subir para se deitar. Dormindo talvez esquecesse as agruras daquele dia pavoroso. Algo lhe dizia que aquele era o prenúncio de uma mudança negativa na sua vida. Ou talvez esse prenúncio tivesse sido dado com a morte de Guilherme, em março. Desde aquele dia, tudo à sua volta perdera sentido. Talvez o ódio por Fernanda e o desejo de destruí-la fosse apenas uma tentativa de preencher de qualquer maneira esse vazio. Ou talvez não. Ela não sabia de mais nada. Apenas que a solidão era uma coisa horrível.

Ela desligou as últimas luzes da sala, subiu devagar a escada, entrou no quarto e vestiu um pijama. Apanhou um calmante na mesinha de cabeceira e engoliu-o com um copo d'água. Desde o velório de Guilherme, tornara-se uma usuária cada vez mais constante de tranquilizantes. Naquele dia, quando recebera a notícia, sofrera uma crise nervosa tão violenta, que precisou tomar Diazepam na veia para conseguir se acalmar. Ainda hoje mantinha as ampolas à mão para uma emergência.

Apagou o abajur e se deitou.

Deu uma última olhada para a janela, que estava parcialmente aberta. Um vento suave acariciava as cortinas. Ela ficou pensando se não seria melhor tê-la fechado. Mosquitos podiam entrar no quarto. Resolveu deixar para lá.

O sono não demorou a vir. Adelina sentiu uma picada no braço. Ou sonhou que sentiu. Um mosquito, com certeza. Ela devia ter fechado a janela, pensou. Mas estava tranquila agora. A escuridão à sua volta aumentou e ela sentiu-se escorregar para a paz de um sono intenso e aconchegante.

CAPÍTULO 53

Breno pensava em amor e casamento enquanto tomava o café da manhã na varanda do apart-hotel. Dali avistava a torre envidraçada onde funcionava a Capro. Ele não sabia o que esperar de Fernanda. Estava morrendo de pena dela e investido de um sentimento protetor enorme. Não queria que ela sofresse mais. A paixão que sentira por ela desde o primeiro instante que a vira tinha se convertido em amor. Amor verdadeiro. Ele não tinha mais dúvidas. Fernanda era sua alma gêmea. Não saberia mais viver sem ela.

Seus olhos chegaram a lacrimejar. A manhã, bonita, morna, de céu limpo e acetinado, trazia uma promessa de felicidade. Uma paz gostosa o envolvia, apesar de todo o caos e agonia que viveu com Fernanda nas últimas semanas. Durante a noite, ele tivera um sonho vívido com ela. Fernanda e ele se amavam pela primeira vez. Nus, se abraçavam e beijavam sofregamente na cama dele, enquanto se declaravam e faziam incontáveis juras de amor. Breno lembrava-se de que, no sonho, era Fernanda quem tomava a iniciativa. Ela, enfim, se entregava e, a partir daquele momento, eles se davam as mãos para sempre.

Fora um sonho tão real e intenso, que Breno quase pôde sentir o perfume de Fernanda no quarto, ao despertar. Agora, tentava rememorar cada momento dele, ansiando por sentir novamente, ainda que poucos segundos, toda a excitação e alegria que tinha experimentado.

Breno tomou um último gole de café e recostou-se na cadeira, fixando os olhos no prédio da Capro. Suspirou, sentindo os olhos lacrimejarem. Estava a cada instante mais convicto de que o que vivera naquela madrugada fora mais do que um sonho. Fora um momento de inspiração existencial ou até mesmo uma experiência espiritual. Não tinha sido uma coisa normal. Breno ficou minutos seguidos parado, com os olhos perdidos, enquanto se lembrava de Fernanda, do seu sorriso, da maciez da sua pele, das curvas do seu corpo, dos cabelos, da voz... De tudo, enfim. Ele amava Fernanda e jurou a si mesmo que a faria uma mulher feliz.

O sonho tivera o mérito de fazer com que Breno mudasse de atitude em relação a ela. Desde que a conhecera, ele vinha sendo muito respeitoso e tomando certos cuidados para não afugentá-la, mas agora seu comportamento seria outro. Ele continuaria a respeitá-la, claro, mas seria mais atrevido. Deixaria seu interesse totalmente evidente e a seduziria sem pudores, caso fosse necessário. Ele conquistaria Fernanda. Faria com que ela o amasse como ele a amava.

Ele levantou-se e foi tomar uma ducha, antes de se vestir e sair para trabalhar. Enquanto se enxaguava na água fria, fez mil planos. Planos de conquista e planos de uma vida a dois. Tinha todo um futuro de carinho e amor para oferecer a Fernanda. Jurou a si mesmo que seria o melhor companheiro que uma mulher poderia ter.

Muita gente falava em amor, mas a maioria confundia com paixão ou atração. Amor era muito mais do que isso. Era também amizade, carinho, respeito, cumplicidade, mútuas afinidades, piedade. Um sentimento completo e irrevogável.

Naquela manhã, Breno tinha descoberto o significado pleno da palavra "amor". Pela primeira vez na vida, estava amando. De verdade.

* * *

Jorge não dera mais notícias desde que se viram pela última vez no dia anterior. Mesmo achando que estava se expondo demais, Fernanda ainda tentou localizá-lo em casa ou na farmácia. Mas não o encontrou em lugar nenhum. O celular dele também estava desligado. Agora, pela manhã, ela fizera nova tentativa, primeiro em casa e depois na farmácia. Ninguém tinha notícias dele.

O que, no começo, não passava de um gesto de boa vontade de Fernanda para com ele em nome dos muitos anos de amizade que os uniam, rapidamente se converteu em preocupação para, em seguida, evoluir para uma sensação de pânico que beirava o terror: teria Jorge encenado aquilo tudo para fugir, antes que ela tivesse tempo de denunciá-lo? Ela nem mesmo tinha certeza se o tal Cleber existia de fato e, caso existisse, quem garantia que ele não tinha executado todo o serviço sujo a mando do próprio Jorge?

Fernanda amaldiçoou-se silenciosamente: será possível que fora tão burra assim? E se Jorge, a essa altura, já tivesse tomado um avião para o exterior? Ela teve vontade de avisar o inspetor Fontes, mas logo concluiu que essa seria a pior coisa a ser feita. Pois, se por um lado ela não tinha nenhuma certeza de que Jorge era mesmo o assassino, por outro, caso ele fosse, ela ganharia um inimigo perigoso, capaz de querer se vingar antes de ser capturado. E para quem já matou duas pessoas, matar uma terceira não era propriamente uma dificuldade.

Fernanda passou no banheiro uma última vez, antes de apanhar sua bolsa e deixar o apartamento. Faltava um minuto para as 9h quando ela entrou no elevador e pressionou o botão do térreo. A gripe, felizmente, não tinha ido adiante e ela se sentia bem disposta. Olhou-se no espelho e deu uma última conferida no visual. Só então percebeu o quanto emagrecera. Ela, surpreendentemente, não havia se dado conta ainda. Talvez a sensação constante de perigo que a vinha acompanhando há dias fosse a causadora disso. Apenas três semanas atrás, depois que chegara do último almoço com Miriam, ela se olhara no espelho do banheiro da Capro e observara desapontada sua barriga e sua cintura fora de forma. Agora, a tensão e a correria haviam se encarregado de resolver uma parte desse problema e, apesar do abatimento e do cansaço, Fernanda sentia-se mais confortável com o próprio corpo.

Ela cumprimentou o porteiro e desceu os degraus da portaria para a manhã radiosa da orla de Ipanema. Não esperou nem dois minutos e viu o carro de Salvador subir pela calçada, embicando em frente à entrada da garagem. Fernanda deu a volta no veículo e abriu a porta para se sentar ao lado do advogado.

— Será que agora você pode me explicar o que está acontecendo? — ela perguntou, fechando a porta em seguida.

— Bom-dia — saudou Salvador, irônico. Ele vestia terno e gravata, além de um par de óculos de sol espelhados.

— Bom-dia — Fernanda respondeu. Estava impaciente. — Vai explicar ou não?

— Precisa?

Fernanda olhou de esguelha para Salvador, enquanto ele fazia o carro lentamente retornar à rua.

— Você acha que não tenho o direito de saber para onde está me levando?

— Mas foi isso o que eu perguntei: precisa que eu te explique, quando o lugar para onde estamos indo vai te dar todas as respostas?

— É impressão minha ou você resolveu brincar de Esfinge hoje? Bem, não consegui decifrar o enigma. Espero que você não me devore.

Salvador quase riu.

— Relaxe, Fernanda — ele lhe dirigiu um sorriso paternal. — Nós já estamos chegando. Não vai doer, fique sossegada.

Fernanda olhou para os lados, aturdida. Estavam, neste momento, trafegando pelas ruas internas de Ipanema, a uma distância de não mais do que três quarteirões do seu prédio. Como assim eles "já estavam chegando"?

E o espanto dela só fez aumentar quando o carro dobrou a esquina das ruas Barão da Torre e a Maria Quitéria e entrou no estacionamento do Quartier Ipanema, o edifício onde funcionava a Capro. Aos poucos, o espanto foi dando lugar ao medo. Desconcertada, Fernanda percebeu que estava suspeitando de Salvador. Era algo inadmissível, já que ele era seu advogado e um bom amigo dela e de Guilherme havia anos. Mas a verdade era que, àquela altura, depois de todos os sufocos pelos quais passara e das descobertas que fizera, ela não conseguia mais confiar em praticamente ninguém.

Ela procurou manter o controle. Conhecia aquele prédio muito bem. Seja lá o que Salvador estivesse pretendendo fazer, ela só precisava sair correndo. As câmeras espalhadas pelas áreas de circulação internas inibiriam qualquer ação mais violenta dele.

Salvador desligou o carro e os dois saltaram calmamente. Tomaram o elevador e logo estavam na recepção da Capro. Fernanda tinha decidido não fazer mais perguntas, certa de que os fatos logo esclareceriam tudo.

— Seja muito bem-vinda, dona Fernanda — a recepcionista baixinha e morena chamada Lucia, que Fernanda ajudara a selecionar entre 17 candidatos dois anos atrás, terminou de anunciar a chegada deles pelo telefone interno e abriu um sorriso franco. — A senhora faz falta aqui — ela deixou seu posto atrás do balcão para guiá-los agência adentro. — Por favor, me acompanhem.

Caminharam até a sala de reuniões. Lucia abriu a porta. Noé Kaufman os aguardava, sentado na cabeceira da mesa.

Salvador fechou a porta e adiantou-se:

— Fernanda, está na hora de você saber de toda a verdade.

Fernanda lançou um olhar interrogativo para Kaufman. Ele apenas fez um aceno discreto com a cabeça, sinalizando que concordava com Salvador.

CAPÍTULO 54

Tudo à volta girava. As pálpebras pesavam, os olhos ardiam resistindo a se abrir e foi um custo para firmar a visão turva. Adelina soergueu a cabeça, que doeu como se estivesse pressionada por chapas de aço. Tornou a se deitar devagar e, transcorridos uns 15 minutos, talvez vinte, ela fez nova tentativa. Desta vez, doeu menos. A luminosidade forte que entrava pela janela indicava que a manhã já estava pela metade. Adelina virou-se para ver o relógio na mesa de cabeceira e espantou-se ao constatar que eram mais de 9h.

Havia muito tempo que não acordava tão tarde. Impressionada com a lentidão dos próprios movimentos, ela conseguiu se desvencilhar da colcha. Tinha acabado de calçar os chinelos quando reparou na estante de livros junto à cama. As portas dos pequenos armários situados ao longo da base estavam abertas. Adelina não se lembrava de tê-las deixado assim quando viera para o quarto na noite anterior.

Ela se levantou e quando foi fechá-las percebeu que as pilhas de tecidos dobrados estavam remexidos. Retirou-os dali de qualquer maneira para encontrar o fundo falso onde ficava a tranca de ferro que abria o seu esconderijo. Suas mãos frágeis e envelhecidas cada vez encontravam mais dificuldades para manejá-la, mas desta vez não foi preciso nenhum esforço, porque ela já tinha sido aberta.

Com um misto de horror e espanto, Adelina viu a estante solta girar e revelar o interior do local secreto onde ela guardara por anos antiguidades e obras de arte furtadas de grandes coleções, entre estatuetas, relíquias sacras e peças de ourivesaria. Sentiu um aperto no estômago ao constatar que a maior parte tinha sido levada. Também as gavetas onde ela mantinha a maioria das suas joias e mais de duzentos mil reais em espécie estavam vazias.

Adelina deixou-se cair de joelhos e assim ficou por um bom tempo fitando o armário saqueado com o olhar perdido. Não conseguia sequer sentir raiva. Só tristeza e autopiedade. Alguém descobrira seu segredo e decidira roubá-la assim que surgiu uma oportunidade.

Só um nome lhe vinha à cabeça.

Thiago.

Adelina lembrou-se da noite anterior. A picada que sentiu no braço quando estava quase dormindo. Subitamente, uma ideia lhe ocorreu e ela foi até a gavetinha de remédios ao lado da cama. Ali estava a caixa com as ampolas de Diazepam que ela comprara em março. Eram cinco ao todo. O médico lhe dera uma para controlar a crise nervosa aguda que ela teve ao receber a notícia da morte de Guilherme. Deveriam, portanto, restar quatro. Mas havia apenas três.

Ela fora dopada. A combinação do Diazepam injetável com o comprimido de *Valium* que ela tomara antes de se deitar a derrubou. Era um milagre que ela não tivesse passado o dia inteiro dormindo.

Revoltada, Adelina correu até a porta. Girou a maçaneta, mas ela não se moveu. Estava trancada. Durante uma meia hora, ela vasculhou aflita todo o quarto em busca da chave. O fio do telefone também tinha sido cortado. Seu celular e seu notebook tinham desaparecido.

Adelina estava isolada ali dentro. Começou a esmurrar a porta e a gritar, desesperada:

— Socorro! Estou presa aqui! Preciso de ajuda!

* * *

Com o seu *tablet* ligado no colo, Ricardo tentava se concentrar na leitura de *O Globo*, mas não conseguia. As letras e as imagens à sua frente pareciam não fazer sentido, pois sua cabeça estava longe, dando voltas. Ele olhou mais uma vez as horas no topo da tela: 9h32, e deixou o *tablet* de lado para ir à cozinha. O café que preparou mais cedo já estava velho na cafeteira. Talvez tivesse que preparar mais. Mas não agora. Seu estômago, arisco pela tensão, protestava ante a mera ideia de ingerir qualquer coisa.

O melhor era esperar seu hóspede acordar. Mas no quarto onde ele dormia, o silêncio permanecia absoluto. O homem sequer roncava. Ricardo entrou de fininho só para se certificar de que ele está vivo. Sim, está, concluiu com certo alívio.

Ele voltou para a sala. Pôs novamente o tablet no colo e tentou, em vão, se concentrar no jornal. Só pensava no que aquele homem tinha a lhe contar. Ricardo precisava saber de tudo o que aconteceu o quanto antes. Era o seu futuro que estava em risco.

Ele passou as mãos pelo cabelo, angustiado. Maldita a hora em que se metera naquele rolo. Se arrependimento matasse, ele já seria um cadáver em decomposição.

* * *

Fernanda sentou-se à esquerda de Kaufman à mesa. Salvador escolheu a cadeira em frente a ela.

— Isso está parecendo um conselho de guerra — comentou ela, cruzando as mãos sobre a mesa. De repente, percebeu que seu corpo todo estava tenso.

Kaufman teve que achar graça da colocação.

— Fico contente por você não ter perdido o seu senso de humor.

— Kaufman, depois de tudo o que me aconteceu esse mês, se não tivesse me restado algum humor, eu já estaria morta.

Fez-se silêncio. Salvador respirou fundo e tomou a palavra:

— Fernanda você precisa ser forte. O que vamos dizer agora vai chocá-la muito.

Salvador estava bem mais contido do que momentos antes quando a pegara em casa. A expectativa do que ele iria revelar fez os joelhos de Fernanda fraquejarem e ela agradeceu por estar sentada.

— Nós já temos evidências de quem mandou matar o porteiro Valdir. É a mesma pessoa que o aliciou para depor contra você. E que também subornou o coreano para acusar você de ter mandado roubar a estatueta da casa de Olavo de Queirós Machado.

Fernanda o encarava com a expressão congelada. Kaufman permanecia calado. Salvador completou, com a voz pesada:

— Eu sinto muito, Fernanda. Sinto muito mesmo. Mas quem armou tudo isso foi a dona Adelina.

Fernanda ficou olhando para Salvador por intermináveis segundos, como se a informação ainda estivesse sendo processada na sua mente. E estava mesmo.

Dona Adelina, aquela senhorinha por quem Fernanda nutria o maior respeito e a quem sempre tratou com todo o carinho, com a esperança de que um dia ela a aceitasse e a acolhesse em seu colo de forma maternal... Então foi ela?

Num primeiro momento, ela se recusou a acreditar, mas tudo fazia sentido. Adelina sempre a odiara.

Por que ela fizera tudo aquilo?

Fernanda sentiu um bolo amargo se formar bem no meio do seu peito. Não disse nada. Apenas cobriu o rosto com uma das mãos e, dominada por uma tristeza profunda, começou a chorar feito criança.

CAPÍTULO 55

Depois de folhear várias das revistas à venda por cerca de meia hora, Jorge percebeu que uma funcionária já o olhava com desconfiança. Desconfortável, ele resolveu comprar uma, sem nem prestar atenção no título. Pagou-a no caixa, enfiou-a na mochila e deixou a livraria situada no amplo e moderno saguão principal do Terminal Rodoviário Novo Rio, o principal da cidade, de onde saíam ônibus regulares para todo o Brasil e até para o exterior.

Caminhou até uma lanchonete próxima, e pediu um mate e um pão de queijo no balcão. Procurou ficar num canto. Tinha chegado cedo, mas mesmo assim não queria arriscar a ser visto. Por isso, optou por não se sentar numa das poltronas espalhadas pelo terminal.

Quanto mais invisível, melhor.

O próximo ônibus para Foz do Iguaçu sairia por volta de 11h30. O embarque começaria talvez meia hora antes. Muitos passageiros já estavam na rodoviária.

Passava das 10h. Jorge tinha tempo, porém não muito.

Ele tomou um gole longo do mate. De Foz do Iguaçu alcançava-se logo o Paraguai. Um bom lugar para se esconder. Era uma rota de fuga que fazia todo o sentido.

Ninguém sabia que ele estava ali. Mais cedo, ligou para a farmácia e informou apenas que chegaria na parte da tarde, pois tinha uma consulta médica.

Tudo levava a crer que aquele seria um dia normal, como qualquer outro. Mas não seria.

Ele tomara todos os cuidados e se cercara de todas as informações antes de sair de casa.

Seu ônibus era aquele. O ônibus que o salvaria.

E, então, aconteceu. Com uma rapidez que nem Jorge esperava. Logo, uma pequena confusão se armou na rodoviária. O próximo ônibus para Foz do Iguaçu sairia com um passageiro a menos.

* * *

Breno desceu do elevador e entrou na Capro. Deu bom-dia às moças da recepção e foi até a sua mesa, localizada numa das baias do salão principal da agência.

Havia trabalhos a fazer, alguns dos quais já atrasados. Mas Breno estava sem cabeça para eles. Precisava falar com Fernanda. Além das saudades que sentia, queria saber como ela estava. Não se falavam havia mais de 24 horas, desde que ele estivera com ela na delegacia, depois do assassinato de Valdir e da perseguição pelas ruas de São Cristóvão, desde que, depois disso, a deixara em casa.

Chegou a lhe ligar duas vezes ao longo do dia de ontem, mas como ela não atendeu, achou melhor não insistir. Provavelmente ela tirara o dia para descansar em casa e não estava atendendo aos telefones. Breno não queria que Fernanda pensasse que ele estava entrando na sua vida de forma muito invasiva. Ela tinha deixado claro que isso a assustava. Era melhor ir com calma, de modo que ela fosse se adaptando naturalmente à companhia dele. Era terrível pensar isso, mas, de certa maneira, a tensão das últimas semanas tivera seu lado benéfico, pois acelerara a aproximação entre eles.

Breno telefonou para a casa de Fernanda, mas ninguém atendeu. Tentou, em seguida, o celular dela, mas estava desligado.

Ela nunca ficara dois dias, assim, fora do ar. O que teria acontecido?

Subitamente, ele ficou preocupado. E começou a se perguntar se Fernanda não teria caído numa nova armadilha.

* * *

Fernanda sentia que estava dando um vexame na frente de Salvador e Kaufman. O choro saía em ondas violentas, verdadeiras golfadas, como se uma espécie de muco apodrecido, provocado pelo acúmulo de tensões, temores e tristezas, estivesse sendo expulso pelo seu corpo.

Uma parte dela ainda resistia em acreditar que Adelina fosse capaz de promover aquela violência em sua vida, mas ela já sabia que era tudo verdade. Ela se acalmou um pouco e somente então percebeu que Kaufman havia, gentilmente, lhe estendido um lenço. Ela agradeceu e enxugou a área ao redor dos olhos.

— Que coisa horrível... — ela murmurou, com a voz trôpega. Percebeu que os dois homens a miravam compreensivamente. Eram olhares de apoio, não de compaixão. Isso a deixou mais à vontade. — Nem sei o que dizer.

Salvador falou:

— Se duvida do que acabei de revelar, posso mostrar provas de que...

— Eu acredito — Fernanda olhou para ele, sentindo a revolta começar a se insinuar em meio à tristeza. — Dona Adelina sempre sonhou em acabar comigo. Ela só esperou o filho morrer para pôr o plano em prática.

— Não sabemos ainda as motivações dela — Salvador tentou contemporizar.

— Mas eu sei. Ela me odiou desde o momento em que pôs os olhos em mim pela primeira vez. Eu me lembro da forma como ela me olhou no cemitério, após o enterro de Guilherme. Nunca vou me esquecer daquele olhar. Naquele momento, tenho certeza de que ela, silenciosamente, jurou vingança contra mim. Dona Adelina nunca aprovou o nosso casamento. Achava que eu não estava à altura dele.

Salvador soltou o ar dos pulmões.

— Isso não vem ao caso agora. Vamos tomar providências para incriminá-la e, para isso, estamos reunindo provas. Mas achamos que você deveria saber antes.

Kaufman falou, finalmente:

— Salvador me procurou para trocar uma ideia — ele sorriu. — Sempre acreditei na sua inocência e, agora, diante dessas evidências, já podemos planejar a sua volta à Capro. Por isso, pedi que nos reuníssemos aqui. Você está disposta a voltar a trabalhar conosco?

Fernanda tinha ansiado por aquele momento. Mas a revelação sobre Adelina a deixara tão estremecida que ela não conseguiu esboçar nada além de um sorriso educado.

— Claro. Quando você quiser.

Kaufman percebeu a ausência de clima e retrucou, meio sem graça:

— Fico contente.

A mente de Fernanda ardia numa torrente de questionamentos. Mesmo plenamente lúcida em relação à culpa da sogra, ela ainda não conseguia engolir a complexidade do método que ela empregara para operar o plano. Não seria mais simples ter mandado um meganha qualquer lhe dar um tiro? Ou lhe jogar da varanda do apartamento?

Não. Adelina queria que ela sofresse. Que fosse humilhada publicamente e, se possível, presa. A morte seria um castigo suave demais. Fernanda deveria expiar cada segundo que tirara da vida de Guilherme.

— Ela só pode ter enlouquecido — Fernanda, então, repassou os fatos mentalmente e estremeceu ao imaginar Adelina procurando o ladrão coreano e, depois, encomendando àquele pistoleiro bronco a morte de Valdir. Por mais sórdida que ela fosse, essas coisas não combinavam com a sua fleuma e com o mundo aristocrático em que vivia. Era quase como descobrir que uma avó que passava os dias de avental fazendo docinhos e contando histórias para os netos integrava um grupo de extermínio.

De repente, seu sangue congelou.

Lembrou-se da frase de Miriam ao telefone:

Hoje descobri tudo. Não tenho mais nenhuma dúvida (...) Uma trama horrível. Uma trama que está sendo armada contra você.

O inspetor Mauro Fontes tinha afirmado categoricamente que a morte de Miriam estava ligada à de Guilherme. Que ela morrera porque descobrira que ele fora assassinado.

Ao mesmo tempo, Miriam pretendia lhe alertar sobre um grande perigo que Fernanda estava correndo.

Será que era sobre esse plano de Adelina que ela iria lhe falar?

Nesse caso, Adelina estaria implicada na morte de Guilherme? Na morte do próprio filho?

O revólver estava em nome de Thiago. Os dois estiveram juntos na festa. Fernanda os vira na sala da casa pouco antes do horário em que Miriam teria sido morta.

Será?

Fernanda tinha a respiração pesada, quando falou, parecendo despertar de uma espécie de transe:

— Salvador...

Seu semblante estava carregado. Kaufman e Salvador a olharam em suspense:

— O que foi? — o advogado inclinou-se para ela.

— Você se lembra de quando eu lhe contei que a Miriam tinha descoberto um plano contra mim?

— Lembro, claro.

— Miriam me disse isso na véspera de morrer. Ela morreu no sábado. O depoimento do coreano aconteceu na segunda-feira.

— Você está achando que ela pode ter descoberto o que dona Adelina estava fazendo?

Fernanda engoliu em seco. Eles ainda não sabiam.

— É muito pior do que isso. Estive ontem com o inspetor Fontes. Ele disse que Guilherme foi envenenado e que Miriam foi morta porque descobriu tudo.

Salvador a encarou boquiaberto, os olhos vidrados. Kaufman também não escondeu a perplexidade.

Na mesma hora, Fernanda se arrependeu de ter aberto a boca. Até que ponto era seguro que eles soubessem daquilo?

* * *

O telefone tocou na recepção da Capro. Lucia o atendeu protocolarmente, mas se assustou com a voz masculina que praticamente berrou do outro lado:

— É da Capro? Você sabe me dizer se, por acaso, a dona Fernanda Figueroa passou por aí hoje?

— Quem gostaria?

— É uma emergência, minha senhora. Estou atrás dela, mas ela não atende em casa e o celular está desligado.

Ele parecia desesperado e Lucia, num gesto de extrema imprudência, acabou deixando escapar:

— Sim, mas ela está numa reunião e eu não sei a que horas...

Mas o homem já tinha desligado.

CAPÍTULO 56

Os punhos de Adelina estavam doloridos e parcialmente feridos de tanto ela socar a porta. Após vários minutos de agonia, alguém na casa, enfim, pareceu ouvir seus gritos e correu ao quarto para libertá-la.

Quem trancara a porta não se importara de deixar a chave enfiada do outro lado da fechadura. Adelina tremia quando a governanta entrou no quarto e a encontrou ajoelhada sobre o assoalho. A respiração entrecortada não a permitia falar, sequer para emitir uma palavra de agradecimento. Uma palavra que, sim, ela queria dizer.

Adelina devia estar com um aspecto cadavérico, pois a governanta imediatamente se adiantou para abraçá-la, num gesto inusitado que seria impensável em circunstâncias normais.

— Minha Nossa Senhora, dona Adelina — a governanta, então, a fez levantar-se e conduziu-a devagar de volta à sua cama. O que aconteceu?

Adelina estava tonta e gelada. A cabeça doía. Ela sentiu que poderia desmaiar e, ao se recostar na cama, pediu:

— Preciso de um calmante e de um analgésico — apontou para a mesinha de cabeceira. Sua voz saía com dificuldade. — Estão aqui dentro. Pode pegar para mim?

Aflita, a governanta abriu a gaveta do móvel, destacou os comprimidos de duas cartelas, e ajudou Adelina a engoli-los junto com dois goles de água. Adelina respirou fundo várias vezes, em silêncio. O coração batia desgovernado. Ela teve forças, contudo, para olhar para o lado e reparar que a estante continuava aberta, revelando seu esconderijo mantido em segredo por anos.

Deu de ombros. De que importava isso agora?

— Foi o Thiago que trancou a porta. Tenho certeza disso. Ele já foi embora?

— Saiu cedo. Cheio de malas.

Era o que ela imaginava.

— Ele me roubou! — Adelina fez uma pausa para recuperar o ar. — Levou joias e dinheiro que eu guardava aqui.

A governanta pareceu horrorizada.

— Misericórdia! A senhora vai chamar a polícia?

Era o mais lógico a ser feito. Mas como explicar a procedência de todas aquelas antiguidades furtadas que estavam, agora, em poder de Thiago? Se ele fosse pego, iria denunciá-la.

Ao mesmo tempo, era repulsiva a ideia de simplesmente deixá-lo escapar impune. Ela se perguntou onde ele estaria.

— Preciso dar um telefonema — ela respondeu. Tinha tido outra ideia. — Thiago cortou o fio do aparelho aqui do quarto e sumiu com meu celular. Será que dá para você me trazer o telefone sem fio da sala, por favor?

* * *

A cor havia fugido do rosto de Salvador. Sua boca tentava se mexer, sem conseguir pronunciar uma palavra. Fernanda jamais o vira tão chocado. Nem mesmo na noite da morte de Miriam, quando, no papel de dono da casa, precisou reunir todo o seu sangue frio a fim de facilitar o trabalho da polícia e manter a ordem dentro de uma casa lotada de gente.

Foi Kaufman quem falou:

— Você está querendo dizer que Guilherme Figueroa foi assassinado? Que a morte dele não foi natural?

A expressão dele era dura. Os olhos, frios. Fernanda se assustou. Talvez não com ele, mas com a situação. O clima na sala tornara-se insuportavelmente carregado.

— Exatamente.

— Como você descobriu?

— A polícia descobriu. Um funcionário do escritório tomou as pílulas de Guilherme e foi parar no hospital. Quase morreu. Parece que a Miriam descobriu e levou as pílulas para uma análise.

O rosto de Kaufman estava contraído. Fernanda notou uma veia saliente pulsando no pescoço dele.

Enquanto isso, Salvador passava as mãos pela cabeça.

— Isso é simplesmente monstruoso! — ele exclamou. — Por Deus, Fernanda... Quando você soube?

— Ontem.

— E por que não me disse nada? — a voz dele saiu com fúria.

— Eu ia dizer — improvisou ela. Na verdade, até aquele momento, não tinha ocorrido a Fernanda comentar nada com Salvador ou com qualquer outra pessoa. Não porque achasse que ele não devesse saber. Mas porque estava tão concentrada em tirar satisfações com Jorge que, simplesmente, não pensou em dividir aquela informação com mais ninguém. — É estranho que a polícia não tenha te procurado.

— Deus do céu! — Salvador deixou-se recostar na cadeira. Parecia desnorteado. — Isso muda tudo.

— O inspetor Fontes já deve ter descoberto mais alguma coisa de ontem para hoje. Por que não o procura e tenta se informar melhor sobre...

Fernanda não conseguiu concluir o que estava dizendo. Uma gritaria se apossou do corredor e, logo, a porta da sala de reuniões foi aberta com fúria.

Assustados, Fernanda, Salvador e Kaufman puseram-se de pé na mesma hora. Kaufman recuou até a parede e olhou, atônito, Jorge Ortiz entrar na sala. Trazia com ele um homem de baixa estatura, moreno e careca.

— Desculpem ir entrando assim — disse Jorge. — Ainda bem que te encontrei, Fernanda. Seu celular está desligado e te cacei por todos os lugares. Graças a Deus, tive a ideia de ligar para cá. A moça que me atendeu disse que você estava aqui.

Lucia e um grupo de pessoas tinham vindo, e, agora, estavam todos amontoados no corredor.

— O que você quer? — perguntou Fernanda, mais intrigada do que assustada.

— Este é o Cleber. Aquele meu funcionário na farmácia que entregou as pílulas de Guilherme. Ele ia fugir hoje para Foz do Iguaçu, mas consegui pegá-lo na rodoviária antes do embarque. Ele tem uma história interessante para contar.

Lucia fechou a porta da sala e dispersou os curiosos. Kaufman e Salvador trocaram um olhar interrogativo. E tenso.

* * *

A gritaria da chegada de Jorge e Cleber foi ouvida em toda a Capro. Uma segunda leva de funcionários correu até a recepção no momento que Lucia retornava. Entre eles, estava Breno.

— O que aconteceu? — ele quis saber.

— Dois homens muito nervosos chegaram procurando pela dona Fernanda. Estão com ela e Kaufman na sala de reuniões.

— Fernanda Figueroa? — Breno surpreendeu-se. — Ela está aqui?

— Já faz um tempo.

Breno arrepiou-se. Dois homens nervosos estavam atrás dela? Será que tinha a ver com os mercenários envolvidos na morte do porteiro Valdir?

Aflito, ele correu até a sala de reuniões. Alguma coisa lhe dizia que Fernanda estava em perigo.

* * *

— Eu não fiz nada demais. — Cleber falou, na defensiva. — Só entreguei um pacote com remédios para um cliente da farmácia.

Era Cleber que falava, mas Fernanda olhava para Jorge. Sua expressão era de incredulidade.

— Se você não fez nada demais como está dizendo — vociferou Jorge ao funcionário —, por que, então, estava fugindo para Foz do Iguaçu?

— Eu não estava fugindo.

— Estava. De lá, você iria para o Paraguai.

— Não é verdade.

Fernanda resolveu intervir:

— Jorge, quem me garante que tudo isso não passa de uma encenação para você convencer a todos nós de que não foi você que mandou as cápsulas de cloreto de potássio para Guilherme?

— Por que você insiste em me culpar?

Fernanda tornou a se sentar. Continuava nervosa, mas já conseguia se controlar mais.

— Porque a farmácia é sua. E porque você tinha motivos, depois que descobriu que Miriam tinha um caso com Guilherme.

— Eles não tiveram caso nenhum! — aparteou Salvador, com firmeza. — Já lhe disse isso, Fernanda.

— Você não pode ter certeza, Salvador.

— Mas eu tenho. Eles nunca foram amantes. Eu seria o primeiro a saber, se tivessem sido.

Fernanda voltou-se para ele:

— Ah, é? Como?

Antes que Salvador pudesse responder, Cleber tornou a falar:

— O doutor Guilherme era cliente da farmácia fazia muito tempo. Todo mês eu levava os remédios na casa dele. Como é que eu ia saber que naquele último pacote os remédios tinham sido trocados?

— Porque você ajudou uma pessoa a entrar no laboratório na véspera — disse Jorge. — Não foi isso que você me contou enquanto vínhamos da rodoviária para cá? A que horas foi isso?

Cleber engoliu em seco.

— Era bem tarde. Umas 23h30, meia-noite...

— E essa pessoa foi até o laboratório, localizou as cápsulas manipuladas preparadas para Guilherme e as substituiu por outras, só que com cloreto de potássio — completou Jorge. — Tudo do próprio laboratório. Na manhã seguinte, as cápsulas foram embaladas normalmente nos nossos frascos e ele mesmo as entregou. Não foi isso?

Cleber encolheu-se e olhou demoradamente para Kaufman, que tinha as mãos enfiadas no bolso da calça, numa postura defensiva.

— Foi.

— Quanto tempo vocês ficaram lá? — indagou Salvador.

— Acho que a gente saiu lá pelas 4h da madrugada. Mas eu não fiquei dentro do laboratório. Fiquei sentado atrás do balcão da loja. Eu não sabia que a ida lá era para trocar os remédios.

Fernanda voltara a ficar arrepiada. Foi ela que perguntou dessa vez:

— Em nenhum momento você achou estranho invadir a farmácia altas horas da noite?

— Achei. Mas eu não imaginava que ele estivesse planejando matar uma pessoa. Eu devia esse favor a ele. Afinal, ele me tinha me dado um dinheiro quando eu estava no maior aperto.

Fernanda levantou-se e caminhou na direção de Cleber.

— Quem é *ele*? Quem é a pessoa que esteve com você na farmácia naquela madrugada e trocou os remédios de Guilherme?

Ouviram batidinhas na porta. Ela logo se abriu e Breno surgiu, aflito. Ele sorriu ao ver Fernanda.

— Oi. Não sabia que você estava aqui. Está tudo bem?

Breno correu os olhos pelas pessoas na sala e empalideceu ao ver Cleber.

— Foi ele, dona Fernanda — Cleber apontou para Breno. — Foi ele que me levou lá. Breno Vergueiro.

O quê??!!

Fernanda fechou os olhos e esperou que os pensamentos descompassados voltassem a se organizar de maneira lógica.

Que semana estava sendo aquela?

CAPÍTULO 57

A porta do quarto de hóspedes finalmente se abriu. Ricardo quase não acreditou. Ele observou o relógio no alto da tela do *tablet*: 10h48.

Ele se levantou do sofá e caminhou até o corredor a tempo de ver Heitor Veiga encaminhar-se para o banheiro, com ar sonolento.

— Desculpe — ele disse, soltando um bocejo. — Acabei dormindo demais.

— Tudo bem — Ricardo balançou a cabeça, condescendente. Pelo menos o homem estava de pé e eles, enfim, poderiam conversar. — Mesmo sendo quase hora do almoço, vou fazer um café.

A frase foi dita com ironia, mas Heitor, aparentemente, não captou.

— Já vou lá — e fechou-se no banheiro.

Ricardo foi até a cozinha, ligou a cafeteira para preparar mais café e colocou fatias de pão de forma na torradeira. Quando Heitor apareceu na sala, Ricardo já tinha servido a mesa e estava sentado com uma xícara na mão à espera dele.

— Muito caprichoso — Heitor pareceu admirado. Já estava desperto depois de jogar uma água no rosto e pentear o cabelo. — Se eu fosse uma mulher, pensaria que estava querendo me comer.

— Sem piadinhas, Heitor — Ricardo indicou a cadeira à sua esquerda. — Senta!

Heitor torceu os lábios, sem graça, e fez o que Ricardo pediu.

— Obrigado por deixar que eu passasse essa noite aqui — ele disse, apanhando uma torrada e lambuzando-a com requeijão.

— Foi só essa noite — declarou Ricardo. — E porque eu preciso que você me diga o que está acontecendo.

Heitor mastigou um pedaço da torrada. Ele tomou um gole de café em seguida e falou:

— O que eu te disse ontem continua valendo. Não tenho nada a ver com esse desfalque. A Telma... — Heitor relutava em falar. — Pô, Ricardo... Isso é muita humilhação.

Heitor não parecia revoltado e nem mortificado. Estava apenas com vergonha da situação. Que homem decente, afinal, não se envergonharia?

— A Telma pulou a cerca?

— Pulou. E não foi a primeira vez. Ela tem esse fraco por rapazes jovens. Não entendo por que ela se casou comigo.

Ricardo não pôde evitar um arrepio. Heitor não sabia, mas ele fora um dos amantes de Telma. A mulher já não era tão jovem, mas tinha seus atrativos. Sabia seduzir e tinha um corpão. Transar com ela era uma experiência e tanto. Uma pena que fosse dona de um temperamento tão instável e um desejo de mudar de parceiros periodicamente.

— Você era jovem quando se casou com ela, não era?

— Era.

— Então...

Heitor achou graça, pois sua expressão suavizou um pouco.

— Pensei em me separar dela várias vezes. Mas aí penso no trabalhão que vai dar: papelada do divórcio, rompimento da nossa sociedade na empresa... Isso sem falar que sou eu quem vai ter que sair de casa.

— Você detesta fazer esforço, né, Heitor?

Heitor sacudiu os ombros.

— Você conhece alguém que goste? Se for mulher, gostosa, fiel e quiser um relacionamento sério, me apresenta, por favor.

— Mas e agora? Você vai se separar? Isso vai ser um escândalo. Se quiser continuar sócio da Relevo Auditoria, você vai ter que mostrar para a clientela que não é um homem fraco. Um dos dois vai dançar. E eu espero que seja a Telma.

— Claro. Afinal, foi ela que armou o desfalque.

Ricardo tocou-lhe o ombro, amigavelmente.

— Se você decidir enfrentá-la, eu fico do seu lado.

Heitor soltou o ar dos pulmões, como se antevisse a batalha que teria pela frente.

— Promete?

— Prometo. Agora me conte. — Ricardo tomou um gole do café. — O que aconteceu?

— A Rosângela chamou a Telma para uma reunião. A Telma contou tudo a ela. Inclusive o nome do carinha com quem ela andou trepando.

— Foi por causa dele que ela fez o desfalque, não foi?

— Foi. Ele fez chantagem com ela. Levou a Telma umas três vezes para o apartamento dele e filmou as transas. Ameaçou me mandar tudo se ela não lhe pagasse uma determinada quantia todo mês. E a otária obedeceu — Heitor fez uma careta debochada. — Como se eu fosse ficar surpreso... Que espécie de marido esse garoto pensa que eu sou? Ele achou mesmo que eu iria correr atrás dele com uma peixeira?

— O que ele pensava, não interessa. O incrível foi a Telma ter caído. Ela devia mesmo achar que você não sabia de nada.

Heitor revoltou-se:

— Isso foi que acabou comigo. Descobrir que, além de corno, minha mulher também me considera imbecil.

Na noite anterior, Telma havia contado tudo a Heitor que, indignado e magoado, saiu de casa. Pediu socorro a Ricardo, mas ele não queria se envolver no assunto de jeito nenhum. Ricardo já vinha investigando por conta própria o tal desfalque feito pela Relevo Auditoria no Saldanha & Figueroa Advogados e pretendia ficar o mais distante possível de Telma e Heitor, até porque não sabia qual dos dois estava metido na tramoia — ou se os dois estavam.

Ele passou a noite preocupado por ter dado abrigo a Heitor. Temia que seu nome acabasse vinculado ao dele e, com isso, acabasse acusado de ser cúmplice do golpe. Mas agora, depois daquela conversa, sentia-se mais tranquilo. Ainda teria de checar as informações, mas tudo indicava que Heitor estava dizendo a verdade.

— E quem era o rapaz, afinal? — Ricardo perguntou.

— O amante da Telma? O nome dele é Breno Vergueiro. Parece que ele trabalha na Capro, uma agência de publicidade. Inclusive, a viúva do finado Guilherme Figueroa é uma das sócias de lá.

Ricardo arregalou os olhos, surpreso. Ele vira esse tal Breno umas duas vezes. Até onde se lembrava, ele e Fernanda se davam.

Por que, de repente, aquilo o incomodou?

* * *

— Fui eu o quê? — Breno perguntou. Tentava parecer atordoado, mas seus olhos tensos e carregados de medo não deixavam dúvidas de que ele sabia exatamente o que estava se passando. — Do que esse homem está falando?

Um silêncio quase asfixiante tinha se apoderado da sala. Fernanda abriu os olhos e forçou-se a encarar a situação de frente. Depois de tudo o que vivenciou desde o assassinato de Miriam, era como se uma parte de sua natureza frágil houvesse ruído. Em um mês ela se fortalecera mais do que nos 15 anos anteriores.

Ela não conhecia Cleber. Não tinha nenhum motivo para levar o que ele dizia em consideração. Jorge podia muito bem estar armando um teatro para se livrar de uma vez das acusações que pairavam sobre ele. Mas Fernanda acreditou em Cleber. Sua intuição a obrigava a acreditar.

Ela andou lentamente até Breno e, sem deixar de fitá-lo nos olhos por uma fração de segundo que fosse, respondeu:

— Ele disse que foi você que trocou o remédio de Guilherme por cápsulas de cloreto de potássio.

Breno franziu o rosto:

— O quê??!!

— Quando Guilherme morreu, você trabalhava aqui na agência há quanto tempo? Há um ano? Sim, acho que fazia um ano e pouco. Tempo suficiente para saber que Guilherme tinha feito uma ponte de safena anos atrás depois de quase morrer num enfarte violento. O cloreto de potássio em altas doses pode parar o coração de uma pessoa sadia; que dirá de um homem cardíaco.

— Você acredita no que ele está dizendo? — Breno revidou, olhando para Cleber com ódio. — Eu nem conhecia o seu marido... Por que eu haveria de matá-lo?

Fernanda sorriu tristemente:

— Não quero parecer convencida, mas desde que Guilherme morreu você vem dando em cima de mim. É um motivo razoável, você não acha? Você se interessa por uma mulher casada e resolve tirar o marido da jogada para ficar com ela.

Breno mexia os lábios, nervoso. Ele nitidamente queria se defender, mas não encontrava as palavras adequadas.

— Foi uma aposta arriscada — continuou Fernanda. — Já que, por mais bonito, charmoso e interessante que você seja, não havia nenhuma garantia de que, ao perder Guilherme, eu fosse ficar com você.

Breno reagiu, finalmente:

— É um absurdo você pensar isso de mim. Eu te ajudei, fiquei do teu lado o tempo todo. Desde que Miriam morreu.

— Desde que ela morreu? — Fernanda alteou uma sobrancelha. — Não seria melhor dizer: desde que *você* a matou?

Desta vez, Breno pareceu consternado.

— Eu matei... Miriam...?

— Depois que ela descobriu que você envenenou Guilherme.

— Vocês ficaram loucos?

— Não — Cleber tomou novamente a palavra. — Um dia a dona Miriam apareceu muito nervosa lá na farmácia e foi direto até o computador do doutor Jorge para ver ali quem tinha feito a entrega dos remédios para o doutor Guilherme. Descobriu que fui eu e me obrigou a confessar o que eu sabia. Disse que tinha provas e sei lá mais o quê. Aí eu falei de você.

Fora naquela manhã que ela tinha ficado diferente, lembrava-se Fernanda. Poucos dias depois do último almoço delas.

— Nós já sabemos de tudo, Breno — declarou Salvador. Ele estava blefando, pois o único indício da culpa de Breno tinha surgido havia poucos minutos com a primeira revelação feita por Cleber. — Temos provas.

— Que provas?

— Provas do seu envolvimento nos dois crimes.

— Que provas são essas? — Breno agora estava completamente alterado.

Salvador apenas sorriu. O silêncio dele fez Breno perder a cabeça de vez.

— Impossível vocês terem alguma prova. Além do depoimento desse entregador morto de fome, eu tomei todos os cuidados para que nada...

Ele parou de repente, percebendo que tinha falado o que não devia.

— Continue, rapaz — falou Salvador. — Você tomou todos os cuidados para...?

Breno engoliu em seco.

— Vocês não têm como provar nada. Não vão conseguir me colocar na cadeia. Sem provas, nenhum juiz vai me condenar.

Os joelhos de Fernanda fraquejaram. Ela não aguentava mais. Não aguentava mais aquelas revelações. Não aguentava mais tanta sujeira, tanta sordidez armada em torno dela. No fim das contas, ela tinha sido, indiretamente, a causadora de todas aquelas desgraças. Não fosse por ela, Guilherme e Miriam não teriam sido assassinados, Adelina não teria arquitetado um plano diabólico para destruí-la. Ela sentiu nas mãos o sangue de Guilherme, de Miriam e, também, do porteiro Valdir.

Ódio, revolta, pesar, desejo de vingança, todos aqueles sentimentos considerados destrutivos se misturaram na cabeça de Fernanda, que formigava indiferente à razão que a mandava ficar onde estava e não fazer nada. O descontrole, porém, falou mais alto e ela avançou sobre Breno, aplicando-lhe um soco violento bem no maxilar esquerdo. Ele, nitidamente, não esperava por aquilo, pois perdeu o equilíbrio e caiu sobre uma das cadeiras, enquanto Fernanda se jogava sobre ele e, parecendo possuída por alguma entidade demoníaca, esmurrava seu rosto e peito:

— Você arruinou a minha vida, seu monstro! Você matou meu marido e minha melhor amiga! Como você pôde?!

Salvador e Kaufman seguraram os braços de Fernanda e puxaram-na, afastando-a de Breno, que estava caído no chão, com um filete de sangue escorrendo pelo canto da boca. Fernanda se debatia. Queria voltar a atacá-lo. A raiva dentro dela era intensa e aumentava a cada segundo.

— Meu Deus, eu confiei em você! — ela gritou ainda mais alto. Seus olhos lembravam o de um cão raivoso. Ela morderia, se fosse preciso. — Eu confiei em você, seu assassino!

Breno se levantou com dificuldade e fez menção de correr até a porta, mas Jorge e Cleber tinham se perfilado diante dela, bloqueando-lhe a passagem.

Ele pensou por um instante. Tinha tomado todos os cuidados a fim de não deixar nenhum vestígio que indicasse seu envolvimento nos crimes, e estava certo de que fora bem-sucedido. Ele calculara cada passo nos mínimos detalhes. Ninguém naquela sala poderia acusá-lo. As provas simplesmente não existiam.

Mesmo assim, Breno foi acometido por um anseio urgente de cair fora dali.

CAPÍTULO 58

Não deixava de ser curioso imaginar que daquelas quatro malas só uma guardava roupas. Nas demais estavam as antiguidades levadas do esconderijo de Adelina. Esconderijo cuja existência Thiago descobrira assim que começara a monitorar todos os cômodos da casa com a parafernália eletrônica de segunda mão comprada a prestações de um contrabandista especializado em equipamentos de espionagem.

Agora, Thiago empurrava um carrinho com as malas e uma mochila pelo setor de embarque do Terminal 1 do Aeroporto Internacional. Ele parou diante de um painel de voos e verificou as próximas partidas para o exterior. De preferência, para alguma cidade fora da América do Sul onde fosse possível entrar sem a necessidade de um visto.

A maior parte dos voos programados para a tarde sairia para dentro do Brasil ou para países vizinhos. Havia, no entanto, um voo para Roma previsto para decolar às 14h45. Dali a quatro horas e meia, portanto.

Thiago dirigiu-se ao balcão da Alitalia, situado no final do Setor C do comprido terminal. O voo estava cheio, porém não lotado, e ele conseguiu um assento na classe econômica. Pagou à vista, com cédulas subtraídas do esconderijo de Adelina e, de posse do bilhete, viu-se obrigado a fazer hora pelo aeroporto, já que o *check in* do voo ainda não começara.

Ele tomou o elevador até o terceiro piso, onde ficavam as lojas e a praça de alimentação. Estava com a garganta seca por causa da ansiedade. Enquanto permanecesse em solo brasileiro, não se sentiria tranquilo. Ele havia sido rápido e deixara a casa da tia direto para o aeroporto. Ela talvez ainda estivesse trancada no quarto. Era bastante improvável que alguém o localizasse ali, mas mesmo assim, Thiago não conseguia se acalmar. O coração batia desgovernado, enquanto mil pensamentos alarmantes se sucediam em sua cabeça: desde a polícia aparecer para prendê-lo, quanto as malas serem revistadas no momento da entrada no saguão de embarque. Se o conteúdo delas fosse descoberto, ele seria preso. Ele ficou pensando se não teria sido melhor se esconder em alguma cidadezinha no interior e ficar por lá um tempo, antes de fugir para um país vizinho por uma estrada vicinal, onde as possibilidades de ser capturado eram minúsculas.

Thiado pediu uma água numa das várias lanchonetes situadas ao redor da praça de alimentação e bebeu-a com a mão trêmula, derramando algumas gotas sobre a mesa. Espiou o relógio. Os ponteiros corriam. Achou melhor aliviar a bexiga antes de descer para a fila do *check in*.

Sempre empurrando o carrinho, ele caminhou até o banheiro localizado no setor de lojas, ao lado do acesso ao terraço panorâmico. Era um banheiro pequeno e Thiago não tinha certeza se poderia entrar com o carrinho. Mas como ninguém veio adverti-lo, ele foi em frente. Não deixaria aquelas malas forradas de objetos de valor dando sopa do lado de fora para qualquer um passar a mão nelas.

Ele posicionou o carrinho na parede junto à pia e foi até um dos urinóis. Mal havia aberto o zíper da calça e um homem perfilou-se no urinol à sua direita. Ele falou:

— Você já ouviu falar de GPS?

Thiago gelou ao ouvir aquela voz e virou-se para fitá-lo. Não o reconheceu. O homem tinha cabelo e barba brancos e usava um boné. Lembrava Donald Sutherland em *Disclosure*.

— Dona Adelina pode estar velha, mas ela não é idiota, sabia? — acrescentou Donald.

A voz. A voz era familiar. Quem era aquele homem?

E Donald continuava falando:

— Você foi tão eficiente em transformar aquela casa quase num *Big Brother*, mas esqueceu de olhar dentro da sua carteira de documentos. Tem um localizador dentro dela.

Thiago tornou a olhar para o homem. Firmou a vista e descobriu, então, que o cabelo era uma peruca. A barba também era falsa. Os olhos, no entanto, eram inconfundíveis.

Pedro Louzada.

Thiago ficou tão aterrorizado, que nem conseguiu urinar.

— Foi ideia minha — Louzada sorriu. — Um dos meus homens o colocou na sua carteira de documentos anteontem depois que você tentou extorquir sua tia com aquela chantagem barata. Ele percebeu que você não era nem um pouco confiável e achou que eu gostaria de ficar de olho nos seus movimentos.

Thiago olhou-o com uma sugestão de desprezo.

— Olha só quem fala. Você é o maior bandido. Assim como foi o seu pai.

Louzada terminou de urinar e fechou o zíper.

— Pode até ser. Mas eu não sou estúpido como você. Sua tia conseguiu sair do quarto a tempo de me ligar, pedindo socorro. Foi só usar o GPS para te localizar, seu otário. Não foi por acaso que o localizador foi escondido junto com os seus documentos. Afinal, para qualquer lugar que você fosse, você os levaria.

Num lance ágil, Louzada afastou-se para a parede ao lado e manobrou o carrinho com as malas de Thiago, posicionando-o junto à entrada do banheiro. Dessa maneira, quem quer que aparecesse, levaria, pelo menos, alguns segundos a mais para entrar. Thiago ficou, num primeiro instante, paralisado. Mas, no momento seguinte, percebeu que precisava reagir. O problema era que não estava preparado. Sobretudo, porque ainda tinha que fechar o zíper da calça. Esses dois ou três segundos foram fatais, pois deram tempo de Louzada lhe aplicar uma sequência de tapas no rosto. Thiago ficou tonto e Louzada aproveitou para lhe segurar pelos braços e o jogar no único reservado do banheiro, fechando a porta, em seguida.

Thiago nem teve tempo de reagir. Quando viu, estava com o corpo pressionado contra a parede. A mão pesada de Louzada lhe imobilizava o pescoço, deixando-o à beira da asfixia.

— Não vai demorar nada, neném — disse ele com deboche, retirando uma pistola envolvida num pedaço de flanela de dentro da jaqueta. — Você se tornou perigoso demais. Quem me garante que não vai aprontar mais uma, hein?

Ele apontou a arma para a testa de Thiago.

— As câmeras do aeroporto vão gravar a sua imagem — apavorado e quase sem ar, Thiago ainda tentou uma última cartada. — Vão saber que foi você que atirou.

Louzada acoplou um silenciador à arma.

— Estou disfarçado, esqueceu?

— Mas é um assassinato dentro do aeroporto, droga! — Thiago não sabia mais o que dizer. Suava frio. E, para piorar, o pânico o fizera urinar nas calças. — A polícia vai investigar. Ela sempre descobre a verdade quando quer.

Louzada alteou uma sobrancelha, numa expressão irônica:

— Não fique preocupado comigo. Eu tenho as costas quentes — ele riu, enquanto desviava o cano da pistola para a orelha esquerda de Thiago. — Além disso, você vai ser lembrado como um suicida mijão.

E, então, dois tiros explodiram silenciosamente no banheiro vazio.

* * *

— Fernanda — Breno forçou-se a falar pausadamente. Precisava ganhar tempo para fugir —, eu nunca traí sua confiança. Fiquei do teu lado quando você quase foi presa por causa da estatueta, ajudei você a localizar o Valdir, te socorri quando você quase foi morta por aquele cara em São Cristóvão... Fiz isso tudo com a maior boa vontade, com o maior carinho.

— Cala essa sua boca! — Fernanda gritou. — Você não vai me fazer me sentir culpada, seu assassino!

— Fiquei do teu lado porque eu te amo!

Fernanda desviou o rosto de Breno. Não aguentava mais olhar para ele. De certo modo, descobrir que ele era o assassino era devastador.

Ela voltou-se para Kaufman:

— A culpa disso tudo estar acontecendo também é sua — ela falou em tom acusador. — Afinal, você contratou esse homem para trabalhar aqui, não foi?

— Eu o entrevistei — ele respondeu calmamente —, mas a indicação foi sua.

— Minha??!!

— A tensão que você tem vivido talvez tenha prejudicado a sua memória. — Kaufman explicou. — Não se lembra que o Guilherme te pediu para encaminhar o currículo dele? Que Breno era amigo de uma pessoa que trabalhava no escritório?

Fernanda, então, se lembrou. Isso já tinha mais de um ano.

— Não é muito difícil imaginar quem era essa pessoa — arrematou Kaufman.

— Miriam?

Kaufman assentiu com a cabeça.

Fernanda tornou a olhar para Breno.

— Então, vocês já se conheciam?

— Mais do que isso — interveio Cleber. — Eles tinham um caso, dona Fernanda.

Aquela era mesmo a manhã das surpresas. Fernanda puxou uma cadeira e sentou-se. Pelo visto, ainda havia muita coisa a ser dita.

Havia vários fios soltos naquela história que, lentamente, começavam a ser atados. Ela raciocinou rapidamente. Era incrível como a tensão, muitas vezes, não só não atrapalhava o pensamento como o acelerava.

— Então era *você* o amante de Miriam, e não Guilherme — Fernanda disse a Breno. — Aqueles cartões vagabundos de amor que Jorge encontrou nas coisas de Miriam foram colocados lá por você.

— Por mim — explicou Cleber. — A pedido dele. Toda semana eu ia à casa do doutor Jorge quando ele precisava dos meus serviços. Numa dessas vezes, disse que iria ao banheiro e dei uma passada rápida no quarto deles. Encontrei o armário da dona Miriam e botei os cartões lá.

— Eu não disse? — interveio Salvador, com ar vitorioso. — Eu não disse, Fernanda, que Miriam e Guilherme nunca foram amantes?

Fernanda lembrou-se de Jorge ter dito que, certa vez, seguira Miriam e a vira entrar sozinha num motel no Catete. Era com Breno que ela devia estar indo se encontrar.

Então, outra ideia lhe ocorreu:

— Foi você que pegou a arma do crime no apartamento? — ela indagou a Cleber. — A arma que matou Miriam na festa?

— Não, senhora — Cleber respondeu. Fernanda tornou a olhar para Breno, mas ele não disse nada. — Não peguei arma nenhuma.

— Você não vai contar como foi, Breno?

— Como foi o quê?

— Você ficou surdo? — ela perguntou com os dentes cerrados. — A arma que matou Miriam. Como você conseguiu pegá-la?

Breno apenas balançou a cabeça negativamente, insinuando que não sabia do que ela estava falando.

Irritado, Jorge foi até ele e agarrou-o pela gola da camisa. Breno pensou em reagir, mas Salvador, Kaufman e Cleber tinham se juntado a Jorge e o encurralado num dos cantos da sala.

— Como foi, Breno? — Fernanda insistiu. — Diga logo de uma vez!

Breno continuou sem abrir a boca. Ele só tinha olhos para a porta da sala que, agora, estava desguarnecida.

— Você pensa que vai escapar dessa, cara? Você *tá* perdido. Mesmo que não diga nada aqui, vai ter que confessar num tribunal.

Breno permanecia em irritante silêncio.

— Não me obrigue a forçá-lo a falar — vociferou Jorge, possesso. — Não vai ser muito agradável para você.

Breno, então, mirou-o com o olhar mais insolente possível. E sorriu:

— Pensa que eu tenho medo de você, seu corno?

Jorge apertou ainda mais a gola de Breno.

— Retire o que disse! — seu rosto estava vermelho, como se estivesse sufocando.

— Corno! Você não passa de um corno! E um imbecil. Eu comi a sua mulher por mais de dois anos. Sabe por quê? Porque ela não tinha um homem dentro de casa. Tinha um vegetal que não ligava a mínima para ela. Preferia passar as noites trepando com putas.

Jorge ia dar um soco em Breno, mas Salvador o deteve a tempo, segurando-lhe o braço. Kaufman ajudou. Não queria pancadaria dentro da sua agência.

— Você fica irritado porque é verdade — continuou Breno. — Sabe qual a maior prova disso? É que eu várias vezes dormi com a sua mulher no quarto de hóspedes da sua casa e você nunca percebeu nada. Porque você saía para as suas surubas e voltava caindo de tão bêbado. Aposto que você nunca soube disso, seu corno!

Jorge estava sem ação. Seu rosto se contraíra numa combinação de ódio, vergonha e constrangimento.

— Vocês querem saber como eu peguei a arma, não é? — Breno começou a rir. — Tudo bem, eu conto. Foi numa dessas noites. Fui com a Miriam para a casa de vocês. Desde que o Guilherme morreu a gente não tinha mais se encontrado. Eu estava querendo me afastar dela para poder chegar em Fernanda. Mas naquela noite bateu uma saudade e eu fui lá. Ela já sabia que você não voltaria para casa porque tinha saído com o Thiago para ir ao estande de tiro do clube e depois cair juntos na noite. Só que, naquele dia, ela não queria transar. Queria me jogar na cara que tinha descoberto tudo. Que já sabia que eu tinha tramado a morte do Guilherme. E me deu um ultimato. Se até sábado eu não contasse tudo a Fernanda, ela mesma faria isso.

Fernanda sentiu como se um peso tivesse sido tirado da sua cabeça. A resposta que ela tanto procurara, enfim, apareceu. Era essa a trama horrível que tinha sido armada contra ela e sobre a qual Miriam queria alertá-la: ela descobrira que Breno matara Guilherme para ficar com ela. Miriam queria evitar que Fernanda, ingênua e carente, se deixasse envolver por um assassino calculista e sedutor. Como amante de Breno, Miriam devia conhecer muito bem os seus encantos.

— Acho que Miriam estava sem jeito de contar tudo a Fernanda — Breno continuou. Sua voz trazia certo orgulho —, por vergonha de revelar que estava traindo o marido comigo. Ela me mandou embora da casa, mas eu consegui apanhar a chave da porta dos fundos. Estava furioso. Eu tinha batalhado demais para ficar com a Fernanda. Miriam não iria colocar tudo a perder.

Todos na sala estavam estáticos, ouvindo com atenção máxima aquele relato revelador:

— Pensei em matar a Miriam ali mesmo, mas daria muito na vista — Breno olhou mais uma vez de relance para a porta. O cerco à sua volta havia se afrouxado um pouco. Talvez porque todos estivessem muito concentrados no que ele dizia para se preocupar com qualquer outra coisa. — Além disso, alguém podia ter me visto entrando no prédio com ela. Daí me lembrei da festa que aconteceria no sábado. Todo mundo que ela conhecia estaria lá, ou seja, haveria um monte de suspeitos. Comecei a pensar em como fazer isso, quando o Jorge, com a cara cheia, chegou carregando o Thiago, que estava ainda mais bêbado. Lembrei que a Miriam comentou que os dois tinham saído juntos para o estande de tiro e esperei que eles dormissem para vasculhar as bolsas. Encontrei um revólver. Pensei que era o do Jorge. Queria que o Jorge fosse incriminado, afinal seria o suspeito mais óbvio. Só depois do assassinato é que veio a notícia de que a arma era do Thiago. Levei a arma comigo para a festa. Quando, numa certa hora, vi a Miriam entrando na casa, disfarcei e fui atrás. Ela estava indo ao banheiro. Entrei atrás dela e tranquei a porta. Não havia ninguém dentro da casa. Estava todo mundo lá fora. Disse a ela que não falaria nada para Fernanda e antes que ela pusesse pensar em qualquer coisa para me responder, atirei e saí na mesma hora.

Desci para o jardim, joguei a arma sob um arbusto, entrei em outro banheiro para lavar as mãos e voltei tranquilamente para a festa. Só uma meia hora depois é que o corpo foi descoberto.

— E você veio me avisar, fingindo perplexidade — disse Fernanda. — Um bom teatrinho para afastar as suspeitas.

— Muita gente tinha ido àquele banheiro — ele falou, triunfante. — A polícia técnica ficaria maluca se tentasse encontrar um suspeito com base nos vestígios espalhados lá dentro.

— Mas podia haver resíduos de pólvora na sua mão... — disse Salvador.

— Eu estava com uma luva plástica. Dessas que se usa para pintar cabelo. Quando fui lavar as mãos no outro banheiro, rasguei-a e joguei-a na privada.

— Você está perdido, Breno — falou Salvador.

— Não estou não, doutor Salvador — ele respondeu. — Vocês não têm provas. Por mais que o senhor diga que têm, eu sei que não têm. Me denunciem e eu processo todo mundo por calúnia. Modéstia à parte, meu plano foi genial. Se aquele *office boy* do seu escritório não tivesse resolvido dar uma de esperto e tomado as pílulas de Guilherme, vocês não saberiam de nada.

— Podemos ter acesso às gravações telefônicas e aos e-mails entre Miriam e você — insistiu o advogado. — É impossível que dois amantes nunca se falassem.

— Tente, seu palhaço! Não vai encontrar nada. Miriam morria de medo que descobrissem que ela traía o Jorge e ela mesma providenciou celulares e endereços de e-mail à parte. Exclusivamente para a gente se comunicar sem que ninguém soubesse. Os celulares estavam em nome de outras pessoas.

— Mando fazer uma revista na sua casa!

— Esses celulares foram para o lixo há muito tempo, cara. Você acha mesmo que eu ia guardar qualquer coisa que me ligasse à coitada da Miriam? A melhor coisa que vocês podem fazer é lutar para que o caso seja arquivado, para que o coitado do Jorge, além de corno, não vire também um presidiário.

Fernanda abriu caminho, lentamente, entre os homens e ficou cara a cara com Breno.

— Você se esqueceu de uma coisa, querido — ela chegou seu rosto bem próximo ao dele. — Seu plano pode ter sido perfeito até esse momento. Mas a sua língua te traiu.

Ela, então, retirou do bolso o seu celular que tinha um microfone bastante potente e agitou-o na frente dele.

— Toda a sua confissão foi gravada. Eu só preciso digitar o número da polícia e o botão de enviar para que eles saibam de tudo. Você não chega livre ao fim do dia.

Breno encarou-a com insolência. Fernanda nunca vira tanto ódio estampado no rosto de alguém.

— Isso é o que veremos — murmurou ele.

Num lance totalmente inesperado, Breno apanhou o celular da mão de Fernanda e deu um chute violento na barriga dela, arremessando-a para longe, antes de correr em direção à porta. Por uma fração de momento, Salvador, Kaufman, Jorge e Cleber ficaram em dúvida entre socorrê-la e ir atrás dele. Fernanda tinha batido com a cabeça numa parede e estava estonteada. Os quatro acabaram se dividindo: Kaufman e Jorge ficaram com Fernanda, enquanto Salvador e Cleber corriam atrás de Breno.

Eles pensaram que Breno simplesmente tivesse se trancado em algum banheiro para destruir o aparelho, mas ele optara por sair da agência. E fizera isso às carreiras. Como nenhum dos elevadores se encontrava no andar e não era raro eles custarem um pouco a subir, Breno não hesitou em descer pela escada de incêndio. Eram quase vinte andares. Saltando os degraus de dois em dois, Breno não olhou para trás. O celular de Fernanda continuava firme em sua mão. Ele queria destruí-lo e estraçalhar o chip e o cartão de memória, mas não podia fazer isso enquanto estivesse descendo, pois se distrairia.

A fuga foi desabalada. No caminho, Breno encontrou apenas duas pessoas que desciam calmamente do sexto para o quinto andar e se assustaram com a passagem tempestuosa dele. Não sentiu a presença de ninguém no seu encalço. Ou ele havia descido rápido demais ou eles tinham tomado o elevador. Talvez funcionários na portaria já tivessem sido alertados e se encontrassem, naquele momento, à espera dele.

Não era o momento de pensar naquilo. Breno passaria por cima de quem quer que se atrevesse a bloquear sua passagem. Ele estava decidido a fugir. E iria fugir. Ninguém jamais o prenderia. Essa fora uma promessa que fizera a si mesmo antes de dar início àquele plano. Desde que conhecera Fernanda, na Capro, depois que Miriam lhe conseguira o emprego. Fernanda era linda, charmosa, socialmente bem posicionada e, o que era mais importante: era rica. O único obstáculo era o marido. Havia o risco de ela não se separar dele e Breno acabar se tornando um simples amante. Ele chegou a dar alguns telefonemas anônimos para Guilherme, se apresentando como amante de Fernanda e dizendo que estava na cama com ela. Sempre fazia isso nos dias em que Fernanda estava em reunião, pois Guilherme certamente tentaria checar, ligando para o celular dela que, obviamente, estaria desligado.

Breno não sabia, mas esses telefonemas surtiram efeito, pois foi graças a eles que Guilherme esfriou sua relação com Fernanda e começou a se distanciar dela, dando início à crise no casamento deles. Um dia, Guilherme estivera com a mãe e desabafara com ela. Adelina, como era de se esperar, reagiu com revolta e viu seu ódio por Fernanda crescer ainda mais.

Mas Breno logo parou com os telefonemas. Não porque estivesse arrependido, mas porque percebeu que aquela não era a melhor estratégia, pois caso ela se separasse, provavelmente perderia boa parte do patrimônio, que pertencia ao marido. Breno não queria apenas Fernanda. Queria também a fortuna dela.

Portanto: Guilherme teria que morrer. Era a única solução.

Breno decidiu agir com cautela. Precisava saber exatamente em que terreno estava pisando antes de tentar uma jogada mais arriscada, a começar pela dimensão exata do patrimônio de Guilherme. Graças à internet, Breno descobriu o nome da empresa que fazia a contabilidade do escritório dele e seduziu Telma, a sua sócia majoritária. Ele sabia conquistar uma mulher. Além de bonito, era inteligente, elegante e tinha boa pegada. A mulher, é claro, cedeu. Ainda mais porque era casada com um magrelo banana.

Então, Breno só precisava de uma noite com ela, pois queria filmar a transa para depois chantageá-la. Mas Telma era uma coroa gostosa e ele resolveu se divertir um pouco. Por meio dela, Breno ficou sabendo de várias histórias, inclusive a de que Guilherme tivera um enfarte anos atrás e pusera uma ponte de safena. Lembrou-se de que o marido de Miriam, sua amante, era dono de uma farmácia onde Guilherme encomendava suplementos vitamínicos. Ele iniciou a chantagem com Telma e com o dinheiro arrancado dela, conseguiu subornar um funcionário da farmácia, Cleber, para fazer um aparentemente inocente conjunto de pequenos serviços para ele: Cleber só precisaria alertá-lo quando Guilherme Figueroa fizesse nova encomenda, providenciar uma lista das substâncias que a farmácia manipulava e deixá-lo entrar lá uma noite, sem que ninguém soubesse.

A esta altura, a convivência no ambiente de trabalho havia aproximado bastante Breno de Fernanda, de modo que, no enterro de Guilherme, ele pôde abraçá-la afetuosamente, dando início a uma aproximação mais efetiva.

O objetivo era estar casado com Fernanda em, no máximo, um ano e meio. Ele seria um homem rico, vivendo com uma mulher linda e doce e, com o tempo, poderia até se desligar do trabalho da Capro e, quem sabe, ficar vivendo da renda da mulher. Fernanda o amaria tanto, que certamente não se oporia.

Até aquela manhã, o plano parecia estar indo bem. Breno lutou para livrar Fernanda das acusações injustas que vinham sendo feitas e protegê-la do plano macabro de algum maníaco que parecia empenhado em destruí-la. Afinal, precisava dela livre para que pudessem, os dois, iniciar uma vida nova juntos.

E agora, ali estava ele, fugindo como um cachorro, sem mais qualquer ilusão de que conseguiria desfrutar do futuro idílico que tanto ambicionara.

Breno completou a descida e empurrou a porta de incêndio da sobreloja, disparando pela galeria sem olhar para os lados. Desceu a escada rolante correndo, quase atropelando as poucas pessoas enfileiradas nos degraus. Só então ouviu gritos, que vinham de cima. Olhou para o alto e viu Salvador e Cleber. Eles deviam ter vindo por um dos elevadores e também corriam. Breno acelerou o passo e, chegando ao térreo, dobrou imediatamente à direita, saindo logo pela entrada lateral da galeria.

Ele cruzou a calçada em direção à rua. Deu uma ultima olhada no imponente edifício envidraçado, que tantas esperanças lhe dera de que subiria na vida. Apesar de tudo, ele realmente se apaixonara por Fernanda. É claro que também queria a fortuna dela, mas se dera conta de que nunca antes tinha amado ninguém de verdade. Breno sentiu um nó no peito ao se lembrar do chute que precisou dar nela. Vê-la caindo no chão em toda a sua fragilidade foi devastador. Ele estava com lágrimas nos olhos.

— Pare, Breno! — era a voz de Salvador.

Breno atravessou a rua Maria Quitéria em direção à praça, em meio aos carros. Já era hora de retirar o chip e o cartão de memória do celular.

Estava começando a fazer isso, quando um carro em alta velocidade o atingiu.

PARTE VI

AJUSTES DE CONTAS

CAPÍTULO 59

Fernanda estava física e emocionalmente exaurida, com uma dor aguda na altura do diafragma, onde o pé pesado de Breno a acertara, outra na cabeça, em decorrência da tensão e uma enorme sonolência, que mal permitia que seus olhos se abrissem.

Mesmo assim, ela se sentia incrivelmente aliviada.

Depois do confronto na sala de reuniões, ela fora socorrida por Kaufman e Jorge. Apesar do choque e da violência da pancada, não chegou a ficar desacordada. Valendo-se dos seus contatos como farmacêutico, Jorge imediatamente providenciou para que Fernanda fosse levada a uma clínica, onde foi medicada e fez uma radiografia do tronco a fim de se certificar de que não havia nenhuma fratura. Ficou ali por cerca de duas horas e depois Kaufman a levou para casa.

A esta altura, Fernanda já tinha telefonado para sua irmã, Natália, em Campina Grande, e contado o que acontecera. Ela sempre relutava em recorrer à irmã, pois as duas não eram lá muito próximas e Natália tinha marido e dois filhos para cuidar. Mas Natália, como sempre, não se recusou a ajudar e tomou o primeiro avião para o Rio. As duas estavam, agora, no apartamento de Fernanda. Natália aproveitou para fazer compras no supermercado e na farmácia, já que quase não havia comida e remédios no apartamento.

Quando Fernanda despertou já era noite havia muito tempo. Ela se surpreendeu ao constatar que passava das 22h30. Tinha dormido quase dez horas. Com alguma dificuldade, ela estendeu a mão para a mesinha de cabeceira. Acendeu o abajur e apanhou duas Aspirinas e o copo com água que a irmã deixara ali. Depois de tomar os remédios, ela ajeitou os travesseiros na cabeceira da cama e se recostou neles. Respirou fundo, esperando que a dor no abdômen cedesse. Ficou pensando na vida e no que faria dali para frente.

Fernanda se conhecia o suficiente para saber que, durante muito tempo, se culparia pelas mortes de Guilherme e Miriam. Afinal, foi por causa da cobiça de Breno por ela e pelo seu dinheiro que Guilherme morrera, deflagrando o assassinato de Miriam dois meses depois. Ela tinha esperanças de que a culpa não durasse muito. Pelo menos, a verdade havia aparecido.

Ouviu duas batidinhas na porta e ela se abriu.

— Olá, sua dorminhoca — depois de três anos morando na Paraíba, Natália tinha se deixado afetar levemente pela musicalidade do sotaque de lá. — Quer comer alguma coisa?

Fernanda sorriu. Era bom ser cuidada por alguém. Mas ela não queria se acostumar, pois logo Natália partiria e ela estaria de volta à sua condição solitária habitual.

— Eu mesma posso ver o que comer — ela afastou as cobertas e fez menção de se levantar. — Não vou ficar para sempre nesta cama.

— Bom saber — falou Natália. — Porque você tem uma visita.

Fernanda surpreendeu-se.

— Uma visita?

— Está te esperando há mais de duas horas.

— Quem é?

— Ricardo. Disse que é seu amigo.

Fernanda sentiu um calafrio gostoso. Ele não dava notícias havia alguns dias. Ela chegara a pensar que tivesse feito alguma coisa errada para ele ter sumido de repente, mas pelo visto se enganara.

— Ele está quase indo embora. Disse que volta amanhã, mas se você quiser, peço para ficar um pouco mais.

— Pede sim, por favor. Eu já vou lá falar com ele.

— Outra coisa: o doutor Salvador Saldanha ligou há uma hora. Disse que a gravação no seu celular continua sendo analisada, mas que o aparelho já foi liberado, e ele vai mandar te entregar aqui.

Fernanda deu de ombros.

— Que bom — esse era a menor das suas preocupações. Ela foi até o banheiro, tomou uma ducha rápida e vestiu uma roupa simples. Enquanto escovava os cabelos, olhou-se no espelho. Estava abatida, como era de se esperar, mas sua fisionomia tinha se suavizado um pouco. Alguns dias de repouso e um pouco de sol bastariam para que sua aparência se tornasse saudável novamente.

O amor também lhe faria bem.

Fernanda sorriu. Ricardo tinha vindo vê-la. Ela sentiu as batidas fortes do coração.

Guilherme estava morto havia pouco mais de dois meses e ela sabia que, em tese, era cedo para se envolver com alguém. Mas toda a pressão sofrida nas últimas semanas a tinham tornado menos suscetível a essas convenções. Era como se elas já não fizessem tanto sentido numa vida rodeada de perigos concretos.

Além do mais, não podia ignorar os próprios sentimentos e necessidades. Era só ela guardar segredo por algum tempo. Ou, melhor ainda: ser discreta. Guardar segredos era coisa de gente que tinha o que esconder e ninguém tinha nada com a sua vida.

Fernanda decidiu não colocar perfume. Não queria que Ricardo pensasse que ela se produzira para recebê-lo, o que estaria totalmente certo, aliás. Ao chegar à sala, encontrou-o conversando descontraidamente com Natália, perto da janela. Ele se levantou ao vê-la aparecer.

— Oi, Fernanda — Ricardo sorriu com doçura. — Como é que você tá?

Natália falou que iria preparar um café para os dois e foi para a cozinha.

— Pensei que você não fosse mais acordar — Ricardo falou, amigavelmente, sem qualquer tom de recriminação. — Já estava me preparando para ir embora.

— Tive um dia horrível — Fernanda sacudiu os ombros. — Ou melhor, vários dias horríveis.

— Eu sei.

— Seria ótimo se eu conseguisse dormir mais.

— Quer que eu volte amanhã?

— Não. Senta — ela falou, indicando o lugar no sofá onde ele estava quando ela chegou. Fernanda respirou fundo e perguntou, depois de se acomodar ao lado dele:
— Você andou sumido... Pensei que tivesse enjoado da minha companhia.

Ela percebeu que estava mais ousada na maneira de falar. Os momentos agudos de crise e tensão realmente tinham o poder, em algumas pessoas, de fortalecê-las. Era como se, diante dos verdadeiros perigos da vida, certas inibições e temores que em circunstâncias cotidianas pareciam invencíveis se revelassem como eram de fato: irrelevantes e sem conexão com a realidade.

— Tive que resolver alguns problemas — ele explicou.

— Que problemas?

— Um desfalque no escritório do seu marido que foi provocado pela minha sócia na empresa — Ricardo baixou os olhos, sem graça. — Não tive nada a ver com isso.

— Eu sei que não.

Ricardo pareceu confuso.

— Como assim? Você já estava sabendo do desfalque?

— Eu sei que você não faria uma coisa dessas. Não combina com você. Não me peça para dar uma explicação abalizada. É uma questão de intuição.

— A Telma foi chantageada por um rapaz que trabalhava para a Capro. O Breno. Eles foram amantes. Foi para ele que ela deu o dinheiro desviado do escritório.

Ricardo fez uma pausa, parecendo hesitar em completar:

— Eu já soube que foi esse Breno que matou a sua amiga lá na festa.

— Foi. E, antes, ele provocou a morte do meu marido.

Ricardo esbugalhou os olhos, perplexo.

— Como é que é?

Fernanda, então, contou rapidamente o que sabia, tomando o cuidado de mencionar que Breno arquitetara todo aquele plano para ficar com ela. Era, de certo modo, uma forma de mostrar a Ricardo que ela era uma mulher interessante a ponto de fazer um homem ir até as últimas consequências para ficar com ela.

Mas, em seguida, ela fez questão de acrescentar:

— Mas Breno estava perdendo tempo. Eu nunca estive a fim dele.

Não era propriamente verdade. Mas para que ser 100% sincera agora?

— Você já soube que ele morreu?

Fernanda retesou-se. Não, ela não sabia.

— Quando foi?

— Essa tarde. Ele foi atropelado e morreu antes de chegar ao hospital. Teve um traumatismo craniano depois de bater com a cabeça no asfalto da rua.

Fernanda lamentava que um rapaz bonito, inteligente e talentoso – sim, Breno era talentoso no que fazia. Se não tivesse enveredado pela seara do crime e terminado sua vida de uma maneira tão trágica e prematura... Mas, por mais que se esforçasse, não conseguia sentir pena dele. Ela sabia que isso era horrível. Afinal, o cara estava morto e, que diabos, tinha feito tudo aquilo por ela.

Breno parecia, de fato, apaixonado e, excetuando o último encontro, sempre fora maravilhoso com Fernanda. Era irônico deduzir que, paralelamente, ele tivesse feito tudo o que fez em nome de um sentimento tão bonito. O amor, a paixão, o desejo, muitas vezes, tinham outra face. Uma face sinistra e destrutiva.

Mas Fernanda não soltaria uma lágrima por Breno. No máximo, faria uma oração para que a alma atormentada dele encontrasse logo um caminho. De preferência, bem longe da Terra.

— O enterro vai ser amanhã cedo — Ricardo informou. — Pensei que você gostaria de saber.

— Obrigada.

Naturalmente, ela não iria.

— E quanto ao desfalque? — Fernanda mudou estrategicamente de assunto. — Como é que isso vai ser resolvido?

— Só sei que eu vou deixar minha sociedade na empresa — Ricardo disse. — Custei muito a tomar essa decisão, mas percebi que é o melhor a ser feito. Semana que vem devo oficializar tudo.

Fernanda ficou bem-impressionada com a atitude dele. Pareceu-lhe um indício forte de caráter.

— E o que você pretende fazer depois?

— Não sei ainda. Talvez aplicar o dinheiro que vou receber e arrumar um emprego que me dê uma renda mensal. Na verdade, não preciso de muito para viver.

— É uma decisão corajosa. Com o mundo do jeito que está...

— Eu sei. Só que não quero o meu nome envolvido nessa sujeira. O desfalque não foi muito alto, mas mostrou que não dá para confiar na Telma.

— Você também foi amante dela, não foi?

A pergunta pegou-o de surpresa. Mas Ricardo não tinha intenção de esconder nada dela.

— Como adivinhou?

Fernanda achou graça na situação.

— É a conclusão óbvia. Você comentou comigo que tinham sido namorados, lembra? Acontece que ela tem uma filha de mais de vinte anos com o homem com quem ela continua casada. A menos que ela tivesse sido alguma pedófila quando solteira, só posso deduzir que vocês tiveram um caso.

— E isso te incomoda?

Fernanda deu de ombros. A pergunta era sugestiva. Duas semanas atrás, talvez ela corasse de vergonha. Agora, no entanto, respondeu com naturalidade:

— Você era comprometido na época?

Foi ele quem enrubesceu. Certamente, não esperava aquela reação por parte dela:

— Não.

Fernanda sorriu, encarando-o no fundo dos olhos.

— Está dizendo a verdade? — a voz saiu cheia de malícia. — Não minta!

Fernanda não estava se reconhecendo. Nunca antes agira daquela maneira. Mas estava gostando.

— Sim... — ele quase gaguejou. Foi por muito pouco, mas Fernanda percebeu. Começava a se divertir com a situação.

Nunca era tarde para se soltar, afinal.

Ela viu, então, sua mente ser transportada até 19 anos antes. Para aquele inesquecível 30 de setembro em que tentara se declarar para ele.

CAPÍTULO 60

Era uma tarde já relativamente distante no tempo, mas ainda surpreendentemente viva na memória de Fernanda.

Ela e Ricardo estavam, com duas colegas, fazendo um trabalho em grupo para o colégio e era a reunião final antes da apresentação. O encontro foi marcado no salão de festas do prédio onde morava uma das meninas. Fernanda passara toda a tarde aflita. A atração que sentia por Ricardo era muito forte e ela já não conseguia disfarçar. As colegas perceberam e a chamaram para falar reservadamente. Foi quando Fernanda, aos prantos, confessou tudo para elas.

As colegas se solidarizaram e a estimularam a se declarar para ele. Muito nervosa e com o coração fora de controle, Fernanda se encheu de coragem e chamou-o para uma área afastada dentro do salão e disse:

— Vem aqui. Quero te dizer uma coisa.

Ela se lembrava de cada detalhe, de cada movimento, de cada gesto, de cada olhar, de cada palavra. Ainda hoje, era capaz de reproduzir com fidelidade todo o diálogo que se seguiu.

Os dois se deitaram no chão, de barriga para baixo. Ficaram um de frente para o outro. Ricardo a encarava em visível expectativa e perguntou após um instante de silêncio:

— O que foi?

Fernanda ia responder que estava apaixonada por ele, mas por timidez e medo de não ser correspondida, limitou-se a sorrir, acanhada, e a balbuciar:

— Tô sem coragem.

E levantou-se, a seguir, dizendo:

— Deixa para lá.

Agora, eles estavam mais uma vez frente a frente. Ricardo podia ter mudado nos últimos quase vinte anos, mas os olhos – negros, grandes, penetrantes, misteriosos – continuavam os mesmos. Eram dois portais que conectavam Fernanda a adolescência e a todas as sensações perturbadoras e maravilhosamente inquietantes que a vida adulta vai se encarregando de domar.

Fernanda, de repente, sentiu que o destino estava lhe oferecendo uma segunda chance. Uma oportunidade de se redimir depois de todos aqueles anos em que se arrependera de não ter tido a coragem necessária para confessar seus sentimentos ao único homem que amara de fato em toda a vida.

Tudo teria sido diferente se ela não tivesse capitulado ante a própria insegurança.

A paixão por Ricardo não era a mesma hoje. Nem poderia, depois de transcorrido tanto tempo. Mas o sentimento jamais se apagara. Era como se uma brasa miúda tivesse ardido constantemente desde aquela época e, agora, encontrasse o ambiente necessário para virar fogo novamente.

De repente, Fernanda teve um impulso irresistível de se abrir para ele. Guardara para si a lembrança daquela tarde de setembro por muitos anos e sentia que era o momento de libertá-la.

Um nó de expectativa se formou na sua garganta. Como seria a reação de Ricardo? Será que aquele dia significara para ele o mesmo que para ela? Será que ele estava mesmo a fim dela, como Fernanda sempre desconfiou? Ou ela se iludira?

Ela tinha que saber. Precisava daquela resposta.

Percebeu que estava num momento muito especial da sua vida.

— Ricardo... — ela falou devagar. De repente, se viu novamente com 17 anos, atormentada pela insegurança e por sensações fulminantes. — Tem uma coisa que eu estou para te falar. Já faz um tempo.

— É? Quanto tempo?

Desta vez, não haveria saída. Ela *iria* falar.

— Quase vinte anos.

Ela notou que ele se surpreendeu.

— Você se lembra de um trabalho em grupo que a gente fez para a escola? Era um trabalho para a aula de português baseado num livro brasileiro...

Ela estava nervosa como havia muito tempo não se sentia. Todo o seu corpo tremia por dentro.

Ricardo sorriu:

— Claro que lembro. Foi sobre um conto do Rubem Fonseca. Eu, você, a Lavínia e a Aline.

Ele se lembrava.

Fernanda ficou mais tensa.

— Aliás, você tem tido notícias delas? — ele indagou.

— Da Lavínia e da Aline? — Fernanda balançou a cabeça. — Não. Nunca mais.

— Nem eu.

— É horrível ver como as pessoas se afastam depois que termina a convivência na escola, né?

— É mesmo.

Pairou um silêncio. Ricardo olhava Fernanda com expectativa, e parecia pedir, silenciosamente, que ela continuasse.

— Você se lembra da nossa última reunião? Foi no salão de festas do prédio da Lavínia, em Copacabana. De repente eu te chamei num canto e tentei te dizer uma coisa, mas desisti na última hora. Eu...

Ela baixou o rosto. Era incrível como as emoções da adolescência eram capazes de sobreviver durante toda a idade adulta e causar o mesmo tipo de desconforto.

Fernanda estava emocionada quando completou:

— Eu ia me declarar para você.

Lágrimas começaram a rolar pelo rosto dela. Quando ergueu os olhos para encará-lo, percebeu que ele também parecia mexido.

— Eu era completamente apaixonada por você — as palavras retidas durante quase duas décadas começaram a sair numa enxurrada. — Eu nunca amei ninguém como te amei naquela época.

Ricardo não conseguia dizer nada. Apenas olhava, sem piscar, para Fernanda.

— Se você soubesse como eu me arrependo de ter sido tão covarde — ela continuou, descontrolada. — Se você soubesse como...

— Eu é que fui covarde — declarou Ricardo, subitamente.

Fernanda parou de falar.

— Eu fui o culpado de tudo, Fernanda. Fui um covarde imaturo. Eu também te amava muito. Fiquei louco por você assim que te vi entrando naquela sala de aula pela primeira vez. Mas eu era tímido demais. Achava que nenhuma garota jamais se interessaria por mim. Era magro demais, pálido... Não era atlético e desinibido como a maioria dos garotos na escola. Eu me achava feio, esquisito e desinteressante.

— Não...

— Você era linda. Era charmosa, inteligente... — Ricardo tinha os olhos úmidos e sua fala sugeria que ele estava tão emocionado quanto Fernanda. — Pensei que jamais se interessaria por mim, com tantos garotos melhores à volta.

— Você era maravilhoso — ela sentiu um impulso de abraçá-lo, mas se conteve. — Eu te achava tão bonito, tão inteligente, tão... maduro. Nossa, eu quase fiquei louca com toda a paixão que senti por você e tive vontade de morrer quando as aulas acabaram e eu soube que a gente nunca mais iria se ver.

— Eu era muito apaixonado por você, Fernanda. Sofri com esse amor por anos.

Ela encostou carinhosamente uma mão no rosto dele, acariciando-lhe com ternura.

— Eu te dei tantos sinais de que estava a fim. Você nunca percebeu?

— Percebi. Mas sempre achava que era impressão minha. Como uma gata como você iria se interessar por mim?

Fernanda não resistiu e começou a chorar. Era uma emoção muito grande poder resolver aquela situação com Ricardo depois de anos ansiando reencontrá-lo.

— Nunca mais amei ninguém — ela falou.

— Nem eu.

Ela chegou mais perto dele.

— É tão bom ouvir isso — ela sorriu. E, agora, 19 anos depois, teve coragem de deixar o coração falar: — Pois eu nunca deixei de te amar.

Não importava tanto se seria correspondida ou não. Fernanda jurou para si mesma que não represaria mais seus sentimentos. E sabia que não teria mais uma chance como aquela.

— Eu te procurei todos esses anos, Ricardo. Mesmo depois de casada. Eu queria tanto de reencontrar. Para abrir meu coração para você. Para reparar esse erro do meu... do nosso passado.

— Eu também te amo, Fernanda.

Ela fechou os olhos, sorvendo lentamente aquelas palavras. Era maravilhoso escutar aquilo.

Eu também te amo!

Fernanda sempre desejou ouvir aquela frase. Dita por ele.

Aquilo era a realização do seu maior sonho.

— Você quer ficar comigo? — ele perguntou, enquanto suas bocas se aproximavam lentamente.

— Para sempre? — sussurrou ela.

— Para sempre.

Eles se olharam demoradamente e, enfim, fizeram com que os lábios se tocassem. Num primeiro momento, foi um toque acanhado, quase respeitoso, como se ambos estivessem prestes a fazer o que não deviam. O segundo beijo, porém, veio mais forte. Ricardo tocou delicadamente os cabelos dela e pôs-se a acariciá-los devagar, enquanto o beijo se prolongava. E mal as bocas se separaram, veio um terceiro, ainda mais intenso. Toda a paixão reprimida durante anos aflorou de repente. Fernanda, por um instante, pensou que estivesse sonhando. Sonhara com aquilo tantas vezes e, agora, ali estava, abraçada à sua paixão de adolescência, concretizando, enfim, um desejo mútuo de quase duas décadas atrás.

Ricardo desviou os lábios dos de Fernanda e passou a distribuir beijinhos leves pelo rcsto dela. Aquilo era excitante. Os lábios dele eram quentes e firmes. Ela observou seus olhos. Eles cintilavam. Fernanda queria sorrir, queria chorar, queria que aquele momento não acabasse nunca.

As mãos dele desceram pelas costas dela, afagando-as por cima do tecido da blusa. Mas não foram além disso. Ela se deitou no sofá e ele veio por cima. Voltaram a se beijar e a explorar a pele um do outro. Fernanda queria extrair o máximo de cada instante. Sabia muito bem onde, em circunstâncias outras, aquilo iria parar. Mas nem ela e, tudo indicava, nem ele se permitiriam ir além. Não ainda. Era como se isso fosse quebrar o encantamento daquele reencontro. Os dois tinham voltado, naquela noite, a ser dois adolescentes inocentes, puros e inexperientes. Estavam fazendo, enfim, o que não tiveram coragem de fazer naquele 30 de setembro. Se, na ocasião, Fernanda fosse mais audaz, os dois teriam ido para algum lugar reservado e escuro do salão de Lavínia e passado as horas seguintes se beijando e se tocando. Nada mais do que isso. Seria, portanto, exatamente o que fariam agora. Eles teriam muitas oportunidades de se descobrir mais intimamente e saciar a excitação que os fustigava.

Natália assistiu, à distância, o que se passava e, esquecendo-se do café que prometera trazer, retirou-se na ponta dos pés para o quarto, a fim de deixá-los bem à vontade. Muitos minutos passaram. Uma hora talvez. Fernanda seria capaz de ficar a noite toda enroscada em Ricardo, beijando-o ininterruptamente. Ele ergueu um pouco o rosto para contemplá-la demoradamente. Parecia admirado e extasiado.

— Como é bom estar aqui — ele disse.

Fernanda sorriu:

— É mesmo.

— Você é maravilhosa.

Ela ia dizer que ele também era, mas não foi preciso. Limitou-se a acariciar seu cabelo e sua pele demoradamente, enquanto o admirava. O carinho daquele gesto expressava seus sentimentos melhor do que qualquer palavra.

— Quando vamos nos ver de novo? — Ricardo perguntou, de repente.

— Por mim, todos os dias.

— Quer almoçar comigo amanhã? Podemos passar a tarde juntos. Parece que vai fazer um dia bonito. Poderíamos ir ao Jardim Botânico.

— Eu adoraria...

Fernanda parou de repente. Tinha se lembrado de algo. De um compromisso que se impusera.

— Mas acho que amanhã não vai dar... — ela completou, com o olhar distante. Tinha uma última coisa para resolver antes de dar aquele triste capítulo da sua vida, iniciado em março, por encerrado. E, mesmo esgotada e cheia de dores pelo corpo, faria isso no dia seguinte. Não havia como esperar mais. — Pode ser na sexta?

Ricardo fez que sim com a cabeça. Não havia desapontamento em seu rosto e, sim, compreensão. Fernanda amou-o ainda mais por isso.

* * *

Já sentada na banqueta, Adelina levantou a tampa do teclado do piano e começou a tocar um tango, da qual ela nem recordava o nome. Talvez fosse de Piazzolla. Não importava.

O piano era um Steinway de cauda que ocupava um dos salões do térreo da casa. O tango e sua melancolia parecia a trilha sonora ideal para aquele momento. Havia poucos instantes, ela recebera um telefonema de Pedro Louzada, dizendo que recuperara os objetos que Thiago tinha levado. Ele garantiu que os entregaria até o final do dia.

Na noite anterior, fora dormir com a notícia de que Thiago se suicidara no aeroporto, depois de comprar um bilhete aéreo para a Itália. Não era preciso ser um ás da lógica para deduzir exatamente o que tinha acontecido.

O sobrinho fora enterrado naquela manhã, mas Adelina não comparecera. Ele não merecia e, além do mais, ela estava sem forças.

Mesmo assim, sentia-se triste.

Adelina não queria soltar nenhuma lágrima por causa de Thiago. Era absurdo demais depois de tudo o que ele lhe fizera. Por outro lado, ele tinha se tornado muito próximo dela desde que fora viver ali. Mais até do que seu próprio filho.

Adelina não negava. Estava triste.

Os dedos deslizavam pelas teclas do piano, produzindo a melodia depressiva que enchia os ambientes da casa. A quinta-feira se arrastava, embora ainda fosse manhã. Faltavam duas horas para o almoço. Uma eternidade. Adelina sentia que sua rotina cada vez mais se resumiria aos horários das refeições e de dormir, intercalados por intervalos solitários durante os quais faria hora antes de morrer.

Teve vontade de chorar, mas não conseguiu. Era como se tivesse desaprendido. A vida a endurecera aos poucos, processo que culminou com a morte de Guilherme. A partir dali, precisou lutar contra a depressão para sobreviver. Recusar-se a chorar era uma forma de resistência.

Adelina sentiu uma leve pontada na cabeça. Precisava de um analgésico. Viu a governanta atravessando a sala, parou de tocar e chamou-a.

— Pode me trazer um copo d'água?

— Sim, senhora. Não quer que eu abra a porta primeiro?

Adelina alteou uma sobrancelha.

— Abrir a porta...?

— Sim, acabaram de tocar a campainha. A senhora não deve ter ouvido por causa do piano.

Adelina apenas fez que sim. Seria Pedro Louzada com suas coisas?

Ela baixou a tampa do piano, se levantou da banqueta e caminhou até o salão principal. Chegou no momento em que a porta se abria e a governanta entrava seguida de Fernanda.

Adelina olhou para ela, em choque.

— Você...? — ela balbuciou.

Fernanda vestia uma combinação discreta de calça comprida cinza e blusa azul de mangas três quartos. Ela esperou a governanta se retirar em direção à cozinha e deu alguns passos adiante, ficando cara a cara com a sogra.

— Vim aqui porque quero muito perguntar uma coisa, dona Adelina — disse Fernanda. Seu rosto estava rijo de tensão. — Por que a senhora me odeia tanto?

CAPÍTULO 61

As duas se encararam longamente, num silêncio massacrante.

Fernanda reparou nos olhos derrotados de Adelina, no seu rosto murcho e abatido e nas rugas que pareciam mais abundantes e profundas. Ela envelhecera bastante desde que se encontraram na casa de Salvador pouco antes da morte de Miriam. Ou, talvez, já tivesse envelhecido antes. Fernanda estava nervosa naquela noite e a conversa entre as duas fora rápida.

Era difícil imaginar que aquela senhora elegante como uma imperatriz e, ao mesmo tempo, fragilizada pelo peso dos anos pudesse ter feito tudo o que fez. Se os indícios não fossem tão fortes, Fernanda não acreditaria.

O duelo silencioso entre elas foi interrompido pela governanta, que apareceu carregando uma bandeja com um solitário copo com água para Adelina.

— A senhora aceita alguma coisa? — ela perguntou a Fernanda, com um sorriso.

— Não, obrigada — Fernanda sorriu de volta. Adelina apanhou a água e dispensou a governanta, que tornou a se retirar.

— Vamos entrar — disse Adelina, tomando a dianteira, em direção à sala principal de visitas. Havia anos Fernanda não colocava os pés naquela casa e não pôde deixar de reparar como as coisas pareciam ter mudado muito pouco ali dentro. Até o cheiro era o mesmo. O olfato tinha um poder imenso de aguçar a memória mesmo após muitos anos. A casa de Adelina tinha um perfume suave, agradável, que rescendia a couro e a mais alguma coisa. Talvez mato.

Adelina abriu a gaveta de um antigo dunquerque e retirou uma cartela do que parecia ser um analgésico, engolindo dois comprimidos de uma vez com um longo gole de água. Por pouco não engasgou. Em seguida, ela depositou o copo sobre a mesa de centro e sentou-se numa poltrona, indicando um lugar na ponta do sofá ao lado.

— Prefiro ficar em pé — falou Fernanda. — Eu sei que não sou bem-vinda aqui.

— Se sabe, por que veio, então?

— Não pense que eu quis vir. Eu *tive* que vir. Porque eu preciso saber. Eu preciso *entender*. Entender por que a senhora me odeia tanto, se eu nunca lhe fiz nada?

Adelina franziu a testa, indignada:

— Nunca me fez nada?

O olhar cortante de Adelina sempre produzia uma espécie de paralisia em Fernanda. Ela se sentia uma menina frágil sendo repreendida pela avó severa, de quem suplicava um amor inexistente.

— Não — Fernanda foi firme. — Nunca. Sempre respeitei a senhora. E fui uma boa mulher para Guilherme.

— Uma matuta interiorana sem berço e sem classe — declarou Adelina —, que usou o dinheiro e o prestígio do meu filho para se tornar alguém na vida.

— Não é verdade — Fernanda sentiu a voz falsear, mas se controlou. Precisava se controlar. Adelina e seus preconceitos não venceriam aquele confronto. — Eu amava o Guilherme.

— É mesmo? — Adelina levantou-se e contornou a mesa de centro, ficando na extremidade oposta à que estava Fernanda. — Então, me responda com toda a franqueza: se Guilherme fosse um operário, um balconista de botequim, um chofer de ônibus, ou seja: um homem humilde que vivesse modestamente em algum casebre no subúrbio, vestisse roupas baratas de segunda mão e precisasse tomar três ônibus diariamente para ir e voltar do trabalho, você teria se casado com ele?

Era uma pergunta capciosa, oportunista. A resposta, provavelmente, seria "não". Guilherme era um homem atraente e parte disso se devia à sua posição e ao dinheiro de que dispunha, que lhe permitia se vestir bem, usar um bom perfume e proporcionar segurança a uma mulher frágil. Isso não significava, contudo, que Fernanda tivesse dado o golpe do baú. Ela gostava de verdade de Guilherme. Reconhecia que nunca fora verdadeiramente apaixonada por ele, mas o amor que sentia, mais brando e confortável, era o bastante para satisfazê-la num relacionamento que, por ela, teria ido até o fim da vida.

— Eu não sou uma aproveitadora, dona Adelina. A senhora tem uma impressão errada sobre mim.

— Você não respondeu à minha pergunta.

— Pois eu vou responder de uma outra forma: se eu não amasse Guilherme, eu não teria vivido com ele por quase 15 anos, por mais dinheiro que ele tivesse.

Adelina fez uma careta sarcástica.

— É muito fácil amar um homem rico. Todos os defeitos dele desaparecem.

— Por que é tão difícil para a senhora acreditar em mim?

Adelina pensou um pouco.

— Talvez porque eu tenha conhecido vários tipinhos como você ao longo da minha vida. Todas iguais: bonitas, jovens, de origem modesta, fala mansa e falta de caráter.

Fernanda respirou fundo.

— Pois, para mim, o motivo é outro.

— Não diga. E posso saber qual é?

— Eu acho que a senhora se projeta nas outras pessoas. E acaba concluindo que são todas desonestas e inescrupulosas como a senhora.

Aquela afirmação doeu em Adelina. Seu rosto se crispou e ela avançou na direção de Fernanda:

— Retire já o que disse!

Fernanda enfrentou-a:

— Não retiro.

— Então, saia da minha casa!

— Não, enquanto a senhora não me contar por que arquitetou um plano horrível para acabar comigo, plantando aquela estatueta roubada no meu chalé em Itatiaia e depois mandando matar o porteiro do prédio de Miriam Ortiz para me incriminar?

Adelina não esperava por aquilo. Como Fernanda descobrira? Louzada lhe havia garantido que ninguém ligaria aqueles acontecimentos a ela e agora justamente a última pessoa que poderia saber de alguma coisa vinha lhe esfregar tudo na cara.

— Você ficou louca... — foi o que ela conseguiu dizer. — Eu não sei do que...

— Sabe, sim! — Fernanda percebeu que tinha assumido o controle da conversa. — Eu descobri tudo e tenho provas contra a senhora — eram apenas indícios, mas se Fernanda dissesse a verdade, o efeito não seria o mesmo. — A senhora tentou arruinar a minha vida. Eu quero entender: por quê?

Adelina sacudiu a cabeça.

— Vá embora!

Fernanda não conseguiu mais se controlar. Desde o início, sua relação com a sogra fora tensa e opressiva, produzindo um acúmulo de ressentimentos que não era possível ignorar. De repente, tudo isso aflorou com violência e, agora, pedia para ser posto para fora. Era como uma pessoa enjoada que sente náuseas e a urgência do vômito inevitável.

Ela segurou os braços magros e flácidos de Adelina com uma força além do recomendável e, naquele momento, despejou sobre ela toda a mágoa de anos.

— A senhora é um monstro! UM MONSTRO! Eu poderia estar na cadeia agora. Tudo porque eu cometi o crime de me casar com seu filho. Eu fui sempre uma excelente esposa, está me entendendo? Nós nos amávamos.

Adelina estava em estado de choque, enquanto ouvia Fernanda gritar, com o rosto convulsionado e os olhos injetados de lágrimas que começavam a escorrer pelo rosto:

— A senhora sabe o que é isso? Amor? Sabe? Eu tenho certeza que não. Nunca fiz nada para senhora me odiar tanto. O pior de tudo é olhar para trás e ver que, desde o começo, eu tentei me aproximar, fazer com que a senhora gostasse de mim. Pois eu gostei da senhora desde que a conheci. Eu perdi meus pais. Pensei, em meus devaneios, que a senhora poderia se tornar uma mãe para mim. Eu teria sido uma filha maravilhosa. A filha que todo mundo gostaria de ter. Essa casa não estaria vazia desse jeito. A senhora não teria ficado tão sozinha como está agora. Diga: valeu a pena todo esse ódio? O que a senhora ganhou com isso, a não ser solidão, amargura e tristeza? Diga! DIGA!!

Adelina não conseguia falar nada. Olhava apavorada para Fernanda. De repente, percebeu que seus olhos também começavam a ficar úmidos.

— Qual o meu grande pecado? — Fernanda continuou falando. — Ser uma interiorana matuta como a senhora mesma disse? Ser muito mais jovem do que Guilherme? Não ser de família tradicional? A senhora desperdiçou 15 anos da sua vida cultivando um ódio irracional contra a pessoa que mais teria gostado e cuidado da senhora! Eu gostava muito da senhora, dona Adelina! E o que eu ganhei em troca? Uma inimiga feroz, que tentou arruinar a minha vida. Eu mereço isso?

Quando parou de falar, Fernanda percebeu que Adelina estava chorando.

Ela nunca tinha visto a sogra chorar. De repente, Adelina lhe pareceu uma velhinha vulnerável. Fernanda soltou-lhe os braços lentamente, temendo que ela pudesse perder o equilíbrio.

Assim como Fernanda havia posto para fora um ressentimento guardado por anos, Adelina parecia, agora, estar chorando tudo o que não chorara por anos. Inclusive, a morte de Guilherme e também a de Thiago. Chorava também porque reconhecia, no discurso de Fernanda, um fundo incômodo de verdade. Ela sempre detestara a nora. Mas nunca entendeu bem o porquê. Fernanda nunca lhe dera, de fato, nenhuma razão concreta para esse ódio. O fato de ela não ter tido filhos soava mais como um pretexto.

A dor de cabeça tinha aumentado, apesar dos dois analgésicos. Era a tensão.

— Eu realmente não sei onde eu estava com a cabeça quando cismei que tinha que acabar com a sua vida — Adelina falava com a voz baixa, uma mão massageando a testa. — Realmente não sei.

Fernanda sentia um misto de alívio e culpa por ter sido tão incisiva. Mas consolava-se por saber que fora o certo a fazer.

— Acho que foi no enterro de Guilherme — completou Adelina —, quando eu a vi abraçada àquele rapaz.

Fernanda era capaz de visualizar aquela cena caso fechasse os olhos.

— O Breno?

Adelina fez que sim com a cabeça.

— Nos últimos tempos, Guilherme andava atormentado, achando que você estava tendo um caso — ela revelou, tristemente. — Ele me contou que um homem andou ligando para ele, dizendo que era seu amante.

Fernanda entendeu tudo. Então era por isso que Guilherme andava distante nos últimos meses; distante e irritado. Por que ele nunca dissera nada a ela? Por que não contratara alguém para segui-la? Ele teria descoberto a verdade.

Seja como for, não era nenhuma proeza deduzir quem dera aqueles telefonemas.

— Eu nunca tive um amante.

— E por que eu deveria acreditar em você?

Fernanda deu de ombros:

— Problema seu se não acreditar. É a verdade. O que eu posso dizer é que o Breno realmente tentou me seduzir. Só que eu não quis nada com ele. Com certeza, foi ele que deu esses telefonemas anônimos para Guilherme.

— Como pode ter certeza?

— Porque ele fez coisa muito pior. Ele matou Guilherme.

Adelina olhou aturdida para Fernanda:

— Você está me dizendo que... que Guilherme foi...

— Guilherme foi envenenado, dona Adelina. Por esse homem que tentou ficar comigo de qualquer maneira — Fernanda sentiu-se mal em fazer aquela revelação. De repente, sentiu pena de Adelina. Pensou que, talvez, ela não precisasse saber daquilo. Seria mais um sofrimento para uma pessoa já tão dilacerada. — Miriam Ortiz descobriu tudo e, por isso, foi assassinada.

Adelina tentou absorver o que acabara de ouvir. Por alguns segundos, não esboçou reação até que começou a tremer e pôs os punhos nas têmporas, e soltou um grito atormentado, enquanto todo o seu rosto se contraía numa expressão dilacerante de dor.

— Oh, não!!! Meu filho... Não, NÃO!!!

Ela caiu de joelhos no chão, mantendo os punhos pressionando as têmporas. Recomeçou a chorar ainda mais alto.

— Por que, meu Deus? Por quê?

A dor na cabeça tinha se tornado insuportável, Adelina sentia-se estonteada.

— Tudo isso podia ter sido evitado... Por que você permitiu que esse Breno fizesse o que fez?

Fernanda agachou-se para fitar a sogra nos olhos:

— Vou dizer mais uma vez: eu não tive nenhum amante. Nem ele, nem ninguém. Breno era um louco. Eu jamais me envolveria com um louco.

Fernanda sentiu as mãos de Adelina se agarrarem ao seu corpo. Pensou que ela fosse agredi-la de alguma forma, mas Adelina na verdade estava buscando amparo. Seu rosto tinha empalidecido severamente e sua cabeça, agora, pendia para trás.

— Preciso de sua ajuda! — ela murmurou.

Sua cabeça doía horrores. Tudo à volta girava.

Fernanda adiantou-se para amparar a cabeça dela, antes que se chocasse contra o tapete. Adelina suava frio e sua pele estava gelada.

— Oh, meu Deus!

Na mesma hora, Fernanda levantou-se e correu em direção à cozinha. Felizmente lembrava-se do caminho. Ela chamou a governanta, que veio para a sala e assustou-se ao ver Adelina caída no chão.

— Jesus Cristo! Ela morreu?

— Chame uma ambulância — ordenou Fernanda, aflita. — Rápido!

E voltou para junto da sogra. Segurou-lhe o pulso esquerdo. O coração batia lento, mas ainda batia.

* * *

A ambulância chegou logo e levou Adelina para a Clínica São Vicente, na Gávea, uma das melhores do Rio. Ela foi encaminhada para fazer exames. A suspeita era de AVE.

Fernanda estava sentada no salão da entrada à espera de notícias, quando Ricardo apareceu. Cerca de meia hora antes, ele telefonara para o celular dela, para saber como estava sendo o dia e dizer que estava com saudades. Foi no momento em que a ambulância chegava à casa de Adelina. Aflita, Fernanda contou o que aconteceu e ele, então, seguiu para a clínica.

Os dois se beijaram e Ricardo sentou-se ao lado dela.

— Ela vai sobreviver?

Fernanda meneou a cabeça:

— Não sei. Ainda precisam fazer mais alguns exames.

Um médico veio ao encontro deles. Fernanda levantou-se, sentindo o corpo ainda dolorido por causa do chute de Breno. O médico confirmou a suspeita inicial: Adelina sofrera um AVE isquêmico trombótico. Seu estado era grave, sobretudo por causa da idade avançada, já que a extensão do derrame não foi grande. De todo modo, ela ficaria internada por tempo indeterminado.

— A senhora é neta dela? — o médico perguntou.

Numa outra circunstância, Fernanda teria achado graça e se sentido lisonjeada, pois aquilo poderia significar que Fernanda aparentava menos idade. Ou talvez fosse Adelina que, agora, parecia ter mais.

— Ela é minha sogra.

— E onde está o seu marido?

— Morreu em março.

O médico pareceu consternado.

— Entendo. Sabe como andava a pressão de dona Adelina ultimamente?

— Não. Só sei que uma irmã dela morreu de AVE cinco anos atrás. Vou localizar o médico dela — a governanta de Adelina devia saber quem era — e pedir que entre em contato com o senhor.

— Ela deve se recuperar — o médico comentou, afavelmente. — O socorro veio a tempo. Mais alguns minutos e os danos seriam bem piores — ele sorriu. — Ainda bem que ela pode contar com uma nora como a senhora.

Fernanda balançou a cabeça, pensando em como o destino era capaz de pregar peças.

— É... — ela respondeu, sem nenhuma convicção. — Ainda bem.

CAPÍTULO 62

Fernanda sentia a palpitação descompassada do coração. Apesar da comida que tinha encomendado e da mesa posta com capricho, seu estômago parecia decidido a não aceitar nada enquanto a tensão não passasse. Ela chegou a pensar em colocar velas num castiçal, mas depois concluiu que seria um exagero cafona e abandonou a ideia.

O interfone tocou e, em seguida, a campainha. Fernanda esfregou as mãos frias e trêmulas. Quando abriu a porta e viu Ricardo do outro lado, segurando um buquê de rosas numa mão e uma garrafa de vinho na outra, ela, então, teve certeza de que aconteceria.

Ele vestia uma calça escura, camisa social com as mangas arregaçadas e sapatos marrons. Estava perfumado e parecia mais lindo do que nunca. Fernanda também tinha caprichado no visual. Optara por um vestido grafite com a cintura sinalizada e um decote em "v", que permitia entrever a curva dos seus seios. Os cabelos estavam soltos e usava pouca maquiagem e um perfume suave.

As janelas haviam sido abertas e a maresia fresca da noite penetrava na sala, semi-iluminada por luzes indiretas, estrategicamente acesas em cantos calculados. Era a primeira vez em meses – ou, talvez, anos – que Fernanda se sentia realmente bem ali. Mesmo assim, continuava firme na ideia de se mudar. E faria isso o quanto antes.

Natália tinha voltado pela manhã para Campina Grande e Fernanda estava a sós com Ricardo no apartamento. Adelina seguia na UTI da Clínica São Vicente, ainda sem previsão de alta. Naquela tarde, a internação completara 24 horas. Fernanda ficou de voltar à clínica no domingo.

Ela e Ricardo se abraçaram e se beijaram demoradamente. Um beijo faminto e apaixonado.

— Oi! — disse ele.

— Oi — sussurrou ela, beijando-o novamente. Seus corpos estavam quentes, colados um ao outro. Eles pareciam se atrair como ímã e metal.

Estavam tão abstraídos pelo encontro, que nem se deram conta de que Ricardo ainda segurava as flores e a garrafa. Eles se encararam por um tempo e começaram a rir. A princípio, um riso acanhado, que logo evoluiu para uma gargalhada estrepitosa. Não era tanto pela situação em si. Mas, principalmente, por causa da tensão inicial, que havia se diluído. Agora, os dois se sentiam relaxados, mais íntimos e todo receio que pudesse existir em torno daquele reencontro havia sido dissipado.

Fernanda apanhou o buquê e suspirou:

— São lindas.

— Sabia que muitas mulheres acham brega receber rosas de presente?

— Jura? Então, eu sou breguérrima.

Eles se beijaram mais uma vez e Fernanda foi providenciar um vaso com água para depositar as flores.

— Assinei hoje o meu desligamento da Relevo Auditoria — disse Ricardo, enquanto abria o vinho com o saca-rolhas que estava sobre a mesa. — O Heitor comprou a minha parte.

Fernanda voltou com o vaso e desembrulhou as rosas.

— Parabéns.

— Estou livre agora.

— Salvador comentou alguma coisa sobre abrir processo contra a firma?

— Contra a firma, não sei. Mas acho que ele vai denunciar a Telma se ela não ressarcir o escritório com o dinheiro desviado — Ricardo terminou de abrir a garrafa e serviu duas taças. — Seja como for, a Relevo não fará mais a contabilidade do Saldanha & Figueroa.

Ele entregou uma das taças a Fernanda e os dois brindaram.

— Você podia montar uma empresa de auditoria e assumir o lugar da Relevo — Fernanda sugeriu, após tomar um primeiro gole da bebida. — Posso falar com Salvador.

— Não — respondeu Ricardo, decidido. — Vou mudar de ramo. Além do mais, não seria muito ético da minha parte assumir um cliente que era da Relevo.

— Não sei por quê. De qualquer forma, a Relevo já está fora.

— Não sei se quero passar o resto da minha vida tendo que cuidar de um negócio. Estou pensando em fazer um concurso público e umas entrevistas de emprego. Cheguei à conclusão que não tenho vocação para empresário. Prefiro ser empregado.

Fernanda teve que rir. O vinho começava a fazer efeito.

— Conheço poucos que pensam assim.

Ricardo tomou um gole de vinho e os dois se sentaram no sofá.

— O doutor Salvador também contou que a polícia fez uma busca no flat onde o Breno morava, aqui perto. Muita coisa foi apreendida, incluindo um laptop.

— E aí?

— Vasculharam a memória do laptop e descobriram as contas gratuitas de e-mail que ele e Miriam usavam para se comunicar. Não encontraram os celulares, pois Breno os destruiu assim que Miriam morreu, mas estão procurando registros das conversas nas operadoras.

— A gente tem que admitir que o plano dele era bom — Fernanda comentou, com azedume, tomando o vinho que restara na taça. — Se aquele *boy* do escritório não tivesse resolvido experimentar as vitaminas de Guilherme, a verdade nunca apareceria. Algum inocente seria punido e Breno estaria andando por aí, numa boa.

— Talvez numa boa e vivendo ao seu lado.

Fernanda fitou-o maliciosamente:

— Por que diz isso?

— Ele armou esse plano todo para ficar com você, não armou?

Fernanda colocou sua taça na mesa de centro e fez o mesmo com a de Ricardo.

— E quem disse que eu queria ficar com ele? — ela chegou bem perto dele. — Eu queria, eu *quero* você.

E beijou-o com voracidade. Um beijo que jamais dera em ninguém. Fernanda estava descobrindo sua sensualidade aos 36 anos. Um tanto tarde para os padrões da sociedade. Mas em tempo. Ela ainda era jovem e sentia que tinha muito a viver e a explorar no campo amoroso.

O jantar teria de esperar. Ali mesmo, na sala, ela e Ricardo começaram, lentamente, a se despir. E a explorar o corpo um do outro. Era bom demais. Um sonho. Fernanda sentiu o tempo parar à sua volta. Era como se nada mais importasse, como se a vida além daquelas paredes não existisse. Tudo se resumia àquele momento, a ela e a Ricardo, unidos por um sentimento arrebatador guardado por anos e que explodia num turbilhão infinito de sensações.

Foram para o quarto. Fernanda guiou-o, assim como guiou suas mãos e lábios pelo seu corpo, indicando-lhe sutilmente quais os locais que ela queria que fossem mais explorados. A necessidade pulsava dentro dela, dominava-a, fazia com que ela, pouco a pouco, perdesse totalmente o juízo e visse o instinto e a paixão se apoderarem completamente dos seus pensamentos e movimentos.

Ricardo desatou o sutiã de Fernanda rapidamente, demonstrando habilidade e urgência e acariciou-lhe os seios grandes e macios, antes de se precipitar sobre os mamilos excitados, lambendo-os e sugando-os gentilmente. Fernanda quase perdeu o fôlego. Nunca sentira nada parecido.

Ela o puxou ao seu encontro, praticamente forçando-o a beijá-la novamente. Suas línguas duelavam, enquanto Fernanda terminava de desabotoar a camisa dele e a puxava, impulsionada por um desejo feroz. Ele sentou-se sobre ela e Fernanda pôde apreciar seu peito magro, recoberto por uma suave camada de pelos castanhos que afilavam à medida que prosseguiam pela barriga até adentrar pela calça, onde um volume atrevido se insinuava por sob o tecido. Ela soltou um gemido. Deslizou os dedos por entre os pelos dele e, por fim, segurou-os com vontade, como se demarcasse território. Era o *seu* homem que estava ali e aquele corpo agora pertencia somente a ela.

— Esta é a noite mais feliz da minha vida — ela só faltou ronronar.

Ricardo voltou a deitar-se sobre ela e sussurrou-lhe no ouvido:

— A minha também.

E tornou a colar seus lábios aos de Fernanda, antes de descer lentamente a língua pelo corpo dela, desfrutando de cada pedaço, sorvendo o perfume adocicado de sua pele. Nesse instante, Fernanda sentiu uma pontada de insegurança. Ela, no fundo, tinha dúvidas a respeito do próprio corpo. Achava-se branca e fora de forma demais numa cidade que valorizava o bronzeado e a magreza atlética. Ostentava celulites visíveis e gordurinhas inconvenientes, além das marcas inevitáveis que a passagem do tempo começava a lhe deixar. Não se considerava desejável. Mas, aparentemente, Ricardo não pensava do mesmo modo. Seus lábios cada vez baixavam mais e mais e, agora, circundavam sua calcinha, pressionando-a de uma maneira que fez com que Fernanda tivesse vontade de gritar. Imediatamente ela ignorou os medos que ameaçavam travá-la e entregou-se de vez às exigências do próprio corpo.

Entrelaçaram os dedos no momento em que Ricardo afastou um pouco a calcinha e mergulhou sua boca na penugem úmida que latejava entre as coxas de Fernanda. Uma primeira onda de prazer quase a sufocou, enquanto o sentia aprofundar-se cada vez mais nas múltiplas carícias. As sensações eram arrebatadoras e quase insuportáveis e, instintivamente, Fernanda tentou soltar suas mãos, mas ele as manteve firmes, enquanto acelerava a ação da língua e dos lábios, fazendo-a queimar por dentro.

Ela sentia o êxtase se aproximando, e prendeu a respiração, mordendo os lábios com força. Precisava sentir aquilo. Deus, como era bom. Rezou para que Ricardo não parasse. Ela morreria caso ele a deixasse naquele momento. Mas, como que lendo os seus pensamentos, ele prosseguiu com as carícias, alternando movimentos rápidos com outros mais lentos. Fernanda nunca se sentira tão plena. Tudo à sua volta tinha se dissolvido numa massa indistinta e opaca e o mundo para ela parecia se resumir ao próprio prazer que se avolumava, deixando-a no limiar da loucura.

Estonteada, ela soergueu a cabeça e olhou para baixo. Havia desespero em seu rosto quando seus olhos cruzaram com os de Ricardo, que a encarava cheio de malícia. Ele pareceu deduzir que ela se encontrava no limite e a penetrou com a língua, movimentando-a lá dentro. Fernanda sentiu sua mente ser envolvida por uma escuridão animalesca, enquanto contraía todos os seus músculos e, balançando o corpo, explodia num orgasmo intenso e atordoante, seguido por um segundo, igualmente forte e mais longo. Foram instantes de um misto de agonia e êxtase e, ao final, o corpo de Fernanda amoleceu sobre o colchão.

Ricardo soltou-lhe os dedos devagar e subiu para beijá-la. Seu cheiro estava impregnado no rosto dele. Ela sentia-se prostrada, como se houvesse derretido. Precisou de alguns minutos para recuperar o fôlego e o pleno controle sobre o próprio corpo. Quando a lucidez se restabeleceu, ela sentiu-se momentaneamente suja, como se tivesse se comportado de maneira degradante.

— Você está bem? — indagou Ricardo.

Ela afagou o rosto dele.

— Muito.

— Você é maravilhosa. Como pude ficar sem você todo esse tempo?

Eram as palavras mais lindas que ela jamais ouvira. A má impressão sobre o que acabara de fazer se dissipou na hora. Fernanda sentiu um nó na garganta. Estava emocionada e não queria que aquele momento acabasse nunca.

— Amo você — ela sussurrou baixinho e beijou-lhe a testa.

Não havia acabado. Ricardo sentou-se retirando o que lhe restava de roupa. Ele tinha as pernas torneadas e entre as coxas, estava inchado e duro. Inebriada e sentindo-se amada como nunca, Fernanda abriu-se para recebê-lo e Ricardo penetrou-a com vigor e delicadeza. Imediatamente, o desejo voltou a desabrochar dentro dela e Fernanda puxou-o contra si. Queria ser preenchida, queria senti-lo dentro dela. Ela chamou o nome dele. Ricardo movimentou-se sobre ela, mexendo-se e rebolando gostosamente, fazendo o sangue dela enfurecer-se e o corpo debater-se por dentro, mais uma vez torturado pela dor da excitação. Ricardo apertou seus seios e esfregou os polegares nos mamilos salientes. Fernanda enterrou as unhas no torso dele e não precisou fazer nenhum esforço para tornar a gozar. Ricardo pareceu esperar que ela se saciasse para, somente então, mergulhar num orgasmo vigoroso, inundando-a por dentro, urrando e ofegando como um animal selvagem. Estavam unidos no prazer e no atordoamento.

Em seguida deitaram-se abraçados sobre os lençóis amarfanhados e úmidos e entregaram-se a um silêncio gostoso. Não havia maior indicativo de intimidade entre duas pessoas do que elas conseguirem ficar juntas em silêncio. Um silêncio cúmplice, aconchegante, sem constrangimento ou desconforto.

Ficaram assim por um bom tempo, até Fernanda comentar:

— O jantar...

— O que é que tem?

— Esqueceu que nós iríamos jantar?

Ricardo roçou os lábios de leve pelo pescoço dela.

— A comida pode esperar um pouco mais. Não acha?

Ele a olhava com devoção. O coração de Fernanda tornou a martelar, antevendo o que viria a seguir.

— Ela está bem guardada na geladeira — sorriu, esparramando-se em cima dele. — Sim, acho que ela não vai estragar.

Tornaram a mergulhar um no outro, explorando-se mutuamente, só que, agora, com mais calma. Já não estavam tão famintos. Queriam saborear sem pressa o calor, o perfume, a pele um do outro, deixar o caminho livre para que o desejo desse as cartas novamente. Em poucos minutos estavam mais uma vez enroscados, fazendo amor sôfrega e apaixonadamente.

Prosseguiram, assim, pela madrugada. A comida que Fernanda escolhera com tanto cuidado permaneceu guardada na geladeira até bem depois que o dia seguinte raiou. As luzes da alvorada tingiram o mar de Ipanema de dourado, sinalizando para Fernanda e Ricardo o início de uma nova fase nas suas vidas.

Eles, enfim, se reencontraram.

Eles seriam felizes.

EPÍLOGO

Duas semanas depois

Localizada numa área sossegada, rodeada pela Mata Atlântica, a Clínica São Vicente era um lugar bonito e aprazível, que, vista de fora, pouco lembrava um hospital. As linhas graciosas da sua arquitetura faziam com que se assemelhasse, quando muito, a um *spa* ou até mesmo a uma pousada para os amantes da natureza.

A luz do sol incidia sobre as árvores copadas, derramando no solo sombras agradáveis, que, conjugadas com a brisa e o silêncio, traziam uma sensação de paz e de bem-estar. Fernanda desceu do táxi e aspirou profundamente o ar puro, enquanto ouvia os pássaros conversando em sua sinfonia de cantos. Estava mais animada desde a semana anterior, quando soube pela equipe médica que Adelina logo teria alta. O lado esquerdo do seu corpo ficara quase todo paralisado em consequência do AVE e ela necessitaria de tratamentos pelo resto da vida. Dificilmente voltaria a ter a vida que levava antes, mas não ficaria vegetando num leito hospitalar por prazo indeterminado.

Fernanda entrou no prédio do hospital e cumprimentou os funcionários que estavam por ali. Seu rosto já era conhecido. Nos últimos 15 dias, ela estivera lá quase que diariamente. Apesar de tudo de ruim que Adelina lhe fizera, Fernanda sentia uma pena imensa dela. E, ademais, vivia um período tão alegre, com tantas coisas boas acontecendo ao mesmo tempo, que era como se não sobrasse espaço para a mágoa e para o ódio.

Na semana anterior, Seung Chun tinha inocentado Fernanda, ao desmentir publicamente o seu primeiro depoimento. Fora uma manobra de Salvador, que conseguiu entrar em contato com ele e dizer que tinhas provas que o incriminariam por falso testemunho, o que agravaria sobremaneira sua pena.

No dia em que o desmentido viera a público, Kaufman procurou Fernanda e eles combinaram o retorno dela à Capro. Fernanda reassumiria seu cargo na segunda-feira seguinte, dia 23, a tempo de retomar o trabalho na campanha da rede de cantinas Il Duomo, que ela tocara desde o início.

E, para completar, o namoro com Ricardo evoluía e os dois estavam, agora, apaixonadíssimos e já fazendo planos para o futuro. Viam-se quase todos os dias e começavam a pensar em morar juntos. Fernanda iria deixar o apartamento em Ipanema e simpatizou bastante com o convite de ir morar com Ricardo no apartamento dele em Botafogo. No entanto, sua ideia de encontrar um pouso novo em Ipanema continuava de pé e nos próximos dias ela visitaria um apartamento menor numa rua interna do bairro. Caso simpatizasse com ele, fecharia o negócio imediatamente. E Ricardo poderia vir morar com ela.

Enfim, todos os atropelos recentes na sua vida pareciam ter sido resolvidos. Como sentir ódio em circunstâncias assim?

Adelina estava internada numa das UTIs privativas do primeiro andar. Fernanda entrou acompanhada de uma enfermeira. Era um quarto bastante confortável, só que dotado de todos os equipamentos de uma boa UTI. Adelina parecia sonada sobre a cama, com alguns cateteres ainda introduzidos na pele. Seu cabelo alourado, sempre tão arrumado e bem-cuidado, estava desalinhado, e uma faixa branca estreita aparecia nas raízes, que cresceram após a última aplicação de tintura.

Seus olhos acompanharam Fernanda quando ela entrou no quarto e se posicionou ao lado da cama. A enfermeira fez algumas checagens e foi medir a pressão de Adelina. Sua melhora fora rápida, apesar das sequelas, e isso deixou Fernanda contente. Dias antes, assim que os médicos confirmaram que a sogra estava fora de perigo, ela se encarregou de tomar as providências para quando ela recebesse alta. Contratou três enfermeiras, que cuidariam de Adelina num sistema de revezamento, um fisioterapeuta, uma fonoaudióloga e um psicólogo, já que uma das consequências do AVE costumava ser a depressão. Todos os tratamentos seriam feitos em domicílio.

Naquela manhã, Fernanda estivera na casa de Adelina e orientou para que fosse feita uma faxina completa em todos os cômodos, principalmente nos lugares por onde a sogra costumava circular mais. Quando subiu ao quarto para apanhar algumas mudas de roupa para levar para a clínica, Fernanda nem suspeitou do esconderijo secreto que existia por trás da estante ao lado da cama, onde a estatueta suméria que quase lhe arruinou a vida estivera guardada.

Adelina estava alerta agora. Ela viu Fernanda e a enfermeira trocarem algumas palavras cordiais, antes de a segunda se despedir e deixar o quarto. Fernanda, então, virou-se para a sogra e afagou-lhe carinhosamente o cabelo:

— Olá, dona Adelina. Como passou a noite?

Adelina moveu os lábios com dificuldade, tentando articular as palavras até que, afinal, respondeu, com a voz arrastada:

— Bem...

Fernanda viu quando os olhos envelhecidos da sogra se estreitaram e avermelharam. Ela, mais uma vez, fez uma espécie de contorcionismo com a boca para falar, com dificuldade:

— Fernanda...

Fernanda inclinou-se para ela, que balbuciou:

— Perdoa... Perdão...

Dois filetes grossos de lágrimas escorreram do seu olho direito. Sua expressão era de dor.

Fernanda segurou a mão de Adelina com carinho, fitando-a longamente. Sua decisão estava tomada. Ela retribuiria o ódio e a frieza de Adelina não na mesma moeda e, sim, com dedicação e amor.

O perdão viria mais tarde. As feridas ainda estavam muito recentes e, por mais que quisesse, Fernanda não era capaz de ignorar tudo o que Adelina lhe fizera. Até um homem ela matara. Seu humanismo tinha limites. As duas teriam, se Deus permitisse, um tempo de convívio durante o qual se conciliariam. Mas isso ainda demoraria.

O médico entrou no quarto e, depois de examinar Adelina, falou a Fernanda:

— Ela já está bem. Deve mesmo receber alta amanhã.

Fernanda sorriu:

— Que ótimo.

— A senhora virá à clínica para acompanhá-la na saída? Ou será algum outro parente?

Fernanda balançou a cabeça.

— Eu sou a única parente dela — declarou. — Sou eu que vou levá-la. E cuidar dela.

TÍTULO **A outra face do desejo**

Equipe editorial LOURDES MAGALHÃES E LINDSAY GOIS
Revisão LINDSAY GOIS
Capa MARIANA CARBONELL
Ilustração da capa MATERIAL LICENCIADO: FOTOSEARCH (*Woman Talking to a Waiter at a Party*)
Projeto gráfico e diagramação SCHÄFFER EDITORIAL

Dados Internacionais de Catalogação na Publicação (CIP)
(Câmara Brasileira do Livro, SP, Brasil)

Matta, Luis Eduardo
A outra face do desejo / Luis Eduardo Matta. –
1. ed. – São Paulo: Primavera Editorial,
2013.

Bibliografia
ISBN 978-85-61977-47-4

1. Ficção brasileira I. Título.

13-02958 CDD-869.93

Índice para catálogo sistemático:
1. Ficção: Literatura brasileira 869.93

PRIMAVERA
EDITORIAL

Rua Ferreira de Araújo, 202 - 8º andar
05428-000 – São Paulo – SP
Telefone: (55 11) 3034-3925
www.primaveraeditorial.com
contato@primaveraeditorial.com

A OUTRA FACE DO DESEJO

foi impresso em São Paulo
pela gráfica Atrativa
para Primavera Editorial em
março de 2013.